LE SECRET OTTOMAN

ŒUVRES DE RAYMOND KHOURY
AUX PRESSES DE LA CITÉ

Le Dernier Templier, Presses de la Cité, 2007 ; Pocket, 2008
Eternalis, Presses de la Cité, 2008 ; Pocket, 2009
Le Signe, Presses de la Cité, 2009 ; Pocket, 2010
La Malédiction des Templiers, Presses de la Cité, 2010 ; Pocket, 2011
L'Élixir du diable, Presses de la Cité, 2011 ; Pocket, 2012
Manipulations, Presses de la Cité, 2012 ; Pocket, 2013
Dossier Corrigan, Presses de la Cité, 2014 ; Pocket, 2015

Raymond Khoury

LE SECRET OTTOMAN

Traduit de l'anglais
par Florence Hertz

PRESSES
DE LA CITÉ

Titre original : *The Ottoman Secret*
publié par Penguin Books

Ce livre est une œuvre de fiction. Les noms, les personnages, les lieux et les événements sont le fruit de l'imagination de l'auteur ou sont utilisés fictivement. Toute ressemblance avec des personnes réelles, vivantes ou mortes, serait pure coïncidence.

ISBN 978-2-258-16315-7
Dépôt légal : mars 2020

Presses de la Cité | un département **place des éditeurs**

place des éditeurs

L'histoire est une suite de mensonges
sur lesquels on s'est mis d'accord.

Napoléon Bonaparte

Les personnages

Temps présent

Ayman **Rachid**	Voyageur du temps ayant changé le cours de l'Histoire
Kamal Arslan Agha	Agent de la direction antiterroriste de la Tachkilat-i Hafiye – la police secrète du sultan, division de Paris
Sayyid Ramazan Hekim	Frère de Kamal, anesthésiste
Nisrine	Femme de Ramazan, avocate militante, spécialiste des droits civiques
Tarek et **Nour**	Enfants de Nisrine et Ramazan
Taymour Erkun Agha	Coéquipier de Kamal à la Hafiye
Huseyin **Celaleddin** Pacha	Directeur de la division de Paris de la Hafiye
Fehmi **Kuzey**	Second de Celaleddin, responsable de la section Z de la Hafiye
Moshe **Fonseca**	Chirurgien à l'hôpital Sultane Hurrem
Abdülhamid III	Sultan
Elijah **Huntington**	Président de la République chrétienne d'Amérique

1683

Sultan **Mehmed IV**	Sultan ottoman de 1648 à 1687
Kara Mustafa Pacha	Grand Vizir et chef de l'armée de Mehmed
Jean II **Sobieski**	Roi de Pologne et commandant en chef de l'armée de secours envoyée par le pape
Comte de **Starhemberg**	Gouverneur de Vienne pendant le siège de 1683
Georg **Kolschitzky**	Interprète polonais et négociant, héros du siège de 1683

Prologue

Palais de Topkapi, Istanbul,
septembre 1682

Le sultan ne comprit pas tout de suite ce qui l'avait réveillé.

Un frémissement dans l'air, le soupçon d'un mouvement, une perturbation à la lisière de sa conscience. Quelque chose, en tout cas, l'avait suffisamment dérangé pour qu'il remue dans les délices de son lit et soulève les paupières. À peine d'abord, le temps de s'habituer à la lueur des braises rougeoyant encore dans l'âtre, puis il écarquilla les yeux dans un sursaut quand il distingua une haute silhouette dressée près de son lit.

— *Salam 'alaikum, padichah*, dit posément l'inconnu à voix basse.

Le sultan s'arracha d'un bond à son oreiller, le cœur tressautant de peur, tout en tâchant de donner du sens à ce qu'il voyait : un intrus – un tueur peut-être –, dans ses somptueux appartements, au cœur même du palais, malgré la présence d'une armée de gardes et d'eunuques.

Et non seulement cet homme n'avait rien à faire là, mais, comme le constata soudain le sultan, il était entièrement nu.

— Mais par le... Qui êtes...

— Chut ! ordonna l'intrus en se penchant, vif comme l'éclair, pour lui appuyer fermement une main sur la bouche tout en posant son propre index sur ses lèvres pour lui ordonner le silence. Ne criez pas, Votre Sublimité, pas un bruit. Je ne vous veux aucun mal.

L'incompréhension s'ajouta à la frayeur. S'étouffant presque, le sultan tentait d'analyser les informations que lui livraient ses sens, mais toutes ces choses étranges l'embrouillaient au lieu de l'éclairer. Sans compter que la poitrine de l'individu penché sur lui était couverte de signes bizarres. Des mots et des nombres tatoués, des dessins, des schémas noircissaient son torse.

— Je vous demande de m'écouter, dit l'homme.

Il ne s'exprimait pas en turc ottoman, la langue officielle de l'empire depuis sa création. Ce n'était pas non plus du persan, utilisé à l'écrit comme à l'oral par les lettrés, généralement pour la littérature et la poésie. Non, il parlait un dialecte arabe peu courant, seulement employé par le sultan pour lire et discuter de versets religieux.

— Mais avant tout, continua l'intrus, je vous demande de croire.

L'individu planta son regard dans le sien, puis rentra le menton et ferma les yeux. Il marmonna quelques mots incompréhensibles et disparut.

Sans laisser de traces.

Le sultan tourna vivement la tête de droite et de gauche, scrutant la vaste pièce, stupéfait. Quel était ce prodige ? Au bout de quelques secondes, l'homme reparut sans crier gare au fond de la grande salle, près de la fontaine de marbre à deux niveaux.

— Je suis ici pour vous venir en aide, Votre Hautesse, dit l'homme. Mais pour que cela soit possible, je vous demande de croire ce que je vais vous dire.

Il marmonna encore quelques mots et disparut de nouveau.

Le sultan, assis droit dans son lit, était comme paralysé. Il peinait à respirer, son cœur galopait furieusement dans sa poitrine. Il songea à appeler sa garde. Un seul cri, et une dizaine de ses fidèles janissaires franchiraient la porte au pas de charge, le sabre au clair. Il hésita, trop choqué et effrayé pour agir. De plus, il risquait de passer pour un imbécile si l'intrus n'était plus là quand ses hommes arriveraient.

Il n'eut guère le temps de tourner ces pensées dans sa tête : l'homme resurgit là où il était apparu la première fois, juste à côté du lit, à quelques centimètres de lui. Seulement, cette fois, il se baissa pour ramasser un yatagan, un court sabre à lame incurvée si tranchant qu'il permettait de décapiter un homme d'un seul geste. Le sultan reconnut l'arme, qui était habituellement exposée dans une vitrine près du divan… Ou du moins, qui aurait dû l'être. La seconde d'après, la lame était appuyée sur son cou.

— Si j'avais voulu vous tuer, vous seriez déjà mort mille fois, dit l'homme. Mais comme je vous l'ai indiqué, je viens me mettre à votre service. Et surtout, vous sauver, vous et Kara Mustafa Pacha, d'une défaite catastrophique.

Après quoi il disparut de nouveau, et le sabre tomba sur le sol de marbre avec fracas.

Il reparut presque instantanément, au pied du lit cette fois.

Le sultan eut un brusque mouvement de recul et se cogna contre le bois doré de la tête de lit. Il haletait, secoué de violents frissons.

Quel était cet être étrange, et comment avait-il appris son projet secret ?

Il se força à dévisager l'intrus.

— Qui êtes-vous ? D'où venez-vous ? Êtes-vous… (il hésita), êtes-vous un djinn ?

L'inconnu esquissa un sourire.

Contrairement à son père, Mehmed n'était ni mentalement instable ni dégénéré. C'était un monarque silencieux et mélancolique, habité par une véritable obsession : une soif de conquêtes héritée de ses ancêtres. Il était profondément influencé par la légende familiale, et son plus cher désir était d'imiter les exploits de ses aïeux. Il s'était lancé depuis peu dans des recherches préparatoires à une prochaine offensive d'été. Pour ce faire, il étudiait de près les chroniques des campagnes militaires d'antan, conservées sur les rayonnages des archives impériales. Mais Mehmed était aussi un homme très croyant qui craignait les djinns, ces êtres surnaturels de la mythologie musulmane, popularisés dans les contes sous le nom de « génies ». Doués de libre arbitre, ils pouvaient se mettre au service du bien comme du mal.

Imperturbable, son visiteur le considéra un moment sans rien dire, puis il reprit la parole :

— Je viens en ami pour vous mener à une gloire qui dépassera de loin vos espoirs les plus fous. Si vous m'écoutez, et si vous acceptez mon aide, je vous promets que la Pomme d'Or tombera entre vos mains, et ne sera alors que la première d'une longue série de victoires...

Ces paroles coupèrent le souffle au sultan.

Comment cet individu pouvait-il si bien connaître ses ambitions ?

Certes, deux mois plus tôt, ses jardiniers avaient dressé le *tug* impérial devant les portes du palais, exposé à la vue de tous. Cet étendard traditionnel – composé de queues de chevaux flottant au bout d'un haut mât de bois finement ouvragé de couleur écarlate – annonçait clairement ses intentions. Le rituel remontait aux temps des guerriers des steppes, les ancêtres du sultan, et signifiait que le commandeur des croyants allait partir en guerre.

L'objectif de la campagne, cependant, restait un secret jalousement gardé.

— Eh oui ! Votre Hautesse. J'ai connaissance de votre conciliabule de la semaine dernière avec Kara Mustafa, continua l'homme tatoué, mentionnant de nouveau le grand vizir. Je sais qu'une fois l'hiver passé et la neige fondue votre armée se mettra en marche vers l'ouest. Je sais également que vous ne vous intéressez pas aux petites villes fortifiées qui parsèment le territoire à l'ouest de Belgrade. Non, votre armée marchera sur Vienne, rien de moins, contre Léopold, l'usurpateur qui a osé s'arroger le titre d'empereur du Saint Empire romain.

Léopold. La seule mention de ce nom avait le don de mettre Mehmed en rage.

Le sultan nourrissait contre Léopold Ier une haine infiniment plus intense que celle que lui inspiraient ses autres ennemis de Russie et de Pologne. Mehmed, assis sur l'ancien trône impérial byzantin à Constantinople, se considérait de droit comme le Kayser i-Rûm – le César de l'Empire romain. De son point de vue, les Habsbourg revendiquaient à tort ce titre, imposant un monarque qui exerçait ses pouvoirs depuis une ville lointaine sans le moindre lien historique avec le vieil empire. Pour mettre fin à ces impudentes prétentions, le meilleur moyen restait de lui ravir sa capitale et de convertir son peuple à la seule vraie foi.

— Écoutez-moi, continua l'intrus, et vous ferez flotter le drapeau de l'Islam sur la Pomme d'Or et transformerez en mosquée sa grande cathédrale. Ce ne sera qu'un début. Suivez-moi, et personne ne vous surnommera plus *avci*. Même *fatih* ne suffira pas. Il faudra trouver une appellation plus prestigieuse pour célébrer vos conquêtes.

Avci. Il détestait ce mot.

Il lui semblait que cet inconnu surgi nu devant lui perçait les secrets les mieux gardés de son âme.

Sous le règne de précédents sultans, les Ottomans avaient déjà atteint par deux fois les portes de Vienne et tenté de prendre la ville. Par deux fois, ils avaient échoué. Or, bien que sous son règne l'expansion territoriale de l'empire en Afrique et en Europe ait atteint des sommets jamais connus, Mehmed ne pouvait pas vraiment s'en attribuer le mérite. Les conquêtes avaient été l'œuvre de ses grands vizirs. C'étaient surtout ses chasses au cerf et à l'ours dans les forêts de son palais d'Edirne qui faisaient sa renommée – rien de bien glorieux quand on songeait aux exploits de son oncle légendaire, le sultan Mourad IV, victorieux à Erevan et à Bagdad, et au triomphe de son homonyme, son illustre ancêtre Mehmed II, qui avait pris Constantinople et renversé l'Empire byzantin à l'âge tendre de vingt et un ans. Les deux sultans avaient ainsi largement mérité leur surnom de *fatih* – le conquérant. Pour sa part, Mehmed IV devait se contenter de celui d'*avci* – le chasseur.

La prise de Vienne changerait tout.

Des questions fusaient en rafales dans l'esprit du sultan. Il n'avait jamais eu aussi peur de sa vie, et pourtant, malgré sa terreur, son intérêt prenait le dessus.

Il tâcha de se calmer, et, après une dernière hésitation, il céda :

— Je vous écoute.

Un an plus tard, presque jour pour jour, au début du mois de septembre 1683, l'armée de la Chrétienté arrivait à portée de Vienne et des troupes ottomanes qui en faisaient le siège depuis le début de l'été.

Ses soixante mille soldats étaient en ordre de bataille dans les champs devant la palissade défensive de la petite cité de Tulln, prêtes pour l'inspection des troupes qui allait précéder l'héroïque offensive.

La capitale assiégée n'était plus qu'à une trentaine de kilomètres.

Face aux hommes, devant la grande tente de cérémonie, se tenaient leurs chefs, les princes et les seigneurs que le pape Innocent XI avait appelés en renfort et financés pour former une armée de secours, tous de bons généraux d'excellente renommée, des combattants aguerris. Ils étaient là pour arrêter l'avancée de la plus grande armée de conquête jamais lancée contre l'Europe, cette armée musulmane qui, en menaçant Vienne, menaçait leurs propres États.

Au centre de cette exceptionnelle assemblée se tenait le commandant en chef des troupes de libération : Jean II Sobieski, roi de Pologne et grand-duc de Lituanie.

Sobieski – puissant comme un bœuf et redoutable chef de guerre – était arrivé à cheval une semaine plus tôt à la tête de quinze mille cavaliers. Parmi eux, deux mille *husaria*, les terribles « hussards ailés », équipés de lances de cinq mètres de long, de sabres effilés et de casques à plumes, formaient la cavalerie lourde la plus formidable de leur temps.

La route avait été longue et difficile, le roi de Pologne

était épuisé. Malgré sa lassitude, il éprouvait une vive fierté à contempler ses troupes et croyait en la victoire. L'avenir d'une Europe aux abois pesait en grande partie sur ses épaules, et il était déterminé. Il ne pouvait échouer. Dieu lui avait confié la tâche de sauver les États chrétiens des envahisseurs païens et il acceptait son destin. Sa place auprès de saint Pierre était assurée pour l'éternité.

Il regarda avec satisfaction défiler les régiments devant leurs chefs : mousquetaires, dragons et cuirassiers, et la majestueuse parade des canons et mortiers. Alors que la dernière unité se plaçait en ordre de marche, il lança un coup d'œil à Charles, duc de Lorraine, qui se tenait à sa droite.

Nul besoin de se parler. Leur totale assurance disait tout.

La présence de Charles était un atout indéniable. Le duc, resté boiteux après avoir eu la jambe cassée sur un champ de bataille sept ans plus tôt, était le beau-frère de l'empereur Léopold Ier de Habsbourg, lequel l'avait nommé commandant de son armée au printemps. C'était un homme affable et modeste, et, comme Sobieski, brave et impitoyable sur le champ de bataille. Portant fièrement les marques de ses blessures de guerre, il inspirait le plus grand respect et une confiance absolue à ses soldats.

Pour le roi de Pologne, la présence de Charles était un gage supplémentaire de victoire.

Les troupes enfin en place, le roi et le duc, suivis de leurs généraux, s'agenouillèrent devant leurs hommes tandis que l'archevêque de Gran se préparait à célébrer une messe et à bénir les vaillants soldats du Christ. L'empereur n'était pas présent. Léopold, en couard qu'il était, avait déserté la capitale avec sa cour une semaine avant l'arrivée de l'armée ottomane, vers le début de l'été, et il n'avait aucune intention de se joindre aux armées envoyées pour sauver Vienne. Il n'était pas seul à avoir fui : plus de cinquante mille Viennois avaient suivi leur souverain et abandonné la ville pour se replier à bonne distance, en terrain plus sûr à l'ouest. Leur place avait été aussitôt prise par un nombre égal de paysans accourus des villages alentour pour se réfugier derrière le mur d'enceinte – un abri devenu bien précaire.

Sobieski savait à quel point la situation était désespérée. Depuis des semaines, les Ottomans pilonnaient inlassablement la ville assiégée. Dans le même temps, leurs sapeurs avaient creusé des tunnels sous les fortifications et posé des mines pour faire sauter les murs. Les défenseurs viennois avaient jusque-là réussi à repousser tous les assauts, mais ils avaient beaucoup souffert et étaient affaiblis par la faim et la fatigue. Sobieski savait grâce aux informations apportées par d'intrépides messagers parvenant à sortir de la ville qu'il ne manquait plus que quelques mines bien placées pour ouvrir une brèche dans le mur d'enceinte et permettre aux Turcs de s'y engouffrer. Il savait aussi que, s'ils y entraient, personne ne serait épargné.

Le sultan avait déjà envoyé deux missives à Léopold, dans lesquelles il n'exposait que trop clairement ses intentions. Selon les règles de guerre ottomanes, dès l'instant où une ville ne répondait pas aux appels à se rendre, n'ouvrait pas ses portes, et où les habitants ne reniaient pas leur religion pour se convertir à l'islam, il n'était fait aucun quartier. Des sacs remplis des têtes tranchées et des peaux des vaincus écorchés étaient offerts au pacha victorieux, et ceux qui n'étaient pas passés au fil de l'épée partaient en esclavage.

Sobieski et les autres commandants n'ignoraient rien de ces coutumes, pour avoir entendu des récits de témoins directs. On leur avait rapporté que Kara Mustafa Pacha, le grand vizir, chef de l'armée du sultan, mettait les menaces de son maître à exécution avec un zèle tout particulier : alors que son armée marchait sur Vienne, il avait fait massacrer à quelques kilomètres de la capitale les quatre mille habitants de la petite ville de Perchtoldsdorf – après la capitulation de la garnison. L'armée ottomane avait aussi brûlé l'église, où étaient rassemblés les femmes et les enfants. Les Viennois savaient à quoi s'en tenir. Ils se battraient jusqu'à la mort.

Partout, jusqu'aux terres éloignées d'Angleterre et d'Espagne, des messes étaient données pour implorer le Seigneur d'arrêter l'invasion païenne.

Pour l'heure, l'avenir de l'Europe dépendait des hommes rassemblés à Tulln.

Au beau milieu d'un hymne chanté par les chœurs de la cour, un mouvement attira l'attention de Sobieski. La perturbation venait de la droite, tout au bout de la plaine, à l'arrière de l'armée prête à se battre : un nuage de poussière surmonté par plusieurs étendards dressés.

La solennité du moment accentua le choc causé par l'événement.

Malgré la distance, il comprit aussitôt : les belles bandes de soie tissée étaient couvertes de versets coraniques servant à rappeler leur foi aux soldats tout en plaçant la victoire sous la protection divine.

Des étendards ottomans.

Sobieski se tourna vers Charles de Lorraine. L'expression du duc s'était durcie. Il avait de toute évidence également reconnu les bannières du sultan.

Les cavaliers avançaient lentement mais sûrement, provoquant un frisson d'agitation parmi les troupes. La lourde chaleur se chargeait de menace et d'hostilité, mais le petit groupe parvint à progresser sans qu'on lui fasse obstacle. Quand la distance le lui permit, Sobieski distingua une délégation de trois hommes à cheval, chacun portant un étendard et menant un chameau.

Ils traversèrent le champ et approchèrent sans entrave jusqu'à cinquante mètres de la tente de cérémonie. Un mur de gardes se forma alors pour les bloquer, épées dégainées. Le cavalier de tête leva calmement le bras pour donner au petit cortège l'ordre de s'arrêter juste devant cette barrière. Les trois hommes descendirent de cheval et firent quelques pas vers les gardes et le chapiteau royal, puis, alors que les pointes des épées effleuraient presque leur cou, ils s'inclinèrent.

Sobieski et le duc de Lorraine échangèrent un regard d'incompréhension. Ils ne savaient que penser. À l'évidence, les

Ottomans leur envoyaient des émissaires – mais pour quelle raison ? D'ici quelques jours, voire quelques heures, ils allaient se livrer une bataille sans merci. À quoi rimait cette visite ? Ils voyaient bien que les cavaliers étaient vêtus de costumes de cérémonie et ne semblaient pas armés. Les chameaux étaient encore plus intrigants : énormes, parés d'étoffes finement brodées, d'ornements en métaux précieux, et chargés de grandes sacoches de cuir.

Sobieski dévisagea le premier des émissaires qui, s'étant redressé, ouvrait lentement son manteau, imité par ses compagnons, pour montrer qu'ils n'étaient pas armés. Ils n'avaient pas le moindre mousquet, pistolet ou sabre accroché à la ceinture. Le chef de la délégation ottomane se tourna vers les gardes pour le leur faire constater, puis il fit de nouveau face au roi et indiqua d'un geste qu'il désirait obtenir la permission d'approcher de la tente.

Le roi polonais était un homme dur et naturellement méfiant, mais il était aussi pragmatique. S'il s'agissait d'une nouvelle demande officielle de capitulation, il ferait exécuter deux des émissaires devant le troisième, qui serait alors renvoyé à son maître pour lui signifier son refus. Mais il n'y avait pas besoin de trois chameaux couverts d'offrandes pour demander à l'ennemi de se rendre. S'agissait-il d'autre chose ? Le sultan voulait-il négocier une trêve, par exemple ? Proposer un compromis pour éviter les morts qui terniraient même une victoire ?

Le commandant de la garde jeta un coup d'œil à Sobieski en quête d'un ordre. Le roi fit signe de laisser passer la délégation.

Suivis de très près par des gardes qui, épée tirée, restaient prêts à frapper, les trois hommes avancèrent à pas lents, l'un en avant, les deux autres à l'arrière, en triangle, et ne s'arrêtèrent qu'à quatre mètres de l'assemblée des commandants. Ils s'inclinèrent une nouvelle fois.

Leur chef prit la parole :

— Je vous apporte les salutations de mon maître, Sa Majesté le padichah Mehmed quatrième du nom, sultan des sultans, khan des khans, commandeur des croyants et souverain de la mer Noire, de la mer Blanche et de la Roumélie, et de son plus vaillant sérasker dans ses saintes campagnes, le grand vizir Kara Mustafa Pacha.

Sobieski étudia l'Ottoman pendant qu'un interprète traduisait. L'envoyé, un homme de haute taille encore dans la vingtaine, transpirait abondamment, mais le roi ne décela aucune peur dans son regard. Il fallait plutôt tenir pour responsable leur longue chevauchée sous un soleil de plomb dans leurs atours de cérémonie : le pantalon bouffant appelé *chalouar*, les bottes hautes, le turban, et l'ample manteau rouge.

— Mes salutations à votre éminent maître, soldat. Et quel est l'objet de votre visite ?

L'envoyé s'inclina de nouveau. Les deux hommes de sa suite firent de même. Puis il se redressa et regarda le roi droit dans les yeux.

— Mon maître m'a chargé de vous porter un message.

Sobieski fronça les sourcils.

— Et quel est ce message ?

L'homme ne répondit pas tout de suite. Un sourire énigmatique curieusement serein se dessina sur son visage, et il dit :

— Il vous souhaite un paisible voyage.

Il se tut un instant, puis ajouta :

— *Allahu Akbar.*

Tout en prononçant ces mots, il glissa les mains dans ses poches, et avant que le roi, les gardes ou les commandants puissent réagir il se fit exploser.

Ses deux compagnons et les chameaux furent aussi emportés – la déflagration souffla la tente royale et la réduisit à néant avec tout ce qui l'entourait, ne laissant que quelques débris enflammés.

Une panique folle s'empara des troupes quand les hommes virent leurs chefs disparaître dans l'infernale boule de feu. Mais ce ne fut rien comparé au terrible massacre qui suivit, déjà annoncé par des cris de guerre perçants et le battement profond et angoissant des tambours ottomans derrière les collines voisines.

À cet instant, tout bascula.

Le cours de l'Histoire venait de changer.

Sobieski ne mènerait plus ses hussards ailés dans la bataille qui devait écraser l'armée ottomane dans la plaine de Vienne. Il ne sauverait pas la ville, il n'irait pas au camp ravagé du grand vizir pour proclamer sa victoire : « *Venimus, vidimus, Deus vicit* » (« Nous sommes venus, nous avons vu, Dieu a vaincu »). Le grand vizir ne fuirait pas à Belgrade où, sur ordre du sultan, trois mois à peine plus tard – le jour de Noël alors que les cloches des églises carillonnaient dans l'Europe entière –, il serait étranglé, décapité, sa tête écorchée et empaillée rapportée à Mehmed à son pavillon de chasse d'Edirne. Trois ans après la défaite, le duc de Lorraine ne reprendrait pas Buda aux Ottomans affaiblis. Maximilien-Emmanuel ne libérerait pas Belgrade, deux ans plus tard. Le prince Eugène ne porterait pas un coup fatal au sultan à Zenta en 1697.

Il n'y aurait pas de victoires miraculeuses, pas d'« Âge des héros ». Et pour cause : ils avaient tous péri, pulvérisés sur la prairie devant Tulln, et il n'y aurait personne arrivant à leurs illustres chevilles pour prendre leur place.

Jamais une telle tactique n'avait été utilisée.

L'émissaire ottoman avait fait détoner un explosif vingt fois plus puissant que la poudre à canon. Jusqu'à ce jour, les bâtons attachés sous son manteau et rangés dans les sacoches des chameaux étaient inconnus au bataillon. Et ils n'auraient pas dû exister avant deux cents ans. Pas avant 1867, et l'invention de la dynamite par le chimiste suédois Alfred Nobel.

L'audace incroyable de la méthode était également sans précédent. Le concept monstrueux d'attentat-suicide n'existait pas. Il n'aurait dû voir le jour que beaucoup plus tard, en Russie, à la fin du XIXe siècle, époque où l'invention de Nobel deviendrait l'arme de choix des terroristes révolutionnaires.

Rien de ce qui aurait dû arriver n'arriva.

Il en alla tout autrement.

Et cela parce qu'un homme avait découvert par hasard un grand secret caché dans une crypte souterraine à Palmyre.

1

Paris,
de nos jours, Chawwal 1438 AH[1] *(juillet 2017)*

Cette sensation vertigineuse ne s'oubliait pas.

Ayman Rachid n'avait pas fait de saut dans le temps depuis des années, mais l'expérience était si étrange, si puissante, si marquante, qu'invariablement, après chaque voyage, il se demandait qui pourrait jamais s'y habituer. Bien s'il soit peu probable que beaucoup connaissent la méthode et aient vécu cette expérience, il devait pourtant exister quelques initiés – après tout, ce savoir était accessible depuis des siècles, des millénaires, même –, mais, si c'était le cas, où étaient ces oiseaux rares ?

Ou plutôt, *en quels temps ?*

Il n'y avait aucun moyen de le savoir, et il avait cessé depuis longtemps de se poser ce genre de questions, qui ne menaient qu'à un puits sans fond d'interrogations et de possibilités.

1. Pour *Anno Hegirae* (année de l'hégire), référence au calendrier lunaire musulman qui place le début de la datation musulmane en 622 apr. J.-C., date de la *hijra*, le départ du prophète Mahomet et de ses compagnons de La Mecque vers Médine pour échapper à un complot visant à le tuer. Le calendrier hégirien était utilisé dans tout l'Empire ottoman pour les questions religieuses, en même temps que le calendrier *rumi* (romain), fondé sur le calendrier julien mais adapté pour commencer en l'an 622 apr. J.-C.

Cette fois, l'expérience se révélait particulièrement pénible, car Ayman Rachid était très mal en point. En fait, sa vie ne tenait plus qu'à un fil, il le savait, et c'était d'ailleurs la raison de ce saut précipité.

N'y voyant pas grand-chose sous la haute forme noire du pont, il tentait de capter la rare lumière des réverbères perchés au-dessus de lui, au niveau de la rue, quand il fut de nouveau pris de vertiges. Il jura, toussa, cracha du sang, puis se ramassa sur lui-même, aux aguets, scrutant les quais, à l'affût des dangers, frissonnant dans l'air frais qui montait du fleuve et glaçait jusqu'aux os son corps nu.

C'était ainsi qu'il arrivait toujours : dans le plus simple appareil, dépouillé de tout vêtement et du moindre objet.

Le Paris dans lequel il se retrouvait était très différent de celui qu'il venait de quitter. Hormis le paysage, il y avait l'odeur, infecte, d'un air pollué, plus désagréable, plus toxique, même, que la puanteur de la ville sans tout-à-l'égout à laquelle il s'était habitué depuis vingt ans. Il y avait le bruit, toujours – c'était ce qui le frappait le plus à chaque fois, même en pleine nuit, alors que la ville dormait. Un bourdonnement omniprésent, un bruit de fond martelant et lancinant de moteurs et de pistons de voitures, de bus, de générateurs, d'engins mécaniques en tous genres qui vrillaient la tête sans qu'on en ait la moindre conscience, venant de partout et de nulle part.

Il avait oublié à quel point ce monde était bruyant.

Une nouvelle crise lui fit de nouveau cracher du sang. Il était en sale état. S'il voulait vivre, il lui fallait agir vite, et pour cela il devait rassembler ses forces, tant physiques que mentales. Il ferma les yeux un instant, se concentrant pour ralentir son rythme cardiaque, retrouver son énergie et rendre à ses sens la capacité de détecter les dangers. Il n'avait besoin que d'atteindre l'hôpital. C'était tout. Ensuite, le reste irait tout seul. Il guérirait, rien d'autre n'était concevable. Après toutes les difficultés traversées, le chemin parcouru, il refusait de finir lamentablement sa course ici, seul et anonyme, de ne laisser de lui qu'un cadavre nu et tatoué, recroquevillé dans un coin sombre des berges de la Seine.

Il avança furtivement jusqu'au pied de l'escalier qui descendait du pont, s'arrêta dans l'ombre. Il savait exactement où il était, bien entendu. Il s'était arrangé pour choisir un endroit à peu près sûr, qui minimisait les risques de se faire repérer, ou, pire, d'être tué à peine arrivé. Il valait mieux éviter de débouler au milieu d'une rue passante et de se faire rouler dessus par un bus, par exemple. Ou de se matérialiser à un endroit occupé dans l'intervalle par un obstacle solide, comme un mur en béton ou une voiture en stationnement. Ou d'apparaître dans un lieu très fréquenté et d'attirer l'attention. Les parcs n'étaient pas un mauvais choix : de grands espaces, peu peuplés, même s'il existait toujours le risque qu'ils se soient urbanisés au cours des siècles, ou que de gros arbres aient poussé au milieu des pelouses. Un monument historique aussi : un bâtiment très ancien, classique, qui aurait de grandes chances d'avoir été protégé et conservé dans sa forme originelle, d'avoir survécu aux outrages du temps et d'être resté à peu près identique.

La première visite de Rachid dans ce nouveau monde avait été la plus dangereuse. Curieux d'admirer son œuvre, il avait dû voyager à l'aveugle, n'étant jamais allé à Paris dans sa vie antérieure – avant que toute cette histoire commence et qu'il fasse son premier saut dans le temps –, et à cette époque il n'avait pas non plus eu l'idée d'effectuer des recherches préparatoires. Voulant prendre le moins de risques possible, il avait choisi le cours de la Seine comme point d'arrivée, car il était logique de penser que le fleuve serait le lieu ayant le moins changé à Paris. C'était par une chaude journée du milieu du mois d'août, et la température de l'eau serait supportable. Et il n'aurait pas de vêtements pour l'alourdir. Seules les péniches l'avaient inquiété, car elles étaient nombreuses sur le fleuve, mais un vendredi, et près du bord, le risque serait bien moindre.

Tout s'était bien passé. Fort de cette expérience, et préférant ne pas arriver trempé, il avait cherché d'autres lieux possibles.

Il se trouvait justement sur l'un d'entre eux : un quai pavé de la rive droite, au ras de la Seine, loin du regard indiscret des caméras de surveillance, sous le vieux pont Royal, côté palais des Tuileries, à l'extrémité ouest de la cour du Louvre.

Il ne savait pas que le palais lui-même n'aurait pas dû se trouver là. À l'origine, il avait brûlé lors de la Commune de Paris, en 1871. Sauf que dans le Paris où il venait d'arriver il n'y avait pas eu de Commune de Paris. Il n'y avait pas eu non plus de Révolution française. Non, il y avait eu la conquête ottomane. Dans ce monde, comme il l'avait vérifié lors de ses précédentes visites, l'empire s'était installé et prospérait depuis plus de trois cents ans.

Grâce à lui.

Seulement, cette fois, il n'était pas là pour faire du tourisme, pour se gargariser. C'était une question de vie ou de mort.

Pour lui personnellement.

Il scruta les environs, ne vit personne. C'était l'aube du vendredi, jour sacré réservé au repos et au culte. Les ports fluviaux, très actifs le reste de la semaine, n'ouvriraient pas. Les gens se lèveraient tard, prendraient le petit déjeuner en famille, puis, peu avant midi, iraient dans les mosquées pour la grande prière, *Salat el Joumou'a*. Mais il s'en fallait encore de plusieurs heures. Le jour s'annonçait à peine. La ville sommeillait, les quais étaient déserts.

Après avoir attendu un moment, Rachid perçut du mouvement sur sa gauche. Quelqu'un venait. Il s'enfonça dans l'ombre en se collant au mur, se crispa pour retenir une toux.

Il attendit puis regarda de nouveau, lentement, prudemment.

C'était un homme. Un promeneur qui approchait en fumant une cigarette.

Il n'y avait personne d'autre en vue.

Rachid se risqua de nouveau à avancer la tête pour voir si la taille conviendrait. Longueur, largeur – il ferait l'affaire.

Il recula et se mit en position d'attaque, attendant le bon moment. Le besoin de cracher du sang se fit à nouveau sentir, mais il se contint, les poumons en feu. Il essaya de ralentir sa respiration. Il respirait fort, non parce qu'il avait peur, mais parce qu'il s'imposait un trop grand effort cardiaque. Il aurait préféré patienter encore un peu avant de passer à l'action, permettre au malaise provoqué par le saut de se dissiper, mais il lui fallait saisir l'occasion : plus il attendait, plus il multipliait les risques.

Les pas du promeneur approchaient. Une décharge d'adrénaline fit reculer la nausée de Rachid. Quand il jugea sa proie assez près, il bondit pour lui bloquer le passage.

L'homme s'arrêta net, pétrifié par la vision étrange de cet individu nu à la carrure puissante, couvert de tatouages, qui venait de surgir devant lui. Sans lui laisser le temps de réagir, Rachid puisa en lui un reste de force pour frapper. Un rapide coup de pied latéral atteignit le promeneur au bas-ventre et le fit se courber avec une grimace de douleur. Sans perdre une seconde, Rachid lui asséna un crochet à l'oreille gauche qui lui fit à moitié perdre connaissance. Ses jambes cédèrent, et alors qu'il tombait à genoux, son assaillant, qui était déjà passé derrière lui, enchaîna par une prise au cou, un bras lui enserrant la gorge, l'autre appuyé sur l'arrière de sa tête.

Ne restait plus qu'à renforcer la pression.

L'homme se débattait, mais Rachid réussit à le maintenir malgré une sensation de brûlure foudroyante dans son biceps et son avant-bras. La forte odeur de tabac qui lui parvenait fit resurgir sa nausée et rugir le sang dans son crâne. Il fit appel à toute son énergie pour ne pas lâcher prise. Les secondes lui semblèrent s'étirer, et il fallut plusieurs minutes pour que le manque d'oxygène étouffe la résistance de l'homme et que son corps s'affaisse.

Rachid resta en position, serrant toujours. Il ne cherchait pas seulement à lui faire perdre conscience. Il voulait le neutraliser définitivement.

Quelques instants plus tard, son objectif atteint, Rachid relâcha le corps sans vie qui s'écroula à terre, juste au moment où, ayant l'impression de suffoquer dans son propre sang, il cédait à une toux irrépressible. Il s'essuya la bouche avec la main et se retint au mur, peinant à rester debout tant sa tête tournait. Il ne devait à aucun prix perdre connaissance. Le temps lui était compté.

Il ôta à l'homme ses vêtements – caftan, chemise, ceinture, pantalon bouffant –, ramassa le turban qui s'était dénoué et était tombé pendant leur lutte, et s'habilla. Dans une petite poche du pantalon, il trouva une carte d'identité, quelques billets et un trousseau de clés. Il lut la carte. L'adresse ne lui dit rien, mais il mémorisa le nom et le prénom. Il n'avait pas particulièrement l'intention de les utiliser, mais tous les détails pouvaient se révéler importants.

En butte à un lancinant mal de tête, il traîna le cadavre nu jusqu'au bord de l'eau. Il était sur le point de le faire rouler dans le fleuve quand un cri de femme déchira la nuit :

— Arrêtez ! Qu'est-ce que vous faites ? Arrêtez-le, au secours !

Il se figea et regarda vers l'autre rive. Un couple se trouvait en bas de l'escalier du pont juste en face de lui. L'homme approchait de l'eau, le désignant du doigt, et se mit à crier à son tour.

Rachid les ignora.

Il poussa simplement le corps dans l'eau, tourna les talons pour prendre l'escalier, cracha une glaire sanglante et disparut en titubant dans l'obscurité.

2

À midi, le soleil brûlant tenait la ville fermement en son pouvoir, écrasant la foule venue participer à ce beau vendredi de fête à la mosquée Mehmediyye.

Une longue canicule faisait suffoquer Paris. La chaleur aurait peut-être été un peu plus supportable à l'ombre, dans un café des bords de Seine, mais sous la grande coupole de la salle de prière, alors que le soleil arrivait à son zénith et que l'immense espace était plein à craquer, on se serait cru dans un hammam. La chaleur était sans doute encore plus pénible pour Kamal Arslan Agha, agent de l'unité antiterroriste de la Tachkilat i-Hafiye – la police secrète du sultan. Il portait son uniforme de cérémonie, ce qui ne le rafraîchissait pas. Pas moyen d'y couper : il avait joué un rôle central dans l'affaire qui allait trouver sa conclusion après la prière de midi, et tous les regards seraient braqués sur lui.

Une fois la dernière *rak'a* terminée, les fidèles se levèrent comme un seul homme et se dirigèrent vers la sortie pour récupérer leurs chaussures. Autour de lui, la salle résonnait du frottement des pieds amplifié par la chaleur. Kamal croisa le regard de son coéquipier, Taymour Erkun Agha, arrivé avant lui, qui avait pris place quelques rangs plus près de la chaire. La lente vague humaine arrivait à la grande porte quand Taymour rattrapa Kamal.

— Ouf ! J'ai eu du mal à garder les yeux ouverts. Ce nouvel imam est plus puissant qu'un somnifère…

— Encore une nuit agitée ? demanda Kamal, en regrettant aussitôt de l'avoir lancé sur le sujet.

Taymour eut un sursaut de feinte indignation.

— Pas ici, frère. Un peu de respect.

Kamal leva les yeux au ciel.

— Oh, ça va !

— Tout ce que je peux dire, c'est que heureusement qu'il y a les textos. Je me demande comment faisaient nos parents pour draguer, avant.

— À mon avis, ils ne draguaient pas, répondit Kamal.

— C'est triste.

— En tout cas, merci pour cet agréable sujet de réflexion.

Les fanfaronnades de Taymour sur ses exploits nocturnes finissaient par irriter quelque peu Kamal. Il aurait dû avoir l'habitude, puisqu'ils étaient coéquipiers depuis trois ans dans une unité de la Hafiye, qu'ils avaient intégrée dès leur sortie de l'école militaire. Mais depuis que les deux jeunes agents se faisaient remarquer par leurs succès sur le terrain il n'y avait plus moyen d'arrêter Taymour. Tous les deux encore célibataires alors qu'ils avaient déjà trente ans, ils étaient de solides et beaux garçons, dont l'agréable physique était encore mis en valeur par des années d'entraînement intensif. Leur statut de fonctionnaire en faisait aussi de très bons partis – ce dont Taymour ne se privait pas d'user et d'abuser, malgré le tournant conservateur pris par le nouveau sultan et la vague répressive qui montait indiscutablement. Kamal l'imaginait très mal sautant le pas, ce qui valait sans doute beaucoup mieux pour les filles à marier de la ville. Quant à lui, il avait bien l'intention de fonder un foyer, mais pas dans un avenir très proche.

Car la femme qu'il aurait voulue plus que tout au monde était justement celle qu'il ne pourrait jamais avoir.

Taymour lui donna une tape sur l'épaule et l'entraîna dehors.

— Allez, viens. Nos fans nous attendent.

Dans le grand hall, les deux agents récupérèrent leurs chaussures et leur couvre-chef, des *bork* – hauts bonnets tubulaires de feutre blanc, dressés à la verticale puis repliés vers l'arrière comme une manche et descendant plus bas que la nuque. Le vendredi avait beau être une journée dédiée à la prière commune et au repos, l'événement officiel programmé après la prière exigeait le port de l'uniforme pour les deux coéquipiers : le *chalouar*, pantalon bouffant, la tunique à manches longues et le caftan à manches courtes festonné de passementeries à motifs compliqués jusqu'en haut de la poitrine, le tout d'une inquiétante austérité, noir et gris. Sur le côté droit du col, le caftan portait l'emblème de la Hafiye : trois croissants entrelacés, chacun doté d'une petite étoile à cinq branches nichée entre leurs pointes acérées. Le côté gauche du col était réservé au grade – dans le cas de Kamal et de Taymour, celui de *chaouch komiser*, ou lieutenant de police –, répété par un tatouage sur la jambe et le bras droits, une tradition remontant à plusieurs siècles et à l'époque des premiers janissaires, où il était alors à la fois un emblème de confraternité et une façon d'identifier les cadavres après la bataille. Si les deux hommes ne risquaient guère de tomber sur un champ de bataille, la guerre qu'ils menaient contre les attaques à la voiture piégée et les attentats-suicides rendait leurs tatouages potentiellement utiles.

La tenue était complétée par une large ceinture où s'accrochaient l'étui de leur arme de service – un pistolet automatique Galip – et leur poignard, le *khanjar*, logé dans un passant.

Les deux hommes sortirent avec le flot humain dans la vaste cour rectangulaire de la mosquée. Bordée sur ses quatre côtés par deux étages de galeries à arcades, elle formait un espace monumental encore communément connu sous son ancien nom français de « cour d'honneur », même si, après trois siècles de domination, la langue française avait depuis longtemps été remplacée par le turc ottoman.

Le nom complet de ce site historique, les Invalides, avait depuis longtemps été oublié. Sa nouvelle désignation avait posé quelque difficulté à Mehmed IV, le sultan dont l'armée avait conquis la capitale française au cours de l'été de l'an 1100[1]. À Paris, la sublime cathédrale Notre-Dame avait rivalisé avec l'église des Invalides et son superbe dôme pour avoir l'honneur de porter son nom. Obligé de choisir, Mehmed, dans son infinie sagesse, avait opté pour les Invalides, qui étaient devenus la Mehmediyye – de même que la basilique Saint-Pierre à Rome après la chute des États pontificaux et la décapitation du pape, mais il n'y avait eu là aucun obstacle puisqu'il s'agissait de deux villes différentes. Notre-Dame avait dû se contenter du bonheur de jouir de la splendeur du surnom du sultan : le conquérant. Dépouillée de ses vitraux et autres images chrétiennes, coiffée de dômes et flanquée de minarets, elle était devenue la mosquée Fatih.

Haut dans le ciel, le soleil n'épargnait plus aucun coin de la cour. La chaleur féroce de ses ardents rayons heurta Kamal et Taymour dès qu'ils mirent le pied dehors. Leur uniforme, bien qu'étant celui destiné aux mois d'été, de lin et de coton, leur tenait trop chaud. Sentant la transpiration couler dans son dos, Kamal regretta les vêtements plus légers qu'il portait dans le civil, mais il n'assistait pas à la cérémonie en tant que citoyen ordinaire. On allait leur rendre hommage, à lui et à Taymour. Ce qui d'ailleurs ne manquait pas de l'embarrasser énormément. Certes, ils avaient travaillé dur. Ils avaient passé des heures sur l'enquête. Ils avaient donné leur maximum. Mais ils avaient aussi bénéficié d'un beau coup de pouce du destin. Un heureux hasard qui, il fallait le reconnaître, avait sauvé de nombreuses vies.

Et de cela, Kamal tirait une immense fierté.

La cour était pleine à craquer. Le jeune homme avait sous les yeux un décor qu'il avait déjà souvent eu l'occasion de contempler. Une scénographie impressionnante. Les spectateurs étaient installés de part et d'autre de la cour, dans la longueur. Du côté droit, huit tribunes pourvues de gradins mais

1. En l'an 1100 du calendrier hégirien, soit 1689 du calendrier grégorien.

sans sièges étaient dressées pour le public. Du côté gauche, deux tribunes officielles leur faisaient face. Celles-ci étaient équipées de sièges, et avaient des niveaux plus élevés pour tenir compte des hauts turbans et autres volumineux couvre-chefs portés par l'élite. Puisqu'ils étaient invités d'honneur, Kamal et Taymour assisteraient à la cérémonie là, aux côtés de leurs supérieurs de la Hafiye et d'un certain nombre de dignitaires du gouvernement. Au bout de la cour, du côté de la Seine, se dressaient fièrement deux des six minarets du complexe de la mosquée, les plus hauts construits dans le ciel de la grande ville.

Dans un coin, Kamal aperçut l'équipe de la télévision d'État qui filmait. Des soldats armés montaient la garde en tenue de cérémonie au pied des piliers sur le pourtour de la galerie basse. Comme dans tous les espaces publics de l'empire, les tribunes officielles et publiques comportaient des secteurs séparés pour les hommes et les femmes. Des deux côtés de l'immense cour, les participants étaient dirigés vers l'enclos qui leur était réservé.

Kamal et Taymour se rendirent à leurs places, salués au passage par des agents de la Hafiye qui les félicitaient en leur donnant des claques dans le dos.

— *Tebrikler, mulazim komiser*, dit l'un d'entre eux aimablement à Kamal. Et le plus jeune du département, qui plus est ! Mais que cela ne vous monte pas à la tête, ajouta-t-il en pressant l'épaule de Kamal un peu trop fort.

Kamal ne répondit à ce compliment à double tranchant que par un bref signe de tête et poursuivit son chemin. Il avait déjà entendu circuler le bruit qu'une promotion au grade de capitaine se préparait pour leur duo. Il aurait voulu savourer son triomphe, mais n'y parvenait pas. Son regard s'égarait sans cesse vers la tribune des femmes, de l'autre côté de la cour, cherchant à repérer parmi les spectatrices la silhouette de celle qui occupait toutes ses pensées.

Bien entendu, il était quasiment impossible de deviner les visages – les foulards, les voiles, plus ou moins opaques, servaient à empêcher ce genre d'indiscrétion. Une ou deux fois, ses yeux s'arrêtèrent pourtant sur une forme qui, un infime instant, aurait pu donner à penser que c'était elle. Et puis quelque chose dans l'attitude, la taille, un détail presque imperceptible, lui indiquait qu'il se trompait.

Cela ne le soulageait pas longtemps.

Alors qu'il rattrapait Taymour, il se tourna vers la galerie supérieure, et vit Mumtaz Sikander Pacha, le *beylerbey* de l'*eyalet* de Paris, une province qui outre la grande métropole elle-même comprenait tout le territoire de l'ancien royaume de France. Vêtu de son caftan de cérémonie, la tête ceinte du large turban bulbeux dont la démesure n'était contrebalancée que par la rondeur de son ventre, le gouverneur se dirigeait vers sa loge, où se rassemblaient déjà les hauts dignitaires. Kamal vit que le directeur de la division de Paris de la Hafiye, Huseyin Celaleddin Pacha, se trouvait parmi eux.

Grand et élancé, Celaleddin était étonnamment mince pour un homme occupant une aussi belle situation dans la société ottomane. Son menton était volontaire, pointant volontiers vers le haut, et de proéminentes arcades sourcilières cachaient les pensées qui s'agitaient derrière son regard scrutateur… qui justement se posait sur Kamal. Il fut surpris de voir le directeur le saluer d'un léger mouvement de tête. Kamal répondit par une discrète inclinaison du buste, et l'échange s'arrêta là car le grand homme se détourna pour accueillir le *beylerbey*.

Taymour trouva leurs places, resta debout encore un instant pour profiter de l'attention générale, puis s'assit et, rayonnant d'aise, tapota le siège à côté de lui.

— Au premier rang, frère. C'est notre grand jour.

— *Machallah*, répondit Kamal sans enthousiasme tout en parcourant une nouvelle fois des yeux la tribune des femmes avant de s'asseoir.

Son attitude distante ne passa pas inaperçue.

— Pourquoi tu fais cette tête ? s'enquit Taymour. Ah ! Je sais, reprit-il avec un sourire entendu. M'est avis que tu préférerais être en plus charmante compagnie…

Kamal haussa les épaules.

— Bien sûr que non.

Taymour ricana, puis l'étudia attentivement.

— Alors quoi, on est coéquipiers, oui ou non ? On fait face au danger et on risque la mort ensemble tous les jours. On doit tout se dire. Je te raconte bien mes petites histoires, moi…

— Oui, un peu trop, même, grommela Kamal.

— Tu te plains, mais je sais que tu adores ça. Allez, ajouta Taymour en baissant la voix, avoue que tu es aussi dépravé que moi, espèce de *luti*. Juste, tu n'aimes pas en parler. Bon, tu peux me le dire, à moi, le nom de la fille qui te mène par le bout de la queue !

Kamal dut se résoudre à entrer dans son jeu. Ils racontaient tous les deux des histoires, il le savait, mais cela l'arrangeait de jouer la comédie : il ne voulait surtout pas que Taymour apprenne qui occupait ses pensées. Le secret était déjà bien assez lourd à porter tout seul, enfermé au fond de son cœur. Si son débauché de coéquipier découvrait la vérité, il n'aurait plus un instant de tranquillité.

Il ne démentit donc pas, mais se tut, profitant qu'un lourd silence descendait sur l'assistance. L'attention générale s'était dirigée vers le fond de la cour, où cinq hommes venaient d'entrer par un portail ouvrant sous la galerie basse. Ils étaient vêtus de costumes de cérémonie. Celui du milieu se distinguait cependant des quatre autres par ses caftan et turban noirs, et sa stature imposante. On voyait clairement même sous l'ample vêtement que c'était un homme tout en muscles, sans un gramme de graisse.

Impossible aussi de ne pas remarquer le long sabre dont il était armé.

Kamal et Taymour gardèrent les yeux sur la procession qui vint solennellement s'arrêter au centre de la cour.

— La suite au prochain numéro, conclut plaisamment Taymour en brandissant le doigt. Tu sais que rien n'échappe à mon nez de fin limier, hein, frère ?

Bien qu'ennuyé, Kamal réussit à produire un sourire

énigmatique – Taymour avait en effet malheureusement beaucoup d'intuition. Dans le cadre de leur travail c'était un atout indéniable, mais en ce qui concernait sa vie privée Kamal s'en serait bien passé.

Il reporta de nouveau son attention vers le portail du fond de la cour, par où entraient quatre autres soldats encadrant un cinquième homme vêtu d'un simple caftan blanc, les yeux bandés et les mains attachées derrière le dos.

L'assistance fit silence tandis que les soldats escortaient le prisonnier jusqu'au centre de la cour et le remettaient entre les mains du premier groupe, avant de repartir au pas cadencé dans le sens inverse.

Le géant à l'épée avança, et, se mettant face au prisonnier, il lui appuya sur l'épaule pour le faire agenouiller. Après quoi il recula, prit un papier que lui tendait l'un de ses assistants et entreprit de lire l'ordre d'exécution d'une voix sonore qui résonna entre les murs de l'espace silencieux.

Kamal avait déjà très souvent assisté à la lecture des mêmes chefs d'accusation – « ennemi de l'État », « haute trahison » – ainsi que du verdict. Une semaine plus tôt seulement, au même endroit, il avait entendu les mêmes mots, proclamés par le même bourreau, le corps des exécuteurs des hautes œuvres étant un cénacle très fermé. Cette fois, pourtant, ces formules prenaient un sens beaucoup plus fort pour lui. L'homme à présent agenouillé sur les pavés brûlants de la cour d'honneur avait été capturé grâce à Taymour et Kamal.

Cela aurait dû être un grand jour pour lui, sans aucune arrière-pensée. Quand il s'agissait de terroristes, de barbares qui organisaient l'assassinat d'innocents citoyens, il ne se demandait jamais si le châtiment était proportionné au crime. En l'espèce, le condamné présenté ce jour-là devant eux était un extrémiste algérien qui, avec son frère et quelques complices, était venu à Paris dans l'intention de commettre un attentat pendant la grande fête précédant le mariage de la plus jeune fille du *beylerbey* avec l'un des fils préférés du sultan. De nombreux dignitaires auraient été présents, dont le bey lui-même. Une grande catastrophe avait été évitée, et Taymour et Kamal étaient devenus des héros du jour au lendemain.

Le bourreau acheva de lire l'ordre d'exécution, puis récita quelques versets du Coran. Sourcils froncés, Kamal contemplait le condamné, placide, qui n'essayait pas de se dégager de ses liens, ne suppliait pas qu'on l'épargne. Kamal se doutait que, le jour de l'exécution venu, la terreur de l'attente avait vidé les prisonniers de leurs dernières forces. Et puis, aussi, il savait que ce qu'on racontait était vrai : on glissait des calmants dans leur dernier repas.

La litanie arrivait à sa fin. Le bourreau se redressa et leva la tête vers la loge du gouverneur.

Kamal, comme les autres spectateurs, tourna les yeux dans la même direction.

Le *beylerbey* lui rendit son regard en silence, puis, impassible, lui adressa un bref signe de tête.

Le bourreau inclina le front, se tourna vers le condamné. Il se pencha pour placer la tête de l'homme dans une meilleure position de sa main libre, découvrant un peu mieux son cou pourtant déjà dégagé. Ensuite, il s'inclina un peu plus bas pour lui adresser quelques mots, lui indiquant que c'était le moment de prononcer la *chahada*, la profession de foi de l'islam.

Le bourreau recula ensuite d'un pas, se campa fermement au sol, pieds écartés, et, tenant son sabre des deux mains, lui imprima un large et lent mouvement circulaire vers le cou du prisonnier qu'il effleura avec la lame, entaillant un peu la peau. Le condamné, surpris, eut un sursaut qui le fit se redresser en tendant le cou – exactement la réaction attendue par le bourreau : son sabre était déjà haut dans le ciel et, d'un geste fluide et vif comme l'éclair, il l'abattit de toutes ses forces.

La lame trancha nettement le cou du prisonnier. Une décapitation brutalement efficace, immédiate. La tête de l'homme ne tomba pas : elle sauta, toucha le sol, fit un tour complet sur elle-même avant de s'arrêter. Le bourreau recula vivement pour éviter que sa robe ne soit salie par le sang qui giclait du corps sans tête, toujours agenouillé, toujours immobile.

Dans toute la cour retentirent des *« Allahu Akbar ! »* – « Dieu est le plus grand ! ». Taymour jeta aussi ces mots en battant l'air du poing en signe de victoire, puis il jeta un coup d'œil à Kamal, le regard incandescent et les mâchoires crispées.

— Ça leur apprendra, à ces fils de putes, cracha-t-il.

Kamal ne dit rien, sachant bien que la leçon serait inutile. La mort n'était pas dissuasive, pour ces fanatiques. Au contraire, même.

Tandis que le jet de sang perdait de sa puissance, le bourreau examina le résultat de son travail sans émotion perceptible. L'un de ses assistants lui tendit une petite bouteille d'eau et un carré de tissu, qu'il prit distraitement sans détourner les yeux de sa victime. Il rinça la lame avec l'eau et l'essuya avec le tissu, qu'il laissa ensuite tomber sur le cadavre rigide.

Quatre assistants tirant un chariot métallique à roulettes émergèrent d'une alcôve au bout de la cour. Procédant avec une efficacité bien rodée, ils déroulèrent une bâche en plastique blanc et l'étalèrent sur le sol près du corps décapité. Trois d'entre eux firent rouler le cadavre sur le plastique, qu'ils soulevèrent pour le placer sur le chariot, tandis que le quatrième récupérait la tête et la mettait dans un sac également en plastique blanc. Quelques instants plus tard, la petite équipe repartait en poussant sa charge.

La cour était prête à recevoir le supplicié suivant.

La cérémonie du jour comprenait sept décapitations. Les trois suivantes, concernant des complices de l'Algérien, ne posaient aucun cas de conscience à Kamal, puisqu'il s'agissait du complot qu'il avait déjoué avec Taymour en identifiant les terroristes puis en dirigeant l'équipe qui les avait localisés et arrêtés au terme d'une chasse à l'homme épique.

Les deux dernières exécutions ne lui faisaient ni chaud ni froid non plus. Il n'avait pas participé à l'arrestation des coupables, mais il s'agissait de deux hommes condamnés pour le meurtre à Saint-Germain d'un couple de personnes âgées au cours d'un cambriolage commis sous l'emprise du khat.

Celle du cinquième prisonnier, en revanche, le perturbait beaucoup.

Il s'appelait Halil Azmi et était *muderis* – professeur, en l'occurrence professeur de droit à l'université. Des agents de la section Z de la Hafiye, un service en pleine expansion chargé de la sécurité intérieure de l'empire, l'avaient arrêté avec deux de ses connaissances, un journaliste connu et un avocat. Les trois hommes étaient accusés d'appartenir à la Rose blanche, une organisation clandestine subversive récemment démantelée par les agents de la Z, et un procès à huis clos les avait estimés coupables de « conspiration et incitation à la révolte ».

Or Azmi était un ami à elle, *elle*, la femme qui occupait toutes ses pensées.

Voilà pourquoi Kamal parcourait de nouveau les tribunes du regard, tâchant de repérer Nisrine dans la foule, l'épouse de son frère, espérant qu'elle ne serait pas venue et ne verrait pas exécuter le professeur, qu'on faisait à présent entrer dans la cour au milieu des murmures horrifiés des tribunes.

D'une certaine façon, il en voulait à Nisrine du malaise qui le taraudait. Il s'irritait de cette amitié mal choisie de sa belle-sœur qui lui gâchait son moment de triomphe. D'un autre côté, il ne pouvait s'empêcher de comprendre la peine qu'elle devait éprouver, sachant qu'un ami allait bientôt perdre la vie. Il espérait qu'elle ne serait pas témoin de ce qui allait suivre, et qu'elle ne l'associerait pas définitivement dans ses pensées, lui, un agent de la Hafiye, au sort d'Azmi.

Il eut un coup au cœur : son regard venait d'être arrêté par un autre qui se posait sur lui, et, l'espace d'une seconde, il eut l'impression qu'elle était là et qu'elle le dévisageait avec haine depuis l'autre côté de la cour, que les derniers vestiges de leur amitié d'enfance allaient être réduits à néant sous le soleil brûlant. Il se figea un instant – puis la femme se déplaça, et, malgré le léger foulard qui masquait la partie inférieure de son visage, il comprit que ce n'était pas elle.

Il détourna les yeux. Sous le haut soleil qui matraquait la

cour, on fit agenouiller Azmi, comme ceux qui l'avaient précédé, à moins de dix mètres de Kamal.

Le professeur ne tremblait pas. Il gardait la tête droite et semblait indifférent à la foule, les yeux stoïquement posés sur la tribune officielle.

Kamal ne put éviter de rencontrer ce regard qui semblait le chercher tout particulièrement, et ne put s'arracher à son expression accusatrice. Un battement sourd dans ses oreilles étouffa la voix du bourreau ainsi que le sifflement de la lame qui fendait l'air avant de trancher le cou du professeur.

À cet instant précis le téléphone portable de Kamal sonna dans sa poche.

Tout comme celui de Taymour, à côté de lui.

3

Pour Sayyid Ramazan Hekim, l'appel qui l'obligeait à quitter sa famille ce vendredi tombait plutôt mal. La semaine avait été très difficile, et le moral de Nisrine ne s'améliorerait pas quand elle recevrait l'inévitable confirmation de l'exécution de son ami Halil Azmi.

Il aurait voulu être là pour la soutenir, mais qu'aurait-il pu faire, en fin de compte ? Ils avaient déjà suffisamment discuté de la question. Mieux valait la laisser seule avec les enfants. Ils lui changeraient les idées.

Ramazan n'était pas aussi profondément affecté par le sort d'Azmi que son épouse. Il ne l'avait jamais rencontré. Il ne connaissait d'ailleurs que très peu les confrères juristes de sa femme, et il faisait même de son mieux pour les éviter, depuis quelque temps. Nisrine lui avait plusieurs fois rapporté leur vision critique de l'évolution du régime, et ces positions ne pouvaient que leur attirer des ennuis. Et justement, il avait la ferme intention de ne pas se mettre en danger. Sa prudence avait entraîné des disputes avec Nisrine, bien entendu. D'après lui, même si on avait des critiques à formuler contre le sultan et ses amis, ce n'était pas une raison pour les exprimer publiquement. Ramazan se sentait en priorité lié par ses devoirs envers sa femme et ses enfants, puis envers ses patients. Parfois, la nuit, il se demandait si sa prudence était signe de sagesse ou de lâcheté. Sûrement pas de lâcheté, se rassurait-il, préférant y voir de la sagesse. Cette période difficile allait passer tôt ou tard – les tensions politiques ne duraient jamais. Quand la crise prendrait fin, il aurait traversé la tempête en préservant les siens du pire.

En temps normal, ce vendredi aurait marqué la fin d'une semaine ordinaire, et le lendemain en aurait inauguré une tout aussi banale. Ramazan appréciait ses petites habitudes. Il aimait la routine. L'ordre. Il tenait à sa tranquillité d'esprit. Il avait choisi une vie sans surprises. Sa profession d'anesthésiste n'avait rien de particulièrement passionnant. Ni de très prestigieux non plus. Bien au contraire, c'était plutôt une carrière de l'ombre. Car, même si la vie de ses patients dépendait de lui dans la salle d'opération, même si les malades lui donnaient tout pouvoir sur leur corps et leur esprit, il s'était depuis longtemps habitué à constater qu'après l'intervention ils se souvenaient toujours du nom de leur chirurgien et jamais de celui de leur anesthésiste.

Vu la situation politique actuelle, cet anonymat était sans doute préférable.

Ce jour-là, pourtant, alors qu'il traversait le pôle cardiothoracique de l'hôpital appartenant au *kulliye* Sultane Hurrem sur l'île de la Cité, Ramazan eut l'impression que quelque chose était sur le point de pimenter son quotidien.

— Et donc, tu dis qu'il est arrivé tôt ce matin, seul, très mal en point, qu'il crachait du sang… et qu'on ne sait rien de lui ? résuma-t-il en avançant d'un bon pas au côté de Moshe Fonseca, un chirurgien avec lequel il travaillait souvent.

— Rien de rien, mis à part qu'il faut l'opérer en urgence, répondit Fonseca.

Le vaste complexe, le plus grand *kulliye* de Paris, avait eu pour point de départ un bâtiment beaucoup plus modeste, l'Hôtel-Dieu, fondé au VIIe siècle de l'ère chrétienne. L'hôpital s'était énormément développé depuis que les Ottomans avaient pris possession de la ville. Comme tous les *kulliye*, il était financé grâce à une fondation pieuse, un *waqf*. La charité était fortement encouragée par l'Islam, et les grands centres de bienfaisance étaient devenus une part essentielle de la colonisation ottomane. Les dons de la famille impériale et de la classe dirigeante permettaient d'ouvrir des foyers d'accueil, des ateliers, des usines, des caravansérails, et même de construire des villages entiers, et les revenus générés par ces propriétés étaient redistribués.

Le *kulliye* Sultane Hurrem avait été fondé par l'épouse d'un sultan, dont il avait reçu le nom. Comme tous les grands *kulliye*, il comprenait dans son enceinte une mosquée, une école, un bain public, un hospice, une auberge et une soupe populaire. Son hôpital était l'un des meilleurs de Paris, et Ramazan son anesthésiste le plus apprécié.

— On ne connaît même pas son nom ? insista-t-il.

— Il n'a pas dit un mot, répondit le chirurgien. Mais il est tellement bizarre que cela, à côté du reste, ce n'est rien.

— C'est-à-dire ?

Fonseca lui jeta un regard préoccupé.

— Je te laisse juger par toi-même.

Loin de l'éclairer, cette réponse alarma Ramazan.

— A-t-il été signalé à la Zaptiye ?

Fonseca s'arrêta. Après un rapide coup d'œil autour de lui pour s'assurer qu'on ne les entendait pas, il répondit à voix basse :

— Inutile d'impliquer la police pour l'instant. Sauvons la vie de cet homme d'abord. Il va rester un bon moment hospitalisé ici. Tâchons de ne pas aggraver son cas avant de savoir qui il est.

Ramazan sonda un instant son regard, puis, après un temps de réflexion, approuva. Ni lui ni Fonseca n'aimaient beaucoup la Zaptiye – la police parisienne. Autre signe que les temps avaient changé.

Ils tournèrent dans un dernier couloir, entrèrent dans le service et passèrent devant plusieurs malades avant d'arriver au patient en question.

Il était au fond, dans un lit près d'une fenêtre, relié à plusieurs moniteurs qui émettaient de doux bips. Une infirmière, prénommée Anbara, vérifiait la tubulure de l'intraveineuse reliée par un cathéter à son bras droit. En voyant les médecins, elle les salua d'une brève inclinaison et s'écarta du lit. Le chirurgien répondit par un petit signe de tête avant de se tourner vers le patient.

Ramazan ne vit pas grand-chose de lui étant donné que son corps était recouvert d'un drap et qu'un masque à oxygène transparent était posé sur son visage. À ses cheveux gris abondants, ramenés en arrière, il estima qu'il devait avoir une bonne soixantaine d'années.

C'était à peu près tout ce que l'on pouvait deviner.

— Je suis le docteur Moshe Fonseca, *effendi*, déclara le chirurgien du ton dynamique et rassurant qu'il réservait aux patients. Chef de service de l'unité cardio-thoracique de cet hôpital. Comment vous sentez-vous ?

L'homme l'étudia intensément durant quelques secondes, puis il referma les yeux avec un lent hochement de tête.

— Bien, reprit Fonseca. Parfait. Rassurez-vous, nous avons un traitement à vous proposer, et vous serez vite sur pied. Vous souffrez de ce qu'on appelle une sténose mitrale. Le cœur comprend quatre valves. L'une d'entre elles, la valve mitrale, peut se rétrécir pour un certain nombre de raisons, ce qui fait qu'elle ne s'ouvre plus correctement – à cause de l'âge par exemple, ou d'un facteur génétique, ou des suites d'un rhumatisme articulaire aigu contracté à un moment de la vie. En conséquence de quoi, moins de sang arrive dans le ventricule gauche, qui joue un rôle de pompe dans le cœur. Je suppose que dernièrement vous avez souffert d'essoufflement et d'une grande fatigue. C'est exact ?

L'homme fit signe que oui.

— Tous vos symptômes – crachats sanglants, arythmie cardiaque – découlent de la même cause. Ainsi que la forte congestion des poumons. Votre cœur est de toute évidence fatigué depuis un bon moment. Franchement, je m'étonne que vous n'ayez pas encore été traité. Des caillots sanguins peuvent se former et causer un accident ischémique cérébral transitoire, c'est-à-dire une sorte de petit AVC ou même un infarctus cérébral majeur – ce qui est évidemment à éviter à tout prix, je pense que vous êtes d'accord ?

Fonseca attendit la réaction du patient, mais ce dernier ne dit mot.

Faute de réponse, Fonseca en fut réduit à hocher la tête et à continuer :

— Le principal, c'est que vous êtes maintenant entre de bonnes mains et que nous allons vous soigner. La procédure consiste à remplacer votre valve par une bioprothèse qui remplira son rôle. C'est moi qui vous opérerai. Et Sayyid Ramazan Hekim, ici présent, ajouta-t-il en désignant Ramazan, un de nos meilleurs anesthésistes, vous endormira. Comme votre état nécessite une intervention d'urgence, je préfère ne pas trop attendre. Nous vous avons trouvé une place en fin d'après-midi. Je suppose que vous n'y voyez pas d'inconvénient ?

L'homme fit non de la tête.

— Ramazan Hekim va répondre à vos questions si vous en avez, poursuivit Fonseca, et il va aussi vous soumettre à un petit questionnaire préopératoire, en espérant que vous allez pouvoir y répondre étant donné votre... état.

L'homme ne réagit pas.

— Très bien, conclut Fonseca. Vous n'avez rien à craindre. Détendez-vous. Nous allons bien nous occuper de vous, ne vous inquiétez pas. Je vous retrouverai en salle de réveil.

Il se tourna vers Ramazan qui lui jeta un regard interloqué, se demandant ce que le chirurgien attendait de lui.

— Tu devrais peut-être l'ausculter pour te rendre compte de sa capacité respiratoire, expliqua ce dernier. L'accumulation d'eau dans les poumons est importante.

Fonseca attendit un peu en posant sur lui un regard appuyé pour s'assurer que le message était passé, puis il s'éloigna.

Ramazan était complètement perdu. Il jeta un coup d'œil à Anbara, qui ne réagit pas, puis considéra le patient tout en se demandant ce que Fonseca avait en tête. À quoi bon ausculter cet homme ? Il était branché à un monitoring qui fournissait beaucoup plus d'informations que ce que lui apprendrait l'application d'un petit stéthoscope sur le thorax. Pourtant, le chirurgien semblait y tenir beaucoup.

Il prit donc un stéthoscope sur le plateau à instruments et s'approcha du lit.

— Je vais écouter vos poumons, si vous voulez bien.

L'homme fronça les sourcils, visiblement peu enthousiaste, ce que Ramazan remarqua en descendant le drap qui le recouvrait. Il remonta la chemise d'hôpital pour dénuder la poitrine.

Et là, il se figea.

Le torse du patient était couvert de tatouages. Chaque centimètre de peau jusqu'à la taille était marqué. Ramazan n'avait jamais rien vu de pareil. Il ne pouvait pas discerner les tatouages aussi bien qu'il l'aurait voulu car une partie était enfouie sous la toison de poils, mais d'après ce qu'il en voyait il ne s'agissait ni de tracés ornementaux ni de signes symboliques. On aurait plutôt dit des mots et des nombres écrits dans l'alphabet perso-arabe couramment employé, mais écrits à l'envers, de gauche à droite. Les lettres étaient petites, la calligraphie soignée. Il eut l'impression qu'il y avait des noms, des dates, mais il avait du mal à déchiffrer. L'écriture, inversée comme dans un miroir, était difficile à lire.

Il y avait aussi plusieurs dessins et graphiques, d'aspect technique, que Ramazan ne reconnaissait pas du tout.

Pétrifié de surprise, il jeta un coup d'œil au patient. L'homme l'observait d'un regard froid et impassible, évaluant de toute évidence sa réaction. Ramazan éprouva un profond malaise – et même, à son étonnement, de la peur. Il n'aurait su dire pourquoi, mais quelque chose dans ce regard inflexible, dans ces tatouages dessinés sur ce torse puissant, le déstabilisait énormément.

Il jeta un dernier regard furtif aux tatouages, puis fit l'effort de s'en détourner et de prendre l'air détaché, comme s'il restait indifférent à ce qu'il venait de voir.

— Attention, c'est un peu froid, dit-il en plaçant le pavillon du stéthoscope sur la poitrine de l'homme. Respirez à fond, s'il vous plaît.

4

Allongé dans son lit d'hôpital, Ayman Rachid observait attentivement l'anesthésiste pour juger de sa réaction.

Quand le médecin repoussa sa chemise, Rachid vit la surprise et l'incompréhension se peindre sur son visage, et surtout la réaction qu'il préférait entre toutes : la crainte. C'était une bonne chose. L'anesthésiste n'était pas seulement étonné par ce qu'il voyait. Il avait peur.

Et la peur, comme Rachid le savait, avait l'avantage de faire taire les gens et de les bâillonner durablement.

Évidemment, ses tatouages ne pouvaient pas passer inaperçus. Il en était conscient depuis le début, mais il n'avait pas eu le choix. Il avait toujours fait extrêmement attention à ne les laisser voir que le plus rarement possible. Il avait cessé de se raser le torse depuis longtemps, puisqu'il n'avait plus besoin de s'en servir, mais ils étaient encore discernables. Le chirurgien, l'anesthésiste, fatalement d'autres soignants allaient les voir et se poser des questions. Et la Hafiye – la police secrète destinée à assurer la pérennité de l'empire, qu'il avait imaginée et créée dès que le calme était revenu après la conquête – étendait ses tentacules partout.

Heureusement, il était plus que probable qu'aucun de ces gens ne serait à même de percer leur secret. Il espérait qu'ils trouveraient cela curieux, sans plus, qu'ils le prendraient pour un type bizarre, un marginal, un original. Les tatouages n'avaient rien d'extraordinaire dans le monde qu'il avait quitté, et étaient même devenus à la mode au fil des générations, en revanche, il ignorait si la coutume était aussi répandue dans ce nouveau monde, cette société dont il avait permis la création.

Quoi qu'il arrive, il n'avait aucune intention de traîner dans le secteur ni de répondre aux questions qu'on lui poserait. Dès qu'il serait rafistolé et aurait recouvré les forces nécessaires, il partirait en les laissant encore plus étonnés.

La crise l'avait frappé la veille, à son palais d'été de Versailles, à la fin d'un long déjeuner d'apparat donné en l'honneur de dignitaires britanniques en visite officielle.

Il souffrait de plus en plus souvent de vertiges, et le moindre effort l'épuisait. Pour un homme solide comme lui, aussi résistant, c'était incompréhensible. La fatigue et l'essoufflement allaient en s'aggravant, et deux jours avant la réception à Versailles il s'était mis à cracher du sang. Et puis au déjeuner, alors que les domestiques apportaient de grands plateaux chargés de desserts aux fruits, au miel et à la pistache, il avait senti son cœur s'emballer. La panique qui le prenait s'était reflétée sur le visage alarmé de ses hôtes. Devenu très pâle, il avait voulu se lever de sa chaise et s'était écroulé par terre, provoquant les cris horrifiés de ses gens de maison et de ses invités.

On l'avait transporté en toute hâte dans ses appartements. Il avait voulu demander qu'on se dépêche d'aller quérir son *hekimbashi*, son premier médecin, mais il n'arrivait pas à articuler, et se souvenait à peine du nom de l'homme qu'il voulait envoyer chercher. Le côté droit de son visage était insensible, son bras droit avait pratiquement perdu toutes ses forces. Une fois à son chevet, les médecins avaient été incapables de trouver l'origine du mal et ne lui avaient administré aucun remède. Sa vue s'était troublée, une ombre était descendue sur la chambre.

Par miracle, Ayman Rachid avait commencé à se sentir un peu mieux au bout de quelques heures. Il savait pourtant que son état était très grave, et que les médecins de son entourage ne pourraient pas le soigner. Selon ses critères modernes, ils étaient totalement ignorants.

Et ce n'était pas faute ni de volonté ni d'effort. La science médicale, échafaudée sur un socle de textes grecs anciens, était pourtant un domaine très étudié depuis les débuts de l'empire. Les Ottomans avaient même été les premiers à inoculer les enfants contre la variole, une pratique qu'ils avaient mise au point à la fin du XVIIe siècle, bien avant tout le monde. Simplement, trop peu de temps s'était écoulé pour que des progrès surviennent. C'était trop tôt. La médecine islamique du XVIIIe siècle n'avait pas connaissance des virus et des bactéries. Elle pratiquait le galénisme, un savoir traditionnel tenant la maladie pour un déséquilibre entre quatre humeurs fondamentales du corps humain : le sang, le phlegme, la bile jaune et la bile noire. Rachid avait introduit un grand nombre de connaissances apportées de son monde, mais la plupart concernaient les arts de la guerre, pas la médecine.

Il savait que son état nécessitait autre chose que les décoctions et les distillations de plantes. Et vite.

Seule la médecine moderne le guérirait. Mais il allait falloir agir avec prudence.

Il s'était fait ramener de toute urgence à son palais parisien par ses janissaires, et s'était enfermé dans ses appartements après avoir donné l'ordre strict qu'on ne le dérange sous aucun prétexte. Il avait passé une nuit difficile à attendre, après avoir calculé le nombre de jours exact qu'il fallait introduire dans la formule pour arriver le lendemain de sa dernière visite. Puis, juste avant l'aube, il était sorti discrètement du Louvre par un passage secret et était descendu sur les berges de la Seine, comme il l'avait déjà fait plusieurs fois.

Là, au bord de l'eau, il avait prononcé la longue suite de mots en langue palmyrénienne – la litanie qu'il avait eu tout le loisir d'apprendre par cœur au cours des ans – puis il avait fait le saut.

Il avait été très soulagé d'apprendre qu'il pouvait être soigné. Sa décision de venir avait de toute évidence été la bonne. S'il n'avait pas fait le saut, il serait mort. Le chirurgien l'avait bien dit.

Malgré la maladie, il était heureux de ce retour. Il n'avait pas visité ce temps depuis des années, et cela lui faisait un bien fou d'y revenir. Malgré le passage des siècles, cette société se maintenait. Il y avait quelques difficultés, à n'en pas douter, mais l'empire était toujours là. Il avait tenu, contre vents et marées, résisté à tous les aléas, et ce malgré la présence de puissants États ennemis aux frontières, et d'un vaste éventail de groupes ethniques et religieux encore à l'intérieur – même si ces groupes avaient beaucoup diminué au cours des siècles grâce aux conversions.

Il pouvait se vanter d'avoir joué un grand rôle dans cette longévité.

Il avait évité de revenir pendant – combien de temps, déjà ? Presque dix ans. Il avait constaté que l'empire traversait une période difficile – à cause des Américains, comme il l'avait appris, un fait qui le contrariait énormément. Ces gens recommençaient à détruire son monde, même si, cette fois, c'était plutôt indirectement, et que la situation n'était pas arrangée par l'excité qui exerçait le pouvoir à Istanbul.

Peut-être allait-il devoir se résoudre à régler le problème lui-même.

Il y avait songé après ses dernières visites, mais il avait finalement préféré ne pas s'inquiéter de son héritage et jouir de sa confortable vie de gouverneur en laissant les événements suivre leur cours sans intervenir.

En vérité, il avait le sentiment d'en avoir déjà beaucoup fait, et il était fatigué. Il pouvait bien profiter des fruits de son labeur : c'était un juste retour des choses après la vie épouvantable qu'il avait menée avant sa grande découverte à Palmyre, il y avait de cela une éternité. Et puis ce n'était pas si simple en 2017 – le 2017 de cette époque-ci, c'est-à-dire en 1438 selon le calendrier musulman de l'empire. Dans ce siècle-ci, il avait choisi de rester anonyme, un simple citoyen sans influence qui devait constamment se tenir sur ses gardes par peur d'être percé à jour, et, même avant que sa santé ne se dégrade, il n'avait pas été sûr d'avoir l'énergie et la volonté nécessaires pour peser sur le cours des événements et remettre l'empire sur une voie meilleure. Au XVIIIe siècle au contraire, il était comblé. Il était puissant, redouté, vénéré. On le considérait comme un visionnaire, un génie. Il menait une existence extraordinaire, régnait sur l'*eyalet* de Paris, le plus beau joyau de l'empire juste après Istanbul. Même le sultan l'admirait. C'était une époque beaucoup plus gratifiante et agréable à tous points de vue.

Mais aujourd'hui, il était de retour. Par nécessité. Et avec un peu de chance, pas pour trop longtemps.

Il avait l'assurance d'être soigné, malgré ses tatouages, malgré son silence, et malgré son anonymat jalousement gardé.

Les hôpitaux de l'Empire ottoman – les *darushshifa*, c'est-à-dire les maisons de soins – étaient des établissements charitables. Le choix de la gratuité répondait au devoir moral des musulmans de porter secours à leur prochain, quels que soient son statut social et même sa religion. Ne voyant aucune raison pour que cette pratique ait changé au cours des siècles, et en prévision d'une situation semblable à celle qui l'avait justement conduit à l'hôpital, Rachid était allé jeter un coup d'œil au Sultane Hurrem lors d'une précédente visite, et avait eu la satisfaction de voir qu'il ne se trompait pas.

En observant l'anesthésiste qui l'examinait, Rachid fut rassuré. Il était bon juge de la nature humaine, et la peur qu'il devinait chez cet homme lui fournissait de précieuses indications. C'était un faible. Un mouton, un suiviste, un individu sans envergure.

Le chirurgien, en revanche, lui avait fait une tout autre impression. Il semblait être plus observateur que son collègue. Rachid avait tout de suite pensé qu'il lui faudrait rester sur ses gardes et surveiller le moindre changement dans son comportement.

Quand le chirurgien s'était présenté, Rachid avait compris avec surprise qu'il était juif. Il en avait rencontré beaucoup depuis le jour lointain où il avait atterri dans la chambre du sultan. Les Ottomans les avaient accueillis à bras ouverts au moment de leur expulsion d'Espagne au temps de l'Inquisition, et Rachid avait appris à les considérer comme n'importe qui d'autre, à les juger favorablement ou non, selon leurs mérites et indépendamment de leur religion. Il savait cependant que leur nombre avait diminué dans l'empire au cours des siècles. Les Ottomans avaient beau accepter les autres religions et assurer la liberté de culte, cette tolérance reposait sur le présupposé clair d'une supériorité des musulmans sur les non-musulmans. On ne contraignait personne à se convertir à l'islam, certes, mais au cours des siècles les Ottomans avaient mis en place des mesures spécifiques s'appliquant aux non-musulmans – des impôts supplémentaires, l'interdiction d'occuper des emplois publics, même des limitations dans les couleurs vestimentaires autorisées –, autant de fortes incitations à se conformer à la majorité.

Au départ, chrétiens et juifs avaient résisté à l'idée de la conversion, même s'ils devaient en payer le prix et vivre en citoyens de seconde zone. Mais après la chute de Vienne, de Rome et de Paris, la volonté de rester fidèle à la religion de naissance s'était affaiblie puis effondrée. La cohabitation entre les religions et la mixité culturelle avaient laissé place à l'uniformisation.

La foi était le grand principe organisateur de la société ottomane, et, avec le temps, toute conscience d'appartenance ethnique avait disparu. C'était la mise en application de l'idéal de Rachid. Il savait que rien ne mettait autant la stabilité d'un État en péril que les particularismes ; il en avait fait l'expérience directe dans sa patrie d'origine, lors de sa vie d'avant. Et cela avait mis toute la région à feu et à sang.

Oui, l'empire lui devait tout, à commencer par son extraordinaire longévité, avait-il songé en observant les deux médecins. Leurs soins allaient le payer de ses efforts en lui permettant de retourner finir ses jours dans le luxe et la prospérité.

Il ne laisserait rien – absolument rien – se mettre en travers de son chemin.

5

En arrivant au quai du pont Bayezid, Kamal et Taymour montrèrent leur badge et passèrent le cordon de la Zaptiye pour rejoindre les quelques policiers regroupés sur les lieux. L'un d'entre eux fronça les sourcils en les voyant approcher.

— Ah, formidable ! s'exclama-t-il avec un ricanement, sachant très bien que Kamal et Taymour étaient à portée de voix. On n'a plus de souci à se faire. Les « experts » sont là.

Les guillemets, parfaitement audibles, n'avaient aucun besoin d'être accompagnés du geste pour être compris.

— *Salam 'alaikum* à vous aussi, *mulazim komiser*, répondit Kamal avec un sourire sardonique. Ça vous dérange qu'on jette un œil ?

— Jetez, jetez, ça ne me dérange pas, mais que vous pensiez tout naturel de débarquer pour nous piquer l'enquête, là, oui, ça coince. Qu'est-ce qui vous prend, les gars ? On dirait que vous avez besoin de fourrer votre nez partout ces temps-ci.

— Ça n'est pas moi qui décide, répondit Kamal avec un haussement d'épaules en approchant du cadavre. Ce sont les ordres.

— Franchement, on avait beaucoup mieux à faire aujourd'hui qu'à venir vous embêter. Ne vous noyez pas dans un verre d'eau, plaisanta Taymour avec un clin d'œil, visiblement ravi de son bon mot.

— Ils sont jolis, vos ordres ! s'indigna le capitaine. Mais qui sait ? Ça se trouve, ce pauvre *effendi* complotait avec d'autres misérables pour inonder la ville en détournant le fleuve et votre présence va tous nous sauver.

— Ça ne serait pas la première fois… qu'on vous sauverait, je veux dire, rétorqua Taymour, presque obligé de l'écarter pour rejoindre Kamal.

Un an plus tôt, Kamal aurait lui aussi trouvé absurde qu'on l'envoie enquêter sur ce genre d'affaire. Ce n'était qu'un cadavre repêché dans la Seine. Pour l'instant, rien ne laissait présager d'un lien avec un acte terroriste ou d'une atteinte à la sécurité publique. Accident, meurtre ou suicide – ce décès était plus que probablement du ressort de la police ordinaire. Mais les temps changeaient. Les menaces sur l'ensemble de l'empire poussaient les chefs de la Hafiye à une extrême vigilance dès qu'un événement suspect survenait. En conséquence, Kamal et Taymour étaient souvent envoyés pour superviser des affaires qui, tout du moins à première vue, n'étaient pas de leur ressort.

Un état de fait que n'appréciaient pas beaucoup les flics parisiens, qui avaient l'impression qu'on marchait sur leurs plates-bandes.

Kamal souleva le drap pour exposer le corps.

Sexe masculin, la cinquantaine. Bizarrement, l'homme était nu.

— On sait quoi ? demanda Kamal.

— Vous rigolez ? lâcha le capitaine. Vous voulez dire que vous n'avez pas déjà tout deviné ?!

Kamal lui jeta un regard froid et impatient.

— Plus vite nous établirons que l'affaire ne nous concerne pas, plus vite nous vous ficherons la paix.

— Ce qui n'empêche que pour ma part je garderai toujours dans mon cœur l'éblouissant souvenir de notre rencontre, ajouta Taymour.

Kamal lança un regard réprobateur à son coéquipier.

Le capitaine poussa un soupir résigné.

— Bien, dans ce cas…

Il désigna un homme assis sur un banc non loin du pont. Deux policiers l'encadraient.

» Vous voyez cet homme ? Il était en train de pêcher du haut du pont Osman. Il a vu passer le corps qui flottait entre deux eaux. Il nous a avertis. La brigade fluviale a posé des filets ici, en bas de ce pont, et l'a récupéré.

Kamal s'assit sur ses talons pour examiner de plus près la victime. Il remarqua aussitôt quelque chose. Une nette meurtrissure autour du cou. Par ailleurs, il n'y avait pas de spasme cadavérique, même si cela n'avait rien d'exceptionnel. En tout cas, ce n'était ni un accident de baignade ni un suicide.

— Je suppose qu'il n'avait pas d'identification, dit Taymour. Vous avez bien regardé partout ? Vraiment partout… ? insista-t-il lourdement avec un clin d'œil.

Ignorant son partenaire, Kamal demanda :

— Le légiste a pu établir l'heure de la mort ?

— Récente, répondit le capitaine. Il n'est pas resté longtemps dans l'eau.

Kamal hocha pensivement la tête en observant le fleuve. Le courant n'était pas fort en cette saison. Le corps n'avait pas dû beaucoup dériver.

— Il faut trouver où il a été mis à l'eau, dit-il, et ce qui est arrivé à ses vêtements.

— Bravo, ironisa le capitaine. Grâce à Dieu, vous êtes là…

Kamal se redressa sans réagir. Il leva les yeux pour voir s'il y avait des caméras de surveillance, puis il plongea la main dans sa poche et en retira une carte qu'il tendit au policier en la tenant entre deux doigts.

— Tenez-moi au courant de ce que découvriront vos hommes. Nous attendrons vos informations avant de boucler notre rapport, acheva-t-il avec un regard appuyé.

Comprenant bien l'ordre caché, le policier prit la carte avec mauvaise humeur.

Kamal fit un signe de tête à Taymour, et ils repartirent.

— C'est pas croyable, un con pareil, grommela Taymour au volant de leur voiture, en prenant le boulevard qui remontait le fleuve vers l'est. Nous, on est noyés sous le boulot, ajouta-t-il, goguenard. On a des plus gros poissons à attraper.

Kamal fronça les sourcils.

— C'est fini, oui ? Autrement, je rentre à pied.

Taymour se contenta de rire.

En fait, Kamal n'avait pas été plus heureux d'être appelé sur l'affaire que les enquêteurs ne l'avaient été de le voir arriver. Il avait en effet, pour rester dans le ton des plaisanteries douteuses de Taymour, de plus gros poissons à ferrer. Les baleines du terrorisme, et pas les petits poissons rouges des homicides ordinaires. Il comprenait l'exaspération de ses collègues. Si c'était un meurtre, la police ne devait avoir aucune envie de partager l'affaire pour la bonne et simple raison que dans le Paris ottoman les homicides étaient rares. La peine capitale prévue par la charia était fortement dissuasive. On ne voyait pratiquement plus que des crimes passionnels et des crimes d'honneur – des femmes assassinées par des hommes de leur entourage qui estimaient qu'elles avaient déshonoré la famille, en général pour avoir fui avec un amant, ou pour être tombées enceintes en dehors du mariage. Des cas devenus très rares dans les grandes villes, où les attitudes avaient changé, surtout depuis que le précédent sultan, Mourad V, un grand progressiste, les avait fait interdire. Mais son successeur, Abdülhamid III, avait redonné du pouvoir aux imams et était revenu sur bon nombre de réformes, avec pour résultat une recrudescence des crimes d'honneur. Loin des villes, de toute façon, la société n'avait quasiment pas évolué. On restait très attaché aux anciennes valeurs et aux fondamentaux : « on ne touche pas à mon cheval, à mon fusil et à ma femme ». Sans doute fallait-il remettre la formule au goût du jour en remplaçant le cheval par la voiture, mais pour l'essentiel, dans beaucoup de provinces de l'empire, les mœurs étaient encore profondément ancrées dans le système tribal patriarcal.

Seulement, en l'occurrence, il ne s'agissait pas d'un crime d'honneur.

Le corps ne leur apprendrait pas grand-chose d'autre. Il n'y avait pas eu de déclaration de disparition. Kamal avait déjà appelé le centre de surveillance de la Hafiye pour demander à un analyste expérimenté qu'il connaissait de visionner tous les enregistrements des caméras des quais depuis les premières lueurs de l'aube, en remontant d'une *fersah*, soit six kilomètres, à partir de l'endroit où l'homme avait été repêché. Cela porterait sûrement ses fruits. Les services de sécurité installaient de plus en plus de caméras partout, et il n'y avait quasiment plus un coin de la ville qui n'était pas couvert en permanence.

Le jour sacré du repos n'étant pas terminé, Kamal et Taymour en profitèrent pour aller s'installer à la terrasse d'un *kahvehane* sur la rive gauche. Ils se retrouvèrent assis à une table, un jeu de backgammon et une cruche de citronnade à la menthe au milieu, un narguilé fièrement dressé de chaque côté.

Des cliquetis de dés, des gargouillements d'eau, des conversations animées montaient de toutes parts. Le café, bondé, était occupé par des hommes de tous âges installés sur des chaises de bambou cintré, se livrant aux délices des trois grands loisirs traditionnels. Des serveurs ceints de tabliers blancs crasseux se faufilaient entre les tables, plateau en équilibre sur une main, transportant un chargement vacillant : minuscules tasses de café d'un noir d'encre, verres de thé arabe très sucré, pincettes pour les charbons incandescents servant à allumer le tabac des pipes à eau. Il n'y avait pas une femme, ce *kahvehane* ne proposant pas de « zone familiale » qui leur aurait permis de s'attabler entre elles ou avec leur mari, leur père ou leurs frères. À Paris, rares étaient les cafés qui offraient de tels espaces.

— Allez, susurra Taymour, *do chich*…

Tenant les petits dés en ivoire avec trois doigts, il les embrassa, avant de les envoyer rouler sur le tablier de jeu marqueté de motifs géométriques.

Les dés tournoyèrent puis s'arrêtèrent… bien entendu, sur deux six.

— *Sonnez trompettes !* s'écria Taymour en soulignant son succès d'un geste triomphal du poing.

Pour une raison obscure, selon une tradition aussi antique que le jeu lui-même, on utilisait toujours dans l'empire les nombres persans pour nommer les combinaisons. Le « Sonnez trompettes ! » de Taymour pour désigner ce doublet était lui aussi un vestige linguistique, venu cette fois du passé français de l'*eyalet*.

Taymour ne se donna pas la peine de déplacer ses pions. Grâce à ce coup, il venait d'obtenir le nombre de déplacements suffisant pour gagner la partie. Pour bien marquer sa victoire, il tira avec une telle énergie sur son narguilé que les gargouillis furent un chant de triomphe contre son adversaire, puis il se renversa sur sa chaise avec un immense sourire de satisfaction.

— Tu as eu ton compte pour ce soir ? Ou tu veux encore te faire piler ?

Kamal fronça les sourcils, puis il remonta les deux parties de la boîte de jeu vers le haut, la refermant d'un coup sec comme une huître à la verticale.

— *Hasiktir* ! pesta-t-il. Pas moyen de te battre aujourd'hui !

Cet éclat de voix fit sursauter les clients autour d'eux. Chez les Ottomans, il était très mal vu d'être mauvais joueur au backgammon, mais ce soir les deux hommes ne pouvaient que s'attirer la sympathie.

— Ne lui menez pas la vie trop dure, Taymour Agha, dit en riant un homme assis à la table voisine. Aujourd'hui, vous êtes tous les deux des champions.

Il leva son verre à leur santé, imité par une vague d'admirateurs qui se joignirent à lui pour leur porter un toast.

Taymour les salua en levant son verre, tout sourire, et inclina la tête en remerciement.

— À nos héros ! lança la grosse voix joviale du cafetier qui apportait un plateau de boissons, bedaine en avant. Vous m'en direz des nouvelles, ajouta-t-il en posant devant eux deux grands verres de *khoshâb* à la grenade et à la prune. Je l'ai préparé pour vous, avec un soupçon d'ambre, de musc… et de mon ingrédient secret.

Il fit une pause théâtrale, puis se pencha vers eux avec un clin d'œil pour révéler dans un murmure :

— Glycine…

Taymour le remercia d'un signe de tête et attendit que l'homme se soit éloigné pour se tourner vers son coéquipier.

— Bon, t'as fini ?

— Quoi ?

— De faire la tête. Tu ne t'es pas regardé. C'est le plus beau jour de notre vie – tout le monde nous envie ! Allez, mon frère, respire, ajouta-t-il en se penchant vers Kamal pour lui donner une grande claque sur l'épaule.

Kamal leva son verre sans enthousiasme.

— Tu as raison, soupira-t-il avant de boire.

Taymour plissa le front.

— Bon, ta belle-sœur a fait ami-ami avec un ennemi de l'État. C'est son problème, pas le tien. C'est une grande fille. Tu n'y peux rien.

— Je sais… Je sais…

— Tu devrais parler à Ramazan. Il a intérêt à la reprendre en main avant qu'elle ne se compromette dans une affaire qui pue.

Kamal eut un rire moqueur.

— La reprendre en main ? Tu plaisantes ? On ne donne pas d'ordres à Nisrine. Personne n'a jamais eu la moindre influence sur elle. Sauf son père.

— Alors parle à son père.

— Ça risque d'être compliqué : il est mort il y a deux ans.

Taymour aspira une longue bouffée de fumée.

— Il va quand même falloir que quelqu'un la recadre… lâcha-t-il, avant d'ajouter, à voix basse : Je ne veux pas que tu aies des ennuis à cause d'elle.

— Tu t'inquiètes seulement pour moi, ou pour toi aussi ?

— Là, c'est injuste, frère, répondit Taymour avec un air de reproche.

Pris de remords, Kamal changea de ton :

— Pardon. C'est vrai… vu ce qui se passe, ça donne l'impression que nous allons tous avoir des ennuis un jour ou l'autre, je le reconnais.

Taymour ouvrit des yeux ronds.

— De quoi tu parles ?

— Je ne sais pas : tous ces dingues qui espèrent récolter leurs soixante-douze vierges en se faisant exploser, je suis à fond sur le coup, c'est sûr. Il faut les pourchasser, les attraper, jusqu'au dernier – absolument. C'est pour ça que j'aime ce boulot. La Rose blanche, les contestataires, les anarchistes comme Azmi qui veulent renverser le Divan. Il faut les arrêter, je ne remets absolument pas ça en cause. Mais le reste ? Ils font un procès à un animateur de la radio parce qu'il a mal parlé du fils du *beylerbey* en mentionnant ses affaires immobilières, un professeur d'université s'est fait renvoyer parce qu'il avait donné un cours sur les avantages de l'énergie solaire… On a même jeté en prison deux marionnettistes pour « incitation à l'anarchie » (il mima des guillemets en l'air), simplement parce que leur spectacle faisait le lien entre l'abandon des contrôles antipollution industriels décidé par le sultan et les usines du grand vizir qui ont empoisonné toute une ville.

— Aucune preuve n'a encore été apportée. Le ministère de l'Environnement étudie le dossier.

— Mais pour un spectacle de marionnettes, frère ?

Taymour haussa les épaules.

— Ça n'a rien à voir avec nous. L'affaire dépend de la section Z. C'est eux, les gars de la Z, qui s'en chargent.

— On fait partie de la même maison.

— Notre mission à nous, c'est d'attraper les tueurs. On ne fait rien d'autre.

— Oui, mais… tu ne trouves pas que c'est exagéré ? Ces temps-ci, on reproche des choses à un peu tout le monde. Au point que les gens ont la trouille d'avoir leurs propres idées.

— Et pourquoi pas ? répondit Taymour en rapprochant encore la tête. Certaines idées peuvent être plus dangereuses que des ceintures d'explosifs. C'est la guerre, frère. Peut-être pas la guerre dans le sens traditionnel, mais c'est la guerre quand même. Nous sommes soumis à des attaques de toutes parts, et nous sommes vulnérables. Si nous laissons des fissures lézarder l'édifice, tout pourrait s'écrouler.

À cet instant, le téléphone de Taymour annonça un texto par un bip. Il le prit avec un sourire.

» Sauvé par le gong. C'est une conversation beaucoup trop sérieuse pour aujourd'hui, frère.

Il parcourut l'écran du regard et son sourire s'agrandit.

— T'as un rencard ? demanda Kamal.

— Tu n'es pas tombé loin, mais au pluriel, pas au singulier.

Kamal joua le jeu, mimant l'exaspération que son camarade attendait de lui en levant les yeux au ciel.

— Bon, j'y vais, dit Taymour. Respire, et ne te fais pas de bile, mon frère. Ou il va falloir que je me trouve un autre coéquipier, ajouta-t-il en lui adressant un clin d'œil.

— Pas de problème… Je me calme. À demain.

— C'est bien. À demain matin, au château, la fleur au fusil.

Taymour s'avança entre les tables de ses admirateurs qui n'attendaient que ce moment pour lui taper dans le dos.

— Pas de repos pour les défenseurs de la paix, conclut-il en brandissant l'index. N'oublie pas qu'on compte sur nous pour arrêter les méchants.

6

Au coucher du soleil, après la prière du *maghrib*, suffisamment de temps s'était écoulé depuis que le mystérieux patient avait été admis à l'hôpital pour qu'on l'opère sans danger.

Ce serait malgré tout une entreprise délicate, son histoire médicale totalement inconnue plaçant ses médecins dans l'incertitude, surtout Ramazan, chargé de l'anesthésie. Les conditions, loin d'être idéales, représentaient même un risque. L'opération à cœur ouvert – inévitable – n'était pas une procédure bénigne. L'anesthésiste devrait simplement redoubler de prudence et surveiller d'un œil de lynx les paramètres vitaux pendant l'intervention, qui allait durer plusieurs heures.

Plus facile à dire qu'à faire : Ramazan avait bien du mal à se concentrer à cause des tatouages étranges. Il n'avait jamais rien vu de semblable, et les rares mots qu'il était parvenu à déchiffrer avaient éveillé en lui une curiosité inextinguible, soulevant quantité de questions.

Ils étaient au bloc, dans la salle de pré-anesthésie, où les patients étaient préparés pour l'intervention. Près du lit, une infirmière notait sur un tableau les données fournies par les moniteurs, pendant que Ramazan préparait les produits pour la perfusion intraveineuse.

Tout en travaillant, Ramazan ne pouvait s'empêcher de jeter des coups d'œil à son patient, et chaque fois il découvrait que l'homme le contemplait fixement d'un air dur et impénétrable. C'était inhabituel – et perturbant. En général, avant l'intervention, les patients étaient inquiets. Ils se livraient corps et âme, mettaient leur vie entre les mains d'inconnus. Après tout, il était fort possible que l'anesthésiste soit la dernière personne à laquelle ils adresseraient jamais la parole. Cette crainte leur donnait envie de se confier et de parler, surtout de leurs angoisses. Et s'ils ne se réveillaient pas ? Ou, plus terrifiant, s'ils reprenaient conscience pendant l'opération ? Le plus souvent, ils avaient un besoin désespéré qu'on les rassure, ce que Ramazan faisait volontiers. Il estimait que cela représentait une partie de son travail, de leur changer les idées en leur faisant la conversation.

Ce patient-là au contraire n'avait pas besoin qu'on le rassure et ne paraissait pas inquiet. Il avait plutôt l'air de tout surveiller, à l'affût, tendu, regardant intensément ce qui l'entourait. Prêt à bondir. Et tout cela en gardant un silence hostile.

D'où sort ce type ? se demandait Ramazan, tout en n'étant pas certain de vouloir le savoir.

Anbara entra.

— Ils vous attendent.

Ramazan fit un signe de tête à l'infirmière et se tourna vers le patient, remarquant sur le moniteur que son rythme cardiaque s'accélérait – une réaction tout à fait normale. Beaucoup plus que l'indifférence précédente. Jusque-là, il n'avait pas semblé le moins du monde impressionné.

— Je vais vous administrer un sédatif léger, lui expliqua Ramazan, et puis nous vous emmènerons en salle d'opération.

Il avait planté l'aiguille dans le cathéter et s'apprêtait à injecter le produit quand l'homme lui saisit brusquement le poignet. Il serra si fort que Ramazan ressentit une vive douleur et se trouva dans l'impossibilité de bouger. Le patient, le clouant d'un regard menaçant, repoussa son masque à oxygène de son autre main pour dégager sa bouche. Et, pour la première fois, il parla :

— Je vous avertis, ne vous avisez pas de saboter la besogne, *hekim,* siffla-t-il entre ses dents. Prenez bien garde à ce que vous faites, parce que vous – vous tous, autant que vous êtes – vous me devez tous une fière chandelle. Vous, ajouta-t-il en pointant un doigt agressif vers le visage de Ramazan, et tous les autres. Rien de tout ceci n'existerait si je n'avais rien fait. Compris ?

Sidéré, Ramazan resta pétrifié. Puis il réussit à retrouver le contrôle de sa main libre, et il appuya sur le piston pour envoyer le calmant dans les veines – il fit tout passer d'un coup. Il ne fallut que quelques secondes pour que le sédatif commence à agir, et que Ramazan sente les doigts du patient se détendre. Il se dégagea de son étreinte, tâchant de recouvrer son calme, et posa la main sur le lit. Il jeta un coup d'œil à Anbara, vit sur son visage la même surprise et le même choc qu'il ressentait.

Elle ne fit aucun commentaire. Lui non plus. Il baissa de nouveau les yeux sur son patient.

Ce dernier le surveillait toujours, mais son regard se voilait.

— Ne vous inquiétez pas, lui dit Ramazan, s'évertuant à cacher à quel point il était perturbé. Je vais vous donner quelque chose contre la douleur avec l'anesthésie, et, *inch'Allah*, vous ne vous apercevrez de rien.

Les paupières de l'homme s'abaissaient. Il avait du mal à garder les yeux ouverts, mais sur sa bouche se dessinait un demi-sourire inquiétant.

— Faites bien votre travail, *hekim*, marmonna-t-il, la bouche pâteuse. Vous me devez tous bien ça. Le sultan aussi. Il est au courant.

Même dans cet état de semi-conscience, il restait menaçant. Finalement, les mots devinrent indistincts, et il sombra dans l'inconscience.

Une fois qu'il eut fermé les paupières, Anbara lui remit le masque à oxygène sur le visage. Elle leva les yeux vers Ramazan, déroutée, apeurée.

— Allez, on l'embarque, dit-il.

Pendant toute l'opération, Ramazan resta songeur.

Fonseca implanta la prothèse mitrale avec calme et professionnalisme, ayant déjà réalisé l'opération un nombre incalculable de fois. De son côté, Ramazan avait un mal fou à se concentrer. Il était encore perturbé par le comportement étrange de l'inconnu.

Il n'avait rien dit à Fonseca. Plus tard, il le ferait bien sûr, mais il avait préféré attendre la fin de l'intervention. Il avait besoin de temps pour réfléchir.

Ramazan savait d'expérience que la vraie nature des gens se révélait généralement sous sédation, et davantage sous anesthésie. Il l'avait maintes fois constaté au moment où les patients sombraient dans l'inconscience, et plus ensuite, car il fallait des heures pour que les produits chimiques soient évacués du système. Dans la zone grise entre la conscience et l'inconscience, les tendances naturelles et le vrai tempérament se révélaient. Les heureuses natures avaient tendance à rire pour un rien ; les agressifs étaient hostiles. Les enfants se réveillaient en appelant leur mère. On laissait aussi parfois échapper des secrets, mais ces vérités n'étaient souvent que des événements qui avaient marqué le corps du patient comme son psychisme : des grossesses non désirées, des cancers, des maltraitances physiques. Des gens réputés courageux avouaient leur terreur à l'idée de ne pas se réveiller ; d'autres se croyaient au confessionnal, espérant peut-être recevoir l'absolution avant la mort redoutée.

Une fois les effets du sommeil artificiel dissipés, les patients oubliaient en général ce qu'ils avaient dit.

Dans le cas présent, malgré l'absurdité et l'incohérence du discours de l'inconnu, Ramazan avait perçu une étrange authenticité. Il avait le sentiment dérangeant que cet homme croyait totalement à ce qu'il racontait. Ce qui voulait peut-être dire qu'il avait l'esprit dérangé. Que c'était un fou.

Mais il ne s'agissait pas seulement du sens de ses paroles. Ce qui le rendait le plus perplexe, c'était la langue même qu'il avait employée.

L'homme s'était exprimé dans un dialecte très étrange. Ramazan n'arrivait pas à déterminer exactement son origine. Ce n'était pas le turc ordinaire dont il avait l'habitude, la langue véhiculaire qui avait supplanté le français dans la région mais qui, au cours des siècles, s'était approprié une abondance de mots français. Non, cela ressemblait à du turc ottoman, la langue impériale complexe qui n'était plus utilisée que pour rédiger les documents officiels, les travaux universitaires, et qui survivait dans les conversations prétentieuses de l'élite intellectuelle. Ramazan ne l'avait jamais entendu utiliser dans les échanges courants. Et puis ce n'était même pas le turc ottoman qu'il connaissait : la syntaxe et le vocabulaire que cet homme avait employés étaient extrêmement inhabituels, empruntés et formels. Ramazan avait beaucoup voyagé. Il s'était aventuré jusqu'à Istanbul et au Caire, mais il n'avait jamais entendu personne parler cette forme de turc auparavant. C'était une langue tout à fait surprenante, qui lui rappelait les vieux textes classiques qu'il avait étudiés autrefois.

Et puis il y avait les tatouages en miroir.

Ramazan ne pouvait se défendre d'être intrigué. On lui reprochait souvent d'être obsessionnel – Nisrine, surtout, qui le taquinait sur ses manies ; son père et son frère aussi, du temps où ils étaient encore proches. Ce trait de caractère était plutôt un avantage dans son travail, qui demandait une grande précision, et courant dans sa profession. N'empêche, à l'hôpital, ses collègues se moquaient souvent du rituel de dix minutes qui accompagnait ses poses de cathéter. Obsessionnel ou non, il ne put empêcher son regard de retourner vers les tatouages pendant toute l'opération, qui, au total, prit pratiquement cinq heures. Le torse de l'homme avait beau avoir été rasé par une infirmière, Ramazan ne voyait toujours pas grand-chose. Le thorax était ouvert, et la peau encore visible était repliée et masquée par l'écarteur, la solution antiseptique et le champ opératoire.

Une fois que Fonseca eut terminé de poser les points de suture, Ramazan réduisit la dose d'anesthésique. Le processus de réveil serait progressif : Ramazan garderait le patient intubé et endormi encore plusieurs heures. Le tube de ventilation enfoncé dans sa gorge qui lui permettait de respirer, la douleur et le stress de se retrouver dans un service de réanimation étaient aussi pénibles que l'opération elle-même. On prolongeait souvent le sommeil – pendant un temps variable, car chaque situation était unique. Il n'y avait pas eu de complications pendant l'intervention, mais étant donné l'âge du patient mystérieux et son état général Ramazan ne comptait pas le ramener à la conscience avant au moins cinq ou six heures.

Fonseca quitta la salle d'opération en abandonnant l'inconnu entre les mains capables de l'anesthésiste. On ne ramena le patient en réanimation, chez les hommes, que tard, et Ramazan était épuisé. Il aurait dû rentrer chez lui.

Mais il ne voulait pas partir. Il avait encore quelque chose à faire.

C'était plus fort que lui : il ne pouvait pas résister à la curiosité, malgré cette petite voix qui l'avertissait de rester à l'écart.

Il voulait absolument regarder les tatouages de plus près.

Ramazan attendit patiemment que les infirmières du service branchent le patient au scope, installent l'intraveineuse et lui immobilisent les poignets à l'aide d'attache-mains pour l'empêcher d'arracher le tube du respirateur. Nisrine devait être avertie qu'il allait rentrer encore plus tard que prévu. Pour éviter de la réveiller, il lui envoya un texto. Elle répondit aussitôt, annonçant qu'elle allait se coucher. Il répondit « Bonne nuit », et la réponse fut un laconique ب –, le raccourci pour *bawsa*, un baiser, d'usage dans tout l'Empire ottoman, et non le *x* qui avait cours en Amérique, symbole d'origine religieuse chrétienne. L'échange manquait de passion, mais il ne s'en étonna pas car après les événements de la journée il ne s'attendait guère à la trouver d'excellente humeur. Et puis leur couple avait depuis longtemps perdu le peu de fougue de ses débuts. Au moins, ils étaient encore ensemble.

Il sortit du service de réanimation pour aller se chercher un café noir. Quand il revint dans la chambre du patient, la dernière infirmière en sortait. Il la salua d'une inclinaison de tête au passage, puis approcha du lit, sentant monter une violente appréhension.

L'inconnu était toujours inconscient.

Ramazan attendit à son chevet un long moment, fatigué, le cerveau embrumé, ne sachant même pas très bien ce qu'il faisait là, les doux bruits électroniques des moniteurs et le gargouillement du respirateur le plongeant dans une transe encore plus profonde. Et puis il se secoua, et, d'une main hésitante, écarta le drap et la chemise d'hôpital pour découvrir la poitrine de l'homme.

Il avait un large pansement à l'endroit de l'incision verticale, mais certains tatouages étaient maintenant visibles de part et d'autre, et en dessous.

Ramazan les contempla, hypnotisé. Puis il jeta un coup d'œil derrière lui pour s'assurer que personne n'entrait, attrapa son téléphone et prit rapidement plusieurs photos des tatouages. Il en prit aussi une du visage de l'homme, sans trop savoir pourquoi. Cela fait, il rangea son téléphone et recouvrit le patient.

Il resta là encore un moment à l'observer, ne comprenant pas bien pourquoi cet inconnu le fascinait autant. Puis, s'arrachant à cette énigme, il quitta la chambre et rentra chez lui.

7

Après le départ de Taymour, Kamal était rentré chez lui, un deux-pièces situé au dernier étage d'un immeuble sans ascenseur à trois cents mètres du Bazar des Halles et à présent envahi par la fumée du tabac à la pomme et au miel de son narguilé. Il avait une bouteille de raki bien fraîche à portée de main et une pizza à emporter – une grande mode récemment venue de l'*eyalet* de Naples – et il regardait passivement un programme insipide à la télévision.

Tout en n'ayant jamais été très sociable, Kamal n'était pas non plus un grand solitaire. Il vivait seul, mais cela n'avait rien d'extraordinaire pour un célibataire. Les cohabitations mixtes étaient bien sûr inenvisageables dans la société ottomane, vu la stricte limitation imposée par la tradition aux interactions entre les sexes. Les hommes et les femmes ne pouvaient pas se rencontrer librement : ils n'arrivaient à se voir au grand jour que brièvement, en compagnie de chaperons, et exclusivement dans la perspective d'un mariage. Même Mourad le réformateur n'avait pas pu faire grand-chose pour assouplir cette coutume. Évidemment, la nature humaine était ainsi faite qu'il était impossible de tenir le désir totalement en cage. Les gens trouvaient toujours le moyen de se voir en secret malgré les risques. Et le grand avantage du voile dans ce genre de cas était de permettre aux femmes de dissimuler leurs allées et venues.

La question des rencontres mise à part, la vie se compliquait depuis quelque temps, et les relations amicales de Kamal devenaient de plus en plus difficiles à conserver. Dans tous les milieux, les gens devenaient plus inquiets, plus craintifs, se repliaient sur eux-mêmes. Son travail commençait à l'isoler, jusqu'à éloigner de lui certains membres de sa famille et des amis proches, qui semblaient mal à l'aise en sa présence. Si beaucoup de gens le considéraient comme un héros et un protecteur – en particulier depuis les récentes arrestations –, d'autres le traitaient en paria, même s'il ne faisait partie que de l'unité antiterroriste et pas de la redoutable section Z chargée de la sécurité intérieure. Le plus souvent, cela ne le dérangeait pas trop : il considérait cette appréhension comme de la paranoïa mal placée. Ce qui l'ennuyait – et l'angoissait même plus qu'il ne l'aurait cru possible – c'était que son frère Ramazan et son épouse Nisrine faisaient partie de ceux qui ne voulaient plus le voir.

Quel intérêt avait-il à être adulé des foules, si les êtres qui lui étaient le plus chers le méprisaient à ce point ?

Une discussion avait dégénéré, des paroles malheureuses avaient été prononcées, et depuis des semaines ils ne l'invitaient plus chez eux et ne lui parlaient plus. Kamal ne les avait pas vus, ni son neveu et sa nièce, qu'il adorait, depuis – depuis quand déjà ? Il ne s'en souvenait plus. C'était… insensé. Il risquait sa peau pour les protéger, pour qu'ils puissent continuer à mener leur petite vie tranquille. Pourquoi refusaient-ils de comprendre cela ?

Taymour avait raison. C'étaient eux qui avaient tort. Nisrine choisissait mal ses amis. Après tout, Azmi était un traître – un membre de la Rose blanche. Elle n'aurait pas dû le fréquenter, et voilà tout.

Ils finiraient par comprendre et par accepter de le revoir. C'était impossible autrement.

Et pourtant… Ramazan et Nisrine étaient loin d'être des imbéciles. Bien au contraire. Comment pouvaient-ils se tromper à ce point ?

Comme pour le narguer, le bulletin d'information du soir qui commençait diffusa dès l'ouverture des extraits de la décapitation. Kamal attrapa la télécommande et changea de chaîne… pour tomber sur les mêmes images. Il zappa encore, vit de nouveau le sabre se lever. Il éteignit le poste, aspira une longue bouffée de son narguilé, et regarda dehors par la porte-fenêtre ouverte. Le ciel de cette fin de soirée était marbré de traînées mauves et roses, baigné d'une tranquillité qui ne correspondait en rien à son état d'esprit.

L'existence, autrefois, avait été plus facile.

Enfant, Kamal avait vécu dans un monde moins dur. Il y avait bien eu en toile de fond la guerre froide avec la RCA – la République chrétienne d'Amérique –, mais la situation était alors plus stable, beaucoup moins explosive. La grande guerre contre la Russie était en période de latence, les hostilités s'étant interrompues pour laisser place à un face-à-face tendu, même si le tsar ne manquait pas une occasion de reprocher à l'Islam ses incursions constantes sur les territoires orthodoxes. Le souverain russe ne semblait vouloir tenir aucun compte du bon traitement des populations slaves des Balkans sous le règne de Mourad V.

Malgré tout, c'était un temps de paix et de prospérité : les Ottomans, ayant depuis longtemps soumis leurs adversaires persans et conquis l'Arabie, contrôlaient les plus importants gisements de pétrole du monde, et les moins coûteux à exploiter. Forts de ce quasi-monopole sur les hydrocarbures, ils parvenaient à contenir les ambitions de leurs ennemis depuis près d'un siècle.

Sous le règne éclairé du précédent sultan, l'empire avait connu une période très faste. Résolument progressiste, infatigable réformateur, Mourad avait mis en œuvre une grande transformation sociale, économique, culturelle, et même religieuse, de son empire. Seule la refonte des institutions l'avait arrêté. Il avait réalisé des progrès prudents mais marqués dans le développement de l'éducation et des droits des femmes, amélioré la condition des défavorisés, encouragé les arts.

Mourad était aussi à l'origine du développement de l'Internet dans l'empire, une invention mise au point dans un laboratoire d'une université stambouliste – et que la société américaine, ardemment puritaine, refusait toujours obstinément.

Il avait tracé la voie d'une société plus juste et plus heureuse, mais c'était un périlleux exercice d'équilibrisme. L'assouplissement de la liberté d'expression joint à l'effet de réseau créé par l'Internet avait permis la diffusion de nouvelles idées radicales. Craignant d'avoir ouvert la boîte de Pandore, Mourad avait voulu s'assurer que ce libéralisme ne porterait pas atteinte à son autorité. Il fallait aussi empêcher que le débat public engendré par les réformes ne dégénère et ne provoque de l'agitation, car le pouvoir religieux conservateur, difficile à contenir, s'opposait à tout changement et leurs partisans.

Pendant un certain temps, Mourad était parvenu à maintenir l'ordre sans recourir à des mesures autoritaires excessives tout en préservant la *hayba* de son empire – sa bonne réputation, son prestige. Mais le difficile exercice des réformes était encore plus ardu loin de la capitale, en particulier dans une certaine région reculée de l'empire, l'*eyalet* de Dariya, dans la péninsule arabique.

Dans cette région, une dissidence islamiste de très longue date s'était ranimée et avait tourné à la révolte.

La source du conflit remontait à trois siècles, à l'époque où Saoud ben Mohammed Al Mouqrin, l'émir de Dariya, avait ouvertement critiqué les Ottomans après la conquête de ses terres. Il estimait Mehmed IV, le sultan d'alors, indigne d'être calife – c'est-à-dire chef spirituel des musulmans du monde entier et protecteur de la religion. Il déplorait que la plupart des Ottomans ne parlent même pas l'arabe, la langue du Saint Coran, et que de nombreux éléments de leur culture et de leur vie quotidienne soient en contradiction avec les traditions séculaires de l'islam orthodoxe. De plus, aucun sultan n'avait jamais fait le hadj, le pèlerinage à La Mecque, alors que c'était le devoir sacré de tous les musulmans. Saoud avait alors décidé de libérer son pays du contrôle ottoman et de le débarrasser de ce qu'il estimait être des pratiques hérétiques. Le sultan, qui se considérait comme l'ombre de Dieu sur la terre, avait très mal pris la chose. Au retour de sa conquête de Vienne, de Rome et du reste de l'Europe occidentale, il avait envoyé ses vassaux égyptiens prendre le contrôle de la péninsule, et avait condamné Saoud et un certain nombre de ses théologiens salafistes, en particulier un prédicateur du nom d'Abdelwahab, à être publiquement fustigés et humiliés avant d'être exécutés.

Trois cents ans plus tard, les idées de Saoud resurgissaient avec force. Les descendants d'Abdelwahab refusaient les réformes de Mourad sous prétexte qu'elles éloignaient l'empire de ses racines musulmanes, mais leur tactique avait changé. Des combattants armés et des kamikazes frappaient des cibles aléatoires un peu partout dans l'empire. Puis, un jour, ils s'en étaient pris à Istanbul même : ils avaient détourné un avion de ligne et l'avaient fait s'écraser sur le palais de Topkapi.

Le sultan était absent ce matin-là, sorti pour une partie de chasse impromptue, mais plus de deux cents de ses sujets avaient été tués.

La réaction de Mourad avait été impitoyable. Comme son ancêtre, il avait envoyé l'armée égyptienne pour soumettre les rebelles, mais cette fois avec le soutien de frappes aériennes et de drones. Les troupes avaient fait face à une résistance acharnée. Il y avait eu d'innombrables victimes civiles, mais la victoire de l'armée avait été proclamée, même si la campagne n'avait pas mis fin aux attaques sporadiques des fanatiques.

Le crash de l'avion sur le palais de Topkapi avait aussi eu des conséquences sur une tranquille famille parisienne. Kamal, tout juste sorti du lycée à l'âge de dix-huit ans, avait alors décidé d'entrer à l'école militaire de Poitiers au lieu de poursuivre ses études à l'université comme son frère aîné.

Il ne s'était jamais senti particulièrement attiré par le monde universitaire : c'était un garçon plutôt instinctif, et l'envie de défendre sa famille et ses concitoyens avait été trop forte pour y résister. Mais au moment où il avait reçu son diplôme et intégré l'unité antiterroriste de la Hafiye, la situation avait beaucoup changé.

Après quarante ans d'un règne irréprochable, Mourad V avait succombé à une rupture d'anévrisme à l'âge de soixante et onze ans.

Abdülhamid III, le tyran caractériel qui lui avait succédé, avait des idées diamétralement opposées à celles de son père.

Et comme un malheur n'arrive jamais seul, par une très regrettable coïncidence, la révolution énergétique américaine avait pris son essor juste à cette époque et tué la poule aux œufs d'or. Pratiquement du jour au lendemain, le pays avait plongé dans une grave crise économique.

Kamal trouvait très irritant que ce croche-pied énergétique soit justement l'œuvre des Américains, que les Ottomans traitaient depuis longtemps de racistes arriérés – la RCA était exclusivement chrétienne et blanche et refusait l'entrée du pays à qui que ce soit d'autre. En réalité, l'introduction d'alternatives au pétrole par les Américains n'aurait pas dû frapper aussi durement les Ottomans. Après tout, Elijah Huntington, le monarque élu américain, avait annoncé ses intentions publiquement longtemps avant que la transition ne soit effective.

Il y avait dix ans de cela, Huntington avait décrété que les Américains ne devaient plus dépendre d'un empire étranger pour leurs besoins énergétiques – et d'autant plus que cet empire était musulman. Il voulait que l'Amérique découvre et produise elle-même une alternative au pétrole. Il était également essentiel que la solution trouvée respecte l'environnement. Cette dernière condition n'était pas seulement liée à une prudente stratégie à long terme : elle était aussi dictée par la foi. Huntington était guidé par sa croyance profonde dans les enseignements du Christ, et restait fidèle à une longue tradition puritaine. La planète – création divine – devait à tout prix être protégée, c'était son devoir sacré et sa fervente conviction.

Les discours enflammés de Huntington avaient enthousiasmé l'opinion publique ; les hauts fonctionnaires et les grandes entreprises, malgré un lobbying intense de la part des constructeurs automobiles et des exploitants de mines de charbon, n'avaient pu que suivre le mouvement. D'un bout à l'autre des Amériques, les scientifiques s'étaient attelés à la tâche et en moins de dix ans étaient parvenus à concrétiser le rêve d'une énergie propre : éoliennes, centrales houlomotrices et solaires devenant les principales sources d'électricité dans la nation chrétienne. Alors que l'Empire ottoman s'accrochait obstinément à l'énergie fossile et en restait dépendant, les Américains, qui avaient aussi en tête d'affaiblir leurs rivaux musulmans, avaient mené une politique agressive de promotion de leurs nouvelles technologies en Extrême-Orient et en Afrique. Ils avaient rencontré un excellent accueil dans ces régions, trop heureuses de se joindre à la révolution énergétique.

Le cours du pétrole – la principale source de revenus de l'empire – s'était effondré, passant de plus de cent kourouchs à son niveau actuel de dix kourouchs.

Les conséquences commençaient à se faire durement sentir.

En ces temps de crise, les Ottomans auraient mieux résisté sous la houlette d'un dirigeant noble et sage, un Mourad V au tempérament calme et raisonnable. Mais Mourad n'était plus là, et Abdülhamid III était tout sauf calme et raisonnable.

Le nouveau sultan était âgé de quarante-six ans l'année où il s'était emparé du pouvoir à la mort de son père. Il n'avait pas été choisi pour régner, et n'était pas le fils aîné du sultan. La règle de succession dans l'Empire ottoman suivait une tradition ancestrale qui ne permettait pas de désigner d'héritier pour le trône. Le sultan avait de nombreux fils, nés dans le harem d'une multitude de concubines esclaves chrétiennes, hors mariage, et élevés dans le palais. Ces enfants du souverain, frères et demi-frères, devaient se livrer bataille pour accéder au trône. Le vainqueur faisait alors tuer tous ses rivaux – ses frères, cousins, oncles, tous les parents mâles susceptibles de revendiquer la première place. Cette « loi du fratricide » assurait que seuls les princes les plus féroces régneraient.

Malheureusement pour l'empire, Abdülhamid n'avait pas

grand-chose à lui apporter que son narcissisme et un amour immodéré pour le pouvoir. Guidé par un ego démesuré, de caractère violent, d'esprit rigide et étroit, il n'avait pas les qualités requises pour lutter contre le tsunami économique causé par la réalisation du rêve de Huntington.

Alors que le cours de la monnaie chutait et que l'économie s'effondrait, Abdülhamid, entouré d'un gouvernement composé de vils flatteurs uniquement préoccupés de leurs propres intérêts, avait mis en place des mesures pour installer la rigueur. Il augmenta les impôts des catégories laborieuses, alors que, à la grande indignation du peuple, les *askeri* – la classe privilégiée des dignitaires religieux, militaires et civils – en étaient exemptés. Les services publics, en particulier l'école et la santé, furent frappés par des coupes budgétaires de plus en plus handicapantes. L'inflation grimpa en flèche. Les dépenses impériales publiques furent pratiquement réduites à néant, et le peu qui restait fut attribué à Istanbul et ses environs, la capitale du sultan, où les protégés de ce dernier dilapidaient les fonds en gonflant les factures.

Inévitablement, cela fit monter l'agitation.

Les gens descendirent dans la rue. Il y eut des manifestations, des émeutes, violemment réprimées par les autorités et suivies d'arrestations massives.

D'autres réactions à la crise furent beaucoup plus insidieuses et difficiles à étouffer. A priori, on ne pouvait pas faire grand-chose contre la remise en cause du pouvoir absolu.

Partout dans l'empire, des intellectuels, galvanisés par l'ampleur du mécontentement, se mirent à réfléchir à des alternatives à un statu quo inchangé depuis des siècles. Ces réflexions fleurissaient tout particulièrement aux confins de l'empire, dans cette vieille capitale des arts et de la culture qu'était Paris. Les murmures se faisaient de plus en plus insistants. Les idées radicales ne se cantonnaient plus aux conversations privées, et des questions auparavant impensables arrivaient à être imprimées et même exprimées publiquement à la radio et à la télévision.

Alors vint le temps de la répression.

La surveillance de la population, facilitée par le « Système de crédit social » obligatoire instauré par l'État, se fit générale. Les chaînes de radio et de télévision furent nationalisées et placées sous le contrôle d'un Conseil supérieur de l'audiovisuel. Les journaux qui contestaient les actions du sultan furent rappelés à l'ordre et purgés de leurs meilleurs journalistes puis placés sous la direction d'hommes aux ordres du pouvoir. D'innombrables professeurs d'université et avocats perdirent leur travail.

À l'époque de l'entrée de Kamal à l'école militaire de Poitiers, les quelques braves qui se risquaient à critiquer le Divan et l'élite au pouvoir s'exposaient soit à une lourde amende, soit à des coups de fouet, soit à une petite peine de prison. Ces temps étaient depuis longtemps révolus. Les prisons étaient pleines d'« ennemis de l'État » gardés au secret sans qu'aucune information soit donnée aux familles, toutes les affaires relevant de l'article 275 du Code pénal ottoman relatif au crime de haute trahison étant classées secret-défense.

Kamal se retrouva en plein cœur de l'action. Loyal sujet du sultan et patriote, il avait le devoir de protéger l'État, un État dont la sécurité était en effet mise à mal. On avait dit à Kamal que des mesures d'exception étaient nécessaires, mais de plus en plus de gens dont il respectait l'opinion – Nisrine et son frère en premier lieu – affirmaient le contraire. Ils pensaient que cette main de fer qui se posait sur le pays n'était qu'une manœuvre parfaitement cynique. Abdülhamid et ses vizirs corrompus agitaient le spectre du terrorisme islamiste pour opérer l'amalgame entre extrémisme et dissension politique. Ainsi, ils pouvaient qualifier de « subversion idéologique » et de « haute trahison » toute opposition à leur pouvoir.

Kamal aspira une longue bouffée de son narguilé et, laissant l'action relaxante de la fumée pénétrer jusqu'aux replis les plus reculés de son esprit, il repensa à sa dernière conversation téléphonique avec son père, quelques semaines plus tôt. Après la mort de sa femme, emportée par un cancer galopant sept ans auparavant, il avait quitté Paris et son métier de vétérinaire pour aller élever des poulets dans le Périgord. C'était un homme sérieux, d'une génération plus ancienne, plus conservatrice, qui avait tendance à soutenir le sultan sans se poser de questions. Il avait rappelé à Kamal ses responsabilités, la nécessité de protéger les sujets de l'empire, et ses devoirs vis-à-vis du sultan et de son Dieu. Cette discussion mise à part, Kamal se réconfortait aussi en se référant à une doctrine apprise à l'école militaire, et que ses supérieurs répétaient à cor et à cri depuis le début de l'agitation : les citoyens n'avaient pas le droit de se révolter contre leurs dirigeants, parce que la civilisation était le fruit d'un consensus social et politique, et qu'une remise en cause continuelle des traditions conduirait inévitablement à l'anarchie.

Et rien n'était pire que l'anarchie.

On frappa à la porte, mais il fallut un moment à Kamal pour réagir.

Le bruit n'était pas très fort – deux petits coups furtifs, familiers. Il examina sa montre. 22 heures passées. Il hésita à répondre, puis, quand le tapotement reprit, il s'arracha à son gros coussin de sol pour aller ouvrir.

Leyla se glissa à l'intérieur, referma derrière elle sans bruit et lui fit face, le dos appuyé au mur, les yeux et les lèvres brillant de désir.

Kamal la contempla, incertain.

— Leyla, ce n'est pas une très bonne idée ce soir de...

Elle lui appuya un doigt à l'ongle parfaitement manucuré sur la bouche.

— Ne dis pas de bêtises. Profite de ce que je suis là. Tu es un héros ! ajouta-t-elle avec un sourire admiratif.

— Je ne...

Elle le fit taire d'un baiser.

— Tout le monde dort chez moi... À poings fermés.

Elle vivait chez ses parents avec son petit frère, deux étages plus bas.

Dans une société régie par la charia, sa présence chez Kamal était extrêmement dangereuse pour tous les deux – ce qui rendait la situation d'autant plus excitante.

C'était une jeune femme fort séduisante, au visage et au corps parfaits. Kamal était devenu un fin connaisseur de l'un et de l'autre à des moments volés, qu'elle était presque toujours la première à provoquer. Elle était jeune – à peine vingt ans –, dotée d'un esprit indomptable, d'une audace et d'un courage sans limites. Comme tant d'autres jeunes femmes de son époque, Leyla savait parfaitement comment contourner les règles sévères qui régissaient tous ses faits et gestes, et elle avait la ferme intention de ne pas gâcher sa jeunesse. On allait bientôt la marier à un homme beaucoup plus âgé qu'elle, un riche bijoutier qu'elle n'avait rencontré que deux fois sous la surveillance d'un chaperon, et voilée. Ces deux entrevues lui avaient suffi pour comprendre que son fiancé préférait les hommes aux femmes, mais elle savait aussi qu'il lui apporterait un confort que ses parents ne pouvaient pas lui assurer. Elle allait nager dans l'opulence, et même si Kamal aurait emporté sa préférence, il avait clairement établi dès le début de leur liaison qu'il n'était pas question de mariage.

Il recula la tête avec un petit rire indulgent, mais elle lui posa de nouveau le doigt sur la bouche, cette fois avec un mouvement de gauche à droite autant destiné à le réprimander qu'à l'aguicher. Elle le regardait par en dessous, ses yeux sombres levés vers lui, enjôleurs, ses lèvres humides et charnues entrouvertes, tentatrices. Les battements de son cœur se précipitant, Kamal n'eut plus aucune envie de la chasser, pris d'une dévorante faim d'elle.

Il lui attrapa la main pour se libérer, posa durement la bouche sur la sienne, et l'embrassa profondément. Elle se cambra en avant pour rencontrer son corps, ses lèvres s'ouvrant pour accueillir sa langue et y mêler la sienne, tandis qu'il se pressait contre elle, la clouant au mur, lui prenant le visage à deux mains pour la tenir et se repaître de sa bouche comme un animal affamé. Très vite, il entreprit d'explorer et de caresser les courbes de son corps, s'arrêtant sur les points sensibles, l'intensité du souffle de Leyla guidant ses doigts comme les ficelles d'un marionnettiste, puis, dans une frénésie de mouvements, il écarta leurs vêtements, l'attrapa sous les cuisses, la souleva contre lui, jambes écartées, et la pénétra.

Ils glissèrent sur le sol, et Kamal céda à un déchaînement de désir furieux, les gémissements de Leyla, qu'il atténuait d'une main plaquée sur sa bouche, l'encourageant à continuer, ses yeux ne quittant pas le visage en extase, mais sans le voir, chaque poussée brutale comme un coup de fouet pour se libérer d'autres yeux, accusateurs, qui le poursuivaient partout.

Mais ces regards refusaient de le lâcher – aussi bien celui de Nisrine, que Kamal avait cru deviner sous le voile de toutes les femmes sur les gradins, que celui, inflexible, d'Azmi, qui l'avait transpercé dans les instants précédant sa mort.

Ils restèrent avec lui longtemps après le départ de Leyla. Le nouveau verre de raki qu'il se servit n'y fit rien. Plus grave encore, il commençait à s'égarer dans des abîmes de questionnements qu'il n'avait jamais crus devoir le concerner : il se mettait à douter de son choix de carrière.

Contemplant le panorama endormi de dômes et de minarets, il se prit à se demander s'il n'aurait pas mieux fait de suivre une voie plus simple, comme son frère, un père de famille tranquille qui accomplissait discrètement son travail et jouait au petit train le vendredi. Ramazan sauvait des vies, lui aussi, mais sans que quiconque le considère comme un monstre.

Et cette vie paisible, il la passait avec Nisrine.

Du point de vue de Kamal, ce seul fait aurait justifié n'importe quel choix de carrière.

Sauf qu'il était trop tard pour revenir en arrière, et il le savait parfaitement.

8

À quelques rues au nord du deux-pièces de Kamal, Ramazan faisait de son mieux pour s'appliquait à tourner la clé dans la serrure sans faire de bruit. Il entra sur la pointe des pieds.

Leur appartement était situé au cinquième étage d'un immeuble en pierre de taille du XIXe siècle dans le *mahalle* de Mahmoud Pacha – un quartier résidentiel bien situé, à deux pas de l'avenue Bekri-Mustapha et de ses marchés animés.

Il était tard, et seule une petite lampe était encore allumée sur le guéridon de l'entrée.

Il posa sa serviette en cuir par terre, ôta ses chaussures, son caftan, et déroula son turban. Comme à son habitude lorsqu'il rentrait tard, il s'arrêta d'abord dans la chambre de ses enfants. Ils dormaient tous les deux profondément, dans leur position habituelle : Tarek, son fils de huit ans, était étalé en travers de son lit, les draps repoussés, un bras autour de Firas, son inséparable dinosaure en peluche. Nour, qui allait avoir six ans, était enroulée dans ses couvertures comme dans un cocon, ses boucles emmêlées à peine visibles. Une veilleuse projetait des étoiles et un croissant de lune au plafond. Quoi qu'il arrive, quels que soient les difficultés et le stress, la vue de ses enfants lui faisait l'impression d'une infusion à l'anis et au miel un soir d'hiver.

Il s'attarda plusieurs minutes, à les regarder et à écouter la douce musique de leurs respirations. Ensuite, il s'arracha à sa contemplation et poursuivit son chemin jusqu'à la suite parentale.

Il jeta un coup d'œil par la porte. Ses yeux s'étant accoutumés à la pénombre du couloir, il vit même dans le noir, à son grand soulagement, que Nisrine dormait elle aussi. Tant mieux si elle avait réussi à s'endormir ; Ramazan savait qu'elle avait dû vivre mille morts toute la journée à cause de l'exécution d'Azmi. Il contempla le visage de sa femme tourné vers lui un moment.

Même dans la peine, elle était magnifique, c'était indiscutable. Même endormie, le visage enfoncé dans l'oreiller, ses envoûtants yeux en amande fermés, son tempérament ardent au repos, elle était encore ensorcelante.

Magnifique, intelligente, et une mère formidable : quelle chance il avait. Il s'en rendait compte. C'était même un peu trop beau pour être vrai – il se demandait souvent comment il avait pu être l'heureux élu quand, dix ans plus tôt, leurs parents avaient arrangé leur mariage. Il avait vingt-quatre ans à l'époque, et elle pas tout à fait vingt. Il n'y avait pas trop pensé les premières années, parce qu'il était encore pris dans la dynamique de cette union toute neuve, avec la naissance des enfants, et puis leur éducation et la construction de sa carrière. Mais depuis quelque temps il ne pouvait s'empêcher de constater qu'il ne lui arrivait pas à la cheville. Elle lui était bien supérieure. Ce n'était que trop évident lors des dîners, ou dans toutes les occasions où ils voyaient des gens : elle était plus qu'à la hauteur. C'était une femme accomplie, une femme qui attirait irrésistiblement les hommes charismatiques. Il fallait lui reconnaître le mérite de ne jamais les encourager. Elle ne flirtait pas avec eux, ne leur faisait miroiter aucun espoir. Elle était irréprochable et fidèle à son époux. Mais il sentait un malaise dans leur relation, l'insatisfaction, la lassitude. Sa femme était en train de lui échapper. Ils n'abordaient pas la question, évitant toute allusion à des sujets qui fâchent, et dès qu'il essayait d'exprimer un peu plus clairement ses inquiétudes elle affirmait que tout allait bien. Pourtant, il voyait le changement tous les matins en se réveillant, et tous les soirs avant d'éteindre la lumière.

La situation générale ne faisait qu'aggraver les choses, accentuant le gouffre qui se creusait entre eux. Les amis de Nisrine jouaient avec le feu. Elle-même, avocate, à l'avant-garde de la lutte pour les droits des femmes, ne cherchait pas la facilité et naviguait en eaux troubles. Pire même, elle défendait maintenant des journalistes et des universitaires que la police venait arbitrairement arrêter chez eux, et des contestataires embarqués lors des manifestations. Cela inquiétait Ramazan : parfois, il tentait de se rassurer en se disant que son frère appartenait à la police secrète, mais rien ne prouvait que cela serait d'une quelconque utilité si les choses tournaient mal.

Elle se laissait happer par le mouvement des mécontents, et il avait peur pour elle, tout en sachant qu'il n'y pouvait pas grand-chose. Nisrine était une épouse et une mère consciencieuse, bien sûr, mais c'était aussi une femme de conviction qui n'avait pas peur de se battre. En elle brûlait un feu qu'il ne comprenait pas vraiment et qui ne s'allumerait jamais en lui. Plus il se montrait prudent et cherchait à protéger les siens de l'atmosphère de plus en plus troublée, plus il refusait de l'accompagner aux manifestations auxquelles elle participait, et plus il voyait la déception l'assombrir.

Aussi, en la regardant, la sérénité qu'il avait éprouvée devant ses enfants disparut soudain, chassée par la peur de l'avenir.

Il n'avait pas envie de se coucher. Il traversa l'appartement, passa devant la salle de séjour et la *sala*, le salon plus élégant et impersonnel réservé aux invités, et entra dans son bureau, qui donnait sur la rue. C'était son refuge. Vu la nature de son métier, Ramazan avait besoin d'une occupation à même de dissiper la tension nerveuse, la fatigue, et parfois l'ennui occasionnés par son travail. Parmi les anesthésistes qu'il connaissait, il n'était pas le seul à cultiver d'autres centres d'intérêt. L'un de ses plus proches collègues travaillait bénévolement au service ambulancier pendant ses loisirs. D'autres étaient des fous de sport, d'autres des touche-à-tout : musique, écriture, peinture.

Ramazan se passionnait pour le modélisme ferroviaire, comme le prouvaient non seulement la grande table qui occupait fièrement le milieu de la pièce, supportant le réseau complexe de son circuit de voies ferrées, fruit d'années de travail, mais aussi les trains miniatures qui s'alignaient sur ses étagères.

Il contourna la table et ouvrit un placard d'angle d'où il tira une bouteille de *yeni raki*, le raki le plus amer, de l'alcool de betterave à sucre, et s'en servit un grand verre avec de l'eau.

Bien sûr, l'alcool était encore interdit aux musulmans dans tout l'empire, mais, au cours des siècles, la prohibition avait été appliquée plus ou moins sévèrement selon les sultans. Certains, comme Soliman le Magnifique, avaient été particulièrement stricts. Sous son règne, on versait du plomb fondu dans la gorge des buveurs d'alcool. Son fils, Selim II, au contraire, grand épicurien, avait annulé l'interdiction de son père en expliquant que la prohibition était une bonne et sage mesure, mais seulement pour le peuple et pas pour les couches supérieures de la société, qui étaient capables de consommer de l'alcool avec modération.

Dans les palais et dans l'empire en général, l'eau, le café, le thé et les jus de fruits étaient les seules boissons autorisées aux musulmans, et les seules consommées en public. En privé, c'était une autre affaire. La Zaptiye n'allait pas regarder ce qui se passait dans le secret des foyers ; la police ne faisait de descentes et n'arrêtait les gens qu'en cas de tapage, ou par opportunisme politique s'il était nécessaire de faire une démonstration de force.

Verre à la main, Ramazan approcha de la porte-fenêtre du balcon et regarda dehors. Dans le ciel noir brillaient les lumières des minarets, plus hauts par décret que tous les autres bâtiments de la ville, le lent clignotement des feux au sommet de leurs flèches produisant un effet hypnotisant et calmant. Dans le lointain, le dôme de la mosquée Mehmediyye, subtilement illuminé, sommeillait dans sa splendeur. Par cette chaude nuit d'été, et sous un croissant de lune particulièrement lumineux, on aurait très bien pu imaginer se trouver dans un havre de paix. Le danger qui planait sur la ville aurait pu s'oublier, mais Ramazan, comme tous ceux qui veillaient encore à cette heure tardive, savait qu'il fallait rester sur ses gardes. La menace rôdait dans l'ombre, n'attendant que le moment opportun pour frapper.

Il termina son verre et s'en servit un second. Il était fatigué, mais il n'avait pas envie de dormir. Une étrange tension le tenait en éveil. Il avait l'esprit trop stimulé, trop accaparé par son inquiétude pour sa femme et par la curiosité éveillée en lui par son patient mystérieux.

Il regarda sa montre. 2 h 20.

Il ne voulait pas se coucher. Il prit son téléphone portable et, sans écouter le cri d'avertissement silencieux qui montait du fond de sa conscience, afficha les photos qu'il avait prises des tatouages de l'inconnu.

9

Ramazan agrandit les photos les unes après les autres pour les examiner de plus près.

Tels qu'ils étaient écrits, à l'envers, les mots tatoués sur son patient étaient difficiles à déchiffrer. Il se demanda à quoi cela correspondait. La réponse lui vint aussitôt : l'idée était de permettre à l'inconnu de les lire en se regardant dans une glace. Ramazan se dit que cela les rendait aussi plus compliqués à comprendre pour un observateur extérieur, ce qui était bien pratique quand on avait quelque chose à cacher.

Il alla dans l'entrée, tendit le téléphone face au miroir accroché au-dessus du guéridon et étudia la photo. Les tatouages étaient parfaitement lisibles. Il y avait des noms et des dates – *Dorde Petrovic, Visevac, 16/11/1762* ; *Alexander Ypsilantis, Istanbul, 12/12/1792…* –, mais ils ne lui évoquèrent rien. Il passa à une autre photo. Encore des noms, beaucoup de noms – *François-Marie Arouet/Voltaire*, *Rousseau*, *Napoléon*, et d'autres –, ainsi que des lieux et des nombres qui ressemblaient à des dates, mais dans un avenir lointain, des siècles plus tard, ce qui ne lui apprit pas grand-chose non plus. Il passa à la prise de vue suivante. Encore des mots sans queue ni tête, par exemple *3NG/1diatomite/min carb sod.*

Ensuite venaient les croquis. Il ne vit là aucune logique non plus. L'un montrait le mécanisme d'une sorte de boîte à long manche remplie de bobines. Il y avait aussi un engin à manivelle, sorte de baril rotatif composé de plusieurs cylindres et de divers ressorts reliés par des broches. Quelques autres montraient des schémas de cuves, de cylindres et de tubes reliés par des valves, avec du feu – ces images-là le frappèrent particulièrement. Bouillant de curiosité, il continua et, après plusieurs images, quelques mots, tout à coup, réveillèrent ses souvenirs.

Pour commencer, il ne vit qu'une liste semblable aux autres de noms et de lieux : *Thomas Savery/Salisbury Court/Londres*, *Denis Papin/Paris 75/Londres 87/Marbourg*, d'autres encore. Dans sa hâte, il était sur le point de passer à la photo suivante lorsqu'il eut un déclic et comprit enfin ce qu'il avait sous les yeux. Il retourna d'un coup de doigt aux dessins de cuves et de tubulures.

Savery, Papin, et d'autres de la liste, tels Huygens et Newcomen, tous étaient des inventeurs des siècles passés, les pionniers de la machine à vapeur.

Les schémas tatoués en représentaient les premiers prototypes.

Les inventeurs – anglais, français, hollandais – étaient tous allés vivre à Vienne peu de temps après sa conquête par l'empire en 1094[1]. Comme bon nombre d'autres savants, ils y avaient été attirés par la générosité du sultan, qui leur offrait de financer leurs recherches et leur accordait des moyens illimités. Ils avaient œuvré à la révolution industrielle ottomane, un âge d'or pour l'empire, qui avait accompagné l'occupation progressive de l'Europe à la fin du XVIIe siècle, l'avancée triomphale qui avait changé le monde.

Les inventeurs en question avaient mis au point les premiers trains à vapeur, ce qui avait eu pour effet de raccourcir énormément les temps de déplacement entre Istanbul et les provinces éloignées de l'empire, et avait facilité la circulation des troupes et du matériel militaire. Un élément primordial

---

1. En l'an 1094 du calendrier hégirien, soit 1683 du calendrier grégorien.

pour rendre possible la soumission de l'Europe après la chute de Vienne.

Pourquoi l'inconnu avait-il fait tatouer ces noms et ces schémas sur son torse ?

Ramazan réfléchit à la question dans le noir, et se dit qu'il lui fallait pousser plus loin son enquête. Les jambes lasses, il retourna à la salle de séjour et s'assit à la table basse devant son ordinateur, qu'il alluma. Il fit de nouveau défiler les photos des tatouages, de plus en plus interloqué. Il se demandait s'il était prudent de chercher des informations sur Internet avec Hafiza, le moteur de recherche contrôlé par l'État, le seul autorisé dans l'empire. L'étroite surveillance de ses sujets exercée par Abdülhamid s'appliquait aussi au web, et seuls les sites approuvés par l'État étaient accessibles. Tout le reste était bloqué. Pourtant, il fallait choisir avec prudence les mots-clés utilisés pour les recherches, comme Ramazan en avait pleinement conscience. Les requêtes passaient toutes par les filtres de surveillance. Les sites, les e-mails… on ne pouvait pas toucher au clavier sans que l'entrée soit considérée a priori comme suspecte et analysée par les algorithmes de détection, et il n'y avait aucun moyen d'y échapper. L'Internet était totalement censuré et contrôlé – chose facile car l'État était le seul fournisseur d'accès de l'empire, et tout passait par ses serveurs. Un petit groupe de programmateurs rebelles avait bien essayé de lancer un réseau privé virtuel en enregistrant le logiciel d'accès sur des disquettes distribuées sous le manteau, mais la police avait rapidement mis un terme à cette tentative. Ils avaient été arrêtés, publiquement fouettés et jetés en prison. Les disquettes du réseau encore en circulation, très recherchées, étaient restées un temps utilisables, jusqu'à ce que les informaticiens de l'État trouvent le moyen de repérer leurs utilisateurs. Des arrestations avaient suivi, et plus personne ne se servait de ces disquettes.

Ramazan hésita encore. Il était très tard, la journée avait été longue, et il était fourbu. Mais sa curiosité dévorante prit le dessus. Il haussa les épaules, se dit que ses recherches ne déclencheraient pas d'alerte et entreprit d'entrer des mots sur Hafiza avec méthode et prudence. La plupart d'entre eux ne lui apprirent rien d'intéressant. Les noms ne donnaient aucun résultat : c'était comme si ces gens n'avaient jamais existé. Quelques-uns, comme Baruch Spinoza, étaient d'obscurs philosophes auteurs d'écrits politiques dont les travaux étaient officiellement discrédités depuis des siècles. Mais soudain le résultat d'une recherche fit courir en lui un frisson d'alarme : « 3NG/1diatomite/min carb sod » était la formule abrégée de la dynamite. Brusquement, par association d'idées, Ramazan repensa à un tatouage qu'il n'avait pas de prime abord compris : le croquis représentait certainement un modèle ancien de détonateur à poignée-poussoir.

Pris de panique, il ferma brutalement la fenêtre du moteur de recherche et abattit le doigt sur le bouton d'arrêt de l'ordinateur. Il attendit que l'écran s'éteigne, puis ferma les yeux, s'en voulant terriblement. Une recherche sur la dynamite pouvait lui attirer des ennuis. Beaucoup d'ennuis. Il allait sans doute devoir s'expliquer. Ce qui n'était pas une perspective agréable. Le cœur cognant violemment, semblant prêt à sortir de sa poitrine, Ramazan regrettait amèrement sa trop grande curiosité – et pourtant, il se sentait toujours incapable d'oublier les questions qui le tourmentaient. Qu'est-ce que tout cela pouvait bien signifier ?

Il n'arrivait pas à donner un sens à ce qu'il avait découvert – il en avait même de plus en plus peur –, et la terreur qu'éveillait en lui le patient inconnu ne faisait que croître. Les tatouages pouvaient être le signe que cet homme avait une personnalité psychotique dangereuse, qu'il devait être signalé aux autorités. Que c'était un ennemi de l'État. Au cas où on lui poserait des questions, il pourrait toujours se justifier en utilisant cet argument. Il avait agi en bon patriote. Bien évidemment, les tatouages pouvaient aussi très bien n'être que la lubie d'un excentrique, d'un original peut-être un peu dérangé : son accès de rage étrange était la preuve de son déséquilibre. C'était ce que tout esprit calme et rationnel aurait conclu, et Ramazan était justement un homme calme et rationnel. Trop calme et trop rationnel, peut-être. Mais il était aussi intelligent et avait de l'intuition, et, étant donné ce qu'il avait vu, il était difficile de ne pas s'inquiéter. Il avait un mauvais pressentiment. Et étonnamment, alors que cela ne lui arrivait jamais, sa peur se mêlait à autre chose.

L'événement éveillait en lui un intérêt passionné.

Or, en général, rien ne mettait Sayyid Ramazan Hekim dans cet état-là.

Un mystère se cachait derrière les tatouages de cet inconnu. Ramazan repensa à la dynamite et se demanda si l'homme était dangereux, pour la population, pour la ville, pour l'empire. Il fallait absolument creuser la question. Il devait mener son enquête. Et si l'homme se révélait être un ennemi de l'État, s'il planifiait de tuer des innocents, et si Ramazan parvenait à le démasquer et à le faire enfermer avant qu'il puisse frapper, ce serait un coup magnifique. Cela changerait sa vie, et surtout ses rapports avec sa femme. Il récolterait autant de gloire et d'estime que son frère Kamal depuis les arrestations. Mieux, Nisrine l'admirerait comme elle avait autrefois admiré Kamal. Ce serait lui le héros, en mieux, parce que, contrairement à son frère, il n'aurait aucun reproche à se faire.

Cette perspective l'électrisait.

Il consulta sa montre. Il était près de 5 heures du matin. Le jour allait se lever.

— Qu'est-ce que tu fais encore debout en pleine nuit ?

La voix de Nisrine, le tirant de ses rêves, lui fit lever les yeux.

Elle était là, appuyée au chambranle, l'air endormi, les cheveux emmêlés et les paupières lourdes.

— Je n'arrivais pas à dormir. La dernière opération a… Ça n'en finissait pas, acheva-t-il, tâchant de ne pas se trahir par un ton trop faux.

— Ah… Et le patient va bien ?

— Oui. Enfin… oui, je crois que oui. Ça va.

Elle sembla un peu perdue, puis son expression se détendit légèrement.

— Tant mieux.

Elle l'observa encore un moment, demanda :

— Tu ne viens pas te coucher ?

— Si. Enfin... Je ne sais pas. Il est...

Il regarda ostensiblement sa montre, comme s'il ne venait pas tout juste de le faire.

» En fait, je devrais y retourner. Il va bientôt se réveiller, et je ferais mieux d'être là.

Il y eut un silence. Ramazan se demanda s'il ne devrait pas rester, passer ce moment difficile avec elle pour la soutenir. Mais il n'avait pas envie de parler de la mort d'Azmi, ce qui serait inévitable. Et puis il avait hâte de retrouver son mystérieux patient. Sa fenêtre d'action n'était pas illimitée s'il voulait découvrir si l'homme nourrissait des projets dangereux, et devenir un héros, peut-être.

Nisrine sembla comprendre et demanda :

— Tu veux que je te fasse un café ?

— Non, merci. J'en prendrai un à l'hôpital.

Il lui sourit, un sourire forcé qu'il regretta immédiatement. Elle le connaissait trop bien pour ne pas le remarquer.

Elle hocha pensivement la tête.

— D'accord, à plus tard alors.

Au moment de repartir se coucher, elle s'arrêta :

— Tu devrais te changer. Tu ne veux pas prendre une douche ? Ça te ferait du bien.

— Je ne voulais pas te réveiller...

— Plus la peine de t'en inquiéter, dit-elle avec un demi-sourire.

— C'est vrai.

Il la suivit jusqu'à la chambre. Elle se recoucha pendant qu'il se dirigeait vers la salle de bains. Quand il en ressortit pour s'habiller, elle s'était rendormie.

Il fit sa prière du *fajr*, espérant trouver un peu de clarté d'esprit et de réconfort, mais en vain : il ne parvint pas à chasser l'appréhension qu'éveillait en lui la mission qu'il s'était fixée. Quand il fut prêt, il sortit en silence de l'appartement et reprit le chemin de l'hôpital.

Il tenait à être présent au réveil de l'homme mystérieux.

Nisrine entendit la porte d'entrée se refermer et se redressa dans le lit.

Elle s'était réveillée quand Ramazan était rentré, mais elle était restée couchée et avait fait semblant de dormir en l'entendant approcher de la chambre. Elle n'aimait pas jouer ce genre de comédie et ne s'y prêtait que rarement, mais sa journée avait été difficile, et elle n'avait envie ni d'en discuter avec lui au risque que la discussion s'envenime comme c'était souvent le cas, ni de se creuser la tête pour trouver d'autres sujets de conversation.

Elle avait été surprise qu'il ne vienne pas se coucher comme d'habitude, d'autant qu'il rentrait rarement aussi tard. Au lieu de la rejoindre, il s'était installé dans la salle de séjour. Elle avait entendu les glaçons tinter dans un verre, une première fois, et puis une seconde. Les minutes avaient passé, les heures, et, étrangement, il ne l'avait pas rejointe. Elle avait fini par se lever pour voir ce qui se passait, et au moment où elle atteignait la porte du séjour elle l'avait entendu étouffer une exclamation, marmonner un juron et frapper violemment une touche de l'ordinateur.

Elle s'était arrêtée, intriguée, hésitant à le déranger. Puis elle s'était dit qu'il l'avait peut-être entendue, et que c'était peut-être même pour cette raison qu'il s'était empressé d'éteindre l'ordinateur. En sa présence, il était resté bizarrement évasif. Son honnêteté et sa grande moralité faisaient de lui un très mauvais menteur, surtout quand on le connaissait aussi bien qu'elle.

Ils ne se mentaient jamais. Du moins, elle ne le pensait pas – si on excluait les pieux mensonges souvent nécessaires dans une vie de couple. Mais cette fois, elle était absolument certaine que Ramazan lui cachait quelque chose, et c'était plus qu'étrange. C'était un événement unique dans leur relation. Son mari se conduisait toujours de façon irréprochable – c'était un homme bon, au point même d'en devenir ennuyeux. Une pensée dont elle ne fut soudain pas très fière, mais qui n'en demeurait pas moins vraie.

Elle était très affectée par la mort d'Azmi, et n'était pas sûre d'avoir l'esprit très clair. Il n'était plus question d'essayer de dormir après ce qui venait de se passer. L'idée que Ramazan lui cachait quelque chose l'intriguait tant qu'elle ne put s'empêcher de sortir du lit et de retourner dans le séjour pour allumer l'ordinateur.

Elle cliqua alors sur l'historique de ses recherches sur le web.

Elle aurait dû se méfier, mais elle était trop fatiguée pour penser clairement. En effet, les recherches de son mari sur le Net, qui la surprirent énormément, ne surprirent pas qu'elle.

Les mots-clés tombèrent aussi à quatre *fersah* de là, l'équivalent de vingt-cinq kilomètres, à l'est de leur domicile, dans un centre hautement sécurisé où aucun civil n'avait jamais mis les pieds.

Le vaste ensemble couvrait plus de un hectare et comprenait des générateurs électriques, des systèmes de climatisation avec tours de refroidissement, et une structure centrale sans fenêtres qui abritait des rangées d'armoires de serveurs pour le stockage des données et le traitement des communications échangées dans l'empire : recherches Internet, e-mails, appels téléphoniques et textos, sur ligne fixe ou mobile, ainsi que toutes sortes de données personnelles – achats, facturettes, reçus de parking, itinéraires de voyages, et autres fatras numériques qui remplissaient les mémoires.

Pour les rares initiés, ce lieu avait pour nom « Centre général de traitement de données pour la cybersécurité impériale », et les exaoctets accumulés dans ses banques de stockage étaient accessibles à deux programmes. Le premier était le Système de crédit social, destiné à l'évaluation des citoyens par les fonctionnaires, et montrait d'un coup d'œil qui payait ses factures en retard, qui avait plagié des textes pendant ses études, qui avait des problèmes de santé, ou qui avait publié un commentaire déplacé en ligne. En parallèle, les informations nourrissaient le Programme pour la protection de la sécurité intérieure, géré par la Hafiye, un dispositif beaucoup plus inquiétant. Les personnes repérées par ce programme risquaient des ennuis autrement plus graves que de se voir refuser une police d'assurance ou une candidature.

Les logiciels aspiraient les données selon certaines méthodes connues, d'autres moins – parfois même insoupçonnables. Bien souvent, les gens oubliaient de rester sur leurs gardes et se laissaient prendre au piège.

Ce fut le cas, cette nuit-là.

10

Le silence régnait dans les services du Sultane Hurrem. La nuit était paisible, après la journée de repos hebdomadaire.

Le lendemain, une nouvelle semaine commencerait, et les lieux bourdonneraient à nouveau d'activité.

Mais pas cette nuit-là. Et surtout pas dans la chambre 7 du service de réanimation, où l'homme tatoué flottait comme un bienheureux dans un océan de douceur induit par les sédatifs et les antidouleurs.

Libre de divaguer, son esprit aurait pu le conduire dans une infinité de directions, car Ayman Rachid avait sans doute eu une vie plus pleine que n'importe qui d'autre au monde. Cette nuit-là pourtant, ses songes le ramenèrent au point de départ, à l'étincelle qui avait fait exploser les limites du possible et l'avait envoyé dans son voyage vers l'inconnu, et à l'homme qui avait joué le rôle de détonateur.

C'était arrivé à Palmyre, en Syrie, en octobre 2015. Pas seulement loin de là, quelques années plus tôt aussi.

Mais tout à fait ailleurs, dans un autre monde.

Le prisonnier leva ses mains sales et amaigries, et les contempla fixement. Elles étaient agitées de soubresauts involontaires. Ce tremblement ne cessait plus depuis le premier passage à tabac

– depuis combien de temps déjà ? Plusieurs jours ? Plusieurs semaines ?

Il ne le savait plus.

Rien n'avait plus vraiment d'importance. Ni pour lui, ni, il le savait, pour aucun des hommes qu'il entendait se faire torturer derrière les murs de la cellule froide et malpropre où il était enfermé.

Seul le spectacle de ses mains continuait à le fasciner, pour la simple et bonne raison qu'elles étaient encore là. Et puisque le reste de son corps était encore là, lui aussi, puisqu'il était encore une masse de cellules vivantes, qu'il respirait, qu'il existait, il se demandait s'il n'avait pas tort de se tourmenter à ce point d'avoir cédé sous la contrainte et révélé son grand secret – et de redouter que sa révélation ne provoque des bouleversements incontrôlables.

Il s'était sorti assez honorablement du premier interrogatoire. À soixante-treize ans, il s'était bien défendu. Il était en forme, certes, le corps souple et juvénile après les longues années passées sur les chantiers de fouille, dans la chaleur, la poussière, tout en remplissant ses fonctions de directeur du département des antiquités et de conservateur des musées de la cité antique, menant une vie consacrée à la mise au jour des trésors de son glorieux passé. Tout de même, à soixante-treize ans, on n'aime pas beaucoup se faire taper dessus à coups de tuyau en caoutchouc.

Après cela, ils étaient passés à la vitesse supérieure, et la souffrance avait été telle qu'il avait craqué.

Il n'avait pas tenu cinq minutes quand on l'avait soumis à l'épreuve du shabah *– « le fantôme » –, qui consiste à attacher le supplicié les mains dans le dos et à le soulever du sol par les poignets. Simple et férocement efficace. La douleur avait été insupportable, plus atroce que tout ce qu'il avait jamais enduré. Au moins, il avait échappé aux méthodes de torture les plus cruelles, bien connues de lui et de tous ses concitoyens syriens, celles que le régime d'Assad faisait subir à son peuple depuis des années, et que ses ennemis jurés de l'EI, le groupe État* *islamique, qui avait enlevé le directeur des antiquités, avaient adoptées, et appliquaient à leurs innombrables prisonniers. Ces dispositifs sadiques portaient des noms d'autant plus dérangeants qu'ils se voulaient cocasses, comme « le tapis volant », « la chaise allemande », « l'esclave noir ».*

Rien de tout cela n'avait été nécessaire.

Après « le fantôme », il avait parlé. Il avait dit tout ce qu'on voulait.

Ayant vu les islamistes piller et détruire des dizaines de sites archéologiques, les plus précieux de l'héritage syrien, et apprenant qu'ils convergeaient vers Palmyre, il avait mis à l'abri des centaines de statues et d'objets anciens avec ses collègues du musée, des trésors de l'époque romaine et byzantine, que les barbares voulaient voler et vendre pour financer leur organisation et continuer à semer la terreur.

Maintenant qu'ils n'avaient plus besoin de lui pour les retrouver, ils allaient le tuer, c'était évident.

Il aurait pu éviter d'en arriver là s'il l'avait voulu. Il aurait pu se joindre à ceux qui avaient fui devant les combattants de l'EI avant qu'ils ne s'emparent de la ville. Mais Palmyre était trop chère à son cœur. Il lui avait consacré toute sa vie. Dans l'Antiquité, aux époques romaine, palmyrénienne, byzantine, umayyade, mamelouke, ottomane, la ville avait prospéré et vu défiler les empires. Il avait tenu un rôle central dans la découverte et la préservation de cet héritage incomparable, et beaucoup de choses restaient à protéger sur le site : des temples, des sanctuaires, des statues, des bas-reliefs qui n'avaient pas pu être déplacés et mis en sécurité. Palmyre, c'était toute sa vie, une ville qui lui avait confié beaucoup de ses secrets. Il avait toujours pensé qu'il mourrait là, mais pas de cette façon. Pas assassiné par ces sauvages.

Peut-être ses révélations lui épargneraient-elles la douleur monstrueuse de la décapitation lente, un spectacle macabre, songeait-il, qui serait inévitablement diffusé sur YouTube et Facebook dans le monde entier. Mais au point où il en était, la mort serait un soulagement. Encore plus depuis qu'il savait ce que tramait le démon assis en tailleur face à lui sur le sol de sa geôle sordide.

Le pire de tous.

L'homme qui, pendant l'interrogatoire, alors même qu'il donnait tous les renseignements qu'on lui demandait, avait scruté son visage et l'avait percé à jour. L'inquisiteur qui avait soupçonné le vieux directeur des antiquités de leur dissimuler autre chose, une information plus importante que l'emplacement des objets qu'il avait fait enfouir hors de portée. Il avait deviné l'existence de ce grand secret qu'il cachait. Cette brute avait traîné la nièce de neuf ans du directeur dans l'enfer de sa prison, et lui avait appuyé une lame sur la gorge en détaillant les sévices atroces qu'il ferait subir à la petite avec ses hommes si son oncle refusait de parler.

Il n'avait pas eu le choix : il avait dû révéler le *secret à ce monstre. Et maintenant l'homme était de retour, une expression étrange dans son regard froid et calculateur. Cela ne pouvait que présager une catastrophe supplémentaire.*

Le prisonnier se sentait totalement impuissant, humilié, une pauvre chose soumise au bon vouloir de son tortionnaire. Ah, comme il aurait voulu avoir appris par cœur l'incantation ! Mais la formule était compliquée, une étrange suite de mots dans une langue depuis longtemps oubliée, qu'il n'aurait pas été facile de réciter en entier. La plus petite erreur pouvait tout faire capoter, et le laisser entre deux époques, sans espoir de retour. Et pourtant, il aurait tout donné pour s'échapper grâce à la formule. Il aurait couru le risque : il valait mieux être n'importe où, même coincé dans les limbes, que d'être là où il se trouvait. Mais il était trop tard.

Malgré sa terreur, il ne put s'empêcher de demander :

— Vous... vous avez essayé ?

Son tortionnaire ne répondit que par deux petits hochements de tête pensifs.

Le prisonnier en oublia de respirer.

— Alors ?...

L'homme garda le silence un moment, comme s'il réfléchissait à la réponse qu'il allait donner, puis son visage s'éclaira d'une satisfaction méfiante qui faisait froid dans le dos.

— C'était... magnifique. Extraordinaire, vraiment. Mais vous savez ce que c'est. Vous avez essayé, vous aussi.

Le prisonnier n'avait osé mettre sa grande découverte à l'épreuve qu'une seule fois, et encore très brièvement. Deux ans plus tôt, il s'était longuement interrogé sur la signification d'inscriptions très anciennes mises au jour sur le mur d'une petite salle secrète aux abords du temple de Baalshamin, un édifice du IIe *siècle dédié au dieu du ciel cananéen. Il avait passé de longues heures à les déchiffrer, et, quand il y était parvenu, il avait soigneusement vérifié son travail pour s'assurer qu'il n'avait pas commis d'erreur. Le message était trop insensé pour ne pas susciter des doutes. La chose était impossible, certainement. N'empêche, ce signe venu d'un passé lointain l'avait ensorcelé avec sa promesse incroyable, et il n'avait pu s'empêcher d'essayer.*

Personne n'aurait pu résister à pareille tentation.

Et ainsi, après s'être longuement demandé vers quelle époque il voulait voyager, il avait fait le saut. La formule avait fonctionné, mais il avait eu tellement peur qu'il n'avait jamais trouvé le courage de recommencer. C'était peut-être la réaction naturelle de toute personne saine d'esprit.

La question était de savoir si son tortionnaire était sain d'esprit. N'étaient-ils pas tous fous ?

Il se le demandait vraiment.

Dans les moments de retour au calme, quand il retrouvait un peu de lucidité, il tentait de ne pas trop se faire de reproches. Il n'avait pas révélé son secret si facilement. Personne ne pourrait l'accuser d'avoir cédé trop vite. Pas après ce qu'on lui avait infligé.

Il avait une question à poser :

— Où avez-vous... ? Quelle époque avez-vous... ?

L'homme le fit taire d'un claquement de langue et d'un avertissement du doigt, sans répondre.

Le prisonnier se figea.

L'homme l'observait, à l'évidence occupé à prendre une décision.

— Vous m'avez donné un savoir qui ouvre des perspectives illimitées. Je devrais vous en être immensément reconnaissant. Mais en même temps, on se doit de manipuler un pouvoir aussi puissant avec prudence. Une extrême prudence. Et une extrême discrétion. Je vais avoir besoin de temps pour réfléchir à tout cela. De beaucoup de temps. Comme vous l'imaginez, une multitude de possibilités sont envisageables, le choix est infini. Ce qui veut dire que je vais devoir beaucoup travailler. Beaucoup lire, penser, calculer. Et je ne peux pas courir le risque que quelqu'un d'autre connaisse ce secret.

Il plongea la main sous sa veste et en tira un couteau. Du matériel militaire, d'un noir mat, la lame recourbée à son extrémité.

Le directeur des antiquités se tétanisa à cette vue.

— Qui plus est, reprit l'homme en frappant lentement sa paume du plat de la lame, cela ne changera pas grand-chose à votre espérance de vie si je vous tue maintenant. Vous n'en aurez plus du tout une fois que je serai arrivé à mes fins. Vous ne serez plus là pour voir le résultat – du moins, je ne crois pas. Ça ne serait pas logique, si ?

Le directeur n'arrivait plus à l'écouter. Tous ses circuits mentaux convergeaient vers la lame. Il cherchait désespérément un argument pour convaincre son tortionnaire de l'épargner, essaya de faire sortir de sa bouche une bonne raison de le faire changer d'avis, mais il avait l'esprit trop embrouillé pour penser. Il ne parvint qu'à gémir faiblement :

— Pitié…

Mais en prononçant ce mot il savait déjà que cela ne changerait rien.

— En fait, c'est vraiment dommage que vous ne puissiez pas être là pour voir ce qui va arriver, dit l'homme en posant son couteau par terre à côté de lui, parce que je pense que ça va être incroyable, acheva-t-il en tirant son revolver de sa ceinture.

Sur quoi, il leva son arme vers la tête du directeur et appuya sur la détente.

Tant de possibilités, songeait Ayman Rachid, assis dans le bureau dévasté du directeur des antiquités.

Tant de possibilités et une décision d'une telle importance à prendre... mais aussi tellement à gagner s'il réussissait.

En regardant par la fenêtre le chaos qui régnait sur le champ de ruines à l'extérieur du musée, Rachid s'attarda sur les changements survenus dans sa vie. Par une conjonction de facteurs totalement indépendants de sa volonté, il se retrouvait ici, à Palmyre, parmi des gens qu'il ne connaissait pas, pour combattre un ennemi aux multiples visages dans un pays qui n'était pas le sien.

Une semaine avait passé depuis le moment où il avait vu de l'hésitation et de la peur passer dans le regard du directeur du musée, et il ne parvenait à penser à rien d'autre. Il dormait à peine. Depuis qu'il avait tenté l'aventure, depuis qu'il avait fait un saut lui-même, il exultait. Le secret du directeur lui avait ouvert un univers infini de mondes possibles, et ce n'était pas une image. Il restait donc à Rachid le soin de réfléchir très très attentivement pour savoir quel monde choisir dans ce prodigieux éventail. L'avenir de centaines de millions de personnes – de milliards, même – reposait sur lui.

Leur avenir... ou bien leur passé ?

Il avait encore du mal à naviguer dans cette nouvelle façon de penser.

Quelle incroyable décision à prendre pour un seul homme... C'était une responsabilité monstrueuse, et un don qui, entre de mauvaises mains, pourrait ne pas être bien utilisé.

Rachid n'avait aucune intention de le laisser se perdre.

Ce prodige, après tout, n'était pas tombé sur un imbécile illettré et irréfléchi. C'était entre ses mains qu'il avait échoué, celles d'un érudit, d'un homme sensé dont la carrière avait progressé à la fois grâce à son intelligence et à son intuition. Un stratège qui savait prévoir à long terme et réfléchir avant d'agir, contrairement à tant de ses contemporains.

Et, surtout, ce qui comptait par-dessus tout pour exploiter le secret, c'était son esprit inquisiteur, et sa vieille passion pour un sujet qui allait se révéler très utile : l'Histoire.

Comme on le disait, les voies d'Allah étaient impénétrables.

11

Paris,
de nos jours

— *Anneh*, on part quand à la mer ?

Tarek, Nour et Nisrine prenaient le petit déjeuner dans la cuisine. Les rayons du soleil qui filtraient à travers les persiennes étaient encore bas, mais même à cette heure matinale on sentait que la chaleur serait écrasante.

Nisrine n'était pas retournée se coucher après sa découverte préoccupante sur l'ordinateur. Elle s'était assoupie sur le canapé, où elle avait somnolé deux heures jusqu'à ce que Nour entre dans la pièce et la tire par le bras pour essayer de la faire lever, puis renonce et se blottisse contre elle.

— Dans deux semaines, répondit Nisrine avec un sourire.

Tarek, tout content, leva en l'air Firas, son dinosaure en peluche, pour lui parler :

— Deux semaines, t'as entendu ?

Il se tourna de nouveau vers sa mère, l'air réjoui.

— J'ai promis de lui construire un château de sable. Grooooos comme ça ! ajouta-t-il d'une voix surexcitée en écartant grands les bras.

Sa joie faisait plaisir à voir. Nisrine et Ramazan projetaient d'emmener les enfants sur la Côte d'Azur pour la semaine annuelle de célébrations marquant l'accession au trône du sultan. Ils tâchaient de partir au moins trois fois par an en famille, soit à la montagne, soit à la mer. Elle avait hâte d'y être, et cette perspective apportait un peu de lumière dans un coin de son cœur.

— *Baba* a promis de m'apprendre à nager, intervint Nour entre deux bouchées précises et décidées de *borek* au fromage.

— Tu es trop petite pour nager, protesta Tarek.

— Tarek ! gronda Nisrine, un doigt levé en manière d'avertissement.

La sonnerie de son téléphone l'interrompit.

— Moi, je n'ai appris que l'année dernière, protesta-t-il. Elle n'a que cinq ans. Et puis, ajouta-t-il en lançant à sa sœur un regard moqueur, elle est trop choute avec ses petits brassards roses…

Nour lui tira la langue pendant que Nisrine prenait son téléphone pour répondre.

Son visage s'assombrit dès les premiers mots.

Il n'avait fallu que quelques secondes pour effacer l'instant de plaisir apporté par la question de Tarek.

La Hafiye était à une demi-heure à pied de chez Kamal en marchant d'un bon pas.

La police secrète occupait l'ancien édifice du Grand Châtelet, sur la rive droite de la Seine, en face de l'île de la Cité. Il lui arrivait souvent d'aller à son travail à pied, et il ne préférait le confort paresseux d'un taxi ou du tram que les jours d'hiver les plus froids et les plus sombres. Pour une fois, il avait pris sa moto parce qu'il s'était réveillé en retard avec un bon mal de tête. La promesse de pouvoir se faufiler dans les encombrements avait rendu la chaleur et l'humidité plus supportables.

Pour une fois, personne ne songerait à lui reprocher son retard. Il surfait encore sur la vague de la cérémonie de la veille, dont lui reparlèrent avec jubilation pratiquement tous ceux qu'il croisa dans le dédale de couloirs sur le chemin de son bureau. Peu importait l'heure, il fut porté par l'approbation de ses collègues, depuis les plantons qui montaient la garde à l'entrée, et qui s'excusèrent presque d'avoir à scanner son identification, jusqu'à ses supérieurs, qui lui adressèrent des petits signes de tête de derrière les vitrages de leurs bureaux. Cet accueil aurait dû le combler, mais bizarrement ce ne fut pas le cas. Le mieux à faire, se dit-il, serait de se plonger dans le travail et de débusquer d'autres ennemis de l'État, des tueurs en puissance dont le châtiment lui permettrait de restaurer sa foi en sa mission.

Malgré les ajouts de bâtiments modernes, cette forteresse des anciens rois de France était un lieu sinistre. Elle avait été entièrement reconstruite sous Louis XIV, en 1684 apr. J.-C., dix ans avant l'entrée dans Paris des Ottomans, qui s'étaient empressés de décapiter le souverain. La victoire avait été grandement favorisée par l'imprudente et malheureuse décision royale, prise quatorze ans plus tôt, de mettre à bas le mur d'enceinte. Estimant que Paris était à l'abri des invasions étrangères, le roi avait ordonné la destruction de la muraille pour permettre à la ville de s'agrandir, les grands boulevards s'étendant à présent à son emplacement. Pendant son règne, le Grand Châtelet avait été une énorme forteresse austère, hérissée de lourdes tours à toits pointus, à la fois siège de la police, palais de justice et prison. Ses cachots souterrains humides lui avaient donné une terrible réputation, bien plus sinistre que celle de la Bastille, située à un kilomètre et demi vers l'est. Les Ottomans n'avaient vu aucun intérêt à se priver de la peur que ce lieu inspirait. Sous leur règne, ses geôles avaient continué de se remplir, et sa réputation était restée tout aussi redoutable. La construction de nouveaux bâtiments avait agrandi le Grand Châtelet au fil du temps, dans le respect du style de l'ancien édifice et de ses tours de pierre. Les Ottomans aimaient conserver les grands monuments, se contentant de leur donner une identité visuelle ottomane et islamique, pour en faire des rappels emblématiques des civilisations conquises.

À l'origine, « la Citadelle », comme on l'appelait, avait été partagée par la Hafiye et la Zaptiye, la police chargée des infractions classiques, comme la délinquance routière, les violences domestiques, l'usage de drogue et d'alcool, le vol, et plus rarement les homicides. Les sévères peines prévues par la charia pouvant facilement aboutir à l'amputation d'un membre ou pire, le taux de criminalité restait bas. Plus récemment, sous la double menace du terrorisme et de l'agitation sociale, la Hafiye s'était développée et avait envahi tout le site. Kamal et ses collègues occupaient à présent l'intégralité de la forteresse, et la Zaptiye avait dû déménager dans un autre bâtiment à proximité, du côté de l'ancien Hôtel de Ville.

Les postes de travail de Kamal et Taymour se faisaient face au quatrième étage d'une des annexes neuves, dans une salle ouverte, basse de plafond, qu'ils partageaient avec une dizaine de collègues. Il y avait plusieurs autres espaces de même taille, un par section, tous fourmillants d'agents occupés à analyser les fichiers de surveillance, les enregistrements, les transcriptions, les rapports d'informateurs. Des garçons de bureau circulaient entre les secteurs, distribuant cafés et documents. Il n'y avait aucune femme. Le département féminin chargé des affaires spécifiquement liées aux femmes était logé dans un petit bâtiment séparé doté de sa propre entrée. Les hommes et les femmes n'étaient autorisés à travailler ensemble qu'en cas d'absolue nécessité. Le régime conservateur d'Abdülhamid ne se contentait pas de décourager les rapprochements entre les deux sexes. L'interdiction était absolue.

Bien entendu, Taymour avait laissé son coin dans un désordre infernal – comme toujours – et il manquait à l'appel. Le coéquipier de Kamal profitait de toute évidence au maximum du triomphe de la veille. Kamal n'y voyait aucun inconvénient, bien au contraire : il n'était pas sûr de pouvoir supporter le zèle très premier degré de Taymour si tôt le matin.

Il passa une demi-heure à éplucher les rapports de surveillance de la nuit sans trouver rien de particulier. Une fois qu'il eut terminé, il décrocha son téléphone et appela l'analyste qu'il avait chargé de regarder la vidéo de surveillance des quais de la Seine.

— *Chaouch komiser*, répondit l'homme. J'étais sur le point de vous appeler.

— Dites-moi tout.

— J'aimerais vous faire voir quelque chose. Ça n'est peut-être rien, mais…

— Je descends.

Kamal venait de se lever quand il vit Taymour arriver. Leurs regards se rencontrèrent, et l'expression de Taymour se tendit.

— Je n'ose même pas te demander pourquoi tu es en retard, commenta Kamal quand il fut à côté de lui.

Taymour balaya le commentaire d'un revers de la main.

— Ce n'est pas le moment, frère. Est-ce que tu sais que Nisrine est ici ?

— Comment ça, ici ?

— En bas, à la réception. Elle est en train de faire un scandale. Tu ferais mieux de descendre.

Kamal ne se le fit pas dire deux fois.

Deux collègues et un garçon de bureau attendaient devant les ascenseurs. Kamal leur fit un petit signe de tête et appuya sur le bouton d'appel avec impatience, surveillant l'affichage numérique qui indiquait que les deux cabines étaient bloquées dans les étages supérieurs. Il n'insista pas et prit l'escalier qu'il descendit quatre à quatre pour débouler au rez-de-chaussée. Il slaloma à toute allure dans le hall d'accueil bondé, et en approchant de la pièce des plantons vit un groupe d'hommes qui remplissait tout l'espace, entourant deux femmes, seules au milieu.

L'une d'entre elles était Nisrine. Il l'avait repérée depuis l'autre bout de l'immense atrium.

Au début, il avait eu une hésitation. Comme elle était mariée, elle n'était pas obligée de se couvrir le visage entièrement quand elle sortait de chez elle, ou quand elle était en compagnie d'autres femmes derrière des portes closes, et généralement elle laissait une grande partie de son visage découvert, ainsi que le faisaient les non-musulmanes. Elle ne gardait qu'un voile fin sur les cheveux, qui, avec les années, s'abaissait de plus en plus vers l'arrière. Aujourd'hui, cependant, elle était enveloppée dans un voile plus opaque, et était plus difficile à reconnaître – une autre conséquence du changement de dynamique sous le nouveau régime. Le reste de son corps avait toujours été caché, cela ne changeait pas, et ce matin elle portait une *ferace* d'été, large robe d'extérieur dont les manches amples permettaient de garder les mains dissimulées.

Sa compagne était encore plus couverte qu'elle, le visage derrière un voile de mousseline grise très épais. Kamal aurait été bien en peine de dire s'il la connaissait.

Des policiers observaient la scène de loin, tandis que, au cœur de la perturbation, Nisrine discutait âprement avec le responsable de la sécurité et deux de ses hommes.

— Comment ça, vous n'êtes pas tenu de nous expliquer ce qui se passe ?

Kamal entendit sa voix furieuse rebondir contre les murs de pierre de la petite salle tandis qu'il écartait l'attroupement pour arriver jusqu'à elle.

— Cet homme a disparu, et nous voulons seulement savoir s'il est ici.

Le responsable ne se laissa pas fléchir :

— Vous savez parfaitement qu'on ne donne aucune information dans les cas d'atteinte à la sécurité de l'État. C'est tout.

— Comment ça, c'est tout ? Cet homme a une épouse, insista-t-elle en désignant la femme qu'elle accompagnait.

Kamal devina que cette femme, qui attendait à côté de Nisrine en silence, tête basse, devait avoir entre trente et quarante ans. C'est alors que Nisrine le vit. Il sentit son sursaut, vit le regard froid et dur qu'elle dardait sur lui, un regard blessé, plein de tristesse, d'indignation, qui lui signifiait qu'ils n'étaient pas dans le même camp – puis elle poursuivit, comme s'il n'existait pas :

— Il a quatre enfants. Vous ne pensez pas qu'ils méritent

qu'on leur dise plus que « c'est tout » ? Est-ce que vous êtes tous devenus inhumains ?

Elle se tourna vers les autres, furieuse.

— Vous êtes tous concernés ! Comment pouvez-vous faire ça ?

Son regard transperça de nouveau Kamal, ses beaux yeux en amande durcis par la colère.

Kamal s'apprêtait à intervenir en sa faveur quand le responsable frappa brutalement du plat de la main sur le bureau.

— Nisrine *hatun*, je vous demande respectueusement de partir pendant qu'il en est encore temps.

— Vous allez faire quoi ? rétorqua Nisrine. Nous enfermer nous aussi ? Allez-vous mettre tout Paris dans vos cages ?

Kamal s'avança en adressant un signe d'apaisement au responsable. *Bashchavush*...

L'homme l'ignora :

— Peut-être pas, mais je pourrais très bien commencer par...

Kamal l'interrompit d'une voix plus forte et autoritaire :

— *Bashchavush* Ahmet *effendi*, s'il vous plaît. Inutile d'aggraver une situation déjà difficile. Je suis sûr qu'elle ne voulait pas vous manquer de respect...

— Ce que j'ai dit, je ne le retire pas, intervint Nisrine d'un ton chargé de mépris. Je suis prête à répéter chaque...

Kamal la fit taire en levant la main.

— Nisrine, je t'en prie. Calme-toi.

Il jeta un regard au responsable des gardes comme pour dire « Je m'en occupe » avant de se retourner vers sa belle-sœur.

— Qu'est-ce qui se passe ?

— Tu ne le sais pas, peut-être ? répondit-elle avec autant de sarcasme que de dédain.

— Non, je ne suis pas au courant.

Nisrine l'étudia avec un soupir agacé, puis s'expliqua :

— Cette femme est l'épouse d'Ibrahim Sinasi. Son mari n'est pas rentré de son travail hier soir. Un boutiquier qui le connaît a vu trois hommes l'entraîner vers un 4 x 4 noir et l'emmener. Elle est horriblement inquiète. Ses enfants aussi. Ce gars écrit des pièces de théâtre, c'est tout. Ce n'est qu'un dramaturge, bon sang !

Elle s'interrompit, puis reprit avec un geste de rejet :

— Je ne vois pas pourquoi je me fatigue à te raconter tout ça. Tu es pire qu'eux.

Elle se tourna vers la femme qu'elle accompagnait.

» Allez, venez, on s'en va.

— Nisrine, s'interposa Kamal, s'il te plaît, attends. Je veux juste…

Elle fit volte-face.

— Quoi ? Tu veux juste quoi ? Nous savons que vous l'avez arrêté, ajouta-t-elle en brandissant un doigt accusateur vers le responsable. Nous savons qu'il est ici.

L'homme resta imperturbable. Elle regarda de nouveau Kamal.

» Alors, tu ne vas pas lui faire dire ce qui se passe ? Tu ne vas pas m'aider à comprendre cette histoire pour que je puisse rendre son mari à cette femme ?

— Ce n'est pas aussi simple. Tu le sais très bien.

— Ça devrait l'être ! Avant, on n'avait pas ce genre de problème. À l'époque où nous étions encore des gens civilisés. À l'époque où toi et ces brutes aviez encore un semblant de sens moral et de dignité.

Elle ajusta son voile en s'adressant à l'autre femme :

— Allons-y.

Kamal lança la main en avant et l'attrapa par le bras pour la retenir.

— Nisrine…

— Ne me touche pas ! jeta-t-elle en s'arrachant à lui. Je t'interdis de me toucher !

Kamal se figea.

Ils restèrent face à face quelques secondes fiévreuses, le cœur battant fort, la rage de Nisrine écrasant les regrets de Kamal.

— Comment cela va-t-il se terminer, Kamal Agha ? finit-elle

par jeter. Qu'allez-vous faire ? Tous nous enfermer ? Tous nous donner en pâture à vos bourreaux ?

Il baissa les yeux tout en secouant la tête.

— Tu exagères…, commença-t-il.

Elle lui avait déjà tourné le dos et sortait d'un pas furieux.

Il la suivit des yeux, le cœur déchiré.

12

Au *kulliye* Sultane Hurrem, Ramazan ramenait son patient à la conscience.

Il s'était écoulé suffisamment de temps depuis l'opération, et tous les paramètres vitaux étaient bons. La fréquence cardiaque de l'homme mystérieux était stable. L'oxygénation du sang correcte. La fonction rénale normale. Il n'y avait pas de saignement anormal dans le drainage thoracique. La radio des poumons ne signalait rien de particulier. Ramazan trouvait le moment opportun pour toutes ces raisons, et aussi parce que le service de nuit des infirmières de l'unité de soins intensifs allait bientôt se terminer et qu'il y aurait de grandes chances que cette équipe fatiguée le laisse un bon moment seul avec son patient.

Il se félicitait aussi que Anbara ne soit pas de service. Ils n'avaient pas parlé ensemble du comportement surprenant du patient avant l'opération, et Ramazan préférait ne pas aborder le sujet tout de suite. Il voulait d'abord comprendre un peu mieux ce qui se passait. Et il se disait que, le temps passant, il lui serait plus facile de minimiser l'événement.

Assisté par une autre infirmière, Ramazan enclencha le processus de réveil en réduisant progressivement la quantité de sédatifs qui passait dans l'intraveineuse tout en surveillant les réactions du patient. Seulement, cette fois, il ne procédait pas tout à fait comme d'habitude. Son objectif n'était pas de ramener le patient à la conscience totale.

Il avait eu une idée.

Il vit les paramètres atteindre les seuils voulus, puis il constata les premiers frémissements du réveil. Il y eut de l'agitation derrière les paupières de l'homme tatoué, elles s'entrouvrirent, à peine pour commencer, puis de plus en plus. Les patients sont groggy et désorientés après une opération. Certains retrouvent vite leurs esprits alors que pour d'autres, cela peut prendre des heures. C'était cela que Ramazan recherchait : il voulait garder son patient entre deux eaux aussi longtemps que possible. Dans un état qui le rendrait plus bavard et moins méfiant.

Après s'être assuré que l'attention de l'infirmière était occupée ailleurs, il régla le goutte-à-goutte pour qu'une faible dose de sédatif continue de passer dans ses veines en même temps que l'antidouleur. Il ne savait pas au juste quelle quantité allait induire l'état qu'il recherchait. Il n'avait encore jamais essayé de prolonger la phase de confusion d'un patient. L'acte était contraire à son éthique médicale et violait clairement les règles de bonne conduite de la profession. Malgré l'inquiétude qui vibrait en lui et l'appréhension qui comprimait sa poitrine, il continua.

Il ne savait pas vraiment pourquoi il s'était lancé dans cette expérience, et ne se donna pas le temps de trop y réfléchir. Il ne voulait plus penser aux conséquences, animé par une curiosité irrépressible qui le poussait dans cette fuite en avant insensée. Cela ne lui ressemblait pas. Jamais il n'avait rien fait de semblable. Ce n'était pas du tout son genre. Kamal en aurait été tout à fait capable, lui. Des deux frères, il était celui qui aimait le risque et se moquait des convenances. Ramazan avait toujours été le plus raisonnable. Il était fiable, sage, mesuré. Le type même de l'anesthésiste ennuyeux et méthodique. C'était d'ailleurs peut-être cela qui le poussait à prendre ce risque. Il ressentait sans doute le besoin d'être plus aventureux.

Peut-être aussi était-ce ce genre d'homme que Nisrine aurait aimé qu'il soit.

Moins d'une minute plus tard, l'homme tatoué commença à émerger lentement de son anesthésie.

— Comment vous sentez-vous, monsieur ? lui demanda Ramazan.

Il lui donna un instant pour répondre, puis lui tapota doucement le bras gauche.

— Pouvez-vous lever le bras ?

Le patient était manifestement encore dans le brouillard, et il ne pouvait pas parler à cause du tube de l'assistance respiratoire qui descendait dans sa gorge. Ramazan sentit le bras de l'homme bouger légèrement. Il contrôla sa fréquence respiratoire, lui prit la main et la serra, la réaction permettant de s'assurer qu'il n'y avait pas de paralysie résiduelle. Après avoir vérifié que les paramètres restaient bons, il demanda à l'infirmière de l'aider à retirer le tube de la gorge pour le remplacer par une canule nasale.

— Voilà, c'est fait, dit Ramazan une fois l'échange terminé. Vous êtes comme neuf. Nous n'avons pas saboté le travail, comme vous nous l'avez ordonné. Nous n'y songions pas, d'ailleurs. Avec quelqu'un d'aussi important, il ne faut pas s'aviser de plaisanter, n'est-ce pas ?

Il adressa un petit clin d'œil complice à l'infirmière pour ponctuer cette remarque, mais revint aussitôt à son patient pour guetter sa réaction. Les yeux de l'homme balayaient le plafond, les paupières luttant pour rester ouvertes, puis son regard trouva celui de son anesthésiste, qui détecta un soupçon d'amusement, le plus léger des hochements de tête.

La communication était établie.

Ramazan se tourna vers l'infirmière.

— Tout va bien, je m'en charge. Vous pouvez finir votre tournée.

— Vous êtes sûr ? demanda-t-elle, surprise.

— Oui. Vous avez assez travaillé pour cette nuit. Je peux finir ici tout seul. Terminez vite et rentrez chez vous.

Elle hésita, puis sourit.

— D'accord, merci, c'est très gentil.

Après avoir jeté un dernier regard au patient en passant, elle sortit de la chambre.

Un silence pesant descendit sur la pièce, ponctué par les petits ronronnements du moniteur.

Ramazan vérifia que les produits passaient bien dans la perfusion puis se pencha pour mieux voir l'homme tatoué.

— Vous aviez raison, lui dit-il. Nous vous devons beaucoup. Nous tous. Nous vous sommes tous très reconnaissants.

L'homme le regarda sans paraître savoir de quoi il parlait, le visage refermé sur sa confusion mentale et sa fatigue. Et puis le petit signe de tête satisfait se répéta.

L'espoir de bientôt connaître le fin mot de l'histoire monta en Ramazan.

— Voulez-vous que je transmette vos remerciements au personnel ? suggéra-t-il doucement. Ils seront très fiers. Que puis-je leur dire de votre part ?

Attentif et impatient, Ramazan vit l'homme chercher à mettre de l'ordre dans ses idées. Enfin, il sembla atteindre un certain degré de clarté, et prit la parole d'une voix rauque et faible, s'exprimant toujours dans la même langue classique formelle :

— Assurez-les que ce n'est pas moi seul, votre gouverneur, mais aussi votre très estimé *padichah*, le sultan *muhteshem* Mehmed lui-même, que dis-je, tous les sujets de l'empire, qui vous sont reconnaissants d'avoir ramené votre gouverneur à la santé.

L'air s'échappa des poumons de Ramazan avec tout son bel intérêt.

Comment ça, le gouverneur ?!

Il eut un ricanement intérieur qu'il réprima en se reprochant d'avoir laissé les choses aller aussi loin. Tout le monde dans l'*eyalet* de Paris, et même dans l'empire entier, connaissait le gouverneur du temps de *muhteshem* Mehmed – Mehmed le Magnifique, l'illustre Mehmed IV, le sultan dont l'armée avait conquis Paris et quasiment l'Europe entière. Le nom de ce gouverneur était Ayman Rachid Pacha. Grand Philosophe du sultan, son conseiller privé, il avait occupé une place de premier plan dans l'histoire ottomane. Tous les livres d'histoire le mentionnaient, et des monuments en son honneur célébraient sa glorieuse carrière un peu partout en ville.

D'accord… ce dingue pense qu'il est Ayman Rachid Pacha, songea Ramazan.

Quelle déception. Il avait perdu son temps. Mais aussi, qu'avait-il espéré ? Il avait laissé son imagination s'emballer, poussé par son besoin d'inattendu, son envie d'insuffler un peu de renouveau dans sa vie – et dans son mariage –, comme d'un coup de baguette magique.

Il n'avait plus qu'à le réveiller complètement, en espérant que sa petite transgression hospitalière passerait inaperçue. Il abandonnerait l'homme aux soins des infirmières et tâcherait d'oublier toute cette histoire.

Il tendait la main vers la molette de l'intraveineuse quand l'homme reprit la parole :

— Je serais bien aise de vous ramener. Vous seriez mon *hekimbashi*.

C'est-à-dire son premier médecin.

Ramazan suspendit son geste et, jouant le jeu, répondit :

— Ce serait un honneur. Mais où voulez-vous m'emmener ?

L'homme posa sur lui un regard étonné, comme si Ramazan aurait dû le savoir.

— À Paris, bien sûr.

Il délirait.

— Mais nous sommes déjà à Paris, Votre Excellence.

L'homme secoua lentement la tête, le regard fuyant.

— Pas votre Paris. Mon Paris à moi.

— Votre Paris ?

— Oui. Vous pourriez veiller sur ma santé, et cela m'épargnerait le voyage s'il y avait des complications. C'est très fatigant, vous savez. Et il y a toujours un risque…

Ramazan l'observa sans rien laisser paraître de ses pensées.

Il se demandait comment abréger cette conversation absurde. Il fallait ramener au plus vite cet homme à la conscience totale et à la réalité, et mettre un terme à ces divagations.

— De quel risque voulez-vous parler ?

— Ce n'est pas si facile de faire un saut de trois cents ans dans le temps. On se doit d'être prudent.

Ramazan retint un petit rire.

— Comment ? Ça n'est pas la première fois ?

— Bien sûr que non.

— Tiens donc... Racontez-moi ça...

Et Rachid se mit à raconter.

Lentement, d'abord, puis plus vite, guidé par les questions prudentes d'un anesthésiste de plus en plus intéressé, qui gardait un œil sur sa dose de sédatif pour le maintenir dans cette légère confusion qui le poussait à se confier sans perturber sa cohérence.

Renvoyant les infirmières qui voulaient entrer dans la chambre, Ramazan le laissa raconter. Cela prit un long moment. Et l'histoire qu'il entendit ne lui sembla pas être le délire d'un fou ou d'un ennemi de l'État.

Bien au contraire.

Poussé par son désir de mettre du piment dans son existence, Ramazan s'était rendu à l'hôpital dans l'espoir de recueillir une révélation qui pourrait l'y aider.

Au lieu de cela, il entendit une histoire qui dépassait de loin tout ce qu'il aurait pu imaginer.

13

Le récit d'Ayman Rachid commençait dans la petite ville de Qayyarah, dans la province de Ninive, en Irak. Le plus jeune de trois garçons, il avait grandi sur la rive droite du Tigre dans une famille modeste où les traditions l'emportaient sur la religion.

Le père de Rachid était un homme sérieux aux opinions conservatrices, peu pratiquant : il priait tous les jours mais n'avait pris qu'une seule épouse et ne se privait pas de fumer une cigarette ou de boire un verre d'arak de temps à autre. Il travaillait dans son propre petit atelier de fabrication de parpaings et de dalles décoratives qu'il vendait aux maçons de la région. Il parvenait ainsi à faire vivre les siens, mettait un toit sur leurs têtes et de quoi manger dans leurs assiettes, et, sans manquer un seul jour de travail, il arrivait tout de même à prendre une soirée ici et là pour aller pêcher ou nager dans le fleuve avec ses fils.

Les garçons avaient très tôt commencé à travailler avec leur père en dehors des heures d'école. La scolarité de Rachid n'avait pas été facile. Il adorait lire et était un excellent élève, mais son intelligence compensait mal un physique chétif. Son manque de forces lui valait les moqueries de ses camarades de classe et de ses frères, plus athlétiques et brutaux que lui. Le travail dans la petite usine de son père ne lui plaisait pas non plus car l'activité, déjà très physique, se fit encore plus dure quand le père revint de la guerre Iran-Irak avec une jambe et trois doigts en moins, et rempli d'une haine universelle qui leur valut moult coups de ceinture.

Après l'invasion du Koweït par Saddam en 1990, alors que les sanctions contre l'Irak impactaient rudement le pays et que le travail manquait, les frères aînés de Rachid furent enrôlés dans la machine militaire du dictateur. Rachid entra lui aussi peu après dans l'armée. Là, il fit vite merveille, et bien que n'ayant ni leur virilité guerrière ni leurs instincts violents, il les surpassa grâce à ses capacités. Son intelligence et son amour du travail bien fait furent vite repérés. Il fut promu major et affecté à la direction générale du renseignement militaire quelques semaines seulement avant que les avions s'écrasent sur les tours jumelles.

Rachid vit très vite venir ce qui attendait son pays après le 11-Septembre. Il comprit qu'une invasion était inévitable mais il n'était pas encore assez gradé pour avoir de l'influence, et le cercle des proches de Saddam, des hommes de pouvoir bouffis d'orgueil, étouffa les rapports qu'il envoyait à la direction du renseignement. Les avertissements qu'il parvint malgré tout à lancer ne furent pas écoutés. Il perdit ses deux frères, tués par des missiles de croisière dès la première semaine de l'intervention militaire. L'invasion réduisit à néant sa carrière. Le régime tomba, l'armée fut démantelée, et Rachid dut rentrer à Qayyarah, sans emploi, humilié dans son propre pays.

Comme tant d'autres jeunes militaires frustrés et sans direction après l'invasion, il se rebella. Il bouillait de fureur devant l'hécatombe et la ruine de son pays envahi par des soldats américains armés jusqu'aux dents qui se pavanaient cachés derrière leurs grosses lunettes de soleil. Plus grave encore, comme beaucoup de ses frères sunnites, Rachid était convaincu que les envahisseurs cherchaient à changer le rapport de forces et voulaient mettre au pouvoir la majorité chiite au détriment des sunnites.

L'intellectuel devint alors un homme de terrain. Malgré les objections de son père, Rachid rejoignit la jeune résistance dans les environs de Mossoul, non loin de sa ville d'origine. Au sein d'une brigade d'insurgés, il commença par participer à quelques attaques de convois américains à coups de bombes artisanales.

d'Aquin. Pendant sept cents ans, la langue internationale de la science avait été l'arabe. Le Bayt al-Hikma, Maison de la sagesse, fut fondé à Bagdad par le calife Haroun al-Rachid à la fin du VIIIe *siècle, et devint l'épicentre du monde intellectuel.*

Rachid avait aussi connaissance de la glorieuse période qui avait vu les empires islamiques s'étendre de l'Espagne à la Chine. Les Maures avaient régné jusque dans la péninsule ibérique et le sud de la France ; les Ottomans avaient pris les Balkans et la Hongrie et ne s'étaient arrêtés qu'aux portes de Vienne. Un âge d'or pour le califat. La Chrétienté tremblait devant les armées de l'Islam, des armées auxquelles Rachid aurait été fier d'appartenir, conduites par des hommes animés par un bel appétit de conquête et de gloire, mais aussi par l'esprit de découverte, la soif de savoir, l'amour de l'art, de la sagesse et de la conversation. Mais ces jours heureux étaient depuis longtemps révolus. Rachid avait l'impression que cela faisait des siècles que son peuple n'avait rien réalisé qui puisse lui faire honneur.

Avicenne, Averroès, Rhazès.

Abd al-Rahman III, Saladin, Soliman le Magnifique.

Des noms qui éveillaient encore, bien des siècles plus tard, l'émerveillement, l'admiration et le respect.

Personne n'avait été tenu en aussi haute estime dans le monde de Rachid depuis une éternité – ni reconnu à la fois par les siens et par le monde entier.

Rachid voyait bien que les aspirations de ses camarades djihadistes n'avaient rien à voir avec ce monde-là. Mais grâce au secret du directeur du musée il disposait maintenant d'une alternative.

Il pouvait se battre pour rétablir un califat digne de ce nom.

À des années-lumière du califat que l'EI voulait imposer.

14

Paris,
de nos jours

Nisrine attendait le tram avec la femme du dramaturge à la station centrale de l'Hôtel de Ville dans une chaleur étouffante. Tremblant encore, elle rejouait en boucle dans sa tête sa confrontation avec Kamal.

Comment avait-il pu autant changer ?

— Pardon, dit-elle en tentant de se reprendre. Je n'aurais pas dû perdre mon calme...

Sa cliente avait l'air bouleversée.

— Est-ce qu'on peut encore tenter quelque chose ? Y a-t-il des recours possibles ?

— Je vais aller voir un juge que je connais bien. J'espère qu'il pourra nous aider. Ne désespérez pas, ajouta-t-elle en lui posant la main sur le bras. Soyez forte. Je vais faire tout mon possible pour le tirer de là au plus vite.

L'épouse du dramaturge n'eut pas trop l'air d'y croire. Elle hésita, puis demanda :

— Cet homme. Celui avec qui vous avez... C'est votre beau-frère, n'est-ce pas ?

Nisrine hocha la tête, gênée, et lui jeta un regard d'excuse et de regret. Kamal commençait à se faire un nom à la Hafiye, et dans la société ottomane, où les rumeurs couraient vite, les informations de ce genre ne passaient pas inaperçues. Nisrine s'était d'ailleurs demandé si cette parenté poussait les gens à venir lui demander son aide, ou si, au contraire, cela les faisait fuir.

— Il avait l'air de vouloir nous aider, reprit sa cliente, mais vous ne lui avez rien laissé le temps de dire.

— Pardon, dit Nisrine, contrite. C'est juste que…

— Il aurait pu faire quelque chose…, insista l'autre, sa voix se brisant. Vous pourriez peut-être retourner lui parler, vous excuser…

Nisrine approuva lentement de la tête, s'efforçant de garder son calme. Depuis quelque temps, la seule mention du nom de Kamal suffisait à la faire sortir de ses gonds.

Sentant ses réticences, la cliente ajouta :

— Ou alors, vous pourriez demander à votre mari de lui parler.

— Ce serait mieux, mais ils ne sont pas en très bons termes, depuis quelque temps.

La boucle de ses pensées s'embarqua alors dans cette nouvelle voie : comment deux frères pouvaient-ils se ressembler aussi peu ?

Elle connaissait Kamal et Ramazan depuis l'enfance. Ils avaient été camarades de jeu, tous les trois. Kamal était l'oncle de Tarek et de Nour, tout de même ! Cela n'empêchait pas que lui et son frère avaient toujours été très différents.

Peut-être n'était-ce pas cela le plus étrange. La question était peut-être plutôt de comprendre comment Kamal pouvait encore se faire autant d'illusions. Comment pouvait-il se regarder dans la glace le matin, sachant à quoi il participait ?

Cet aveuglement la révoltait, mais son malaise venait aussi d'autre chose : au-delà de la révulsion qu'elle avait ressentie en le voyant là, dans cet uniforme, parmi ces gens, surnageait un autre sentiment. Une vieille émotion inavouée qui persistait depuis sa jeunesse. En dépit de tout, quelque chose en lui ne la laissait pas totalement indifférente, et elle était incapable d'éteindre cette petite étincelle.

C'était bien cela le plus insupportable.

Nisrine était née dans une famille pauvre de la grande banlieue parisienne. Elle n'avait pas vécu avec les siens très longtemps. Quand elle avait eu huit ans, ses parents n'avaient pas trouvé d'autre solution que de la vendre à une famille prospère.

Même si, techniquement, cette transaction faisait d'elle une esclave, la réalité de la société ottomane était tout autre. L'esclavage, un élément essentiel de l'organisation sociale et militaire de l'empire depuis des siècles, était aboli depuis fort longtemps. Il n'en subsistait que de rares formes, comme la vente privée d'enfants par leurs parents, régie par des règles strictes qui n'avaient pas changé au cours du temps. Après la cession, Nisrine serait traitée comme n'importe quel enfant pris dans une famille d'accueil, et bénéficierait de toutes les protections et obligations qui allaient avec son statut. Elle serait une domestique au service de la famille, mais elle aurait droit aux mêmes repas et aux mêmes vêtements que ses maîtres. Elle serait élevée par eux, recevrait la même éducation et la même formation professionnelle que les filles ottomanes « libres » – ou que la fille de la maison, s'il y en avait une. Sa servitude aurait aussi une durée limitée : elle recevrait une pension à vie, et quand elle serait en âge de se marier ses employeurs lui fourniraient une dot et, en fonction des termes de l'accord initial conclu avec ses parents, on lui choisirait un mari. La justice, aussi, la défendrait si elle voulait faire redresser des torts commis contre elle par ses propriétaires.

Elle avait eu la très grande chance de tomber sur un maître particulièrement bon et généreux, un avocat appartenant à un cercle savant de professeurs et de juristes, qui, ayant eu trois fils, regrettait de ne pas avoir de fille. Il fut comblé avec Nisrine. Il détecta vite son intelligence, sa curiosité d'esprit et sa force de caractère. Il encouragea chez elle le désir d'élargir ses horizons, malgré la coutume profondément ancrée qui poussait à considérer l'éducation des filles comme néfaste. Dans la plupart des familles ottomanes, malgré les progrès apportés par les réformes de Mourad, l'éducation des filles se limitait au domaine religieux. Traditionnellement, les femmes étaient exclues des domaines d'étude susceptibles de mettre en danger la domination masculine, en particulier le droit. Même la littérature était mal vue pour les femmes. L'objectif avait toujours été d'en faire de bonnes épouses et de bonnes mères musulmanes sachant bien se conduire, plutôt que de leur permettre d'apprendre un métier. Celles qui travaillaient recevaient encore des salaires bien inférieurs à ceux des hommes. Beaucoup de jeunes filles continuaient à devoir se battre contre leur famille – surtout contre leur père et leurs frères – quand elles voulaient s'écarter de la norme.

Nisrine avait eu une telle soif de savoir qu'elle avait été loin de se satisfaire de l'écoute de textes religieux récités à l'infini. Son maître avait bien accueilli les réformes de Mourad et l'avait autorisée à piocher dans sa bibliothèque. Elle avait dévoré les classiques de la littérature et de la poésie lyrique du Proche-Orient, et avait appris toute seule le français et le persan avant de se lancer dans l'exploration des textes juridiques qu'elle trouvait sur les rayonnages. Il avait continué de la soutenir quand elle avait pris la plume pour exprimer ses opinions, surtout quand elle critiquait les vues conservatrices qui rabaissaient les femmes, défendait leurs droits et réclamait l'éducation pour toutes. Plus tard, il l'avait aidée à obtenir son diplôme de droit et à monter son propre cabinet, une petite structure progressiste où hommes et femmes travaillaient ensemble, et qui n'avait pas peur de se charger de dossiers sensibles. Le travail ne manquait pas pour une femme ayant les opinions de Nisrine.

Elle avait consacré beaucoup d'énergie à défendre les droits des femmes, qui restaient limités, quoique beaucoup moins que dans d'autres pays, en particulier dans la très puritaine République chrétienne d'Amérique et dans une Russie profondément orthodoxe. Les femmes ottomanes avaient le droit d'être propriétaires, elles pouvaient hériter et léguer leurs biens, établir et diriger des fondations, et attaquer les hommes en justice pour défendre leurs intérêts – y compris leur mari ou d'autres hommes de leur famille –, et même plaider leur cause devant un juge. Selon la loi islamique, elles conservaient leur statut personnel, ce qui leur permettait de garder leur nom de naissance après le mariage. La plupart de ces mesures étaient encore impensables en terre chrétienne.

Les Ottomanes pouvaient également mettre fin à un mariage qui battait de l'aile avec une facilité que n'imaginaient même pas les autres femmes. Le divorce était fréquent chez les couples ottomans et aussi facile à obtenir pour les femmes que pour les hommes. Il arrivait même que des non-musulmanes de l'empire se convertissent à l'islam quand elles désiraient se libérer d'une union malheureuse.

En ce qui concernait le droit de vote, cependant, c'étaient les femmes de la RCA qui jouissaient de l'avantage. Là-bas, vers la fin du siècle précédent, le suffrage avait été étendu aux veuves et aux femmes célibataires de plus de trente ans à condition qu'elles soient propriétaires.

Nisrine était guidée par deux grands principes simples : les droits ne devaient pas reposer sur la tradition, et devaient uniquement être conférés parce qu'ils étaient justes et raisonnables, quelle que soit la coutume ; et les femmes, en tant qu'êtres humains, méritaient les mêmes droits fondamentaux que les hommes. Elle avait combattu avec succès une proposition de loi prévoyant d'amnistier les violeurs de mineures à condition qu'ils épousent leur victime. Elle avait conduit en appel la défense d'une chirurgienne condamnée pour avoir reconstruit des hymens. Elle avait défendu un négociant qui avait fait entrer en contrebande des kits de virginité venant d'Extrême-Orient. Depuis qu'Abdülhamid s'était assis sur le trône, Nisrine s'était de plus en plus souvent trouvée, à travers son travail, en conflit avec les leaders religieux et les élites conservatrices, et maintenant ce n'était plus seulement les femmes dont il fallait défendre les droits avec vigueur.

Un comédien avait été fouetté pour avoir diffamé le *beylerbey* dans un montage devenu viral sur le Net, montrant un célèbre hippopotame de dessin animé à côté d'une photo du *beylerbey* lui ressemblant étonnamment. Le rédacteur en chef de l'un des journaux les plus respectés de l'*eyalet*, *Tasvir-i efkâr* – le nom signifiant « imaginer des idées » –, un périodique très libre de ton, avait été enfermé pour avoir publié ce que l'État appelait de « fausses informations », un terme repris avec une fréquence inquiétante.

Il ne s'agissait plus seulement maintenant de défendre des principes : l'enjeu était beaucoup plus grave.

Des vies étaient en danger.

— Essayez de lui parler, supplia la femme du dramaturge alors que le tram arrivait, faisant tinter sa cloche pour avertir quelques piétons imprudents. Il travaille là-bas et c'est un membre de votre famille. Nous ne pouvons pas nous priver de ce contact.

— Oui, je vous le promets, répondit Nisrine d'un ton rassurant. Je retourne au bureau tout de suite pour passer quelques coups de fil.

— Vous me tiendrez au courant dès que vous aurez des nouvelles ?

— Bien sûr.

Sa cliente posa sur elle un regard torturé par une profonde inquiétude, puis elle fit un petit signe de tête et monta dans la voiture réservée aux femmes.

Nisrine resta sur le quai, le cœur lourd, et regarda le tram s'éloigner dans les embouteillages de cette fin de matinée.

Elle fit demi-tour, encore secouée par la tornade d'émotions qui s'était emparée d'elle. Il lui fallait de toute urgence s'apaiser, rentrer au bureau et prendre son téléphone, en commençant par appeler un juge qui avait été très ami avec son maître.

Quant à Kamal… Elle préférait en parler avec Ramazan avant de faire quoi que ce soit.

Elle décida de rejoindre son bureau à pied pour se remettre les idées en place. Elle traversa la rue encombrée et descendit sur les quais au niveau de l'eau, car l'air y était un peu plus frais. Elle aimait marcher le long du fleuve. L'eau – glauque et sombre, mais libre, sans entraves – avait un effet tranquillisant sur ses nerfs à vif.

Le regard perdu dans le lointain, elle eut une pensée émue pour son maître, se désolant qu'il ne soit plus de ce monde. Elle aurait tant aimé bénéficier encore de son soutien et de ses conseils pour naviguer dans ces temps difficiles ! Pourtant, elle se réjouissait presque qu'il ne puisse pas voir ce qu'était devenu l'empire, tout en sachant qu'il aurait probablement adoré se jeter dans la bataille pour défendre bec et ongles l'âme de leur société. Il n'avait jamais reculé devant un bon combat. Cet aspect de la personnalité de son maître inspirait toujours Nisrine et lui donnait la force de continuer, malgré les menaces et la peur. D'une certaine façon, elle avait l'impression de le devoir à sa mémoire. Sans le soutien de son maître, jamais elle ne serait devenue une figure respectée de la défense des droits des femmes ni une voix aussi remarquée dans la presse parisienne, bien considérée et connue d'un lectorat de plus en plus large de femmes éduquées. C'était lui qui avait tout rendu possible, et elle s'était emparée de la chance qu'il lui offrait. Elle l'avait aimé et avait fini par le considérer comme son vrai père, même quand elle était partie de sous son toit – ou plutôt dès que son épouse et son cercle d'amies avaient estimé qu'il était temps pour Nisrine de se marier.

La famille d'accueil de Nisrine avait été très proche des parents de Kamal et de Ramazan, et c'était ainsi qu'elle avait rencontré les deux frères. Ils avaient tous été amis d'enfance. Elle avait pu jouer et courir partout avec eux jusqu'à l'âge de la puberté – à peu près le moment où elle avait commencé à sentir naître son attirance pour Kamal, un désir qui, elle le soupçonnait fortement, était réciproque. Et c'était là que tout s'était arrêté : l'obéissance à la coutume l'avait obligée à mettre le voile et à disparaître de la vie de ses camarades de jeu, pour ne reparaître que le jour où son mariage arrangé avec Ramazan avait été conclu par leurs parents. Des deux frères, il avait été le meilleur parti : plus âgé que Kamal – de quatre ans seulement, mais cela comptait –, les pieds sur terre, ayant un bon métier et la perspective d'une belle carrière médicale. Mis devant le fait accompli, ni Kamal ni elle n'avaient eu leur mot à dire, et par respect pour son maître et son épouse, et en reconnaissance de tout ce qu'ils avaient fait pour elle, elle n'avait pas discuté leur décision, même si elle avait deviné dans les yeux de Kamal la même désolation silencieuse qu'elle ressentait elle-même. Mais tout cela était loin, et ses parents avaient peut-être finalement eu raison. Ramazan était un mari fiable et un père aimant pour leurs deux enfants, un homme bon et respectueux qui leur offrait une vie confortable, même si la flamme amoureuse n'était jamais devenue pour eux ce feu de joie dont elle entendait parler à voix basse ou dont elle trouvait des illustrations dans la littérature clandestine. Kamal, de son côté, avait continué sur la voie choisie dans sa jeunesse tumultueuse et était devenu… cet homme-là.

Et pourtant…

Elle s'efforça de le chasser de son esprit et de se concentrer sur ce qui comptait vraiment : la libération du dramaturge que sa famille attendait.

Rien ne comptait davantage que la vie de famille.

Elle le pensait profondément, même si le prix à payer pouvait parfois sembler lourd.

15

Dans le sous-sol sans fenêtres de l'une des annexes modernes de la vieille forteresse, Kamal avait du mal à se remettre du choc causé par son échange avec Nisrine.

Taymour et lui étaient descendus voir l'analyste chargé de visionner les enregistrements de vidéosurveillance des bords de Seine.

La salle, immense, accueillait l'une des nombreuses cellules d'analyse de données de cette unité connue sous le nom « la Caverne ». Chaque poste de travail de la cellule de vidéo-surveillance était identique : un clavier de commande sous un grand écran plat, entouré d'une batterie de quatre petits moniteurs. Un lourd silence pesait sur ces lieux. Les murs et le plafond étaient sans ornements, doublés d'un matériau absorbant insonorisant, d'un gris anthracite mat, et la climatisation était réglée au maximum. Les analystes portaient des lunettes spéciales destinées à protéger leurs yeux de la lumière bleue des écrans. Leur uniforme gris foncé, le même pour tous, effaçait le peu d'humanité qui aurait pu subsister dans cet espace oppressant et austère.

— Là, regardez ce couple, leur dit l'analyste en appuyant sur la touche « lecture » et en désignant le grand écran de l'autre main.

L'enregistrement de la caméra de surveillance montrait un quai de la Seine. Malgré la nuit, l'image était étonnamment claire grâce à la mise au point de filtres de plus en plus performants pour permettre l'espionnage de nuit comme de jour.

On voyait un homme et une femme descendre l'escalier du pont. En arrivant sur les berges, ils s'arrêtaient, visiblement surpris par quelque chose – puis la surprise tournait à l'horreur. La femme pointait le doigt en hurlant. L'homme approchait de l'eau, suivant son exemple, l'attitude plus agressive. Très vite, l'homme se détournait de ce qui avait attiré son attention et se rapprochait de sa compagne pour la réconforter. Ils discutaient, semblant ne pas être d'accord, au début en tout cas. Ils retournaient ensuite à l'escalier et disparaissaient, marchant d'un pas décidé.

L'analyste appuya sur « pause ».

— C'est tout. Avant et après cela, il n'y a rien d'intéressant.

— Ils ont vu quelque chose, commenta Taymour.

Kamal regarda l'horodatage. Il était 5 h 34, un peu avant l'aube.

— Y a-t-il une caméra sur l'autre berge, en face ?

— On en a une des deux côtés du pont, mais il n'y a rien dessus.

— Il y a un angle mort ?

— Oui, sous le pont. La couverture n'est pas cent pour cent efficace.

Kamal fronça les sourcils.

— Il faut retrouver ces gens, dit Taymour. Ils nous diront ce qu'ils ont vu.

— On va faire une recherche, dit l'analyste.

— Et au niveau de la rue ? demanda Kamal. En haut des marches, à l'entrée du pont ?

— Attendez…

L'analyste pianota sur son clavier et trouva l'enregistrement correspondant. Il synchronisa les images sur la même heure, appuya sur la touche lecture.

L'écran montrait le défilé des voitures et des bus, la circulation d'un petit matin. Puis un homme apparaissait en haut de l'escalier.

— Là ! dit Kamal en tendant le doigt.

Ils le virent gravir la dernière marche en titubant et se diriger vers le pont d'une démarche mal assurée.

— Est-ce qu'il a bu ? demanda l'analyste.

— Soit il est soûl, soit il est blessé, répondit Kamal. Il y a peut-être eu une bagarre.

L'homme s'arrêtait à un feu à l'entrée du pont. Légèrement voûté, il regardait à gauche puis à droite. Ensuite il traversait, sans attendre que le feu passe au rouge, et disparaissait dans une rue sombre qui s'éloignait du fleuve.

— Il faut le suivre, dit Kamal. Savoir où il est allé.

— Il nous faudrait aussi son visage, ajouta Taymour.

L'analyste joua avec les commandes pour ramener l'enregistrement en arrière, et refit défiler le passage au ralenti.

L'homme gardait obstinément le front penché, sauf quand il tournait la tête avant de traverser, pour guetter les voitures. Son visage était alors partiellement exposé un instant.

L'analyste fit un arrêt sur image, puis zooma.

La définition n'était pas très bonne car la caméra était fixée en hauteur, mais on pouvait néanmoins deviner un homme d'une soixantaine d'années, sans barbe ni moustache, avec encore tous ses cheveux.

— Voyons où il est allé, dit Taymour.

L'analyste se remit à pianoter pour traquer sa cible le long du réseau de surveillance.

Kamal avait hâte d'en finir pour pouvoir s'en aller.

À cet instant, le téléphone de Taymour sonna. Profitant de ce que son coéquipier regardait qui appelait sur l'affichage, Kamal lui demanda :

— Ça t'ennuierait de terminer tout seul ? Il faut que j'aille régler autre chose...

Taymour ne lui posa pas de questions – ça n'était pas le moment, pas devant l'analyste. Il approuva simplement de la tête et prit l'appel.

Kamal n'attendit pas une seconde de plus pour partir.

Taymour salua son correspondant, un œil sur son coéquipier qui sortait de la pièce.

Le nom qui s'était affiché n'était qu'un *A* – Taymour avait beaucoup de contacts dans son téléphone qu'il ne listait que par leur initiale, pour des raisons de discrétion, disait-il, mais pas forcément celles que l'on croyait. Le *A* n'était pas ce que Kamal ou n'importe qui d'autre aurait pu imaginer naturellement. C'était Ali Huseyin, un collègue, mais qui ne faisait pas partie de l'unité antiterroriste. Il appartenait à la section Z.

— Qu'est-ce qui se passe ?

— Tu es seul ou avec Kamal Agha ?

Une petite phrase qui mit Taymour très mal à l'aise.

— Il vient de partir. Pourquoi ?

Il y eut un petit silence, comme si Huseyin se demandait par où commencer.

— On a eu une alerte sur quelqu'un. J'ai pensé qu'il valait mieux te mettre au courant. Mais ne lui en parle pas. Je fais juste ça pour toi, je te le dois bien. Je ne voudrais pas que ça te retombe dessus.

— Qui ?

— Sayyid Ramazan Hekim, le frère de Kamal.

Taymour fit un ou deux pas pour s'éloigner de l'analyste et jeta un coup d'œil involontaire vers la porte, tout en sachant très bien que Kamal n'allait pas revenir.

— Quel motif ?

— Recherches sur Internet. Sur son ordinateur privé.

Taymour se tendit, mais commenta d'un ton ferme et calme :

— Bah, ça ne veut rien dire du tout.

— Peut-être. Probablement. Pour l'instant, c'est une alerte de bas niveau. Mais tu sais comment ça marche, frère. Ça n'est pas moi qui décide.

— Je sais, mais c'est du grand n'importe quoi.

— Je l'espère, pour lui et pour toi. Bon, moi je prends un risque en te prévenant, mais j'aime autant. Le niveau trois du protocole de surveillance a été déclenché. Peut-être qu'il y a quelque chose, peut-être pas. On sera bientôt fixés.

Taymour prit un instant avant de répondre. Le niveau trois – pas bon, ça.

— Tiens-moi au courant, quoi qu'il arrive, dit-il d'un ton qui excluait tout refus.

Il pouvait compter sur Huseyin, il le savait.

— Bien sûr.

— Parfait.

Taymour raccrocha en étouffant un juron.

Il ne fallut pas longtemps à Kamal pour traverser la Citadelle. Quelques minutes seulement après avoir quitté Taymour, il arrivait à la partie réservée à l'immense centre pénitentiaire.

Il ne connaissait pas le surveillant de service à l'accueil de la prison ce matin-là.

Il lui montra sa carte.

— Vous avez quelqu'un que je voudrais voir. Ibrahim Sinasi.

Le surveillant consulta son écran, et son visage se referma.

— Il y a un problème ? demanda Kamal.

L'homme réfléchit, choisissant prudemment ses mots, et finit par dire :

— Vous n'avez pas l'habilitation.

— Pardon ?

— C'est une affaire qui dépend de la section Z. Seuls les gars de la Z peuvent le voir, et encore pas tous. Il faut être sur la liste.

Kamal garda un ton égal, refoulant son mécontentement :

— C'est un témoin important dans une de nos affaires. Il faut que je le voie.

— Je vous dis que ça n'est pas possible, rétorqua tout aussi fermement le surveillant. Vous allez devoir vous arranger avec les gars de la Z.

— Nous travaillons ensemble, que je sache !

— Je viens de vous le dire, Kamal Agha, ça n'est pas moi qui décide, c'est le protocole.

— Qui est chargé de l'affaire, alors ? Vous pouvez me donner des noms ? Ou bien c'est aussi contraire au protocole ?

Le surveillant jeta un coup d'œil à son écran. Après une brève hésitation, il se décida :

— Jamal Banna et Onur Goskun.

Kamal fronça les sourcils. Il ne les connaissait pas. Le contraire aurait d'ailleurs été étonnant. La Hafiye était une vaste maison qui employait plusieurs centaines de personnes rien qu'à la Citadelle. Tout le monde n'était pas en contact, et on ne savait rien des affaires qui occupaient les unités.

Il jeta un regard noir au surveillant. Ce dernier resta de marbre, semblant totalement indifférent. Puis, comme à contrecœur, il se pencha, baissant la voix :

— Je ne devrais pas vous dire ça, mais… Si j'étais vous, je n'insisterais pas trop sur ce coup-là.

— Pourquoi ?

— Je crois qu'il fait partie de la Rose blanche, répondit le surveillant avec un haussement d'épaules.

Il n'ajouta rien. C'était inutile.

Kamal en avait assez entendu. Encore un de ces maudits comploteurs. Des signaux d'alerte s'allumaient dans son esprit – Azmi, Sinasi, la Rose blanche –, et tous reliés à Nisrine.

Des coïncidences qui pourraient la mettre en grand danger.

— *Bok !* jura-t-il entre ses dents avant de remercier l'homme d'une inclinaison de tête et de tourner les talons.

Il ne rejoignit pas son poste de travail, mais repartit en sens inverse, traversa le grand hall vitré vers la section Z et prit l'ascenseur et les longs couloirs sans prêter attention aux visages connus ou non qu'il croisait en chemin.

Les deux agents de la Z, Banna et Goskun, n'étaient pas à leur poste. Il donna son nom et son numéro à l'homme de permanence, et lui demanda qu'ils l'appellent dès que possible.

Il voulait à tout prix et au plus vite régler le problème pour protéger Nisrine.

Même si un pressentiment désagréable lui disait que l'affaire dépassait déjà sa zone d'influence.

16

Assis en silence au chevet de son patient, Ramazan l'écoutait, fasciné.

Il était parvenu à se ménager quelques séances supplémentaires avec lui, trouvant du temps entre ses interventions au bloc, s'arrangeant à chaque fois pour rester seul avec lui, dosant la sédation avec soin afin de le laisser juste assez conscient pour poursuivre son histoire mais pas assez pour se rendre compte de ce qu'on était en train de lui faire.

Le reste du temps, il remettait sous sommeil artificiel l'homme qui prétendait être Ayman Rachid Pacha. Il n'y avait aucune raison pour que les infirmières critiquent ses décisions, son rôle d'anesthésiste consistant aussi à veiller au retour à la conscience du patient dans de bonnes conditions. Elles s'inquiétaient d'autant moins qu'il ne signalait aucune complication. Il voulait seulement donner à son patient un peu plus de temps pour se remettre avant de le ramener à un plein état de conscience. La pratique était habituelle, mais ne lui laissait qu'une journée de marge pour que l'explication reste plausible.

Et cette journée arrivait à sa fin. Il fallait vite que l'homme termine son histoire.

Même arrivé à ce stade du récit, Ramazan n'était toujours pas sûr d'y croire. Jusque-là, cela ressemblait plutôt à de folles élucubrations. Et pourtant, la foison de détails donnait un vernis de crédibilité si puissant à l'histoire que Ramazan ne pouvait résister à l'envie de revenir pour entendre la suite, et poussait l'homme à continuer, tendant l'oreille pour entendre les réponses marmonnées. Mais aussi, comment pouvait-il inventer tout cela ? Il aurait fallu qu'il ait une imagination réellement prodigieuse, et une force incroyable pour rester lucide et manipuler son auditoire alors même qu'il était sous médication lourde et sous la surveillance d'un excellent anesthésiste. Oui, mais l'option restante était encore plus impensable. Pourtant, malgré la logique, malgré le carcan de la pensée rationnelle, Ramazan avait l'impression d'entendre la vérité, comme si, au fond de lui, l'homme était secrètement ravi de confier son histoire à quelqu'un, comme s'il avait retenu le secret si longtemps que le désir de se vanter de son extraordinaire exploit ne demandait qu'à s'exprimer.

Il semblait à Ramazan qu'il avait ouvert en grand les vannes d'un inconscient, et il ne savait trop que penser de ce qui en surgissait.

Début 2016, Ayman Rachid était loin de la Syrie, ayant laissé derrière lui sa collaboration avec l'EI, et se plongeait dans ses recherches à Istanbul.

Il n'avait eu aucun mal à disparaître. Une fois en possession des papiers et de l'argent nécessaires, il avait organisé une rencontre avec ses supérieurs djihadistes à Raqqa, la principale base du groupe État islamique, lieu très pratique car la ville était située au nord de Palmyre, un peu plus qu'à mi-distance de la frontière turque. Par une sombre matinée de novembre, il avait grimpé dans un pick-up Toyota – par le plus grand des hasards, un véhicule ayant justement appartenu au directeur des antiquités disparu – et il était parti seul, abandonnant la Venise des sables à son triste sort.

Il n'était pas allé au rendez-vous de Raqqa. Et même si son corps n'avait pas été retrouvé criblé de balles au bord de la route, ou pulvérisé dans une voiture par une frappe aérienne, il savait que ses supérieurs ne poseraient pas de questions : dans le chaos post-apocalyptique dans lequel la Syrie était plongée, Ayman Rachid ne serait que l'une des nombreuses victimes aspirées par le trou noir de la guerre.

Il n'avait pas eu trop de mal à arriver à Istanbul. la frontière entre la Syrie et la Turquie était quasiment inexistante, une ligne poreuse de neuf cents kilomètres. Les djihadistes la traversaient sans presque aucun contrôle depuis des années, faisant des va-et-vient pour aller guerroyer en Syrie, et ils n'avaient pas besoin de grosses chaussures de marche ni de crapahuter dans des zones sauvages pour passer. Un réseau de transport très efficace et régulier existait depuis longtemps des deux côtés de la frontière pour permettre la circulation d'un flux continu de combattants qui entraient et de réfugiés qui sortaient, ainsi que pour le transport d'armes, d'argent et de pétrole.

Une fois à Istanbul, il avait trouvé un petit appartement bon marché dans le quartier animé et central de Besiktas. Confortablement installé, anonyme, il avait pu se mettre au travail.

Il passait le plus clair de son temps à la bibliothèque Atatürk, de longues heures fatigantes consacrées à un seul objectif : l'accumulation des connaissances qui allaient lui permettre de changer le monde. Exercice mentalement épuisant, mais plus passionnant que tout ce qu'il avait pu faire jusqu'alors.

Le soir, quand il rentrait enfin, il observait ce qui l'entourait et l'analysait pour se forger une vision de l'Europe du futur. La constatation qu'à Istanbul on arrivait à concilier l'héritage islamique et la modernité lui donnait amplement matière à réflexion. L'appel à la prière des muezzins montait dans la ville comme une vague apaisante qui ralentissait le pouls collectif et offrait aux croyants cinq moments quotidiens pendant lesquels ils pouvaient lever le pied pour méditer un peu.

Rachid adorait ce sentiment de calme profondément apaisant qui l'envahissait dès qu'il entendait les mélodieux adhans*, surtout quand ils étaient lancés par des imams talentueux.*

Avec l'aide d'Allah, songeait-il, l'Europe apprendra vite à apprécier ce rituel si bénéfique et à s'agenouiller en entendant le saint appel à la prière.

Avec l'aide d'Allah – et un fameux coup de pouce de sa propre part.

Il ne pensait à rien d'autre, de jour comme de nuit.

Au départ, il avait seulement pensé se servir de la formule pour annuler la tragédie qui l'avait conduit à Palmyre. Il avait la possibilité de réécrire l'histoire récente de son pays en retournant aux temps d'avant l'offensive américaine : il avertirait Saddam de ce qui allait arriver, essaierait de désamorcer la crise avant l'envoi des missiles de croisière. Mais comment s'y prendre pour convaincre Saddam ? Saddam et ses généraux le croiraient-ils, ou bien le penseraient-ils devenu fou, ou, plus probable et bien plus dangereux, l'imagineraient-ils à la solde des Américains ? Et puis, à quoi cela servirait-il ? Les Américains avaient la ferme intention d'attaquer l'Irak. Les événements le lui avaient amplement prouvé. Rien n'était plus clair. Même s'il arrivait à accomplir quelque chose, ce ne pourrait être que temporaire. Ils trouveraient une autre raison pour lancer leur offensive, n'importe quelle excuse ferait l'affaire.

En outre la question était vaine : il y avait une règle absolue à respecter, la seule règle qui accompagnait ce don, la règle fondamentale qui interdisait de nourrir cette pensée : on ne devait pas voyager à l'intérieur des limites de sa propre existence. Il était impossible de faire un saut à l'intérieur de sa propre époque. La chose n'était pas permise.

Il ne pouvait pas y avoir deux incarnations de soi au même moment.

D'ailleurs, même si cela avait été possible, il aurait été beaucoup trop simpliste et très dommage d'utiliser ce don incroyable pour un si petit projet. Il devait viser plus haut. Ce miracle méritait un objectif plus ambitieux. Et puisque tous ses proches étaient morts, rien ne lui manquerait de la période qu'il envisageait de quitter.

Ainsi, il pouvait réfléchir sans obstacles et explorer librement le passé plus lointain.

Il repéra très vite trois moments-clés du passé où l'Islam avait été sur le point de remporter une victoire décisive sur l'Occident chrétien, pour finalement échouer : 732, date où les Maures ne s'étaient arrêtés qu'à quelques centaines de kilomètres de Paris ; 1529, à l'apogée de l'Empire ottoman, qui avait vu échouer le premier siège de Vienne, capitale autrichienne de la monarchie des Habsbourg et centre du Saint Empire romain germanique ; et 1683, date du second siège de Vienne, qui s'était lui aussi soldé par un échec.

Des échecs qu'il pourrait aller annuler.

Des échecs dont il pourrait faire des victoires.

Les trois dates avaient du potentiel. Il lui fallait trouver la plus favorable.

La première, 732, correspondait à l'expédition du califat omeyyade, dont les guerriers avaient envahi l'Afrique du Nord avant de traverser le détroit de Gibraltar et de prendre l'Espagne, le Portugal et le sud-ouest de la France. L'émir Abd al-Rahman et ses hommes n'étaient plus qu'à trois cent cinquante kilomètres de Paris quand Charles Martel et son armée de Francs et de Burgondes les avaient arrêtés dans la campagne entre Tours et Poitiers. Cette défaite, devant une armée très inférieure en nombre qui n'avait, d'après les historiens, ni cavalerie ni cottes de mailles, avait permis à la Chrétienté de se maintenir en Europe.

D'un point de vue historique, 732 était un tournant intéressant. L'Europe du Sud-Ouest, sous domination maure, était aux mains de l'Islam. Fort de sa connaissance de l'avenir, n'ignorant rien de l'art de la guerre et les armes, il aiderait facilement l'émir à vaincre Charles Martel, et lui permettrait de poursuivre la conquête des territoires qui avaient constitué la France qu'il connaissait. En faveur d'une intervention en 732, il fallait ajouter que l'Amérique n'avait pas encore été découverte : c'était un événement qu'il aurait aussi aimé influencer. Il trouvait assez irrésistible de se dire que des galères arborant le pavillon de l'Islam pourraient arriver les premières de l'autre côté de l'Atlantique pour revendiquer le grand continent. L'idée d'une Amérique devenue continent musulman, avec des mosquées et des minarets, où l'appel des muezzins résonnerait d'une côte à l'autre, l'amusait beaucoup. Oui, mais 732 comportait un certain nombre d'inconvénients. L'avancée des sciences et des techniques au VIII*e siècle – la technologie, si on pouvait dire – était encore beaucoup trop balbutiante pour lui permettre de mettre en œuvre les inventions dont il aurait besoin pour arriver à ses fins. Il y avait aussi beaucoup moins de documentation à lire pour se familiariser avec un environnement qui serait, il le redoutait, trop radicalement différent de ce qu'il connaissait. Et enfin, il se disait que des temps plus récents offriraient un confort de vie bien supérieur et seraient beaucoup plus agréables pour lui.*

Non, l'époque ottomane était de loin préférable.

Il connaissait bien l'histoire de l'empire, humblement né au XIII*e siècle avec le chef d'une tribu turque appelé Osman. Les incursions de ses guerriers nomades hors d'Asie centrale grignotèrent peu à peu le territoire byzantin. Deux cents ans plus tard, son descendant Mehmed II prenait Constantinople, la capitale byzantine, et se proclamait Kayser i-Rûm : empereur de Rome. L'objectif du sultan et de ses successeurs était ainsi clairement formulé : conquérir l'Empire romain vers l'ouest, jusqu'à Rome.*

Cette ambition enflammait l'imagination de Rachid.

À son apogée, l'Empire ottoman, dirigé depuis plus de six cents ans par la même dynastie, s'étendait sur plus de deux millions de kilomètres carrés, rayonnant du Moyen-Orient et de l'Afrique du Nord jusqu'en Europe. C'était une superpuissance universellement reconnue, incroyablement riche et bien organisée. Le sultan inspirait respect et terreur en Occident, et ses cavaliers étaient aussi redoutés que ceux de l'Apocalypse. Il avait tout, excepté les villes tant convoitées qu'étaient Vienne et la plus lointaine Rome.

Ses armées avaient atteint deux fois les portes de Vienne. Bien qu'ayant lieu à des périodes fastes de l'empire, alors que l'Europe était déchirée par un dur conflit entre les protestants et les catholiques, ces deux tentatives s'étaient soldées par des défaites inattendues.

Si Rachid parvenait à changer l'issue de l'un de ces deux sièges, alors tout serait de nouveau possible. Le destin de l'Europe de l'Ouest, et par voie de conséquence du reste du monde, serait radicalement redéfini.

Une question demeurait : de ces deux campagnes, laquelle choisir ?

En septembre 1529, l'armée de Soliman le Magnifique avait assiégé la ville autrichienne pendant un mois, faisant pleuvoir sur elle ses boulets de canon et creusant des galeries souterraines pour saper ses fortifications. Mais à la mi-octobre, alors que Vienne était près de tomber, les pluies torrentielles qui rendaient déjà le siège extrêmement difficile laissèrent place à des chutes de neige exceptionnellement précoces. L'armée ottomane avait dû battre en retraite, reculant devant les caprices du temps. Vienne et l'Europe de l'Ouest chrétienne étaient de nouveau sauvées.

L'été 1683 avait vu le retour des Ottomans devant Vienne. Le sultan Mehmed IV et son grand vizir Kara Mustafa, qui menait la troupe, forts des leçons apprises lors des précédentes campagnes, avaient fait partir l'armée impériale d'Istanbul dès que le dégel de printemps dans les Balkans l'avait autorisé, ce qui avait permis d'atteindre les portes de Vienne à la mi-juillet. Le siège avait duré deux mois, et les Ottomans avaient été à deux doigts de remporter leur « pomme d'or ». Mais le destin leur avait été de nouveau défavorable, et leur défaite dans la plaine de Vienne avait préfiguré la longue et lente agonie de l'empire.

Les jours et les semaines passant, les pensées d'Ayman Rachid s'arrêtaient de plus en plus souvent sur cette troisième date : 1683.

Plus il y réfléchissait et plus il se convainquait que le moment serait idéal. Mais c'était peu de dire qu'il y faudrait beaucoup de préparation : la tâche serait monumentale.

Il devait tout apprendre de cette période. Il lui faudrait lire le plus de documents possible et planifier le moindre détail avec une extrême attention. Il ne se lancerait dans l'aventure qu'une fois parfaitement prêt.

C'était décidé : il aiderait les Ottomans à conquérir Vienne pendant le siège de l'été 1683.

Et après Vienne il s'assurerait que le reste de l'Europe serait soumis par l'épée de l'Islam.

17

La vidéosurveillance des berges de la Seine avait permis à l'analyste de la Caverne de suivre le couple de point en point depuis les premiers signes d'agitation jusqu'à une voiture garée un peu plus haut sur les quais. Après quoi, quelques clics seulement avaient été nécessaires pour trouver l'adresse correspondant à la plaque d'immatriculation. Ce fut ainsi que Kamal et Taymour se retrouvèrent sur le pas de la porte de service à l'arrière d'un restaurant, à interroger le cuisinier qui transpirait à grosses gouttes et prenait un air un peu trop dégagé.

— Les quais ? Oui, je suis allé faire un petit tour là-bas hier matin. Je m'y balade souvent avec ma femme avant le boulot à la fraîche. Pourquoi ?

— Vous n'avez rien remarqué d'inhabituel pendant votre promenade ? demanda Kamal.

Taymour et lui auraient pu laisser cette partie de l'enquête aux hommes de la Zaptiye, mais ils avaient préféré s'en charger eux-mêmes. Kamal avait grand besoin de se changer les idées.

Tout allait de travers. Pour commencer, la journée avait été gâchée dès le matin par sa dispute avec Nisrine. Ensuite, les fichiers de données d'une banque arabe qui devaient lui fournir la preuve irréfutable d'un lien entre un membre du conseil d'administration et les dirigeants d'une mosquée sous surveillance n'avaient permis de détecter aucun mouvement d'argent suspect. Et pour couronner le tout, il n'avait toujours pas été contacté par les deux agents de la section Z qu'il cherchait à joindre. C'était rageant, d'autant que la cérémonie des exécutions n'avait eu lieu que la veille, et que son nom aurait dû encore leur inspirer suffisamment de respect pour les inciter à le rappeler rapidement. Et pourtant, rien. Et l'affaire du cadavre repêché dans le fleuve n'arrivait même pas à l'intéresser.

Le témoin, visiblement très nerveux, haussa les épaules. Depuis quelque temps, les gens n'aimaient plus répondre aux questions de la police, qu'elle soit secrète ou non.

— Non, je n'ai rien vu de spécial, pourquoi ?

Kamal leva les yeux au ciel et lui tendit son téléphone pour lui montrer la vidéo de sa femme et lui en train de crier en montrant quelque chose du doigt.

Le cuisinier eut un sursaut.

— Je... C'était seulement...

— Vous auriez dû le signaler, commenta Kamal. Vous savez parfaitement que c'est un délit de ne pas rapporter un méfait.

— Est-ce que c'était vraiment votre femme, avec vous ? intervint Taymour. Nous pouvons aller la voir pour en avoir confirmation, si vous préférez...

— Bien sûr que c'était ma femme ! Je vous en prie, gémit l'homme, je sais que nous aurions dû aller à la police, mais...

Il n'acheva pas. Il n'avait pas besoin d'en dire plus. La dénonciation d'un crime risquait de vous précipiter malgré vous dans un dangereux engrenage. La présomption d'innocence ne valait plus grand-chose depuis qu'Abdülhamid avait pris le pouvoir.

— Alors, vous avez vu quoi ? le pressa Kamal.

L'homme hésita avant de répondre, puis se décida, sans plus cacher sa peur et son incompréhension :

— Il y avait un type de l'autre côté de la Seine. Il était penché sur un corps qui ne bougeait pas – quelqu'un de mort, on aurait dit. Le type était en train de le déshabiller et il a enfilé ses vêtements... Ce type dont je parle était complètement nu.

Kamal jeta un regard intrigué à Taymour.

— Pour commencer, poursuivit le cuisinier, nous avons juste été surpris, mal à l'aise. C'était tellement… bizarre. Et puis, quand il s'est mis à traîner le corps vers le bord du quai, nous avons eu un choc. Là, ma femme a hurlé et il nous a vus…

— Et ensuite, qu'est-ce qui s'est passé ?

— Quand il nous a vus de l'autre côté, il s'est redressé. Il nous a fichu une peur bleue, je vous assure. Ça ne l'a pas empêché de faire tomber l'autre bonhomme dans l'eau, et puis il s'est enfui.

Kamal et Taymour, très étonnés, le furent encore plus quand leur témoin ajouta :

— Ah oui, et aussi : le type était couvert de marques.

— Des marques, c'est-à-dire ?

— Comme… comme des tatouages. Il en avait partout sur la poitrine.

L'affaire commençait à éveiller l'intérêt de Kamal.

Ils abandonnèrent le cuisinier, à l'évidence soulagé de s'en tirer à si bon compte.

— Il faut absolument qu'on arrive à retrouver ce gars, dit Taymour alors qu'ils arrivaient à leur voiture. C'est étrange, ces tatouages.

Kamal hocha distraitement la tête. Bien sûr, il se posait beaucoup de questions. Pourquoi la victime avait-elle été tuée ? Pour ses vêtements ? Ce tueur cherchait-il quelque chose d'autre ? Et où étaient passés ses propres vêtements ? Les avait-il jetés dans la Seine ? Le témoin ne l'avait pas vu le faire. Et puis il y avait cette histoire de tatouages. Malgré tout, il ne pouvait empêcher ses pensées de vagabonder.

Impatient, il regarde l'heure à sa montre.

— Je dois passer un coup de fil vite fait, dit-il à Taymour.

Il s'éloigna de quelques pas pour appeler la section Z. Quand il eut le standard, il demanda à être mis en relation avec l'un des agents responsables de l'affaire du dramaturge. Il tomba sur le répondeur. Son message, bref, ordonnait qu'on le rappelle.

Son visage était crispé de fureur, ce qui n'échappa pas à Taymour.

— Hé, frère ! Remets-toi ! Qu'est-ce qui t'arrive ? ajouta-t-il en l'observant avec curiosité.

Kamal détourna les yeux et ne répondit pas tout de suite. Au bout d'un instant, il dit seulement :

— J'ai un truc à régler. Je te rejoins tout à l'heure.

Taymour eut l'air de vouloir dire quelque chose et Kamal attendit qu'il parle, mais son coéquipier se ravisa.

— Non, ce n'est rien. Qu'Allah te garde, frère.

Pressé de partir, Kamal n'insista pas et le laissa là.

18

Rien ne disait qu'il la verrait, mais il décida de tenter sa chance.

Il savait que Nisrine essayait d'aller chercher ses enfants à l'arrêt du bus scolaire au coin de leur rue le plus souvent possible, et en effet il n'eut pas très longtemps à attendre.

Il vit la surprise sur son visage – pas une bonne, apparemment – quand elle l'aperçut. Elle protesta avant même de l'avoir rejoint :

— Qu'est-ce que tu fabriques là ?

— Tu es partie sans me donner le temps de...

— De faire quoi ? De me dire qu'il n'avait été emmené que pour discuter amicalement autour d'un thé à la rose et d'une part de baklava ? Parce que c'est comme ça que vous recevez les gens, reprends-moi si je me trompe ?

— Arrête une seconde et donne-moi au moins une chance d'en placer une.

— Quoi ?

— Je ne suis pas ton ennemi, Nisrine. J'essaie de t'aider.

— Ton uniforme indique le contraire.

— Nous avons arrêté cinq tueurs qui s'apprêtaient à commettre des attentats pendant les fêtes de mariage de la fille du *beylerbey*. Il y aurait eu Dieu sait combien de morts. Rends-toi compte ! Vous auriez pu y être, toi et Ramazan ! Et Tarek et Nour, aussi. Alors cet uniforme n'est peut-être pas aussi épouvantable que tu le crois.

Sa réaction sembla frapper Nisrine de stupeur. Muette de saisissement, elle regarda à peine le bus scolaire qui s'arrêtait près d'eux.

Ses enfants en descendirent avec plusieurs camarades. Tarek et Nour s'illuminèrent en voyant Kamal.

Nour courut vers lui les bras grands ouverts en riant.

— Oncle Kamal !

Il la souleva de terre et la serra fort dans ses bras.

— Comment ça va, ma petite princesse ? Tu m'as vraiment manqué, *hayatim*.

Ce mot affectueux signifiait « ma vie », et rien n'aurait mieux pu décrire ses sentiments.

Il lui donna un gros baiser sur le front avant de la reposer à terre, puis s'accroupit pour se mettre au niveau de Tarek, et lui fit signe d'approcher.

— Et toi, ça va, mon petit *shampiyon ?*

Son petit champion lança un coup d'œil hésitant à sa mère. Elle lui donna son autorisation d'un signe de tête contraint. Tarek alla alors vers Kamal, qui le serra dans ses bras tout en levant les yeux vers Nisrine.

— Est-ce que tu vas rester dîner à la maison ? s'écria Nour.

La peine au cœur, Kamal cacha ses sentiments sous un chaleureux sourire.

— Je ne crois pas, *hayatim*.

— Les enfants, il faut que je parle à votre oncle Kamal, dit Nisrine. Montez sans moi à la maison, je n'en ai pas pour longtemps.

Les petits leur jetèrent des regards inquiets à l'un et à l'autre puis se résignèrent. Déçus, et avec un signe de la main de la part de Nour, ils partirent vers leur immeuble.

Kamal les suivit des yeux, puis se tourna vers Nisrine.

— Excuse-moi. Je n'ai pas fait ça pour qu'ils me voient, mais c'était le seul moyen de…

— Qu'est-ce que tu veux ?

Il tâcha de s'exprimer d'un ton conciliant :

— Je m'inquiète pour toi. Parle-moi un peu de Sinasi.

— Je n'ai pas besoin qu'on s'inquiète pour moi. Tu devrais plutôt t'inquiéter pour lui. Il a été…

— Je t'en prie, Nisrine, dis-moi ce qui s'est passé.

Elle prit sur elle et fit ce qu'il lui demandait :

— Il a un certain succès. Je suis sûre que tu connais son travail. Si tu n'as pas vu ses pièces au théâtre, peut-être à la télé. Il attribuait les rôles de sa nouvelle pièce quand un comédien l'a dénoncé.

— Pour quelle raison ?

— Incitation à l'émeute. C'est ce qu'a dit le mec de la Hafiye. C'est à cause de la pièce, ajouta-t-elle avec un froncement de sourcils.

— De quoi ça parle ?

— C'est l'histoire d'un fermier polonais qui vit dans une petite ville aux confins de l'empire, un endroit abandonné par l'État. Une bande armée russe s'en prend à la population. Les combattants soutirent de l'argent et de la nourriture aux gens. Ils violent les femmes. Ils tuent des fermiers qui s'opposent à eux. Les habitants implorent le bey gouverneur de la région de leur venir en aide, mais il ne lève pas le petit doigt. C'est une petite communauté, éloignée de tout, et il ne veut pas risquer de déclencher un conflit militaire qui pourrait perturber sa petite vie tranquille et coûter beaucoup d'argent. Alors le fermier décide de prendre l'affaire en main. Il va de village en village pour pousser les gens à faire entendre leur voix. Il leur propose d'agir et de choisir eux-mêmes leur bey. Le nouveau gouverneur, en devenant commandant du régiment local, pourrait envoyer les soldats mettre un terme à la guérilla.

Kamal pensa comprendre :

— C'est ce fermier qui est choisi, et il sauve la région ?

— Pas du tout. Le bey le fait tuer. Le soulèvement est écrasé. Les Russes continuent leurs exactions sans opposition, ils violent et pillent sans retenue. Ensuite ils partent. L'ordre est rétabli.

Kamal secoua la tête.

— Ce n'est qu'une pièce de théâtre, insista Nisrine d'une voix où perçait de nouveau la colère. Une histoire inventée. Il s'agit juste de gens qui mettent en scène des idées sur un plateau pour réfléchir. Sinasi ne complotait pas, ne posait pas de bombes…

Kamal répliqua d'une voix tendue :

— Il pourrait être impliqué dans autre chose, tu n'en sais rien.

Cela ne fit qu'attiser l'indignation de Nisrine :

— Il n'a été arrêté qu'à cause de la pièce, Kamal !

Il hésita, puis se décida à dire ce qu'il avait appris.

— Il paraît qu'il appartient à la Rose blanche…

— N'importe quoi !

L'énergie de sa réponse ne suffit pas à cacher une nervosité née d'une peur profonde.

— Ça serait possible, non ? objecta Kamal.

— La Rose blanche, la Rose blanche… C'est quoi, cette mystérieuse Rose blanche à laquelle tout le monde a l'air d'appartenir, tout à coup ! persifla Nisrine. Que sais-tu vraiment sur ce groupe ? Et pourquoi toutes les affaires qui le concernent sont-elles jugées à huis clos ?

Elle secoua lentement la tête, puis détourna les yeux, le regard perdu et inquiet, avant de faire de nouveau face à Kamal.

— Cet attentat que tu as empêché… Oui, bien sûr, je te suis reconnaissante. Tout le monde t'est redevable. Bien sûr que je pense que tu as raison de faire ça. Mais ce n'est qu'un aspect des choses. Peut-être que tu as trop le nez dans ce que tu fais pour te rendre compte de ce qui se passe vraiment. Les gens pour qui tu travailles, et à qui tu sembles faire aveuglément confiance, ce sont eux qui devraient être en prison, et pas Sinasi. Abdülhamid et son gang… Ils nous détroussent comme des bandits de grand chemin, et ils jettent en prison tous ceux qui osent protester. La corruption généralisée, c'est déjà assez grave comme ça, bon Dieu, mais quand en plus on y ajoute la crasse incompétence… Ouvre les yeux ! Ils reviennent sur tous les progrès apportés par Mourad : ils sapent la confiance que nous avions en notre gouvernement et ils nous font reculer d'un siècle. Mais bon Dieu, tu te rends compte qu'ils sont capables de nous entraîner dans une guerre contre l'Amérique si ça les arrange ? Réveille-toi, Kamal ! Si les gens comme toi ne réagissent pas, il n'y a plus aucun espoir.

Ses paroles l'atteignirent comme des torpilles, et explosèrent profondément en lui sans qu'il trouve rien à répondre. Il se contenta de hocher la tête et de revenir au sujet le plus pressant. Le reste pouvait attendre.

— D'accord. Donne-moi le temps de me renseigner sur Sinasi. S'il n'a rien fait de mal, je ferai tout en mon pouvoir pour qu'ils le libèrent le plus vite possible.

Nisrine poussa un soupir lourd de scepticisme.

— Seulement, ajouta Kamal, s'il est impliqué dans quoi que ce soit, je te demande d'être beaucoup plus prudente à partir de maintenant. Ce sont des gens dangereux.

— La Rose blanche ? Ou toi et tes collègues ?

Kamal ne releva pas.

— Écoute-moi, s'il te plaît… Sérieusement.

Elle le regarda droit dans les yeux. Deux secondes, pas plus, mais qui suffirent à ranimer toute l'histoire de leurs sentiments.

— Vous me manquez… tous, dit-il.

— À nous aussi, tu nous manques.

Il y eut un silence, puis elle ajouta :

— À nous tous.

Le cœur de Kamal se fendit encore un peu.

— Je ne veux pas te retenir plus longtemps. Je te contacterai dès que j'aurai du nouveau.

Nisrine approuva d'un signe de tête.

Il n'avait pas envie de partir. Il aurait voulu faire durer cet instant, la raccompagner chez elle, voir son frère, voir son neveu, sa nièce. Plus que tout, il aurait juste désiré rester un peu plus longtemps avec elle. Mais ce n'était pas le moment.

Sentant son cœur se briser pour de bon, il reprit le chemin de la Hafiye.

19

Nisrine dîna avec Tarek et Nour – elle avait fait son ragoût spécial à l'artichaut et à l'agneau parfumé à la coriandre, un grand classique familial, le genre de plat réconfortant dont elle avait grandement besoin ce soir-là.

Ils s'installèrent comme d'habitude à la table carrée de la cuisine. La vieille tradition française de prendre les repas à table dans des assiettes individuelles avec des couverts avait perduré après la conquête et résisté à l'intrusion de la vieille tradition ottomane de partager la nourriture dans un plat central avec les doigts, assis sur des coussins par terre.

Nour se montrait particulièrement joyeuse et bavardait comme une pie, une agréable diversion pour Nisrine, qui se rongeait d'inquiétude. Elle avait envoyé un texto à Ramazan pour lui demander quand il comptait rentrer, et il avait répondu qu'il devait de nouveau travailler tard, ce qui n'avait fait qu'amplifier le malaise qu'elle ressentait depuis sa conversation avec Kamal. L'historique des recherches de son mari sur Internet la perturbait toujours, et elle se demandait même s'il était vraiment à l'hôpital ou s'il était impliqué dans quelque chose de dangereux. Un doute très désagréable la saisit : la venue de Kamal justement maintenant était-elle une coïncidence ? Sans aucun doute, songea-t-elle. Elle le critiquait mais elle se flattait de toujours pouvoir lire en lui et savait qu'il était fondamentalement un homme bien.

Mais était-ce si sûr ?

Les enfants desservirent et elle leur donna leur bain avant de les coucher.

— Tout va bien, *anneh ?* s'enquit Tarek alors qu'elle le bordait.

Elle s'efforça de produire le sourire le plus réconfortant possible.

— Mais bien sûr, *hayatim.* Qu'est-ce qui te fait demander ça ?

Après une hésitation, il dit :

— Pourquoi on ne voit plus jamais oncle Kamal ?

La réponse eut du mal à sortir.

— C'est parce que... C'est juste qu'il est très occupé pour l'instant. C'est tout.

— Dans ma classe, tout le monde parlait de lui. Les copains disent que c'est un vrai héros. Mais toi et *baba*, vous n'avez pas l'air tellement contents quand on parle de lui.

Nisrine poussa un grand soupir.

— C'est un peu compliqué, *hayatim.* Tu comprendras peut-être quand tu seras grand.

— Mais c'est un héros ou pas ?

Elle ne savait pas trop ce qu'elle en pensait elle-même, mais il n'y avait qu'une seule réponse possible :

— Oui, bien sûr que c'est un héros.

Tarek lui jeta un regard incertain, le visage assombri par le doute, puis il hocha la tête.

Nisrine se pencha pour l'embrasser sur le front.

— Dors bien, mon petit *shampiyon.*

Ramazan rapporta ses dernières fiches d'observation au poste d'accueil infirmier du service de réanimation et regarda l'heure à sa montre.

Il était tard, très tard, mais il ne pouvait pas abandonner. Ce serait dommage. Il n'était pas arrivé au bout du récit, et c'était sans doute la dernière occasion qu'il aurait d'entendre la suite.

Toute la journée, il s'était interrogé, ne comprenant pas ce qui avait pu le pousser à faire une chose aussi dangereuse. Cette histoire risquait de lui retomber sur le nez comme une mauvaise blague qui, si elle s'ébruitait, ne manquerait pas de le couvrir de ridicule, et pouvait même lui coûter sa carrière.

Oui, cela pouvait mal tourner, et pourtant il était allé trop loin pour s'arrêter. Il devait comprendre de quoi il retournait vraiment.

— Terminé, *hekim* ? demanda Anbara, qui arrivait d'un couloir.

Elle était de toute évidence de service de nuit.

— Oui, quasiment, répondit-il avec un sourire.

— Je serai là à votre retour demain, dit-elle avec un petit signe en repartant.

Il attendit qu'elle disparaisse, fit un vague mouvement de tête en direction de l'infirmière du poste d'accueil et s'éloigna dans la direction opposée.

Il avait encore à faire dans la chambre 7, qui accueillait un patient très spécial et pour le moins intrigant.

20

Pour commencer, l'entreprise lui avait semblé d'une difficulté inimaginable.

Une tâche d'une telle ampleur – et à réaliser seul –, ce serait herculéen, vraiment. Ayman Rachid s'attelait à l'un des projets les plus téméraires de l'histoire du monde, le plus ambitieux peut-être, et il allait devoir tenter d'accomplir son exploit sans aucune aide extérieure.

Il péchait très probablement là par excès de confiance, peut-être même y avait-il une bonne part de folie dans cette tentative. Toujours est-il que son projet agissait sur lui avec une puissance irrésistible et énergisante, comme si on lui avait branché une perfusion d'adrénaline directement dans le cerveau. Rachid avait parfaitement conscience de la démesure de l'objectif qu'il s'était fixé, et ne s'était donc donné aucune date précise pour lancer son action. Il ne passerait à la phase d'exécution qu'une fois qu'il se sentirait parfaitement prêt.

Méthodique et analytique, il décida de diviser l'opération en trois tranches.

La première serait la conquête de Vienne. Pour réussir cette étape, il lui fallait apprendre tout ce qu'il pouvait sur le siège de 1683 et sur les raisons de la défaite, puis trouver une stratégie capable d'inverser la donne.

Ce serait la partie la plus facile du casse-tête. Trouver une manière d'influencer l'issue d'un événement spécifique, d'une bataille qui avait eu lieu. Les spécialistes de la période ottomane, qui avaient accès à de nombreux récits de témoins directs, avaient consacré des livres entiers au siège et étudié tous les détails de cette campagne en analysant par le menu les causes de la défaite. Très vite, il eut la conviction qu'il serait tout à fait possible de gagner la bataille au lieu de la perdre, à condition d'arriver à convaincre le sultan d'accepter son aide et de suivre ses conseils, une question sur laquelle il allait devoir sérieusement se pencher.

Il avait déjà une petite idée de ce qu'il fallait faire.

Les erreurs tactiques de Kara Mustafa étaient claires. Tout était beaucoup plus simple quand on savait à l'avance ce qui allait se passer, d'autant que Rachid avait trois siècles d'autres campagnes, triomphales ou désastreuses, d'où tirer des enseignements. Il suffirait de quelques actions bien choisies pour redresser la situation. Vienne serait facile à prendre s'il sortait du cadre – et il avait bien l'intention de changer les règles du jeu.

La deuxième partie de son programme était beaucoup plus ardue : la conquête du reste de l'Europe occidentale.

Prendre Vienne ne suffirait pas : il fallait aussi la conserver. La consolidation de cette place forte était nécessaire, bien avant de songer à continuer d'avancer. La ville se trouvait à mille cinq cents kilomètres de la capitale de l'empire, en des temps où les déplacements étaient lents et difficiles. Des cours d'eau et des montagnes barraient la route d'Istanbul. L'armée ottomane envoyée pour prendre Vienne, énorme, comptait plus de cent mille hommes. Quand elle se mettait en marche, elle formait un convoi de dix kilomètres de long et soulevait un nuage de poussière qui se voyait à plusieurs kilomètres à la ronde. Le maintien des lignes d'approvisionnement pour laisser l'armée sur place risquait d'excéder les capacités de l'empire et dégarnirait la frontière orientale, toujours vulnérable aux attaques de la vieille rivale, la Perse.

Pour raccourcir les distances, il fallait absolument déplacer les hommes et l'équipement plus vite et plus facilement.

Le train serait la méthode idéale. En ce temps-là, les machines à vapeur en étaient à leurs balbutiements. Rachid allait devoir accélérer le processus à vitesse grand V. Il lui faudrait attirer les brillants savants pionniers de cette technique, des inventeurs qui vivaient en Angleterre, en France et en Hollande, pour les mettre au service du sultan. Que ce soit en les payant ou en les enlevant, peu importait, il les lui fallait. Les Ottomans bénéficieraient d'un avantage phénoménal s'il leur apportait les progrès techniques plusieurs décennies, ou même plusieurs siècles, avant leur développement.

Lorsque l'approvisionnement de Vienne serait assuré et la ville fermement tenue par les Ottomans, il serait temps pour Rachid de s'occuper de la conquête du reste de l'Europe. Contrairement à ce qui se passerait pour le siège, il ferait ses premiers pas dans l'inconnu. Il ferait face à des combinaisons complexes d'actions possibles, de réactions, de résultats, car une fois Vienne tombée le cours de l'Histoire serait modifié et rien de ce qu'il avait lu sur le passé n'aurait plus cours.

L'exercice était vertigineux. Il se plongea dans l'étude des hommes qui, dans l'Histoire, avaient tenté d'accomplir des bouleversements aussi monumentaux, et choisit de se concentrer sur Alexandre le Grand, Napoléon et Hitler. Il s'inspira de leur ambition, mais il se pencha aussi sur leurs erreurs. Stratège consommé, Rachid s'amusa particulièrement lors de ces recherches. C'était la simulation ultime, celle qui deviendrait bientôt réalité.

Il lui faudrait bien entendu aussi introduire de nouvelles armes et tactiques militaires.

Au début de ses recherches, il avait pensé à une anecdote qui lui avait été racontée lors d'un cours à l'école militaire en Irak, et qui lui avait laissé un souvenir indélébile. Il s'agissait de la conquête espagnole de l'Amérique du Sud, un jour de novembre 1532, sur les hauts plateaux du Pérou. Son instructeur avait expliqué que ce jour-là Francisco Pizarro et cent soixante-huit Espagnols avaient affronté le chef inca Atahualpa et son armée impériale au grand complet. Les Espagnols avaient des chevaux, de longues épées appelées rapières et des arquebuses, gros ancêtres des mousquets. Les Incas, un peuple primitif qui se battait encore avec des lances, n'avaient jamais fait face à des cavaliers et à des armes à feu. En un seul jour, Pizarro et ses hommes avaient tué plus de sept mille Incas et fait prisonnier leur empereur – et cela sans connaître la moindre perte dans leurs rangs.

La supériorité des armes avait tout fait, et les Ottomans avaient eux aussi souvent recours à cette tactique. Très exactement depuis leur première grande victoire, la prise de Constantinople en 1453. À cette époque, l'empereur byzantin, Constantin XI, employait un ingénieur hongrois du nom d'Orban, spécialisé dans la fabrication de gros canons. Les Byzantins commirent l'énorme erreur de ne pas payer le prix qu'il leur demandait. Il proposa alors ses services au sultan et ce dernier n'hésita pas une seconde à embaucher ce brillant ingénieur chrétien qui construisit pour lui l'Impérial, le plus grand canon connu à l'époque. Son tube mesurait près de neuf mètres de long, il tirait des boulets de pierre de cinq cents kilos et était tellement lourd qu'il fallait un équipage de soixante bœufs pour le tirer. Ce fut ce canon qui fit tomber les antiques murailles de Constantinople et donna la victoire aux Ottomans.

Plus de deux cents ans plus tard, Rachid comptait donner aux Ottomans un avantage encore plus grand. Il n'était pas spécialiste des armes du XVIIe *siècle, mais il savait que les mousquets à silex chargés par la gueule n'avaient rien à voir avec les AK-47 qu'il connaissait. Il lui fallait trouver une arme qui écraserait les ennemis des Ottomans et les mettrait à genoux, mais qui pourrait être fabriquée sans trop de difficulté à leur époque. Ce fut une invention due à l'Américain Richard Gatling en 1861 qui retint son attention, une arme ingénieuse de conception relativement simple.*

La mitrailleuse de Gatling ressemblait à un petit canon monté sur un chariot à roues. Elle était constituée d'un ensemble rotatif de plusieurs tubes assemblés autour d'un axe, et actionnée à la manivelle. Deux opérateurs seulement étaient nécessaires pour servir la Gatling, qui pouvait atteindre une cadence de tir de deux cents coups par minute et était facilement déplaçable sur le champ de bataille car il ne fallait que deux chevaux pour la tirer.

Dans un monde qui ne connaissait que les mousquets et les épées, cette arme ferait des ravages. D'autant plus si on la couplait à des tactiques militaires venant des siècles futurs et à d'autres petites surprises dont il ne se priverait pas, sans parler de sa connaissance des événements naturels caractérisant l'après-été 1683, tels que les phénomènes météorologiques, les famines et les épidémies.

Grâce à ses conseils, les Ottomans seraient invincibles.

Une fois le roi Jean Sobieski mort et ses hussards décimés, la Pologne serait une proie facile. Les États germaniques suivraient. Au sud, les États pontificaux ne présenteraient guère de problèmes d'un point de vue militaire. Après Venise, viendrait le tour d'Urbin et de Gênes, puis ils prendraient Rome. Dans la foulée, ce serait l'invasion de la Savoie, de Marseille et de Lyon, prélude à la marche de l'armée du sultan sur Versailles, la résidence de Louis XIV. La France était une puissance qu'il ne fallait pas prendre à la légère, mais le roi serait occupé par ses autres ennemis : les Anglais et les Hollandais. Rachid estima qu'il serait sans doute préférable d'attendre 1694. En effet, après deux années de récoltes catastrophiques dues au mauvais temps, une grande famine avait tué deux millions de Français – il en mourait à cette époque un millier tous les jours rien qu'à Paris –, ce qui mettait le pays à sa merci.

À la frontière nord de l'empire, il faudrait faire face au pouvoir croissant du tsar de Russie, et y mettre le holà. L'allié des Ottomans, le khan de Crimée, et ses indomptables cavaliers tatars seraient très certainement les mieux placés pour occuper les Russes, de même que les Suédois, alliés historiques du sultan.

Au final, les événements ne s'étaient bien entendu pas déroulés exactement comme prévu, mais il était si bien préparé qu'il avait pu rectifier le tir aussi souvent que nécessaire.

L'Europe était tombée. Et elle était restée ottomane.

Par chance pour Ramazan, Moshe Fonseca était un être sociable qui aimait les contacts humains et bavardait volontiers dans les couloirs. Comme il était aussi maladivement attentif aux détails, il s'arrêta pour parler à une infirmière juste avant d'entrer dans la chambre de Rachid.

Ramazan eut tout juste le temps de remonter le débit de l'intraveineuse et de replonger Rachid dans le sommeil avant que le chirurgien fasse son apparition, toujours jovial.

— On m'a dit que tu étais encore là. Alors, comment se porte notre bloc-notes humain ?

Ramazan haussa les épaules, tâchant de paraître aussi indifférent que possible.

— Rien à signaler.

Fonseca prit la pancarte accrochée au pied du lit, jeta un coup d'œil aux feuilles de surveillance.

— Ses paramètres sont bons. Tu continues quand même la sédation ?

Ramazan eut une brève hésitation.

— Je l'ai réveillé ce matin, mais la douleur était encore forte, alors j'ai préféré le refaire dormir encore un peu pour lui laisser le temps de récupérer.

Le chirurgien branla du chef, se contentant de cette réponse tout à fait plausible. Il remit la pancarte en place.

— Tu as pu lui poser quelques questions ? On en sait un peu plus sur lui… Enfin, plus que rien du tout, je veux dire ?

Ramazan se raidit. Il n'avait pas parlé à Fonseca des menaces proférées par l'homme avant l'opération, et de toute évidence l'infirmière présente, Anbara, n'avait rien dit non plus. Il se demanda s'il fallait lui rapporter l'incident, préféra se taire. Il n'avait pas envie d'attirer son attention, ni qu'il lui demande pourquoi il n'avait pas mentionné l'événement plus tôt. Surtout, il ne voulait pas risquer que Fonseca découvre ses petites séances auprès du patient.

— Non, répondit-il, une boule d'angoisse au ventre. Il était trop faible pour parler, surtout après l'extubation.

— Tu penses le réveiller quand ? Demain matin ?

— *Inch'Allah*. Oui, il devrait se sentir mieux.

Fonseca eut l'air pensif.

— Ça devrait être intéressant. Je serais curieux d'entendre ce qu'il va avoir à dire. À condition qu'il se décide à parler. À condition déjà qu'il ne soit pas muet !

Ramazan ravala son malaise et émit un petit rire.

— On verra ça.

— Est-ce que quelqu'un a posé des questions sur lui ? Les admissions n'ont rien demandé ?

— Non.

— Il va bientôt falloir qu'on fasse un rapport, tu sais.

Il avait beau avoir abordé le sujet lui-même, Fonseca l'avait fait avec une évidente répugnance. Ramazan savait que le chirurgien était révolté à l'idée de dénoncer quelqu'un sans avoir de très bonnes raisons de le faire. Ils en avaient déjà discuté : Fonseca, parce qu'il était juif, avait connu plusieurs fois des situations désagréables dans le contexte de la montée d'un sentiment ultra-impérialiste agressif. Il savait ce que c'était que d'être victime des préjugés et de soupçons mal placés.

— Attendons de voir ce qu'il a à dire, proposa Ramazan. Il n'y a probablement pas de raisons de s'inquiéter.

— C'est vrai.

Fonseca regarda Ramazan, puis il fit un mouvement de tête vers la porte.

— Comment va Khawaja Abdullah ? Tu es déjà passé le voir ?

Il s'agissait d'un patient opéré dans la matinée et que Ramazan avait anesthésié.

Il hésita.

— Non, pas encore...

— On y va, alors ?

L'anesthésiste se sentit bête et resta là, immobile et gêné, cherchant quoi dire. Il aurait tellement voulu pouvoir rester dans cette chambre 7. Sa fenêtre d'action était en train de se refermer, et il avait encore beaucoup de choses à apprendre de l'homme tatoué. Mais comme il ne s'était pas préparé à cette éventualité, il ne trouva pas de raison crédible pour ne pas y aller. Il aurait fallu répondre beaucoup plus vite.

— J'arrive, dit-il en cachant sa consternation.

Il glissa un dernier regard à l'homme mystérieux, puis sortit de la chambre à la suite de Fonseca.

Ramazan se demanda quand il allait pouvoir revenir : ce serait difficile tant que Fonseca traînerait dans les couloirs. Eh bien, tant pis, il n'avait qu'à en profiter pour entreprendre les recherches historiques qu'il désirait faire sur la vie du gouverneur. Peut-être trouverait-il des éléments montrant que l'homme tatoué mentait, ce qui lui éviterait de retourner le faire parler. Mais si ses lectures confirmaient le récit, il aurait encore beaucoup de questions à lui poser.

Ainsi, il décida de rentrer chez lui pour lire ce qu'il pourrait dénicher sur le fameux gouverneur. Au besoin, il reviendrait au chevet du patient tôt le lendemain matin, comme il l'avait déjà fait là, avant de le faire sortir de son sommeil artificiel pour de bon.

Il n'avait pas de temps à perdre : chaque minute comptait.

21

Nisrine sentit que Ramazan était préoccupé dès l'instant où il passa la porte.

Après leurs longues années de mariage, elle lisait en lui comme dans un livre, connaissait toutes ses expressions, sa gestuelle, d'autant qu'il n'était pas un homme très démonstratif et disposait d'un éventail de réactions plutôt limité. Elle vit donc ce qu'il y avait à voir ce soir-là, et comprit qu'il voulait probablement continuer ses activités de la nuit précédente.

Une idée profondément inquiétante.

Elle devinait que les activités cachées de son mari comportaient des risques. Elle était suffisamment confrontée à ce genre de choses dans le cadre de son travail pour ne pas s'en rendre compte.

Après avoir débarrassé l'assiette de Ramazan et mis le reste de ragoût au frais, elle le trouva à la porte-fenêtre de la salle de séjour, en train de regarder pensivement dehors. Elle ravala ses doutes et, s'approchant de lui, posa une main apaisante sur son épaule.

— Tout va bien ?

Il se tourna vers elle, l'air incertain, et prit un moment pour répondre.

— Oui, bien sûr. Pourquoi ?

Elle hésita. Elle mourait d'envie de lui demander ce qui le tracassait, mais elle le connaissait et savait qu'elle devait aborder le sujet par des chemins détournés. Elle aurait bien sûr pu lui raconter qu'elle s'était servie de l'ordinateur et qu'en consultant l'historique pour retrouver un site qu'elle avait visité récemment elle était tombée sur ses sujets de recherche à lui, qui l'avaient sérieusement intriguée. Mais vu sa réaction la veille, il éluderait sans doute la question, et elle ne serait pas plus avancée.

— Tu es sûr ? insista-t-elle. Tu as l'air un peu préoccupé.

Il eut un sourire rassurant, mais qui n'alla pas jusqu'à ses yeux.

— Je suis fatigué, c'est tout. J'ai à peine dormi la nuit dernière.

— Je sais. Tu n'as jamais d'insomnies, d'habitude. Tout va bien ?

De nouveau, une légère hésitation retarda sa réponse.

— Oui, je te l'ai dit. Juste un cas compliqué, c'est tout. Il faut que je dorme. Excuse-moi.

— C'est sûr ?

Il lui caressa les cheveux, puis le cou.

— Oui.

Elle soutint son regard, se retint d'ajouter autre chose, hocha la tête.

— D'accord.

Elle décida de lâcher du lest :

— D'accord. Moi aussi, je suis fatiguée. Je vais me faire couler un bain et me coucher tôt.

— Prends ton temps. J'ai un peu de travail à faire ici, de toute façon.

— Ne viens pas me rejoindre dans trop longtemps.

Il sourit de nouveau.

— D'accord.

Puis il se pencha sur elle et l'embrassa – rien de plus qu'un petit baiser sans importance –, et elle le laissa seul dans le séjour pour se rendre dans la salle de bains.

Poursuivie par une inquiétude impossible à chasser, elle fit couler de l'eau dans la baignoire, les portes de la salle de bains et de la chambre laissées grandes ouvertes pour donner à Ramazan une fausse impression de sécurité. Une fois la baignoire pleine, elle arrêta l'eau et en faisant peut-être plus de bruit qu'à son habitude entra dans son bain.

Nisrine aimait vraiment les bains, que ce soit chez elle ou en ville. Les hammams publics étaient un élément incontournable de la vie des Parisiennes, l'un des plus grands lieux de sociabilité et de rencontres hors de chez elles. Les sorties aux bains étaient une tradition ancestrale de détente et de bien-être qui avait suivi les Ottomans jusque dans les territoires conquis, même si, avec l'évolution des mœurs, on ne voyait plus de belles esclaves ni d'eunuques déambuler entre leurs murs superbement carrelés. En des temps plus cléments, Nisrine et ses amies avaient passé d'agréables heures dans le magnifique hammam du XVIIIe siècle installé près de la pompe de la Samaritaine, mais cela faisait un moment qu'elles ne s'y retrouvaient plus. Les jours d'insouciance n'étaient qu'un lointain souvenir.

Ce soir-là, les ablutions de Nisrine n'avaient pas pour but de lui permettre de s'évader dans la paix de son appartement. Ce bain-là n'était qu'un piège, un stratagème, qui la mettait profondément mal à l'aise car elle ne voulait pas manquer de respect à son époux, le père de ses enfants.

Mais c'était pour la bonne cause, elle en était convaincue.

Ramazan écouta l'eau couler à plein débit, attendit, puis entendit Nisrine fermer les robinets et se plonger dans l'eau avec un soupir de plaisir parfaitement audible.

Au moment où il avait été interrompu par Fonseca, il avait déjà profité d'une bonne partie du récit de l'homme tatoué, depuis sa capture dans la région de Bagdad par des soldats américains – une idée déjà très étrange en soi – jusqu'à son apparition dans la chambre du sultan au beau milieu de la nuit, puis son intervention dans la plaine de Vienne. Mais il lui restait encore beaucoup à apprendre. Son patient ne lui avait pas raconté grand-chose sur le monde d'où il venait

– celui qu'il avait quitté pour changer le cours de l'Histoire. Pour Ramazan, cet aspect était aussi intéressant que le reste, peut-être même davantage : si l'homme était un affabulateur, il lui serait sûrement plus difficile de donner le change dans ce domaine. Au-delà de cela restait la question clé, celle qui lui permettrait de vraiment juger si l'homme avait des hallucinations ou s'il était une sorte de magicien : comment s'y était-il pris ? Quelle était sa méthode pour se déplacer dans le temps ?

Il connaissait suffisamment les habitudes de Nisrine pour savoir qu'une fois dans son bain elle y resterait une bonne demi-heure. Autant de tranquillité ininterrompue pour lui, dont il avait bien l'intention de profiter.

Il alluma l'ordinateur, ouvrit Hafiza, le moteur de recherche, et tapa *Ayman Rachid Pacha*.

Comme il s'y attendait, il y eut des milliers de résultats. Au XVIIIe siècle, le gouverneur de l'*eyale*t de Paris était un très grand homme, responsable d'une province ottomane immense couvrant tout le territoire de l'ancien royaume de France sur lequel avait régné Louis XIV. Comme tout le monde, Ramazan avait entendu parler de Rachid Pacha à l'école, mais, le temps ayant passé, il avait besoin de se rafraîchir la mémoire. Avant même d'avoir pu lire une ligne, il tomba sur une image qui lui donna un coup au cœur, le foudroyant d'une émotion telle qu'il en oublia de respirer, son esprit, emprisonné dans un corps momifié par le saisissement, rebondissant contre des murs infranchissables.

C'était la photo d'une toile de maître ancienne, un portrait exécuté à l'apogée du règne de ce gouverneur sur les vastes territoires de sa province, des années après la chute de sa capitale, alors que Paris était la plus grande ville d'Europe après Istanbul. L'homme était l'image même de la majesté. Impérial, il était assis sur un large et luxueux divan, encadré par l'arabesque d'un arc multilobé, le visage de trois quarts, le regard détourné. Il portait une chemise blanche croisée sous un somptueux caftan pourpre ornementé de galons et d'un large col de fourrure lui descendant sur les épaules. Sur sa tête, le *tâj*, le couvre-chef ottoman caractéristique, formé par un turban de tissu blanc enroulé autour d'un haut bonnet conique de feutre rouge côtelé. À sa ceinture, une épée au pommeau constellé de pierres précieuses rappelait par son brillant le bout des babouches dorées aperçues à ses pieds. Mais ce n'était pas l'opulence du personnage qui avait stupéfié Ramazan. C'était son visage. La ressemblance était d'autant plus frappante qu'il s'agissait d'un portrait à l'huile de style vénitien, rendu vivant par l'ombrage prisé dans l'art occidental qui révélait mieux les volumes que les aplats figés de la peinture ottomane des époques antérieures. L'artiste avait beaucoup de talent – Ramazan aurait sûrement trouvé son nom s'il s'était donné la peine de chercher. Et ce visage sévère et belliqueux, surgi sans prévenir sur l'écran devant ses yeux, était sans aucun doute possible celui de l'homme tatoué.

Il resta devant ce portrait un long moment, incapable de dépasser cette nouvelle certitude et tout ce qu'elle impliquait. Ses pensées bondissaient dans toutes les directions, cherchant une explication rationnelle à ce qu'il voyait. Le patient tatoué ressemblait-il tout simplement énormément à Rachid, et s'étant trouvé ce sosie était-il devenu obsédé par le grand homme ? Avait-il pu avoir recours à la chirurgie esthétique pour accentuer la ressemblance ? Mais pour quelle raison ? Et que signifiaient les tatouages ?

Il ouvrit une autre fenêtre dans son navigateur, chercha s'il était fait mention de tatouages, ne trouva rien. Rien non plus en lançant une recherche spécifique avec d'autres mots clés. Ces tatouages étaient-ils simplement la preuve que c'était un désaxé ? C'était la seule explication logique. Pourtant il y avait l'accent, cette façon de parler archaïque que plus personne n'utilisait. D'où cela lui venait-il ? Jouait-il la comédie pour se rendre plus crédible ? Cette langue d'un autre siècle était-elle vraiment authentique ? Résisterait-elle à l'analyse d'un expert ? Dans son histoire, on se laissait finalement surtout convaincre par les détails donnés au passage, son parfum d'authenticité, son côté honnête et réaliste. Cela aussi, on pouvait le contrefaire, se dit Ramazan. Si l'homme était obsédé par Rachid, il devait tout savoir de sa vie. Il aurait appris à être convaincant.

Oui, mais pourquoi ? Pourquoi quelqu'un ferait-il une chose pareille ? Qu'avait-il à gagner dans cette comédie ? En tout cas, il ne simulait pas sa maladie – c'était au moins une chose sûre. Quant au reste… Il était évidemment beaucoup plus facile de se dire qu'il s'agissait d'un imposteur que d'accepter l'idée que l'homme tatoué était bel et bien Ayman Rachid Pacha, et qu'il avait découvert un antique secret à Palmyre, ce haut lieu touristique, et s'en était servi pour changer le cours de l'Histoire.

Impossible.

Il fit défiler d'autres images de Rachid, d'autres portraits de l'époque. Il y en avait beaucoup. Aucun n'était aussi beau ni aussi vivant que le premier, mais tous confirmaient la stupéfiante ressemblance. Avide d'informations, Ramazan plongea comme un affamé dans les articles parlant de la vie de Rachid. Il lut beaucoup, en diagonale, cherchant à trouver des points communs avec ce que l'homme avait raconté.

Les informations sur la vie de Rachid avant la conquête de Vienne étaient vagues, et bien entendu ne concordaient en rien avec ce qu'il avait entendu à l'hôpital. Si Rachid était bien apparu dans la chambre du sultan, comme il le disait, alors il avait été obligé de s'inventer un passé de toutes pièces : son lieu de naissance, l'identité de ses parents, ses études. La faible diffusion des informations à l'époque l'aurait aidé à entretenir sa légende.

Ensuite bien sûr, après l'apparition de Rachid et le début de sa campagne contre Vienne, les chroniqueurs n'avaient plus manqué de matière. Rachid avait connu une ascension fulgurante jusqu'à l'échelon le plus haut de la hiérarchie ottomane et avait su se rendre indispensable dans son rôle de conseiller auprès du sultan, devenant son indéboulonnable Grand Philosophe. Rachid, le vrai personnage historique, avait non seulement eu une influence directe sur les affaires militaires, mais il avait aussi professé ses idées dans un large éventail de domaines : histoire, stratégie militaire, théorie politique, sociologie. Il était considéré comme un visionnaire, admiré pour ses inventions, dont les descriptions et croquis annonçaient les évolutions bien avant l'heure. Parmi ses lectures, Ramazan tomba sur une phrase qui résumait bien le personnage, et qu'il se souvint d'avoir entendue pendant sa scolarité : Ayman Rachid Pacha était le Léonard de Vinci ottoman, sa prodigieuse et prolifique intelligence étant même considérée comme supérieure à celle du grand esprit italien.

— Qu'est-ce que tu fais ?

Ramazan releva brusquement la tête.

Nisrine était à la porte, enveloppée dans un large peignoir à capuche, tête nue. Elle n'avait pas l'air contente.

— Tu m'observes depuis longtemps ? demanda-t-il avec effort.

— Un petit moment.

Elle avança dans le séjour et s'approcha de lui. Son ton se fit plus accusateur :

— Ramazan, qu'est-ce que tu fabriques ?

Il avança le doigt pour faire disparaître la fenêtre du navigateur, mais elle fit un geste pour l'arrêter.

» Non. N'éteins pas. Et ne me mens pas.

Il s'immobilisa, la main au dessus du clavier.

— Chérie, il n'est pas question de te mentir. Je te l'ai dit, c'est pour le boulot.

Elle se plaça face à lui, de l'autre côté de la table, l'écran les séparant.

— Ne me raconte pas d'histoires. J'ai vu tes recherches. Tu t'intéresses à la dynamite ? Aux détonateurs ? Aux trains ? Qu'est-ce qui te prend ?

Ce fut comme une gifle.

— Quoi ?

— J'ai vu ça dans l'historique. La nuit dernière. Ça n'est pas compliqué.

Il fut pris de panique.

— Tu espionnes mes recherches sur Internet, maintenant ?

— Je n'espionne rien du tout ! Je suis inquiète. Je me fais du souci pour toi. Pour nous. Si j'ai vu tes recherches, tu penses bien que ça ne leur a pas échappé non plus, à eux !

— Qui ça, « eux » ?

— Tu le sais très bien. Ils surveillent tout. Tu as oublié que je suis sur leur liste de gens à surveiller ? Tu crois que la moindre activité sur ce clavier leur échappe ?

Il chercha ses mots, mais sans lui laisser le temps de répondre elle continua :

— Dans quel guêpier tu t'es fourré ?

Il la regardait fixement, paralysé par l'effroi.

— Je ne me suis fourré dans aucun guêpier…

— Ne me raconte pas n'importe quoi ! s'emporta-t-elle. Et ne sois pas naïf. Tu nous mets tous en danger. Toi, moi et les enfants, ajouta-t-elle, furieuse, le regard inflexible. Tu vas me dire ce qui se passe. Immédiatement !

Il expulsa un long soupir, hocha lentement la tête. D'une certaine façon, c'était un soulagement. Un intense soulagement. Il doutait de ses capacités à gérer une situation pareille seul. L'histoire lui était tombée dessus sans prévenir et pesait sur lui d'un poids intolérable. C'était une chose tellement énorme, tellement inouïe, qu'il était sûr de se faire écraser.

— Assieds-toi, dit-il doucement. Ça va te couper les jambes.

Il lui raconta ce qui était arrivé.

Sans rien omettre.

Ce que Ramazan et Nisrine se disaient ne s'arrêtait pas aux murs de leur appartement.

Ils étaient loin de se douter que le micro de leur ordinateur, la webcam intégrée et l'enceinte à commande vocale de la cuisine avaient été activés à distance le matin même.

Ainsi, à la seconde même où ils ouvraient la bouche, leurs paroles étaient transportées de Paris vers les superordinateurs du Centre général de traitement de données pour la cybersécurité impériale, où elles étaient avalées et digérées presque instantanément par des algorithmes plus inventifs que jamais, et recrachées sous forme de rapports.

Des rapports qui, dans la majorité des cas, avaient le pouvoir de détruire des vies en quelques heures.

22

La tête sous le drap dans son deux-pièces du dernier étage, Kamal luttait vainement contre l'insomnie.

Il avait la gueule de bois, ayant trop bu de raki et trop fumé son narguilé pendant des heures, avant et après une visite impromptue de Leyla, tardive comme d'habitude. Il s'en voulait beaucoup – de l'avoir laissée entrer, de l'avoir prise avec férocité, même si c'était ce qu'elle aimait, et de l'avoir poussée dehors comme un gros rustre dès qu'ils avaient eu terminé.

Il était obsédé par deux conversations qu'il avait eues dans la journée et qui se livraient bataille en lui.

Quand, en début de soirée dans le parking de la Hafiye, il avait fini par se décider à raconter à Taymour l'incident de Nisrine et du dramaturge arrêté, son collègue lui avait tenu un discours très ferme :

« Toi, moi, et les habitants des grandes villes en général, nous sommes capables de gérer les idées nouvelles. Nous sommes allés à l'école, nous avons une éducation de citadins. Mais le reste de la population, les gens simples, qui ne sont jamais sortis de leur campagne, ils peuvent vite se laisser séduire par des mensonges. Et ils sont très nombreux. C'est une armée en puissance, une armée énorme, explosive, facilement mobilisable et encore plus facilement manipulable. Il faut à tout prix les protéger d'eux-mêmes.

— Par la force et l'intimidation ? avait rétorqué Kamal.

— C'est pour défendre le système. Un système que nous a donné Dieu, plein de sagesse et de raison, et qui a fait ses preuves. Tu le sais aussi bien que moi, et nous connaissons l'alternative : l'anarchie. Tu as oublié ce que nous avons appris à l'école militaire ?

— Bien sûr que non.

— Les gens comme ton écrivain se laissent facilement bercer par l'illusion que les hommes peuvent être gouvernés tout en restant libres. Mais l'expérience nous a montré à de multiples reprises que c'était un leurre. Nous sommes trop égoïstes et trop avides. La nature humaine est ainsi faite. Il faut nous imposer des limites. Seule la peur peut nous protéger de nos instincts, parce que cette liberté dont ils parlent fait le lit de la corruption et de la décadence, exactement comme en Grèce et à Rome. C'est ça que tu voudrais qu'il nous arrive ? Tu veux la fin de la civilisation ? »

Là, les arguments de Nisrine revenaient à la charge et étouffaient ceux de Taymour. Il savait qu'elle n'était pas du genre à exagérer et à se laisser éblouir par des théories fumeuses, et ses arguments portaient, malgré la leçon que lui avait donnée Taymour.

« C'est quoi, cette mystérieuse Rose blanche à laquelle tout le monde a l'air d'appartenir, tout à coup ? Que sais-tu vraiment sur ce groupe ? »

De fait, que savait-il vraiment de cette organisation, à part le peu d'éléments que laissait filtrer la section Z ?

« Réveille-toi, Kamal ! »

Cela avait été un choc de la revoir ainsi, deux fois dans la même journée, après le douloureux exil qu'il s'était imposé et qui lui avait semblé durer une éternité.

C'était très dur. Le manque, atroce, avait été réveillé d'un seul coup. Il avait retrouvé tous les précieux moments passés avec elle, avec Ramazan et les enfants, pour se les voir presque aussitôt de nouveau arracher.

Comme ils lui manquaient, tous les quatre…

Il devait absolument réussir à les ramener dans sa vie.

Non loin de là, au milieu de la Seine sur la petite île de la Cité, les services de l'unité de soins intensifs de l'hôpital du *kulliye* Sultane Hurrem étaient plongés dans le silence de la nuit.

Dans la chambre 7, pas un bruit, mis à part les ronronnements discrets du moniteur. Rien ne bougeait.

Ayman Rachid, sous sédation, dormait profondément.

Dans sa tête, pourtant, tout s'agitait. Les questions incessantes qu'on lui avait posées avaient stimulé sa mémoire et avaient fait resurgir des moments oubliés depuis des années. Il revivait toutes sortes d'expériences longtemps remisées, des plus viscérales aux plus contemplatives. C'était un souvenir de cette dernière catégorie qu'il revivait à cet instant : les mois passés à Istanbul à la bibliothèque, le nez plongé dans des livres, ses longues promenades au bord du Bosphore au petit matin ou tard le soir, pendant lesquelles il dressait ses plans et évaluait ses chances de réussite.

Ses chances de faire en sorte que l'impossible devienne possible.

Le troisième volet du plan de Rachid était encore plus compliqué à mettre en place que les deux autres : il s'agissait d'identifier d'éventuelles menaces contre l'empire et de trouver les moyens de les neutraliser.

Ce serait moins spectaculaire que d'orchestrer la chute et la domination de l'Europe chrétienne. Il n'y aurait probablement aucun retentissement direct sur sa vie de tous les jours, mais il s'était fixé comme devoir d'assurer la survie de l'empire à long terme – de lui donner un avenir qu'il pourrait visiter de temps en temps, s'il arrivait à ses fins, pour jouir des fruits de son travail.

Il commença par analyser les causes du déclin de l'Empire ottoman. Après la défaite devant Vienne, les Ottomans avaient été repoussés par les Habsbourg, dont l'armée avait regagné peu à peu les territoires perdus au cours des siècles. La sur-

face de l'empire s'était ainsi réduite comme peau de chagrin, mais ce n'était pas tout. Le plus gros handicap des Ottomans avait été le développement dans le même temps des sciences et des techniques en Europe – l'Europe chrétienne. Les Ottomans avaient été à la traîne en matière d'industrialisation, d'éducation, d'armement et de tactique militaire, s'accrochant obstinément à leur passé et freinés par un conservatisme religieux et intellectuel qui résistait au changement, rejetait les idées nouvelles et se méfiait de la science.

L'un des premiers exemples de cette attitude rétrograde avait concerné l'imprimerie. Les premières presses typographiques, considérées comme une « invention du diable » par les religieux musulmans, étaient arrivées à Istanbul plus de cinquante ans après leur mise au point par Gutenberg vers 1440, et uniquement parce que les juifs les avaient apportées dans leurs bagages après avoir été chassés d'Espagne en 1492, et avoir été accueillis par le sultan Bayezid II, qui leur avait envoyé sa flotte. Mais même ainsi, par la faute du clergé les musulmans n'avaient pas eu le droit d'utiliser l'imprimerie avant le XVIII*e* *siècle. C'était cette attitude réactionnaire, ennemie du progrès, qui avait été la cause principale de la chute de l'empire. Les Ottomans avaient bien tenté de rattraper le temps perdu, mais à reculons. L'empire avait fini par se désagréger, faute de savoir s'adapter à un monde en pleine évolution.*

Rachid se proposait de réparer cette erreur. Dans son nouveau monde, l'Empire ottoman ne serait plus à la traîne de l'Europe. Il mènerait la marche.

Plus Rachid creusait, et plus il se disait qu'au fond le plus grand danger pour l'empire venait de l'évolution des mentalités. À l'époque de son intervention, la pensée européenne serait en train de subir une mutation très profonde. Après une soumission totale au pouvoir absolu, le peuple allait se découvrir un puissant désir de liberté. Dans ce contexte, il se pencha sur les Lumières et sur leur héritage direct, les révolutions américaine et française, et avec elles sur la propagation des idées d'égalité et de souveraineté du peuple.

Les ferments philosophiques du siècle des Lumières étaient déjà présents au temps du siège de Vienne, mais la plus forte poussée du mouvement n'avait pas encore eu lieu. Il allait falloir prendre le problème à bras-le-corps car nombre de ses principes, tels que la liberté individuelle, la démocratie représentative et la séparation de l'Église et de l'État, étaient en totale contradiction avec les fondements du califat. Descartes, Bacon, Locke, Spinoza, Leibniz… leurs travaux, et les derniers survivants parmi eux, allaient devoir être supprimés. D'autres penseurs des Lumières seraient encore des bébés à son arrivée, ou pas encore nés. Il lui faudrait les liquider eux aussi avant que leurs dangereuses idées ne puissent se développer, même s'il était possible que, en grandissant dans une réalité radicalement différente, ils ne présentent plus aucun danger. Peu importait : les Montesquieu, Voltaire, Rousseau, Beccaria, Hume, Kant et Smith seraient impitoyablement anéantis. Il les ferait assassiner par des hommes de main sans leur laisser le temps de grandir. Il s'assurerait que des ouvrages tels que Deux Traités du gouvernement *et l'*Encyclopédie, *les plus déterminants des Lumières, ne voient jamais le jour.*

Bien entendu, il savait que d'autres penseurs pourraient émerger à leur place. La solution consistait à les identifier le plus tôt possible et à les éliminer aussi, tout en créant dès le départ un environnement défavorable à de telles aspirations.

En tuant dans l'œuf les principes des Lumières, il désamorcerait une bombe à retardement posée sous le siège de l'empire. Même si la solution n'était pas permanente, elle donnerait au moins le temps à l'Empire ottoman de se développer, de se renforcer et de trouver son équilibre au sein de son vaste territoire. Une fois les idées révolutionnaires étouffées, il serait plus facile de régner sur l'Europe nouvellement conquise. Il n'y aurait pas de Révolution française, pas de Louis XVI guillotiné, pas de remise en cause de l'empire et de la monarchie de droit divin. Les remous créés par son pavé dans la mare de l'Histoire se propageraient bien au-delà des rives du califat, précisément parce qu'il interviendrait à une époque où les revendications pour le respect de la liberté et des droits de l'homme en étaient à leurs balbutiements.

La Glorieuse Révolution d'Angleterre de 1688 aurait-elle lieu, ou bien l'invasion ottomane pousserait-elle Guillaume d'Orange à ne se préoccuper que de défendre ses territoires hollandais ? Et si les plus grands penseurs des Lumières étaient supprimés avant de pouvoir échafauder leurs idées, la révolution américaine allait-elle éclater ? Et si elle éclatait, les Britanniques ne seraient-ils pas trop préoccupés par l'invasion de l'Europe par les Ottomans pour combattre leurs colonies et les empêcher de prendre leur liberté ? Ou, au contraire, s'accrocheraient-ils encore plus pour les garder ?

L'idée que son action allait entraîner d'aussi grandes et fondamentales perturbations donnait à Rachid un puissant sentiment de jouissance, surtout s'agissant de l'Amérique. Il ne pouvait évidemment pas prédire les effets de son intervention sur les grands bouleversements de l'Histoire, et il était très conscient que dans un avenir plus ou moins proche l'instinct qui poussait l'homme vers la liberté menacerait inévitablement la sécurité du califat. Pour minimiser ce risque et assurer la longévité de l'empire, il lui faudrait créer un équilibre entre la modernité et le mode de gouvernement de l'Islam – qui par définition ne pouvait admettre la séparation de la mosquée et de l'État. À cette fin, il se plongea dans les écrits des grands intellectuels qui avaient réfléchi au modernisme islamique, tels Riffal-al-Tahtawi et Al-Afghani, et tenta d'imaginer un empire ouvert à la multiethnicité, à la culture, et à la modernité, mais, contrairement au mouvement baasiste dans l'Irak de sa jeunesse, sans affaiblir le rôle de la religion.

La tâche n'était pas impossible. Bien que personne au XXe siècle n'y soit parvenu, on avait connu de tels équilibres sous différents sultans, et pendant la Convivencia en Espagne islamique, en des temps beaucoup plus anciens.

Même si cette partie de son travail ne touchait que l'avenir lointain de l'empire, il lui fallait malgré tout étudier la question à fond avant de se lancer dans l'aventure. Une fois le coup d'envoi donné, il ne pourrait plus revenir pour consulter ses documents, car tout aurait disparu, puisque tout, il l'espérait, serait différent.

Il s'accorda plusieurs mois pour lire, réfléchir, prendre des notes et dresser ses plans, remplissant plusieurs cahiers de ses réflexions.

Il y avait tant de noms et de dates, tant d'idées et de stratégies à assimiler, de caractéristiques techniques à mémoriser, qu'il se demandait comment faire. Il aurait bientôt fini de réunir ce dont il avait besoin, mais la conservation de ces informations était sans doute la partie la plus difficile de sa tâche, puisqu'il ne pouvait transporter aucun objet avec lui : ni livre ni notes, pas le moindre petit bout de papier.

Il allait lui falloir longtemps pour apprendre tout cela par cœur – c'était du moins ce qu'il avait cru, jusqu'à un certain événement qui avait tout changé. Un soir, alors qu'il se détendait dans un café près de la place Taskim, il avait remarqué un culturiste aux cheveux en brosse portant un jean moulant, qui discutait d'un peu trop près avec deux autres adeptes de la gonflette.

Son attention ne fut pas attirée par ce garçon parce qu'il était indubitablement gay – du moins d'après Rachid.

Son intérêt se porta sur ses bras.

Ils avaient du volume, une définition parfaite.

Et sur la peau tendue, lisse et bien épilée, des portions de texte et toutes sortes d'images. Des tatouages.

La solution venait de lui apparaître.

Il n'avait plus aucun besoin d'attendre. Il serait bientôt prêt à partir.

La première partie du plan était déjà réglée. Il irait au palais de Topkapi en se faisant passer pour un touriste. Il trouverait un coin où se cacher jusqu'à la fermeture des portes et la sortie des visiteurs. Ensuite, au milieu de la nuit, à l'heure la plus favorable, il se rendrait dans la chambre à coucher impériale.

À son rendez-vous avec le sultan. Avec l'Histoire.

23

Nisrine et Ramazan ne dormirent pas de la nuit.

Comment aurait-il pu en être autrement ? Il y avait tant de choses à discuter, d'idées à explorer, d'énigmes à résoudre.

Pour commencer, Nisrine avait refusé de le croire. Sa réaction était passée de la peur à l'incrédulité. Elle avait pensé que Ramazan inventait une histoire farfelue pour lui cacher son implication dans des projets dangereux. Et puis peu à peu elle avait changé d'opinion.

Ils s'attachèrent au moindre détail, tournèrent le problème dans tous les sens pendant des heures. Ils avaient fini la discussion dans leur chambre, Nisrine adossée à la tête de lit, Ramazan installé dans le fauteuil, face à elle. Ils étaient tous les deux épuisés, physiquement et mentalement.

Après un long silence, Ramazan reprit la parole :

— Et maintenant, qu'est-ce qu'on fait ?

— Comme tu disais… Si c'est un imposteur… quel est son intérêt ?

— Je ne sais pas.

Nisrine joignit le bout des doigts devant sa bouche et ferma les yeux, plongée dans ses réflexions.

— Mais si c'est vrai… Si ce n'est pas un mythomane… Il n'a pas dit comment il s'y prenait ? demanda-t-elle en posant un regard intense sur son mari. Il n'a pas dit comment il voyageait dans le temps ?

— Je voulais lui poser la question ce soir, mais Fonseca a débarqué et j'ai dû laisser tomber.

Elle hocha pensivement la tête.

— Tu imagines…

— Quoi ?

— Si c'était vrai… Tu imagines ce qu'on pourrait faire avec un pouvoir pareil ? Ce serait phénoménal.

— On aurait un pouvoir infini, approuva-t-il avec un semblant de sourire.

Puis, semblant soudain saisi par l'énormité de la situation, il s'écria :

— Mais qu'est-ce que j'ai fait ? Si quelqu'un le découvre…

— Personne ne le saura. Et puis, nous ne savons même pas s'il dit la vérité. Seulement, si c'est vrai… il peut certainement transmettre son savoir. Il peut nous dire comment il fait. À toi et à moi. Ça doit être quelque chose qu'on peut essayer.

Ramazan eut un sursaut.

— Quoi ? Tu voudrais essayer ?!

— Pas toi ? Enfin, s'il n'y a pas de risques, bien sûr. C'est normal, non ? Et puis, c'est le seul moyen de savoir s'il ment ou non.

— C'est de la folie…

— Il dit qu'il vient d'un autre monde, c'est bien ça ? Une autre version de l'Histoire. Un autre 1438[1].

— Oui.

— Eh bien moi, je voudrais bien savoir à quoi ressemblait son 1438 à lui. Pas toi ? Ça m'intéresserait vraiment de voir le monde qu'il a abandonné.

— Il n'en a pas dit grand-chose, sauf qu'il y avait la guerre…

— Une grande guerre dans des pays d'Orient, c'est ça ?

— Il appelait ces pays l'Irak et la Syrie, ce qui correspond je crois à Al Jazira et Al Sham.

— Et tu as dit que cette guerre avait été commencée par

1. En 2017 apr. J.-C.

les Américains ? Mais ce qui me semble le plus important, c'est qu'il a dit que l'empire – notre empire – n'existait plus.

— C'est ça. Il a dit qu'après avoir perdu la bataille de Vienne, l'empire avait été démantelé par d'autres puissances qui avaient pris sa place.

— Ce qui veut dire que ce monde, son monde, a vécu trois cents ans d'une histoire radicalement différente. Et si c'est vrai, reprit-elle après un silence, il faut absolument qu'on sache comment était cet univers-là.

— À quoi ça nous servirait ?

— À savoir ce qu'il avait de différent. Et pourquoi il a voulu tout changer. Tu comprends ? C'est dans ce monde-là qu'on aurait dû vivre, à l'origine.

— En supposant que personne d'autre n'ait remonté le temps pour changer le cours de l'Histoire avant lui.

Elle médita la question.

— Ça aurait pu arriver, admit-elle. Mais je veux tout de même savoir si son monde était meilleur ou pire que le nôtre.

— Il a été obligé de se battre dans une grande guerre...

— Chez nous aussi, il y a eu des guerres. Et au cas où tu n'aurais pas remarqué, nous sommes en plein milieu d'un conflit, le pire qui puisse exister. C'est une guerre silencieuse. De celles où tout ce qu'on dit peut vous faire tuer dans votre propre pays. Tu n'as pas envie de savoir s'il y a eu un monde meilleur ?

— On ne devrait peut-être pas s'en mêler. C'est complètement fou de parler d'un autre monde qui aurait existé.

Nisrine le considéra longuement.

— Est-ce que tu es content de ce qui se passe ?

— Comment ça ?

— Est-ce que tu vis bien les changements qu'il y a eu dans notre vie depuis quelques années ?

Ramazan haussa les épaules.

— Si tu parles de toi, et moi, et les enfants, et...

— Je te parle du monde dans lequel Tarek et Nour vont grandir. Un monde qui corrompt, qui monte un frère contre un autre, contre sa famille – un monde qui enlève toute humanité aux gens. S'il y a eu un monde meilleur quelque part dans un temps différent, ça serait bien de le savoir, non ?

Ramazan avait très bien compris à qui elle faisait allusion, et il en ressentit une pointe de jalousie. Il avait beau aimer son frère, il avait conscience en permanence que Nisrine et quantité de femmes comme elle étaient attirées par lui. Mais c'était avant, bien sûr. Avant que la rupture ne change la donne. Avant que son frère devienne leur ennemi.

— Mais ça changerait quoi ? riposta-t-il. Nous vivons dans notre monde. C'est comme ça et pas autrement. Et les gens sont comme ils sont. Rien ne les oblige à agir comme ils le font s'ils n'en ont pas envie.

Il secoua la tête, se reprochant de dire du mal de Kamal, et voulant résister à l'influence de Nisrine.

» C'est trop dangereux. Il ne faut pas toucher à ça.

— Je ne devrais pas être surprise, soupira Nisrine, l'air abattu. Tu as toujours préféré la solution de facilité…

— Tu exagères ! Tout à l'heure, tu me reprochais d'avoir mis mon nez là-dedans ! protesta-t-il, pas trop fort pour ne pas réveiller les enfants. Tu te souviens ?

Nisrine dut bien l'admettre :

— D'accord, mais maintenant que tu as réveillé le djinn qui dormait dans sa lampe, il est trop tard pour le faire rentrer à l'intérieur.

Ramazan comprit qu'elle avait des remords mais aussi que revenait la déception si familière. C'était presque insupportable. Quand elle lui avait vertement reproché ses recherches sur Internet, il avait malgré tout été heureux de lui montrer un autre aspect de lui-même. De lui prouver qu'il y avait en lui de l'audace, de la témérité.

Il voulait retrouver cette sensation.

— Alors qu'est-ce que tu proposes ? lui demanda-t-il. Tu veux qu'on fasse quoi ?

— Je veux savoir comment c'était. Et je veux savoir comment il s'y prend.

— Si c'est vrai.

— Oui, si c'est vrai.

Ramazan hocha la tête, songeur.

— Bon… Je peux lui demander.

Nisrine se redressa.

— Je veux être là ! On lui demandera ensemble.

Ramazan fut saisi d'inquiétude, n'aimant pas du tout la tournure que prenait la conversation.

— Quoi, tu veux venir ?

— Oui, on va faire ça ensemble. Je veux y aller avec toi la prochaine fois.

— Non, c'est impossible.

— Pourquoi ?

Il chercha désespérément une réponse valable.

— Parce qu'il est en réanimation. Je ne peux pas te faire entrer, c'est interdit.

— C'est ton patient, protesta-t-elle. Je suis ta femme. Tu vas bien trouver un moyen. Personne ne doit beaucoup s'intéresser à ce qui lui arrive. Personne ne le connaît.

— Ce que je fais est déjà suffisamment risqué, grommela-t-il. Ta présence va attirer l'attention.

— Tu as dit toi-même que tu allais devoir le réveiller ce matin. Tu n'as sans doute plus le temps que d'une dernière séance avec lui. Tu entreras d'abord pour t'assurer que la voie est libre, et puis je te rejoindrai. On peut toujours dire que j'ai été obligée de venir te voir pour une question familiale importante. Une urgence. Tout le monde s'en fout, de toute façon.

— Et les enfants ?

— Je vais appeler Sumayya.

Sumayya était une jeune fille de dix-huit ans qui vivait dans leur rue. C'était la baby-sitter préférée des enfants.

— Ça n'est pas trop tôt ?

— Elle sera ravie. Elle a besoin d'argent.

Ramazan ferma les yeux, laissa partir sa tête en arrière en silence. Puis il fit de nouveau face à Nisrine. Il savait que ce n'était pas prudent, mais c'était impossible de résister à la passion qu'il sentait en elle, à cette occasion qui leur était offerte de faire quelque chose d'un peu fou ensemble.

Derrière les vitres de la chambre, des lueurs avant-coureuses de l'aube repoussaient la nuit. Bientôt, les appels à la prière retentiraient en haut des minarets.

Il la regarda avec un demi-sourire, savourant ce qu'il s'apprêtait à dire, chassant sa peur pour entrer dans le jeu malgré ses craintes :

— Préparons-nous, alors. Il va bientôt faire jour, et plus tôt nous arriverons là-bas, mieux ce sera.

24

Arrivé à l'hôpital beaucoup plus tôt que son heure habituelle, comme la veille, Ramazan avait laissé Nisrine dans la salle d'attente des familles réservée aux femmes. Il avait deux anesthésies prévues ce matin-là, ce qui l'obligerait à se dépêcher. Il savait aussi qu'il lui faudrait faire preuve de prudence dans ses contacts avec les autres médecins, surtout Fonseca, car il avait déjà passé beaucoup plus de temps que nécessaire avec son patient. Il serait aussi plus difficile de rester vigilant après cette nuit blanche qui l'avait sérieusement épuisé.

La partie du service réservée aux hommes était encore tranquille et il y avait peu de personnel dans les couloirs. Il fit sa tournée l'air de rien, passa voir ses patients et échangea quelques mots avec les infirmières – jusqu'au moment où il vit Anbara venir vers lui. Vu l'heure, ce devait être la fin de son service de nuit. Il devait rester sur ses gardes. Il l'appréciait, bien sûr, mais elle était la dernière personne qu'il aurait voulu voir là. C'était elle qui connaissait le mieux leur patient inhabituel et elle risquait de tout gâcher.

— *Sabahel nour*, lui dit-il en lui souriant aimablement quand elle arriva à sa hauteur. La nuit a été tranquille, j'espère.

— Oui. Pour une fois.

— Parfait !

Il se pencha vers elle avec un clin d'œil en baissant la voix :

— Comment va notre… cas ?

Anbara mit quelques secondes à comprendre :

— Ah ! Notre invité de marque ? s'exclama-t-elle avec un petit rire. Son Excellence dort à poings fermés.

Puis, soudain, elle reprit son sérieux :

— J'espère qu'il n'y a pas de complications…

— Pourquoi ça ?

— Il paraît que vous êtes allé le voir plusieurs fois hier.

Ramazan eut du mal à cacher son embarras.

— Ah ! Non… C'était juste pour jeter un coup d'œil aux drains, mais tout va très bien. Et puis, reprit-il avec juste ce qu'il fallait de sarcasme, c'est un hôte à ménager.

Anbara approuva d'un air complice.

— Ça, c'est sûr.

— Je vais le réveiller et vous en débarrasser bientôt, dès que je sortirai du bloc tout à l'heure. Je sais que vous avez besoin de son lit… Alors, ajouta-t-il en changeant rapidement de sujet, vous avez terminé votre service ?

— Oui. Je vais me coucher, ça ne sera pas volé.

— Vous l'avez bien mérité, c'est sûr.

Il regarda l'heure à sa montre en attendant qu'elle s'éloigne. Il ne restait pas beaucoup de temps, mais il préférait s'assurer qu'Anbara était bien partie avant de faire entrer Nisrine clandestinement dans la chambre.

Il traîna un peu, tâchant de paraître naturel, jusqu'à ce qu'il la voie quitter le service. Quelques minutes plus tard, profitant d'un moment de creux, il sortit discrètement pour aller chercher Nisrine. Elle fila aux toilettes pour passer une blouse blanche et une charlotte qu'il s'était procurées, puis elle entra avec lui en réanimation.

Ils se dirigèrent discrètement vers la chambre 7, où ils pénétrèrent sans se faire remarquer. Une fois à l'intérieur, Ramazan ferma doucement la porte derrière eux.

— Nous n'avons pas beaucoup de temps, dit-il à sa femme.

— Combien ?

— Environ un quart d'heure. Je n'arrive à le garder dans l'état de semi-conscience nécessaire que pendant une quinzaine de minutes d'affilée, peut-être un peu plus. Ensuite, je dois le rendormir avant qu'il ne se réveille trop. C'est un exercice d'équilibrisme...

Nisrine contempla le patient endormi, puis regarda Ramazan avec intensité.

Il y avait de l'électricité dans l'air. Ils n'avaient jamais vécu ce genre d'expérience ensemble, jamais connu la tension causée par un danger partagé et la complicité qui allait avec. Si on les découvrait, ce ne serait pas dangereux à proprement parler, simplement gênant, une situation dont Ramazan pourrait certainement se sortir avec un peu d'habileté. C'était le résultat de la séance qui les mettait sur des charbons ardents, l'attente des révélations que l'homme allait leur faire sans le savoir, si toutefois il disait la vérité.

— Prête ? demanda Ramazan.

Elle prit une profonde inspiration.

— Absolument !

Une idée lui vint alors, et elle arrêta Ramazan d'un geste.

— Attends !

Elle sortit son sac à main de sous sa blouse blanche, une mince sacoche noire en cuir qu'elle portait en bandoulière. Elle en sortit son téléphone portable, tapa son code, puis sélectionna l'appareil photo, qu'elle mit en mode vidéo.

— Qu'est-ce que tu fais ?

— Je vais enregistrer ce qui va se passer. S'il dit la vérité, ce serait bête de ne pas en garder une trace. Il nous faut une preuve.

— Une preuve ? Tu veux une preuve de ce qu'on fait ?!

— Bien sûr. C'est important.

— Non. Range ça. C'est trop risqué.

— Je sais qu'il y a un risque, mais il ne s'agit pas que de nous deux. Ça va beaucoup plus loin.

Ramazan resta muet, très préoccupé, paralysé par l'indécision.

— Si ce qu'il dit est vrai et que ta vidéo est découverte...

— Je sais bien, mais nous devons garder une trace, je t'assure. Nous ne pouvons pas non plus nous permettre de laisser passer quelque chose.

Il la considéra, rempli de crainte, avant de céder :

— D'accord, dit-il avec un haussement d'épaules. Ça peut nous coûter notre tête... Bon... Fais comme tu voudras.

Visiblement inquiète elle aussi, elle s'empressa de passer à autre chose :

— On perd du temps. Vas-y.

Il se tourna vers le goutte-à-goutte et se mit au travail. Il tourna la molette pour changer le dosage du sédatif et des antalgiques qui serpentaient jusqu'aux veines de l'homme tatoué, tout en gardant un œil attentif sur l'affichage du monitoring pour surveiller sa fréquence cardiaque et respiratoire.

L'effet fut plus rapide que la veille, le processus de guérison étant déjà bien engagé. Le mouvement des globes oculaires sous les paupières annonça le réveil, puis un frémissement des doigts. Les paupières clignèrent, et l'homme ouvrit lentement les yeux, luttant manifestement pour les empêcher de se refermer.

— Bonjour, Votre Excellence, tout va bien, lui dit Ramazan avec un coup d'œil à Nisrine qui tenait son téléphone de manière à filmer le patient de face.

Ramazan se pencha au-dessus de lui pour lui permettre de le voir, et eut un sourire artificiel destiné à le rassurer.

— Comment vous sentez-vous ?

Il y eut un temps d'attente, pendant que l'homme, parfaitement immobile, le regard encore dans le vague, semblait essayer de comprendre la question.

— Bien, marmonna-t-il. J'ai la bouche sèche...

— Tenez, dit Ramazan en prenant le gobelet qui se trouvait sur la table roulante.

Il l'aida à prendre le bec entre ses lèvres.

— Doucement, par petites gorgées...

Pendant que l'homme tatoué buvait, Ramazan jeta un regard inquiet à Nisrine. Elle approcha avec son téléphone pour le voir de plus près. Il avait encore les yeux vitreux, et un champ visuel trop réduit pour la repérer.

Ramazan reposa le gobelet.

— Vous me parliez de votre monde, dit-il d'un ton calme et réconfortant. Vous me racontiez comment on vivait chez vous avant que vous ne changiez tout ça. C'est très intéressant.

L'homme ferma les yeux et souffla péniblement tout en approuvant de quelques lents mouvements de tête.

— Oui, mon monde, marmonna-t-il. C'était un monde très différent.

— Et donc la France, dans cet autre monde… La France n'était pas ottomane ?

La question sembla perturber l'homme.

— Non… La France était française.

— Et le reste de l'Europe ?

Une certaine clarté revenait peu à peu dans son regard.

— L'Italie, l'Allemagne, la Grèce… tous ces pays étaient indépendants.

— C'étaient des pays chrétiens ?

— Bien sûr.

Il roula les yeux de droite à gauche, balayant le plafond comme si son esprit cherchait un point d'ancrage.

— L'Empire ottoman n'existait plus. Le peu qui en restait… une toute petite partie… s'appelait la Turquie.

— Bien sûr, dit Ramazan, cachant sa surprise et sa nervosité et se conduisant comme s'il s'agissait de la plus banale des conversations. Alors, dans votre monde, comment vivait-on ici ? Vous connaissiez Paris ?

— Non.

— Ça ne pouvait pas être aussi beau qu'aujourd'hui…

— Oh, si… Paris était célèbre pour sa beauté. Mais ça ne marchait plus. En Occident… rien ne marchait plus. À cause d'eux.

— À cause de qui ?

L'homme tatoué eut une moue méprisante.

— À cause d'eux. L'Ouest.

Ramazan n'y comprenait pas grand-chose.

— Comment cela ? Pourquoi ?

Le patient fronça les sourcils, prenant un instant pour bien formuler sa réponse :

— Ils se trompaient d'ennemi. C'était une obsession : les migrants, l'Islam, la Russie. Ils refusaient de voir d'où venait vraiment le mal.

— Et le mal venait de… ?

— De leur arrogance… de leur volonté de s'enrichir à tout prix.

Le regard de l'homme retrouvait du brillant et l'écran du moniteur indiquait une accélération du pouls. Il reprit, parlant avec de plus en plus de facilité :

— Les Américains… C'étaient les pires de tous. S'il y a une chose qui me manque de ce monde-là, c'est bien le plaisir de les voir s'autodétruire, victimes de leur propre imbécillité…

Ramazan jeta un coup d'œil surpris à Nisrine.

— Pourquoi les Américains étaient-ils si bêtes ?

Sur le moniteur, la tension et le rythme cardiaque grimpaient, et la voix de l'homme prenait de la vigueur.

— Ils se croyaient les plus forts. Et, d'une certaine façon, ils avaient raison. Ils ont envoyé un homme sur la Lune, ils ont réalisé des progrès médicaux extraordinaires, ils ont eu le communisme à l'usure. Ils avaient toutes les richesses, toutes les techniques de pointe, les armes les plus perfectionnées – mais ils ont voulu obliger tout le monde à vivre comme eux. Ils ne voyaient pas à quel point leur monde était mauvais, décadent. Leur société, malade.

Comme il se passait la langue sur les lèvres pour les humecter, Ramazan l'aida à boire encore un peu, puis demanda :

— Alors leur société était malade ? Comment cela ?

— Ils étaient obsédés par l'idée de liberté. Ils ont décrété que tous les hommes naissaient égaux – même si les premiers à le proclamer possédaient des esclaves –, et cette croyance fausse et folle a continué à se développer. Mais cette liberté, cette démocratie effrénée, était un cadeau empoisonné. Le résultat a été une société où pratiquement tout était autorisé. On pouvait dire n'importe quoi, faire tout ce qu'on voulait. Il n'y avait plus aucune barrière morale. Les couples vivaient ensemble sans se marier, sans demander leur consentement aux parents. Les jeunes filles avortaient comme on va au restaurant. Elles avaient des enfants hors mariage. Les femmes se promenaient à moitié nues. Les hommes se mariaient entre eux. On avait perdu toute notion du bien et du mal.

Il demanda encore de l'eau. Ramazan lui présenta le gobelet, puis vérifia le débit du goutte-à-goutte. Cette fois, l'homme n'eut pas besoin qu'on lui tende la perche pour continuer :

— La seule chose qui comptait, c'était de gagner de l'argent, lâcha-t-il, animé par un mépris qui ne demandait qu'à s'exprimer. Peu importait comment on s'enrichissait, du moment qu'on ne se faisait pas prendre. Plus on était corrompu et sûr de soi, et plus on était admiré. Les dirigeants américains étaient tous des menteurs, des tricheurs, des vendus. On entrait en politique par intérêt, pour se remplir les poches et pour se gaver de pouvoir. Les banquiers et les industriels finançaient les élus pour qu'ils les aident à s'enrichir encore plus pendant que les pauvres devenaient de plus en plus pauvres. Ce pays se vantait d'être un grand défenseur des droits de l'homme tout en soutenant de dangereux dictateurs et en poussant à leur perte d'autres pays au nom du profit. Ces gens se gargarisaient de leur démocratie en diabolisant les pays qui fonctionnaient autrement, mais sans vraiment y croire. Ils ne croyaient qu'en l'hypocrisie. Ils n'avaient plus aucune mesure, aucune décence, des plus hauts niveaux de l'État jusqu'aux plus bas. Un de leurs présidents les avait jetés dans une longue guerre désastreuse justifiée par des mensonges, et tout en le sachant ils l'ont réélu. On a su qu'un autre président avait trompé son épouse avec une employée dans son bureau officiel, mais cela n'a pas empêché qu'on l'adore. À son tour, sa femme a voulu se présenter à la présidentielle… Une femme ! ironisa-t-il, le mot dégoulinant de mépris. Une femme pour diriger le pays le plus puissant du monde ! Vous imaginez ce culot, après un scandale pareil ?

Nisrine ne put s'empêcher d'intervenir :

— Si vous dites qu'elle l'a voulu, cela veut dire que c'était une chose envisageable ?

Rachid tourna la tête de son côté, ne comprenant pas d'où venait cette voix nouvelle. Nisrine s'empressa de baisser son téléphone et de se reculer, mais elle ne put échapper à son regard.

— Mais... Qui êtes-vous ?

Ramazan intervint dans la seconde pour détourner son attention :

— Votre Excellence, s'il vous plaît...

Rachid se tourna vers lui, visiblement perdu.

— Cette femme qui voulait devenir présidente, continua Ramazan, vous dites qu'elle s'est présentée...

Rachid dirigea les yeux vers Nisrine, puis de nouveau vers Ramazan, et un instant il sembla trop confus pour répondre.

— Elle n'a pas réussi ? insista Ramazan avec douceur.

Rachid tourna lentement la tête pour regarder de nouveau le plafond, et il eut un ricanement.

— Elle a perdu, évidemment. Même sans le scandale, c'était quand même un peu fort... Une femme, après un Noir ! Ça les rendait fous. Ils sont racistes, vous savez, tous ces gens-là.

Ramazan regarda Nisrine, aussi ébahi qu'elle par ce qu'ils venaient d'entendre.

— Un Noir a été président d'Amérique ?! demanda Ramazan, tâchant de masquer l'incrédulité qui perçait dans sa voix. Il y avait des Noirs en Amérique ? Des Noirs... libres ?

D'après ce qu'il savait de l'histoire de la République chrétienne, des Africains noirs avaient été emmenés en esclavage en Amérique bien avant la prise de Vienne par les Ottomans. Et puis, avec l'avancée des troupes du sultan en Europe, un raz-de-marée de réfugiés européens fuyant l'invasion musulmane avait déferlé sur les côtes américaines. Cette abondance de main-d'œuvre bon marché blanche, libre ou sous servitude temporaire, avait rendu inutile l'importation d'Africains. En réaction à la conquête musulmane de l'Europe, le fanatisme religieux s'était développé et toute personne n'étant pas chrétienne et blanche avait été considérée comme dangereuse. Une violente révolte d'esclaves noirs en Virginie avait été écrasée, après quoi tous les Noirs avaient été chassés et déportés en Afrique, même ceux nés en Amérique. La République chrétienne, telle que Ramazan et Nisrine la connaissaient, était exclusivement chrétienne et blanche.

La question de Ramazan créa visiblement le trouble dans l'esprit de Rachid.

— Des Noirs libres ? répéta-t-il comme s'il bloquait sur cette formulation.

— Vous disiez qu'il y avait eu un président noir, puis qu'une femme avait voulu prendre la présidence après lui, résuma Ramazan pour le ramener à son récit. Donc elle a échoué ?

Les sourcils de Rachid se froncèrent pendant qu'il rassemblait ses pensées.

— Oui, c'est bien ça... Mais ils ont fait encore pire. Ils ont élu un escroc à la place, un homme malhonnête et ignorant qui ne cherchait qu'à s'attirer l'admiration des foules, et qui a dit n'importe quoi pour gagner. La société américaine était plus divisée que jamais. J'aurais aimé voir comment cette catastrophe allait finir, mais je suis parti peu après son élection. Peu importe. Leur monde était en pleine décomposition.

Une profonde animosité passa dans son regard tandis qu'il continuait :

— Ils se disaient chrétiens, mais il n'y avait rien de chrétien dans leur attitude. Leurs seuls dieux étaient l'argent, le sexe et les divertissements abrutissants. Rien ne les intéressait à part s'acheter une plus belle voiture, de plus gros seins, ou récolter plus de *likes* sur leur page Facebook : c'était pour ce genre de choses qu'ils vivaient, et pourtant ils avaient le toupet de nous mépriser et de critiquer notre mode de vie. Ces gros imbéciles paresseux se remplissaient la panse et l'esprit de cochonneries au point de faire de leur ignorance une fierté et une vertu. C'était cela, le comble de la démocratie : cette idée démente que les gens ignorants devaient avoir autant voix au chapitre que les gens éclairés. Que des votants mal informés étaient aussi légitimes que des votants dotés de la compétence de juger…

Un grand silence se fit. Cela faisait beaucoup à assimiler.

— Et dans le reste du monde ? demanda finalement Ramazan. Que se passait-il en France, et dans le reste de l'Europe ? Comment vivait-on ?

— Mais ce que je viens de dire ne s'appliquait pas qu'à l'Amérique. Cette gangrène s'étendait à l'Europe entière. La même décadence régnait partout. La même croyance insensée en la sagesse collective des foules ignorantes, qui permettait à des démagogues corrompus et cyniques de s'emparer du pouvoir. En propageant toutes sortes de mensonges et en faisant croire aux foules que leur héritage national, leur travail et leur avenir leur étaient volés, ces manipulateurs parvenaient à se faire élire. La situation était vouée à très mal finir, pas seulement pour eux mais pour nous aussi. La faillite de leur système allait exporter le malheur et la misère chez nous. Comme toujours. Nous n'étions que des pions dans leurs jeux de pouvoir. C'était pareil depuis des siècles. Voilà pourquoi j'ai reçu ce signe de Dieu. Il me donnait le moyen d'agir, pas seulement pour la gloire de notre peuple, mais pour ces décadents aussi. Il est possible que bien malgré moi je les aie sauvés. Dans le monde nouveau, l'Europe est unie depuis des siècles, et les Américains… voyez par vous-mêmes. Leur président est élu à vie, et ils évitent ainsi les querelles incessantes dues aux élections à répétition. Ils ont gardé leurs valeurs, leurs traditions. Ils se sentent même assez forts pour défier notre empire.

L'expression de Rachid se troubla et il tomba dans un silence incertain.

— Il faudrait d'ailleurs que je m'en occupe, marmonna-t-il au bout d'un instant. C'est important…

Perdu dans ses pensées, il se tut.

Ramazan se tourna vers sa femme, ne sachant plus quoi dire.

Nisrine avait l'air aussi frappée que lui, réfléchissant de toute évidence à ce qu'elle venait d'entendre pour en démêler toutes les implications, en détecter toutes les nuances. Ramazan ne l'avait jamais vue aussi profondément perturbée.

Il jeta un coup d'œil à sa montre puis lança un regard à Nisrine, qui sembla parfaitement comprendre.

Il se doutait que, comme lui, elle aurait pu rester là pendant des heures à écouter leur homme mystère et lui poser des questions sur cet étrange monde alternatif où il prétendait avoir vécu, mais c'était un luxe qu'ils n'avaient pas. Ils étaient pressés par le temps : il allait bientôt falloir le réveiller, et ils risquaient à tout instant de se faire surprendre.

C'était le moment de vérité. Il fallait lui poser la question principale.

Ramazan vérifia le débit de l'intraveineuse, ajusta très légèrement la molette, puis se tourna vers l'homme tatoué.

— Votre Excellence, ce que vous dites est d'un intérêt incomparable, mais expliquez-moi : comment êtes-vous arrivé à changer tout ça ?

Il prit une profonde inspiration puis lança :

— Comment arrivez-vous à voyager dans le temps ?

25

Ce matin-là, Kamal arriva à la Hafiye de très mauvaise humeur.

Il ne rejoignit pas son bureau tout de suite mais traversa le grand hall vitré vers la section Z pour aller secouer un peu les deux agents, qui ne lui avaient toujours pas répondu.

Banna et Goskun ne se trouvaient pas à leur poste, ce qui ne fit qu'accentuer son irritation.

Il leur laissa un nouveau message et repartit d'un pas furieux, le sang en ébullition. Il allait continuer l'enquête qu'il menait avec Taymour, et il ne ferait pas bon se trouver sur son chemin ce jour-là.

Il fut stoppé par l'homme de permanence avant d'atteindre son bureau : il était attendu.

Le *bashafiye* voulait le voir.

Kamal n'avait encore jamais eu d'entretien particulier avec le directeur de la Hafiye. Il n'était jamais allé dans son bureau. Il n'avait même jamais mis les pieds à son étage. À sa connaissance, très peu de ses collègues avaient accédé au saint des saints. Le *bashafiye* ne voyait jamais les simples agents. Il ne pouvait donc s'agir que d'une affaire de la plus haute importance.

Kamal ne voyait que deux raisons à cette convocation… l'une bonne, l'autre pas. Il espérait que ce ne serait pas la mauvaise.

Après avoir été annoncé par l'assistante personnelle du grand homme, Kamal passa la tête par l'ouverture de la haute porte de bois sculpté.

— Vous avez demandé à me voir, Huseyin Pacha ?

Huseyin Celaleddin Pacha, le directeur de la division parisienne de la police secrète, compulsait des papiers posés sur son bureau. Il releva la tête et fit signe à Kamal d'entrer.

— Oui, oui, asseyez-vous, dit-il avec un geste vague vers les fauteuils qui lui faisaient face.

Comme il se doit, le bureau du patron de l'entité la plus puissante de la police parisienne se trouvait au dernier étage d'une des annexes modernes de la vieille forteresse. Il était assez grand pour contenir un coin salon pouvant accueillir plus d'une dizaine de personnes, et jouissait d'une vue imprenable sur les vieilles tours et, au-delà, sur les dômes et les minarets des principales mosquées de la ville. Cet horizon se profilait, à cette heure, à travers des persiennes partiellement baissées pour bloquer les indiscrets rayons du soleil matinal. La haute taille et la minceur de Celaleddin étaient rares chez les *askeri*, membres de l'élite comprenant les chefs religieux et militaires, et les hauts fonctionnaires. La classe dirigeante refusait encore de prendre en compte les avis scientifiques pourtant unanimes pointant les dangers de l'obésité pour la santé. Elle s'entêtait à considérer qu'un gros ventre et des membres gras étaient des signes de prospérité.

Le large plateau d'acajou du bureau directorial était aussi ascétique que Celaleddin, parfaitement ordonné, sans rien pour l'encombrer. Il n'y avait qu'un écran d'ordinateur et un clavier, un téléphone portable, un stylo, et les impressions papier qu'il était en train de lire et qu'il rassembla en une pile bien nette devant lui.

Le directeur releva le menton, adoptant son habituelle attitude inquisitrice qui vous clouait sur place sous le feu de ses yeux sombres et caverneux.

— Vous devez être très occupé, dit-il. J'imagine que vous êtes plus motivé que jamais après la cérémonie de vendredi.

— Pas de repos pour les défenseurs de la paix, répondit Kamal, reprenant à son compte l'expression de Taymour.

— Parfait.

Le directeur l'observa une seconde.

— Je vous ai fait chercher, une fois la cérémonie terminée, vous savez. On m'a dit que vous aviez été appelé en urgence.

— Mes plus profondes excuses, pacha. Je l'ignorais.

— Le bey voulait vous rencontrer.

— Le bey ?!

— Eh oui ! Il vous est très reconnaissant, comme vous pouvez l'imaginer. Vous et Taymour, vous avez fait quelque chose d'exceptionnel. C'était le mariage de sa fille. Vous nous avez sauvés d'une tragédie sans précédent.

— Je suis heureux d'avoir réussi à l'empêcher.

— On parle de vous attribuer à tous les deux le Nishan-i Iftihar, dit-il, faisant référence à l'ordre de la Gloire, une des plus prestigieuses décorations que pouvait recevoir un policier ottoman.

Kamal inclina la tête.

— Ce serait un immense honneur.

— Et amplement mérité. Comme le serait votre promotion au rang de *mulazim komiser*. Vous seriez le plus jeune jamais nommé. Qu'en dites-vous ?

Ainsi, les rumeurs disaient vrai. Il allait devenir capitaine. Il salua de nouveau.

— Je vous suis humblement reconnaissant, mon pacha.

Le grand homme ménagea un petit silence, puis se pencha vers lui.

— Dites-moi, Kamal… Comment se porte votre famille ?

Et voilà ! On y était. Il avait beau s'être préparé à cette question, Kamal n'en fut pas moins pris de court. Il parvint malgré tout à prendre un ton détaché :

— Bien. Merci beaucoup.

Il eut une hésitation, puis se décida à poursuivre :

— Pourquoi cette question ?

— Vous avez enquêté sur une personne que nous avons

récemment arrêtée, répondit le *bashafiye*. Une personne à laquelle je crois que votre belle-sœur s'est intéressée...

Ainsi, c'était bien de cela qu'il s'agissait.

Kamal eut un frisson d'inquiétude.

— Son épouse lui a demandé son aide pour découvrir ce qui lui était arrivé.

— Précisément. Et votre belle-sœur... c'est une femme à fort caractère, n'est-ce pas ? Tenace, dirons-nous.

— C'est exact.

Le directeur joignit les mains et tapota ses index l'un contre l'autre tout en réfléchissant à ce qu'il allait dire.

— Écoutez, je sais ce que c'est que la famille. Ce qui se passe pour l'instant, ce que nous sommes obligés de faire... ça n'est pas facile. Et cela nous complique encore plus la vie. Les difficultés que vous rencontrez n'ont rien d'exceptionnel. Seulement, à un moment donné, il faut réagir fermement et rappeler à ceux qui nous entourent, même à nos proches, que nous faisons tout cela pour eux, pour les protéger, même si parfois cela nous oblige à commettre des actes qui ne nous plaisent pas. Ou avec lesquels ils ne sont pas d'accord. Nos proches doivent comprendre que ces affaires ne les concernent en aucun cas. Et qu'ils devraient nous être reconnaissants de nous en charger.

Il s'interrompit et observa Kamal comme pour s'assurer que son message était bien passé.

Kamal se contenta de dire :

— Oui, mon pacha.

— Cette fois, cela risque de ne pas être simple pour vous. Vu l'intérêt qu'elle lui porte.

— C'est-à-dire ?

— Sinasi est décédé la nuit dernière. Dans sa cellule.

Le directeur avait dit cela d'une voix neutre, sans la moindre trace d'émotion.

Sous le choc, Kamal s'écria :

— Il est mort ? Mais de quoi ?

— Le légiste dit qu'il doit s'agir d'une crise cardiaque. Sans doute causée par le stress de la culpabilité. On dirait que cet homme n'était pas à la hauteur de ses ambitions. Il a avoué appartenir à la Rose blanche.

Kamal fut secoué par la nouvelle. Une crise cardiaque en détention ? Ça n'était pas la première fois que cela arrivait à la Citadelle, mais dans le dernier cas dont il avait entendu parler, l'affaire concernait un terroriste endurci, et la mort était survenue après un interrogatoire musclé. Ses pensées se portaient surtout sur Nisrine. Il n'était pas bon du tout qu'elle ait demandé des informations sur un comploteur de la Rose blanche. Une peur beaucoup plus profonde s'empara de lui et son sang se glaça : était-il possible que Nisrine elle-même ait rejoint le groupe ?

Comme s'il devinait ce que cachait son silence tendu, Celaleddin reprit, en balayant l'incident du revers de la main :

— C'est tout à fait tragique, bien sûr, mais vu la culpabilité de cet homme, cela ne fait pas une grande différence pour lui au final : il n'en avait plus pour longtemps. À long terme, ajouta-t-il, l'agitation soulevée par cette mort malencontreuse se calmera et passera, je le sais. Comme toujours. Cependant, au cours des prochains jours, une fois la nouvelle connue, nous allons devoir fermement maîtriser toute… réaction inopportune éventuelle.

Son regard prit une nouvelle intensité.

— Je veux croire que votre belle-sœur ne nous causera pas de problèmes dans cette affaire. Ce serait dangereux pour elle. Surtout que l'intérêt qu'elle lui porte soulève de nombreuses questions…

Le cœur de Kamal tambourinait furieusement dans sa poitrine, aussi brûlante que s'il était piégé dans une fournaise.

— Elle se tiendra tranquille, affirma-t-il.

— C'est bien. Nous ne pouvons pas tolérer n'importe quoi – et nous ne pouvons guère lâcher de lest, même pour la belle-sœur d'un héros illustre. Nous nous comprenons ?

— Absolument, mon pacha.

L'homme émacié étudia encore Kamal un bref instant, puis il hocha la tête.

— Ce sera tout.

Alors qu'il sortait du bureau du directeur et se dirigeait vers les ascenseurs, Kamal sentit une douleur lancinante battre dans ses tempes. C'était pire que ce qu'il avait redouté. Nisrine était dans le collimateur.

Il lui fallait comprendre ce qui s'était passé, mais ce serait beaucoup plus difficile maintenant que Sinasi était mort. La situation était très dangereuse. Il devait absolument faire quelque chose.

Il sortit son téléphone, regarda furtivement autour de lui, plus par réflexe que parce qu'il se sentait observé, et appela son frère. La sonnerie retentit, et il tomba sur la boîte vocale de Ramazan.

— C'est Kamal. J'ai quelque chose à te dire. Rappelle-moi.

Il hésita, puis ajouta :

— Il faut vraiment que je te parle. S'il te plaît, rappelle.

Au deuxième sous-sol, pas très loin de l'endroit où Kamal était en train de téléphoner, un tâcheron de l'unité d'analyse de données de la Caverne, en service à cette heure avec plusieurs dizaines de collègues, contemplait avec curiosité le rapport affiché sur son écran.

Comme tous les documents qui passaient entre ses mains, le rapport émanait du Centre général de traitement de données pour la cybersécurité impériale, dont les superordinateurs exploraient les masses de données brutes en les passant au crible de leurs systèmes ultra perfectionnés, capables de repérer automatiquement les éléments suspects. On faisait ensuite suivre le résultat de ce premier filtrage à la Caverne pour plus ample analyse – cette fois conduite par des êtres humains.

Les programmes étaient capables d'aller beaucoup plus loin qu'une simple alerte sur des mots clés et la recherche de corrélations. La reconnaissance vocale avait atteint un tel niveau de complexité que les algorithmes chargés d'explorer les enregistrements numérisés des conversations téléphoniques et des écoutes débusquaient la moindre intonation suspecte. Plus de dix mille paquets d'informations cibles étaient envoyés au centre d'analyse tous les mois pour exploitation. Il arrivait que cela permette aux services de police, dont la Hafiye faisait partie, de tomber sur une piste, mais dans la grande majorité des cas les informations sélectionnées rejoignaient la poubelle des métadonnées ordinaires dans les limbes de l'analyse perpétuelle.

Dans le cas présent, l'analyste fut plus intrigué qu'inquiet. Le rapport en question, qui avait commencé par une demande de surveillance de bas niveau, était plutôt inhabituel. C'était une corrélation entre une série de recherches sur Internet et la transcription d'une conversation ayant eu lieu la veille au soir à un domicile parisien. Dynamite, détonateurs, Al Jazira et Al Sham, guerre, Américains, « j'ai peur que tu prennes trop de risques » – ces mots et d'autres avaient signalé la conversation. Ces indices, ajoutés aux résultats d'analyse vocale du stress, et au fait que l'un des sujets était une personne à surveiller, avaient conduit à élever l'ensemble au niveau de pièce suspecte. Voilà pourquoi le dossier avait atterri dans la boîte de réception de l'analyste, assorti d'un drapeau orange indiquant une alerte de niveau intermédiaire.

Le boulot de l'analyste consistait à disséquer à longueur de journée des transcriptions de ce genre qui ne concernaient bien souvent rien de plus que des scènes de ménage ou des radotages sur des sujets sensibles. Il arrivait aussi assez souvent que les milieux de l'édition, du cinéma et de la télévision récoltent des drapeaux rouges parce que les auteurs jonglaient avec toutes sortes d'idées fictives. De manière générale, les gens se sentaient de plus en plus concernés par l'insatisfaction qui montait dans l'empire, et ne se privaient pas d'exprimer leur opinion quand ils pensaient ne pas être entendus. Ce rapport-là, pourtant, lui fit un effet différent. Il préféra ne pas le laisser de côté trop vite.

Le résumé avait suffisamment accroché son attention pour

lui donner envie de sortir la transcription intégrale et d'aller voir de plus près de quoi il retournait.

Sa lecture le laissa perplexe.

Une relecture ne changea rien à cette première impression. Ayant décidé d'écouter l'enregistrement original, il ouvrit le fichier audio, mit ses écouteurs et appuya sur la touche « lecture ». Stylo à la main pour prendre des notes, il entendit monter les voix des deux sujets, un couple marié.

Leur ton était celui de la conversation. On n'avait pas l'impression qu'ils jouaient à se raconter des bêtises, ou qu'ils étaient sous l'influence de l'alcool ou d'une autre substance interdite. On avait là deux personnes rationnelles, sensées, malgré le niveau de stress élevé détecté par les machines.

Il eut envie de refermer le dossier, mais quelque chose retenait son attention. Il avait écouté assez de conversations et lu assez de transcriptions pour avoir développé un sixième sens qui lui permettait de repérer ce qui pourrait porter à conséquence. Cette affaire-là méritait qu'on se penche dessus un peu plus longtemps.

L'avocate et son mari croyaient clairement à cette histoire pour le moins bizarre. La question était de savoir si leur source était fiable. Cet homme tatoué était-il un affabulateur qui s'amusait simplement à faire marcher son médecin ? Était-ce simplement une amusante mystification ?

Il pianota sur son clavier pour vérifier le dossier. Ayant noté le nom de l'hôpital où travaillait le mari, il alla chercher les fichiers de l'hôpital et sortit les plannings du bloc opératoire. L'anesthésiste était en effet un collaborateur habituel du chirurgien mentionné dans l'enregistrement, Fonseca. L'une des opérations effectuées deux jours plus tôt concernait un patient enregistré sous la mention « homme non identifié arrivé aux urgences ». Ce patient avait été opéré du cœur et était encore à l'hôpital dans le service de réanimation. Tout ceci corroborait ce que l'anesthésiste disait à sa femme.

Étrange...

Il se demanda ce qu'il fallait faire. Cela pouvait être un plaisantin, un mythomane, un halluciné. Cela pouvait aussi être un jeu du couple, ou alors un mensonge pour cacher des écarts de conduite peu avouables – il avait entendu les gens se dire pas mal de choses bizarres, même et peut-être surtout les couples mariés. D'un autre côté, il trouvait à cette histoire des accents de vérité difficiles à ignorer. Son instinct lui soufflait que c'était important, mais s'il faisait remonter l'information, cela lui donnerait plus de travail.

N'empêche qu'il n'avait guère le choix. Il ne pouvait pas prendre le risque de ne rien signaler. S'il apparaissait que l'affaire était grave et si on découvrait qu'il était passé à côté du dossier ou qu'il avait choisi de l'ignorer, cela risquait de lui coûter cher.

Il prit son téléphone et appela le numéro de son superviseur.

— Mon bey, dit-il, désolé de vous déranger, mais j'ai là quelque chose qui pourrait vous intéresser.

26

— C'est une incantation, dit l'homme tatoué, un charme.

Au chevet du patient dans la chambre sans fenêtre de l'hôpital, Ramazan jeta un coup d'œil à sa femme pour partager sa surprise avec elle.

— Un charme ?

— Mon prisonnier a découvert la formule à Palmyre, précisa l'homme d'une voix lente, son état de semi-conscience rendant son élocution embarrassée et heurtée. Dans un vieux temple. Gravée sur un mur. Je l'ai forcé à me la donner… Et après, je l'ai tué, ajouta-t-il, le visage s'assombrissant de façon inquiétante. Pour le faire taire. Personne d'autre ne sait.

Son cœur lui battant jusque dans les oreilles, Ramazan demanda :

— Quel genre de formule ?

— C'est du palmyrénien. Rien que des mots.

— Alors on prononce simplement ces mots et on… on voyage dans le temps ?

— Il n'y a qu'une exception. On ne peut pas voyager vers une époque dans laquelle on a déjà vécu soi-même. Cela ne marche pas. Et c'est… c'est…

L'homme tatoué se tut et son visage se crispa tandis qu'il parcourait la pièce du regard plus largement qu'il ne l'avait encore fait.

Saisi d'une vive inquiétude, Ramazan sentit son cœur battre

plus fort. Son patient se réveillait-il ? Regrettait-il d'avoir livré trop d'informations ? Il tendit la main vers la molette de l'intraveineuse et augmenta un peu le débit pour garder l'homme sous le seuil de pleine conscience. Il jeta un rapide coup d'œil à Nisrine, qui semblait elle aussi sur des charbons ardents, puis se tourna de nouveau vers le lit.

— Un tel prodige ne doit pas être simple du tout à réaliser, dit-il, flatteur, et pourtant vous y êtes parvenu.

L'homme balaya le plafond des yeux, puis les rabaissa vers Ramazan.

— En effet, souffla-t-il un ton plus bas.

— Expliquez-moi comment vous faites, s'il vous plaît.

— On dit les mots et on ajoute le nombre de jours – de lunes, plutôt, le nombre de lunes – qui vous sépare de l'époque que vous visez. À un endroit spécifique, donné dans l'incantation… et abracadabra ! Mais sans vêtements, ajouta-t-il, son air grave s'allégeant d'un demi-sourire. On arrive complètement nu.

Ramazan avait du mal à garder les idées claires. Trop de questions se bousculaient dans sa tête. Soudain, il vit que l'homme arrêtait son regard sur lui et le contemplait fixement, sourcils froncés, en plein désarroi.

— Je ne me souviens plus de qui vous êtes…, marmonna-t-il.

Il reprenait conscience. Son regard se faisait plus vif, exprimait une plus grande clarté de pensée, son expression retrouvait un peu de l'air menaçant qu'il affichait avant l'intervention chirurgicale.

— Quel jour sommes-nous ? Où suis-je ?

Il tourna lentement la tête comme s'il cherchait quelque chose. Il se rappelait peut-être avoir vu Nisrine.

Elle se dépêcha de baisser son téléphone au moment où leurs regards se rencontraient, et l'air de confusion de l'homme tatoué s'intensifia.

Ramazan eut un coup au cœur. L'homme était en train de franchir un seuil critique du réveil. Il n'y avait pas de temps à perdre. Il devait réussir à le maintenir encore un tout petit peu dans son état de semi-conscience pour lui soutirer la dernière information – la plus importante –, au risque de le laisser se réveiller complètement.

Tout en cherchant une réponse rapide qui n'éveillerait pas ses soupçons, il augmenta une nouvelle fois très légèrement la dose, sachant qu'il risquait de l'endormir s'il en mettait trop.

— Je suis votre *hekimbashi*, excellence, lui dit-il, utilisant le mot traditionnel qui voulait dire « premier médecin ». Vous avez un peu de fièvre, c'est tout. Vous étiez en train de me parler de la miraculeuse incantation palmyrénienne que vous avez découverte. J'imagine que vous vous souvenez de la formule…

Le regard de l'homme s'était voilé, et il semblait de nouveau désorienté. Au bout de quelques secondes, il marmonna :

— La formule… oui.

Ramazan prit discrètement un stylo et la pancarte de surveillance au pied du lit, dont il tourna les feuilles jusqu'à trouver une page blanche vers la fin.

— Donc, si vous vouliez retourner dans votre temps maintenant, que diriez-vous ? Quelle serait la formule ?

Nisrine se rapprocha du lit pour que son téléphone capte parfaitement le son et filma de près les lèvres qui prononçaient la formule magique, tandis que Ramazan notait fébrilement ce qu'il entendait. L'homme tatoué avait fermé les yeux pour se concentrer, puis commencé à prononcer l'incantation lentement, d'une voix hésitante. Il s'arrêta pour expliquer où devait être inséré le nombre de lunes, l'esprit suffisamment clair pour savoir qu'il lui fallait s'interrompre pour ne pas risquer de faire le saut de son lit d'hôpital vers son temps, puis il termina la formule.

La longue suite de mots leur était totalement incompréhensible, une série de syllabes issues d'une langue inconnue, tombée dans l'oubli depuis des siècles, et pourtant d'une telle beauté, d'une telle musicalité lyrique, qu'ils furent transportés et aussitôt convaincus de leur pouvoir phénoménal.

La litanie fit une impression d'une force indescriptible à Ramazan. Il se tourna vers Nisrine, dont le visage reflétait le même émerveillement. La petite chambre, l'hôpital, Paris, tout s'était évanoui. Les choses et les bruits avaient disparu, et ils restaient là, comme ensorcelés, momentanément plongés dans les abîmes de leur imaginaire, dans le tournoiement infini des possibilités qui s'ouvriraient à eux… à condition que toute cette histoire soit vraie. Ce fut un moment magique et enchanté, mais qui s'ancrait dans un effroi profond. L'instant ne dura pas, la situation précaire dans laquelle ils se trouvaient se rappela vite à eux.

Ramazan tendit le bras pour augmenter le débit de l'intraveineuse.

— Merci, Votre Excellence. Maintenant, il est temps de vous reposer.

Il vit les paupières de l'homme tatoué s'abaisser, entendit sa respiration ralentir et trouver le rythme calme du repos.

— Il faut que tu partes, dit Ramazan à Nisrine.

— Il va falloir qu'on parle de tout ça…

— Je sais, je sais, mais pas tout de suite. Je dois aller au bloc pour me préparer. Et toi, il ne faut surtout pas qu'on te voie ici.

— On se retrouve quand ? Ce soir, c'est loin. Tu ne peux pas avant ? À l'heure du déjeuner ? Tu pourrais te libérer ?

— Je ne sais pas.

— Il faut bien que tu manges, insista-t-elle.

— D'accord. Je t'appellerai dès que je saurai à quelle heure je vais pouvoir prendre une pause. Et toi ? ajouta-t-il en désignant le téléphone. Tu as réussi à filmer ? Tu as tout eu ?

— Oui, j'ai tout, absolument tout.

— Bien, dit-il. Allez, on y va.

Ils étaient sur le point de sortir quand elle le rattrapa par le bras.

— Fais attention. Il ne faut surtout pas que ça s'ébruite.

Ramazan ne répondit pas tout de suite, puis il hocha la tête.

— Je sais bien.

Ils restèrent un instant plongés dans leurs réflexions, songeant aux conséquences possibles, puis Ramazan entrebâilla la porte de la chambre, regarda dehors et la fit sortir.

Ils étaient sur le point d'atteindre la large porte à double battant du service de réanimation quand elle s'ouvrit sur Fonseca, accompagné d'une infirmière.

Ramazan eut la présence d'esprit de se placer devant Nisrine en écartant les bras chaleureusement.

— Moshe, justement, je te cherchais ! lâcha-t-il avec un grand sourire.

Nisrine réagit elle aussi rapidement. Elle baissa la tête en rajustant son voile et fit un pas sur le côté pour s'éloigner d'eux alors que Fonseca répondait :

— Nous avons une matinée chargée devant nous, frère.

Ramazan n'osa pas se tourner pour voir ce que faisait Nisrine, mais il devina qu'elle s'éloignait.

— Comme toujours, non ? répondit-il à son collègue d'un ton léger.

— En route, alors.

Ramazan revint avec lui dans le service et tandis qu'ils avançaient d'un bon pas, Fonseca demanda, l'air ravi de sa plaisanterie :

— Comment va notre patient illustré ?

Ramazan fit de son mieux pour ne pas laisser percer sa nervosité.

— Je ne l'ai pas encore réveillé…

— Toujours pas ? s'étonna Fonseca. Il y a des complications dont tu ne m'as pas parlé ?

— Non, non, pas du tout. Je voulais juste laisser le temps à la douleur de passer complètement.

— Tu ne peux pas le laisser faire dodo toute sa vie, s'amusa Fonseca en lui donnant une claque amicale dans le dos. Réveillons-le quand nous aurons fini. Je dois avouer qu'il m'intrigue, ce bonhomme. Ses tatouages sont vraiment étranges… Il doit avoir des tas de choses intéressantes à raconter.

— C'est possible, répondit Ramazan, sentant un désagréable nœud se former dans son estomac.

27

Nisrine sortit du Sultane Hurrem et marcha sans but dans les rues étroites de l'île de la Cité, perturbée par le torrent de révélations qui déferlait sur elle depuis la veille au soir.

Elle arriva vite sur les quais et se mêla à la foule pour traverser un pont bordé de maisons jusqu'à la rive droite. Elle continua son chemin par la grande avenue qui longeait le fleuve sans prêter attention au réveil de la ville et à ses bruits, sourde à la cacophonie des trams, avec leurs claquements répétés, des avertisseurs de voitures impatients, des sonnettes de vélos perçantes ; elle ne se laissa pas non plus perturber par les vendeurs à la sauvette, dont elle connaissait l'acharnement. Elle s'arrêta une ou deux fois pour se reposer et admirer les magnifiques bâtiments des bords de Seine, un heureux mélange d'architecture néoclassique gréco-romaine et de minarets et dômes islamiques – rappelant beaucoup Istanbul, la capitale de l'empire, et ses racines byzantines, une ville qu'elle n'avait jamais vue autrement qu'en photo. Mais très vite, la métropole animée se transforma en nature morte, tant le kaléidoscope de ses pensées tournait vite.

Elle descendit l'escalier menant à la berge. Des convois de péniches agitaient l'eau glauque et les quais étaient noirs de monde, mais malgré la cohue elle parvint à trouver un coin tranquille pour écouter l'enregistrement qu'elle venait de faire du récit de l'homme tatoué. Pressant son téléphone contre son oreille, tout en surveillant les passants pour s'assurer que personne n'était assez près pour entendre le moindre mot, elle se fit passer ce qu'il avait dit en boucle, disséquant chaque phrase, chaque syllabe.

Peu après 10 heures, et alors que le chaud soleil faisait déjà sentir sa brûlure, le monde se rappela à son bon souvenir par l'intermédiaire de son assistante, qui l'appela pour confirmer une réunion au cabinet dans la matinée. Elle entra dans un petit café offrant une section familiale dans la salle du fond, avala un café et un feuilleté aux épinards, et téléphona à Sumayya pour s'assurer que tout se passait bien. La baby-sitter la rassura et lui demanda si elle avait besoin de ses services pour s'occuper de Tarek et Nour à la sortie de l'école. Après avoir rapidement calculé qu'elle aurait le temps, Nisrine lui dit que ce ne serait pas la peine, la remercia et raccrocha. Elle se dépêcha de repartir, essaya de repérer un taxi réservé aux femmes – des voitures noires aux vitres teintées, conduites évidemment par des femmes. N'en trouvant pas, elle dut marcher trois cents mètres jusqu'à un grand carrefour et sauta dans un tram, où elle s'installa dans le compartiment des femmes pour le court trajet.

Son cabinet d'avocats occupait un demi-étage d'un vieil immeuble du quartier du Marais, recroquevillé dans l'ombre des majestueuses places entourées d'hôtels particuliers que l'aristocratie française faisait construire au XVIIe siècle, avant l'invasion. Ces belles demeures étaient pour la plupart à présent occupées par l'élite de la classe dirigeante *askeri*, dans laquelle se trouvaient justement d'anciens nobles, catholiques convertis, qui avaient depuis longtemps oublié leurs racines françaises et s'étaient parfaitement adaptés à leur nouvelle identité. Au cabinet, il n'y avait pratiquement que des femmes, mis à part l'avocat dont le nom figurait à côté de celui de Nisrine sur la plaque et les deux assistants juridiques qu'il employait. Nisrine avait rencontré son associé par l'intermédiaire de Halil Azmi, le professeur de droit qui venait d'être décapité, si bien qu'ils étaient tous les deux également frappés par sa perte.

Nisrine était suffisamment en confiance dans le cadre du cabinet pour prendre un peu plus ses aises. Une fois dans la place, elle retira son voile, son bandeau et son manteau léger, même s'il y avait là des hommes qui n'étaient pas des membres de sa famille proche. Elle assista à la réunion sans vraiment y participer, et y mit un terme le plus vite possible. Après quoi, elle s'enferma dans son bureau, incapable de se concentrer sur la moindre tâche, même la plus élémentaire.

Tout le reste de la matinée, elle évita ses collègues et laissa ses appels basculer sur sa boîte vocale. Son énergie commençait à baisser. La décharge d'adrénaline qui l'avait tenue éveillée après sa nuit blanche se dissipait, et elle avait besoin d'un remontant. Elle but encore deux tasses de café épais et mangea du baklava au miel et à la pistache pour se donner un coup de fouet. Elle ne pouvait pas se permettre de laisser la fatigue prendre le dessus. Il y avait trop de choses à vérifier avant de discuter avec Ramazan.

Elle entreprit de chercher sur le Net des articles concernant l'histoire ottomane, et lut tout ce qu'elle put trouver sur l'évolution de l'empire depuis la glorieuse conquête de Vienne en 1094[1]. Les cours qu'elle avait suivis sur le sujet étaient bien loin, et il y avait beaucoup de choses qu'elle avait envie de revoir – elle en avait plus qu'envie, elle en avait un besoin urgent. Le récit de l'homme tatoué encore bien frais dans sa tête, elle s'appliqua à se rafraîchir la mémoire avec des textes sur la Grèce et la Rome antiques et l'échec de leur système politique, s'arrêtant en chemin pour picorer avec curiosité dans les théories sur la démocratie de Platon et de Socrate qui lui avaient été exposées pendant ses études de droit. Elle se souvint ensuite d'un autre aspect important du récit et passa à des articles sur Palmyre. Elle compulsa un bref aperçu de l'histoire de la ville avant d'afficher à l'écran des images de magnifiques ruines gréco-romaines comme le temple de Bêl et le Tétrapyle, des attractions touristiques extrêmement visitées.

1. En l'an 1683 du calendrier grégorien.

Son esprit se mit à vagabonder, et elle se prit à imaginer ce qu'avait dû éprouver l'homme qui avait découvert ces signes gravés dans la pierre dans un coin abandonné de l'ancienne cité – une découverte qui lui avait coûté la vie.

Elle cliqua ensuite sur une biographie détaillée d'Ayman Rachid, et son cœur se mit à battre à tout rompre à la vue de son portrait et à la lecture du rôle essentiel joué par « le grand sage et philosophe » dans la bataille de Vienne. Tout correspondait parfaitement à ce que l'homme tatoué avait raconté à Ramazan : c'était lui qui avait mis au point la tactique employée le jour fatidique, ce jour qui avait changé le cours de l'Histoire.

Elle ne s'arracha à la biographie du gouverneur que pour passer à la langue palmyrénienne. Palmyre avait été païenne pendant des millénaires avant que les Romains ne convertissent la ville au christianisme et que cette religion ne s'étende dans les environs, jusqu'à l'avènement de l'Islam au VIIe siècle sur toute la région. Nisrine étudia au hasard des traductions de textes, cherchant à reconnaître des mots de la formule récitée par l'homme tatoué. Elle sortit un carnet de son sac pour prendre des notes. Elle transcrivit d'abord l'incantation en entier, puis repéra des mots palmyréniens qui semblaient correspondre. Un intérêt extraordinaire monta en elle à mesure qu'elle parvenait à remplir les cases manquantes, mais elle ne put ignorer plus longtemps le profond malaise qui commençait à l'envahir sans qu'elle sache exactement pourquoi. Avant qu'elle puisse vraiment comprendre, un appel fit vibrer son téléphone.

L'affichage du nom lui indiqua qu'il s'agissait de l'épouse du dramaturge, et une vive culpabilité la saisit parce qu'elle ne s'occupait pas de l'affaire. Elle prit l'appel et dit qu'il n'y avait aucune nouvelle. Elle promit de continuer à insister auprès des autorités, fit de son mieux pour calmer la pauvre femme et la rassurer. Puis, avec le plus de tact possible, elle mit fin à l'appel.

Elle essuya son visage moite d'angoisse avec la main, passa des doigts fébriles dans ses cheveux. Il allait falloir qu'elle se reprenne. Pour le meilleur et pour le pire, Ramazan et elle avaient découvert un secret – si ce qu'avançait l'homme était vrai, ce qu'elle était maintenant portée à croire. Rien ne pourrait changer cela. Il leur fallait maintenant trouver quoi faire de ce savoir – et s'assurer que toute cette histoire n'allait pas ravager leur vie.

Pendant encore deux heures, ses pensées cabriolèrent dans tous les sens. La traduction de la formule était un casse-tête particulièrement absorbant, mais il y avait aussi trop de choses à lire et à méditer, trop de questions auxquelles trouver des réponses, alors que sa fatigue l'empêchait de se concentrer comme il l'aurait fallu. Elle mit ses recherches de côté, et arriva épuisée dans un *kahvehane* proche de la bibliothèque impériale Sultan Majid, à peu près à mi-chemin entre son cabinet et l'hôpital, où Ramazan l'attendait à une table tranquille tout au fond de la section familiale.

Il n'était de toute évidence pas en meilleure forme qu'elle.

Ils passèrent rapidement leur commande de jus de grenade et de beignets d'agneau à la sauce *halawa*, et attendirent que le serveur se soit éloigné avant de parler.

— Je n'arrive pas à arrêter d'y penser, dit Nisrine à Ramazan.

— Moi non plus.

— C'est fou… C'est incroyable. Toi, moi, les enfants… tout ce que nous connaissons. Nous sommes tous là à cause de lui. À cause de ce qu'il a fait.

— Si ce qu'il raconte est vrai.

Elle poussa un soupir, cette fois plus provoqué par l'épuisement mental que par sa fatigue physique, qui restait pourtant entière.

— C'est la grande question.

— Si c'est vrai, cet homme est un encore plus grand héros que nous ne le pensions.

— Un héros ? Qu'est-ce que tu racontes ?

Ramazan sembla déboussolé.

— Bien sûr. Tu as entendu ce qu'il a dit.

— Oui, mais… Je ne comprends pas ce que tu veux dire.

— Le monde qu'il a décrit – son monde. Le monde qu'il a transformé. Ça n'avait pas l'air brillant…

— C'est ce que tu as pensé ?

— Je ne vois pas ce qu'on pourrait penser d'autre. Tu l'as entendu comme moi. La rapacité. La décadence. La faillite morale. La corruption. Des dirigeants qui volent leur peuple impunément. Des guerres justifiées par des mensonges. Un monde en décomposition…

— Oui, j'ai bien entendu tout ça, mais il y avait aussi autre chose.

— Quoi ?

— La liberté.

— La liberté ? Dis plutôt le chaos, l'anarchie.

— Non. Vraiment. La liberté. Tu n'as pas entendu ce qu'il disait ? Il parlait d'un monde où pratiquement tout est permis. Où les gens peuvent choisir qui va les gouverner, et vivre comme ils veulent, s'habiller comme ils veulent. Un monde où un homme noir devient président. Où une femme peut espérer diriger un pays. Où on peut ouvertement critiquer les dirigeants sans finir en prison. Ça ne te semble pas bien ?

Le mari de Nisrine fronça les sourcils.

— Il y a eu des femmes qui ont dirigé l'empire.

— Mais seulement les mères de sultans trop jeunes pour régner, Ramazan. Des régentes, qui n'avaient pas le pouvoir de plein droit. Pas des femmes choisies par le peuple. Il a parlé d'un monde où les femmes peuvent accéder au plus haut rang, ajouta-t-elle avec envie. Ce qui veut dire un monde où n'importe qui peut faire absolument n'importe quoi.

— Justement. Ils pouvaient faire tout et n'importe quoi. C'est ce qui les a menés à leur perte. On nous l'a appris à l'école, Nisrine. Tu n'as quand même pas oublié ? La démocratie dégénère inévitablement en anarchie.

— C'est peut-être un peu simpliste.

— Des gens autrement plus intelligents que nous le disent. Notre empire existe depuis sept siècles. Un record de longévité. Ça n'est pas pour rien.

— Justement, c'est peut-être à cause de ton patient et de tout ce qu'il a fait.

— Dans ce cas, nous devons lui en être reconnaissants, répondit Ramazan avec conviction. Notre société fonctionne très bien. Il a raison. Les gens ont besoin d'être guidés d'une main ferme.

— D'une main ferme, pas d'une main de fer, rétorqua-t-elle. Tu penses vraiment que la nature humaine est si mauvaise et que nous sommes si faibles qu'on ne peut pas nous laisser prendre la moindre décision nous-mêmes ?

— C'est ce qu'a démontré l'Histoire.

— Eh bien, peut-être que l'Histoire ne nous a pas donné assez d'occasions de prouver que nous en sommes capables. Peut-être que c'est un processus qui prend du temps. Peut-être que ça vaut la peine de tenter le coup.

Ramazan haussa les épaules.

— On sait très bien ce qui arrive quand les gens ont trop de liberté. Il a complètement raison.

Nisrine s'apprêtait à répondre quand un serveur passa derrière elle. Elle se tut et attendit qu'il soit hors de portée de voix pour protester :

— Eh bien, moi, en tout cas, je préférerais vivre dans une société où on est libre de vivre comme on l'entend sans avoir peur et sans surveiller tout ce qu'on dit et tout ce qu'on pense.

Ramazan eut l'air aussi exaspéré qu'épuisé.

— Je ne vois pas ce que ça change. Nous sommes ici, et maintenant. Le monde dont il parle n'a rien à voir avec nous.

Cette réflexion doucha le bel enthousiasme de Nisrine.

— D'ailleurs, nous ne devrions même pas discuter de ça. Si c'est vrai, c'est *haram*, ajouta Ramazan, signifiant que c'était interdit par la loi islamique. C'est *suhr* – de la magie –, non ? Du coup, cet homme serait, quoi… ? Une sorte de djinn ? C'est interdit par Dieu.

— Je ne vois pas comment ça pourrait être interdit, puisque c'est grâce à cette *suhr* que l'Europe est unie sous notre drapeau. On ne se lasse pas de nous répéter que notre grand empire est l'incarnation de la volonté de Dieu. Mais en fait, c'est faux. L'empire existe uniquement parce que ton patient tatoué a tout changé. Mais alors, pourquoi Dieu aurait-il laissé quelque chose de *haram* se produire pour accomplir sa volonté ?

— Je ne sais pas, Nisrine. C'est complètement fou.

Ramazan poussa un grand soupir et détourna le regard en secouant lentement la tête. Après un long silence, il dit :

— Donc, finalement, j'ai l'impression qu'on a décidé de le croire…

— Il n'y a qu'une seule façon de vérifier si c'est vrai.

Ramazan ouvrit de grands yeux.

— Non !

Elle se pencha vers lui et insista, d'une voix basse mais passionnée :

— On ne peut pas faire autrement. Il faut absolument essayer.

— Nisrine, non ! Je te l'interdis !

— Si ! Je veux à tout prix savoir si c'est vrai. C'est le seul moyen.

— Pas question.

— On fera très attention…

— Je ne vois pas comment on peut faire attention avec quelque chose qui échappe totalement à la compréhension !

Il avait presque crié et s'arrêta net, regrettant manifestement de s'être emporté.

— Tout ce que nous savons, reprit-il plus bas, c'est que nous ne pouvons pas voyager dans un temps où nous vivons déjà. Mais ça implique quoi, au juste ? Et où voudrais-tu aller ? Dans le passé ou dans l'avenir ?

À cet instant, Nisrine fut secouée d'horreur. Elle sentit comme de l'électricité sur sa peau, et elle s'immobilisa.

— *Bok !* jura-t-elle.

— Qu'est-ce qu'il y a ?

Elle se tritura la mémoire pour se souvenir précisément de ce qu'avait dit l'homme tatoué – ou pas dit. Elle était sûre de ne pas se tromper, mais elle préféra vérifier. Elle fouilla dans son sac, en sortit son calepin. Elle le feuilleta pour trouver les pages où elle avait noté la formule et les relut attentivement. Puis, d'une main tremblante, elle attrapa son téléphone, baissa le volume du son pour que personne ne puisse entendre et écouta l'enregistrement en faisant des avances rapides vers la partie qui l'intéressait.

Visiblement inquiet, Ramazan se pencha au-dessus de la table tout en jetant des coups d'œil furtifs autour d'eux pour s'assurer que personne n'approchait.

— Qu'est-ce que tu fais ? souffla-t-il.

— Attends…

Elle trouva l'endroit voulu et plaqua le mobile contre son oreille.

Elle avait raison.

— Merde, maugréa-t-elle. Comment avons-nous pu ne pas penser à ça ?

— Qu'est-ce qu'il y a ?

— Nous avons oublié de lui poser la question principale.

— C'est-à-dire ?

— Quand il nous a donné la formule, il a prononcé celle qu'il utiliserait pour retourner en arrière dans le temps où il vit. C'était ce que tu lui avais demandé. Mais il ne nous a pas dit comment voyager vers l'avenir.

Elle parlait de plus en plus vite, entraînée par la rapidité de ses pensées et sa volonté furieuse de trouver une solution.

— Si nous allons dans le passé, nous ne saurons pas revenir ici. Il faut que tu le fasses parler encore une fois. Il faut que tu lui fasses dire comment il est venu à notre époque.

La voix de Nisrine taillait comme une tronçonneuse dans les nerfs déjà à vif de Ramazan.

— Je ne peux pas ! protesta-t-il.

— Si, il le faut absolument !

— C'est impossible. J'ai encore deux anesthésies cet après-midi. Ensuite, Fonseca veut que je réveille le type. Il insiste.

— Alors pose-lui la question en le réveillant.

La détermination de Nisrine emportait tout sur son passage. Il était difficile de lui résister, mais il ne pouvait pas faire autrement.

— Fonseca veut être présent. Le patient l'intrigue, lui aussi.

— Trouve une excuse pour l'empêcher de venir. Il faut que tu sois seul.

— Non. Nous avons déjà pris assez de risques comme ça.

Il allait ajouter « Laissons tomber », mais il fut de nouveau pris par la peur que Nisrine le trouve faible et lâche et chercha une excuse :

— Moshe est têtu comme une mule, tu sais. Et il sortira du bloc avant moi. Il va m'attendre.

— Débrouille-toi ! jeta-t-elle, une flamme brûlant au fond de ses yeux. Il le faut, Ramazan. Trouve un moyen de le retarder.

Ramazan s'assombrit encore un peu. Il se sentait pris au piège et il avait peur.

— Ça ne marchera jamais. Même si j'arrivais à éloigner Moshe… Si je réveille le patient complètement juste après l'avoir fait parler, il pourrait s'en souvenir. Et s'il se souvient de ça, tout le reste pourrait lui revenir. C'est bien la dernière chose qu'on veut. Tu te rends compte ? Qui sait ce qu'il pourrait faire s'il pensait que nous sommes au courant de son secret ? Et il pourrait me poser des questions devant Fonseca.

— Je ne sais pas, moi… Tu lui diras qu'il délire. Prétends qu'il a rêvé. Raconte-lui que ça arrive souvent dans ce genre de cas. C'est toi l'anesthésiste, tu t'y connais mieux que lui.

Elle avait toujours réponse à tout.

— Quand même, ça ne me plaît pas, *hatun*.

— Sans la formule de retour, on est coincés. Ça ne sert à rien.

— On ne va pas essayer, de toute façon, Nisrine.

— Pas si nous n'avons pas l'autre partie de l'incantation, c'est sûr.

Ramazan regarda sa montre.

— Il faut que j'y retourne.

Elle tendit la main par-dessus la table pour lui attraper le bras.

— Trouve un moyen, Ramazan. Je t'en prie. Ça serait un incroyable gâchis si tu ne le faisais pas.

Il la dévisagea, cherchant en vain un vestige de l'admiration toute nouvelle qu'il avait vue dans ses yeux durant la nuit, chez eux, juste avant d'aller à l'hôpital. Il ne pouvait que céder.

— D'accord, je vais essayer.

Elle lui lâcha le bras pour prendre doucement sa main.

— Quoi qu'il arrive… je suis avec toi. Nous faisons ça ensemble. J'ai confiance en toi.

Le cœur de Ramazan fit un bond dans sa poitrine, son moral remonta en flèche. Il se leva, embrassa Nisrine sur la joue et repartit pour l'hôpital, gonflé à bloc.

28

Face à la vue de sa fenêtre au dernier étage, Huseyin Celaleddin Pacha réfléchissait, les mains derrière le dos, ne sachant que penser de ce qu'il venait d'entendre.

Il n'était pas seul. Fehmi Kuzey, le responsable de la section Z, était assis de l'autre côté du bureau directorial. Le second de Celaleddin, un petit bonhomme rond, était physiquement tellement à l'opposé de son patron que c'en était presque risible. Il contemplait le grand homme dans un silence respectueux tout en tiraillant doucement le poil soyeux de son bouc en trapèze.

Le briefing avait duré plus longtemps que d'ordinaire. Habituellement, le directeur était plutôt avare de son temps, mais cette fois la réunion avait pris plus d'une heure parce qu'ils avaient écouté l'enregistrement dans son intégralité.

Le silence commençait à devenir pesant, mais Kuzey en avait l'habitude. Le directeur de la Hafiye était un homme prudent et calculateur. C'était bien le moins, vu l'importance des décisions qu'il était amené à prendre au quotidien.

— Tout à fait curieux, finit par commenter Celaleddin.

— C'est ce qu'il m'a semblé, approuva Kuzey.

Celaleddin tourna sa haute silhouette vers son adjoint et retourna s'asseoir à son bureau.

— Surtout vu l'identité du sujet, lâcha-t-il. Le frère de Kamal Agha. Un anesthésiste, c'est inattendu.

— En effet.

— C'est bien dommage que nous n'ayons pas la conversation en entier…

— Ils ont changé de pièce. Nous n'avions mis en place qu'une surveillance de niveau trois.

Le directeur hocha la tête, puis tendit le bras pour prendre le dossier. Il le feuilleta pour retrouver le rapport généré par le Programme pour la protection de la sécurité intérieure. Son maigre visage d'autruche se plissa de concentration tandis qu'il examinait la photo de Nisrine, songeant à sa récente conversation avec Kamal.

— La femme, nous la connaissons. Elle n'est pas facile à gérer. Mais ce médecin ? Il n'a pas encore fait parler de lui, il me semble.

— Non. Il n'a pas d'antécédents.

— Ce sont deux personnes sérieuses, méticuleuses, ayant une situation conjugale stable, d'après ce que je vois. Pas le genre qu'on s'attendrait à voir inventer des histoires farfelues.

— Tout à fait d'accord.

— Ni à se laisser facilement berner.

— C'est ce qu'il faudrait déterminer.

Le directeur reprit la photo de Ramazan.

— Oui, c'est bien la question. Est-ce là un pigeon qui s'est fait mener en bateau par un filou tatoué ? D'après ce que je sais de Nisrine Hatun, elle n'est pas naïve, et son mari ne devrait pas être très différent d'elle.

— Pourtant, c'est l'explication la plus rationnelle, avança Kuzey. Mais, ajouta-t-il après une hésitation, si c'était vrai…

Celaleddin lui coupa la parole :

— Ce qui est vrai et prouvé, c'est que, supercherie ou non, ils ont décidé de croire que c'est vrai et d'agir dans ce sens. Alors que c'est *haram*. Et cela, l'empire ne peut pas le tolérer.

Ainsi remis à sa place, Kuzey se redressa pour rectifier le tir :

— Et c'est pourquoi j'ai voulu porter l'affaire entre vos mains, pacha.

— Vous avez bien fait, dit le directeur, au grand soulagement de son subordonné. Il faut mettre un terme à cette histoire, vite et définitivement. Nous ne pouvons pas laisser ce genre d'idées se développer sans réagir.

— Non, mon bey.

— La clé du problème est de toute évidence le patient. C'est lui qui est à la racine du mal. Il est clair qu'il s'amuse aux dépens de l'anesthésiste, alors qu'il est sûrement parfaitement conscient des conséquences pour eux comme pour lui. Est-il toujours à l'hôpital ?

— Oui. Dans la chambre 7, en réanimation.

— Envoyez quelqu'un là-bas. S'il peut être déplacé sans trop grand risque pour sa santé, embarquez-le.

— Et l'anesthésiste ?

— Placez-le sous surveillance maximale. Et Nisrine Hatun aussi. Mais attendons pour les interpeller, surtout elle. Il nous faut d'abord comprendre ce que cet homme tatoué manigance.

Kuzey se leva, fit une courbette et sortit de la pièce.

Une fois seul, Celaleddin retourna à la fenêtre et s'abîma une nouvelle fois dans la contemplation du paysage.

Ridicule, songea-t-il. Toute cette histoire est absurde. Intéressante, mais pas sérieuse.

Il s'accrocha à cette idée, sans toutefois parvenir à ignorer la petite fissure de doute qui lézardait déjà ses certitudes.

Kamal jeta un nouveau coup d'œil impatient à son téléphone, comme si cela pouvait le faire sonner.

Taymour et lui, tous les deux en civil, étaient en planque dans une voiture banalisée, garée au coin d'une rue non loin du palais du Luxembourg, à une place leur offrant une vue dégagée sur les bureaux de la banque arabe Bereket, où travaillait l'administrateur soupçonné de faire transiter de l'argent au profit d'un prédicateur extrémiste.

La surveillance des documents électroniques n'avait donné aucun résultat : le banquier et ses complices se débrouillaient clairement pour ne laisser aucune trace informatique derrière eux. Il ne restait donc plus que le travail de terrain traditionnel.

Taymour semblait très occupé par son propre téléphone,

mais Kamal se doutait que son coéquipier voyait parfaitement sa nervosité. Taymour lui avait demandé pourquoi Celaleddin l'avait convoqué. C'était, avait répondu Kamal, pour lui parler de la médaille qu'on allait probablement leur décerner. Très insuffisant, car Taymour avait alors demandé pourquoi, dans ce cas, il n'avait pas été lui aussi appelé en haut lieu. Ne trouvant pas de raison valable assez vite, Kamal s'était contenté de balayer l'objection en disant qu'il n'en savait rien.

Il vérifia la puissance du signal alors que le réseau, il le savait parfaitement, était excellent à cet endroit. Et en effet, toutes les barres s'affichaient. Mais toujours aucune nouvelle de Ramazan.

Il songea à sortir de la voiture pour le rappeler, hésita.

— Ça va, frère ? lui demanda Taymour.

— Oui, marmonna Kamal sans le regarder.

À cet instant, le mobile de Taymour sonna, ce qui évita d'autres questions mais ne fit que lui rendre plus pénible le silence de son propre téléphone.

Taymour comprit qu'il y avait un problème à l'instant où il entendit la voix de son correspondant.

— Ça grimpe.

C'était A – Ali Huseyin, l'agent de la Z qui l'avait prévenu que le frère de Kamal avait été mis sous surveillance.

Taymour se détourna légèrement et appuya mine de rien sur le bouton latéral pour baisser le volume du téléphone. Le bruit de la rue qui entrait par les vitres ouvertes permettrait de masquer la voix de son correspondant.

— Il y a autre chose ?

— Je ne suis pas sûr. L'affaire est mise sous cloche. Tout ce que je sais, c'est que de nouvelles informations sont arrivées dans la nuit, et qu'elles sont prises très au sérieux.

— Qu'est-ce qui te fait penser ça ?

— Elles sont montées au dernier étage.

Taymour se crispa.

Dans quel guêpier le frère de Kamal avait-il bien pu se

fourrer ? Et Nisrine était-elle impliquée ? Très probablement. Elle avait dû entraîner son mari dans une mauvaise affaire, et maintenant Kamal allait en subir les conséquences. C'était aussi sûrement pour cela qu'il avait été convoqué par Celaleddin – Taymour se doutait qu'il y avait un os depuis le début.

Il hasarda un coup d'œil vers son coéquipier. Kamal regardait ailleurs et ne paraissait pas se soucier de sa conversation téléphonique.

Est-ce qu'il sait ce qui se passe ? se demanda Taymour. Est-ce qu'il faut que je lui en parle ?

Probablement pas, il le savait. Lui-même devait faire très attention aux endroits où il mettait les pieds.

— Essaie d'avoir des détails, dit-il à son informateur, en tâchant de contrôler la colère qui montait en lui.

— Je t'ai dit que c'était top secret, maintenant.

— Trouve ce que tu peux, répéta Taymour encore plus fermement. Et tiens-moi au courant, dès que possible.

— D'accord, mais attention, Taymour. Sois prudent. On n'a pas besoin de ça.

— Ne t'inquiète pas. Je te rappelle plus tard.

Il mit fin à la communication et jeta un nouveau coup d'œil vers Kamal, sans réussir à déterminer ce qu'il devait faire des informations qu'il venait de recevoir.

Son partenaire avait son téléphone à l'oreille.

Kamal n'avait prêté aucune attention au coup de fil de Taymour.

Il avait l'esprit ailleurs. Ses émotions étaient toujours à vif. Il se disait qu'il aurait dû appeler directement Nisrine, mais une quantité de raisons le retenait de le faire, entre autres le fait que, dans le meilleur des cas – si elle n'avait rien à voir avec le groupe clandestin –, il ne voulait surtout pas qu'elle apprenne la mort du dramaturge par sa bouche.

Profitant de ce que Taymour était occupé par sa conversation, il appela de nouveau son frère en appuyant sur son raccourci.

Décroche, bon sang, jura-t-il intérieurement.

En vain.

L'appel fut envoyé sur la boîte vocale, comme le précédent. Il coupa la communication juste au moment où Taymour terminait son propre appel.

Ils échangèrent un regard gêné. Alors Kamal vit du mouvement devant eux. Quelqu'un sortait du bâtiment qu'ils surveillaient, un homme un peu voûté d'une cinquantaine d'années portant des lunettes rondes à monture métallique et arborant une moustache cirée en pointe. Il mit le pied dans la rue, tenant fermement contre lui la sacoche de cuir qu'il portait à l'épaule.

— C'est notre homme, dit Kamal en le désignant.

— Je me demande ce qu'il a dans son sac...

— Ce type est particulièrement prudent. Ça m'étonnerait qu'il se balade avec des documents compromettants.

Taymour, qu'il trouvait plus nerveux que d'habitude, prit les choses en main :

— Il n'y a qu'une façon de le savoir !

Sur quoi il ouvrit la portière et sauta de la voiture.

Sans laisser à Kamal le temps de réagir, il traversa la rue, droit sur le banquier.

Kamal, qui avait suivi le mouvement, vit Taymour sortir de sa manche un objet qu'il y tenait caché : une matraque télescopique en acier. Son coéquipier la déploya d'un geste du poignet, tout en se précipitant vers le banquier, qui ne se doutait encore de rien, tel un missile réglé sur sa cible.

— Taymour ! appela Kamal en courant derrière lui.

Peine perdue. Son coéquipier était déjà sur sa proie.

Le banquier se tourna en entendant crier Kamal, s'immobilisa d'effroi en voyant Taymour foncer sur lui.

— *Masal kheir, effendi*, dit Taymour avec un sourire glacial.

Puis, sans laisser au banquier le temps de réagir, dents serrées, il leva sa matraque et l'abattit avec une extrême violence sur son épaule.

Un coup monstrueusement brutal. Le banquier perdit l'équilibre et tituba sur le trottoir pour aller s'effondrer contre une voiture en stationnement. Taymour ne l'avait pas lâché d'un centimètre.

— Attention, *effendi*. Ces trottoirs sont très glissants, jeta-t-il en le saisissant par le col pour le faire pivoter vers lui.

Kamal dut s'arrêter pour laisser passer une voiture.

— Taymour ! appela-t-il de nouveau.

Le banquier tenait son épaule blessée, et, le visage gris de douleur, regardait Taymour avec terreur, sans comprendre ce qui lui arrivait.

— Qu'est-ce que...

— Donnez-moi ça, je vais vous aider, dit Taymour en lui arrachant sa sacoche. Vous ne devriez rien porter de lourd dans votre état.

Kamal le rejoignit enfin.

— Taymour, qu'est-ce que tu fais ?

— Rien. J'aide seulement un concitoyen en difficulté, grogna-t-il.

En finissant ces mots, il se tourna brutalement vers le banquier, attrapa son bras blessé, le tira pour obliger le malheureux à poser sa main sur le toit de la voiture, puis il abattit sa matraque de toutes ses forces sur l'avant-bras, entre le poignet et le coude.

On entendit un bruit d'os brisé.

Le banquier hurla de douleur et ses jambes se dérobèrent sous lui. Il s'écroula sur le sol, dos à la voiture.

Kamal observait la scène, sidéré. Taymour jeta un dernier regard féroce à l'homme à terre, puis s'éloigna tranquillement, comme si de rien n'était. Derrière lui, des passants apeurés se rapprochaient prudemment du banquier blessé pour lui porter secours.

En arrivant à la hauteur de Kamal, Taymour ne s'arrêta pas, mais continua vers leur voiture.

— Mais pourquoi tu as fait ça ? gronda Kamal en le suivant.

Taymour leva la sacoche.

— On va bientôt le savoir.

Kamal le saisit par l'épaule pour l'arrêter et l'obligea à se tourner vers lui.

— Ça n'était pas notre mission. Personne ne t'a demandé de faire ça !

— C'est bon, frère, rétorqua Taymour. On a perdu assez de temps comme ça à jouer au chat et à la souris avec ces salopards. Et si ce gros poisson glissait entre les mailles du filet ? Si on ne les arrêtait pas à temps ?

— Nous ne savons même pas s'il est coupable, s'insurgea Kamal. C'est seulement un suspect.

— Quand il s'agit de ces salauds, ça me suffit. Et d'ailleurs, je lui ai peut-être rendu le plus grand service de sa vie.

— Qu'est-ce que tu racontes ?

— J'espère pour lui qu'il prendra cet avertissement au sérieux. Peut-être que c'est justement le coup de semonce dont il avait besoin pour réaliser qu'il doit arrêter tout de suite avant que quelque chose de beaucoup plus grave ne lui tombe dessus.

Kamal était furieux, mais il avait à régler des questions bien plus pressantes. Il ne pouvait pas se payer le luxe de laisser leur discussion dégénérer. Ça n'était pas le moment. Ils y reviendraient plus tard.

Il n'en pouvait plus d'attendre.

— D'accord, t'as raison, mais occupe-toi du rapport. Moi, il faut que j'y aille.

Il tourna les talons et entendit Taymour crier derrière lui :

— Non mais ça va pas ? On est en plein dans une…

— Je te rejoins dès que je peux ! cria-t-il sans s'arrêter pour entendre la suite.

Il s'éloigna à grands pas en sortant son téléphone, essayant encore de joindre Ramazan tout en regardant autour de lui pour repérer un taxi.

Ramazan sentit son téléphone vibrer dans la poche de sa blouse mais ne le prit pas. Ça n'était pas le moment. Il avait déjà reçu un appel et un message de son frère un peu plus tôt, et n'avait pas rappelé. Il se demanda si c'était encore lui. Quelle que soit la raison de l'appel de Kamal, cela ne pouvait être que des mauvaises nouvelles. Et justement, c'était la dernière chose qu'il voulait, juste au moment où il sortait l'homme tatoué de son sommeil artificiel.

Il avait donné rendez-vous à Fonseca dans la chambre de Rachid, mais s'était dépêché de le précéder en réanimation avant l'heure convenue. Il avait environ un quart d'heure devant lui. C'était peu, mais avec un peu de chance cela suffirait à récupérer l'information dont il avait besoin.

Il observa anxieusement les signes du réveil de Rachid, consulta sa montre. Fonseca était d'une ponctualité maniaque. Sa fenêtre d'action se refermait à vitesse grand V.

Les yeux de Rachid s'ouvrirent, il regarda autour de lui. Ramazan vit son regard balayer la pièce en arcs de cercle de plus en plus larges, et enfin se poser sur lui. Le visage de l'homme, légèrement crispé, trahissait la même confusion que les autres fois.

— Votre Excellence, dit Ramazan, maintenant la médication au niveau voulu. Comment vous sentez-vous ?

L'homme commençait à articuler un mot de ses lèvres sèches quand Ramazan entendit des voix derrière la porte.

Fonseca.

29

Pris de court, Ramazan eut le réflexe de remonter le débit de l'intraveineuse. En pleine panique, il vit les yeux de Rachid prendre une expression lointaine, puis se révulser et disparaître derrière ses paupières à l'instant où la porte s'ouvrait sur Fonseca. Le chirurgien était accompagné par une infirmière.

— Ah, Ramazan, tu es déjà là ! Parfait.

Il approcha du lit et posa un long regard curieux sur l'homme tatoué.

— Bien, je pense qu'il s'est assez reposé comme ça. Qu'est-ce que tu en dis ?

Fonseca ne s'étonna pas de n'avoir pas de réponse, il n'en attendait pas. Il vérifia le tube en caoutchouc qui sortait de sous les draps et débouchait dans une poche en plastique accrochée à la structure du lit.

— Le drainage est bon.

— Oui, il n'y a plus de sang depuis la première nuit, annonça calmement Ramazan.

— Bien. Je lui retirerai ça demain matin. Vas-y, ajouta-t-il avec un geste vers le patient. À toi l'honneur.

Ramazan parvint à sourire et malgré un léger tremblement des mains commença à ramener Rachid à la conscience.

Comme à peine quelques minutes plus tôt, l'homme tatoué se réveilla. Ses yeux remuèrent sous ses paupières closes, et quand il les souleva son visage se troubla du même étonnement, jusqu'à ce que son regard s'arrête sur le visage souriant de son anesthésiste.

— Réveillez-vous, *effendi*, dit Ramazan, choisissant adroitement un terme respectueux et digne mais qui n'avait rien d'impérial. Comment vous sentez-vous ?

Rachid ne répondit pas. Il regardait autour de lui, tâchant de toute évidence de comprendre où il était et ce qui se passait.

Ce réveil, Ramazan le savait, serait très différent des états somnolents dont il avait profité pour l'interroger. Son patient avait à peine eu conscience de ce qu'il disait, alors que maintenant, les produits chimiques complètement éliminés, il revenait à une pleine conscience. On pouvait espérer qu'il ne se souviendrait pas de la période entourant l'intervention, mais rien n'était moins sûr.

Ramazan lui accorda un moment, puis il lui tapota le bras gauche comme il l'avait fait la première fois.

— Pouvez-vous lever ce bras ?

Rachid, ne comprenant visiblement toujours pas bien ce qui se passait, obéit.

— C'est très bien. Vous devez avoir soif. Tenez...

Ramazan prit le gobelet à bec et le mit en position entre les lèvres craquelées du patient.

— Un peu d'eau, *effendi*. Par petites gorgées, s'il vous plaît.

Il le laissa boire, puis posa le gobelet et se tourna vers Fonseca.

— Il est encore dans les vapes. Laissons-lui cinq minutes.

Il vit avec effroi Fonseca approcher, et se placer tout contre le lit du patient.

— Je vais juste voir s'il est prêt à nous en dire un peu plus, commenta le chirurgien sans quitter des yeux l'homme tatoué. Il sera peut-être plus bavard pendant qu'il est encore groggy... Alors, *effendi*, continua-t-il, acceptez-vous enfin de nous dire qui vous êtes ? Vous pourriez commencer par nous donner votre nom ?

Tendu à l'extrême, Ramazan vit le regard confus que Rachid posait sur Fonseca. Il espérait de toutes ses forces que l'homme tatoué se rappellerait qu'il lui fallait rester aussi muet qu'à son arrivée à l'hôpital.

Il se souvint d'abord de qui il était.

Après cela, Rachid dut faire un gros effort pour se rappeler où il se trouvait et ce qu'il fabriquait là.

Des bribes d'informations perturbantes jaillissaient dans son esprit embrumé, des associations de mots sans rime ni raison, des images qu'il ne s'expliquait pas. S'agissait-il de souvenirs ou de rêves ? Il n'était pas assez réveillé pour faire la distinction. Le visage qui se penchait sur lui ne lui rappelait rien. L'avait-il déjà vu ? L'inconnu semblait en tout cas le penser mais... qui était-il ?

Il examina la pièce. Une chambre d'hôpital, c'était clair. Moderne. Oui, c'était bien un hôpital. À Paris. Il était venu à Paris pour se faire soigner. C'était bien cela. Pour qu'on le guérisse. Il s'était rendu à l'hôpital qu'il était allé repérer autrefois, le... Il ne se souvenait pas du nom.

Une infirmière – aucun souvenir d'elle non plus. Un autre homme – qui, lui, lui paraissait vaguement familier. Pourquoi ? Qui était-il ? Il le dévisagea attentivement. Oui, il lui disait vaguement quelque chose. Ce devait être un médecin, et l'autre aussi. Pourquoi seraient-ils dans sa chambre, sinon ? Et sa maladie ? Il voyait deux tubes d'intraveineuse qui serpentaient sur son bras. Était-il guéri ? Avaient-ils trouvé ce qu'il avait ?

Sa maladie ? Il ne s'en souvenait pas. Des sensations lui revenaient, pourtant : une forte toux qui lui faisait cracher du sang, un essoufflement, une grande fatigue. Où en était-il de ce côté-là ? Il lui semblait... se sentir mieux. Il prit une inspiration prudente, et malgré une douleur dans les poumons l'air entra plus librement. Il avait l'impression que sa respiration était plus ample, plus dégagée.

C'était bien cela : il était venu à Paris pour se faire soigner. Il se souvenait : il avait surgi dans l'obscurité, en pleine nuit, au bord du fleuve. Il était nu et il avait froid. Il se souvint de quelqu'un, un homme. L'avait-il tué ? La sensation de l'homme étouffant entre ses bras lui revint d'un coup. Oui. Il lui avait pris ses vêtements. Et puis l'hôpital, et ensuite… ?

Au-dessus de lui, l'homme continuait de le regarder. Qu'avait-il demandé, déjà ? Il voulait savoir s'il était décidé à parler. Que voulait-il dire par là ?

Rachid savait au moins une chose : il lui fallait faire attention. Il ne devait pas révéler sa véritable identité. Et de toute évidence ils étaient curieux. Savaient-ils quelque chose ? Avait-il dévoilé une partie de la vérité ? Sûrement pas. Il n'aurait jamais fait cela. Voilà pourquoi l'homme l'interrogeait. Rachid savait qu'il n'avait rien dit et que ces gens ignoraient qui il était.

Bien. Tout allait bien.

Il devait continuer à se taire le plus longtemps possible. C'était de loin la solution la plus sûre.

Et pourtant… Des petits bouts de conversations lui revenaient en tête. Des conversations portant sur… le passé. Son passé. Des souvenirs anciens, peut-être, ou bien autre chose ? Des hallucinations ? Pourtant, cela lui semblait bien réel, comme si cela avait vraiment eu lieu. Il n'avait parlé à personne de son passé, il en était certain. Et cependant… Non. Il n'en était pas absolument sûr. Pourtant, personne ne devait savoir qui il était vraiment.

Oui mais il entendait des petites phrases lui grignoter la tête. C'était inquiétant.

Ses pensées s'éclaircissaient vite, mais il devait prendre son temps. En attendant d'avoir retrouvé le plein contrôle de ses sens, il lui fallait garder le silence, ou du moins en dire le moins possible. De cela, il était sûr. Une fois qu'il irait mieux et qu'il se serait assuré qu'on le soignait correctement, il attendrait d'être seul dans sa chambre et il disparaîtrait. Ils pourraient se poser autant de questions qu'ils voudraient, ils ne sauraient jamais la vérité.

Il continua de regarder le visage au-dessus de lui sans rien dire, mais son attention fut de nouveau attirée plus loin, par l'autre homme. Il lui rappelait quelque chose.

Qui était-il ?

Il voulait tirer cela au clair, et aussi qu'on lui parle de sa santé. Il hésita un peu, puis décida de rompre son silence. Rien que quelques mots :

— Est-ce que... je vais bien ? demanda-t-il d'une voix frêle pour se camoufler derrière une façade de faiblesse.

L'homme à son chevet tourna la tête vers celui qui lui semblait familier avec un sourire satisfait.

— Qui êtes-vous ? demanda Rachid de sa voix tremblante.

— Vous vous portez à merveille, lui dit Fonseca. Je suis votre chirurgien, Moshe Fonseca. Vous ne vous souvenez pas de m'avoir vu avant l'opération ?

Rachid fit semblant de scruter son visage, puis il secoua la tête.

Cela sembla surprendre le chirurgien.

— Ah ? Eh bien, vous serez heureux d'apprendre que tout s'est très bien passé, sans la moindre complication. Vous avez une jolie petite valve toute neuve dans le cœur, et vous allez très vite être de nouveau sur pied.

Fonseca. Moshe Fonseca. Un vague souvenir lui revint. Le chirurgien qui l'avait opéré – un Juif. Il jeta un coup d'œil à l'autre homme. Ils étaient ensemble. C'était... oui, l'anesthésiste. Ils lui avaient tous les deux parlé avant l'intervention. Mais il semblait à Rachid qu'il s'était passé autre chose. Oui, il en était sûr. Mais quoi ?

Une infirmière entra, apparemment inquiète.

— Moshe Hekim ? dit-elle à Fonseca. Il y a des hommes qui demandent à vous voir. De la Hafiye. Vous aussi, Ramazan Hekim, ajouta-t-elle en se tournant vers l'autre homme.

Ramazan, oui, c'était bien cela.

Les hommes échangèrent un regard, l'air de ne pas comprendre.

— Où sont-ils ? demanda Fonseca à l'infirmière.

— À l'accueil. Ils insistent pour vous voir tous les deux tout de suite.

Rachid vit Fonseca échanger un regard avec Ramazan, et un

message silencieux passer entre eux, puis le chirurgien haussa les épaules d'un air fataliste.

— Allons voir ce qu'ils veulent.

Il se tourna vers l'infirmière qui était entrée avec lui.

— Ça ne devrait pas prendre longtemps. Vous n'avez qu'à mettre sa feuille à jour pendant ce temps-là.

Ils sortirent avec l'infirmière qui était venue les chercher.

Une inquiétude s'empara de Rachid. Des agents de la Hafiye qui demandaient à voir ses médecins ? Cela ne pouvait être une coïncidence.

Il se tendit, respira aussi profondément qu'il l'osait, réveillant une douleur qui irradia dans toute sa cage thoracique. Il lui fallait reprendre ses esprits, en tout cas suffisamment pour faire face au danger qu'il sentait venir.

Kamal bouillait d'impatience dans son taxi ralenti par les encombrements quand il reçut un appel.

Il regarda l'affichage. C'était l'analyste de la Caverne. Dans son énervement, il effleura l'icône pour décrocher, ce qu'il regretta instantanément car rien ne l'intéressait moins à cet instant que l'ennuyeux cadavre des bords de Seine.

— *Chaouch komiser*, dit l'analyste. Je sais où est allé votre suspect.

Il mit un instant à comprendre :

— Pardon ?

— Votre suspect. L'homme des quais. J'ai trouvé où il est allé. J'ai réussi à suivre sa trace en passant au crible les caméras de rue et en corrélant les horaires aux codes temporels des caméras embarquées des taxis, et…

Il y avait trop de bruit pour Kamal.

— Passe les détails. Il est allé où ?

— Au *kulliye* Sultane Hurrem. C'est là que son taxi l'a déposé. J'ai vérifié le fichier de l'hôpital. Il y a une admission aux urgences ce matin-là à la même heure. Et le plus intéressant, *chaouch komiser*, c'est que le type y est encore. En réanimation.

Le nom avait sonné comme une corne de brume à l'oreille de Kamal. Le Sultane Hurrem, c'était là que travaillait son frère.

Il regarda dehors et constata que le taxi n'était pas loin de l'hôpital. On l'apercevait devant, de l'autre côté du fleuve, mais un bouchon les bloquait.

— D'accord, merci, je m'en occupe, dit Kamal avant de raccrocher.

L'hôpital. Cela n'avait sans doute rien à voir avec Ramazan. Ce n'était sûrement qu'une coïncidence. Mais étant donné les problèmes de Nisrine, il eut l'intuition que quelque chose se préparait. Qu'un autre danger les menaçait. Plus important, peut-être.

— Je vais finir à pied, dit-il au chauffeur en lui tendant de l'argent.

La course payée, il sauta du taxi et se mit à courir.

30

Une énorme boule dans la gorge, Ramazan sortit du service de réanimation avec Fonseca pour aller trouver les agents de la Hafiye qui les demandaient.

Ils étaient quatre, qui attendaient derrière la porte à double battant du service. En uniforme, l'œil mauvais et l'air hautain, ils ressemblaient à des hommes persuadés que le monde entier fourmille d'éléments indésirables qu'il leur revient d'éliminer. Deux d'entre eux avancèrent à la rencontre de Ramazan et Fonseca, laissant leurs collègues en arrière. Le plus petit des deux avait une vilaine peau, le visage ravagé par de vieilles cicatrices d'acné. Le plus grand avait la joue gauche balafrée par trois séries de croûtes parallèles qui donnaient l'impression qu'il avait été griffé. Toutes choses qui ne faisaient que souligner leur air de tueurs assermentés.

Après les brèves présentations d'usage, Fonseca prit le taureau par les cornes :

— De quoi s'agit-il ?

— Nous nous intéressons à l'un de vos patients, dit l'agent à la vilaine peau. Un homme tatoué non identifié. Nous voulons lui parler, ajouta-t-il en se tournant vers Ramazan.

Ce dernier, qui déployait un immense effort pour contrôler sa peur et paraître naturel, laissa Fonseca répondre.

— Il vient de subir une intervention chirurgicale lourde, et nous venons seulement de le sortir d'un coma artificiel. Il est encore très confus. Je ne sais pas ce que vous voulez lui demander, mais je doute qu'il soit en état de vous répondre…

— Nous allons le savoir très vite, dit l'agent en faisant un grand geste en direction de la porte du service.

— Après vous, *hekim*.

Une multitude de pensées assaillait Rachid pendant que l'infirmière reportait les données du moniteur sur sa feuille de soins.

— Tout est parfait, lui annonça-t-elle en approchant du lit pour rajuster le brassard de tension artérielle.

Il lui fallait se préparer, se réveiller vite pour faire face au danger. Il préférait rester muet pour avoir au moins le temps de comprendre ce qui se passait. Mais il devait aussi en savoir plus sur son état. Fonseca avait parlé d'enlever son drain le lendemain matin, ce qui signifiait qu'il ne pourrait pas partir avant.

— Combien de temps vais-je devoir rester ? demanda-t-il à l'infirmière.

— Pas longtemps. Nous allons vous transférer dans le service de chirurgie cardiaque demain et vous pourrez rentrer chez vous d'ici deux à trois jours.

— Quand vais-je pouvoir me lever ?

— À vérifier auprès des docteurs, mais il n'y a aucune raison pour que vous ne puissiez pas marcher un peu tout de suite, répondit-elle d'un ton léger. Si vous vous en sentez la force, ils seront ravis de vous voir faire quelques pas. Mais pas trop longtemps, et pas tout seul, surtout. Il faudra attendre que quelqu'un puisse vous accompagner et vous aide à vous débrouiller avec la potence.

Elle appuya sur un bouton du moniteur, vérifia les nouveaux résultats.

— Ça se confirme. Tout va bien. La pression artérielle est parfaite. Même un peu meilleure que prévu.

— Bien, marmonna Rachid.

— Vous étiez entre de bonnes mains, poursuivit-elle en

ajoutant des chiffres sur sa feuille. Vous avez été dorloté. Il faut dire que vous avez eu de la chance de tomber sur Ramazan Hekim, qui vous a surveillé de près pendant toute la phase postopératoire.

Rachid sentit une chaleur désagréable lui envahir le visage.

— Comment cela ?

— Il est passé vous rendre visite au moins une demi-douzaine de fois depuis l'opération. Je ne l'ai jamais vu être autant aux petits soins avec un patient. Vous êtes de sa famille ? C'est un ami ?

De multiples interrogations se bousculaient dans la tête de Rachid.

— Ah… parce que c'est exceptionnel ? demanda-t-il.

— Tout à fait. Normalement, il vient voir les patients une fois, et puis c'est tout. Vous seriez retourné en salle beaucoup plus vite autrement, ce qui aurait arrangé tout le monde, vu le manque de lits en réanimation.

— Donc il est beaucoup venu…

— Ah, ça oui ! Il vous a choyé comme un roi.

— Depuis combien de temps suis-je ici ?

— Voyons, dit-elle en réfléchissant. Vous avez été admis… vendredi matin, et on vous a opéré le soir même. Donc vous êtes ici depuis deux jours.

Plus l'infirmière clarifiait la situation, plus elle augmentait ses craintes. Des souvenirs confus lui revenaient, des images, des sons, des fragments de conversations qui se carambolaient dans sa tête. Mais fallait-il y croire ? Était-ce la réalité ou des hallucinations ? Il n'arrivait pas à le savoir. Pas encore, du moins. Il ferma les yeux et en se concentrant, il parvint à mettre un peu d'ordre dans ses idées. Une sorte de cohérence se dégageait, une logique qui semblait tourner autour d'une image centrale : celle du médecin assis près du lit. Des paroles, aussi.

Ils avaient parlé.

L'anesthésiste lui avait parlé.

Et il avait répondu.

Une conversation à deux avait eu lieu dont Rachid réussissait à peine à se souvenir. À deux… ou à trois ? Il eut le souvenir fugitif du visage d'une femme présente dans la chambre, près du lit – puis l'image s'évanouit.

Qu'avait fait le médecin ? Qu'avait-il appris ? Rachid s'était-il compromis ? La vérité était-elle connue ? Était-ce la raison de l'intervention de la police ? Était-ce le médecin qui avait lancé l'alerte ? Ou avait-il d'autres motifs pour s'intéresser à lui ?

Est-ce qu'il sait ?

L'anxiété montait. Il devait se mettre en alerte maximale. L'édifice entier de ce qu'il avait construit était en péril.

Il n'eut guère le temps de s'appesantir sur ses craintes. Son corps travaillait encore à éliminer les produits chimiques qui embrumaient ses pensées quand la porte de sa chambre s'ouvrit et que quatre personnes entrèrent – les deux médecins et deux policiers en uniforme.

31

— Pouvez-vous nous dire votre nom, *effendi ?*

Rachid ne répondit pas.

L'agent à la vilaine peau approcha et se pencha pour regarder l'homme de plus près.

— J'ai dit : votre nom !

De nouveau, pas de réponse.

L'agent tourna vivement la tête vers Fonseca.

— Y a-t-il une raison médicale qui l'empêche de parler ?

Ainsi sommé de répondre, Fonseca s'exécuta en bégayant.

— Eh bien… il… il est resté sous coma artificiel un certain temps, comme je vous l'ai dit…

L'agent scruta de nouveau Rachid.

— Ah bon ?

Il regardait Rachid droit dans les yeux, comme s'il essayait de deviner ce qui se passait dans sa tête.

— Moi, je suis sûr qu'il m'entend très bien. Il ne veut pas me répondre, c'est tout. Il me prend pour un imbécile. Qu'est-ce que tu en dis, Kerim ? demanda-t-il à son collègue sans quitter le patient des yeux. Tu crois qu'il me prend pour un imbécile ?

— S'il te prend pour un imbécile, répondit l'autre, il a bien tort.

L'agent continua de tenir sous le feu de son regard sa proie toujours muette. Puis l'attention de l'agent se déplaça et s'arrêta sur le tube qui sortait de sous les draps.

— Qu'est-ce que c'est que ce tube ?

— Un drain. Pour ses poumons.

L'agent suivit son parcours jusqu'à la poche en plastique accrochée sur le côté du lit.

— Il n'y a rien qui sort.

— En effet.

— Alors ça ne sert à rien.

— Plus maintenant, précisa Fonseca. On va le lui retirer bientôt.

— Pourquoi pas tout de suite ?

— Parce que... parce que, bafouilla le chirurgien, cela se fait sous anesthésie locale et que...

L'agent lui coupa brutalement la parole :

— Donc vous pouvez vous en occuper tout de suite, ici. Maintenant.

— Mais c'est que... Je veux dire, oui, si c'est vraiment nécessaire, mais il n'y a pas d'urgence...

— Ça facilitera son transport.

— Comment ça, « son transport » ? s'alarma Fonseca. Vous ne pouvez pas le faire sortir de l'hôpital. Il vient de subir une opération lourde !

— Il a eu deux jours pour se remettre, contra l'agent. Il ne risque plus rien. Nous avons du personnel médical sur place à la Citadelle en cas de besoin.

— Écoutez, je suis son chirurgien, et il est hors de question de...

L'agent le fusilla du regard en levant un doigt menaçant pour le faire taire.

— Moshe Hekim ! Faites ce qu'on vous dit !

Rachid avait regardé avec anxiété Fonseca obéir à l'ordre donné.

Une piqûre à l'endroit voulu, et la procédure avait été rapide et indolore. Le temps d'une profonde inspiration, et on lui avait enlevé le tube. Il était d'une longueur impressionnante, une cinquantaine de centimètres, le choc de voir une chose pareille ne faisant qu'accentuer la crise de paranoïa qui montait en lui.

Ils savent tout sur moi. Ils sont au courant de tout. Les médecins ont lancé l'alerte, et c'est à cause d'eux qu'on m'emmène.

Il savait parfaitement ce qu'on faisait à la Citadelle. C'était sous ses propres ordres, alors qu'il était gouverneur, que le Grand Châtelet avait été rénové et était devenu le centre névralgique des opérations de maintien de l'ordre. Il avait même supervisé les premières étapes des travaux d'agrandissement.

La fatigue et les produits chimiques lui perturbaient l'esprit, l'inquiétude entraînait ses pensées dans toutes les directions. *Ils veulent me voler l'incantation. Ils veulent me faire dire la formule secrète.* Il savait parfaitement ce dont ils étaient capables, et aussi qu'ils finiraient par lui arracher tout ce qu'il voulait cacher. Il n'avait pas oublié qu'il avait le moyen de s'échapper à tout moment grâce à elle. Oui mais, songea-t-il soudain, s'ils savaient de quoi il était capable, ils le bâillonneraient pour l'empêcher de prononcer le charme et de leur échapper. Et puis on lui ferait ingurgiter des calmants. On le forcerait à mettre la formule par écrit.

Il avait beau tourner le problème dans tous les sens, la situation était quasi désespérée. Une tempête faisait rage en lui, et sa panique n'avait d'égal que l'instinct de survie qui le poussait à trouver une issue. On allait l'arrêter. On allait lui soutirer son savoir, et cela, il ne pouvait à aucun prix le permettre. Il lui fallait trouver une parade, et la trouver tout de suite, à l'instant. Il n'avait pas le choix. Il devait agir avant qu'il ne soit trop tard, trouver le moyen de fuir, disparaître, rentrer chez lui. Ensuite il attendrait de s'être rétabli et puis il reviendrait nettoyer les dégâts. Il commencerait par régler leur compte au chirurgien et à son fouineur de collègue hypocrite. Il prendrait sa revanche. Mais ça n'était pas le plus urgent.

Il inspecta la pièce du regard, notant la position de toutes les personnes présentes, pendant que Fonseca suturait l'incision d'entrée du drain.

Quand il eut terminé, le chirurgien se tourna vers les agents.

— Terminé ? demanda celui à la peau acnéique.

Fonseca fut bien obligé de l'admettre, mais protesta :

— Ne faites pas ça. Il y a un réel risque pour sa santé...

— S'il y a des complications, on vous fera signe. Allez chercher un fauteuil roulant, ordonna l'agent à l'infirmière. On l'emmène.

Rachid ferma les yeux et se concentra, se préparant à effectuer le saut. Mais il avait encore l'esprit encombré de toutes sortes d'alternatives, et un autre plan remplaça le premier, prenant toute la place.

Je peux les avoir tout de suite. Je les liquide maintenant, avant que l'affaire prenne des proportions ingérables. Mieux vaut ne pas les laisser raconter ce qu'ils ont appris sur moi. Et ça m'évitera d'avoir à revenir.

Il inclina la tête sur le côté pour mieux voir l'agent à la vilaine peau, puis il mit son plan à exécution dès que l'homme se tourna vers lui.

Il fit un petit signe de tête, résigné et pitoyable. Puis, d'une voix à peine audible, il dit :

— Attendez, s'il vous plaît. Je vais... je vais vous dire.

Curieux, l'agent s'approcha.

— Vous avez une déclaration à faire ?

Rachid fit signe que oui, et, lentement, murmura :

— Je m'appelle... Anouar...

L'agent adressa un sourire satisfait à son collègue, fit un pas de plus vers le lit, se pencha pour mieux entendre.

— Plus fort, *effendi*. Nous n'avons pas que ça à faire.

— Je... je m'appelle..., répéta Rachid, bandant ses forces, le cœur battant plus vite.

L'agent approcha encore, l'oreille à quelques centimètres de sa bouche.

Alors Rachid bondit.

Il leva le bras, attrapa l'agent par le cou, l'attirant contre lui et lui serrant la gorge de toutes ses forces dans le creux de son coude. Sans se soucier des autres personnes présentes, il se concentra sur le second policier, qui, le premier instant de stupeur surmonté, se précipitait vers le lit en tentant de sortir son pistolet. Rachid avait déjà porté la main à la ceinture de son prisonnier et attrapait son arme. Ils se mirent en joue en même temps, mais l'autre homme hésita en voyant que son adversaire se servait de son coéquipier comme d'un bouclier. Cette demi-seconde de battement suffit à Rachid. Il tira deux fois – une balle dans la tête, l'autre dans la poitrine. L'agent à la joue griffée s'effondra par terre.

Sans perdre un instant ni se laisser perturber par le hurlement que poussait l'infirmière, Rachid relâcha le premier agent, le repoussa violemment et lui mit deux balles dans la poitrine. L'homme recula en titubant contre le support à roulette du monitoring, qu'il entraîna dans sa chute.

Rachid arracha le cathéter de l'intraveineuse de son bras, repoussa les couvertures et s'assit en posant les pieds à terre, mais une violente douleur à la poitrine l'arrêta net. Il se retint au lit, brandissant son pistolet vers sa cible suivante. Fonseca, pétrifié, leva les bras, le visage creusé par la peur. Il balbutia :

— Non… p… pitié, non…

Rachid mit fin à sa vie de deux balles dans la tête, faisant gicler le contenu de sa boîte crânienne sur les murs blancs immaculés derrière lui.

Du coin de l'œil, il vit l'autre médecin et l'infirmière s'enfuir en courant. Il fit feu sur eux en se dressant sur ses jambes, mais un vertige le fit tituber, les balles manquèrent leurs cibles et allèrent se perdre dans le mur et le chambranle.

Il se retint au lit, ferma les yeux et prit une longue inspiration. La violente douleur provoquée par cette massive arrivée d'air dans ses poumons le fit tressaillir, mais il réussit à se redresser et se lança à la poursuite des fuyards.

32

Ramazan se figea sur place à l'instant où l'homme tatoué s'empara de l'agent de la Hafiye. Les secondes suivantes furent une tempête de bruits et de mouvements d'une violence inconcevable. Il sortit de sa paralysie juste au moment où le pistolet de l'homme tatoué se dirigeait sur Fonseca et crachait ses balles. Il fonça vers la porte en poussant devant lui l'infirmière qui hurlait.

Dans le service de réanimation, un mouvement de panique s'était déclenché. Les infirmières et les médecins s'éparpillaient en tous sens, cherchant à s'abriter comme ils pouvaient.

— Appelez la sécurité ! hurla Ramazan en s'éloignant de la chambre à toutes jambes.

Dans sa fuite, il allait droit sur les deux autres agents de la Hafiye qui avançaient vers lui en position de combat, arme au poing, ramassés sur eux-mêmes, jambes fléchies.

Sans s'arrêter, Ramazan leva un bras en indiquant la chambre d'un geste frénétique.

— Il a une arme ! Il a tué vos collègues !

Tournant la tête vers la chambre, il vit Rachid en sortir, le pistolet pointé droit sur eux.

Ramazan se jeta sur le côté, tandis que l'un des deux agents criait :

— Lâchez votre arme !

Une fraction de seconde plus tard, des coups de feu retentirent. Ramazan plongea au sol, puis roula sur lui-même en tentant de voir ce qui se passait. Les agents s'étaient abrités, l'un derrière une armoire mobile, l'autre derrière un pilier en béton, et ils tiraient un déluge de balles vers Rachid, qui s'était réfugié derrière un autre pilier.

— Lâchez votre arme ! hurla de nouveau l'agent.

Rachid tira encore, puis Ramazan entendit une suite rapide de déclics bruyants venant de sa direction. Sans être expert en armement, il en devina la cause.

Le pistolet de Rachid était vide.

Rachid avait attaqué trop tôt, sans prendre en compte son état. Chaque pas lui coûtait. Il avançait comme dans des sables mouvants, la douleur semblable à des coups de poignard, plus forte que tout à la poitrine, comme si on lui ouvrait le torse et lui arrachait les côtes. Il avait la tête lourde, la vue trouble, l'arme dans sa main lui semblait peser une tonne.

Il avait mal jugé la situation, s'était trompé sur ses capacités. Malgré sa confusion, il s'en rendait compte, maintenant. Il avait eu tort d'attaquer.

Et il n'avait plus de munitions.

Il lui restait encore sa porte de sortie. C'était la solution qu'il aurait dû choisir dès le départ, au lieu d'essayer de faire place nette avant de partir.

C'était le moment de faire le saut.

— C'est bon, je me rends, ne tirez plus ! cria-t-il en levant la main qui tenait le pistolet tout en restant caché derrière le pilier. Je lâche mon arme… Ne tirez pas !

Il se baissa et posa le pistolet par terre, lui donnant une impulsion pour l'envoyer glisser vers les agents.

— Je suis désarmé… Je sors !

Ramazan vit Rachid apparaître sur le côté de la colonne, les bras levés, présentant ses paumes ouvertes, doigts écartés.

À vingt mètres de lui, de l'autre côté du vaste espace, les deux agents sortirent eux aussi de leur abri.

— Couchez-vous à terre ! Tout de suite ! hurla l'un des deux alors qu'ils avançaient prudemment, tenant Rachid en joue, leurs pistolets à bout de bras.

Ramazan tourna de nouveau les yeux vers Rachid, qui était en train de se mettre à genoux. Il semblait étrangement serein. Et d'un coup Ramazan comprit. Il sut ce que l'homme allait faire.

Il se redressa, paralysé par la peur et l'incrédulité, dans une attente haletante. Il se figea encore plus quand Rachid rencontra son regard sans sourciller et se mit à bouger les lèvres.

Ramazan aurait voulu crier un avertissement aux agents, il aurait voulu empêcher Rachid de continuer – mais ni ses jambes ni sa voix ne lui obéissaient.

Le seul son qu'il parvint à émettre fut un faible « non » à peine murmuré.

Déséquilibré par des vertiges, la vue trouble et vacillante, Rachid avait le plus grand mal à se concentrer.

Il est temps de partir. Tire-toi d'ici.

Le visage horrifié de Ramazan lui apparut derrière les deux agents qui avançaient vers lui. Fermant les yeux, il entama l'incantation.

Cela ne prit pas longtemps.

Il sentit l'habituel frisson glacé dans ses veines et le picotement de milliers de minuscules aiguilles à l'intérieur de son crâne – puis il partit.

Ramazan était tétanisé.

Il avait beau avoir entendu l'homme tatoué lui raconter ce prodige, en avoir discuté avec Nisrine, n'avoir pensé à rien d'autre depuis deux jours, il fut à deux doigts de faire une crise cardiaque.

L'homme tatoué avait disparu d'un seul coup. Alors qu'il

était là, à genoux, en pleine vue, bras écartés et levés en l'air, il s'était soudain évanoui, sans laisser de trace.

Pas de bruit, pas d'appel d'air, pas d'effets spéciaux.

Il s'était simplement volatilisé.

Les agents avançaient toujours, plus lentement, balayant l'espace du regard, scrutant tous les coins du hall pour le repérer, refusant d'y croire.

Soudain, une pensée très claire fusa dans la brume de stupéfaction qui ralentissait Ramazan.

Il ne fallait pas traîner dans le coin.

Il recula lentement, s'écartant des agents, bougeant un pied, puis l'autre, prudemment, puis un peu plus vite, jusqu'aux portes à double battant qu'il poussa pour sortir du service et se sauver de l'hôpital.

Tout en courant, il saisit son téléphone de ses doigts tremblants. Il réussit à appuyer sur la bonne touche de raccourci.

Nisrine répondit à la deuxième sonnerie.

— Tu es où, là ? demanda-t-il d'une voix haletante.

33

À la seconde même où Rachid finissait de prononcer la formule, il sut que le saut ne ressemblerait pas aux autres.

Chaque fois, il éprouvait un ébranlement profond de tous ses sens – une terrifiante sortie du corps, une apesanteur vertigineuse, l'impression d'exploser en une infinité de fragments instantanément recomposés pour former une copie identique de lui-même dans un autre univers. On ne s'y habituait pas – c'était une expérience trop intense, trop énorme –, mais il avait fait le saut suffisamment souvent pour savoir à quoi s'attendre.

Or rien de tel n'arriva.

Visuellement, il n'avait jamais rien connu de pareil – une vue plongeante sur des toitures en zinc et en ardoise, et, au-delà, sur les deux tours carrées et les hauts minarets de la grande mosquée Fatih, ceinte à l'arrière par une forêt d'arcs-boutants soutenant des dômes trapus.

En plus de cette anomalie visuelle, les sensations aussi étaient différentes. Très précisément la sensation perçue par ses plantes de pieds, ou plutôt l'absence de sensations. Il n'y avait absolument rien sous ses pieds.

Il s'était matérialisé en l'air et, une fraction de seconde plus tard, se mit à tomber.

Comme une pierre.

La chute ne dura pas plus de trois secondes. Le temps qu'il

fallut à la pesanteur pour l'arracher au ciel et le précipiter au sol, trente mètres plus bas.

À sa décharge, il faut dire qu'il n'avait aucun moyen de savoir que sa chambre sans fenêtres du service de réanimation se trouvait au dixième étage de l'hôpital. Un endroit qui, en 1721, n'était occupé que par un jardin attenant au vieil Hôtel-Dieu, l'ancêtre du *kulliye* Sultane Hurrem. Il connaissait ce jardin. Il l'avait traversé plusieurs fois au cours des ans quand il était allé dans le *darushshifa* ottoman. Il l'avait vu encore récemment en allant consulter, lorsque les symptômes de sa maladie étaient devenus trop inquiétants, quelques semaines avant sa décision d'aller en 2017 pour se faire soigner. L'hôpital ne lui était pourtant jamais apparu sous cet angle : l'ancien bâtiment n'était haut que de quatre étages.

Il n'avait pas non plus l'esprit très clair. La sédation lourde et continue à laquelle il avait été soumis pendant les deux derniers jours brouillait encore de nombreux circuits cérébraux, augmentant sa paranoïa et altérant son sens des réalités.

Pendant ces quelques secondes, il se passa pourtant beaucoup de choses dans le fouillis de ses pensées. La médecine n'expliquait pas ce mystère, et s'interrogeait encore sur le mécanisme qui permettait de déclencher une telle cascade d'images, de pensées et de souvenirs pendant une durée aussi courte. Ce fut ce que vécut Ayman Rachid pendant les trois dernières secondes de son exceptionnelle et illustre carrière. Il n'aurait simplement jamais l'occasion de le raconter à personne.

Il ressentit d'abord de la colère : il s'indigna que tout soit sur le point de finir ainsi, à cet instant, à cet endroit, son corps lamentablement écrasé dans une mare de sang, après tous les risques qu'il avait courus, toutes les batailles qu'il avait gagnées. Il avait survécu à la guerre en Irak et à ses prisons barbares ; à la dévastation sauvage de la Syrie et aux violents combats entre la multitude d'ennemis qui s'y affrontaient ; il était arrivé indemne en Turquie et était parvenu à consolider sa place au côté du sultan malgré les intrigues politiques, les trahisons, les machinations ; il avait tiré son épingle du jeu au cours des nombreuses batailles et campagnes qui avaient suivi la victoire dans la plaine de Vienne en 1683 et qui s'étaient achevées par la prise de Paris dix ans plus tard. Il avait résisté à tout… et il allait mourir ici, sans gloire et sans panache, parce qu'il était bêtement tombé par une fenêtre temporelle.

Et complètement nu. On le retrouverait étalé par terre, les membres brisés et grotesquement tordus, le ventre à l'air. Il vit en pensée cette image ridicule et abjecte. Ce n'était pas le souvenir qu'il aurait voulu laisser de lui.

Cette folle fureur alors qu'il dégringolait dans les airs n'eut d'égal que sa rage contre lui-même, contre les circonstances et contre ceux qui l'avaient trompé. Il maudissait l'anesthésiste, il maudissait le chirurgien, mais surtout il se maudissait lui-même. Comment avait-il pu être aussi bête ? Se laisser dominer ainsi par la panique, juger aussi mal de la situation, et au final tout faire rater ?

Après la colère, le sentiment qui étrangla son dernier souffle fut le regret. Son secret – ce secret incomparable – allait mourir avec lui. C'était ce qu'il avait voulu, mais il s'interrogeait soudain sur le bien-fondé de cette décision.

Bien sûr, il avait envisagé sa mort. Il y songeait depuis le début, et à la nécessité de transmettre son savoir.

À l'origine, il s'était inquiété de la réaction du sultan après sa révélation. La peur, la suspicion seraient difficiles à dominer pour lui, mais le plus dangereux serait l'interdit religieux qui frappait le savoir qu'il apportait. La magie était prohibée par l'islam, et n'était autorisée que pour couper la route aux faux prophètes. La terreur de la sorcellerie ne se limitait pas à l'Empire ottoman, loin de là. En Amérique, à Salem, des procès en sorcellerie avaient lieu à la même époque. Mais le sultan avait vite vu les immenses avantages que lui apporterait le don de Rachid, et il avait volontiers accepté de garder le secret et de cacher ce pouvoir à ses vizirs et au reste de son entourage.

Une fois le plan mené à bien et la conquête ottomane de l'Europe achevée, une fois qu'il fut devenu gouverneur de France, Rachid avait passé de longs moments à songer à la postérité. Il avait songé à léguer son secret à un acolyte bien choisi, qu'il façonnerait à ses idées avant de lui confier la formule. Ce serait le moyen de préserver ce qu'il avait accompli ; si, dans l'avenir, l'empire était menacé, son héritier pourrait utiliser le secret pour retourner en arrière et prévenir la catastrophe. Mais qu'arriverait-il si cet héritier venait à mourir prématurément ? Son secret devait-il être protégé par des mesures plus solides ? Cette préoccupation l'avait mené à envisager de confier son savoir non pas à un seul héritier mais à deux, voire trois ; il créerait un petit groupe, une confrérie perpétuelle, un cercle secret de protecteurs de l'empire qui veilleraient sur lui et garantiraient sa permanence. Une quantité d'objections s'étaient alors dressées. Et si le secret tombait entre de mauvaises mains ? Et si un ennemi de l'État ou une puissance étrangère comme l'Amérique ou la Russie s'en emparait ? Et si ces ennemis s'en servaient contre les Ottomans ? Et s'ils envoyaient une équipe en 1683 pour contrer son action ?

Finalement, la peur l'avait emporté. La crainte de voir sa victoire être effacée de l'Histoire l'avait décidé à garder le secret. Il ne le partagerait avec personne, mais utiliserait sa connaissance de l'avenir pour avertir de son mieux son entourage des dangers qui guettaient l'empire. Il écrirait des traités sur les différents écueils politiques et sociaux à éviter, sur les défis de la technique. Au-delà, l'empire devrait se débrouiller tout seul. Il lui aurait au moins donné des bases solides et lui aurait assuré une longévité que n'avait connue aucune autre civilisation au cours des siècles. Si malgré tout l'empire échouait, il faudrait s'en remettre à la grâce de Dieu.

Pendant les trois dernières secondes de sa vie, il douta violemment de la sagesse de cette décision, influencé par le regret et la rage impuissante qui accompagnaient sa chute. Il aurait voulu que tout ne soit pas perdu, mais il n'en avait parlé à personne. Il ne s'était pas marié, n'en avait pas soufflé mot à ses nombreuses maîtresses, ni à aucun des enfants qu'il avait engendrés. La seule personne à savoir avait été le sultan, qui était mort. Personne n'aurait les clés de son extraordinaire réussite. Il allait mourir, respecté, admiré, qualifié de visionnaire, considéré comme l'un des plus grands personnages de l'histoire ottomane, mais personne ne saurait par quel prodige il avait pu, à lui seul, sauver le monde.

Il aurait de loin préféré mourir avec des pensées plus optimistes et gratifiantes en tête pour adoucir la brutale certitude de sa fin. Malheureusement pour Ayman Rachid, rien d'autre ne lui vint à l'esprit avant d'arriver au sol. Au bout de ces trois secondes éperdues, révoltées, son histoire et son secret s'éteignirent à jamais.

Ce fut du moins ce qu'il crut.

34

— Je suis à la maison, pourquoi ?

Nisrine avait tout de suite perçu la peur dans la voix de son mari.

Dès que Ramazan l'avait quittée, dans le café, elle était retournée au cabinet pour recevoir un client qu'elle ne pouvait pas annuler, puis elle avait pris le tram et était arrivée à temps à l'arrêt de bus pour chercher les enfants. Elle les aidait à faire leurs devoirs quand Ramazan l'avait appelée.

— Ça a mal tourné, lâcha-t-il. C'est la catastrophe !

Elle se détourna des enfants et baissa la voix.

— Qu'est-ce qui se passe ?

— Ayman Pacha. Ils sont venus l'arrêter. Des agents de la Hafiye. Il en a tué deux, et puis il a disparu. Il s'est évanoui sous nos yeux, Nisrine !

Ces quelques mots lui firent comme une décharge électrique dans la tête.

— Tu es sûr ?

— Oui, il s'est volatilisé. *Pouf !* Comme ça !

— *Aman Tanrim*, souffla-t-elle.

— Ça marche, Nisrine ! Ça marche ! Tout est vrai ! Mais les agents l'ont vu. Et maintenant, je fais quoi, moi ? acheva-t-il, sa voix affolée transmettant un sentiment d'urgence absolue.

Sa peur se propageait sur les ondes, éveillant un sentiment semblable chez Nisrine.

— Tu n'as rien fait de mal...
— Deux agents sont morts, Nisrine !
— Mais ça n'est pas ta faute. C'est lui qui les a tués, non ?
— Il va y avoir une enquête ! Ils vont vouloir comprendre comment il a pu disparaître comme ça. À supposer qu'ils ne le sachent pas déjà...
Elle cherchait désespérément une parade.
— Alors dis-leur tout !
— Tu es folle ! s'insurgea-t-il, paniqué. Je ne peux pas leur dire ! Tu crois qu'ils feraient quoi, après ça ? Tu imagines qu'ils vont dire *Tashakur, hekim*, merci beaucoup, maintenant rentrez chez vous et oubliez tout ça ?! Ils ne vont pas risquer de me laisser en liberté sachant ce que je sais...
— Alors raconte que tu ne sais rien, et que tu as été aussi surpris qu'eux...
— Personne ne me croira. Pas à cent pour cent. Ils ne vont pas vouloir courir le risque de me laisser en liberté, au cas où je saurais quelque chose.
Il avait raison, Nisrine en avait parfaitement conscience.
— Où es-tu ?
— Je me dirige vers le parking.
— D'accord, dit-elle, s'efforçant de calmer les pensées terrifiantes qui l'assaillaient. Il faut qu'on parte, tout de suite.
— Toi, tu peux rester, ça n'a rien à voir avec toi.
— On doit disparaître ensemble, Ramazan, ou ils vont m'arrêter pour faire pression sur toi et t'obliger à te rendre.
— Non...
Une nouvelle idée cauchemardesque assaillit Nisrine.
— Ils me recherchent peut-être déjà ! Nous sommes autant en danger l'un que l'autre.
— De toute façon, il n'y a rien à faire... Ils vont nous retrouver, c'est obligé. On est foutus !
— Non ! protesta-t-elle d'un ton ferme. On peut encore leur échapper, Ramazan. Pendant un temps, au moins. Il faut qu'on se cache.
— Mais où ?

— Je ne sais pas. Mais ne rentre pas à la maison. Ils vont venir ici. Il faut se donner rendez-vous ailleurs.

— Où ça ?

Elle réfléchit à toute allure.

— Le fleuriste, près de chez Zeynep. Viens nous chercher là-bas.

— « Nous » ? Comment ça, « nous » ?

— Moi et les enfants. On ne peut pas les laisser.

— *Istaghfarullah*, Nisrine ! Tu veux emmener les enfants ? C'est de la folie.

— Nous n'avons pas le choix. On ne peut pas les abandonner. Et Kamal ? s'écria-t-elle, saisie par une nouvelle idée. Tu l'as appelé ?

— Non.

— Il pourrait nous aider.

— Non, Nisrine, il est comme eux.

— C'est ton frère. Appelle-le. Je suis sûre qu'il…

— Pas question. Et ne l'appelle pas non plus. On ne peut pas lui faire confiance, tu le sais très bien.

— Mais c'est…

— Ne l'appelle pas. Promets-le-moi. Attends qu'on soit ensemble, on en discutera.

Nisrine se retint d'insister. Cela pouvait attendre. Il était plus urgent de se mettre en sécurité. Il fallait qu'elle se dépêche de partir avec les enfants.

— D'accord, dit-elle. On se retrouve chez le fleuriste.

— Fais vite. Et sois prudente.

— Toi aussi.

En arrivant devant l'hôpital, Kamal remarqua qu'une grande agitation y régnait.

Devant lui, des policiers établissaient un cordon de sécurité pour en interdire l'accès. Il avança vers eux à grands pas en sortant son identification.

— Kamal Arslan Agha, annonça-t-il, badge brandi. Que se passe-t-il ?

— Un tireur. Trois morts, l'informa un policier avant d'ajouter : Je crois que deux d'entre eux sont de chez vous...

— Quoi ? s'écria-t-il avec un sursaut. Et la troisième victime, qui est-ce ?

— Un médecin.

Son inquiétude monta en flèche.

— Qui ? Vous avez son identité ?

— Non. C'est le foutoir, là-dedans.

Combattant l'angoisse qui l'assaillait, Kamal traversa la première cour de l'hôpital, où régnait une confusion totale, tout en sortant son téléphone. Il appuya une nouvelle fois sur la touche d'appel de son frère, le cherchant désespérément des yeux dans la foule de médecins, d'infirmières et de visiteurs paniqués qui se déversaient des bâtiments et se rassemblaient à un point de regroupement éloigné de l'entrée. Il ne vit pas Ramazan. Cinq voitures de police étaient garées n'importe comment devant le portique du hall d'entrée, et des hurlements lointains de sirènes se rapprochaient.

Ramazan ne répondait toujours pas. Kamal coupa l'appel en atteignant l'entrée du bâtiment et se dirigea vers un homme dégarni en blouse blanche qui s'entretenait avec trois policiers. Il les interrompit en brandissant son badge.

— Où peut-on trouver le directeur de l'établissement ?

— Je suis chef de pôle, répondit l'homme dégarni.

— Que s'est-il passé ?

L'incertitude rendit l'expression du médecin prudente.

— Je ne sais pas exactement. On me dit que quatre hommes de chez vous sont venus arrêter quelqu'un – un patient en réanimation. Ce patient a tué deux d'entre eux et un de nos médecins à coups de pistolet.

Un patient en réanimation ! Kamal fit aussitôt le lien avec l'appel de l'analyste.

Il se prépara au pire.

— Qui a été tué chez vous ?

— Moshe Fonseca, un chirurgien.

Kamal eut un sursaut. Ce n'était heureusement pas son frère, mais il connaissait ce nom. Il avait entendu Ramazan parler de lui – à l'époque où ils se voyaient encore. Ils travaillaient ensemble.

— Mon frère est anesthésiste ici. Sayyid Ramazan Hekim. Vous savez où il est ?

— Non, mais cet homme qui a tué Moshe… C'était un patient de Moshe et de votre frère, qu'ils ont opéré il y a deux jours. Ils étaient tous les deux avec lui quand c'est arrivé.

— Mais alors, où est mon frère ?

— Je ne sais pas. On le cherche.

— Et l'assassin ?

— On l'a perdu, répondit l'un des policiers. Il est possible qu'il soit encore dans les lieux.

À cet instant, la foule qui se dispersait s'éclaircit suffisamment pour permettre à Kamal de reconnaître vaguement deux hommes en civil dans le hall d'accueil. Ils étaient avec quatre policiers à qui ils semblaient donner des instructions. Kamal les avait déjà croisés à la Citadelle. Il ne les connaissait pas personnellement, mais savait que c'étaient des agents.

De la section Z.

— Excusez-moi, dit-il abruptement en quittant le petit groupe pour courir dans le hall.

Il atteignit les agents au moment où les policiers s'éloignaient deux par deux dans des directions différentes. Son badge était dans sa main, mais à en juger par la réaction des deux agents ils semblaient déjà savoir qui il était.

— Kamal Agha, bonjour, dit l'un d'entre eux.

— Vous étiez là quand il a tiré ?

Les agents s'interrogèrent du regard, hésitant à répondre. Ils avaient l'air profondément mal à l'aise. L'expression de celui qui l'avait salué se durcit.

— Nous avons ordre de ne rien divulguer.

— Pardon ?

— On n'a rien le droit de dire.

— Ordre de qui ?

Les hommes, embarrassés, ne répondirent pas.

— Ordre de qui ? aboya Kamal.

Une hésitation, puis le premier agent répondit :

— Fehmi Pacha.

Fehmi Kuzey. Le second de Celaleddin, le chef de la section Z. C'était plus que mauvais signe qu'il soit personnellement impliqué à ce stade de l'affaire.

Kamal fronça les sourcils, tâchant d'établir un lien entre les informations éparses dont il disposait.

— Nous sommes de la même maison ! Vous pouvez me parler.

— Nos ordres sont clairs. On ne dit rien à personne.

Kamal se retint de foncer dans le tas.

— Écoutez, mon frère a disparu. Ramazan Hekim. Vous savez quelque chose ?

Ils échangèrent encore un regard furtif, et le même agent prit sur lui de hocher la tête.

— Vous l'avez vu ?

Nouveau hochement de tête.

— Il était là ? Quand le type a tiré ?

Autre hésitation, mais cette fois pas de réponse.

— *Bismillah*, c'est mon frère ! Je veux au moins savoir s'il a été touché.

L'agent qui avait déjà parlé hocha la tête d'un air ennuyé.

— Il était sur les lieux…

— Suffit, interrompit l'autre.

— Attends, c'est son frère, protesta le premier, qui continua, les mots se déversant à toute allure : Il était là-haut quand ça a commencé. Il était dans la pièce avec le tireur. Mais quand tout a fini, on ne l'a pas retrouvé.

— Où est-il passé, alors ?

— Je ne sais pas. On avait assez à faire, à essayer de mettre la main sur le tireur.

— Et vous l'avez pris ?

Cette question les mit encore plus mal à l'aise.

— Quoi ? Il est mort ?

Pas de réponse.

— Il est en vie ? Il est encore dans l'hôpital ? Ou bien il s'est échappé ?

Ils étaient comme des murs. Des murs de béton, solides, qui ne laissaient pas passer un son. Puis le plus coriace des deux agents secoua la tête.

— Vous n'aurez qu'à demander à Fehmi Pacha.

Kamal eut le plus grand mal à se retenir de l'attraper par le col et de le secouer pour lui soutirer une réponse. Mais il devait se contrôler. C'était plus que jamais nécessaire.

Il n'avait pas le choix. Il voulait à tout prix découvrir ce qui était arrivé à son frère.

Il appela le numéro de Nisrine.

— Il a disparu ?

— C'est l'information qu'on m'a transmise, répondit Fehmi Kuzey au directeur de la Hafiye. En un claquement de doigts. Il était là, et puis plus rien.

— Il leur a filé entre les pattes.

— Non, il s'est envolé, physiquement volatilisé.

Celaleddin n'avait pas envie de plaisanter.

— Fehmi…

— Je sais que ça semble impossible, pacha, mais c'est ce qu'on m'a rapporté. J'ai mes meilleurs gars là-bas, et je vous assure que ça leur a fichu un coup. Si vous les aviez entendus décrire ça, vous les croiriez.

— Et c'est arrivé comme ça ? Ils l'ont vu de leurs yeux ?

— Ils l'avaient coincé dans le service de réanimation. Il n'y a pas de fenêtres. Une seule sortie, derrière eux. Je n'arrive pas à y croire non plus, mais à moins qu'ils ne soient complices de cet homme, il n'y a pas d'autre explication.

L'intelligence bien aiguisée et rigidement rationnelle de Huseyin Celaleddin Pacha se refusait toujours à accepter cette explication. Seule une petite partie de son cerveau instinctif se rebellait contre sa logique. Certes, les gens ne se dématérialisaient pas comme ça. Certes, c'était sûrement impossible…

Et pourtant… Deux de ses hommes avaient été abattus, et

un chirurgien était mort. Quoi qu'il soit arrivé, on ne pouvait plus mettre ça sur le compte d'un canular. L'affaire était très sérieuse. Et son second lui avait assuré que les agents témoins de l'événement étaient fiables. En règle générale, les agents de la Hafiye étaient incorruptibles, les peines qu'ils risquaient s'ils mentaient et participaient à un complot contre l'État, quel qu'il soit, étant particulièrement dissuasives.

Kuzey acheva de lui faire son rapport, rapide et efficace. Il ne fallait pas perdre de temps.

— Bien, lui dit-il, il faut limiter les fuites. Assurez-vous que vos hommes ne parlent de ça à personne. Et quand je dis personne, c'est personne. Dites-leur d'embarquer tous les témoins de l'histoire et de les garder au frais – discrètement.

— Oui, pacha.

— Et récupérez-moi Ramazan Hekim et sa femme. Je les veux ici avant la fin de la nuit.

Kamal laissa passer quatre ou cinq sonneries, et s'apprêtait à raccrocher quand Nisrine répondit.

— Nisrine, c'est moi.

Il ne savait pas trop quoi dire. Il ne voulait pas l'inquiéter, ne sachant pas si elle était au courant de la fusillade à l'hôpital.

— Il faut que je parle à Ramazan. Tu sais où il est ?

Il entendit son hésitation.

— Non… Pourquoi ? demanda-t-elle d'un ton peu naturel. Qu'est-ce qui se passe ?

Elle mentait, il en eut la certitude. Elle semblait à bout de souffle, et la brièveté de ses paroles la trahissait. Elle n'était pas libre de parler comme elle l'aurait voulu.

— Est-ce qu'il est avec toi ?

— Non, je viens de te le dire…

— Nisrine, écoute-moi. Je ne sais pas ce qui se passe, mais je sais que c'est grave. Je veux vous aider.

Il y eut un silence. Cette fois, il entendit des pas et un avertisseur de voiture, et il comprit qu'elle était dehors, dans la rue, en train de marcher. De marcher vite.

— Nisrine…

— Non. Désolée.

— Mais enfin, Nisrine…

— Je ne peux rien te dire, Kamal. Je lui ai promis.

— Tant pis. Laisse-moi vous…

— Je ne peux pas.

À cet instant, il entendit la voix de Nour qui disait « *Anneh* ? » d'une petite voix inquiète et apeurée, et la communication fut coupée.

Kamal jura deux fois, trois fois. Il avait le regard dans le lointain, ne voyant rien, cherchant frénétiquement quoi faire. Il eut une idée.

Il appuya sur une touche de raccourci, son numéro fut vérifié puis accepté par le système, et un opérateur de géolocalisation de l'unité le prit presque instantanément. C'était un petit nouveau, avec qui il avait déjà un peu discuté.

— J'ai besoin de loger un client, lui dit Kamal en lui donnant le numéro du portable dans la foulée.

— Une seconde…

Kamal l'entendit taper sur son clavier, puis l'opérateur le reprit, trop vite pour que la localisation ait pu être lancée :

— Hé, je viens de vous la donner, les gars !

— Comment ça ?

— La position de ce numéro. Il est encore à l'écran. Je le vois bouger.

Le choc fut brutal. Ils étaient déjà sur les talons de Ramazan.

— Qui a la position ? Qui l'a demandée ?

— Quelqu'un de la Z. Samer Alameddin Agha. Alors, qui est le suspect ? Ça doit être un sacré gros poisson pour vous mettre tous en chasse.

— Balancez-moi ça sur mon mobile. Et vite.

Encore quelques tapotements, puis :

— C'est fait. Vous devriez l'avoir.

Kamal ouvrit le lien et regarda l'écran. Ramazan s'éloignait de l'hôpital… en voiture, à en juger par l'allure. Il semblait aller vers chez lui.

— Tenez-moi au courant, dit Kamal à l'opérateur avant de couper la communication.

Il rappela aussitôt Ramazan. Il devait absolument l'avertir qu'il était repéré et qu'il devait retirer la batterie de son téléphone avant qu'on le rattrape.

La sonnerie se fit entendre. Cette fois encore, son frère ne répondit pas. Kamal n'attendit pas que l'appel passe sur la boîte vocale pour se remettre en marche. Il raccrocha au moment où le répondeur se déclenchait et se précipita au milieu de la rue, bras levés, son identification dans une main, devant une voiture qui approchait sans se presser.

Le conducteur donna un coup de frein et s'arrêta. Il ne fallut que quelques secondes à Kamal pour ouvrir la portière, tirer le malheureux de son siège et partir à toute allure à la poursuite du signal lumineux qui clignotait sur son téléphone.

35

Au volant de la voiture familiale, Ramazan conduisait au hasard, vers le nord, suivant un grand boulevard qui se dirigeait vers la rocade qui contournait Paris. Nisrine était à côté de lui, Tarek et Nour attachés dans leurs sièges à l'arrière. La circulation de fin de journée était dense, mais ils arrivaient à avancer. La prière du soir était passée, les trottoirs étaient noirs de monde, surtout d'hommes qui rentraient du travail.

— On va où, *baba* ? demanda la petite voix inquiète de Tarek.

Ramazan jeta un coup d'œil dans le rétroviseur. Il aperçut les yeux angoissés de son fils qui cherchaient les siens dans le miroir. Ne sachant que répondre, il lança un appel du regard à Nisrine.

Elle se tourna pour faire face aux enfants et s'efforça de sourire, mettant autant d'entrain dans sa réponse qu'elle le pouvait :

— On va… on va juste faire un tour, *hayatim*. On pourrait acheter une glace. Ça vous dirait ?

Les enfants firent signe que oui en silence, mais leur retenue formait un contraste saisissant avec les cris de joie qu'une telle proposition aurait dû déclencher.

Nisrine se tourna vers Ramazan, et lui dit, en baissant la voix :

— On fait quoi maintenant ?

— Je ne sais pas.

Un lourd silence s'installa.

Ce fut Nisrine qui le rompit la première :

— Kamal a appelé.

— Moi aussi, il a essayé de me joindre.

— Il voulait te parler.

— *Bok*, jura Ramazan. Tu lui as répondu ?

— Il le fallait bien ! Je…

Il l'interrompit brutalement :

— Tu lui as dit quoi ?

— Rien. Mais tu vois bien. Tu as vu ce qui se passe. On n'a pas le choix. On a besoin de son aide.

— Pour qu'il puisse nous dénoncer comme le héros qu'il est et se faire encore mieux voir ?

— Mais enfin, c'est ton frère ! Je ne vois pas d'autre solution.

— Si c'était vraiment mon frère, il ne participerait plus à ça depuis longtemps, rétorqua-t-il avec amertume.

— Alors on fait quoi ?

Un hurlement de sirène de police derrière eux évita à Ramazan de répondre.

Kamal surveillait son écran de téléphone tout en slalomant dans une circulation dense, dépassant les véhicules trop lents à coups de frein et d'accélérateur. Il fonçait dans tous les espaces assez grands pour laisser passer sa voiture, tentant de rejoindre le point rouge qui se déplaçait en direct devant lui sur le plan de la ville.

Comme il n'était pas au volant d'un véhicule de l'unité, il n'avait pas accès aux communications radio et ne pouvait pas suivre l'avancée des voitures de service qui poursuivaient ce même point rouge. Il n'avait pas non plus de sirène ni de gyrophare pour l'aider à aller plus vite à travers le flot de voitures. Il n'avait que le klaxon, mais son efficacité était limitée. Les conducteurs ottomans utilisaient leurs avertisseurs si souvent qu'ils ne les entendaient même plus.

Il se demanda où Ramazan allait. Sa voiture était à environ six cents mètres de la sortie de la ville. Mais quelle que soit sa destination, il ne l'atteindrait pas, c'était évident. Ses poursuivants l'intercepteraient bien avant.

Son seul objectif était d'atteindre la voiture avant la police.

Le véhicule qui le précédait ralentit en atteignant une intersection au moment où le feu passait au rouge. Écrasant l'avertisseur avec sa paume, Kamal fit une embardée pour le dépasser et traversa le carrefour à toute allure en évitant de justesse un bus bondé. À cet instant, il entendit monter une sirène non loin, une voiture de police qui devait traverser un carrefour à peu près au même niveau que lui, sur sa gauche. Qu'à cela ne tienne. Il continua, guettant la prochaine rue à gauche, qu'il prit d'un coup de volant. Il aperçut la lumière intermittente d'un gyrophare au bout. Il fonça dans la rue étroite, émergea dans une avenue parallèle à celle qu'il venait de quitter. Devant lui, les éclairs blancs continuaient leur route. Couleur caractéristique, différente du gyrophare bleu et rouge des policiers parisiens, de même que la sirène se distinguait de leurs deux-tons.

C'était une voiture de la Hafiye, un gros SUV Kartal noir mat, lancée à la poursuite de la voiture de Ramazan.

Kamal accéléra, passant en force entre les voitures jusqu'à arriver juste derrière le véhicule de la Hafiye.

Dès qu'il fut en position, il appuya sur la touche de rappel et fit défiler les numéros pour trouver celui qu'il cherchait.

— Comment ils nous ont trouvés ? s'écria Ramazan, pris de panique.

Nisrine s'écria :

— Les téléphones ! Ces saloperies de téléphones. Ils doivent s'en servir pour nous repérer !

Ramazan appuya à fond sur l'accélérateur.

— Ramazan, qu'est-ce que tu fais ? Ralentis !

Il ne répondit pas. Toute son attention se concentrait sur

la nécessité de distancer le véhicule de la Zaptiye, à deux voitures derrière lui.

— Ramazan ! hurla Nisrine.

— Attends, je vais trouver une idée ! jeta-t-il sans quitter des yeux la circulation, le front couvert de sueur.

La petite voix plaintive de Tarek monta de la banquette arrière :

— *Anneh*…

— Ramazan, je t'en prie, arrête-toi, insista Nisrine.

Elle se tourna vers les enfants et prit leurs mains dans les siennes pour les réconforter. En entendant son téléphone sonner, elle le saisit précipitamment et vit que c'était Kamal. Elle toucha l'écran.

— Kamal…

— Tu es où ?

Elle jeta un regard affolé autour d'elle.

— Je ne sais pas, mais on nous poursuit. Il y a une voiture de police juste derrière nous.

Kamal entendait une sirène hurler dans le fond, couvrant presque la voix de Nisrine.

C'était la police, pas la Hafiye. Cela valait peut-être mieux, même si au bout du compte cela ne ferait guère de différence. Les véhicules de la Hafiye qui convergeaient vers eux allaient sans doute les atteindre avant lui.

— Je ne suis pas loin derrière vous, lui dit-il. Il faut que vous vous arrêtiez avant que ça se termine mal.

— Il ne veut pas.

— Dis-lui que c'est moi qui lui demande de s'arrêter. Dis-le-lui, insista Kamal.

— Ramazan, je t'en prie, l'entendit-il dire. Kamal dit qu'il faut s'arrêter. Il arrive.

La voix de Ramazan lui parvint, tendue à l'extrême.

— Il peut garantir notre sécurité ?

— Pardon ? demanda Kamal.

— Demande-lui s'il peut garantir qu'il ne nous arrivera rien, répéta Ramazan, de la voix d'un homme acculé et prêt à tout.

— Qu'est-ce qu'il raconte ? jeta Kamal en accélérant pour rester dans le sillage de la voiture de la Hafiye. Nisrine ! Qu'est-ce qu'il veut dire ? Bien sûr que je vais assurer votre sécurité ! Dis-moi ce qui se passe.

Elle ne répondit pas – puis il entendit une sirène de la Hafiye éclater tout près et Nisrine crier « Non ! », un fracas métallique assourdissant, puis un autre, et des chocs étouffés qui lui donnèrent à penser que le téléphone tombait et rebondissait à l'intérieur de la voiture, suivis de cris d'enfants, et enfin une exclamation terrifiée de Nisrine :

— Ramazan !

— Accroche-toi, entendit-il son frère répondre d'un ton tout aussi terrorisé.

Ensuite il y eut un hurlement de pneus sur le goudron, un grand *boum !* puis le silence.

— Nisrine ? Nisrine ? cria Kamal dans son téléphone.

Pas de réponse.

Puis des bruits étouffés et précipités – ouvertures de portières, mouvements, des « Non ! » et des « Lâchez-nous ! ». Avec une intensité brutale. Et le silence retomba.

— *Bok !* jura-t-il en donnant des coups de poing furieux sur le volant.

Il reprit l'affichage de la carte, vit que le point rouge ne bougeait plus. La voiture de son frère était à l'arrêt, à six ou sept rues de là. Ce n'était pas très loin, mais la circulation ralentissait de plus en plus, peut-être à cause de ce qui venait d'arriver à la voiture de Nisrine et Ramazan.

Un martèlement furieux dans les oreilles, Kamal se concentra de toutes ses forces sur la conduite, tâchant d'avancer plus vite, voulant désespérément les rejoindre et s'assurer qu'il n'y avait pas eu trop de casse et que la catastrophe avait été évitée. Un bouchon était en train de se former. Un tissu dense de voitures de plus en plus imbriquées, sur toute la largeur de la rue, étranglait toute possibilité de passer. Bientôt l'arrêt fut total, les voitures, les fourgonnettes, les camions, les bus stoppèrent et se figèrent pour de bon.

Il n'était pas question pour Kamal d'attendre, assis là, otage de la situation, la main appuyée sur le klaxon en criant par la vitre ouverte. Avec un ultime juron, il sortit de sa voiture et se mit à courir, slalomant entre les véhicules, allant aussi vite que possible, de toute la force de ses jambes, poumons fonctionnant à plein régime, aspirant la moindre particule d'oxygène disponible, tandis qu'il essayait de chasser les images d'horreur qui l'assaillaient. Très vite, il aperçut le manège tournoyant et anarchique des gyrophares devant lui, rouge et bleu, et blancs, qui illuminait les immeubles tout autour. Il continua aussi vite que possible jusqu'à l'épicentre de l'accident, occupé par la voiture de Ramazan. Elle avait été prise en tenaille par les côtés et emboutie par l'avant, et restait prise en sandwich entre une voiture banalisée à gauche et une voiture de patrouille de la police à droite. Kamal vit l'avant gauche du côté conducteur défoncé au niveau du pare-chocs, et les portières gauches profondément balafrées. La voiture qui l'avait prise de face était très endommagée, du pare-chocs avant droit à la portière. L'autre côté de la voiture de Ramazan et la voiture de police qui la bloquait sur la droite devaient être en aussi mauvais état, mais de là où se trouvait Kamal il ne pouvait pas voir l'étendue des dégâts.

Ce qui était clair en revanche, c'était qu'il n'y avait plus personne : ni Ramazan, ni Nisrine, ni les enfants n'étaient là. Un petit groupe de policiers occupait les lieux, deux d'entre eux chargés de détourner la circulation, déviée par la contre-allée qui longeait la large artère sur la gauche. Les deux membres de la Hafiye déjà présents allaient être rejoints par deux autres qui venaient de sortir de la voiture que Kamal avait suivie, et qui, ayant comme lui décidé de terminer le parcours à pied, n'étaient qu'à quelques dizaines de mètres derrière lui.

Kamal fonça vers les deux premiers agents en sortant son badge.

— Où est passée la famille qui se trouvait à bord ? lança-t-il en montrant la voiture de Ramazan. Les passagers, où sont-ils ?

— Ils ont été appréhendés, répondit l'un des deux, calme et fier. Nous les avons.

— Oui, mais qui ? Quelle unité ? Où les a-t-on emmenés ?

Sa fureur sembla surprendre son interlocuteur, qui posa sur lui un regard prudent et hésita un instant avant de répondre :

— On vient de les emmener en voiture. Calmez-vous, tout va bien. On les a.

— Ils vont bien ? Personne n'a été blessé ?

— Ils vont bien, frère. Très bien.

Excédé, Kamal fit un vague signe de remerciement et s'éloigna, se demandant quoi faire. Poussé par l'instinct, il s'approcha de la voiture accidentée.

Il regarda par la fenêtre du conducteur. Il n'y avait rien à voir – simplement le banal intérieur raisonnablement propre d'une voiture familiale qui avait très certainement emmené ses propriétaires faire d'heureuses et nombreuses promenades, mais qui était maintenant hors d'état de continuer ses services. Il jeta un coup d'œil à l'arrière, vit les sièges d'enfant aux ceintures défaites, puis le siège du passager, où Nisrine avait dû être assise. Il revécut en pensée la scène telle qu'il l'avait entendue : les cris de peur, la terreur de personnes prises au piège.

Et puis quelque chose attira son attention. Un objet qui dépassait de sous le siège de Nisrine. Il fit le tour de la voiture, essaya la portière côté passager. En meilleur état que celle du conducteur, elle s'ouvrit sans difficulté. Kamal se baissa, tendit le bras et récupéra l'objet. Un téléphone portable. Le téléphone de Nisrine. Il reconnut son étui de cuir roux. Se souvenant des bruits qu'il avait entendus, il en déduisit que le téléphone s'était échappé des mains de Nisrine quand la voiture avait été percutée.

S'assurant que personne ne le regardait, il en retira la batterie d'une main experte et glissa le tout dans sa poche avant de s'éloigner, déterminé.

Il allait les retrouver.

36

C'était une petite pièce cauchemardesque, entièrement grise. Du sol au plafond, les murs, la porte, tout était de la même couleur sinistre, cruellement uniforme et brillante, qui semblait avoir été choisie autant pour sa laideur que pour son côté pratique puisque la peinture lavable permettait de faire disparaître d'un seul coup d'éponge les taches compromettantes. Même les meubles étaient gris, juste un peu plus ternes – une grande table métallique boulonnée au sol, coupée en deux par une barre à menottes très éraflée, et quatre chaises en fer. Les murs étaient nus, sauf un, en partie occupé par un grand panneau miroir.

Nisrine et Ramazan étaient assis à la table. Ils ne disaient pas un mot. Ils attendaient, aussi effrayés l'un que l'autre, en état de choc après ce leur qui était arrivé. Mais surtout, ils avaient très peur pour leurs enfants, qu'on leur avait enlevés. Ils avaient été conduits dans cette pièce une heure plus tôt sans les petits, et personne n'avait répondu à leurs questions ni à leurs réclamations désespérées exigeant qu'on les leur rende. Et on les avait laissés mijoter seuls dans le bunker gris.

Sauf que, depuis peu, ils n'étaient plus seuls. Un homme était entré et s'était assis face à eux. Il était grand et maigre, les yeux enfoncés et le regard intense, le menton agressif, inquiétant. Il s'était présenté – bien inutilement. Huseyin Celaleddin Pacha, le *bashafiye*. Tout le monde le connaissait et sa présence n'avait rien pour rassurer Nisrine et Ramazan. Bien au contraire.

Un autre homme l'accompagnait, qui restait près de la porte. Petit et râblé, il arborait un bouc en trapèze, très noir, assez particulier. Il ne portait pas l'uniforme des gardes, et son attitude indiquait que c'était aussi un homme de pouvoir, sans être aussi impressionnant et glaçant que le *bashafiye*.

— Où sont nos enfants ? demanda de nouveau Nisrine, sa première tentative ayant été ignorée pour laisser place aux présentations.

— Ils vont bien, répondit Celaleddin. Et je peux vous assurer qu'on s'occupe très bien d'eux.

— On s'occupe d'eux ? s'indigna Nisrine. Ce sont des enfants, bon sang ! Ils doivent être terrifiés. J'exige de les voir !

— Pourquoi pas ? Voyons un peu ce qu'ils font...

Il se tourna vers l'homme resté près de la porte et lui fit un signe de tête. L'homme sortit une télécommande de sa poche et appuya sur un bouton.

Le grand miroir devint transparent et révéla une pièce semblable à celle où Nisrine et Ramazan étaient retenus.

Elle était du même gris sinistre, et meublée de façon similaire. Tarek et Nour étaient assis à la table devant des coupes de glace et une assiette de pâtisseries à la pistache et au miel. Ils semblaient calmes. Ils buvaient dans de grands verres avec une paille en plastique blanc, absorbés par un jeu ou un film sur les tablettes numériques qu'ils avaient entre les mains.

Derrière eux veillait une femme. Elle portait des vêtements civils et les observait en silence, bras croisés. On voyait qu'elle tâchait de garder une expression neutre, mais Nisrine sentit la violence tout juste contenue sous la surface opaque de son regard.

Nisrine ne put s'empêcher de sauter de son siège et de se jeter sur la vitre. Elle y donna de grands coups du plat des mains, ne put retenir un sanglot.

— Tarek, Nour !

Il n'y eut aucune réaction de l'autre côté de la paroi. Nisrine se plaqua alors contre le verre, y appuyant les mains, doigts écartés, et poussa de tout son poids, comme si cela pouvait la rapprocher d'eux.

— Tarek… Nour…, gémit-elle. Mes bébés…

Aucune réaction.

De toute évidence, ils ne l'entendaient ni ne la voyaient.

— C'est un miroir sans tain et aucun bruit ne peut filtrer, indiqua Celaleddin. Mais comme vous le voyez, ils se portent bien. Et il ne leur arrivera rien, tant que vous me direz la vérité en répondant à mes questions.

— Quel genre de questions ? demanda Ramazan d'une voix tremblante. Pourquoi nous a-t-on arrêtés ?

— Vous savez très bien pourquoi vous êtes ici. Et je veux tout savoir, tout. Le moindre détail, le moindre mot. Commencez par le commencement, et n'oubliez rien en cours de route. Je vous demande de ne surtout rien omettre. Si je vois que vous me cachez quelque chose, je dirai à mon assistante à côté d'être un peu moins gentille.

Il les contempla fixement pour laisser le temps à ses paroles de bien s'imprimer en eux. Après quoi il se tourna vers l'homme à la porte et lui adressa un nouveau signe de tête.

L'homme approcha un petit émetteur radio de sa bouche et marmonna quelques mots indistincts.

Nisrine, collée à la cloison vitrée, et Ramazan, lui aussi tourné vers les enfants, furent saisis d'une angoisse paralysante.

La femme qui se tenait derrière les enfants décroisa les bras, mit la main derrière son dos et fit apparaître un grand couteau. Il avait une lame large et brillante qui renvoya la lumière quand elle l'inclina pour le lever, sans que les enfants, hypnotisés par leurs écrans, le voient. Comme si cela ne suffisait pas, elle fit glisser deux doigts sadiques sur le tranchant.

Un silence de mort pesait, suffocant, sur la pièce.

— C'est une grande professionnelle, commenta Celaleddin. Elle sait faire durer le plaisir aussi longtemps que nécessaire.

Nisrine se tassa sur elle-même, puis se tourna vers son

interrogateur. Une haine qu'elle n'avait encore jamais ressentie monta en elle.

— Vous êtes un monstre, dit-elle froidement, la voix vibrante.

— Peut-être, admit-il avec une nonchalance glaçante, mais tous les moyens sont bons pour protéger l'empire, et vous devez prendre ce que je vous dis très au sérieux. Espérons que nous n'aurons pas à en arriver là. Il suffit que vous me racontiez ce qui s'est passé à l'hôpital, au service de réanimation. Et le plus vite vous parlerez, le plus vite nous pourrons tous sortir de cet endroit abominable.

Il se carra sur son siège et les dévisagea.

— Alors, qui veut commencer ?

Au-dessus de ce sous-sol de la Citadelle, à l'air libre, Kamal avait l'impression d'être un animal en cage.

Il avait essayé d'obtenir des informations à l'accueil général, mais sans résultat : il n'y avait aucune trace d'une arrestation de Ramazan et de Nisrine. Au centre opérationnel, l'agent de permanence avait affirmé n'avoir aucune information sur l'équipe envoyée pour les retrouver. Kamal était alors descendu dans la zone des cellules de détention provisoire et des salles d'interrogatoire, et avait demandé au planton s'il savait quelque chose. De nouveau, il n'avait obtenu aucune réponse positive. N'ayant plus le choix, il avait décidé de taper plus haut et d'aller parler directement au chef de la section Z, mais Fehmi Kuzey était déjà rentré chez lui. Kamal laissa un message disant qu'il avait besoin de lui parler de toute urgence. Après avoir beaucoup hésité, il finit par décider de prendre le taureau par les cornes et d'aller voir le *bashafiye* en personne, mais on le renvoya très fermement en lui disant que le directeur de la Hafiye n'était pas non plus à la Citadelle.

C'était une véritable levée de boucliers. Il voyait bien qu'on lui fermait toutes les portes au nez. Celaleddin lui avait très clairement signifié que Nisrine jouait un jeu dangereux, mais il se passait là quelque chose d'autre, c'était évident. Quelque chose de beaucoup plus sérieux, qui impliquait aussi Ramazan, et justifiait à leurs yeux de les mettre à l'isolement, ce qui signifiait, Kamal le savait, que son frère et sa belle-sœur avaient de très graves ennuis.

En sortant de la forteresse, il s'arrêta sous le porche, à présent plongé dans l'ombre du crépuscule. Sa fureur inquiète ne savait plus comment s'exprimer. Il se sentait totalement impuissant, mais il n'était pas question d'abandonner. Il espérait encore trouver une faille dans le système qui lui permettrait de les retrouver.

Il se creusait la tête quand son téléphone sonna. L'espoir jaillit pour retomber aussi vite quand il vit que c'était seulement Taymour.

— Où es-tu ? lui demanda son coéquipier. Qu'est-ce qui se passe ?

Kamal hésita :

— Je suis… Il faut que je m'occupe d'un truc.

— Quoi ?

— Un problème à régler. Familial.

Taymour se tut une seconde.

— Je peux faire quelque chose ?

Kamal hésita de nouveau. S'il voulait demander de l'aide à Taymour, c'était le moment. Mais il ne pouvait pas mettre d'autres personnes en danger avant de savoir exactement de quoi il retournait.

— Mieux vaut que tu ne trempes pas là-dedans, dit-il finalement.

Taymour sembla vexé.

— On est coéquipiers, mon frère. Tu peux compter sur moi.

— Je sais. Et j'apprécie. Ne t'en fais pas, il est possible que ça ne soit rien, ajouta-t-il, préférant mentir.

— Ça n'en a pas trop l'air.

Kamal haussa les épaules – puis une idée lui vint, pointant son nez dans la nuit de son découragement :

— C'est vrai, mais je voudrais bien, pourtant. Il faut que je te laisse.

Il raccrocha sans donner à Taymour le temps de protester.

Il fit demi-tour et retourna au centre opérationnel. L'agent de permanence fronça les sourcils en le voyant, peu pressé de subir un nouvel interrogatoire. Kamal le sentit et tâcha d'adopter un ton moins agressif :

— J'étais au Sultane Hurrem cet après-midi, après la fusillade. J'ai parlé aux deux agents qui étaient là quand c'est arrivé, mais dans la pagaille générale je n'ai pas noté leurs noms. Vous pourriez me dire qui ils étaient ?

L'agent lui jeta un regard méfiant, puis céda et appuya sur quelques touches de son ordinateur.

— C'est épouvantable, ce qui s'est passé.

— Oui, une journée terrible, approuva Kamal, jouant la complicité.

— Voilà : Marwan Jamal et Omar Salamoun, annonça l'agent.

— Vous savez où je peux les trouver ? J'imagine que leur débriefing va prendre un peu de temps.

— Je ne les ai pas vus de la journée.

Kamal fut très surpris, mais il cacha sa déconvenue derrière une impatience purement professionnelle.

— Ah, quelle poisse ! J'ai vraiment besoin de leur parler.

— Je peux leur envoyer une alerte pour qu'ils vous contactent.

— Formidable. Vous me préviendrez quand ils réagiront ?

— Pas de souci. Mais vu la journée qu'ils viennent de passer, je ne compterais pas trop sur eux ce soir si j'étais vous.

Le ton et le haussement d'épaules qui allait avec ne laissèrent guère d'illusions à Kamal.

Il répondit par le même petit mouvement d'épaules fataliste, et repartit vers la sortie.

Il ne savait plus trop quoi faire : il avait exploité toutes les voies possibles, et toutes l'avaient mené à des impasses. Même si ce constat d'impuissance était difficile à accepter, il n'avait plus aucune raison de traîner à la Citadelle. Il ne lui restait plus qu'à attendre que Kuzey ou un des agents qui s'étaient trouvés à l'hôpital l'appelle – ce qui semblait très improbable. Il allait continuer à chercher son frère et Nisrine, et en dernier recours il forcerait la porte de Celaleddin le lendemain matin pour exiger de voir Ramazan.

Il plongeait la main dans sa poche pour y prendre la clé de sa moto quand ses doigts rencontrèrent autre chose : le téléphone de Nisrine. Il le sortit et le regarda fixement, se demandant s'il était prudent de le rallumer, ce qui permettrait de le localiser. Il évalua les risques. Il était encore près de la Citadelle. Si les agents en charge de l'affaire s'étaient rendu compte qu'ils ne l'avaient pas récupéré, et s'ils le recherchaient, ils le verraient borner au quartier général de la Hafiye, ce qui ne susciterait pas trop de questions. Ils concluraient peut-être que le téléphone avait été oublié dans une voiture du service, ou qu'il attendait bien sagement, dans un scellé quelque part à l'unité, qu'on vienne le chercher. Mais il ne gagnerait sans doute pas grand-chose à l'allumer. Cela ne l'aiderait probablement pas à découvrir ce qui était arrivé, et d'ailleurs le téléphone avait sûrement un code qu'il avait peu de chances de deviner.

Il décida de tenter le coup quand même. Il replaça la batterie, mit le téléphone en marche. L'écran s'alluma, le système démarra, puis une photo amusante de Tarek et Nour faisant les fous s'afficha. Il les contempla, pensant avec tristesse qu'il devait avoir manqué beaucoup de bons moments depuis la rupture des relations avec son frère. Des moments perdus à jamais. Il se demanda si leurs rapports reviendraient un jour à la normale. À cet instant, il n'en demandait pas tant : il se serait plus que contenté de savoir qu'ils étaient simplement heureux et en bonne santé.

Il essaya de trouver le code, honteux d'avoir tant de mal à se souvenir des anniversaires des enfants. Y étant parvenu, il fit quelques essais en utilisant diverses combinaisons des dates, mais sans y croire. Et en effet, il n'arriva à rien. Nisrine était trop intelligente pour choisir un code aussi simple. Il se résigna à abandonner provisoirement, retira la batterie et remit le tout dans sa poche avant de réenfourcher sa moto, tâchant de calmer ses peurs et de se convaincre que rien n'arriverait dès la première nuit. Le malentendu serait peut-être éclairci d'ici au lendemain, et il était possible qu'il découvre à son réveil que tout était rentré dans l'ordre.

Cette pensée rassurante ne dura pas plus de trois secondes, le temps que son instinct et son expérience y mettent un terme définitif.

Il se passait quelque chose de gravissime, et il était pour l'instant incapable de faire quoi que ce soit pour arrêter la catastrophe.

37

Assise au bord d'un mince matelas dans une cellule sans fenêtres, Nisrine luttait de toutes ses forces pour garder les yeux ouverts.

Son épuisement était profond et total. Elle était arrivée au bout de sa résistance physique mais surtout morale. Les événements des dernières quarante-huit heures auraient suffi à démolir la plus robuste des âmes. Enfermée dans cette cellule étouffante et sinistre, loin de ses enfants et dans l'incapacité de les rassurer, sans même savoir ce qu'on avait fait d'eux, elle avait l'impression qu'on la tuait à petit feu avec un lent poison.

Face à elle, sur le deuxième lit du cachot, Ramazan se tenait la tête dans les mains, tassé sur lui-même, silencieux, grelottant. Ils avaient dit tout ce qu'il y avait à dire. Ils ne pouvaient plus qu'attendre, dans l'incertitude la plus complète.

Paralysée par l'inquiétude et sans rien d'autre pour occuper ses pensées, elle repassait sans fin dans sa tête les événements des deux derniers jours, rejouant chaque étape, poursuivie par les regrets, se reprochant de n'avoir pas su résister à la curiosité. Elle aurait dû savoir qu'en cherchant à percer le secret de Rachid elle s'aventurait sur un terrain miné, et elle aurait dû arrêter avant qu'il ne soit trop tard, que les événements ne les happent, elle et Ramazan, et ne les détruisent. Car Nisrine ne se faisait aucune illusion sur leur sort : ils étaient voués à disparaître. On allait les supprimer. On ne les laisserait jamais partir alors qu'ils connaissaient ce secret. Ils étaient condamnés. Et avec eux – et c'était là le plus insupportable – leurs enfants.

Pendant quelques secondes elle avait connu un fol espoir. Elle s'était demandé si sa désastreuse enquête sur l'incantation ne pourrait pas avoir un aspect positif, et leur permettre de s'échapper. Elle avait passé tellement de temps penchée sur la formule qu'elle pensait la savoir par cœur. Mais comment en être sûre ? L'incantation était longue, la langue très différente de la sienne, et son carnet lui avait été enlevé par ses geôliers. Malgré tout, elle se plaisait à imaginer qu'ils allaient l'utiliser tous les quatre pour remonter le temps, et se réfugier dans une époque moins dangereuse, un endroit où personne ne les connaîtrait ni ne les persécuterait. Elle se serait bien sûr risquée à l'utiliser si Tarek et Nour avaient été avec eux, mais ils n'étaient pas là, ce qui rendait impensable toute velléité de fuite. C'était d'ailleurs sans doute pourquoi leurs tortionnaires les gardaient séparés.

Il aurait été beaucoup plus sage, elle le savait, de ne pas parler, de taire le secret pour qu'on les garde en vie. C'était leur seule monnaie d'échange, leur seule garantie d'être épargnés, même temporairement. Mais elle n'en avait pas eu le courage. Elle n'avait pas tenu plus d'une minute, sachant ses enfants entre les mains de ces assassins, enfermés dans une pièce avec une femme qui avait tout de la psychotique sanguinaire.

Une pensée un peu plus réconfortante la fit quelque peu remonter de l'abîme de désespoir où elle était tombée.

Kamal.

Elle l'imagina dehors, en train de les chercher, de se battre pour les faire sortir. Malgré l'éloignement des derniers temps, quelque chose lui disait qu'il ne les laisserait pas tomber. Quand elle l'avait vu surgir à l'arrêt du car de ramassage des enfants, elle avait bien compris qu'il se préoccupait de leur sort. Alors, elle glissa en arrière pour s'appuyer au mur et se roula en boule, les bras autour des genoux, les serrant fort pour essayer de dompter ses tremblements, et s'accrocha à cet espoir le plus longtemps possible.

Seul dans son immense bureau, Huseyin Celaleddin Pacha avait de lourdes décisions à prendre.

Il faisait face à la baie vitrée et regardait la vue, perdu dans ses pensées, comme bercé par l'envoûtant panorama de tours, de minarets et de dômes éclairés par des projecteurs qui s'étendait devant lui, scintillant dans l'humidité torride de la nuit.

Voilà longtemps qu'il n'avait pas été aussi embêté par une affaire. Il y avait eu un certain nombre de crises récemment, bien sûr. L'empire avait traversé des périodes d'instabilité, et, quand on était à la tête de la police secrète, on était à l'épicentre de pratiquement tout. Mais cette crise-là rendait toutes les autres mineures par comparaison. Si ce qu'il avait entendu dans la salle d'interrogatoire était vrai, il faisait face à un danger qui menaçait l'existence même de l'empire. Il suffisait qu'une seule personne mal intentionnée murmure quelques mots pour que ce monde soit effacé de l'Histoire d'un coup de gomme.

Ce péril en cachait un autre, moins spectaculaire, mais peut-être plus profond. Il concernait les fondements mêmes de l'empire. La doctrine religieuse qui structurait l'Islam reposait sur la soumission à la volonté divine. Cette soumission lui donnait son nom, et le sultan, dans son rôle de calife, était le défenseur de la foi musulmane. Mais si ce que Celaleddin venait d'apprendre était vrai, les glorieuses conquêtes de l'empire n'étaient pas dues à la volonté de Dieu. Elles n'étaient pas le résultat d'un grand projet divin. Non, elles étaient le fait d'un seul homme, le résultat de la supercherie d'un voyageur temporel astucieux, du stratagème d'un tricheur. La longévité de l'empire était artificielle, et cette révélation, si elle venait à être connue, causerait un mouvement de révolte qu'il serait peut-être impossible de contenir.

Le risque était trop grand pour ne pas réagir. Il fallait empêcher que quelqu'un voyage dans le passé pour défaire ce qui avait été accompli, ou fasse éclater au grand jour la vérité sur l'origine de la grande invasion de l'Europe. Il fallait mettre un terme à ces dangers, définitivement.

Il avait la certitude que l'anesthésiste et sa femme lui avaient dit la vérité, toute la vérité. Leur terreur quand ils avaient vu leurs enfants en danger n'était pas feinte, et il avait assez d'expérience de ce genre d'interrogatoire pour savoir qu'il était impossible qu'ils aient passé quelque chose sous silence. Ils lui avaient tout dit.

Et lui étaient donc devenus inutiles.

Seules des mesures extrêmes pouvaient être appliquées pour régler le sort des personnes qui avaient été exposées au secret, et il fallait faire place nette tout de suite.

Ce soir même.

L'existence de l'empire – du monde entier – en dépendait.

38

Kamal avait toujours eu le sommeil léger.

Et il aurait de toute façon été incapable de s'endormir, vu la situation. Voilà pourquoi il se redressa d'un bond à l'instant même où le son à peine audible signalant que quelqu'un crochetait sa porte d'entrée se fit entendre.

Il sauta de son lit sans bruit, complètement nu, mais il était déjà trop tard. Il entendit le grincement de la porte qui s'ouvrait alors qu'il n'avait pas encore atteint le seuil de sa chambre. Ce qui lui posait deux gros problèmes.

Premièrement, comment garder l'élément de surprise ? Les intrus – ils étaient certainement plusieurs – étaient à coup sûr des professionnels : sa serrure ne se serait pas laissé ainsi malmener par le premier venu. Et dans des cas pareils, la surprise était essentielle.

Deuxièmement, son pistolet était resté dans sa veste, sur une chaise près de la porte d'entrée, ce qui signifiait qu'il était coincé dans sa chambre, et parfaitement à poil, et ce dans tous les sens du terme. Loin d'être l'idéal lorsqu'il s'agissait de sauver sa peau, mais cela ne servait à rien de se lamenter.

Il retourna vite à son lit et arrangea la couette pour donner l'impression qu'il était encore dessous. Ensuite il alla à pas de loup se cacher derrière la porte ouverte de la chambre.

Il n'avait rien à portée de main qui puisse lui servir d'arme. Il devrait se battre à mains nues.

Il entendit des pas feutrés approcher. Ses visiteurs étaient plus d'un, c'était maintenant certain, mais peut-être pas plus de deux. Pas un murmure, juste une progression lente et prudente dans l'appartement, avec des arrêts de quelques secondes pour examiner les lieux. Kamal ne voyait aucun rond de lumière danser sur les murs sombres, pas d'ombres projetées. La luminosité de la ville suffisait sans doute à les guider. Ou alors ils avaient des lunettes de vision nocturne.

Peu importait.

Ils se dirigeaient vers la chambre.

Kamal, prêt à bondir, retint son souffle tout en glissant un regard par la fente entre la porte et le chambranle. Deux silhouettes noires avançaient lentement dans un silence absolu, se distinguant à peine dans l'ombre, la seconde un pas derrière la première, qui, face à Kamal derrière la fente, s'apprêtait à entrer dans la chambre.

Précédée par une arme de poing prolongée d'un silencieux.

Kamal se tendit tel un ressort.

Il voulait que ses visiteurs soient tous les deux dans la pièce avant d'agir.

Des secondes, interminables, s'écoulèrent, tandis qu'il attendait, retenant son souffle. La première ombre s'approcha très lentement du lit, la seconde fit un pas en avant et vint se placer exactement de l'autre côté de la porte qui cachait Kamal.

Parfait.

Il laissa exploser toute l'énergie qu'il retenait en poussant la porte de toutes ses forces. Elle vint frapper l'homme de plein fouet à la façon d'un bélier, le prenant totalement par surprise. Il lâcha un grognement sonore avant de s'écraser contre le chambranle.

Kamal ne jeta pas même un coup d'œil vers l'arrière pour apprécier le résultat de son attaque. Il se rua sur l'autre homme, qu'il atteignit juste au moment où celui-ci se retournait et tentait de lui faire face. Sa main gauche se referma sur l'arme brandie par l'assassin, tandis qu'il lui assénait un direct du droit au visage.

Dans le noir et la précipitation son coup perdit en précision, l'homme parvint à reculer et contra par un féroce coup de genou qui frappa Kamal au ventre. L'air fut expulsé de ses poumons et il se plia en deux, sans lâcher l'arme qu'il partageait avec le tueur. Il entendit, comme assourdi et à une grande distance, un mouvement derrière lui, un halètement, un froissement de bruit de chaussures cherchant un appui. Le deuxième tueur…

Kamal tournoya dans le sens contraire des aiguilles d'une montre, leva le bras droit, plia le coude et l'expédia vers la tête du premier tueur, qui se trouvait maintenant derrière lui. Cette fois, il atteignit sa cible en plein visage et sentit son agresseur tituber vers l'arrière en lui abandonnant son pistolet. Kamal en profita pour s'en saisir à deux mains, le leva vers l'homme qui se précipitait sur lui et fit feu. Le pistolet cracha quatre balles, assourdies par le silencieux, et son assaillant fut stoppé net avant de s'effondrer en tas, tel un pantin ensanglanté, aux pieds de Kamal. Cette fois encore, celui-ci ne prit pas le temps de s'occuper de son cas. Se retournant, rapide comme l'éclair, cette fois dans le sens des aiguilles d'une montre, il expédia un coup de poing extrêmement violent en pleine face du premier tueur, qui, encore groggy du coup précédent, tentait tant bien que mal de se jeter sur lui. Le cartilage du nez enfoncé, l'os et les chairs écrasés, l'homme perdit l'équilibre et tomba au pied du lit.

Kamal se pencha sur lui, le saisit par le cou et le projeta contre le mur à côté du lit. Sans le quitter des yeux, il tendit le bras pour allumer la lampe de chevet.

L'homme avait les yeux gonflés et se tenait le nez à deux mains. Du sang dégoulinait à travers ses doigts jusque sur ses vêtements.

Kamal tourna la tête pour s'assurer que l'autre était hors d'état de nuire. Il ne ferait jamais plus de mal à personne. Pas en ce monde, en tout cas. Kamal reporta son attention sur son prisonnier, lui tira brutalement la tête en arrière en le prenant par les cheveux pour mieux le regarder. Il ne l'avait jamais vu auparavant.

— Vous êtes qui, et qu'est-ce que vous foutez ici ?

Un regard hébété accueillit cette question. Puis, la conscience lui revenant, l'homme sembla retrouver un peu de mordant. Kamal y mit un terme d'un coup sec de la crosse du pistolet sur la tempe gauche, qui envoya sa tête valser sur le côté et lui arracha un gémissement de douleur.

— Réponds à ma question ! Qui t'a envoyé ?

L'homme cracha du sang et redressa les épaules sans prononcer un mot, le considérant avec un mépris qui fit crépiter l'air entre eux.

Kamal tendit le bras gauche et serra la gorge de l'homme avec sa main, le clouant sur place tout en l'étranglant à moitié. Puis il baissa la main qui tenait le pistolet, l'arme à la verticale, le silencieux dirigé vers le bas, appuyé sur le genou gauche de son visiteur.

— Je ne vais pas le répéter. Tu ne pourras plus jamais marcher, à toi de voir.

Pas de réponse.

Kamal appuya sur la détente.

L'homme poussa un hurlement et se tordit dans un paroxysme de douleur, le genou explosé.

Kamal le tenait toujours fermement, lui levant la tête pour l'obliger à le regarder dans les yeux. L'homme était au comble de la souffrance, et secouait violemment la tête de droite et de gauche.

Kamal remonta le pistolet et le plaça à quelques centimètres de la bouche de l'homme.

— Je ne vais pas te tuer, ce n'est pas mon genre. Mais je vais bien t'arranger : tu ne pourras même plus pisser tout seul. Je répète ma question. Vous êtes qui ? Qui vous envoie ?

L'homme était à peine conscient. Il était agité de violentes secousses et des filets de sueur dégoulinaient le long de son visage, se mêlant au sang et à la bave qui s'échappaient de sa bouche.

Kamal éloigna le pistolet du visage et le dirigea ostensiblement vers l'autre jambe. Cette fois, il y eut une réaction :

— Non, gémit l'homme, non !

Kamal s'arrêta, l'observa, puis il braqua son pistolet sur le ventre du tueur.

— Parle !

L'homme cracha encore du sang.

— Je suis de la section Z…

Il fusilla Kamal du regard en prononçant ces mots.

Kamal eut l'impression qu'on lui donnait un grand coup dans le ventre.

— Pourquoi on t'a envoyé ? Pourquoi voudrait-on me tuer ?

— On ne venait pas te tuer. On avait l'ordre de t'embarquer.

Cela n'avait pas de sens.

— Pourquoi ?

L'homme se racla la gorge, ce qui sembla lui faire mal.

— Je ne sais pas.

— J'imagine qu'ils pensent que je fais partie de la Rose blanche, moi aussi ?

Un ricanement échappa à l'homme dans une grimace douloureuse. Kamal ne comprit pas.

— Quoi ? aboya-t-il.

L'homme ne répondit pas, mais il se moquait clairement de lui.

Kamal lui donna une gifle pour le ramener à la réalité.

— Tu disais ? répéta-t-il.

L'homme eut du mal à déglutir, mais, comme si l'incompréhension impatiente de Kamal lui redonnait des forces, il retrouva son air de mépris.

— Tu es vraiment largué, hein ?

Kamal appuya plus fort le pistolet contre son ventre, lui tirant un grognement de douleur.

— Tu vas m'expliquer, alors… J'ai tout mon temps.

L'homme avait pris un air supérieur.

— La Rose blanche, ça n'existe pas, espèce de crétin.

Kamal en eut le souffle coupé.

— Comment ça ?

L'homme se rengorgea :

— C'est nous qui avons inventé ça, d'un bout à l'autre. Et vous, vous avez tout gobé.

Il eut un rictus dédaigneux qui fit couler du sang de sa lèvre inférieure.

Kamal se mit à réfléchir frénétiquement aux implications de ce qu'il venait d'entendre. Des noms lui sautèrent à l'esprit : le professeur Azmi, et le dramaturge, Sinasi. Et bien évidemment Nisrine.

Réveille-toi, Kamal.

Un sentiment d'urgence désespéré l'envahit.

— Mon frère, Ramazan Hekim. Sa femme, Nisrine. C'est vous qui les avez ?

L'homme ne répondit pas. Il semblait jouir du pouvoir qu'il pensait détenir sur Kamal.

Kamal appuya le canon de son pistolet sur le genou encore valide.

— Je ne le répéterai pas.

Cette fois, il n'était plus question de faire le malin.

— Je ne sais pas, grogna l'homme, de mauvaise grâce. Je ne suis pas au courant.

Kamal réfléchit vite.

— Où vous a-t-on demandé de m'emmener ? À la Citadelle ?

L'homme fit non de la tête.

— Où, alors ?

Il se referma comme une huître. Kamal fit pression avec le canon du pistolet.

— Où ?

— Dans la cambrousse. Dans la forêt de Chevreuse. Au château de la Madeleine.

Kamal n'avait jamais entendu parler de cet endroit.

— Qu'est-ce qu'il y a, là-bas ?

L'homme resta muet.

— Je te demande ce qu'il y a là-bas !

— Rien… Des ruines. Au milieu de la forêt.

— Pourquoi là-bas, alors ?

L'homme hésita, puis lâcha :

— C'est là où on emmène les gens, parfois.

« Là où on emmène les gens » ?

Kamal sentit la peur lui vriller les tripes.

— Alors, l'objectif, c'était quoi ? De me tuer là-bas ?

— Non. Nos ordres étaient juste de t'y conduire. Rien d'autre. Je le jure.

— Donc quelqu'un allait prendre le relais là-bas ?

L'homme l'admit d'un mouvement de tête.

— Qui ?

— Je ne sais pas, je le jure.

— Qui a donné l'ordre ? demanda Kamal, tout en connaissant déjà la réponse.

Une peur véritable s'alluma dans les yeux de l'homme.

Kamal lui rappela froidement sa position en déplaçant son pistolet sur son bas-ventre.

— Kuzey Pacha, dit le blessé avec un frisson.

Kamal sentit le sang se retirer de son visage.

Il avait la confirmation qu'il cherchait. Fehmi Kuzey, le bras droit de Celaleddin, le chef de la section Z.

Mais pourquoi ?

Il y avait un moyen de le découvrir.

— Comment va-t-on là-bas ?

— C'est vers l'ouest, après Versailles. Je peux te montrer. Je l'ai sur mon téléphone.

Kamal appuya le pistolet sur le bas-ventre de l'homme tout en lui fouillant les poches.

— Attention, pas de bêtises.

Il sortit le téléphone.

Malgré ses tremblements, le blessé parvint à afficher une carte qui montrait une forêt aux environs de Paris, un peu au sud de Versailles. Un point rouge sur l'endroit voulu, vers la droite.

— C'est bon.

Kamal lui prit son téléphone, puis il leva le pistolet et l'abattit avec force sur son crâne. L'homme s'écroula sur le plancher, assommé.

Kamal agit vite. Il le ligota, trouva ses clés de voiture, prit les deux pistolets et les badges d'identification. Après cela, il put enfin s'habiller.

Il dévala l'escalier quatre à quatre et traversait le palier, un étage plus bas, quand il remarqua que la porte de l'appartement juste en dessous du sien était entrouverte. Un filet de lumière passait et une silhouette noire se profilait dans l'entrebâillement. Kamal connaissait ce voisin, un restaurateur renommé. Il s'arrêta et approcha de la porte.

L'homme, apeuré, ouvrit un peu plus la porte.

— J'ai entendu du bruit, dit-il à Kamal, la voix tremblante. J'allais appeler la...

— Tout va bien. Ne vous inquiétez pas. Allez vous coucher.

— Vous êtes sûr ?

— Absolument. Retournez au lit. Désolé de vous avoir réveillé. Nous avons la situation bien en main.

Ce « nous » avait quelque chose de rassurant. Il lui adressa un signe de tête calme et ferme.

De précieuses secondes étaient en train de s'écouler. Il perdait du temps.

Son voisin hocha la tête d'un air encore hésitant, puis recula dans l'ombre de son entrée.

Kamal n'attendit pas de voir la porte se refermer.

Il trouva rapidement la voiture banalisée de ses attaquants et partit à toute allure dans les rues obscures et désertes vers le point rouge signalé sur la carte, le cœur comme un marteau-piqueur. Il se demandait qui il trouverait là-bas, et s'il arriverait avant qu'il ne soit trop tard.

39

L'aube était encore loin quand le château médiéval apparut à l'horizon, forme ramassée au sommet d'une colline, dominant une mer d'obscurité. Seule la lune, presque pleine, permettait à Kamal de distinguer sa silhouette sur le ciel luminescent. Sa beauté fantomatique était bien trompeuse quand on songeait à la laideur des crimes qu'on y commettait.

Kamal alluma ses feux de position en entrant dans la forêt. L'asphalte lisse de la route principale laissa place à la terre battue cahoteuse d'un chemin qui s'enfonçait dans un épais bois de hêtres et de chênes. Cette nature sauvage semblait ne pas avoir beaucoup changé depuis les jours où marchands et pèlerins empruntaient cette voie reliant autrefois Paris à Chartres. Quelques *fersah* plus loin, les ruines du château reparurent un instant : deux tours rondes massives, l'une surmontée d'une poivrière, un donjon carré à la toiture partiellement écroulée, avec des remparts crénelés dont il manquait des parties, comme une bouche édentée. Après des siècles d'abandon, il n'était plus que l'ombre de lui-même et de son glorieux passé, car, comme Kamal l'avait appris après une recherche fiévreuse, il s'était trouvé à un carrefour très fréquenté et avait servi d'octroi pour percevoir des taxes de passage. Personne n'affluait plus à ses portes. Et ceux qui y venaient encore, Kamal en avait maintenant la conviction, n'en ressortaient plus jamais.

Il éteignit complètement ses feux et ne se dirigea plus que grâce à la clarté de la lune, continuant à faible allure dans la forêt jusqu'à ce que les hauts murs de la forteresse se dressent à quelque distance. Il s'arrêta, pénétra en marche arrière dans une partie dégagée du sous-bois pour se garer à l'abri des regards et coupa le moteur.

Dans la boîte à gants, il trouva la lampe torche réglementaire dont il vérifia le fonctionnement par un bref allumage, verre couvert avec la main. Ensuite il prit son pistolet, déverrouilla la sûreté et descendit de voiture.

Il partit vers le château.

Autour de lui régnait un silence de mort, mais Kamal connaissait suffisamment les forêts pour savoir que s'y cachait une intense vie animale. Les daims, les sangliers devaient y abonder. Il eut l'horrible vision de corps abandonnés à la merci des prédateurs. Cette forêt immense et désolée était un endroit idéal pour se débarrasser des curieux, des gêneurs – ceux qui, comme lui, se mettaient dans les pattes du pouvoir, même involontairement.

Il atteignit le pied de la forteresse. Autour des remparts, les douves à présent asséchées formaient un profond fossé envahi de ronces et de fougères, mais le vieux pont en bois permettait toujours de le franchir. Pas le moindre guetteur. Il l'emprunta prudemment, prenant soin de ne pas faire résonner ses pas sur les planches pour ne pas donner l'alerte.

La cour intérieure était très sombre. Personne, pas de lumière. Les lieux auraient eu l'air déserts s'il n'y avait eu un SUV Kartal noir – le véhicule de service standard de la Hafiye – garé devant l'entrée du donjon. Au moins, il n'y en avait qu'un. Voyant cela, il espéra qu'il n'aurait pas trop d'adversaires à combattre.

Surveillant la cour, qu'il balayait de gauche à droite avec son pistolet, il avança à pas lents vers la porte du donjon. Soudain, un hurlement perça le silence à sa gauche. La supplique d'une femme, un « Non ! » qui venait d'une tour trapue sans fenêtres, trouée d'une seule porte.

Nisrine.

C'était sa voix, il en était sûr.

Il ne l'avait jamais entendue crier ainsi, mais il était certain que c'était elle.

Ce hurlement le galvanisa : il se mit à courir dans la cour à découvert pour voler à son secours.

Il passa la porte sans s'arrêter, vit une faible lumière à sa droite, au fond d'un étroit passage. Un nouveau cri éclata. Il entendit comme une gifle violente, puis une voix d'homme qui criait des insultes et un bruit de tissu arraché. Kamal aurait voulu avertir Nisrine qu'il était là, lui faire savoir qu'il arrivait à son secours, mais il s'en garda bien et se précipita dans le couloir, le sang lui battant les tempes.

Il fit irruption dans la pièce et en une fraction de seconde prit la mesure de la situation : Nisrine était à terre, à moitié nue, plaquée au sol par un homme dont Kamal ne voyait pas le visage, la scène sordide éclairée par la flamme glauque d'une lampe à gaz. L'homme lui emprisonnait les poignets d'une main tout en descendant son pantalon de l'autre.

— Tiens-toi tranquille, sale pute ! siffla-t-il. Crois-moi, tu vas en redeman…

Il n'eut pas le temps de terminer sa phrase, ne comprit même pas ce qui lui arrivait. Kamal se jeta sur lui et lui donna une violente bourrade pour dégager Nisrine avant de le frapper férocement à la tête avec la crosse de son pistolet à coups répétés, pris d'une fureur meurtrière.

Se ressaisissant soudain, Kamal comprit que l'homme était hors d'état de nuire et se tourna vers Nisrine, s'approchant doucement d'elle. Elle hoquetait, tirant fébrilement sur les lambeaux de ses vêtements pour se couvrir.

Kamal la prit dans ses bras et la serra fort.

— Ça va aller, Nisrine, c'est fini.

Elle se détendit une seconde, puis d'un coup elle le repoussa, frénétique, le visage empreint d'une terreur effroyable.

— Ramazan, les enfants ! s'écria-t-elle d'une voix stridente. Vite ! Ils sont ici ! Ils nous ont tous amenés ici !

— Où ? Dans le donjon ?

— Je ne sais pas. Ils nous ont couvert la tête avec des sacs. Mais ils ne sont pas loin. Nous sommes là tous les quatre !

Une angoisse mortelle saisit Kamal, si aiguë que l'air peina à atteindre ses poumons.

— Reste ici, lui ordonna-t-il.

Il partit à fond de train dans le couloir et déboucha comme un fou dans la cour qu'il traversa à toutes jambes vers le SUV et l'entrée du donjon. Une courte distance, mais qui lui sembla prendre une éternité, alors qu'il essayait de ne pas penser au pire, espérant arriver à temps, avant qu'il soit trop tard. Juste au moment où il dépassait l'arrière du SUV et arrivait à la porte du donjon, une silhouette se matérialisa sur le seuil, s'apprêtant à sortir.

L'homme se figea en voyant Kamal se ruer sur lui. La lune n'éclairait pas assez son visage pour qu'on puisse distinguer ses traits, mais rendait bien visible sa main qui descendait vers son arme.

Sans la moindre hésitation, Kamal lui tira trois balles dans la poitrine sans cesser de courir.

L'homme s'écroula juste devant la porte.

Kamal ralentit et avança prudemment, pistolet en avant, tous les sens en alerte, prêt à riposter.

Un lourd silence pesait sur la colline. Alors, à peine audible, il perçut un bruit de pas dans son dos. Il se retourna. Nisrine l'avait suivi.

Il tourna les yeux rapidement vers le passage noir qui menait dans le donjon, et mû par un mauvais pressentiment, se dressa devant elle.

— Ne viens pas.

Elle continua d'avancer.

— Nisrine. Écoute-moi. Stop.

Elle fit encore un pas.

Il leva à demi la main pour la ralentir, le plus doucement possible.

— Attends là, je t'en prie.

Elle posa sur lui un regard d'incompréhension. Il planta ses yeux dans les siens, essayant de lui communiquer quelque chose d'apaisant qu'il ne savait pas mettre en mots, ne parvenant qu'à balbutier encore :

— Je… je t'en prie.

Elle répondit par un petit signe d'acceptation hébété.

Il tourna alors sur lui-même, enjamba l'homme à terre et entra dans le donjon.

On pénétrait d'abord dans une petite pièce basse de plafond où se trouvaient deux portes menant à la partie principale, l'une à gauche et l'autre à droite.

Une faible lumière filtrait sous celle de gauche.

Ce fut par là qu'il choisit d'aller.

La porte donnait sur une vaste salle haute de plafond, éclairée par une lampe à gaz. Une cheminée monumentale en pierre occupait une bonne partie du mur du fond, mais pour le reste elle était entièrement nue. Kamal n'y prêta pas attention.

Il n'avait d'yeux que pour les formes humaines, tout juste visibles dans l'ombre, qui étaient allongées près du mur, plus loin sur sa droite.

La terreur vrilla son ventre, ses jambes faillirent le lâcher mais il resta debout et, au ralenti, s'approcha des corps inertes.

Il y en avait trois. L'un était de taille adulte, un homme à en juger par les vêtements.

Les deux autres étaient plus petits.

Des enfants.

Les têtes étaient couvertes de sacs noirs.

Pas le moindre mouvement.

Il parvint à continuer dans une sorte de transe malgré la terreur paralysante.

Il se pencha sur l'un des petits corps, posa son pistolet à terre, regarda son propre bras avancer, ses doigts tremblants se tendre, toucher le sac noir qui couvrait la petite tête immobile.

Et sa main soulever doucement le tissu.

Tarek. Les yeux grands ouverts, ses traits éternellement figés par l'épouvante.

Son cou était marbré de taches sombres.

Les yeux de Kamal se remplirent de larmes. Sa bouche s'assécha d'un coup et il eut un haut-le-cœur, mais il continua, posa délicatement les doigts sur le cou du petit garçon, espérant encore, contre toute évidence, un signe de vie qu'il savait ne pas pouvoir trouver.

Rien.

Un cri brisa alors le silence, un cri que Kamal n'oublierait jamais et qui déchira l'air de la salle monumentale. Un hurlement rauque et perçant né d'une douleur inimaginable.

Il tourna la tête.

Nisrine marchait vers lui en titubant, les bras tendus devant elle, les yeux consumés d'horreur, la bouche ouverte sur ce cri qui s'était étouffé dans sa gorge.

— Non ! s'écria Kamal en se redressant d'un bond pour se précipiter vers elle.

Il l'attrapa et la retint dans ses bras pour l'empêcher de continuer. Elle se débattit, lançant des coups désespérés.

— Lâche-moi ! s'écria-t-elle, en larmes. Laisse-moi aller les…

— Non, murmura Kamal en résistant. Non.

— Lâche-moi…, sanglota-t-elle.

Elle se démenait pour se libérer, donnant des coups de pied, le visage inondé de larmes, la bouche s'ouvrant pour aspirer l'air comme une femme en train de se noyer, et elle répétait « Non, non » sans pouvoir s'arrêter. Puis ses forces l'abandonnèrent et ils glissèrent tous deux sur les dalles de pierre froides. Il la maintenait, un bras passé fermement autour elle, l'autre soutenant l'arrière de sa tête, la serrant contre sa poitrine. Ils ne bougeaient plus, anéantis par le choc.

Ils restèrent ainsi, immobiles, un long moment.

Pendant de longues minutes. Une heure, peut-être.

Ils avaient perdu toute notion du temps, ne savaient plus où ils étaient, emportés par le tsunami d'une douleur insoutenable.

Et pendant tout ce temps, elle continuait de répéter « Non », encore et encore.

Une éternité plus tard, quand il la sentit trembler un peu moins et que ses larmes se furent asséchées, il la relâcha lentement. Doucement, avec ménagement, il desserra son étreinte et, sans rien dire, il la regarda se lever et s'enfoncer d'un pas vacillant dans la salle.

Là, elle s'agenouilla devant les formes sans vie et, lentement, d'une main hésitante, elle continua ce qu'il avait commencé.

40

Ils avaient été étranglés.

Tous les trois.

Ramazan, Tarek et Nour.

Dans un coin, tout au fond de la salle, Kamal découvrit deux autres corps qu'il reconnut : c'étaient ceux des agents auxquels il avait parlé devant l'hôpital, membres de l'équipe prise dans la fusillade.

Une énigme à résoudre. Plus tard.

Il leur fallait d'abord absorber l'inconcevable.

Des minutes interminables passèrent, alors qu'ils étaient emportés par la peine, assis sur les dalles froides. Nisrine tenait ses enfants morts dans ses bras, se balançant d'avant en arrière, tête courbée pour poser des baisers sur leur tête. À côté, Kamal veillait sur le cadavre de son frère, témoin impuissant de la douleur de cette mère qui s'adressait à Dieu en murmurant des suppliques à peine audibles, gardant les yeux sur l'arrière de sa tête, son regard se perdant dans le vide, puis revenant sur elle, puis repartant, engourdi par la peine, muet, avec l'impression irréelle d'avoir quitté son corps et d'être enfermé dans un enfer de douleur dont il n'y avait, il le savait, aucun moyen de s'échapper.

Son frère. Son neveu chéri. Sa nièce adorée.

Trois des personnes qui comptaient le plus au monde pour lui, alors qu'il y en avait si peu. Peut-être les seules qu'il eût jamais vraiment aimées. Mortes, sauvagement assassinées par des barbares.

Et la quatrième des personnes chères à son cœur était là, à ses côtés, détruite par une douleur impossible.

Il avait déjà côtoyé la mort, vu des victimes d'attentat ou des condamnés être exécutés. Et chaque fois, il lui avait semblé s'endurcir un peu plus, mieux supporter la brutalité de la mort, et y puiser la volonté de faire de son mieux pour éviter le sacrifice de vies innocentes.

Cette fois, c'était tout le contraire. Ses forces avaient été pulvérisées, son cœur anéanti n'était plus qu'un organe froid et stérile.

Ce fut Kamal qui finit par briser le silence.

Il ne savait pas combien de temps s'était écoulé, mais, même s'il faisait encore noir dehors, l'aube ne devait pas être loin. Sa fureur et ses interrogations allaient devoir attendre. Il y avait beaucoup plus urgent.

— Nous ne pouvons pas rester ici, dit-il doucement. C'est trop risqué.

Nisrine ne répondit pas. Elle restait penchée sur ses enfants morts qu'elle serrait sur son cœur.

Il approcha d'elle, plaça une main hésitante sur son épaule.

Elle eut un sursaut et s'écarta à ce contact.

— Non, dit-elle sans le regarder. Ne me touche pas.

— Nisrine…

Elle ne répondit pas, la respiration rapide.

— Tu savais ce qui se passait ici ? finit-elle par demander, toujours sans se tourner vers lui.

Elle avait dit cela d'une voix posée, mais dure et remplie d'amertume, accusatrice.

Il eut l'impression que le sol se dérobait sous ses pieds.

— Non, bien sûr que non…

— Est-ce que tu es déjà venu ici ? Est-ce que tu as déjà…

Elle ne parvint pas à achever sa phrase.

— Nisrine, écoute-moi. Je te jure que je n'ai jamais… Tu

me connais, enfin ! Tu crois vraiment que je serais capable de faire une chose pareille ?

— Je ne sais pas.

— Mais si, tu le sais. Bien sûr que si. Tu me connais, insista-t-il.

Elle inclina la tête, juste un peu, mais sans un mot. Ensuite elle baissa la tête pour mettre le nez dans les cheveux de Tarek et retomba dans le silence, mais Kamal entendit qu'elle avait recommencé à pleurer.

Au bout de quelques minutes, étouffant ses sanglots, elle demanda d'une voix tendue :

— Ces salauds… ceux qui nous ont emmenés ici, ceux que tu as tués… tu les connaissais ?

— Non.

— Mais c'étaient des agents. Comme toi.

— Nisrine…

— Ils obéissaient aux ordres de ton patron. Le directeur de la Hafiye…

— Je ne les connaissais pas, je t'assure, protesta-t-il, accablé. Ils faisaient partie de la section Z. Et il faut quand même que tu saches… Il faut que tu saches comment je suis arrivé ici. C'est parce que deux autres mecs ont été envoyés chez moi. Pour me tuer, moi aussi. C'est ça qui m'a permis de te retrouver.

Elle garda le silence un instant.

— Tu les as tués ?

— Oui. Un des deux, en tout cas. Et l'autre était en meilleure forme avant de me rencontrer.

— Tant mieux.

Elle ne parvenait toujours pas à le regarder.

— Pourquoi est-ce qu'ils t'en veulent, à toi aussi ?

— Parce que je te recherchais. Parce qu'ils savaient que s'il t'arrivait quoi que ce soit, ou à Ramazan, ou aux… Ils savaient très bien que je ne m'arrêterais pas avant de les avoir tous éliminés jusqu'au dernier.

Elle ne dit rien.

Il lui laissa un instant.

— Nisrine, nous devons nous sauver. Ils vont bientôt comprendre que leur opération a déraillé. Ils vont envoyer des renforts.

Elle ne réagit pas, puis, au bout d'un long moment, elle dit :

— Nous ne pouvons pas les laisser là. Il faut les enterrer.

— Bien sûr… Mais où ? Nous ne pouvons pas nous montrer au grand jour. Ils vont nous rechercher activement.

Alors elle se tourna enfin vers lui. Ses yeux étaient rouges, gonflés, ses pupilles, immenses, ressemblaient à des puits sans fond. Mais aussi douloureuse que sa peine soit à voir, ce n'était pas ça, le plus difficile à supporter.

C'était son regard accusateur.

— On ne peut pas les laisser ici, Kamal. Enterrons-les, n'importe où mais loin d'ici.

Il hocha la tête.

— Il faut nous dépêcher, alors.

Jamais il n'avait rien eu à faire d'aussi difficile.

Bien entendu, c'était beaucoup plus dur pour Nisrine. Elle endurait un innommable supplice. Mais pour Kamal la souffrance était terrible aussi, même si elle était différente. En plus de l'horreur de ces assassinats et de sa peine, il lui fallait être témoin de l'anéantissement de Nisrine.

Elle respirait, elle bougeait, elle réagissait, elle était encore vivante… mais elle avait disparu. Nisrine n'était plus. La vie, au-delà du sens strict et métabolique, lui avait été arrachée. En l'observant, en voyant la désolation absolue gravée sur son visage, il se demandait si ce qui venait d'arriver cesserait un jour de la hanter – il connaissait la réponse, et cela le déchirait. Et son désespoir, s'ajoutant à la rancœur qu'elle nourrissait encore visiblement contre lui, lui était insoutenable.

Il replia les sièges arrière du SUV garé dans la cour, y porta les enfants. Tarek en premier, Nour ensuite. Il les allongea côte à côte, laissant de la place pour son frère. Il l'apporta en dernier, suivi pas à pas par Nisrine, qui le surveillait.

Le tout dans un silence assourdissant.

Laissant Nisrine un instant, il alla faire le tour des agents qu'il avait tués. Ils avaient l'un et l'autre leur badge d'identification sur eux. Il les empocha et les délesta de leurs armes. Quelque chose lui disait qu'il allait en avoir besoin.

Il préféra laisser leurs téléphones, garda celui qu'il avait pris au tueur qui s'était introduit chez lui, mais en retira la batterie pour s'assurer qu'on ne pourrait pas les pister.

Il était perdu. En une nuit, il avait dû tuer trois agents de la Hafiye et en blesser grièvement un quatrième. Il était devenu un homme à abattre, un ennemi public, et ne doutait plus que le pouvoir était entre les mains d'assassins barbares. Lui qui avait voué sa vie à protéger l'empire, il n'avait plus qu'une seule envie : le faire tomber, le détruire. Mais avant cela, il voulait savoir ce qui se passait. Pourquoi son frère et sa famille avaient-ils été pris pour cible ? Pourquoi avait-on voulu l'éliminer, lui, un agent estimé ? Nisrine pourrait certainement l'éclairer un peu, mais cela devrait attendre.

Il avait trois personnes à enterrer.

41

— Il se passe quelque chose. Les hommes que nous avons envoyés au château sont injoignables.

Celaleddin était chez lui, au lit. Voyant qu'aucune clarté ne filtrait par les rideaux, il avait compris même avant de répondre que ce coup de fil en pleine nuit ne pouvait rien signifier de bon. Ce que venait de lui dire Kuzey et le ton de sa voix le lui confirmaient.

Sa femme avait bougé, vaguement protesté, puis s'était retournée et rendormie. Il se leva sans la déranger et sortit de leur chambre pieds nus, en chemise de nuit.

— Et l'équipe que vous avez envoyée chez Kamal Agha ?

— Pareil.

Celaleddin entra dans son bureau, pour une fois le menton bas, son visage maigre préoccupé. Ils l'avaient peut-être sous-estimé en n'envoyant que deux hommes pour l'éliminer. Kamal avait plus d'une fois démontré ses capacités, ses supérieurs de la Hafiye en étaient les premiers conscients.

— Vous avez envoyé des renforts au château ?

— Ils y vont à bride abattue, confirma Kuzey, utilisant une des nombreuses vieilles expressions françaises qui s'étaient introduites dans la langue ottomane. La Zaptiye est mobilisée pour mettre en place des barrages dans toute la région.

— Il y a beaucoup de petites routes de campagne, par là-bas. C'est un vrai dédale.

— Je sais bien.

— Je veux être informé de la situation dès qu'ils seront arrivés.

— Nous devrions être fixés d'ici une dizaine de minutes.

Le gardant au bout du fil, Celaleddin appuya sur un bouton pour sonner un domestique. Il avait besoin de café. De beaucoup de café. La journée s'annonçait longue et difficile.

Il réfléchit quelques secondes avant d'être interrompu par son valet de chambre.

— Café, ordonna-t-il sèchement. Une grande cafetière.

— Pardon ? demanda Kuzey dans le téléphone.

Celaleddin ne daigna pas répondre et fit signe à son domestique qu'il pouvait partir, puis il reprit la parole, il avait une consigne urgente à donner à Kuzey.

— Trouvez-moi le coéquipier de Kamal.

— Taymour Agha ?

— Oui.

Il imaginait déjà divers cas de figure, envisageait des parades.

— Il est possible qu'on ait besoin de lui, ajouta-t-il.

Au volant du gros SUV noir, Kamal se dirigeait vers l'est sur des routes de campagne désertes alors que les premières lueurs de l'aube teintaient le ciel à l'horizon. Il évitait les grands axes, et roulait à une allure modérée pour ne pas attirer l'attention, à l'affût de tout signe de barrage policier ou de drone de surveillance.

Nisrine était assise à côté de lui, le regard fixe, plongée comme lui dans un silence funèbre, et, comme lui, pleine du désir de se venger. À l'arrière, les trois corps étaient allongés côte à côte sur le dos, recouverts par une bâche trouvée au château.

Le temps était compté pour les mettre en terre. La tradition islamique exigeait que les enterrements soient effectués le plus vite possible après la mort. Oui, mais où aller ?

En temps normal, Paris aurait été le lieu d'inhumation choisi. La famille de Kamal et Ramazan était parisienne, c'était dans cette ville que se trouvait la mosquée familiale, là que leurs grands-parents et arrière-grands-parents étaient enterrés. C'était là que Ramazan aurait dû reposer, Kamal le ressentait intensément, mais il ne fallait pas y songer. Trop de gens les connaissaient à Paris, il y avait trop de policiers dans les rues, trop de caméras de surveillance à l'affût des plaques d'immatriculation, et trop d'informateurs cherchant le moyen de se faire bien voir des autorités. Pour l'instant, il fallait éviter les grandes villes à tout prix. Même les villes plus petites présentaient des risques : ils ne seraient en sécurité nulle part où il y aurait trop de monde.

Cela ne laissait pas beaucoup de possibilités.

Voilà pourquoi Kamal se dirigeait vers Fontainebleau et son grand château, gardant un œil sur la route et l'autre sur le rétroviseur, à l'affût des dangers.

Fontainebleau, il est vrai, était loin d'être un lieu désert. Le palais de plus de mille cinq cents pièces s'élevait au sein d'un immense parc et devant de beaux jardins. Le premier château fort construit sur cet emplacement remontait au XIIe siècle, mais on l'avait considérablement agrandi au XVIe et il était devenu une des résidences favorites des rois de France et un relais de chasse. Après la conquête ottomane, le palais avait été transformé en madrasa, un immense campus universitaire accueillant les étudiants, leurs professeurs, les employés et leurs familles.

Cette grande université était entourée par plusieurs hectares de forêts impériales.

Kamal connaissait assez bien les lieux. Ses parents les avaient souvent emmenés pique-niquer là autrefois, lui et Ramazan, au bord d'une jolie mare en pleine forêt. Il se rappelait être plusieurs fois entré à la madrasa avec eux pour écouter un sermon ou pour dîner avant de rentrer en ville. Plus récemment, Kamal avait pris l'habitude d'aller se promener là pour décompresser. C'était un lieu paisible qui lui redonnait des forces.

Après un peu plus d'une heure de route, ils virent apparaître les hauts minarets de l'enceinte, entendirent les appels à la prière de l'aube qui en descendaient. À deux *fersah* de la madrasa, Kamal sortit de la route principale, bifurquant sur une allée de terre qui s'enfonçait dans la forêt. Il était encore tôt. Avec un peu de chance, ils ne rencontreraient personne, ni les étudiants de la madrasa se promenant avant les cours, ni les ouvriers agricoles sur le chemin des citronneraies, des oliveraies et des laiteries.

Il suivit l'étroit chemin jusqu'à la clairière qu'il connaissait. Elle était déserte. Il coupa le moteur et s'immobilisa, le regard fixe.

Des rais de lumière verticaux perçaient le sous-bois autour d'eux, éclairant les ballets des nuages d'insectes et de papillons. Les chants d'oiseaux accentuaient encore la tranquille majesté de la forêt.

Une beauté à laquelle Kamal et Nisrine restaient insensibles.

Il se tourna vers elle. Elle regardait droit devant elle, le visage durci.

— Je ne peux pas les laisser ici, lâcha-t-elle. Il faut organiser un vrai enterrement. Ça n'est pas possible.

Kamal aurait lui aussi voulu pouvoir faire autrement.

— Nous n'avons pas le choix, tu le sais bien. À moins de vouloir nous faire repérer. Ils doivent nous rechercher…

— Ces fameux « ils », dont tu ne fais pas partie, bien sûr…, jeta-t-elle d'un ton venimeux.

Il reçut ces mots comme un coup de poignard.

— Je suis désolé, mais on n'y peut rien.

Il attendit, et elle se décida enfin à le regarder, avant de lui signifier d'un faible mouvement de tête qu'elle acceptait.

Ils descendirent de voiture. Il y avait beaucoup à faire, de longs rites mortuaires à accomplir.

Il transporta les corps l'un après l'autre par un sentier qui menait de la clairière au bord de la mare, et les déposa tendrement sur la terre douce et sèche. Nisrine ne le quittait pas d'un pouce. Elle tremblait et pleurait toujours, n'ayant pas épuisé toutes ses larmes.

Quand ce fut fait, il recula d'un pas et demanda doucement :

— Tu es bien sûre de vouloir faire ça seule ?

— Oui.

Il hésita avant d'ajouter :

— Je ne peux pas t'assister ?

Elle le toisa, dents serrées.

— Je t'en prie, insista-t-il. Je voudrais t'aider.

Elle soutint son regard, puis finit par céder avec un petit signe de tête.

Ils accomplirent la toilette dans un silence solennel, n'échangeant que quelques brefs regards. Il eut peur, pendant tout ce calvaire, qu'elle ne s'en prenne de nouveau à lui ou ne s'effondre dans un paroxysme de sanglots et de cris. Il avait bien du mal lui-même à contenir sa peine et sa rage. Elle eut le remarquable courage de tenir bon pendant qu'ils effectuaient les ablutions, malgré le flot de larmes qui ruisselait le long de ses joues et le tremblement irrépressible qui agitait ses doigts dès qu'ils entraient en contact avec les corps froids de ses enfants.

Ils se servirent de l'eau claire de la mare pour laver chaque corps trois fois, suivant la procédure rituelle : le côté droit, en haut, puis à gauche, puis le bas à droite, et le bas à gauche. Nisrine était à la torture quand vint le moment de laver les cheveux de Nour, et elle dut s'arrêter plusieurs fois avant de réussir à nouer les trois tresses rituelles. Kamal se retenait d'aller vers elle pour la prendre dans ses bras, autant pour la consoler que pour se réconforter lui-même, mais il n'en fit rien, déchiré par une multitude d'émotions contradictoires.

Elle le laissa faire la toilette de son frère. Il s'acquitta de sa tâche les doigts incertains, au comble du chagrin, dans une sorte de transe, tâchant d'imprimer dans sa mémoire chaque pore du visage de son frère mort, s'appliquant à prendre son temps malgré le sentiment d'urgence qui ne le lâchait pas.

Et pendant tout le cérémonial, il fut poursuivi par une pensée atroce : il avait manqué à tous ses devoirs. Il ne les avait pas protégés. Il avait eu beau travailler à la Hafiye – cette idée le remplissait à présent d'une totale et dévorante haine de lui-même –, il n'avait rien vu venir.

Et maintenant, ils étaient tous morts.

En l'absence de linceuls – de grands et simples draps blancs parfumés cinq fois avec de l'encens – et des bandelettes rituelles qui auraient dû enserrer le tissu replié autour des corps selon le rituel, Ramazan, Tarek et Nour seraient mis en terre dans leurs longues chemises. Leur main gauche fut placée sur leur poitrine, la main droite appuyée à elle comme pour la prière.

Kamal et Nisrine se tinrent ensuite côte à côte pour la prière mortuaire. Le rite aurait dû avoir lieu en présence des amis de Ramazan et de Nisrine, et de leur proches, mais cela ne pouvait pas être.

Face à la *qibla* – la direction de La Mecque – ils récitèrent la *Salat al-Janazah*.

Kamal les laissa ensuite à la garde de Nisrine pour aller choisir un lieu propice, à la lisière de la clairière. Là, à l'aide d'outils trouvés dans le coffre du SUV, il creusa les tombes. Il s'attaqua à la terre rageusement, donnant de grands coups de pelle jusqu'à ce que ses muscles crient de douleur, se punissant physiquement comme il se punissait l'esprit. Il pratiqua d'abord de larges fosses, puis des trous longs et étroits au milieu où seraient placés les morts. Selon la tradition, ces sépultures étaient perpendiculaires à la *qibla*. Sous le regard d'une Nisrine défaite, Kamal descendit les corps dans les tombes, couchés sur le côté droit, le visage tourné vers la *qibla*, Ramazan d'abord, puis Tarek, et enfin Nour, tandis que Nisrine disait les prières. Comme ils ne disposaient pas des briques de terre traditionnellement placées sur les corps enveloppés du linceul pour éviter le contact direct avec la terre, Kamal se contenta d'entasser sur eux autant de pierres que possible. Puis, avec Nisrine, ils déposèrent trois poignées de terre avant de combler jusqu'à ce que chaque tombe soit surmontée d'un petit monticule.

Ils ne placèrent aucun signe au sommet. La tradition islamique autorisait les stèles ou les pierres tombales discrètes mais interdisait les grands monuments et décorations ostentatoires dans les cimetières, une volonté d'anonymat qui, vu les circonstances, arrangeait tout à fait Nisrine et Kamal.

Ils se recueillirent devant les sépultures, la nature semblant se taire autour d'eux en un silence étrange, seulement coupé par les sanglots étouffés de Nisrine.

Sans la regarder, Kamal dit à voix basse :

— Je suis sûr que des anges au visage lumineux comme le soleil les conduisent déjà dans les jardins du paradis.

Elle s'essuya les yeux.

— Personne ne le mérite plus qu'eux.

Ayant prononcé ces quelques mots, elle s'effondra totalement. Elle éclata en sanglots, s'éloigna de Kamal d'un pas aveugle, levant un bras pour lui interdire de la suivre, et s'enfuit à travers les arbres.

Il dut se faire violence pour ne pas courir après elle, mais il respecta son désir et l'attendit au bord de l'eau, nourrissant sa fureur d'images nettement moins idylliques de l'au-delà, où, dans le rôle de l'ange vengeur, il expédiait en enfer les responsables de la mort de son frère et de ses enfants.

En premier lieu, il devait penser à la sécurité de Nisrine et à la sienne. Il lui fallait mettre de côté pour un temps son envie de vengeance, et réfléchir à une façon d'échapper à leurs ennemis. Il fallait fuir. Fuir le plus loin possible. Les corps qu'il avait laissés à son appartement et au château de la Madeleine avaient sûrement été découverts. On allait rechercher activement les responsables, et il savait à quelle vitesse on pouvait installer des cordons de sécurité.

Chaque seconde perdue accentuait son inquiétude, mais il voulait laisser à Nisrine le temps qui lui était nécessaire.

Quand elle émergea enfin de la forêt, il vit une femme brisée. Il aurait voulu pouvoir attendre avant de la torturer avec ses questions, mais c'était impossible. Il devait comprendre ce qui s'était passé afin de trouver la stratégie adaptée.

Il se tourna vers elle. Elle regardait la mare, les yeux aussi brillants que la surface de l'eau.

— Nisrine…

Il dut attendre, puis répéter son nom à trois reprises. Doucement, patiemment. Trois appels qui lui semblèrent sonner le glas de trois vies.

Lentement, elle finit par lui faire face.

— Il faut que je sache, dit-il. Que s'est-il passé ? Excuse-moi, mais j'ai besoin de savoir.

42

Ils trouvèrent un grand rocher plat où s'asseoir au bord de l'eau.

D'une voix monocorde et distante, Nisrine raconta à Kamal tout ce qui était arrivé depuis le début.

L'apparition de l'homme tatoué à l'hôpital.

Les soupçons de Ramazan.

Les recherches qu'il avait faites sur Internet le premier soir. Les mots clés qu'il avait tapés.

— Il a déclenché des alertes, commenta Kamal.

Nisrine haussa les épaules.

— Très probablement. Notre activité sur le Net devait être dans le collimateur à cause de moi. À cause de mon métier. Ramazan le savait…

Elle s'interrompit, comme prise de remords car on aurait pu croire qu'elle critiquait son mari. Kamal n'insista pas. Il voyait combien il était dur pour elle de revivre les derniers jours, de réexaminer leurs actions à la lumière de ce qui s'était passé, et d'avouer leur imprudence. Il savait très bien que les gens finissaient toujours par pécher par excès de confiance quand ils pensaient ne rien faire de bien intéressant, même s'ils se doutaient que chacun de leurs clics était peut-être surveillé.

Il lui était très difficile aussi de penser qu'elle l'associait encore à leurs ennemis.

Elle trouva la force de lui parler de la deuxième nuit, du

moment où elle avait mis Ramazan au pied du mur et l'avait interrogé sur ses recherches sur Internet. Elle lui rapporta ce qu'elle avait alors appris sur l'homme tatoué et l'histoire qu'il avait racontée à Ramazan.

Kamal l'écouta très attentivement, sans l'interrompre.

Elle lui avoua être allée à l'hôpital avec Ramazan le lendemain matin, lui rapporta leur conversation avec l'homme tatoué, et lui parla du moment où il leur avait révélé l'incantation. La fin, elle la connaissait grâce à ce que Ramazan lui avait appris lors de son coup de fil : l'arrivée des agents à l'hôpital, la fusillade. Et la survenue de l'incroyable, au dernier moment.

Kamal mit un moment à admettre cette possibilité.

— Il l'a vu disparaître sous ses yeux ? demanda-t-il, médusé.

— C'est ce qu'il m'a dit. Il a été très clair.

— Mais tu veux dire qu'il a disparu… disparu complètement ?

— Oui.

— Nisrine…

— Kamal, je te dis que ce type s'est volatilisé !

Elle l'avait interrompu d'un ton tellement sec qu'il en fut réduit au silence. Il ne savait plus comment s'y prendre pour l'interroger, osant à peine la contredire de peur qu'elle ne s'effondre. Après ce qu'elle venait de lui raconter, il était tenté de croire qu'elle avait perdu la tête, mais il avait trop de respect pour elle et pour son intelligence pour ne pas avoir envie de l'écouter.

— Et ça n'aurait pas pu être une illusion d'optique ? Ou un moment d'inattention ? Le gars aurait pu se planquer et se tirer en douce…

— Non. Moi aussi je lui ai posé plein de questions. C'est arrivé sous ses yeux. Et les autres ont vu la même chose que lui. C'est ça qui lui a fait tellement peur, et c'est pour ça qu'il s'est sauvé.

— Mais enfin, on ne peut pas disparaître comme ça.

— On ne peut pas non plus voyager dans le temps. Et pourtant, c'est ce que ce bonhomme a fait.

— C'est ce qu'il prétend avoir fait. Il y a certainement une autre explication.

— Écoute, Kamal, tu as vu ce qui nous arrive ? Pourquoi crois-tu qu'ils veulent nous tuer ? Pourquoi ont-ils frappé si fort ? Pourquoi est-ce Celaleddin lui-même qui a conduit l'interrogatoire ? Pourquoi…

— Attends ! C'est Celaleddin qui vous a interrogés ?

Nisrine confirma d'un hochement de tête, replongeant dans des souvenirs douloureux.

Elle raconta à Kamal ce qui s'était passé à la Citadelle.

— Si ce n'était pas vrai, pourquoi voudraient-ils tous nous supprimer ? conclut-elle. C'est à cause de ce que nous savons, bien entendu. À cause de ce que Ramazan a vu. Tu as dit que les deux hommes morts que nous avons trouvés au château étaient les agents à qui tu as parlé à l'hôpital juste après la fusillade… Ils ont été liquidés pour ça, c'est évident. Pour les faire taire. Pour que rien de ce qui est arrivé ne filtre à l'extérieur.

Kamal détourna la tête en branlant pensivement du chef, l'impossible commençant sinon à le convaincre, du moins à faire son chemin en lui.

— Et donc tu dis que ce type, Rachid, vous a enseigné un charme magique ?

— Oui. Enfin, en quelque sorte. La moitié, en tout cas. Il nous a dit comment retourner dans le passé, mais pas comment il a voyagé jusqu'à notre temps. Vers l'avenir.

— Donc tu sais ce qu'il faut dire ?

— Pas par cœur. Je devrais, pourtant. J'ai lu et relu des dizaines de fois la formule, et je l'ai écoutée je ne sais pas combien de fois aussi, quand j'ai essayé de la traduire… Mais elle est en palmyrénien. Une langue qui n'a rien à voir avec la nôtre.

— Tu voulais la traduire ? Pourquoi ?

— Je voulais me rendre compte si une partie avait trait plus spécifiquement au retour vers le passé. Je me disais qu'en y substituant un mot indiquant l'avenir, ou l'idée d'avancer, on pourrait voyager dans l'autre sens, comme il l'a fait. J'avais tout écrit dans mon carnet, la formule et ce que j'avais réussi à traduire jusque-là.

— Et tu l'as donné à Celaleddin ?

— Oui. Je n'ai pas eu le choix. C'est pour ça qu'ils n'avaient plus besoin de nous, ajouta-t-elle, le visage torturé. Pourquoi ont-ils réagi aussi violemment ? Pourquoi avoir…

Elle s'étouffa sur ces mots, puis, regardant au loin pour se reprendre, elle ajouta à voix basse :

— Ce sont des monstres… Tous des monstres…

Kamal baissa les yeux pour regarder le bout de ses chaussures. Une fois de plus, il avait l'impression qu'elle l'incluait dans son jugement, même s'il venait de perdre son propre frère, et alors qu'elle savait à quel point il aimait ses enfants. Il préféra laisser la rancœur de Nisrine s'éteindre d'elle-même, éviter de l'alimenter par des protestations. Il n'était d'ailleurs pas au bout de ses réflexions.

— Cet homme. Cet homme qui disait être Ayman Rachid, reprit-il. Si tout ce qu'il a dit est vrai… il a changé le cours de l'Histoire. Il est retourné dans le passé, et il a tout changé. Et s'il a pu le faire, n'importe qui d'autre en serait capable. Ce genre de connaissance, ce genre de pouvoir… je ne vois pas ce qu'il pourrait y avoir de plus dangereux. Et ils savaient que toi et Ramazan, vous étiez au courant.

— Mais ils n'avaient aucune raison de penser que nous nous en servirions pour nuire à l'empire. Pas pour tout changer. C'est notre monde. Notre existence est en jeu, là… Enfin, ajouta-t-elle après un silence, c'était vrai à ce moment-là.

— Peu importe. Pour eux, le risque était trop grand. Si vous aviez la possibilité de retourner en arrière, vous pouviez changer certaines choses même sans le vouloir. Vous pouviez en parler autour de vous, et les gens que vous auriez mis au courant auraient pu vouloir s'en servir pour détruire tout ça, dit-il en écartant grands les bras pour montrer ce qui les entourait. D'ailleurs, même sans vouloir voyager dans le temps, le fait même de connaître cette histoire présente un danger en soi.

— Comment ça ?

— C'est une remise en cause de la légitimité du califat. Nous avons toujours cru que son existence était le fait de la volonté divine. La victoire de l'empire, la défaite des chrétiens, la chute de Rome devant le glaive du sultan… On raconte bien que c'est Dieu qui l'a voulu, non ? C'est ce que disent les sermons et ce que nous racontent les livres d'histoire. Alors imagine, si ce que tu m'as dit venait à se savoir…

— Si on pouvait prouver que ce n'est pas du tout Dieu qui a voulu tout ça, mais un seul homme…

— Exactement.

Elle médita la question une seconde, puis revint sur leurs propos :

— À moins de considérer qu'il était un instrument de la volonté divine, et qu'il agissait selon ses desseins pour remettre le monde sur les rails. Notre civilisation est peut-être la civilisation qui devait exister. Peut-être que Rachid a rétabli l'ordre voulu. On ne peut pas savoir si quelqu'un d'autre n'est pas retourné dans le passé avant Rachid, et n'a pas déjà changé les choses, bouleversé le cours de l'Histoire, et artificiellement créé l'univers que Rachid connaissait…

Kamal fut surpris par ce raisonnement très lucide, et voulut l'encourager à réfléchir. Tout ce qui pouvait lui occuper l'esprit, ne serait-ce qu'un court instant, était bon à prendre – pour elle comme pour lui.

— C'est vrai, admit-il, mais si on commence à se poser ce genre de question, les possibilités deviennent infinies. Et on en revient toujours au même point : pourquoi Dieu aurait-il laissé quelqu'un changer son projet divin ? Comment se fait-il qu'il ne contrôle pas tout ce qui se passe ? Ce genre d'interrogation est tout aussi problématique et dangereux pour le pouvoir.

Elle haussa les épaules.

— Bah, peu importe. Ce qui est arrivé est arrivé, dit-elle,

le regard se perdant de nouveau dans sa douleur. On n'y peut plus rien…

Kamal ne répondit pas tout de suite. Au fil de ses réflexions, il se prit à envisager une chose qui semblait tellement incroyable qu'il s'étonna lui-même en l'exprimant à voix haute :

— Si tu avais l'incantation, si tu étais certaine d'avoir la formulation exacte – en supposant que ça marche –, est-ce qu'on ne pourrait pas retourner en arrière pour changer ce qui s'est passé ? Je ne sais pas, moi… En reculant d'une semaine, par exemple ? Avant que tout ça n'arrive ?

— Impossible. Il a bien dit qu'on ne pouvait pas se rendre à une époque où on avait déjà vécu. C'est logique, je suppose. Autrement, il y aurait deux incarnations de soi-même au même endroit. Et puis, comme je te l'ai dit, je ne suis pas sûre de me souvenir de la formule. Ils ont pris mon carnet de notes et je ne sais pas où est mon téléphone.

— Ton téléphone ? Quel rapport ?

— J'ai tout enregistré. Ce que Rachid nous a raconté… J'ai tout ça en vidéo. Mais j'ai perdu mon téléphone quand ils nous ont enlevés.

— Quoi ? C'est dans ton téléphone ? Tout ce que Rachid vous a dit ?

— Oui.

— Mais je l'ai, ton téléphone ! Je l'ai ! Je l'ai trouvé dans ta voiture.

— C'est vrai ? Où est-il ?

— Ici, dans le Kartal ! s'exclama-t-il, alors que toutes sortes de possibilités nouvelles se présentaient à lui. Si nous avons la formule, nous aurons un moyen de pression. Nous pouvons leur faire peur. Les menacer de la rendre publique.

— Comment veux-tu t'y prendre ? Ils contrôlent tout. Et même si ce n'était pas le cas, personne n'y croira.

— Ils tiennent à tout prix à garder l'information secrète. C'est une bonne monnaie d'échange.

— Ils ne nous laisseront jamais faire, objecta-t-elle, découragée. Ils ne s'arrêteront pas tant que nous ne serons pas morts.

— On va se battre.

— Nous n'avons aucune chance de nous en tirer. Ils savent très bien se débarrasser des gens qu'ils estiment dangereux. Tu sais mieux que moi comme ils sont efficaces !

Il fit de son mieux pour ne pas mal interpréter ce qu'elle venait de dire.

— On verra ça. Je vais te mettre à l'abri.

— Pas la peine. Tout m'est égal, maintenant.

Il amorça un geste pour la saisir par les épaules, s'arrêta.

— Tu n'as pas le droit de dire des choses pareilles !

Elle eut un regard dur, lointain et glaçant.

— Si j'accepte de me mettre en sécurité ce sera pour mieux me venger. Je veux les faire payer. En commençant par Celaleddin.

— D'accord. Alors assurons-nous que tu vas rester en vie pour le faire.

— Où veux-tu que j'aille ? Je ne serai à l'abri nulle part.

— Pour commencer, rappelle-toi que nous sommes deux. Nous allons nous battre ensemble.

Elle lui jeta un regard étrange, puis son expression se radoucit un peu.

Il en fut heureux. Vu les circonstances, il était déjà bien beau qu'elle parvienne à faire ce petit pas vers lui.

— Il va falloir partir loin, reprit-il. Tu ne seras hors d'atteinte qu'à l'étranger. En Angleterre, peut-être. C'est le plus proche. Je vais trouver un moyen de te faire traverser la Manche.

— Parce que le sultan n'a pas d'agents là-bas ?

Kamal fronça les sourcils. l'Angleterre n'avait jamais fait partie de l'empire, mais les Anglais et les Ottomans avaient une longue tradition de coopération qui remontait à 1570, l'année où le pape avait excommunié la reine protestante, Elizabeth Ire. Le reste de l'Europe catholique la rejetant, elle avait formé une alliance avec les Ottomans contre leurs ennemis communs. Bien que ce pacte fût né d'un froid calcul politique et économique, Elizabeth avait fini par penser que le protestantisme avait plus de choses en commun avec l'islam qu'avec le catholicisme.

— Les Anglais m'extraderaient, objecta Nisrine. En supposant qu'ils n'apprennent pas ce qui se passe, auquel cas ils me mettraient la main dessus…

— Alors on n'a qu'à partir ensemble beaucoup plus loin.

— Où ça ?

— En Amérique.

Nisrine eut un rire.

— Ah oui ! Et tu penses qu'ils nous accueilleraient à bras ouverts ?

La République chrétienne protégeait en effet jalousement sa religion d'État. Il n'y avait ni mosquées, ni synagogues, ni temples. Soit les arrivants étaient déjà chrétiens et pouvaient le prouver en se soumettant à un examen rigoureux, soit ils se convertissaient à leur entrée dans le pays et acceptaient d'être internés dans des camps, les « camps du bon Sauveur », pendant des mois, jusqu'à ce qu'ils soient considérés comme sauvés et convertis. Si on refusait de se plier à cette obligation, on n'entrait pas. C'était tout simple.

— Bon, mais… je pourrais leur être utile.

Kamal eut du mal à croire que ces mots étaient sortis de sa bouche – la bouche d'un grand héros de la Hafiye, qui parlait tout tranquillement de trahir les siens. Mais il était plus que prêt à le faire. En cet instant, il était prêt à absolument n'importe quoi pour démolir à tout jamais cet empire menteur et assassin.

— Je pourrais leur apprendre pas mal de choses, et la République chrétienne aurait sûrement très envie de changer le cours de l'Histoire !

Nisrine s'essuya le visage avec les mains et exhala un long soupir épuisé.

— Ils n'auraient peut-être pas tort. Il faudrait sans doute leur parler de tout ça. Ils pourraient vouloir envoyer quelqu'un dans le passé pour que le temps reprenne son cours normal.

— Dans ce cas, nous ne serions pas là…

Elle haussa les épaules, le regard ferme.

— Et alors ? Ça serait si grave que ça ?

Kamal ne répondit pas. Il ne tenait plus à grand monde dans l'empire, à part son père, qui élevait ses poules tranquillement dans le Périgord sans la moindre idée de ce qui se passait. Tant mieux pour lui, songea-t-il, mais il allait tout de même falloir qu'il lui annonce la mort de son fils aîné dans pas trop longtemps.

Après un silence, Nisrine gémit :

— Tout ça, c'est de ma faute.

— Pardon ?

— J'ai mal conseillé Ramazan. J'aurais dû l'obliger à laisser tomber, au lieu de lui poser des questions et de le pousser à continuer, se lamenta-t-elle, les larmes jaillissant de nouveau. Mais non, il a fallu que je lui demande d'y retourner pour récupérer l'incantation… J'ai même exigé d'aller avec lui. Peut-être que si je n'avais pas… si j'avais…

— Tu n'as rien à te reprocher ! Ses recherches ont attiré l'attention sur lui, pour commencer, et ce sont eux qui sont allés le chercher. Ce sont eux qui sont la cause de tout. C'est leur faute, pas la faute de Ramazan ni la tienne. Ce sont eux les responsables. Et je vais le leur faire payer.

Les sanglots de Nisrine se calmèrent et elle approuva lentement d'un signe de tête. Elle resta pensive, puis annonça :

— Je ne veux pas me sauver.

— Je ne pense pas qu'on ait vraiment le…

— Non, je ne veux pas partir, insista-t-elle. Je ne veux pas vivre dans la clandestinité. Je connais des gens à qui c'est arrivé, et ça n'est pas une vie. Je ne veux pas de ça. À aucun prix.

Il se donna le temps de s'habituer à cette idée, puis demanda :

— Tu veux faire quoi, dans ce cas ?

— Je ne sais pas.

Elle sombra dans le silence, puis son visage se durcit.

— Je veux qu'ils meurent. Qu'ils meurent tous. Je veux qu'ils paient pour ce qu'ils ont fait.

Il vit qu'elle grelottait.

— Alors nous sommes d'accord. Je vais m'en occuper.

— Non. Je ne veux pas rester à l'écart. Je veux faire ça avec toi.

Ses frissons donnaient à sa voix une inflexion inquiétante. Elle était totalement déterminée.

— Bien, alors on va s'en occuper ensemble, dit-il. Ils n'ont qu'à bien se tenir.

Elle approuva de la tête et replongea dans ses pensées.

Cette fois, il intervint :

— On ferait mieux de se mettre en route tout de suite.

— Pour aller où ?

— Nous n'avons pas vraiment le choix. Nous n'avons pas d'argent, et nous avons besoin de faux papiers pour nous déplacer plus facilement. Le seul endroit que je connaisse où on puisse s'en procurer, c'est à Paris.

— Tu veux retourner en ville ?

— Oui. C'est dangereux, je sais, mais ça sera plus facile de se perdre dans la foule là-bas. Il va falloir abandonner la voiture et trouver un autre moyen de transport. Mais pas tout de suite. Attendons la nuit. Je crois que je sais comment rentrer en ville en échappant à leur surveillance.

Nisrine ne protesta pas, mais elle ne semblait pas convaincue.

— Je voudrais voir la vidéo que tu as prise, dit-il en se levant. Je vais la chercher.

Elle se mit sur pied elle aussi.

— Je t'accompagne.

Ils reprirent le chemin forestier en sens inverse pour rejoindre le SUV. Il crut à un moment qu'elle allait dire quelque chose. Elle ouvrit la bouche, mais s'interrompit et se contenta de soupirer :

— C'est tellement… fou…

— Qu'est-ce qui est fou ?

— Tout ça. Tout ce qui se passe. Et toi, maintenant, qui connais tous les trucs qu'utiliseraient les gens que tu pourchasses dans la même situation…

— Je ne pourchasse personne, Nisrine.

Elle lui jeta un coup d'œil sceptique.

— Oui, bon, d'accord, j'ai poursuivi des gens, admit-il. Mais des terroristes. Des dingues qui voulaient tuer des innocents.

— Et des avocats, des professeurs qui disaient des choses qui ne te plaisaient pas.

Il protesta, mais sans conviction.

— Je ne participais pas à… Du moins, j'espère que non. La vérité, c'est que je ne suis plus sûr de rien.

Les doutes et les regrets le rongeaient.

— Ce que je sais, ajouta-t-il, c'est que Kuzey et ses hommes sont des assassins. Cette histoire de Rose blanche était forgée de toutes pièces.

Il raconta à Nisrine, qui l'écouta les yeux remplis d'horreur, ce que l'exécuteur de la section Z lui avait révélé chez lui.

— Je suis vraiment désolé, Nisrine. Je sais que tu ne me pardonneras jamais d'avoir été…

— Je t'en prie ! jeta-t-elle en levant la main pour l'arrêter. Ça n'est pas le moment. C'est déjà assez difficile comme ça. Tais-toi !

Il se tut, submergé par le souvenir des longues semaines, des mois qu'avait duré leur rupture, une souffrance réveillée par celle, beaucoup plus grande, qui les frappait à présent et qui, il le savait, ne les lâcherait jamais.

Ils continuèrent à progresser en silence à travers les chênes vers la voiture.

Ils étaient presque arrivés à la clairière quand Kamal fut alerté par quelque chose devant eux, un mouvement entre les troncs et le feuillage.

Des hommes se déplaçaient autour du SUV.

On les avait retrouvés.

43

Kamal se jeta sur Nisrine en lui plaquant la main sur la bouche, la fit sortir du sentier et se cacher derrière un gros arbre.

— Chut ! chuchota-t-il en désignant la voiture devant eux.

Elle ne fit pas un geste pendant qu'il tendait le cou pour voir ce qui se passait.

Il aperçut un homme, puis un autre, à côté du SUV. L'un avait le dos tourné et parlait dans son téléphone. Le second, à la gauche de la voiture, attendait en surveillant les alentours. Plus loin, dans l'ombre, il repéra un autre Kartal du service, du même noir mat impitoyable que celui qui les avait emmenés dans la forêt.

Des agents de la Hafiye. Mais comment... ?

Puis il comprit en voyant l'homme qui téléphonait se déplacer un peu et montrer son visage.

C'était Taymour.

Kamal se maudit. Quelques mois plus tôt, un jour où son coéquipier traversait une passe difficile, il l'avait emmené se promener à Fontainebleau. Il lui avait montré son sanctuaire par bonté d'âme. Par totale idiotie, oui.

Son coéquipier l'avait-il dénoncé ? Ou avaient-ils été trahis par une caméra de surveillance, un drone, un traceur ? Impossible de le savoir. En tout cas, leurs poursuivants avaient fait vite. Celaleddin avait manifestement tout mis en œuvre pour les retrouver.

Kamal réfléchit à toute allure. Le plus prudent consisterait certainement à fuir discrètement par la forêt. Il en connaissait les chemins, savait rejoindre le fleuve, où ils parviendraient peut-être à trouver une péniche qui les prendrait à son bord. Il savait où passaient les routes à éviter. Taymour s'occupait sans doute d'établir un cordon autour de la forêt pour les piéger, mais elle était immense, et le périmètre beaucoup trop grand pour être clos efficacement. Seulement, pour battre en retraite, il faudrait renoncer à prendre le téléphone et ainsi perdre leur seule monnaie d'échange.

Non. Ce téléphone, il le leur fallait à tout prix.

Pour l'instant, ils n'avaient affaire qu'à deux hommes. Taymour et un autre agent, que Kamal venait de reconnaître : Kenan Hamza, un membre de leur unité – un ami, dans une autre vie. Et Kamal bénéficiait de l'élément de surprise.

— Ne bouge pas, chuchota-t-il à Nisrine.

Elle ouvrit de grands yeux pour protester, mais il lui appuya la main contre la bouche en posant un doigt sur ses propres lèvres.

— Reste ici, et ne fais pas de bruit, murmura-t-il.

Sur quoi il sortit son pistolet, se ramassa sur lui-même et partit en avant.

Dès qu'ils regardaient ailleurs, il se rapprochait à pas de loup de la clairière, d'arbre en arbre, inspectant le sol avant d'y poser le pied, pour ne surtout pas se trahir par un craquement de brindille ou un frémissement de feuilles. Il progressait lentement, pistolet en avant, prêt à tirer. Il était à mi-chemin quand Taymour et Kenan, arme au poing, s'engagèrent sur le sentier de la clairière. Chacun d'un côté, gardant le plus de distance possible entre eux.

Ils venaient vers lui.

Au fond, cela allait lui faciliter la tâche.

Il s'immobilisa derrière un arbre, attendit que les deux

agents dépassent sa position pour sortir de derrière son arbre en silence.

Taymour dut malgré tout l'entendre, car il ralentit et pencha la tête de côté, attentif.

— Ne bougez plus ! cria Kamal, le pistolet braqué sur leur dos. Les mains en l'air ! Je veux voir vos mains…

Il y eut une hésitation.

— Allez, frères, action ! Vous connaissez la musique…

Ils levèrent les bras avec lenteur, se tournèrent pour lui faire face.

— Qu'est-ce qui te prend ? demanda Taymour. Tu es devenu fou ?

— Posez vos armes à terre, l'un après l'autre. Kenan, toi d'abord. Lentement, hein. Très, très lentement.

Kenan obéit et se pencha pour poser son arme sur le sol.

Taymour fit une nouvelle tentative :

— Kamal, écoute, c'est complètement…

Juste à cet instant, alors que les yeux de Kamal se dirigeaient vers Taymour, Kenan étendit vivement le bras pour viser Kamal et tirer sur lui. Mais celui-ci, qui avait vu son geste du coin de l'œil, se déporta sur le côté en fléchissant une jambe, appuyant sur la détente dans le même mouvement. Les deux coups de feu n'en firent qu'un, l'air siffla à l'oreille gauche de Kamal tandis qu'un jet de sang rouge giclait de la cuisse droite de l'agent.

Le pistolet de Kenan vola de sa main au moment où sa jambe cédait sous lui, et il tomba à terre, comme un arbre abattu. Kamal ne perdit pas de temps à le regarder, se concentrant sur Taymour, qui avait abaissé le bras et dirigeait son arme sur lui.

— Mais qu'est-ce que tu fous, bordel ? rugit son coéquipier en jetant un coup d'œil rapide à leur camarade à terre. C'est un des nôtres !

— Comme les deux salopards qui sont venus chez moi pour me tuer la nuit dernière ? Et les fils de chiens qui ont tué mon frère et ses enfants ?

Cette nouvelle eut l'air de sidérer Taymour.

— Quoi ?!

— Tu m'as très bien entendu.

Sous le choc, Taymour balbutia :

— Ramazan… ? Et… et les enfants ?

— C'est ça, siffla Kamal.

Kenan se tordait de douleur par terre, agrippant sa cuisse à deux mains en poussant des gémissements. Le sang se répandait sous lui, mais pas en trop grande quantité, ce qui fit penser à Kamal que sa balle n'avait pas touché l'artère.

— Aidez-moi ! gémit Kenan.

Taymour, très perturbé, ne lui prêtait aucune attention.

— Comment c'est arrivé ? Qu'est-ce qui se passe, bordel ?

— Tu ne vas pas me croire…

— Mais si, raconte !

— Je n'ai pas le temps, mon frère. Et puis il faut que tu t'occupes de Kenan.

— Je ne sais pas ce qui se passe, mais on doit pouvoir arranger ça…

— C'est trop tard.

Ils se faisaient face, les canons de leurs pistolets pointés l'un sur l'autre, comme s'ils tenaient les deux bouts d'une corde invisible.

Une voix interrompit ce face-à-face :

— Il fait partie de cette bande de salauds ?

Kamal et Taymour jetèrent un bref coup d'œil de côté et virent Nisrine au bord du sentier, près de Kenan prostré. Elle avait ramassé le pistolet, qu'elle tenait de ses mains crispées, visant la poitrine de Taymour. L'arme tremblait, et semblait lourde et peu maniable entre ses mains.

— Nisrine, ne reste pas là ! cria Kamal.

Elle ne bougea pas.

— C'est un de ces salauds ? répéta-t-elle d'un ton monocorde et dur, ses mains se resserrant sur la crosse.

— Non, lui dit Kamal. Taymour est mon coéquipier. Il n'était au courant de rien.

À l'instant où il prononça ces mots, son expression changea. Il dévisagea Taymour avec un froncement de sourcils.

— Tu ne savais rien, au moins ? Tu es sûr ? Rassure-moi.

— Bien sûr que non. *Bismillah*, Kamal. Qu'est-ce qui te prend ?

— N'empêche que c'est un agent, siffla Nisrine. Il est là pour nous tuer, nous aussi.

— Non, il devait juste nous arrêter.

— C'est pareil.

— Nisrine, je t'en prie…

Kamal se tourna vers Taymour, dont le pistolet se déplaçait de gauche à droite, pointé tantôt sur elle, tantôt sur lui.

— Taymour, écoute, pose ton arme. Il faut porter secours à Kenan, lui poser un garrot avant qu'il ne se vide de son sang.

— Tu sais très bien que je ne peux…

Une détonation éclata entre les arbres, faisant sursauter les deux hommes, surtout Taymour, qui se baissa instinctivement, mais pas assez vite pour empêcher la balle de lui érafler le cuir chevelu. Il se tourna vivement face à Nisrine, qui avait l'air aussi surprise que lui par le coup de feu qu'elle venait de tirer.

— Espèce de pute ! T'es dingue ? hurla-t-il.

Il passa une main sur sa tête pour voir s'il y avait du sang, tout en pointant à nouveau son arme sur elle. Kamal saisit sa chance. Il se rua sur son coéquipier, le percuta de plein fouet, l'envoyant rouler au sol en lui faisant lâcher son pistolet, qui atterrit un peu plus loin, hors de portée.

Il attendit, son arme braquée sur Taymour. Son ami se releva, lentement, en se comprimant la poitrine des deux mains. Ils étaient tous les deux à bout de souffle et respiraient fort.

Taymour jeta un regard furieux à Kamal.

— Mais t'es un grand malade !

— Tu ne m'as pas laissé le choix.

Kamal alla ramasser le pistolet de Taymour et rejoignit Nisrine sans passer dans sa ligne de tir.

— Bon, vous allez me donner vos téléphones, tous les deux.

Il tint les deux agents en respect avec son arme tandis qu'ils sortaient leurs portables de mauvaise grâce et les lui jetaient. Il ne prit pas la peine de les ramasser et se contenta de les écraser à coups de talon.

Il regarda Nisrine. Elle surveillait toujours les agents en les tenant en joue.

— Tu viens ?

Elle ne réagit pas tout de suite.

— Nisrine, viens, on s'en va ! répéta-t-il d'un ton plus autoritaire.

Il jeta un dernier regard à Taymour. C'était tellement étrange. La veille seulement, ils étaient encore coéquipiers, frères d'armes. Sans doute était-il loin d'en avoir fini avec ce genre de paradoxes.

— Je regrette, mon frère, lui dit-il.

— Et moi donc ! rétorqua Taymour.

Kamal encaissa avec un sourire triste, puis tourna les talons et partit vers les voitures.

Taymour n'en avait pas fini. Il cria dans son dos :

— Je t'avais bien dit qu'elle ne ferait que t'attirer des ennuis !

Kamal ne se retourna pas, ne répondit pas, se contentant de lancer un coup d'œil à Nisrine, qui lui avait emboîté le pas.

Marchant vite, ils arrivèrent à la clairière.

— Monte, dit-il à Nisrine, indiquant le SUV dans lequel ils étaient arrivés.

Il se tourna vers le véhicule de Taymour et Kenan et tira une balle dans chacun des pneus du côté gauche.

Il démarra dans un nuage de poussière, prit à grande vitesse l'allée de terre vers la route.

— Et maintenant ? demanda-t-elle. On va où ?

— Je ne sais pas, avoua-t-il en se penchant pour ouvrir la boîte à gants. On a eu de la chance de leur échapper. Les renforts sont sans doute déjà en chemin.

Il sortit le téléphone et le lui montra.

— C'est bien le tien ?

— Oui, c'est lui.

— Garde-le précieusement, recommanda-t-il en prenant un virage à gauche. Ça pourrait bien être notre unique chance de nég…

Deux voitures venaient d'apparaître, se dirigeant vers eux, des véhicules de la Zaptiye à capot blanc, rampes de gyrophares sur le toit. Leurs gyrophares étaient éteints et les sirènes aussi, mais elles arrivaient à toute allure, droit sur eux.

— Accroche-toi, recommanda Kamal en mettant le pied au plancher sans changer de trajectoire.

Le conducteur de la voiture de tête donna un coup de volant au dernier moment, perdit le contrôle de son véhicule, qui fit un tête-à-queue et alla s'encastrer de côté dans un gros arbre, la violence du choc enfonçant la carrosserie.

Le conducteur de la deuxième voiture de patrouille se débrouilla mieux : il bifurqua à la dernière seconde, évitant d'un cheveu la collision frontale. Sa carrosserie racla celle du SUV à pleine vitesse dans un bruit de tôle froissée, mais les deux voitures se croisèrent sans grand dommage.

— *Bok !* s'exclama Kamal.

Dans le rétroviseur, il vit les lumières des freins s'allumer puis la voiture partir en dérapage contrôlé et, après un demi-tour au frein à main, se lancer à leur poursuite. La sirène se mit à hurler, les gyrophares à envoyer des éclairs.

Nisrine s'était retournée sur son siège et avait observé la manœuvre avec effroi.

— Ils nous suivent !

— J'ai vu.

Il réfléchissait à toute allure, estimant leurs chances et cherchant des solutions. C'était son métier, mais jamais il n'aurait cru que son entraînement lui servirait dans de telles circonstances. Et certainement pas pour échapper à ses propres collègues.

Il relâcha très légèrement l'accélérateur, juste assez pour

donner à ses poursuivants l'impression qu'ils gagnaient du terrain. Il vit la voiture de patrouille grossir dans le rétroviseur, combler la distance et leur coller au pare-chocs. Maintenant…

Il donna un coup de volant rapide qui le déporta sur la droite, puis, l'œil sur le rétroviseur, écrasa la pédale de frein. Le conducteur de la voiture de patrouille eut la réaction espérée : il déboîta sur la gauche pour éviter la collision avec l'arrière du SUV et se retrouva à côté de lui. Kamal donna aussitôt un coup d'accélérateur tout en braquant vers la gauche.

La lourde masse du SUV heurta le côté de la voiture de patrouille et Kamal continua de forcer en tournant le volant pour la pousser hors de la route et l'envoyer s'écraser elle aussi contre un arbre, de l'autre côté de l'allée forestière bordée de gros chênes. Il sentit alors un violent tremblement entre ses mains, une vibration dans le volant, qui lui indiqua que le choc avait causé quelque dommage.

Venant de l'entrée de la forêt, une clameur lointaine de sirènes monta.

Les renforts étaient encore à bonne distance, mais venaient droit sur eux.

— *Bok, bok, bok !* rugit-il.

Une seconde plus tard, il vit sur la droite l'entrée d'une des nombreuses allées qui quadrillaient la forêt, s'enfonçant entre les arbres.

Il la prit sans hésiter.

— Où ça mène ? lâcha Nisrine en lançant des coups d'œil inquiets alentour.

Il tourna brièvement la tête vers elle, plus sombre que jamais.

— On va vite le savoir…

44

Il ne fallut qu'une minute ou deux à leur SUV pour parcourir le reste de cette voie secondaire et arriver à un lac, au cœur de la forêt.

Le SUV s'arrêta à grand bruit en chassant sur la terre friable de la berge. Nisrine inspecta les alentours du regard. L'endroit, très isolé, était désert et silencieux. Seuls quelques bancs étaient comme abandonnés sous le soleil de cette fin de matinée.

Nisrine baissa les yeux sur son téléphone, absorbée dans une intense réflexion. Le désespoir avait fait naître en elle une idée folle dans la clairière. Cette idée s'était accrochée et ne l'avait pas quittée, et elle était maintenant impossible à ignorer. Et à bien y penser, ce n'était peut-être pas aussi fou que cela.

C'était peut-être leur seul moyen de s'en tirer vivants.

Elle alluma son téléphone.

— Tu fais quoi ? s'enquit Kamal.

— Tu as un stylo ? demanda-t-elle d'un ton bref, le visage durci par la concentration. Trouve-moi quelque chose pour écrire, n'importe quoi...

— Pourquoi ?

— Vite, dépêche. Et allume ton téléphone.

Kamal, étonné, la contemplait toujours quand elle lança d'un ton insistant :

— Allez !

Les sirènes se rapprochaient.

Il obéit et se mit à chercher fébrilement dans le coffret de rangement entre les deux sièges, puis dans la boîte à gants, pendant que son téléphone se mettait en marche. Il trouva un stylo à bille noir, qu'il lui tendit.

— Bon, dit-elle en le lui arrachant des mains. Ouvre Hafiza sur ton téléphone. Tape « langue palmyrénienne », entre guillemets, puis… (elle procéda à un rapide calcul) les mots « trente » et « mille ». Cherche le résultat donné par le site de l'université de Damas…

Kamal obéit, complètement perdu.

— Vite, ordonna-t-elle. C'est la seule façon de s'en sortir.

Il comprit soudain.

— Attends, tu ne veux quand même pas… Trente mille jours ?

— Nous n'avons pas le choix ! C'est notre seule chance !

De précieuses secondes s'écoulaient. Le hurlement des sirènes qui montait dans l'épaisse forêt se faisait de plus en plus fort.

— Tu ne veux quand même pas… ? Tu plaisantes !

— Tu as mieux ?

Il la dévisagea, sidéré, ne sachant que dire. On n'entendait plus dans la voiture que leurs respirations saccadées.

— Nous perdons du temps ! s'écria-t-elle.

— Et si… si ça foire ? Et si ça nous envoyait quelque part où on ne veut pas aller ?

— Rien ne pourrait être pire qu'ici, au point où on en est.

— Et si on se retrouve coincés là-bas ? Si on ne peut pas revenir ? Tu as dit que tu ne connaissais pas la formule pour aller vers l'avenir…

— Parce que tu veux revenir, toi ? Qu'est-ce qui te retient ? Kamal, supplia-t-elle en lui attrapant les mains, ils vont nous tuer s'ils nous prennent ! Tu le sais aussi bien que moi. Et je ne veux pas mourir ici. Je ne veux pas qu'ils gagnent.

La respiration bloquée, les dents serrées, il ne répondit pas.

— Je ne veux pas mourir, répéta-t-elle.

Il prit une grande inspiration et posa la main sur son téléphone.

— D'accord.

Il se remit au travail, tandis qu'elle ouvrait le fichier vidéo de la conversation avec Rachid et sautait à l'endroit qu'elle connaissait bien, le moment où il leur révélait les paroles de l'incantation. Elle colla le téléphone à son oreille et, écoutant intensément et en appuyant par instants sur « pause », elle transcrivit les syllabes une à une sur son avant-bras en grandes lettres bien lisibles.

Le vacarme des sirènes s'amplifiait entre les arbres, l'angoissante vocifération du danger approchant d'eux à toute allure.

— Alors ? demanda-t-elle à Kamal dès qu'elle eut terminé.

Il lui montra son téléphone.

— C'est ça que tu veux ?

Elle le lui prit des mains, lut avidement les mots affichés à l'écran.

— Parfait.

Elle les inscrivit sur son avant-bras avec la formule, puis ouvrit la portière.

— Vite, allons-y !

Il hésita, mais elle était déjà dehors.

Les sirènes hurlaient maintenant pratiquement dans leurs oreilles. Et soudain un SUV noir du service émergea des arbres.

Kamal dégaina son pistolet, jaillit de la voiture juste derrière Nisrine et la rejoignit près de sa portière. Ils se baissèrent et regardèrent approcher leurs poursuivants par-dessus le toit. Une voiture de patrouille de la police arrivait derrière le Kartal. Les deux véhicules se dirigeaient droit sur eux.

Kamal attendit qu'ils soient à portée de tir, puis il se redressa d'un bond et vida son chargeur sur la voiture de tête. Trois balles trouèrent le pare-brise, les autres s'enfonçant dans la calandre et le pare-chocs.

L'effet fut immédiat : le SUV chassa sur le côté et s'arrêta, roues bloquées. Derrière, la voiture de patrouille fit de même, mais dérapa dans le sens contraire en s'arrêtant, les deux véhicules formant un V.

Des hommes en descendirent et s'abritèrent derrière ce rempart. Taymour n'était pas avec eux. Sans doute n'avait-il pas encore été récupéré.

Kamal regarda Nisrine.

— Tu veux vraiment…

Comme lui, elle avait le visage tendu à l'extrême.

— On va bien voir ce qui se passe…

— Kamal Agha ! cria une voix d'homme. Nos ordres sont de vous prendre vivants pour vous interroger ! Mais, ajouta-t-il après un silence, si vous résistez, tant pis. Ça dépend de vous !

Pour bien se faire comprendre, il se mit à tirer, vite imité par ses collègues, criblant de balles le côté conducteur du SUV.

Kamal attendit que le feu roulant s'arrête, puis se redressa et riposta deux fois avec le pistolet pris à Taymour.

— Si on y va, c'est maintenant, dit-il en s'accroupissant de nouveau près de Nisrine.

Elle se tourna face à lui, posa les deux téléphones par terre à côté d'elle et tendit les mains vers lui.

— Donne-moi tes mains.

Il posa son pistolet, mais au moment de faire ce qu'elle lui demandait une pensée lui vint.

— Attends !

Il rapprocha les téléphones et les fracassa avec la crosse de son arme, faisant éclater les écrans et envoyant des morceaux de plastique voler autour d'eux. Il ramassa les carcasses et les jeta le plus loin possible dans le lac.

— Kamal Agha ! cria de nouveau la voix. C'est notre dernière sommation !

Kamal prit les mains de Nisrine dans les siennes.

— Vas-y.

Elle braqua les yeux sur lui.

— Répète après moi. Ne me laisse pas faire le saut toute seule.

— Ne t'en fais pas…

— Kamal Agha ! cria le policier. Le délai est écoulé !

Nisrine posa les yeux sur ses avant-bras tendus devant elle et se mit à lire à voix haute les mots de l'incantation. Elle ne prononçait que quelques syllabes à la fois, s'arrêtant pour donner à Kamal le temps de répéter après elle.

D'un coup d'œil, elle lui indiqua qu'elle avait presque atteint la fin. Elle lui lança un dernier regard pénétrant, un regard fait de tout un passé d'amour et de haine, d'admiration et de peine, puis ferma les yeux et prononça les derniers mots.

Pendant une seconde, rien ne se produisit.

Kamal ferma les yeux à son tour.

Alors, sans aucun signe annonciateur, sans aucun avertissement, sans rien d'autre qu'un très léger bruissement de tissu, il ne sentit plus ses mains. Il ne tenait plus rien que du vide.

Il entrouvrit les paupières.

Elle n'était plus là.

Il n'y avait plus que ses vêtements, tombés là où elle avait été accroupie devant lui, petit tas inerte sur le sol.

Il referma les yeux.

Comprima fort les paupières.

Prit une longue inspiration.

Et répéta les derniers mots qu'elle avait prononcés.

45

Fontainebleau,
Muharram 1354 AH (avril 1935)

Le saut fut instantané – sa durée infinitésimale. Mais malgré son extrême brièveté, ce fut comme une énorme claque cosmique, d'une intensité terrifiante.

Il eut l'impression que son corps se vidait et se retournait comme un gant, que ses yeux, broyés, devenaient du sable, et que son cerveau, aspiré de l'intérieur, se réduisait à rien sous la force de la compression, puis explosait en se dilatant comme s'il allait remplir tout l'univers. Il eut envie de hurler ce paroxysme de souffrance, et pourtant, étrangement, il n'y eut pas de douleur et pas de temps pour crier, rien que du froid et un néant silencieux. Les cellules de son corps s'étaient disjointes et réassemblées en un clin d'œil. Le saut s'acheva à la seconde même où il avait commencé.

Il avait survécu. Il était sur la terre ferme, Dieu seul savait où – *Dieu seul savait quand* –, mais vivant.

Il avait la tête lourde, il transpirait, ses sensations assourdies par un bourdonnement aigu dans ses oreilles. Ses yeux pleins de larmes avaient du mal à faire le point. Une chose était certaine : il n'était pas mort.

Un jour, environ un an plus tôt, il avait survécu à une explosion dans un immeuble parisien. Il était venu là avec Taymour pour arrêter un individu soupçonné d'extrémisme, et l'homme s'était fait sauter chez lui au moment où ils allaient y entrer. Le souffle de l'explosion les avait projetés, avec la porte de l'appartement, contre un mur du palier. Ç'avait été l'expérience la plus traumatisante de sa vie. L'ébranlement massif qu'il avait ressenti, tant sur le plan physique que mental, n'avait pourtant été qu'une plaisanterie, comparé à ce qu'il venait de subir. En revanche, le contrecoup – cette confusion des sens, cet engourdissement qui ravalait ses perceptions au niveau le plus élémentaire – lui rappelait les suites de l'explosion.

Dans ce cas, pourtant, le brouillard se dissipa beaucoup plus vite… et il la vit. Elle était accroupie par terre, face à lui, exactement dans la position où il l'avait laissée un instant plus tôt.

Vivante, tremblante, luisante de sueur – et nue. Comme il l'était lui-même, comprit-il.

Sa vue s'éclaircissant, il devina sur le visage de Nisrine le même choc et la même confusion qu'elle devait lire en lui, et, à son sursaut, la même compréhension. Elle croisa les bras sur sa poitrine pour cacher ses seins et resserra les jambes, mais sa bouche formait encore un « O » de saisissement quand Kamal mit les mains sur son sexe pour le dissimuler à sa vue.

Et puis elle regarda autour d'eux, le visage illuminé de curiosité.

— Est-ce que nous sommes… ? Incroyable, murmura-t-elle, éberluée, en voyant que plus rien ne les menaçait. Ça a marché…

Ils étaient exactement au même endroit, au bord du lac, dans une clairière de la même épaisse forêt, devant la même étendue d'eau verte. Le soleil brillait toujours, mais il était peut-être un peu plus bas à l'horizon, un peu moins chaud, dans un ciel tout aussi bleu.

Le grand changement, c'était qu'il n'y avait plus de voitures de police. Plus de poursuivants.

Seulement, ils n'étaient pas seuls.

Des voix stridentes et des cris le leur indiquaient très clairement.

Kamal et Nisrine se tournèrent vers le bruit, qui venait d'un peu plus loin au bord du lac, et virent un groupe – des adultes, des enfants, deux ou trois familles peut-être. Des promeneurs en pique-nique qui profitaient de cette belle journée, tranquillement, avant d'être dérangés par la soudaine apparition d'un couple complètement nu.

— *Bok*, marmonna Kamal.

Les hommes s'étaient levés et faisaient de grands gestes furieux en jetant des insultes à Kamal et Nisrine, tandis que les femmes tentaient de cacher les yeux des enfants tout en se détournant elles-mêmes du spectacle.

— Filons, dit Kamal en prenant la mesure de la situation.

La forêt n'était pas très différente de celle qu'ils venaient de quitter, mis à part quatre drôles de voitures garées à l'ombre des arbres en lisière de clairière, plus proches de Kamal et de Nisrine que des pique-niqueurs.

Des voitures vraiment, vraiment anciennes.

Des pare-chocs chromés, des jantes à rayons, des pneus à flancs blancs, une roue de secours logée dans l'aile avant, un pare-brise rabattable, une capote en toile noire...

Leur date de fabrication exacte, il n'aurait pas pu la déterminer précisément, mais il n'en avait jamais vu rouler sur les routes, seulement en photo ou dans des films, et au musée impérial des Sciences.

— Là-bas, dit-il en les désignant.

Il se dirigea au pas de course vers les voitures, Nisrine à sa suite. Les hommes mirent quelques secondes à comprendre leurs intentions et s'élancèrent à leur poursuite avec un temps de retard.

En atteignant la plus proche, Kamal ouvrit rapidement la portière.

— Monte ! cria-t-il à Nisrine en sautant sur le siège du conducteur.

Il se figea, ne reconnaissant rien de ce qui lui faisait face.

L'intérieur était curieux, très différent des voitures de son époque. C'était vraiment une antiquité, avec un volant très mince en résine, un levier de changement de vitesses long et étroit qui montait du plancher, à côté d'une barre de frein à main elle aussi très fine. Il y avait deux pédales au plancher, et une troisième, beaucoup plus petite, en lieu et place de l'accélérateur. Le tableau de bord était un prodige de simplicité, n'offrant que trois petits cadrans, et une clé de contact toute simple – qu'il tourna dès qu'il l'eut repérée.

Elle se déplaça d'un quart de tour vers la droite avec un déclic. Le moteur n'avait pas démarré. Aucune activité sous le capot.

Il la remit dans sa position initiale, fit une deuxième tentative.

Toujours rien.

— Qu'est-ce qui se passe ? demanda Nisrine.

— Je ne sais pas faire démarrer cet engin ! répliqua-t-il, cherchant sur ce tableau de bord minimaliste une manette susceptible de le tirer d'embarras.

Il remarqua alors une petite poignée ronde, juste en dessous. Elle était reliée à un long câble qui disparaissait dans le compartiment moteur, et il se dit que c'était une sorte de starter. Il la tira, la tourna, en vain.

— Il doit bien y avoir un démarreur quelque part…, dit-il tout en cherchant de plus belle.

Nisrine, qui surveillait leurs arrières, l'alerta :

— Vite ! Ils arrivent !

Il tourna la tête, vit à quel point les hommes étaient proches, comprit qu'il n'allait pas y arriver.

— Tirons-nous d'ici ! lança-t-il en ouvrant sa portière.

Il contourna l'avant au pas de course, cueillit Nisrine au passage en la prenant par la main et l'entraîna dans la forêt.

Les hommes coururent derrière eux jusqu'à la lisière du bois puis abandonnèrent la poursuite.

Kamal et Nisrine s'enfoncèrent dans la forêt, accompagnés

par des cris furieux et des insultes qui s'étouffèrent progressivement et qu'ils n'entendirent bientôt plus.

Une fois certain que personne ne les suivait, Kamal ralentit l'allure, puis s'arrêta pour reprendre son souffle. Il faisait plus frais, surtout maintenant qu'ils étaient à l'ombre. Le soleil était moins puissant. Ils étaient remontés de trente mille jours en arrière, ce qui ne correspondait probablement pas à un nombre exact d'années – il se promit de faire le calcul plus tard. On n'était certainement pas en plein été, mais pas en hiver non plus. Plutôt au printemps, ou en automne. En tout cas, la température était moins chaude, et même plutôt fraîche.

Il regarda en arrière pour s'assurer qu'ils n'étaient pas suivis, ne vit personne.

Il jeta alors un coup d'œil à Nisrine. Elle avait un bras en travers des seins, et une main plaquée en haut des cuisses. Voyant qu'elle avait la chair de poule, il se demanda si c'était à cause du froid ou de l'embarras. Ç'avait été un choc pour lui de la découvrir nue. Étant donné les règles strictes de la société ottomane, et parce qu'elle était la femme de son frère, jamais il n'avait eu l'occasion de voir même un dixième de ce qu'il voyait maintenant. Au cours du temps, il lui était bien entendu arrivé de l'imaginer déshabillée, de se demander à quoi elle ressemblerait si elle était sa femme, s'ils étaient ensemble, mais l'imagination n'avait rien à voir avec la réalité. Et voilà que, malgré tout ce qui était arrivé, malgré la tragédie et leur situation, il ne pouvait s'empêcher de la dévorer des yeux.

Nisrine en était parfaitement consciente.

— Tu pourrais arrêter de me reluquer comme ça ?

Cela lui remit les idées en place et il se détourna, extrêmement gêné.

— Pardon, je ne voulais pas…

Hésitant, il pivota à demi, cherchant à croiser son regard.

Elle lui montrait une épaule pudique, mais avait la tête dirigée vers lui.

— Qu'est-ce qu'il y a ? demanda-t-elle.

— Ça a marché ! On y est arrivés ! Même si je ne sais pas trop où c'est… non, je voulais dire « quand »…

Elle approuva avec soulagement, prenant conscience à cet instant, dans cette forêt silencieuse, qu'ils étaient sauvés.

— Et donc, tu penses que nous sommes, heu… quand ? reprit-il.

— Je ne suis pas tout à fait sûre. Il a fallu que je fasse très vite. Je devais choisir une époque avant notre naissance, sans quoi ça n'aurait pas marché. Alors je me suis dit, une centaine d'années, c'est une bonne durée, et ç'aurait fait en gros trente-six mille cinq cents jours. Mais ç'aurait été trop long à traduire. Trop compliqué. Alors j'ai pris le chiffre rond le plus proche. Trente mille.

— Environ vingt pour cent de moins. Donc nous avons fait un saut en arrière d'à peu près… quatre-vingts ans ?

— En gros.

Il opéra un rapide calcul mental.

— Donc nous sommes en… 1354[1] ? Plus ou moins… Sous le règne de…

— Du sultan Bayezid VI.

Kamal fit appel à ses souvenirs. Il savait que l'époque avait été faste. Le pétrole, qui arrivait à flots des déserts d'Arabie, permettait à l'industrie de se développer dans des domaines nouveaux très gourmands en énergie. Les coffres étaient pleins, et l'empire, très stable, jouissait d'une grande prospérité. Bayezid, le père de Mourad V, était un dirigeant bon et mesuré – tout comme Mourad l'avait été après lui. Il avait encouragé les échanges culturels entre les différentes communautés de l'empire et accueilli une conférence annuelle interreligieuse à son palais d'Istanbul.

— On aurait pu tomber plus mal, commenta Kamal.

— Sauf qu'il fait froid. Nous ne sommes pas en été.

— C'est vrai.

Il regarda autour de lui. Là où ils étaient, au beau milieu

1. En l'an 1935 du calendrier grégorien.

de la forêt de Fontainebleau, rien ne semblait différent. Ce qui ne serait pas le cas ailleurs, il le savait. Pour le meilleur et pour le pire.

Mais au moins, ils étaient en vie, et ils étaient libres. C'était le principal.

Et puis ils étaient ensemble.

Il détourna les yeux, s'étant surpris à la contempler de nouveau. Cette fois, il devina au passage l'ombre d'un sourire sur les lèvres de Nisrine.

— Et ça ? dit-il en désignant sa nudité de haut en bas d'un geste de la main. C'était inévitable, je suppose ?

— Je te l'avais dit. C'est comme ça que ça fonctionne.

Tout à coup, comme prise de panique, elle baissa les yeux sur son avant-bras. Elle poussa aussitôt un soupir de soulagement.

— Qu'est-ce qui se passe ?

Elle tendit le bras pour lui montrer la formule.

— Elle est toujours là… Il faut qu'on l'écrive quelque part pour la préserver, ajouta-t-elle en tournant de nouveau les yeux vers les mots écrits au stylo à bille. Il ne faut surtout pas la perdre. Ce serait catastrophique.

— Nous sommes bien ici pour l'instant, mais tu as raison. Il vaudrait mieux l'apprendre par cœur… ou nous la faire tatouer.

Elle regarda derrière elle, le visage assombri par l'inquiétude.

— Il se pourrait qu'on en ait encore besoin. Ils pourraient nous poursuivre jusqu'ici. Ils connaissent l'incantation, eux aussi.

— Pour nous retrouver, il faudrait qu'ils sachent de combien de temps nous avons sauté en arrière.

Une crainte soudaine s'empara d'elle :

— Ton historique de recherches, sur ton téléphone ! Ils pourraient le retrouver…

— J'ai cassé mon portable. Et je l'ai jeté dans le lac. Ça devrait aller.

— L'eau n'avait pas l'air tellement profonde…

— Je ne pense pas qu'ils m'aient vu le lancer.

— Tu en mettrais ta main au feu ?

Il fronça les sourcils, furieux contre lui-même. Soudain, le silence lui sembla trop profond. Il regarda autour de lui.

— Bon, alors on ferait mieux de ne pas traîner dans le coin.

— Mais où aller ? On n'a rien, ajouta-t-elle en redressant les épaules et en se frictionnant le haut des bras pour se réchauffer. Pas de vêtements, pas d'argent…

— Chaque chose en son temps.

Il leva les yeux vers la cime des arbres. Ils avaient encore plusieurs heures de jour devant eux. Il s'orienta, prit sa décision et dit :

— Suis-moi.

46

La grande madrasa de Fontainebleau n'était pas trop éloignée, et la promenade aurait même été agréable dans d'autres circonstances.

Pour commencer, ils apprécièrent plutôt cette randonnée en forêt dans le plus simple appareil – Kamal en tête, suivi par Nisrine. Malgré leur nudité et l'air qui fraîchissait avec le déclin du soleil, la gêne les quitta vite, laissant place à un étrange sentiment de liberté. Il n'était pas désagréable d'être débarrassé des couches de vêtements qu'ils étaient tenus de porter l'un et l'autre dès qu'ils sortaient de chez eux.

Leurs pieds, en revanche, se rappelaient sans cesse à eux.

Le terrain était peu praticable, couvert de bouts de bois, de brindilles, d'épines, de feuilles piquantes, d'aiguilles de pin, de cailloux, de toutes sortes de débris pointus – il n'y en avait pas partout, mais il était d'autant plus désagréable d'être surpris de loin en loin par de violentes douleurs sous les pieds. Ce n'était pas un sentier bien tracé, encore moins un doux tapis de mousse… Il s'agissait de se frayer un chemin à travers bois, et les deux cent mille terminaisons nerveuses de leurs plantes de pieds étaient soumises à rude épreuve.

Kamal savait pouvoir les mener plus ou moins dans la bonne direction, mais ce fut l'appel à la prière de l'après-midi venant de la mosquée de Fontainebleau qui leur indiqua le chemin avec certitude, un appel à la prière qui s'accompagna d'un assombrissement du ciel. Des nuages apparurent, la température chuta, le froid se fit de plus en plus mordant. Ils s'arrêtèrent brièvement deux fois près d'un ruisseau pour se désaltérer et baigner dans l'eau froide leurs pieds martyrisés. Leur nudité leur semblait de plus en plus naturelle, et ils ne se donnaient plus la peine de se cacher.

Kamal, qui ouvrait la marche, l'oubliait encore plus facilement que Nisrine, mais il devait toujours faire un effort pour ne pas lui jeter des regards trop appuyés lors de leurs arrêts.

Nisrine, de son côté, avait d'autres préoccupations beaucoup plus importantes en tête, et jouait toujours avec la même idée foncièrement dérangeante qui la poursuivait depuis qu'elle l'avait mentionnée.

Une idée à laquelle elle ne voulait pas renoncer.

Quand ils entendirent l'appel à la prière du coucher du soleil monter entre les arbres, sous un ciel de plus en plus noir, ils surent qu'ils étaient tout près. Une violente averse orageuse éclata alors. Le sol se gorgea de pluie en quelques secondes, et ils se mirent à grelotter, trempés de la tête aux pieds. Avançant péniblement dans la boue sous le déluge, Nisrine dut se protéger le bras pour empêcher la formule de s'effacer. Ils allaient de moins en moins vite, et la nécessité de trouver un abri, un endroit où se sécher, et des vêtements, se faisait de plus en plus pressante. L'obscurité les aiderait à se déplacer sans être vus, mais le froid qui s'intensifiait avec le crépuscule devenait insupportable.

Un peu plus loin, sous un ciel qui explorait la palette entière des mauves et des roses, ils aperçurent enfin les lumières de la grande madrasa à travers les arbres.

Une nappe de brume basse, comme déployée au ras du sol, s'étendait jusqu'au château. La pluie se dissipa pendant qu'ils approchaient lentement, les contraignant à la prudence malgré leur impatience. Arrivant par le sud, ils s'abritèrent derrière les derniers arbres en bordure du Grand Parterre, l'immense jardin à la française qui s'étendait au pied du palais.

Kamal vit que Nisrine tremblait de froid. Lui aussi était gelé.

Son premier réflexe aurait été de la prendre dans ses bras pour la réchauffer, mais il n'osa ni le faire ni même le proposer à cause de leur nudité. Il n'était d'ailleurs pas certain que sa peau gelée et mouillée la réchaufferait beaucoup.

Il se tourna vers le château. Il ne vit pas de gardes. Il n'avait d'ailleurs pas pensé qu'il y en aurait. C'était une communauté religieuse, pas un palais impérial. L'immense ensemble était tel qu'il l'avait connu, apparemment serein et sans danger. Des lumières brillaient aux fenêtres, un peu partout, et Kamal vit passer quelques silhouettes. Un soir ordinaire à la madrasa, semblait-il. La prière terminée, ses occupants dîneraient avant de se retirer dans leurs cellules.

— Qu'est-ce… qu'on fait ? demanda Nisrine en claquant des dents.

— Il faut arriver à l'aile des logements sans se faire voir. Là-bas, ajouta-t-il en désignant un bâtiment devant eux sur la gauche. Les cellules étaient par là sur le côté.

— « Étaient »…

— Oui, plutôt « seront », rectifia Kamal avec une pointe d'ironie en secouant la tête.

Une allée majestueuse bordée d'ormes menait aux bâtiments qu'il lui indiquait.

— C'est trop dangereux de passer par là, dit-il. On se ferait repérer tout de suite.

— Dépêchons-nous. Je meurs de froid.

Il étudia la disposition des lieux, choisit un trajet plus discret.

— Baisse-toi et suis-moi.

Il fit faire à Nisrine le tour du Grand Parterre en longeant au plus près les arbres dégoulinants d'eau, et ils continuèrent à le contourner vers l'ouest, vers une grande retenue d'eau qui s'étendait jusqu'au pied du palais.

Les arbres plus foisonnants et sauvages sur le pourtour de cet étang facilitèrent leur approche. Ils progressaient plus vite, dans un silence seulement ponctué de temps en temps par le bruit d'éclaboussure d'une carpe qui montait se nourrir à la surface.

La nuit étant devenue presque totale, ils tirèrent parti de l'obscurité pour traverser d'un pas vif le jardin des Colombes, Nisrine derrière Kamal. Il s'arrêta et la fit se cacher avec lui derrière une grande haie de buis pour éviter deux promeneurs sortis de l'école malgré la pluie légère qui persistait. Une fois la voie libre, ils dépassèrent en hâte une fontaine, impériale dans son paisible domaine, puis, suivis par la musique de son doux gargouillis, ils pénétrèrent dans un étroit passage ouvrant sur la cour Ovale, qui servait de parvis à la mosquée de la madrasa.

La mosquée avait été construite à la place de l'ancienne salle de bal d'Henri II, agrandie sur deux côtés par des ailes parallèles surmontées d'une série de coupoles. Les figures de Vulcain, Jupiter et Mercure représentées sur les fresques du Primatice et de Niccolò dell'Abbate avaient depuis longtemps été remplacées par des carreaux de faïence à motifs géométriques et des peintures murales de calligraphie coranique. Des œuvres telles que la nymphe de Fontainebleau n'y avaient pas non plus conservé leur place, la représentation des êtres vivants, humains comme animaux, étant interdite par l'islam. Une imagerie figurative subsistait cependant par endroits, montrant surtout des plantes et quelques animaux : au cours des siècles, les attitudes avaient fluctué selon la personnalité de l'homme assis sur le trône. Certains sultans avaient été exceptionnellement tolérants en matière d'art, allant même jusqu'à commander des portraits d'eux-mêmes pour leur palais de Topkapi à Istanbul.

À cette heure, la mosquée semblait vide.

Kamal et Nisrine longèrent le périmètre jusqu'au bout pour atteindre l'endroit où Kamal espérait trouver les dortoirs.

Et là, derrière un muret, pendaient à de longues cordes à linge quelques vêtements qui leur auraient fort bien convenu s'ils n'avaient été dégouttants de pluie.

Dans cette cour, des fenêtres éclairées répandaient une faible clarté.

— Attends-moi ici, lui dit-il. Je vais récupérer ce qu'il nous faut.

Il était sur le point de s'éloigner quand elle le retint par le bras.

— Attends. Et si tu te fais prendre ?

Il posa une main sur les siennes.

— Ne t'inquiète pas.

— Mais…

— Je t'assure, tu n'as pas de souci à te faire. J'ai déjà fait ce genre de choses. Enfin, se reprit-il, peut-être pas exactement dans ces conditions.

— Fais attention.

Il voyait à des détails infimes qu'elle était encore en état de choc après l'épouvantable tragédie. Il lui fit un signe rassurant, ne s'attendant pas à recevoir de sourire en retour : il ne savait pas quand cela reviendrait – un vrai sourire. Jamais, peut-être.

Il ne se sentait pas non plus d'humeur particulièrement joyeuse. La tristesse et la rage ne le quitteraient pas de sitôt.

— Je reviens tout de suite.

Il la laissa près des arbres, avança jusqu'au muret.

Une petite grille en fer forgé menait dans la grande cour où pendait le linge. Kamal prit soin de l'ouvrir lentement pour l'empêcher de grincer. Pas un bruit ne s'échappa.

Une fois dans cette enceinte, il s'approcha d'une fenêtre brillamment éclairée. Il jeta un coup d'œil prudent à l'intérieur. Des jeunes hommes – des étudiants, très certainement – étaient assis sur des coussins bas, autour d'un large plat de nourriture posé sur un tapis. C'était l'heure du repas. Et donc un moment où les chambres seraient inoccupées.

Il se faufila le long du mur du réfectoire, dépassa encore quelques fenêtres éclairées, s'arrêta sous la première d'entre elles qui ne l'étaient pas. Il se redressa pour voir à l'intérieur. C'était un grand dortoir occupé par deux séries de lits superposés, des placards et des secrétaires. Il n'y avait personne. Il tenta d'ouvrir la fenêtre, mais elle était fermée et il ne réussit pas à la forcer. Tourmenté par le froid, il eut envie de casser un carreau, mais il y renonça par peur que le bruit n'alerte quelqu'un. Alors il continua, se glissant le long du mur, et passa plusieurs autres fenêtres jusqu'à ce qu'il en trouve une entrouverte. La pièce était semblable à la première, également plongée dans le noir et inoccupée.

Il grimpa à l'intérieur. Une fois entré, il se dépêcha de chercher ce dont ils avaient besoin. Les vêtements qu'il trouva n'étaient pas très différents de ceux qu'il portait en son temps : un *chalouar* noir, l'ample pantalon traditionnel, une chemise blanche, une tunique et une veste longue, de simples vêtements de coton sans broderies ni boutons, qu'il passa à mesure qu'il les trouvait, appréciant leur chaleur. Une fois habillé, il entreprit de réunir de quoi vêtir Nisrine. Il fouilla dans les placards pour voir si un des occupants de la chambre ne serait pas plus petit que celui qu'il venait de soulager de ses vêtements. La tenue, même masculine, ferait très bien l'affaire pour Nisrine car à cette époque, encore plus qu'à celle d'où ils venaient, les différences vestimentaires entre les hommes et les femmes n'étaient pas très marquées, surtout chez les gens ordinaires. Il trouva la bonne taille, attrapa un pantalon, une *gomlek,* la chemise à manches longues, qui lui arriverait aux chevilles, une *entari*, robe du dessous qui se boutonnait du cou à la taille, et une robe d'extérieur, une *ferace* gris foncé. Il ne manquait qu'un voile. Il prit une chemise qu'elle pourrait draper sur sa tête.

Pas de chaussures en vue, mais il savait pourquoi.

Il roula les vêtements de Nisrine pour en faire un ballot et ressortit par la fenêtre. Il rasa de nouveau les murs jusqu'à la pièce éclairée. Là, il posa le paquet de vêtements à terre et regarda à l'intérieur. Comme il s'y attendait, les hommes portaient des savates. Leurs chaussures devaient les attendre devant la porte d'entrée.

Kamal recula, repéra la porte qui menait aux dortoirs, se dit que cela valait la peine de tenter le coup.

Il s'assura que personne n'arrivait de l'arrière par les allées, puis il alla à la porte et lentement, prudemment, l'ouvrit. il passa la tête à l'intérieur pour jeter un rapide coup d'œil. Il hésitait encore quand il entendit une voix de femme. Qui se rapprochait.

Il ne fallait pas traîner. Il entra d'un bond, attrapa les deux paires les plus proches et se sauva sans prendre le temps de refermer derrière lui.

Il se plaqua au mur extérieur et se renfonça dans l'ombre. Le rectangle de lumière de la porte qu'il avait laissée ouverte s'élargit et une femme sortit. Plantée sur le seuil, elle regarda autour d'elle, semblant chercher quelque chose. Il retint son souffle alors qu'elle tournait la tête à gauche puis à droite, mais sans le voir. Elle s'attarda encore un peu, regarda le ciel comme si elle se demandait s'il allait se remettre à pleuvoir, puis rentra et disparut derrière la porte, qu'elle referma.

Kamal récupéra son ballot, s'éloigna en courant, passa la grille et rejoignit Nisrine sous les arbres.

— J'ai pris ce que je pouvais, annonça-t-il en lui tendant les vêtements. Pas forcément très élégant, mais au moins ils sont secs.

— Je peux bien avoir l'air d'un clown, je m'en fiche, dit-elle en les lui prenant des mains.

Elle lui lança un regard et décrivit un cercle avec le doigt pour lui signifier qu'il devait se retourner.

Il obéit, et inspecta les alentours pendant qu'elle s'habillait.

Les vêtements chauds leur firent du bien, mais ils étaient encore assommés par les événements et ils avaient faim.

— On fait quoi, maintenant ? demanda Nisrine. On reste ici ? Ils nous donneraient l'hospitalité, je pense.

— Habillés avec leurs vêtements volés ?

— C'est grand. Nous pouvons aller voir à l'hospice s'il y a de la place.

— Non. C'est trop près de notre lieu d'arrivée. Et ils savent que je connais bien cet endroit : c'est le premier endroit où ils vont nous chercher, s'ils décident de nous suivre.

— Bon. Alors, qu'est-ce que tu proposes ?

Il réfléchissait à la question depuis qu'ils avaient réussi le saut.

— On va à Paris.

47

Au bord du lac, Taymour était planté à côté du SUV avec lequel Kamal et Nisrine s'étaient enfuis.

Plusieurs agents s'activaient sur la scène de la confrontation. L'un d'entre eux inspectait l'intérieur du véhicule, les autres cherchaient dans les bois pour essayer de trouver des traces des fugitifs. Taymour, lui, ne parvenait pas à quitter des yeux la petite zone de terre nue entre le SUV et le lac.

Le dernier endroit où Kamal et Nisrine avaient été vus.

Là où ils avaient été encerclés.

Le lieu d'où, théoriquement, d'après les hommes de la Hafiye et ceux de la Zaptiye qui les poursuivaient, il leur était impossible de s'échapper.

Pas d'issue possible. Et pourtant, ils n'étaient plus là. Ils s'étaient comme envolés.

Comment avaient-ils fait ?

Il avait envoyé des hommes fouiller la forêt pour chercher tout indice susceptible d'expliquer leur disparition. Et tout en contemplant fixement la terre sèche des abords du lac, à sa gauche et à sa droite, en scrutant l'eau immobile et scintillante, il se disait que quelque chose ne cadrait pas. Quelque chose d'essentiel. Qu'il lui manquait des informations qu'on ne l'avait pas jugé digne de connaître, et qu'il avait été maintenu dans l'ignorance par son coéquipier comme par ses supérieurs de la Hafiye.

Il entendit des voix fortes et de l'agitation, tourna la tête pour voir ce qui se passait. Quatre policiers émergeaient de la forêt, poussant devant eux deux personnes, des civils.

— Taymour Agha ! appela un policier. Nous avons trouvé ces individus dissimulés dans les bois.

Ils les rudoyèrent un peu pour les obliger à faire face à Taymour. C'étaient deux hommes. Le plus âgé, la quarantaine, avait le visage marqué et était mal rasé. Le plus jeune était un beau garçon d'une vingtaine d'années, les joues fraîches et d'aspect agréable quoiqu'un peu frêle. Ils avaient tous les deux l'air terrorisés.

Taymour savait parfaitement ce qui leur causait cette peur. Il n'avait aucun doute sur l'occupation à laquelle ils s'étaient livrés dans la forêt.

— Ils se cachaient dans des buissons, pas très loin, indiqua un policier.

— Ah oui ? Dans les buissons ? Et ils y faisaient quoi, dans les buissons, ces charmants messieurs ? Ils se partageaient un sandwich ? jeta-t-il avec un mépris cinglant.

Il était tellement furieux d'avoir été pris pour un imbécile par tout le monde qu'il n'avait aucun mal à jouer le puritain borné, un rôle qui habituellement lui faisait horreur.

— On n'a rien vu, assura nerveusement le jeune. On s'est juste cachés quand on a entendu des coups de feu…

— Je ne t'ai pas demandé si tu avais vu quelque chose, répliqua Taymour. Ce qui fait que, maintenant, j'ai comme l'impression que tu mens…

Il fit un pas vers le jeune homme, qui baissa les yeux et se mit à trembler. Il le toisa un long moment, donnant le temps à la peur de bien s'installer, puis d'une voix plus calme, presque d'un ton complice, il ajouta :

— Nous savons tous les deux parfaitement ce que vous faisiez. Et nous connaissons tous les deux les conséquences si je vous arrêtais. Alors si tu me dis ce que tu as vu, il se peut que je veuille bien oublier certaines choses, peut-être même beaucoup de choses. Compris, *habibi* ?

Dans l'Empire ottoman, la beauté était vénérée depuis des siècles, qu'elle soit masculine ou féminine. Il était très courant pour des hommes d'âge mûr de s'attacher à des garçons adolescents dans un but amoureux mais aussi éducatif. Dans la culture ottomane, la poésie homoérotique, qui chantait cet amour aussi bien intellectuel que physique, était très développée. Au palais, les élites et même certains sultans s'étaient autrefois ouvertement livrés à la pédérastie. Mais les mœurs avaient changé sous le règne d'Abdülhamid. L'intolérance avait pris racine, et tant pis pour ceux qui ne correspondaient pas à la vision que l'État se faisait d'un citoyen idéal. L'homosexualité sous toutes ses formes était maintenant considérée comme une grave transgression morale, et si elle n'était pas officiellement criminalisée elle l'était dans les faits, aussi la répression poussait-elle ses pratiquants à se réfugier dans la clandestinité.

Le jeune homme s'enhardit à relever les yeux vers Taymour, puis jeta à son compagnon un coup d'œil anxieux. Ce dernier avait le visage figé de peur et de la sueur dégoulinait de son front, mais le signal qu'il lui lança en retour lui ordonnait sans ambiguïté de se taire.

Taymour ne fut pas dupe.

Il administra une forte gifle au jeune homme, puis lui saisit fermement le menton pour l'obliger à lui faire face.

— Crois-moi, la patience n'est pas mon point fort… Dépêche-toi !

Il se tut, attendant la réponse avec une expression menaçante. Le jeune, qui mourait visiblement de peur, céda sous la pression :

— Ils étaient deux ! Un homme et une femme.

— Quoi d'autre ?

— C'est allé très vite. Ils sont sortis de la voiture en une seconde et ils se sont planqués derrière. Les autres sont arrivés pratiquement tout de suite. Deux voitures. L'homme leur a tiré dessus…

Il s'arrêta, scrutant son interrogateur pour juger de l'effet produit par ses révélations, dans l'espoir qu'il s'en contenterait.

— Et après ?

— Après… ils se sont crié des choses. Les policiers voulaient qu'ils se rendent. Et puis il y a eu encore des coups de feu. Ça tirait de partout.

Il s'arrêta de nouveau.

— Et ensuite ? Qu'ont fait cet homme et cette femme ?

Le jeune homme, l'air très mal à l'aise, baissa les yeux sans répondre.

— Où sont-ils passés ? insista Taymour d'une voix rude.

Le jeune homme s'entêta dans son silence.

Taymour se colla contre le jeune homme apeuré qu'il dominait de toute sa taille.

— Où sont-ils passés ? hurla-t-il.

Le jeune sursauta, les yeux levés vers lui, puis lâcha, d'une voix mal assurée :

— Ils… ils ont disparu.

Le visage de Taymour se fit encore plus dur.

— Comment ça, « ils ont disparu » ? Qu'est-ce que ça veut dire ?

Le jeune homme se mit à trembler de tous ses membres, hasarda vers Taymour un rapide coup d'œil, puis tomba à genoux, la tête rentrée dans les épaules.

— Je t'ai posé une question ! tonna Taymour.

— Je ne sais pas !… Ils ont disparu, c'est tout, souffla le jeune homme d'une voix à peine audible. D'un coup, il n'y a plus eu personne…

Taymour devint fou de rage. Il saisit le jeune homme par les cheveux et le remit sur pied de force, la main levée pour lui asséner une énorme claque. Le jeune homme gémit et se protégea derrière son coude.

— C'est la vérité, je le jure ! Ils ont disparu, je le jure !

Taymour suspendit son geste, puis lâcha le jeune. Le témoin s'affaissa à nouveau à ses pieds. Taymour le considéra, ne sachant que penser. Cela n'avait aucun sens. Il allait devoir l'emmener subir un interrogatoire plus poussé entre quatre murs s'il voulait lui soutirer la vérité.

Il se tourna vers le deuxième homme.

— Et toi ? Tu as quelque chose à ajouter ?

L'homme mûr avait l'air tout aussi terrorisé que son jeune compagnon.

— Il… il dit la vérité, balbutia-t-il après une dernière hésitation. Ils se sont bel et bien volatilisés. Je sais que ça semble fou, mais c'est ce qui est arrivé. Je ne comprends pas comment c'est possible.

Taymour haussa les épaules, résigné.

— Très bien, comme tu voudras.

Il fit signe à ses hommes.

— Emmenez-les. On verra s'ils ont autre chose à cracher plus tard.

Les policiers s'emparèrent des deux hommes et les poussèrent vers les voitures. Les prisonniers résistèrent, et le plus jeune s'écria, suppliant :

— C'est la vérité, je le jure !

Taymour se contenta d'indiquer d'un regard à ses hommes de poursuivre.

— Il dit la vérité, tenta à son tour l'homme mûr, la voix tremblante. Nous n'avons rien vu d'autre. Ils étaient devant nous. Ensuite, l'homme a jeté quelque chose dans le lac, et puis ils ont disparu, comme ça, d'un seul coup…

Taymour se figea. Il claqua des doigts, ses hommes s'arrêtèrent.

Il approcha de l'homme mûr et l'attrapa par les cheveux pour lui faire tourner le visage vers lui.

— Il a jeté quelque chose dans le lac ?

L'homme confirma fiévreusement.

Taymour le dévisagea avec méfiance, puis jeta :

— Où ça ? Montre-moi !

48

L'obscurité leur était favorable, mais ils n'avaient plus besoin de se cacher. Leur apparence n'avait rien de remarquable : ils n'étaient que deux personnes simplement vêtues qui marchaient au bord de la route de terre battue, un homme et sa femme, ou sa sœur. Pas de quoi attirer l'attention de ceux qu'ils croisèrent et avec qui ils échangèrent des salutations polies sur le chemin du fleuve.

Le port de Fontainebleau n'était pas loin du vieux château. Kamal avait la certitude qu'ils trouveraient là un moyen de transport. La Seine, dont un méandre paresseux contournait la vieille ville, continuait ensuite vers Paris, pour aboutir au Havre et se jeter dans la Manche. Le fleuve, comme il le savait, était une voie de circulation animée, sans doute même davantage en ce siècle qu'en son temps, avant que les camions ne viennent supplanter les bateaux. Des péniches allaient et venaient dans toute la province française, chargées de marchandises. C'était une façon sûre et discrète d'entrer dans Paris.

Après s'être prudemment renseignés, ils trouvèrent un marinier pas trop curieux qui accepta de les prendre gratuitement à son bord. Ils s'installèrent à la proue de la péniche, adossés à des palettes de tuiles recouvertes d'une bâche. La température, très basse depuis la disparition du soleil, l'était encore plus sur l'eau. En revanche, les nuages avaient été balayés par le vent, et la pluie ne semblait plus d'actualité.

Kamal et Nisrine se serrèrent l'un contre l'autre sous la voûte céleste étoilée, tandis que la péniche larguait les amarres.

Ils se turent pendant un long moment, le regard au loin, songeurs.

Nisrine parla la première :

— Et maintenant, on fait quoi ? Et si on n'arrivait pas à retourner dans notre temps ? On reste là ?

Kamal poussa un soupir fatigué.

— Je ne sais pas. Je n'ai pas vraiment eu le temps de prévoir quoi que ce soit.

Il vit qu'elle levait les yeux et scrutait l'immensité ténébreuse comme si elle y cherchait un signe, une indication, un message.

— C'est insensé, non ? dit-elle. On se réveille un beau matin, et on croit que ce sera une journée comme les autres, sans se rendre compte de la chance qu'on a et de la fragilité de tout ça. Et puis *bim !*, tout est fini, tout ce qui nous tient debout nous est arraché. Notre monde s'écroule. Tout ce qui nous est cher, tout ce qui nous fait vivre, nous est pris comme ça, d'un seul coup, et il n'y a rien à faire. En une seconde, on n'a plus rien, ajouta-t-elle, perdue dans la contemplation du néant. Comment Dieu peut-il laisser une chose pareille se produire ?

— Je ne sais pas quoi te répondre, Nisrine… Tout ce que je sais, c'est que si je le rencontre, je n'aurai pas que des choses agréables à lui dire.

Elle retomba dans le silence avant de reprendre :

— J'ai l'impression d'être dans une prison. La pire des prisons. Une prison sans murs dans laquelle je me suis enfermée toute seule. Et dont je sais que jamais je ne pourrai sortir.

Kamal ne répondit pas. Elle allait encore être assaillie par des idées noires pendant un certain temps. Il aurait voulu la prendre dans ses bras, trouver le moyen de la réconforter, lui dire que cela ne durerait pas, brandir les lieux communs de rigueur, lui raconter que le temps guérissait tout. Mais il n'y arrivait pas, pas avec elle et pas dans de telles circonstances.

Il la comprenait d'autant mieux qu'il était enfermé dans la même prison.

— Pensons plutôt à ce que nous avons réussi à faire, finit-il par dire. Nous sommes arrivés ici sains et saufs, nous sommes ensemble, et nous détenons ce pouvoir incroyable, ce pouvoir horrible et terrifiant qui nous permet de nous rendre où nous voulons, dans l'époque que nous voulons. Je pense que nous avons besoin de nous poser un peu pour prendre le temps de réfléchir avant de décider ce qu'il y a de mieux à faire.

— J'y pense depuis qu'on est arrivés.

— Moi aussi.

Il y eut un silence.

— Nous ne sommes même pas encore nés, reprit-elle. Dans cette époque. Nous n'existons pas encore.

— Et pourtant, nous y sommes.

— Du coup, je me demande s'il n'y aurait pas un moyen de nous laisser un message à nous-mêmes, pour que nous le trouvions dans l'avenir ?

— C'est-à-dire ?

— Nous pourrions nous raconter ce qui s'est passé – ou plutôt ce qui va arriver. Laisser un avertissement à Ramazan, pour lui dire de ne pas interroger le patient tatoué qui va arriver à l'hôpital, de ne pas l'approcher. Ce serait une bonne façon d'éviter la suite. Nous ne saurions jamais rien de la formule. On ne nous pourchasserait pas. Et, ajouta-t-elle, sa voix se brisant, Ramazan, Tarek et Nour ne mourraient pas.

Elle s'étouffa sur ces derniers mots, et, les lèvres frémissantes, elle se détourna, les yeux remplis de larmes, pour essayer de se contenir. Peine perdue, elle éclata en sanglots.

Kamal en eut le cœur brisé.

Il réfléchit à ce qu'elle venait de dire, lui laissant le temps de calmer ses pleurs.

— C'est une possibilité, dit-il. Mais si nous faisions cela, ça changerait tout. Qu'est-ce qui nous arriverait à nous, ici, maintenant ?

Elle s'essuya le visage avec sa manche.

— Je ne sais pas.

— Nous n'aurions pas de raison de faire ce saut en arrière. Nous ne connaîtrions même pas la possibilité des voyages dans le temps. Donc, si nous arrivions à nous venir en aide dans l'avenir, nous resterions là-bas, et nous ne serions plus exactement les mêmes. Nous serions nous sans être tout à fait nous, je suppose, des doubles un peu différents. De toute façon, nous ne pouvons pas occuper deux endroits du même temps à la fois, c'est bien ça ?

— Il a dit que c'était impossible. C'est une des lois de l'incantation. On ne peut pas.

Elle tomba dans le silence, méditant ces paradoxes, puis reprit :

— Dans ce cas, j'imagine que nous serions obligés de mourir ici, dans ce temps-ci, pour nous donner une chance d'exister dans l'avenir. Je ne sais pas, Kamal, poursuivit-elle avec un haussement d'épaules découragé. C'est trop bizarre pour moi.

Il approuva d'une inclinaison de tête.

— Mais ça ne te dérangerait pas ?

— Quoi ?

— De mourir ici, dans ce monde-ci.

— Si ça leur permettait de vivre ? Si ça m'autorisait à les garder ? Bien sûr que non.

— Mais ce serait un autre toi. Pas le toi qui est ici.

— Si je pouvais ne pas les perdre – que ce soit ce moi d'ici ou n'importe quel autre moi –, je serais prête à mourir tout de suite.

Elle posa sur lui un regard pénétrant.

— Et toi ?

Il eut à peine le temps d'y réfléchir, elle avait repris la parole sans lui laisser le temps de donner sa réponse :

— Pardon. C'est beaucoup trop te demander, je n'ai pas le droit.

— Bien sûr que tu as le droit ! protesta-t-il en lui prenant les mains. Et bien sûr que je serais prêt à le faire. Je donnerais n'importe quoi pour changer ce qui est arrivé. Pour te rendre ta famille. Notre famille. Sans la moindre hésitation. Mais je préférerais nettement que ce soit pour ce « toi d'ici ». Et pour ce « moi d'ici ».

— Je ne vois pas comment c'est possible.

— Je sais bien, soupira-t-il en détournant les yeux. Peut-être qu'on devrait faire ce que tu dis. Peut-être que je devrais me laisser un message à moi aussi.

— Tu te dirais quoi ?

— De faire plus attention à ce qui se passe autour de moi. Je m'avertirais de ne pas croire les mensonges qu'on me raconte et de ne pas me laisser berner par des idées dangereuses. De mieux analyser la situation générale. Peut-être que je pourrais essayer de changer certaines choses avant que cela n'aille trop loin.

Nisrine sembla surprise.

— Tu changerais les choses ?

— Je pourrais essayer... sachant ce que nous savons, avec l'expérience des dernières années. Je pourrais tenter le coup, ajouta-t-il, se convainquant lui-même tout en parlant. C'est ce que Rachid a fait, non ? Il a voyagé dans le passé, et il a changé son monde. Je pourrais peut-être faire pareil. C'est peut-être le meilleur moyen d'éviter ce qui nous est arrivé – et pas seulement à nous. Ça servirait à tout le monde. Regarde cette époque-ci. Le temps dans lequel nous venons d'arriver. Nous n'en avons pas encore vu grand-chose, mais d'après ce que je sais il y faisait bon vivre.

— La vie était différente en ce temps-là – je veux dire en ce temps-ci, maintenant, se corrigea-t-elle, ayant de toute évidence du mal à s'habituer à leur nouvelle réalité. Beyazid avait des idées nobles. Les gens vivaient bien. Les extrémistes arabes ne commettaient pas encore d'attentats, et les Américains n'avaient pas encore saboté notre économie. Les gens se sentaient en sécurité et ne craignaient pas d'être jetés en prison pour avoir dit un mot de travers, ou de se faire assassiner par un dingue venu se faire sauter à côté d'eux avec une ceinture d'explosifs.

C'était sûrement une période beaucoup plus agréable à vivre, conclut-elle en s'abîmant dans la contemplation du ciel.

Il l'observait, étudiant ce visage dont il connaissait le moindre détail et dont il était tombé amoureux autrefois, dans leur précédente incarnation, et il ressentait une folle et sauvage fureur à l'idée de la souffrance qui lui avait été infligée.

— Quel dommage que nous ne puissions pas être tous là ensemble, soupira-t-elle. Si seulement nous savions voyager vers l'avenir, nous pourrions aller les chercher – avant que tout ça n'arrive. On les ramènerait ici. On commencerait une nouvelle vie.

Elle poussa un douloureux soupir.

— Tout ça n'a pas de sens...

Kamal, impuissant, la vit se replier sur elle-même, comme pour se défendre de l'insoutenable cruauté du monde, frissonnante, les larmes roulant sur ses joues.

Il hésita, se livrant un combat héroïque et terrible, puis, lentement, doucement, comme s'il avait affaire à une chose infiniment précieuse et fragile, il glissa les bras autour d'elle.

Elle ne réagit pas tout de suite, puis, sans relever la tête, elle se laissa aller à cette étreinte fraternelle, enfouit le visage dans l'épaule de Kamal et laissa ses sanglots se déchaîner dans un paroxysme de chagrin.

Taymour fut très impressionné en entrant dans le bureau de Celaleddin.

C'était la première fois qu'il pénétrait dans cette pièce assombrie par des persiennes et il ne savait pas à quoi s'attendre. Il s'était passé ces derniers temps beaucoup de choses qu'il ne comprenait pas, et il espérait que, cette fois, la pleine lumière serait faite.

— Entrez, Taymour Agha, entrez, dit Celaleddin en se levant de derrière son élégante table de travail pour l'accueillir. Vous avez eu une journée chargée, d'après ce qu'on m'a appris, ajouta-t-il en désignant le divan à sa droite.

— *Evet*, mon pacha, approuva Taymour en se dirigeant vers le coin salon.

Tout dans cette pièce, autant ses dimensions que sa situation, son éclairage, son ameublement, sa décoration, était calculé pour intimider et mettre en scène le pouvoir. À travers les persiennes, Taymour apercevait les vieilles tourelles du château et, plus loin, les minarets éclairés et les dômes. Même limitée, la vue sur Paris était impressionnante. Il imaginait à quel point elle devait être grandiose quand les jalousies étaient relevées, ou bien depuis le balcon, par exemple en fin de journée, à l'heure où la ville se parait des ors du soleil couchant.

La journée de Taymour avait en effet été abominable. On l'avait réveillé en pleine nuit pour lui ordonner de mener une chasse à l'homme. Contre son coéquipier, de surcroît. Il avait découvert les cadavres de quatre de ses collègues dans une ruine perdue en pleine cambrousse. La belle-sœur de Kamal lui avait tiré dessus, et si ce qu'on disait était vrai, ils s'étaient tous les deux envolés sans laisser de traces. Et voilà qu'il était convoqué en haut lieu. Une vraie journée de merde, et qui n'avait pas l'air près de se terminer avec l'arrivée de la nuit.

Celaleddin replia ses longues jambes pour s'asseoir dans un confortable fauteuil face à Taymour. Il leva la main et, d'un geste désinvolte, tendit deux doigts maigres rassemblés vers son agent, imitant un canon de revolver.

— Vous avez été blessé, paraît-il ?

Taymour se frotta machinalement la tête.

— Une égratignure, pacha. J'ai eu de la chance. Merci.

— C'est bien dommage qu'ils aient réussi à s'enfuir…

Taymour devina une critique dans le ton du grand patron.

— Ils m'ont échappé. Un échec qui me désole. Je ne demande qu'à redresser le tir, si vous voulez bien me laisser une chance de me racheter…

— Oh, mais j'ai l'intention de vous laisser plus qu'une chance, Taymour. Je vais vous demander de faire quelque chose d'extrêmement important pour nous. Nous avons besoin de vous. L'empire a besoin de vous. Votre sultan a besoin de vous. Voyez-vous, vous êtes le candidat idéal pour la mission que je voudrais vous confier : vous connaissez bien Kamal Agha, vous êtes proche de lui, vous savez ce qu'il a dans la tête, comment il raisonne. Seulement, il va falloir que vous fassiez preuve de beaucoup de discrétion. Cela vous demandera des sacrifices. Des sacrifices qui pourraient bien… se révéler permanents.

Celaleddin laissa place au silence, à une question en suspens, à peine formulée.

Taymour ne le déçut pas. Il ne put retenir un frémissement des sourcils, mais il parvint à cacher son incompréhension – et ses doutes.

— Ma vie appartient au sultan. Je ferai selon son bon vouloir, pacha.

— Je n'en attendais pas moins de vous, Taymour. Mais ce sacrifice vous demandera aussi d'écarter définitivement un certain problème, ce qui pourrait causer un conflit… d'intérêts.

— Il n'y a pas de conflit d'intérêts quand il s'agit de mes devoirs envers mon sultan et envers l'empire, pacha.

— Même s'il s'agit de votre coéquipier ?

La main de Taymour s'égara de nouveau instinctivement vers sa blessure.

— Il n'y a pas de conflit d'intérêts, mon pacha.

Celaleddin étudia longuement le jeune agent.

Il sortait tout juste d'une longue discussion avec Kuzey et avec le supérieur direct de Taymour. L'impression qu'il en retirait était claire : oui, Taymour et Kamal étaient coéquipiers, oui, ils étaient proches et s'étaient toujours soutenus. Mais leurs opinions divergeaient de plus en plus sur la question de la sécurité de l'empire, et cette fracture s'était sûrement creusée depuis que la belle-sœur de Kamal lui avait tiré dessus.

Taymour avait le profil idéal pour la mission. Il avait la formation et l'expérience nécessaires, et personne ne connaissait mieux Kamal Agha que lui. Il savait comment son coéquipier pensait, il devinerait ses intentions. Et puis il était célibataire, sans attaches. Il était l'homme idéal pour cette mission qui,

Celaleddin l'avait décidé après une longue réflexion, serait confiée à une unité composée d'un seul homme.

Les risques d'envoyer plus de monde sur le terrain seraient trop grands, et la situation incontrôlable.

Sous réserve, bien entendu, d'un résultat. Il pourrait toujours lui envoyer des renforts, au besoin un autre agent qui lui apporterait son soutien au même moment et au même endroit. Sauf erreur, il pourrait même probablement recommencer autant de fois que nécessaire jusqu'à la réussite de l'opération. C'était du moins l'hypothèse. Tant qu'il n'aurait pas essayé, il ne serait sûr de rien, mais une chose était certaine : il fallait tenter le coup.

Une des grandes difficultés consisterait à savoir si Taymour avait réussi sa mission, car il resterait prisonnier du passé sans moyen de retour. Celaleddin avait bien eu l'idée d'un moyen qui permettrait à son agent de lui transmettre un message, mais il n'était pas sûr que cela marcherait. Il savait qu'il était encore loin de comprendre le fonctionnement de cette incroyable mécanique.

— Je vais vous poser une question : Kamal Agha et sa belle-sœur… savez-vous où ils sont passés ?

— Non, pacha.

— Vous n'en avez pas la moindre idée ?

— Je ne m'explique pas leur fuite, et j'en accepte la totale responsabilité.

— Je ne vous accuse pas, Taymour.

— Peut-être, mais je n'aurais pas dû les laisser m'échapper. Je ne comprends toujours pas ce qui s'est passé. Personne n'a rien vu.

— Vraiment personne ?

— Non. Les hommes qui étaient sur les lieux n'y ont rien compris. Nous n'avons aucun témoignage, à part les divagations ridicules d'un couple de pervers que nous avons ramassés là-bas, mais sans aucun intérêt. Je vous assure que je ne lâcherai pas, pacha. Je les retrouverai.

Celaleddin le considéra un moment, puis il quitta son fauteuil et rejoignit sa table de travail.

— Je sais que vous réussirez, Taymour. Je vais d'ailleurs vous donner une information dont vous aurez besoin. Il va falloir agir vite pendant que la piste est encore chaude.

Il ramassa quelques objets sur le bureau et retourna au coin salon. Il reprit place dans son fauteuil, étala les objets qu'il avait récupérés sur la table basse qui les séparait.

Taymour se pencha pour mieux voir. Il y avait un sac à prélèvement en plastique et une pile de tirages papier d'ordinateur. Dans le sachet se trouvaient deux téléphones portables cassés.

— Vous reconnaissez ces téléphones, j'imagine, dit Celaleddin en tapotant le plastique.

Taymour reconnut les portables que les plongeurs avaient récupérés quelques heures plus tôt au fond du lac.

— Oui.

Celaleddin avança la tête en le scrutant intensément.

— Cette mission sera menée sous le sceau du secret le plus absolu. Personne ne doit rien en savoir. Si vous l'acceptez, votre vie ne sera plus jamais la même. Il n'y aura aucun moyen de revenir en arrière.

Taymour comprenait parfaitement ce que Celaleddin sous-entendait : s'il renonçait une fois dans la confidence de la mission, il serait éliminé.

Sans flancher, il réitéra simplement ses assurances de fidélité du même ton solennel :

— Ma vie est aux pieds du sultan, pacha. Soumise à son bon vouloir.

49

La péniche arriva peu avant l'aube dans la cohue du quai de Bercy.

C'était le plus grand port de commerce de Paris, dont le nom, souvenir du village qui l'avait vu naître, rappelait les temps lointains où la ville ne l'avait pas encore absorbé.

Même à cette heure matinale, le port vibrait d'activité. Des péniches entraient et sortaient, certaines amarrées bord à bord sur cinq rangs, attendant leur tour de décharger. Sur le quai, une armée de dockers s'agitait pour assurer l'approvisionnement permanent de la ville, débarquant des marchandises de toutes sortes destinées à satisfaire les insatiables besoins des Parisiens, du blé aux orchidées en passant par les appareils sanitaires.

Kamal et Nisrine restèrent à bord pendant le déchargement des palettes et des caisses. Il faisait encore sombre et le capitaine eut le bon goût de ne pas les abandonner en pleine nuit, mais une fois l'aube venue, et une fois l'appel à la prière lancé par les muezzins, Kamal sentit qu'il était temps de partir et le dit à Nisrine. Ils remercièrent le capitaine de sa générosité et descendirent à terre.

Une fois qu'ils eurent quitté le va-et-vient perpétuel des quais, ils perçurent immédiatement une différence dans l'atmosphère de la ville. Pour commencer, l'air était beaucoup plus respirable. Il n'était pas si différent de celui de la forêt, beaucoup plus pur que celui du Paris qu'ils connaissaient. Il y avait bien des voitures, des bus et des trams, mais infiniment moins que dans le temps qu'ils venaient de quitter – même en prenant en compte l'heure matinale. La population parisienne était de beaucoup inférieure – trois millions d'habitants dans son état actuel, c'est-à-dire à peine le tiers de ce qu'elle était au temps de leur fuite.

En fait, tout à cette heure était plus agréable. Les trottoirs plus propres, plus dégagés, les rues dépourvues de signalisation surabondante. Il n'y avait même pas de feux aux carrefours. Le comportement des gens qu'ils croisaient était différent, aussi : plus naturel, plus tranquille. Même les immeubles étaient plus beaux : moins hauts, moins denses, plus ornés. La ville était de mille et une façons plus paisible. Il était possible que les gens y soient habitués et n'en aient pas conscience – après tout ils ne connaissaient rien d'autre, et c'était tout de même une métropole animée et pleine de monde, sans doute plus bruyante et plus peuplée qu'autrefois –, mais pour eux qui venaient d'un autre temps, c'était frappant.

N'ayant pas d'argent, ct la faim se faisant cruellement sentir, ils se dirigèrent vers un lieu qui, ils le savaient, leur offrirait le gîte et le couvert : un *waqf*, une fondation pieuse comme celle pour laquelle avait travaillé Ramazan. Kamal avait préféré ne pas demander au marinier quels établissements, parmi ceux qu'il connaissait dans son siècle, existaient déjà. Il savait que c'était le cas du *kulliye* Sultane Hurrem, mais il trouvait ce choix trop évident, et donc trop dangereux. Peu importait, car le nombre et la taille des asiles augmentaient en même temps que la richesse et le pouvoir des sultans, or la période était paisible et prospère. À sa connaissance, deux autres de ces fondations au moins étaient assez anciennes pour avoir déjà ouvert leurs portes.

De ces deux *waqf*, le plus proche était le Sultan Haseki, sur la rive gauche, juste à côté de l'université Soliman VI. Ce fut celui qu'ils choisirent, étant dans l'incapacité de s'offrir un mode de transport.

Une demi-heure plus tard, ils arrivaient à pied à sa porte.

Comme le Hurrem, le Haseki était un immense centre composé de nombreux bâtiments. Il y avait une mosquée, un asile de cinquante chambres, un dispensaire, et les deux installations dont Kamal et Nisrine avaient le plus besoin : un *imaret* – une cuisine publique – et un petit *han*, un gîte destiné aux voyageurs. Comme tous les *waqf*, le Haseki était géré selon des règles strictes. La générosité impériale n'empêchait pas une sélection des hôtes. Sachant que près de deux mille personnes étaient nourries dans les vastes réfectoires de l'*imaret* à raison de trois fois par jour, on mesure la complexité de la distribution des repas, attribués selon un ordre hiérarchique bien précis et variables dans leur contenu et leur service.

Kamal et Nisrine tâchèrent de se faire le plus discrets possible en se rendant à la réception de l'*imaret*, où Kamal se chargea de se présenter. Il s'inspira de l'expérience de son père, raconta qu'il élevait des volailles dans le Périgord. Nisrine endossa le rôle de l'épouse soumise, qui, comme le voulait la coutume, ne dit pas un mot. Kamal sentit à l'attitude de l'employé qu'il doutait un peu de son histoire, peut-être à cause de la pauvreté de leur mise. Il rectifia le tir en prenant une attitude humble, et en lui avouant sur le ton de la confidence qu'il rencontrait des moments difficiles après un incendie quelques mois plus tôt qui avait détruit une grande partie de son cheptel. Ce personnage d'homme modeste et courageux monté à Paris pour chercher du travail fit mouche. Cette fois, il s'attira la sympathie du réceptionniste, qui lui donna une feuille d'enregistrement, et ils furent envoyés au réfectoire. Là, ils donnèrent leur papier au surveillant des repas, qui leur indiqua une longue file d'attente.

Dans l'empire, il n'y avait aucune honte à se nourrir dans une soupe populaire. Les familles aisées qui traversaient des périodes de vaches maigres se rabattaient sur cette solution au même titre que les pauvres. Les dirigeants asseyaient leur légitimité sur la charité, qu'ils considéraient comme un nécessaire symbole de leur pouvoir et de leur piété, et plus ils nourrissaient de monde mieux ils se portaient. Le peuple voyait cette distribution de nourriture comme un privilège enviable. Les demandeurs les mieux placés – les dignitaires en visite, les négociants, les voyageurs, les universitaires – étaient servis les premiers des meilleurs morceaux. Les nécessiteux venaient ensuite. Les femmes et les enfants fermaient la marche.

Kamal et Nisrine avalèrent en un rien de temps leur bol de riz au safran sucré au miel et leur morceau de pain. Par peur qu'on ne les poursuive, et ne voulant pas laisser de souvenirs de leur passage, Kamal réduisit à leur plus simple expression leurs échanges avec leurs voisins de table. Ils partirent dès la dernière bouchée, traversèrent la cour à colonnades qui menait au gîte. Cette fois, l'inscription fut plus facile, et l'aubergiste leur octroya une petite chambre qui donnait sur la toiture de tuile des arcades d'une autre cour, flanquée d'un minaret.

Leur statut de voyageurs leur donnait droit à trois jours d'hospitalité, après quoi il leur faudrait se débrouiller seuls. Pour l'heure, ils étaient épuisés, et tombèrent comme des masses sur les lits étroits sans dire grand-chose.

C'était beaucoup d'émotions pour tous les deux.

En regardant Nisrine, Kamal sentit de nouveau monter sa fureur en songeant à ce qui était arrivé, à ce qu'on lui avait fait subir. Il eut beau essayer de lui parler, de la réconforter et de lui offrir une oreille attentive, elle resta distante et il put à peine lui arracher un mot. Elle était perdue dans ses pensées, comme en transe.

Lui aussi avait l'esprit occupé.

Ils n'avaient pas d'argent, pas de papiers, pas d'amis ni de famille, aucun contact. Ils ne connaissaient personne dans ce siècle, n'avaient pas de porte accueillante à laquelle frapper. Ils auraient aussi bien pu atterrir sur une autre planète. Bien sûr, ils devaient avoir des parents lointains, des arrière-grands-parents qu'ils auraient pu aller solliciter pour leur demander de l'aide. Mais comment se présenter, et pourquoi ces gens accepteraient-ils de leur ouvrir leur porte, car après tout, ils étaient de parfaits inconnus ? Plus grave, ne risquaient-ils pas, justement, en s'immisçant dans la vie de leurs ancêtres, d'influencer leurs décisions et ainsi de changer le cours de leur existence, de modifier leur histoire, ce qui, par ricochet, perturberait le monde futur de Kamal et Nisrine en provoquant des conséquences difficiles à prévoir ?

Cette possibilité était trop incertaine et dangereuse pour être retenue.

Leur situation présentait tout de même un gros avantage. Ils connaissaient l'avenir – ils savaient une quantité de choses dont ils pourraient tirer parti. En restant très prudents et en jouant bien leurs cartes, il leur serait possible de faire fortune, même si les paris étaient interdits et que la Bourse en était encore à ses balbutiements. Il devait bien malgré tout y avoir des filons à exploiter. Voilà pourquoi il aurait volontiers posé la question à Nisrine : « Et si nous restions ici ? Et si nous passions le reste de notre vie ici, en paix ? »

Mais à quoi bon ?

La profonde souffrance qui dévorait Nisrine n'était que trop visible, inscrite à grands traits sur son visage, dans son regard, sur sa bouche. Une altération subtile dans ce beau visage, mais impossible à ignorer pour quelqu'un qui la connaissait comme lui.

Depuis qu'ils avaient fait ce saut dans le passé, et même s'il ne s'agissait que de pensées vagabondes – survenues les rares fois où il s'était autorisé à mettre de côté sa soif de vengeance pour s'abandonner à l'espoir naïf et irréaliste d'accéder à un monde idéal –, il lui était arrivé d'envisager de refaire sa vie avec Nisrine dans ce nouveau pays étrange. C'était un très beau rêve, et une éventualité tout à fait envisageable dans la société ottomane. C'était même courant.

Le beau-frère d'une veuve avait le devoir de s'occuper de la famille du défunt. Il n'aurait pas été du tout jugé immoral qu'il l'épouse. Au contraire, on l'aurait applaudi. Dans des circonstances normales, un tel mariage aurait permis de préserver l'unité familiale et d'éviter à l'héritage d'être dispersé. Si on s'en tenait à la tradition, ils ne s'en éloignaient que parce que les veuves devaient garder le deuil pendant quatre mois et dix jours, durée pendant laquelle elles avaient l'interdiction d'entrer en contact avec tout homme qu'elles pourraient un jour épouser, même en présence d'un chaperon.

Dans ces moments fugitifs, Kamal s'était demandé si, avec le temps, ils ne pourraient pas oublier la tragédie qui avait bouleversé leur vie. Il s'était pris à espérer que leurs souvenirs deviendraient peu à peu moins douloureux, et que Nisrine et lui parviendraient à construire une autre vie ensemble. C'était égoïste, bien sûr. Ce rêve était le sien depuis toujours, mais seulement le sien. Il lui semblait pourtant que ce serait aussi une bonne chose pour elle de retrouver le bonheur, de dépasser sa douleur et de réussir un jour à être à nouveau heureuse de se réveiller le matin.

Mais cela n'allait pas plus loin : ce n'était qu'un rêve. Un rêve impossible.

Il savait que cela n'arriverait jamais, que cela n'avait pas de sens. Chaque ombre, chaque tension imprimée sur le visage de Nisrine le lui confirmait. Il connaissait sa sensibilité et comprenait qu'elle réagissait comme n'importe qui d'autre le ferait dans de pareilles circonstances. Elle était condamnée à rester enfermée dans ce purgatoire. Jamais elle ne trouverait de répit. Et si par chance elle parvenait un jour à sortir la tête de l'eau, ce serait sûrement loin de lui, car sa présence lui rappellerait trop ce qui était arrivé.

Il n'y aurait pas d'épilogue heureux à cette histoire pour eux. Il en avait la certitude.

Il chassa cette pensée, se disant qu'il valait mieux ne pas se torturer, ne pas se complaire dans ses idées noires, mais laisser venir les choses et voir ce qui allait se passer.

Avec un peu de chance, la suite ne leur réserverait rien de trop dur.

Un espoir qui n'allait pas tarder à voler en éclats.

50

L'appel à la prière de l'après-midi eut beau être lancé par le muezzin du minaret le plus proche de leur chambre, Kamal ne bougea pas. La longue mélopée soporifique le berça au contraire, le plongeant encore plus profondément dans le sommeil.

Ce fut tout autre chose quand monta le roulement de tambour qui annonçait la distribution de nourriture. Cette fois, il ouvrit un œil. Ils avaient déjà laissé passer le repas d'après la prière de midi pour dormir. Il n'y aurait pas d'autre collation avant le lendemain.

Le cerveau embrumé, il lui fallut quelques secondes pour comprendre où il était. Il se redressa sur un coude, balaya la chambre inconnue du regard, vit Nisrine, accoudée à la fenêtre, qui regardait dehors.

Il lui demanda :

— Tu es réveillée depuis longtemps ?

— Je n'ai pas fermé l'œil.

Il se redressa dans le lit.

— *Hatun !* Il faut dormir.

— Je n'y arrive pas. Je n'arrête pas de penser à notre conversation d'hier. Je me demande comment nous pourrions nous y prendre pour changer l'avenir. Pour les sauver. J'en reviens toujours à la même chose, ajouta-t-elle après un long soupir exaspéré. L'impossibilité de retourner à notre propre temps.

Je me suis dit aussi que nous pourrions retourner à l'époque où Rachid est tombé malade. À Paris, dans son siècle. On obtiendrait de lui la formule pour sauter vers l'avenir… et puis on le tuerait. Pour qu'il ne puisse plus jamais venir se mêler de notre temps.

— Ce serait moins dangereux de nous laisser un avertissement…

— Mais le message pourrait se perdre au cours des ans… ou nous pourrions ne pas y croire.

— Ça ne changerait pas grand-chose. Nous ne pouvons pas retourner là-bas.

— Je sais bien… Mais il doit bien y avoir tout de même quelque chose à faire, insista-t-elle, les yeux se remplissant à nouveau de larmes.

Il se leva pour aller la serrer dans ses bras.

— Je suis désolé… tellement désolé…

Ils restèrent ainsi, en silence, un long moment. Puis elle se dégagea lentement.

— Tu devrais vraiment essayer de dormir un peu, lui dit-il. Descendons manger d'abord. Nous rediscuterons de tout ça plus tard.

Nisrine alla s'asseoir sur son lit.

— Je n'ai pas faim.

— Il vaut mieux manger tant qu'on a quelque chose à se mettre sous la dent.

Elle ne répondit pas, indifférente, se glissa sous les draps et les tira jusqu'à ses oreilles pour ne plus rien entendre.

— Vas-y sans moi.

L'angoisse qui n'avait pas quitté Kamal depuis des jours s'accentua encore un peu, mais il la refoula sans l'exprimer.

— Je te rapporterai quelque chose, dit-il simplement.

Elle ne répondit pas.

La file d'attente pour le repas de l'après-midi était plus longue que celle du matin, et une foule de gens attendaient d'être appelés dans le grand hall devant le réfectoire. Kamal traversait la cohue pour aller trouver le surveillant chargé d'envoyer les dîneurs faire la queue, quand il s'arrêta net. Il venait de voir Taymour. Il était là, dans l'*imaret*, en train de parler au surveillant. Deux policiers de la Zaptiye en uniforme se trouvaient un peu plus loin, mêlés aux gens – pas des hommes de l'époque de Kamal, à en juger par leur uniforme suranné, mais des policiers de ce temps-ci que Taymour avait dû arriver à enrôler pour lui prêter main-forte.

Taymour, visiblement concentré sur sa mission, balayait la salle du regard tout en interrogeant le surveillant.

Ce dernier hochait la tête, affirmatif.

Kamal étouffa un juron et recula, tâchant de se fondre dans la masse et de garder le plus de monde possible entre lui et Taymour. Une rafale de questions mitraillait son esprit. Comment se faisait-il que Taymour soit ici ? Comment les avait-il retrouvés ? Avait-on repêché le téléphone dans le lac ? Et, plus inquiétant, comment s'était-il débrouillé pour mobiliser les autorités locales aussi rapidement ? Comment avait-il réussi à convaincre la police de le croire et de l'aider ?

Des questions qu'il repoussa pour s'occuper de sa fuite. Un œil attentif posé sur Taymour, il rebroussa chemin vers le couloir qui menait au gîte. Dès qu'il fut hors de vue, il se mit à courir.

Il réfléchissait déjà à la configuration des lieux et à la meilleure façon de s'échapper quand il fit irruption dans leur chambre, à la grande frayeur de Nisrine.

— Vite, il faut partir ! Taymour est ici.

Nisrine posa sur lui un regard rendu brumeux par la fatigue.

— Quoi, Taymour ? Taymour est là ?

— Oui, à l'*imaret*, dit-il en l'attrapant par la main pour la faire lever. Viens vite !

Il entrouvrit la porte et regarda prudemment dehors.

Il ne vit personne dans le couloir.

— Suis-moi.

Ils prirent la direction opposée aux cuisines, fuyant vers l'entrée du gîte, du côté de la mosquée. Kamal marchait en tête, les muscles tendus, sur le qui-vive, prêt à réagir en cas d'attaque, filant devant l'enfilade de portes closes des autres chambres.

Ils allaient descendre l'escalier vers le rez-de-chaussée quand ils entendirent des pas un peu plus bas. Il se figea et tendit l'oreille, mais il savait à quoi s'attendre. Les deux policiers de la Zaptiye que Taymour avait recrutés montaient vers eux.

— Demi-tour ! souffla-t-il à Nisrine en la tirant en arrière.

Il la prit par la main et ils se mirent à courir, retournant sur leurs pas.

Ils venaient de prendre le tournant qui menait à leur chambre quand, tout au bout du long couloir, ils virent apparaître Taymour.

Celui-ci prit une expression menaçante et s'élança vers eux. Kamal crut apercevoir l'étui d'un pistolet sous son manteau.

Il tourna les talons et repartit dans l'autre sens, entraînant Nisrine à sa suite. Ils étaient coincés, et il n'y avait qu'une seule issue possible. Il tourna la poignée de la première porte qu'ils rencontrèrent une fois hors de vue, après le coin, et ils s'engouffrèrent dans une petite chambre identique à la leur.

La pièce était vide, mais cela ne faisait guère de différence pour Kamal, qui n'avait aucune intention de s'éterniser. Il ne s'attarderait pas plus de temps qu'il n'en fallait pour ouvrir la fenêtre.

— Par ici ! lança-t-il à Nisrine au moment d'enjamber le rebord.

— Mais…

— Allez, viens, dit-il en tendant le bras vers elle.

Elle prit sa main et passa après lui par la fenêtre pour monter sur la toiture pentue qui couvrait la galerie à arcades de la cour de la grande mosquée.

— On va descendre en diagonale, indiqua-t-il à voix basse. Prends appui sur le bord des tuiles pour ne pas glisser et assure-toi qu'elles tiennent bien avant de transférer ton poids.

Elle fit signe qu'elle avait compris.

Ils entreprirent de traverser le toit, Nisrine un peu à la traîne, le pas hésitant. Puis un cri lancé par un hôte du gîte qui regardait par sa fenêtre leur fit comprendre qu'ils n'avaient plus le temps d'être prudents.

— Dépêche-toi ! lui enjoignit-il.

Kamal vit Taymour apparaître à une autre fenêtre et s'empara de la main de Nisrine pour la tirer en avant, mais elle marcha sur une tuile mal ajustée qui glissa sous son pied. Kamal parvint à la rattraper de justesse au moment où une cascade de tuiles dégringolaient bruyamment à la suite de la première et s'écrasaient dans la cour, provoquant des protestations indignées.

En levant les yeux, Kamal vit Taymour, toujours à la fenêtre.

Les regards des deux agents se croisèrent, hostiles, leur longue amitié ayant fait place à la haine.

— Viens, dit-il à Nisrine en l'aidant à retrouver son équilibre.

Ramassé sur lui-même, il lui fit vite achever la traversée du toit jusqu'au bord.

En bas, dans la cour, des fidèles les insultaient en brandissant le poing, d'autant plus furieux d'être dérangés sur leur lieu de culte qu'ils avaient vu une femme. Sans leur prêter attention, Kamal se baissa, s'agrippa au rebord du toit et bascula d'un mouvement fluide en se retenant à la dernière tuile du bout des doigts, avant de se laisser tomber à terre. Il y avait une bonne hauteur, et l'arrivée sur les dalles de pierre fut brutale. Il heurta le sol lourdement, genoux repliés pour amortir le choc, se jetant sur le côté en roulé-boulé comme il l'avait appris, puis il se remit sur pied d'un bond, procédant à un bilan éclair de son état physique. Il était secoué, mais il n'y avait pas de casse.

Nisrine tendit le cou pour regarder par-dessus le bord du toit, ce qui provoqua un nouveau sursaut d'indignation dans l'assistance, et lui ôta toute envie de sauter. Ignorant les hommes qui s'approchaient, Kamal l'encouragea :

— Laisse-toi pendre dans le vide et lâche ! lui cria-t-il. Je te rattrape. Vas-y !

Elle hésita encore une seconde, puis s'assit au bord et fit

ce qu'il disait. Kamal la réceptionna et tituba en arrière au moment où un fidèle avançait et le saisissait à l'épaule. Kamal se redressa en repoussant l'homme violemment – mais un deuxième prit le relais et lui lança un coup de poing maladroit. Kamal esquiva et contra par un uppercut bien placé à la cage thoracique qui fit tomber son agresseur à genoux. Un troisième homme, plus jeune, voulut se mêler à la bagarre tout en hurlant des insultes horriblement grossières à Nisrine, mais un coup de pied judicieusement distribué suivi par une manchette à l'oreille le fit taire.

Les témoins, furieux, hurlaient, mais gardaient leurs distances, effrayés par la réaction sauvage de Kamal.

Kamal savait que ce répit ne durerait pas et qu'il fallait agir vite.

— Arrière, fils de chiens ! gronda-t-il. Je suis de la Hafiye, et cette femme est sous la protection du sultan, ajouta-t-il en désignant Nisrine. Compris ? Reculez, ou vous allez le payer !

Sa détermination fit courir un frémissement dans l'assistance, et, profitant de l'hésitation générale, il prit la main de Nisrine et ils passèrent au milieu des spectateurs, qui s'écartèrent pour les laisser passer, domptés par son attitude autant que par ses mots.

Quelques jeunes agités peu convaincus s'avancèrent pour leur barrer la route, mais ils ne faisaient pas le poids devant les années d'entraînement de Kamal. Il s'ouvrit un passage de quelques coups précis et efficaces, et, sans vraiment laisser le temps à personne de réaliser ce qui se passait, il sortit au pas de charge de la mosquée avec Nisrine, pour se retrouver dans la rue.

Un rapide coup d'œil à gauche et à droite leur révéla un après-midi parisien ordinaire – pour n'importe qui d'autre qu'eux. Il y avait moins de passants et moins de voitures, ce qui donna à Kamal l'impression d'être un peu trop exposé. Au moins, c'était l'heure de la prière. Des fidèles convergeaient vers la mosquée de toutes parts, empêchant les deux policiers de la Zaptiye qui montaient la garde devant l'entrée de la soupe populaire plus loin dans la rue de les apercevoir.

Kamal entraîna Nisrine dans une direction qui les éloignait du Haseki. Tête basse, ils longèrent le mur de la mosquée en marchant le plus vite possible, tout en gardant une allure raisonnable pour ne pas attirer l'attention.

Sans perdre de temps à regarder en arrière, Kamal tourna au premier coin de rue, Nisrine sur ses talons, puis tourna encore, s'enfonçant dans le dédale urbain pour fuir Taymour et ses hommes, se perdant dans une ville qui leur était aussi étrangère que familière.

51

Bien des différences distinguaient le passé dans lequel ils avaient atterri de l'époque qu'ils connaissaient, et, dans leur fuite, certaines leur furent d'une grande utilité, d'autres moins. Pour l'heure, ils ne voyaient que les avantages, et se félicitaient surtout de l'absence des techniques de surveillance et de communication que Kamal et ses collègues avaient utilisées à la Hafiye avec une efficacité si redoutable.

Dans le Paris qu'ils connaissaient, Kamal avait conscience que Nisrine et lui auraient presque certainement déjà été pris. Même s'ils étaient parvenus à sortir du *waqf*, la Hafiye aurait cerné la zone en déclenchant l'alerte maximale. Les caméras de vidéosurveillance, voire même des drones, auraient permis de les repérer immédiatement et de les suivre, et le quadrillage numérique aurait été analysé sur toutes sortes d'écrans par une équipe spécialisée, chargée de coordonner la battue d'hommes à pied et en voiture, pour finir par les acculer et les arrêter.

En ce temps-ci, il n'y avait pas de téléphones portables, pas de talkies-walkies, pas de traceurs GPS. Si des agents s'étaient lancés à leur poursuite, ils agissaient seuls, à pied, sans contact avec leur base, avec des consignes ne s'appuyant sur aucune donnée numérique de surveillance. Ils étaient lâchés dans la ville sur la piste des fuyards, avec leur instinct pour seul guide.

Cette absence de technologie permit à Nisrine et Kamal de s'échapper.

Ils brouillèrent les pistes pendant plus d'une heure, bifurquant dans les ruelles, les passages, évitant les grandes artères où ils risquaient d'être vus par des voitures de patrouille. Ce fut un parcours fatigant et angoissant, mais inévitable. Ils devaient mettre le plus de distance possible entre Taymour et eux.

Ils devaient aussi trouver une planque. Ils ne pouvaient plus prendre le risque de se présenter dans la structure d'accueil d'un *waqf* : il leur fallait un lieu plus discret, plus anonyme, et pour cela ils avaient besoin d'argent. Ce n'était pas cela qui inquiétait le plus Kamal, qui avait eu une idée alors qu'il regardait par la fenêtre du gîte dans la cour de la mosquée.

Leur cheminement tortueux à travers Paris ne pouvait que les faire passer devant plusieurs mosquées – il y en avait partout, qu'elles soient neuves ou qu'il s'agisse d'anciennes églises converties. Devant la première qu'ils croisèrent, Kamal demanda à Nisrine de l'attendre dehors. Il aurait préféré ne pas la laisser seule, mais il éveillerait moins l'attention en y entrant sans elle.

Ce n'était pas encore l'heure de la prière du coucher du soleil, et la cour de la mosquée était déserte. Kamal avança discrètement et trouva ce qu'il cherchait dans un coin sombre de la colonnade : un *sadaqa tachi* – ou pilier de charité en pierre. Restant sur ses gardes, il s'en approcha.

C'était une colonne haute, un peu plus grande que lui, creusée d'une niche près du sommet. Sa fonction était simple : il s'agissait d'un moyen discret et élégant de faire son devoir de *sadaqa* – c'est-à-dire son devoir d'aumône. La *sadaqa*, comme indiqué dans la tradition islamique, était jugée bénéfique et essentielle au bon équilibre de la société, une obligation très importante contribuant à assurer le salut des croyants. Cette pierre de charité permettait aux riches de donner de l'argent de façon anonyme. Il leur suffisait de lever le bras pour placer leur obole à l'intérieur de la niche. Les nécessiteux pouvaient ainsi se servir selon leurs besoins, avec modération, en laissant quelque chose pour les suivants. Ce système évitait aux pauvres de s'humilier en mendiant, tout en procurant aux nantis la possibilité de s'acquitter de leur devoir religieux avec discrétion et modestie. Les pierres de charité étaient souvent difficiles à trouver, dissimulées dans les coins les plus reculés des mosquées ou de leurs cours, pour permettre aux donneurs comme aux bénéficiaires de ne pas se faire remarquer, mais chaque mosquée en comptait toujours au moins une.

Kamal avait parfaitement conscience des conditions imposées aux bénéficiaires du système, mais cette fois, c'était une question de vie ou de mort. Vu les circonstances, il se passerait de respecter la règle. Il vida la niche sans aucune honte, et répéta son geste dans quatre autres mosquées qu'ils croisèrent au hasard de leur fuite. Ils réunirent ainsi assez d'argent pour acheter des tickets de tram qui leur permirent de traverser la ville jusqu'au ghetto chrétien niché au pied de la butte Montmartre.

Montmartre était l'un des rares endroits restés majoritairement chrétiens à Paris. Cette tradition religieuse y était profondément ancrée : saint Denis, évêque de la ville, y avait été décapité par les Romains plusieurs siècles avant l'établissement de l'islam. Un petit prieuré occupait encore le lieu supposé de l'exécution, tandis qu'un monastère bénédictin beaucoup plus grand s'étendait sur le reste de la colline, dominant le quartier qui s'était développé à sa base.

Kamal connaissait très bien les lieux et leur évolution, ayant souvent été amené à parcourir ces rues lors de ses enquêtes. La Hafiye avait en effet dû lutter non seulement contre la menace islamiste arabe, mais aussi contre le terrorisme chrétien. Les insatisfactions qui conduiraient aux attentats n'existaient pas encore dans le Paris où Nisrine et Kamal étaient arrivés, un temps antérieur à la crise pétrolière et au krach boursier qu'elle avait causé. Les tensions étaient nées de la politique brutale et xénophobe conduite par Abdülhamid III et de ses discours provocateurs destinés à monter les communautés les unes contre les autres. Une brèche dans laquelle les réactionnaires d'Amérique s'étaient engouffrés en distillant leur propagande et en finançant les extrémistes. Avant ce temps, par exemple à l'époque où se trouvaient Nisrine et Kamal, les minorités chrétienne et juive avaient cohabité sans heurts dans l'empire, côtoyant en bon voisinage la majorité musulmane, tout en restant, de bien des façons, des populations de seconde zone. Et comme toute minorité, elles avaient tendance à se regrouper et à vivre ensemble, comme le faisaient les chrétiens de Montmartre.

Dans l'avenir d'où ils venaient, il n'aurait surtout pas fallu aller se cacher là. La communauté chrétienne était truffée d'informateurs qui ne songeaient qu'à entrer dans les bonnes grâces du pouvoir. Dans la période présente, la situation était bien différente. Les chrétiens n'avaient pas encore été stigmatisés et brimés par la politique populiste du sultan, et ils ne se préoccupaient pas de leur sécurité. Le quartier n'était pas hostile aux visiteurs extérieurs, et les commerçants servaient volontiers les musulmans et les juifs. Ainsi, Kamal et Nisrine purent s'y déplacer sans se faire remarquer et entrer discrètement dans une petite auberge toute simple en se faisant passer pour un couple marié.

Là, ils allaient enfin pouvoir reposer leurs jambes lasses et prendre le temps de respirer.

Mais combien de temps ce répit allait-il durer ?

52

Ils dînèrent simplement de *dane,* un plat de mouton au riz, suivi par du *zirbac*, un dessert à base de raisins secs, de pruneaux et d'amandes. Ils avaient choisi un petit restaurant familial désert à deux pas de leur hôtel et évitèrent toute interaction inutile, ne se parlant même pas entre eux tant ils étaient fatigués et par crainte d'être écoutés. Nisrine toucha à peine à son assiette, et Kamal, comme elle le remarqua, eut la gentillesse de nc le lui reprocher qu'une seule fois. Physiquement, elle savait qu'elle ne tiendrait pas longtemps si elle ne mangeait rien, mais elle n'avait pas l'énergie d'avaler fût-ce une bouchée. Elle avait à peine la force de respirer.

La peur éprouvée et la tension de la fuite s'estompant, les souvenirs terribles de la nuit précédente revenaient à la charge. Chassé un moment par l'instinct de survie, le désespoir submergeait de nouveau Nisrine, si profond et paralysant qu'elle parvenait à peine à se mouvoir. Elle avait perdu à tout jamais son mari et ses enfants. Une idée impossible à assimiler. Elle y revenait sans cesse, refusant d'accepter l'inévitable, cherchant désespérément une façon de changer le cours des événements. Il devait bien exister un moyen de les ramener auquel elle n'aurait pas pensé. Plus même que le chagrin insupportable, c'était le sentiment d'impuissance qui la tuait, cette cruelle obligation d'admettre le caractère définitif de la mort.

Ils retournèrent à leur chambre. Ils avaient besoin de se laver et de se changer, mais cela attendrait. Ils étaient tous les deux tellement épuisés qu'ils ne purent que s'écrouler sur leurs lits et rester là, les yeux au plafond, sans bouger.

Nisrine fut la première à rompre le silence :

— On est fichus. Ils ne vont jamais nous lâcher. Tu le sais aussi bien que moi. Tu connais leurs méthodes. Ils ne voudront pas nous laisser nous en tirer.

— C'est certain. Surtout vu l'importance de l'enjeu.

— Alors, c'est ça la vie qui nous attend ? Nous allons devoir rester sur le qui-vive, nous inquiéter en permanence, nous tenir prêts à ce que quelqu'un nous tombe dessus à chaque instant ?

— Nous pouvons faire un saut dans le temps pour les semer. Et cette fois sans laisser de traces.

— Mais on ne sera jamais tranquilles. Rien n'empêche qu'ils nous retrouvent. Il n'y a pas de limite au nombre d'agents qu'ils peuvent envoyer à toutes les époques pour nous rechercher. On aura toujours peur. On aura toujours des doutes.

Elle se tourna sur le côté pour lui faire face.

— Je ne peux pas vivre comme ça. Il n'en est pas question.

— On n'a pas tellement le choix.

— On a toujours le choix.

L'idée qui était née sur la péniche pendant la nuit lui revenait, réclamant son attention à grands cris. L'apparition de Taymour avait fait sortir l'oiseau du nid, la colère et l'impuissance lui donnaient des ailes.

— Tu te souviens de ce que tu as dit, la nuit dernière ? demanda-t-elle. Ton envie de changer les choses... D'utiliser la formule pour réparer ce qui n'allait pas chez nous. Nous devrions être plus ambitieux, penser un peu plus loin que le bout de notre nez. Et si la priorité n'était pas de trouver un moyen de revenir à notre ancienne vie ? Peut-être que ce qui nous est arrivé s'inscrit dans une logique qui nous dépasse.

— C'est-à-dire ?

— Le monde que nous connaissons – que ce soit à notre époque ou à celle-ci –, ce n'est pas le monde qui devait exister à l'origine.

L'expression de Kamal lui montra qu'il ne comprenait pas.

— Cet homme a changé quelque chose. Ce Rachid, il a tout changé. Tout ce qui est là, ajouta-t-elle avec un geste autour d'elle, n'est là qu'à cause de lui. L'empire, notre façon de vivre, tout ça n'existe que parce qu'il est intervenu. Sans lui, le monde aurait été différent.

— Qu'est-ce que tu veux dire, Nisrine ?

— Je veux dire que notre présence, que ce soit ici et maintenant, ou à l'époque d'où nous venons, n'est due qu'à ce qu'il a fait, parce qu'il a changé le cours de l'Histoire.

— Donc, d'après toi, nous lui devons la vie ?

— Tout ce que je dis, c'est que notre monde tel que nous le connaissons n'aurait jamais dû exister. C'est une perversion de l'Histoire, une tricherie. Et moi, je pense que nous devons réparer ça.

Kamal n'en revenait pas :

— Tu veux changer le cours de l'Histoire ? ! Mais c'est notre monde…

— Né d'une mauvaise action.

— Nisrine…

— Non, Kamal, il a mal agi ! Ce n'est pas ce qui devait se passer au départ.

— Il a sauvé l'empire et lui a permis d'étendre son influence sur la moitié du globe, s'insurgea Kamal.

— Il a perverti le cours des choses.

— Pour notre plus grand bien. Pour le plus grand bien de notre peuple.

— Et au détriment de millions d'autres. Au détriment de gens qui auraient dû exister. Des gens qui auraient eu de belles vies, ou des vies tragiques, qui auraient été heureux ou malheureux, mais qui n'en ont pas eu l'occasion à cause de cet homme.

— Oui, mais des millions d'autres ont vu le jour, nous y compris.

— Merveilleux, persifla-t-elle. Une sacrée réussite !…

Kamal se donna le temps de respirer pour se calmer, puis frotta ses yeux fatigués.

— Le monde dont il vous a parlé, ce monde dont il venait avant de tout changer, ça n'était pas le paradis, si ?

— C'est vrai. Mais quel monde est parfait ? Le nôtre n'était pas meilleur. Avec ce que tu sais de la nature humaine – surtout toi, avec tout ce que tu as vu –, tu ne penses quand même pas qu'un monde sans conflit est possible ?

Il ne se donna pas la peine de répondre.

— Écoute, insista-t-elle, peu importe si le monde que Rachid a connu était bon ou mauvais. D'après ce qu'il en a dit, il me semble que c'était un bien meilleur endroit à cause d'une différence fondamentale : la liberté. Les gens jouissaient de libertés que nous ne rêvons même pas de connaître un jour. Ils pouvaient dire ce qui leur plaisait, vivre comme ils l'entendaient, aller où bon leur semblait. Ils pouvaient même choisir qui les dirigeait. Il y avait des élections. À mon avis, dans un monde aussi ouvert, un monde où les gens pouvaient exprimer leurs idées sans peur et débattre des grandes questions de leur temps, il ne pouvait pas y avoir autant de mensonges, de manipulations et de corruption que dans le nôtre. Dans ce monde, les gens ne vivaient pas dans la terreur et n'étaient pas gouvernés par des bandits et des assassins. Les gens étaient libres de choisir leur destin. C'est quelque chose que nous n'aurons jamais, ni ici, aujourd'hui, ni jamais.

— Oui, mais…

— Le monde de Rachid n'était pas aussi terrible qu'il voulait bien le dire, Kamal. Ça n'est pas comme s'il nous avait sauvés d'une existence cauchemardesque. Et même si c'était le cas, ça n'est pas ce qui est le plus important. Le plus important, c'est qu'il a pris cette décision tout seul pour tout le monde. Un seul homme. Un tueur, un homme violent et cruel, a décidé de la façon dont nous allions tous vivre. Il a enlevé la liberté à des millions de gens. Il leur a volé leur vie. Ne me dis pas que c'est bien.

Kamal mit un moment à répondre. Il semblait avoir du mal

à réfuter ses arguments et à assimiler l'énormité de son point de vue.

— Ça n'est pas la première fois qu'un homme fait ce genre de chose, finit-il par dire.

— Comment ça ?

— Nous suivons déjà les enseignements d'un seul homme.

Cette fois, ce fut au tour de Nisrine d'être choquée :

— Comment peux-tu dire une chose pareille ?

— Tout ce qu'il me semble, c'est que…

— Tu ne penses quand même pas que Rachid est une sorte de messager du ciel, guidé par la main divine ? !

— Je ne sais pas. En tout cas, il a autant de pouvoir qu'un dieu…

— Un pouvoir qu'il s'est arrogé par la force ! riposta Nisrine. Il l'a extorqué à un homme qui était son prisonnier. Un homme qu'il a tué. Ça te semble vraiment un acte divin ?

— Bien sûr que non, mais…

— D'ailleurs, dans ce cas, qui te dit que ça n'est pas nous qui sommes guidés par la main divine ?

— Nous deux ?

— Et pourquoi pas ? Peut-être que c'est Dieu qui a voulu que nous tombions sur l'incantation pour réparer les dégâts. C'est tout aussi plausible, non ?

L'argument laissa Kamal sans voix.

— Il n'y a rien de divin dans toute cette affaire, Kamal. C'est impossible. Je ne sais pas d'où sort cette formule. Je ne sais pas pourquoi elle a été gravée sur le mur de la crypte autrefois. Je sais seulement que ce qu'il y a ici – tout ce qu'on voit là –, ça n'est pas le monde qui aurait dû exister. Rachid a changé la donne. Il a fait un hold-up ! Et on ne peut pas estimer que c'est bien.

— Oui, mais si quelqu'un d'autre avant lui avait déjà tout changé ? On ne peut pas savoir si le monde qu'il a décrit était celui qui devait arriver. Il y avait peut-être un autre monde avant, que quelqu'un d'autre aurait changé. Et encore un autre avant. Ça n'a pas de fin.

— Peut-être. Je ne sais pas.

C'était logique, mais énervant, et elle refusait d'abandonner. Cela lui rappela leurs premières disputes, quand la répression était devenue intolérable à Paris sous la main de fer du sultan.

— Tout ce que je sais, c'est que lui, il l'a fait. Et je sais – je suis absolument certaine – que ça n'est pas bien. C'est un vol, un mensonge, une falsification méprisable de l'avenir. Nous devons réparer ça.

— Mais comment ?

— Nous devons l'empêcher de le faire.

— Quoi ? s'exclama Kamal en ouvrant de grands yeux. Tu veux empêcher Rachid de… de nous faire exister ?

— Oui.

— Mais c'est grâce à lui que nous sommes en vie !

— Je sais, mais ça n'aurait jamais dû arriver. Et nous, nous pouvons intervenir.

— Tu es dingue…

— Et pourquoi ? Il l'a bien fait, lui. Pourquoi pas nous ?

— Parce que… Parce que c'est…

Elle attendit qu'il termine sa phrase, mais il ne trouva rien à dire. Il était à court d'arguments.

— Nous pouvons l'empêcher d'agir, Kamal. Nous pouvons faire un saut en arrière, et faire en sorte qu'il ne change pas l'Histoire.

— Nisrine…

— Mais enfin, tu as vu ce que ça a donné ! Tu ne t'en rendais peut-être pas compte, mais nous vivions une époque abominable. On enfermait les gens pour leurs opinions, et dès qu'ils critiquaient le pouvoir on les faisait taire ! Un pouvoir qui n'a pas hésité à envoyer ses hommes de main tuer mon mari et mes enfants pour protéger ce… cette mascarade !

Elle entendit sa voix trembler, sentit monter les larmes, continua malgré tout :

— Nous étions dirigés par une brute épaisse, un vrai crétin, et Dieu sait ce qu'il se prépare encore à faire. Finalement, c'est peut-être la plus belle façon de donner un sens à la vie et à la mort de Ramazan, Tarek et Nour que d'arrêter la catastrophe et de réparer tout ça en empêchant Rachid d'agir. Au moins, ils ne seraient pas morts pour rien.

Kamal se sentait vaincu par l'intensité de sa conviction.

Et pourtant, ce qu'elle proposait était extrêmement dangereux, et même fou.

— Donc, tu ne veux plus te venger ? demanda-t-il.

— Comment ça ?

— Avant qu'on vienne ici, tu avais décidé de tous les tuer. Celaleddin, et ceux qui ont envoyé des agents à tes trousses – à nos trousses. Tu voulais leur mort. Nous pourrions retourner là-bas pour leur faire la peau. Ils ne se douteraient pas que nous arrivons.

— Je ne connais pas la formule pour sauter en avant dans le temps, tu as oublié ? Je ne sais que retourner vers le passé.

— Il n'y a pas moyen de trouver comment s'y prendre ?

— Si, peut-être. Mais ce que je viens de proposer me semble beaucoup plus important.

— Si tu tiens à donner un sens à leur mort, pourquoi ne pas nous échapper de quelques années dans le passé – mettons retourner cinq ou dix ans en arrière pour échapper à Taymour ? Nous irions nous mettre en sécurité et, de là, travailler à changer l'avenir – notre avenir, l'avenir de ce monde-ci. Pourquoi veux-tu tout détruire ? Parce c'est bien ce qu'il a dit, non ? L'empire n'a pas duré dans son monde.

— Ça ne réparerait rien. Je me dis que ça vaudrait beaucoup mieux que l'empire n'existe plus du tout. Et d'ailleurs, c'est impossible parce qu'ils savent que nous sommes là. Ils ne vont pas s'avouer vaincus : ils vont nous chercher, tu le sais bien. Ils peuvent envoyer autant d'hommes qu'ils veulent dix ans, vingt ans en arrière. Ils peuvent leur faire mettre des alertes dans tout l'empire pour nous repérer n'importe où et n'importe quand, pour être sûrs de nous liquider définitivement. Nous connaissons la vérité, et nous pouvons nous en servir contre eux. Nous représentons un énorme danger. Tout ce que nous essaierons de changer, tout ce que nous ferons pour annoncer qu'un despote arrive, ne servira qu'à leur indiquer où nous sommes. Nous nous trahirons, quoi que nous fassions. Ils ne nous laisseront aucun répit. Non, la seule façon d'arranger ça et de garantir qu'ils ne vont pas nous retrouver, le seul moyen de changer les choses de façon permanente pour qu'ils ne puissent jamais défaire ce que nous avons accompli, notre seul espoir de vivre en paix, c'est de nous assurer que rien de tout ça ne va se produire. Il faut retourner à la source du mal. C'est-à-dire à Rachid. Nous devons l'arrêter avant qu'il n'intervienne pour tout changer.

Kamal se sentait acculé.

— Même si on voulait le faire, je ne vois pas comment ça serait possible.

— Il y est bien arrivé, lui.

— Donc tu veux faire quoi, exactement ? dit Kamal avec un grand soupir.

— Je veux retourner au seul endroit où nous avons la certitude qu'il s'est trouvé. Le lieu dont il nous a parlé, là où tout a commencé. Dans la plaine de Vienne au mois de Ramadan de l'an 1094.

— Tu veux retourner en 1094 ? !

— Absolument.

— Et tu comptes y faire quoi, exactement ?

— Je veux empêcher l'armée du sultan de prendre Vienne. Et je veux tuer Ayman Rachid, pour m'assurer qu'il ne va pas défaire ce que nous aurons accompli.

— Tu veux le tuer ? !

— Oui, je ne vois pas d'autre moyen.

Dans cette conversation déjà des plus étranges, le plus choquant pour lui venait d'être dit. Comment Nisrine – une idéaliste, une femme de principes, d'une moralité irréprochable – pouvait-elle parler de tuer quelqu'un avec une telle désinvolture ? Pire que de la désinvolture : cette fois, il la sentait froidement déterminée.

Le monde marchait vraiment sur la tête.

— N'oublie pas, ajouta-t-elle, Rachid est toujours là. Il a

réussi à s'enfuir. Il s'est réfugié je ne sais où. Il pourrait revenir à n'importe quel moment. Il pourrait nous retrouver. Il pourrait débarquer ici demain. Et cette idée que tu as de retourner en arrière de quelques années pour changer la donne et construire un avenir meilleur, je ne vois pas comment elle tiendra s'il peut rétablir tout ce qu'on aura changé dès que ça lui chante.

— Comme Celaleddin et ses hommes, remarqua Kamal.

— Sauf si nous retournons à la source. Sauf si nous arrêtons Rachid avant qu'il change tout. Si nous y arrivons, Celaleddin ne fera plus partie de l'avenir. Il ne sera plus là pour envoyer ses sbires dans le passé. Il n'existera plus.

— Et nous non plus…

— Nous, nous serons déjà dans le passé.

— Oui, mais nous viendrons d'un futur qui n'aura jamais existé.

— Il existait quand nous y vivions. Et nous aurons déjà fait notre saut dans le temps. Nous n'allons pas nous pulvériser ou cesser d'exister parce que l'avenir va prendre une autre direction. Ça n'est pas arrivé à Rachid.

Kamal l'observa un instant, effrayé par ce qu'il venait d'entendre. Il devait lui faire changer d'avis, la retenir – et pas pour la pérennité de l'empire, mais pour sa sécurité à elle.

— Nisrine, tu t'entends parler ? Tu veux vraiment aller sur un champ de bataille, en pleine guerre, et tuer le plus grand conseiller du sultan ? ! Tu crois que tu vas pouvoir débarquer là-bas et arriver à réaliser cet exploit sur un simple claquement de doigts ? Comment comptes-tu t'y prendre ? Comment vas-tu t'approcher de lui ? Comment vas-tu le tuer ? Il n'y avait pas de pistolets comme les nôtres à cette époque. Il y avait des mousquets. Est-ce que tu sais te servir d'un mousquet ?

— Non, dit-elle, son regard flamboyant s'adoucissant quelque peu lorsqu'elle ajouta : Mais tu vas m'apprendre.

— Parce que tu crois que je le sais ? ! Nisrine, c'est de la folie. C'est du suicide – et c'est injuste pour tous ceux qui…

— Je suis décidée, Kamal. Il faut agir. Ma présence ici ne

sert à rien, elle n'a aucun sens. On va faire quoi ? S'installer ici, refaire nos vies dans cette époque, seuls dans ce monde où nous ne connaissons personne, sans proches ni amis ? Tu veux que je végète le reste de mon existence comme si rien n'était arrivé ? Je ne sais pas si tu supporterais une vie aussi vide, mais pas moi. Ça ne me tente pas du tout. Je ne pourrais pas rester les bras croisés à attendre que ça passe tout en sachant ce que je sais. C'est notre devoir de réparer, en tout cas de le tenter. Si tu ne veux pas m'aider, alors nous n'avons strictement plus rien à nous dire.

Furieuse, elle partit vers la porte qu'elle ouvrit à la volée. Kamal se précipita pour l'empêcher de sortir.

— Nisrine, s'il te plaît…

— Laisse-moi passer !

Elle essaya de se faufiler dans le couloir en le repoussant.

Il tint bon, bloquant du bras le passage.

— Nisrine, écoute, ça n'est pas comme ça que…

Elle se dégagea en lui tapant sur la main.

— Laisse-moi !

Il tint bon, le bras toujours tendu devant elle.

— Non, je refuse de te laisser aller te faire tuer dans un passé barbare. Réfléchissons plus tranquillement à ce qu'il faut faire…

Elle poussa sur le bras de Kamal, de plus en plus enragée.

— Réfléchir ? C'est ce que nous venons de faire, il me semble ! Il n'y a qu'une seule solution !

Il la saisit à deux mains pour la retenir, mais elle l'écarta brutalement. Ils s'observèrent dans un lourd silence.

— Kamal, je ne comprends pas que tu puisses même hésiter !

— Écoute…

Il s'interrompit, coupé dans son élan par le regard brûlant de déception qu'elle lui lançait.

La poitrine se soulevant rapidement, elle resta ainsi un instant à le clouer de son mépris, puis elle secoua la tête lentement.

— Où est passé le Kamal d'autrefois ? Tu étais tellement… courageux. Déterminé et rebelle. Quand tu t'es engagé dans la Hafiye, je me suis demandé pourquoi. Tu es intelligent. Tu aurais pu choisir n'importe quelle autre carrière moins dangereuse et mieux payée. Mais tu voulais travailler dans un domaine où tu te sentirais utile, tu te souviens ? Et tu ne te rends pas compte à quel point je t'ai admiré pour ce choix. Admiré plus que tout. Tu risquais ta vie pour nous, pour cette ville. Pour de parfaits inconnus. Et quand les premiers attentats ont eu lieu, je n'en dormais plus parce que je m'inquiétais pour toi. Je me demandais quelles portes tu défonçais, quels dangers te guettaient…

Son visage se crispa et elle poussa un soupir.

— Et puis la répression s'est renforcée, et tu ne t'es rendu compte de rien. Tu n'as pas vu vers quoi on nous entraînait. Pire, tu n'as pas compris que tu faisais partie de la machine, que tu devenais un acteur de la terreur qui s'installait. Mais même quand la situation est devenue intenable et que j'avais une telle horreur de tout ce que tu représentais, que ton nom seul m'était devenu odieux, bien malgré moi, pour une raison que j'ignore, j'admirais toujours ta force et ton engagement. Tu ne te contentais pas de rester les bras ballants, tu te battais pour des valeurs auxquelles tu croyais, même si elles avaient été perverties et servaient des idées exactement contraires à celles que tu avais toujours défendues.

Kamal eut l'impression que ses poumons étaient pris dans un étau qui l'empêchait de respirer.

— Je sais que j'ai commis des erreurs, mais là…

— Il faut absolument suivre mon plan, Kamal. Même si tu ne t'en rends pas compte maintenant, tu le comprendras plus tard. C'est la seule attitude respectable. Si nous ne faisons rien… nous serons dans le camp des despotes et des voleurs d'Histoire.

Il soupira en la contemplant, toujours pris dans le feu de son regard.

— Tu ne vas jamais vouloir te laisser convaincre du contraire, j'ai l'impression.

— Jamais ! rétorqua-t-elle, une détermination d'acier gravée sur le visage. Je vais le faire, quoi qu'il advienne.

Elle ne lui posait toujours pas la question qui pourtant l'accablait d'un poids écrasant.

Il n'y avait bien sûr qu'une seule réponse possible.

Elle avait raison. Leur passé ne les lâcherait jamais, que ce soit sous la forme de Taymour ou d'autres agents lancés à leur poursuite, ou que ce soit le souvenir de la fin tragique de Ramazan et des enfants.

Contre les souvenirs, il n'y avait rien à faire, mais contre leurs ennemis il y avait un espoir, mince mais bien réel, de les mettre hors d'état de nuire.

— Je ne peux pas te laisser faire ça toute seule…

— Ne te lance pas là-dedans seulement pour moi.

— Bien sûr que non.

Et peut-être était-ce vrai, après tout. Peut-être était-il convaincu par son raisonnement. Ou alors il était trop épuisé, trop vidé pour avoir les idées claires. Ou bien, plus probablement, il était si amoureux d'elle qu'il était foutu d'avance, et n'aurait jamais pu répondre autrement.

— C'est toi qui as raison, finit-il par dire, d'un ton calme et mesuré. Il faut tenter le coup. Pour Ramazan. Pour Tarek. Pour Nour. Pour tout le monde.

Elle plongea ses yeux dans les siens et, pour la première fois depuis une éternité, il vit de la chaleur s'allumer dans son regard, détecta un soupçon d'affection réelle et – beaucoup plus beau – de respect.

Ce seul regard suffit à réduire à néant ses doutes et toute velléité de ne pas la suivre dans l'action démente et radicale, d'une inconcevable témérité, qu'elle projetait.

53

— Qui veut se renseigner un peu sur le siège de Vienne ?

Nisrine revenait à la table de lecture, les bras chargés de livres – plus d'une dizaine – ne traitant que de deux sujets : la conquête de Vienne et la vie d'Ayman Rachid Pacha.

Kamal la débarrassa des livres et les posa sur la table, examinant leurs couvertures au passage.

— Ne me dis pas que je suis remonté de quatre-vingts ans dans le temps pour me retrouver enseveli sous une montagne de devoirs de vacances…

— Eh oui ! dit-elle en s'asseyant à côté de lui. J'espère que tu lis vite. Nous devons apprendre le plus de choses possible sur le sujet en un temps record.

Il considéra les ouvrages sans enthousiasme.

— L'histoire n'a jamais été mon fort.

Nisrine eut un sourire en coin.

— Il n'est jamais trop tard !

Ils avaient traversé la Seine et se trouvaient en face du Louvre sur la rive gauche, dans la grande salle de lecture de la bibliothèque impériale Sultan Majid. Le magnifique édifice surmonté d'un dôme était la plus grande bibliothèque publique de France, temple de la connaissance vieux de plusieurs siècles, fondé sous Louis XIII par le cardinal Mazarin, ministre détesté du peuple, pour abriter son énorme bibliothèque personnelle. Sous les Ottomans, la bibliothèque Mazarine s'était agrandie et avait peu à peu pris possession des bâtiments voisins du vieil Institut de France, dont elle avait été l'un des plus beaux fleurons, jusqu'à ce que ses collections soient finalement trop à l'étroit même dans ce vénérable lieu. La nouvelle bibliothèque, celle où Nisrine avait passé d'innombrables heures quand elle était étudiante puis avocate, ne serait pas construite avant fort longtemps, mais elle avait visité le vieil institut plusieurs fois après sa transformation en musée.

Ils devaient agir vite. Taymour était à leur recherche. Ils s'étaient demandé s'il ne serait pas plus prudent de faire un saut dans le temps pour le semer. À première vue, cela aurait pu sembler plus sage. S'ils ne laissaient pas de traces, rien qui puisse indiquer de combien de lunes ils étaient retournés en arrière, leur poursuivant serait dans l'incapacité de les retrouver. Même un saut d'une semaine pourrait suffire, à condition qu'ils n'aient pas besoin de plus de temps pour mener à bien leurs recherches. Mais il fallait aussi prendre en compte les risques. S'ils faisaient le saut, tout serait à recommencer : ils arriveraient sans trop savoir dans quelles conditions, se retrouveraient de nouveau nus et sans argent. Rien ne garantissait que leur arrivée passerait inaperçue et ne serait pas rapportée quelque part, une mention que Taymour pourrait découvrir à l'époque où ils se trouvaient maintenant tous les trois, et qui pourrait le guider vers eux.

Il y avait trop d'incertitudes, et ils avaient conclu après réflexion qu'il serait probablement moins hasardeux de rester sur place en agissant avec prudence. Pour être moins facilement repérables, ils avaient décidé de se déplacer séparément lors des trajets vers la bibliothèque et vers l'auberge. Ils ne pouvaient pas emprunter de livres, n'ayant pas la pièce d'identité requise pour remplir la fiche de renseignement. Sans doute était-ce tout aussi bien, car ils ne laisseraient ainsi aucune trace écrite de leur présence.

Ils se lancèrent donc dans leurs recherches. Ils lisaient, prenaient des notes, discutaient de ce qu'ils apprenaient, puis se replongeaient dans leurs lectures. C'était un travail long et fastidieux qui les accaparait totalement, et dont ils s'acquittaient avec une extrême concentration, à l'affût du moindre détail. Leur vie – sans parler de leur objectif de changer le monde – en dépendait.

À la fin de la première journée, ils en avaient assez appris pour que leur plan commence à prendre forme, mais ils n'avançaient pas vite.

Kamal ferma le volume sur lequel il était penché, une récente biographie de Rachid.

— C'est incroyable, bougonna-t-il. Il y a des millions d'informations sur ce qu'il a fait après la prise de Vienne – la grande marche à travers l'Europe, la prise de Rome, de Paris, et tout le reste. Ses inventions, ses armes et sa stratégie ; ses idées sur la société, la politique et la technique ; sa vision de l'avenir…

— Un avenir dont il venait, intervint Nisrine. Il n'a rien découvert du tout, et ce n'était pas un grand visionnaire. Tout juste un escroc.

— Absolument… et dans tout ça, il n'y a quasiment rien sur ce qu'il a fait avant Vienne…

— Et pour cause, il n'était pas là avant Vienne. Et tout ce que tu vas lire sur cette période sera totalement fantaisiste. On ne peut pas s'appuyer là-dessus. Il a tout inventé. Ce passé-là n'a jamais existé.

— Et pourtant, il faudrait qu'on mette la main sur quelque chose de fiable. Nous devons trouver le moyen de le rejoindre avant que l'armée quitte Istanbul.

— Je ne sais pas comment. Nous n'avons rien sur cette période.

— Oui, mais une fois la campagne lancée on aura beaucoup plus de mal à l'arrêter. Il sera à la tête de la plus grande armée de l'histoire du monde.

— Nous n'aurons peut-être pas le choix.

Kamal eut un froncement de sourcils.

— Il faut continuer à chercher. Ce sera beaucoup moins risqué pour nous de le trouver avant le siège. Nous savons qu'il était à Istanbul avant que l'armée se mette en marche pour Vienne. C'est là qu'il a fait sa première apparition, c'est certain. Nous devrions peut-être aller là-bas et attendre d'entendre parler de son arrivée.

— Nous n'entendrons parler de rien du tout. Son existence ne sera pas rendue publique. Le sultan a dû le garder au secret. Il ne devait pas sortir du palais, et être soumis à une surveillance constante. Je suis certaine que le palais était très bien gardé. Ça n'est pas ce qu'on peut appeler une cible facile.

Les sourcils de Kamal se nouèrent un peu plus.

— Si nous ne savons pas exactement où le trouver, ajouta Nisrine, et quel jour ou quelle nuit, nous avons de grandes chances de nous faire prendre. Je ne vois pas en quoi ce serait moins risqué qu'à Vienne. Et puis nous serions obligés d'aller à Istanbul à cette époque-ci avant d'effectuer le saut. Sans papiers, sans argent… par des moyens de transport extrêmement lents.

L'argument était bon. Ils étaient retournés à la grande époque du rail. Il n'y avait pas d'avions à réaction, seulement des biplans à hélice, lents et peu sûrs. Les voyages aériens en étaient encore à leurs balbutiements.

— Il sera beaucoup plus facile de nous rendre à Vienne, c'est certain. Mais nous allons plonger la tête la première dans une zone de guerre. C'est justement ce que je cherche à éviter.

— Cela ne m'amuse pas beaucoup non plus, mais nous avons la certitude de le trouver là-bas. À mon avis, nous n'avons pas le choix, commenta Nisrine, aussi réticente que lui, mais nous n'allons pas y aller à l'aveuglette. Nous avons des tonnes d'informations.

Ce n'était pas faux non plus. Le siège était un moment central de l'histoire ottomane, et avait été relaté sous toutes les coutures par les historiens dans d'innombrables ouvrages.

— Les informations sont parfaitement fiables, continua-t-elle, ce qui signifie que nous serons bien préparés.

Elle prit un livre dans la pile de ceux qu'ils n'avaient pas encore ouverts, le tourna pour le poser face à Kamal d'un geste facétieux et ajouta :

— Allez, au travail !

— Il faut trouver un autre moyen…

— Si tu veux, mais je ne me fais pas beaucoup d'illusions. Je pense qu'en l'occurrence les dés sont jetés. Et pas un de ces légendaires *do chich* que tu aimes tant, plaisanta-t-elle en faisant allusion au double-six tant recherché au backgammon.

Kamal lui jeta un regard soulagé. Cela faisait du bien de la voir sourire et plaisanter, même brièvement. Cette recherche en bibliothèque, en plus de les aider à élaborer une stratégie, leur apportait un répit bien nécessaire qui la tirait, même très provisoirement, de l'abîme de douleur qui l'avait engloutie.

Il attira le livre à lui en prenant un air de martyr, considéra la couverture.

— Je me répète, remarqua-t-il avec un sourire taquin, mais tu me fais vraiment revivre les pires moments de ma jeunesse, là.

— D'autant que cette fois la notation sera beaucoup plus sévère, répliqua Nisrine, reprenant quelque peu son sérieux. On n'a pas intérêt à se planter.

— Je ne te le fais pas dire, soupira-t-il en ouvrant le livre comme un bon écolier.

Il ne leur fallut pas longtemps pour aboutir à la conclusion qu'ils redoutaient.

Le seul plan vraiment possible, le seul moment documenté par des informations fiables, était aussi le plus dangereux.

L'événement clé, l'intervention décisive de Rachid, qui avait changé l'issue du siège et livré Vienne aux Ottomans, était l'attentat-suicide commis lors de la cérémonie de Tulln, à l'occasion de la revue générale des troupes chrétiennes, à une trentaine de kilomètres à l'ouest de Vienne.

C'était ce moment-là qu'il fallait changer.

Rachid s'en était vanté devant Ramazan, qui en avait ensuite parlé à Nisrine, la nuit de leur grande discussion à l'appartement. Cet attentat avait été son coup de maître, et il ne s'était pas privé de le décrire longuement.

Les livres d'histoire et les biographies revenaient avec force détails sur tous ses aspects. Les Ottomans devaient leur illustre et épique victoire militaire à une tactique audacieuse et retorse qui rappelait les exploits de l'un des stratèges les plus fameux de l'histoire islamique, le Vieux de la Montagne, chef du tristement célèbre ordre des Assassins.

Le jour fatidique, les envoyés de Rachid, chargés d'explosifs, avaient éliminé le haut commandement de l'armée du pape. Les différentes troupes chrétiennes, venues par le nord, s'étaient rassemblées sur la rive gauche du Danube, et attendaient depuis quelques jours de traverser le fleuve. Les ingénieurs avaient mis en place des ponts flottants, mais la pluie qui tombait depuis des jours avait fait monter le niveau du fleuve et accéléré son débit, ce qui avait endommagé les bateaux porteurs et causé des retards. Il avait fallu reconstruire plusieurs fois les ponts. Deux jours avant la parade, la pluie avait cessé, et les troupes avaient enfin pu traverser le Danube. Une fois sur la rive droite, les soldats s'étaient arrêtés devant la ville de Tulln et sa palissade en bois, érigée pour arrêter les incursions ottomanes des *gazi* et de leurs alliés tatars. C'était là que l'armée devait être passée en revue avant la dernière étape vers l'est, pour atteindre la plaine de Vienne, où l'armée ottomane avait établi son camp et où aurait lieu la bataille décisive.

Les plus grands chefs militaires de la Chrétienté, des guerriers légendaires tels que Jean II Sobieski, roi de Pologne, et Charles, duc de Lorraine, avaient tous été éliminés lors de l'attentat diabolique. L'armée ottomane avait donné l'assaut juste après l'explosion, profitant de l'effet de surprise. Quarante mille infidèles avaient été tués ce jour-là, laissant les Viennois, assiégés et affamés, à la merci des envahisseurs, et le reste de l'Europe occidentale démunie devant leur irrésistible avancée.

La seule chose à faire était d'empêcher l'attentat, afin de sauver l'armée. Sobieski et les autres devaient être avertis, et l'embuscade tournée à leur avantage.

Mais cela ne suffirait pas.

Il fallait aussi tuer Rachid, pour l'empêcher de retourner dans le passé et de recommencer.

Kamal et Nisrine devaient réussir les deux missions en même temps, l'une n'allant pas sans l'autre, et plus ou moins simultanément, avant que Rachid ne comprenne qu'il avait échoué et ne fasse un saut en arrière pour tenter de nouveau sa chance.

Le meurtre de Rachid serait sans doute la partie la plus difficile de l'opération. Kamal tenait à s'en charger seul. Il ne voulait à aucun prix courir le risque de laisser Nisrine l'accompagner quand il pénétrerait dans le camp ottoman. Ils allaient donc devoir se séparer, ce qui ne leur plaisait ni à l'un ni à l'autre, mais c'était inévitable. Il serait bien assez difficile pour Kamal d'approcher Rachid pour le tuer au bon moment sans qu'il ait en même temps à veiller sur Nisrine.

Cette stratégie mise en place, leurs recherches purent se préciser. Ils disposaient d'une masse de documents, et en une semaine ils arrivèrent à engranger assez d'informations pour mettre au point un plan qui leur semblait à la fois cohérent et faisable.

Conscients des multiples dangers qui les attendaient, ils tâchèrent de réduire les risques et de mettre toutes les chances de leur côté en étudiant leur sujet à fond et en essayant de prévoir toutes les complications imaginables. Ils se renseignèrent aussi sur la vie quotidienne à l'époque, en grande partie grâce aux écrits du célèbre voyageur ottoman Evliya Çelebi, qui s'était rendu à Vienne quelques années avant le siège. Au bout de la semaine, ils n'en pouvaient plus : la somme de lectures était trop énorme.

Ils n'allaient pas pouvoir retarder beaucoup plus longtemps le moment de se jeter à l'eau.

Finalement, il ne leur resta plus que deux choses à faire.

L'une était de calculer de combien de lunes exactement ils devraient remonter dans le temps, puis de traduire le nombre en palmyrénien pour l'introduire dans l'incantation.

Ce choix du meilleur moment où arriver avant la bataille demandait de la réflexion et de la précision. S'ils arrivaient trop tôt avant l'attentat, ils multiplieraient les risques de s'exposer à des événements inattendus, mais, trop près de la date, ils n'auraient pas le temps de s'organiser. À l'issue d'une longue discussion, ils décidèrent d'arriver deux jours avant la grande revue militaire de Tulln. Ils disposeraient ainsi de quarante-huit heures pour rencontrer les commandants des armées chrétiennes et les avertir de ce qui se préparait, et pour aller tuer Rachid au camp ottoman.

Quant à la seconde tâche, elle leur demanderait de faire confiance au destin.

Ramazan n'avait pas eu le temps de demander à Rachid le reste de la formule – la partie permettant de voyager vers l'avenir. Kamal et Nisrine en avaient parlé et estimaient tous les deux très important de la connaître. Ils n'en avaient pas besoin directement pour mettre leur plan à exécution, mais auraient préféré l'avoir sous le coude. Si la situation tournait à leur désavantage, ils pouvaient en avoir l'utilité.

Partant de la supposition qu'il ne s'agissait pas d'une formule radicalement différente, mais qu'il suffisait de substituer un mot pour réussir le saut vers le futur, Nisrine passa un après-midi entier à étudier la question. Elle analysa les mots les uns après les autres, les compara aux documents en palmyrénien qu'elle avait pu réunir, les traduisit, mais la solution lui échappait. Le palmyrénien était une langue très ancienne fort mal étudiée. Peu de textes originaux subsistaient et, d'après ce qu'elle détermina, aucun mot de l'incantation ne signifiait « passé » ou « futur » ou « en arrière » ou « en avant ».

Un mot pourtant l'intriguait. D'après ses sources, elle l'avait identifié comme signifiant « lumière ». À la réflexion, elle se demandait si elle ne l'avait pas mal interprété. Ce mot venait après celui qui indiquait le nombre de lunes à traverser, et n'avait pas grand-chose à faire là. Cette incantation servait à partir vers le passé, et Nisrine n'arrivait pas à comprendre comment le retour vers le passé pouvait être associé à la lumière : elle se serait plutôt attendue à voir l'opération associée à l'obscurité.

Après réflexion, elle se dit que l'idée n'était peut-être pas aussi absurde que cela.

Voyager vers le passé, c'était se rendre dans un temps connu, dépourvu de mystère, d'où l'idée d'aller vers la lumière. En suivant cette logique, peut-être que les sauts vers l'avenir, c'est-à-dire vers un temps incertain, pourraient être associés à l'obscurité, celle de l'inconnu.

Elle étudia de nouveau l'incantation sous tous les angles, et ne vit pas d'autre mot susceptible d'être remplacé pour indiquer l'avenir. Cela ne pouvait être que le mot signifiant « lumière ». Faute de mieux, elle chercha les mots palmyréniens pour « sombre » et « obscurité », trouva que les deux mots avaient une seule traduction en palmyrénien. Elle était à court d'idées et ne pensa pas pouvoir imaginer mieux pour voyager vers l'avenir que la substitution de ce mot. Un mot dont il fallait aussi trouver la bonne prononciation. Elle n'avait pas de certitude, mais elle avait fait de son mieux et estimait avoir de grandes chances de ne pas se tromper. Et puis, ce n'était que la solution de secours. Si tout se passait bien, ils arracheraient à Rachid la formule pour le saut vers l'avenir avant que la situation ne devienne trop dangereuse et ne les oblige à mettre son hypothèse à l'épreuve.

Avant de partir, il leur fallait s'assurer d'une dernière chose. Ils devaient faire en sorte de ne pas perdre l'incantation, la formule pour aller vers le passé et celle qu'ils supposaient envoyer vers l'avenir. Ils apprendraient tout cela par cœur, bien sûr, mais ils ne pouvaient se fier uniquement à leur mémoire. Le plus simple serait de se les faire tatouer sur le corps, mais on se tatouait très peu dans la société ottomane de l'époque. Les seuls Ottomans musulmans tatoués étaient les membres des forces armées ou de la police, qui, comme Kamal, portaient l'insigne de leur unité ou leur matricule tatoué sur la jambe et le bras droits. Les musulmanes n'avaient pas de tatouages. Les rares à en porter venaient en général des pays chrétiens conquis. Dans certaines communautés, on tatouait sur son corps et celui de ses enfants des croix et d'autres symboles culturels contre la conversion forcée, une forme de résistance passive plus communément pratiquée dans les Balkans qu'en France.

Ils découvrirent, dissimulé au fin fond du ghetto chrétien de Montmartre, un vieux cordonnier qui pratiquait aussi l'art du tatouage. L'homme était discret car on ne parlait jamais ouvertement de ces choses-là. Il garda donc ses questions pour lui et se mit au travail, commençant par Nisrine. Elle lui fit inscrire sur son avant-bras les mots de l'incantation en phonétique, ainsi que le nombre de lunes du calendrier palmyrénien dont ils auraient besoin pour retrouver Rachid pendant le siège, calculé en fonction de la date d'arrivée à Vienne du train qu'ils prévoyaient de prendre. Elle fit aussi tatouer le mot qu'elle supposait servir au voyage vers le futur, et quelques autres nombres palmyréniens, au cas où – un, dix, cent.

Elle insista pour que Kamal fasse comme elle.

— Je n'en ai pas besoin, protesta-t-il.

— Et pourquoi ça ?

— Je ne compte pas me déplacer sans toi.

— Ne dis pas de bêtises. Tu pourrais en avoir besoin. C'est plus sûr pour tous les deux.

— J'ai tout appris par cœur.

— Tu es absolument sûr de ne rien oublier ? Même avec tous les mots supplémentaires pour changer le nombre de jours ?

— Pas à cent pour cent..., dut-il admettre.

— Et pourtant, c'est du cent pour cent qu'il nous faut. Tu n'aurais pas peur d'une petite aiguille, par hasard ?

Il va sans dire qu'il n'y coupa pas.

Les mots étaient identiques à ceux que venait de se faire tatouer Nisrine, mais, ne voulant pas que le cordonnier voie le marquage de la Hafiye qu'il portait déjà sur le bras droit, Kamal lui présenta son bras gauche.

Ils étaient fin prêts.

Ils passèrent leur dernière soirée avant le départ de Paris dans un petit restaurant où ils n'étaient encore jamais allés, continuant en cela à recourir à la stratégie consistant à ne jamais retourner au même endroit. Ils parlèrent peu pendant le repas, tâchant l'un comme l'autre de ne pas céder à l'inquiétude qu'éveillait l'approche du grand saut.

Ils terminèrent par des tisanes à l'anis aux vertus apaisantes, qu'ils burent en tombant dans un profond silence.

— C'est le moment de vérité, finit par dire Kamal. Tu es toujours sûre de vouloir y aller ?

Nisrine avala sa gorgée, posa sa tasse en gardant les yeux pensivement baissés. Après une brève réflexion, elle les releva vers Kamal.

— Je ne vais pas te mentir : c'est vrai que j'ai peur. J'ai même très peur. C'est tellement loin de mon expérience. N'empêche, je suis toujours absolument convaincue qu'il faut le faire.

Kamal hocha gravement la tête.

— Si ça peut te consoler, dis-toi que moi aussi, je suis terrifié… et que moi aussi, je pense qu'il faut y aller.

— Alors on va pouvoir avoir peur ensemble ?

Il eut un rire bref.

— Oui, on va pouvoir trembler et claquer des dents à l'unisson.

Cela la fit sourire – mais d'un sourire triste et mélancolique. Le souvenir des horreurs récentes n'était jamais très éloigné.

Cet instant de complicité fut le bienvenu pour Kamal, qui redoutait lui aussi l'aventure dans laquelle ils allaient s'embarquer. Il arrivait à en rire, mais n'en était pas moins inquiet. En résumé, la perspective ne le réjouissait pas, mais il y croyait et comptait tout mettre en œuvre pour réussir. Il fallait reconnaître que cette préparation du voyage, toutes les journées consacrées à leurs recherches, à se pencher sur leur lourde tâche, avait eu l'avantage de distraire Nisrine de la tragédie. Elle avait changé du tout au tout depuis leur saut vers le passé. Il ne doutait pas que la souffrance était encore présente, il n'en était d'ailleurs lui non plus pas encore libéré. La nuit, il entendait les sanglots étouffés de Nisrine alors qu'elle était épuisée et aurait dû dormir, mais pendant la journée les ténèbres qui ternissaient ses yeux semblaient se dissiper peu à peu, il semblait à Kamal que la jeune femme retrouvait un peu de son animation. Elle revenait à la vie, temporairement peut-être, mais c'était un premier pas.

Il se prenait à espérer qu'elle retrouverait un jour le bonheur. Peut-être rencontrerait-elle quelqu'un dans cet avenir inconnu qu'ils préparaient, cet espace vierge. Un homme avec qui elle prendrait un nouveau départ, et qui l'aiderait à chasser la douleur du passé en partageant sa vie.

Pourquoi pas ?

À condition de survivre…

Il reprit son sérieux.

— Quand nous aurons terminé, si nous parvenons à changer le cours du temps… il n'y aura plus moyen de revenir en arrière. La vie telle que nous la connaissions sera totalement effacée.

— Je sais bien.

— Tous les gens que nous avons connus, tout ce que nous avons vécu… tout ça va disparaître à tout jamais.

— Ça ne me fait pas peur. De toute façon, je n'ai aucune envie d'y retourner. Il n'y a plus rien pour moi là-bas. Et toi ? Tu es toujours prêt à m'accompagner ?

Il la regarda droit dans les yeux, laissa la réponse en suspens un instant.

— Tu plaisantes, j'espère ? lâcha-t-il enfin avant d'ajouter : Tu ne me laisserais pas en paix une seconde si je te disais non.

L'effet de surprise fut parfait. Le visage de Nisrine se détendit, et elle souleva un sourcil agacé. Il la rassura en levant une main apaisante.

— Je veux dire… oui. Absolument.

Une délicate roseur envahit les joues de Nisrine.

— Merci, dit-elle.

Puis elle tendit les bras par-dessus la table et prit les mains de Kamal dans les siennes.

54

Pour les autres passagers du Kostantiniyye Express, Kamal et Nisrine n'offraient rien de très remarquable.

Un couple marié occupant une cabine pour deux dans le train de nuit entre Paris et Vienne. Une visite à des parents, une échappée romantique peut-être, ou bien la célébration d'un anniversaire : personne ne le sut, puisqu'ils passèrent presque tout le voyage dans leur compartiment et n'adressèrent la parole à personne dans la voiture-restaurant.

Bien qu'inhabituelle, leur absence de bagages – ils s'étaient présentés sur le quai avec seulement un petit sac pour deux – ne donna lieu à aucune question. Personne ne pouvait deviner que c'était un vieux fourre-tout acheté à la hâte dans une friperie de Montmartre en même temps que les vêtements vaguement plus présentables qu'ils portaient, ni qu'il contenait en tout et pour tout les tenues volées à la madrasa de Fontainebleau, c'est-à-dire l'ensemble de leurs possessions.

Kamal ne commença à se détendre qu'après le départ, quand le train sortit de la gare Osman Sofou Pacha pour entamer son long périple vers Istanbul. Il restait malgré tout sur ses gardes. Ils avaient fait le maximum pour passer inaperçus en quittant l'auberge au petit matin afin de se rendre dans l'immense gare parisienne, et avaient traversé rapidement les halls grandioses pour trouver la voie où le train attendait. L'expression revêche de Kamal et son silence avaient dressé une barrière décourageant les contacts, tandis que Nisrine se cachait le visage derrière un foulard plus opaque que tous ceux qu'elle avait jamais portés. Nul ne leur avait prêté attention, et aucun policier ne s'était intéressé à eux. Une chance, estimait Kamal, car, après tout, ils se trouvaient à Paris depuis un peu plus d'une semaine, et même en prenant en compte les limitations technologiques de l'époque Taymour avait largement eu le temps de faire publier un avis de recherche. Force était de constater que Kamal avait quelque peu surestimé l'influence de son ancien coéquipier auprès de la Zaptiye. Il n'y avait pas eu non plus de contrôle d'identité au départ, car le train ne franchirait pas de frontières. Le convoi ne quitterait à aucun moment le territoire de l'empire, ce qui permettait la libre circulation de ses sujets.

Le contrôleur avait poinçonné leurs billets, et ils étaient confortablement installés dans leur compartiment. Il était encore très tôt, et le temps s'était de nouveau dégradé. La température avait fraîchi, des nuages d'un noir menaçant annonçaient la pluie. Et pourtant, alors que la campagne remplaçait le dense tissu urbain de la capitale, Kamal sentit un grand calme l'envahir. C'était un répit bien agréable mais qui ne durerait que le temps du trajet. Dès qu'ils descendraient du train, cette paix factice se dissiperait et se volatiliserait avec eux au moment du grand saut.

L'express mettrait vingt-cinq heures pour atteindre Vienne, ce qui les ferait arriver le lendemain matin, après de brefs arrêts à Strasbourg et Munich. Ensuite, le train continuerait sa route sans eux pendant deux jours vers son terminus, la gare Müsir Ahmet Pacha à Istanbul.

Pour acheter les billets, Kamal s'était résolu à commettre un acte qui lui aurait auparavant semblé impensable. Ayant vidé toutes les pierres de charité à proximité de l'auberge, il avait dû se résoudre à voler de l'argent à des particuliers. Le seul vrai danger était de voir son identité révélée, car le vol n'était pas un délit très sévèrement puni. En effet, pour pallier les défaillances de la charia, qui ne fonctionnait pas très bien,

Mourad avait instauré un code pénal séculier appelé *kanun*, destiné à faciliter les poursuites et à rendre la justice plus efficace. La loi islamique ne couvrait en effet pas les situations modernes telles que la contrefaçon et le chantage, et ses règles très strictes compliquaient énormément les procédures. Selon la législation introduite sous Mourad, les voleurs, même ceux qui avaient tué leur victime, n'étaient pas toujours condamnés aux peines corporelles très dures prévues par la charia. Ils étaient bien souvent uniquement obligés de rendre la marchandise ou l'argent volé à la famille de la victime, et de verser une compensation établie en accord avec les plaignants.

Kamal ne s'inquiétait donc pas outre mesure. Il pourrait toujours se servir de l'incantation s'il était mis en prison, en veillant à ne pas laisser Nisrine trop longtemps seule. Il aurait préféré ne pas prendre ce risque, mais il n'avait pas le choix.

En la matière, son expérience et son savoir-faire lui avaient été d'une grande utilité. Il avait ainsi parcouru les rues pendant des heures dans un quartier éloigné de l'auberge afin de choisir une proie facile. Il avait pensé un moment attaquer un bureau de poste, mais avait estimé que ce serait trop dangereux. Il avait fini par arrêter son choix sur un marchand de drap de laine de Carcassonne, un homme particulièrement désagréable qui l'avait accueilli avec mépris et condescendance quand il était entré dans sa boutique pour repérer les lieux.

Les pièces d'or dont il l'avait soulagé lui avaient permis d'acheter les vêtements, le fourre-tout et deux billets de wagon-lit. Ils étaient en deuxième classe, dans une cabine pour deux, petite mais plus que suffisante : parois lambrissées de beau bois, grande fenêtre, banquette convertie en couchettes superposées la nuit, et coin lavabo. Deux toilettes étaient à la disposition des voyageurs à chacune des extrémités des douze wagons, mais il n'y avait ni cabines de bain ni douches à bord, pas même en première classe. Deux voitures-restaurants et trois fourgons terminaient ce train express vers l'Orient, tous resplendissants de la pourpre impériale.

Vers le milieu de la matinée, le train laissa derrière lui la province française. La souplesse des suspensions à ressort nouvellement installées sur le matériel roulant amortissait les irrégularités des rails et les secousses causées par la puissante locomotive à vapeur. Plus tard, le terrain plat céda la place à un paysage plus sauvage et, alors que le train commençait à serpenter vers les hauteurs des luxuriantes montagnes boisées des Vosges, Kamal et Nisrine sentirent l'appréhension revenir en force, un trac qui, même s'ils n'en disaient rien, croissait avec les kilomètres.

Ne se hasardant hors de leur compartiment que pour se rendre à la voiture-restaurant, ils restèrent enfermés toute la journée, examinant leur plan sous tous les angles, traquant sans relâche les failles possibles.

Il leur fallait rejoindre les dirigeants chrétiens avant l'attentat-suicide prévu pour être commis pendant la revue des troupes au pied de la palissade de Tulln. Leur saut dans le temps ne pouvait donc pas avoir lieu dans la ville même de Vienne, qui serait assiégée par la plus grande armée jamais réunie par les Ottomans. Sous un feu constant depuis deux mois, Vienne était sur le point de succomber. Les Viennois qui n'avaient pas fui et les milliers de réfugiés venus de la campagne survivaient tant bien que mal derrière des fortifications prêtes à céder, dans des conditions épouvantables. Et comme le courageux gouverneur de la ville, le comte de Starhemberg, avait repoussé la sommation du chef ottoman de se rendre et de se convertir à l'islam, ils seraient passés au fil de l'épée ou réduits en esclavage si la ville venait à tomber.

Kamal et Nisrine devaient à tout prix éviter d'être pris au piège avec eux. S'ils se retrouvaient à l'intérieur des murailles de Vienne, ils ne pourraient plus sortir pour aller avertir les commandants des armées du pape de l'arrivée des faux messagers porteurs d'explosifs. Ils avaient donc prévu de descendre à la gare de Vienne, puis de trouver une automobile ou une voiture à cheval pour s'éloigner de la ville. Il leur fallait encore déterminer le meilleur endroit où effectuer leur saut sans trop de risques.

Leurs recherches leur avaient appris que le roi de Pologne et les autres chefs militaires s'étaient réunis en conseil de guerre au château de Stetteldorf avant de traverser le fleuve et de concentrer leurs armées à Tulln. Construit sur un promontoire, l'élégant château de deux étages à façade Renaissance dominait majestueusement les prairies du Danube et la ville de Stokerau. Kamal et Nisrine avaient décidé d'arriver quelque part à l'intérieur du château, à la date de ce conseil de guerre, juste à temps pour alerter le haut commandement chrétien. Ce serait alors aux chefs de guerre d'imaginer la manœuvre la mieux adaptée pour déjouer la stratégie ottomane et mettre fin à la conquête que voulait mener Rachid.

Mais cela ne suffirait pas : Kamal devait aussi tuer Rachid avant la réussite de la contre-attaque. Il savait plus ou moins comment y parvenir, mais il n'en parla pas à Nisrine. Cela ne lui plairait pas. Il n'était pas enchanté par son idée non plus, mais il n'en voyait pas de meilleure pour être sûr de trouver Rachid. Les livres d'histoire indiquaient où Rachid se trouvait pendant les attentats-suicides : en haut d'une colline, d'où il avait aussi observé le massacre qui avait suivi. C'était là que Kamal le rejoindrait.

À condition que tout se passe bien.

Peu de temps avant le déjeuner, le train arriva à son premier arrêt, en gare de Strasbourg. Kamal et Nisrine ne se joignirent pas aux passagers qui descendaient pour se dégourdir les jambes. Ils préférèrent rester dans leur cabine, s'y sentant plus en sécurité, et admirèrent par la vitre la grande mosquée de la ville. En construction au temps de la conquête et destinée à devenir une cathédrale, elle avait été terminée en mosquée, et son deuxième beffroi n'avait pas été achevé. Les Ottomans avaient conduit la fin des travaux dans leur propre style. Les deux tours, comme dans les autres églises converties, étaient maintenant surmontées de dômes et entourées de minarets encore plus hauts.

L'arrêt ne dura pas plus de dix minutes. Juste avant le départ, un autre train s'arrêta sur la voie parallèle à la leur. C'était un convoi local plus lent, qui se dirigeait dans la direction opposée. Les fenêtres se correspondant, Kamal put regarder à l'intérieur du wagon le plus proche. Aucun siège. Quelques paysans étaient assis par terre, entourés par des ballots de produits de la ferme, et fumaient de longues pipes dorées. Une femme aperçut Kamal en levant les yeux et soutint son regard d'un air impassible.

Il fut pris d'un indéfinissable malaise. Ces paysans, ces simples gens de la campagne, allaient bientôt disparaître si Nisrine et lui réussissaient leur mission. Était-ce juste ? Et comment cela se passerait-il ? Se volatiliseraient-ils tout simplement ? Ne viendraient-ils jamais au monde ? C'était une question dérangeante et intrigante à la fois, et il fut soulagé d'être arraché à ses pensées par le départ de l'express.

Avec la fin de la journée, la forêt au frais verdoiement printanier qui enserrait la voie sinueuse fut engloutie par les ombres du soleil déclinant. Ils traversèrent le Danube avant la nuit, arrivèrent à Munich deux heures plus tard. Une fois de plus, Nisrine et Kamal restèrent à bord du train pendant le bref arrêt. L'express retourna sur ses pas pour sortir de la gare centrale, puis contourna la ville par le sud avant de reprendre son cheminement vers l'est. Vienne, le prochain arrêt, leur apparaîtrait après le petit déjeuner.

Le train laissa derrière lui Munich et ses flèches, et entama sa longue montée dans les alpages. L'air fraîchit alors que le train se faufilait au pied de monts aux sommets enneigés, passant du vassal bavarois à son voisin autrichien, le majestueux massif se dessinant sur le flamboiement d'un soleil couchant qui était parvenu à percer l'oppressante couverture nuageuse. Ce fut au cours de cette lente montée, et peu après leur départ de Munich, que le chef de train annonça le dîner.

Kamal et Nisrine quittèrent leur compartiment et longèrent la coursive jusqu'à la voiture-restaurant, où ils prirent leur repas dans un silence encore plus angoissé qu'au déjeuner. L'heure de vérité allait bientôt sonner, et cette perspective les remplissait d'appréhension. S'ajoutant à cela, la fumée d'une multitude de narguilés, chargée de capiteux parfums de miel et de pomme, leur faisait la tête lourde. À la fin du repas, quand leur serveur vint leur proposer du café ou une infusion à l'eau de rose, ils avaient le moral au plus bas, aussi sombre que le noir sépulcral qui obscurcissait les vitres de la voiture-restaurant.

— Nous ferions mieux de nous coucher tôt, remarqua Kamal. Ça pourrait être notre dernière occasion de dormir dans un vrai lit d'ici un moment.

Nisrine avait les traits tirés, le regard lointain.

— Ça va ? demanda-t-il.

— Oui. C'est juste que… Il y a tellement d'éléments inconnus que nous ne maîtrisons pas. La langue. La guerre. Ce qu'ils vont penser de nous là-bas… La nourriture, les maladies, toutes sortes de choses auxquelles nos corps ne sont pas habitués. Nous allons être précipités dans un passé vraiment lointain.

— C'est vrai, mais nous n'y allons pas totalement à l'aveugle.

— Tout de même… Je ne sais pas trop comment rationaliser ça. Je tâche de me dire que nous sommes comme les pionniers d'autrefois qui découvraient des terres inconnues, que nous sommes des explorateurs au début d'une extraordinaire aventure… mais je ne peux m'empêcher d'être terrorisée.

— Ce sera certainement un peu des deux.

— Tu es sûr que ça va bien se passer ?

— Absolument. Promets-moi juste de ne pas me laisser en plan pour aller te balader dans un autre temps sans me dire où tu vas.

— Tu veux dire « quand ».

— Oui, ça aussi.

Le visage de Nisrine se détendit un peu. Elle ôta sa serviette de ses genoux, la posa sur la table, repoussa sa chaise.

— Tu peux me donner quelques minutes pour faire ma toilette ? Je me sens toute poisseuse.

— Prends ton temps. Rien ne presse.

Il resta donc à table pendant que Nisrine se levait. Elle lui adressa un pâle sourire qui n'éclaira pas ses yeux, puis elle traversa la voiture-restaurant jusqu'à la porte du fond, qu'elle franchit.

Nisrine quitta Kamal toujours obnubilée par le monde inconnu qui les attendait.

Dans l'étroit passage au bout du wagon, elle croisa le steward et un couple de personnes âgées, puis elle passa le soufflet qui menait à leur voiture.

Elle mit la clé dans la serrure de leur compartiment, ouvrit la porte et entra. Elle avait à peine commencé à se déshabiller quand elle entendit frapper deux petits coups discrets à la porte. Elle eut un rire bref et alla ouvrir.

— Je croyais que je n'avais pas besoin de me dépêcher…, dit-elle en déverrouillant.

La porte s'ouvrit brutalement, poussée avec violence par de puissantes mains invisibles. Nisrine tituba en arrière, manquant de peu de la recevoir dans le nez.

Ce n'était pas Kamal qui se ruait dans la cabine.

C'était Taymour.

Rapide comme l'éclair, il referma la porte et la verrouilla dans le même mouvement, se jeta sur elle et lui plaqua la main sur la bouche sans lui laisser le temps de crier.

55

Kamal se figea en voyant Taymour entrer dans la voiture-restaurant par la porte du fond. Son ancien coéquipier tourna la tête vers lui et rencontra aussitôt son regard. Gardant une parfaite neutralité, impassible, il avança tranquillement vers lui dans la travée.

— Pas de panique, dit Taymour avec un geste d'apaisement avant de tirer la chaise de Nisrine à lui pour s'asseoir. Ce n'est que moi, d'accord ? Moi, Taymour.

Tout en gardant Taymour dans son champ de vision, Kamal jeta des regards rapides autour d'eux, cherchant Nisrine, tâchant de repérer d'autres présences menaçantes, de détecter toute réaction alarmante de la part d'autres occupants de la voiture-restaurant.

Il ne vit rien.

Une soudaine angoisse l'étreignit.

— Nisrine ! Où est Nisrine ?

— Elle va bien, répondit Taymour. Ne t'en fais pas, elle va très bien. Je l'ai juste un peu aidée à faire dodo. Je me suis dit que ça irait plus vite de se parler seul à seul. Entre hommes.

Kamal le fusilla du regard, bouillant de rage, prêt à se jeter sur lui, mais Taymour leva de nouveau la main pour montrer ses intentions pacifiques.

— Du calme. Je te dis qu'elle va bien.

— Où est-elle ?

— Elle ne craint rien. Elle dort comme un bébé. Donc prends sur toi et calme-toi. Je veux juste discuter un peu.

Kamal respira un grand coup, se retenant de ne pas attraper Taymour par le col.

— Comment nous as-tu trouvés ? Comment es-tu arrivé jusqu'ici ?

Taymour haussa les épaules, regarda autour de lui pour s'assurer que personne ne pouvait les entendre, sembla rassuré.

— C'est Celaleddin qui m'envoie.

— Pour quoi faire ? Pour nous tuer ?

Taymour soutint le regard brûlant de Kamal, haussa de nouveau les épaules, se pencha vers lui et dit en baissant la voix :

— Il m'a dit ce que Nisrine et Ramazan avaient découvert. Il m'a donné l'incantation, et il m'a demandé de m'en servir pour vous retrouver.

— Et pour nous tuer.

— Frère, si j'avais voulu vous tuer, il y a longtemps que ce serait fait. Je ne veux pas vous faire de mal.

Kamal le regarda sans vraiment savoir que croire. Toutes sortes de questions se précipitaient dans sa tête.

— Comment as-tu su quand nous..., commença-t-il avant de se rappeler : Mon téléphone ! Vous avez retrouvé mon téléphone...

Taymour confirma d'un signe de tête.

— Nous savions ainsi de combien d'années vous étiez partis.

Ce fut au tour de Kamal de hocher la tête.

— D'accord... Mais comment nous as-tu retrouvés ? Nous avions pas mal d'avance sur toi.

— Vous n'aviez aucune avance du tout.

— Comment ça ?

Taymour eut un petit rire moqueur.

— Tu es encore plus débutant que moi, frère.

Kamal attendit la suite, sans comprendre.

— Je suis arrivé avant vous, expliqua Taymour. Nous avons ajouté un jour à l'incantation. Cela me donnait le temps de prendre mes marques et de me préparer. J'étais là pour vous accueillir. Je vous attendais au bord du lac. Je vous ai vus apparaître, toi et Nisrine. Une drôle d'expérience. Il n'y avait personne, et puis la seconde d'après, *paf !*, deux gusses en chair et en os débarquent... Mais surtout en chair ! Je vous ai vus courir tous les deux pour vous cacher dans les bois. Un spectacle pas déplaisant, ajouta-t-il avec un sourire malicieux. Au moins, en ce qui la concerne.

Kamal lui jeta un regard assassin, qui le dissuada de poursuivre dans cette voie. Taymour continuait à jouer la comédie, même ici, même maintenant... après tout ce qui s'était passé.

— Je vous ai suivis jusqu'au *han*, continua Taymour. Mais quand j'ai voulu te parler, vous vous êtes enfuis...

— Comment as-tu fait pour les convaincre de travailler avec toi ?

— Qui ça ?

— Les gars de la Zaptiye. Comment as-tu fait pour qu'ils t'écoutent ?

Taymour n'avait pas l'air de comprendre.

— Qui ? Où ça ?

— Au *han*. Tu avais des hommes avec toi. Des flics de quartier.

— J'étais tout seul, frère. C'est vrai qu'il y avait des flics dans le coin, j'en ai vu quelques-uns. Mais ils n'avaient rien à voir avec moi. Je me méfiais autant d'eux que toi, surtout une fois que tu as joué des poings pour sortir de la cour. Tu as vraiment cru que j'avais réussi à mobiliser des gars ? demanda-t-il, très étonné. Tu pensais que j'avais dans la poche les flics de la Zaptiye du coin ?

Kamal ne répondit pas, se sentant très bête. S'il avait compris que Taymour était seul, il n'aurait pas trouvé le danger aussi menaçant, et il n'aurait pas fui.

— Tu avais un pistolet, insista-t-il.

Taymour jeta un coup d'œil autour de lui avant de repousser un pan de son manteau pour exposer l'étui qu'il portait à l'épaule.

— Je l'ai toujours. Mettons que je l'ai réquisitionné. De

même que quelques autres petits extras. Et assez d'argent pour me payer ce billet de train.

— Alors tu nous as suivis à Montmartre ? Pourquoi ne pas avoir essayé de me parler là-bas ?

— Non, en fait, je ne savais pas où vous étiez passés. Je vous ai perdus après le *han*. Ça fait une semaine que je vous cherche.

— Tu nous as retrouvés comment ?

— À la bibliothèque. Un coup de chance.

— Qu'est-ce qui t'a donné cette idée ?

— C'est grâce à Celaleddin. Il voulait que je lui fasse savoir si ma mission avait réussi, et il a trouvé une méthode pour que je communique avec lui d'ici… de cette époque-ci. Je devais aller à la bibliothèque impériale Sultan Majid, qui, nous le savions, existait déjà en ce temps-là – enfin, en ce temps-ci –, et lui écrire un message sur une page spécifique d'un livre ancien rarement demandé. Un vieux bouquin obscur et poussiéreux qu'il a chargé ses hommes de dénicher. Il y en a trois, même, pour plus de sécurité. Donc, après avoir perdu ta trace et avoir pataugé pendant une semaine, je me suis dit que je ferais mieux d'aller y faire un tour pour voir si les livres étaient là, en me disant qu'il était préférable de lui mettre un message tout de suite avant qu'il ne s'avise de nous envoyer quelqu'un d'autre dans les pattes, ou même une escouade entière. Lui écrire que c'était fait, ajouta-t-il en lui jetant un regard appuyé.

Kamal comprit tout de suite :

— Fait ? C'est-à-dire ? Notre élimination ?

— Oui.

— Mais pourquoi ?

— J'ai eu toute la semaine pour réfléchir à tout un tas de choses. J'ai fini par réaliser que j'étais vraiment coincé ici – enfin, je veux dire, on est bien coincés ici, non ? Tu ne sais pas non plus comment faire le saut vers l'avenir ?

Cette question provoqua un picotement d'inquiétude chez Kamal, qui secoua simplement la tête sans rien montrer :

— Non, je ne sais pas non plus. Ramazan devait le demander à Rachid quand les gars de la Z ont débarqué et que ça s'est mis à tirer dans tous les sens…

— Alors c'est pour ça que tu as fait des recherches sur Rachid pendant la bataille de Vienne ? Tu veux retourner là-bas pour le retrouver et lui soutirer l'autre partie de l'incantation ?

Ça n'était plus un picotement, c'était un signal d'alarme clair et net. Taymour ne les avait pas seulement repérés à la bibliothèque, il était allé fouiner dans leurs recherches. En même temps, cela offrait à Kamal une belle porte de sortie, l'excuse parfaite pour détourner les soupçons de leurs intentions réelles.

— Oui, confirma-t-il d'un ton aussi naturel que possible. C'est la seule façon qu'on a trouvée pour rentrer. Rachid est le seul à connaître la bonne formule. Nous allons le chercher dans le passé pour qu'il nous la donne.

— Voilà, c'est bien ce que je pensais. Mais, au fait, pourquoi aller si loin ? Et pourquoi toutes ces recherches sur la bataille elle-même ?

Taymour se tut pour évaluer la réaction de Kamal, qui ne vint pas. Il reprit :

— Vous auriez pu décider de retourner dans un passé plus proche… À Paris, à l'époque où il est devenu gouverneur. C'eût été plus simple – vous n'auriez même pas eu besoin de prendre le train –, et beaucoup moins dangereux…

Kamal sentit qu'il perdait du terrain. Taymour l'avait piégé en lui suggérant sa première hypothèse. Il essaya de se rattraper :

— Après l'invasion, Vienne n'était pas un endroit aussi dangereux que ça, avança-t-il d'un ton raisonnable. Mais nous avons pensé à Paris aussi, bien sûr.

— Seulement vous avez choisi Vienne… C'est la destination de vos billets et c'est pourquoi vous n'êtes descendus ni à Strasbourg ni à Munich.

Kamal grimaça intérieurement : Taymour savait de quoi il parlait.

— Nous avons la certitude qu'il était à Vienne, nous savons

à quelle date, et où précisément. Tout a été rapporté dans les chroniques. Le reste, Paris… Nous n'avons aucune information spécifique sur ses faits et gestes à ce moment-là.

— Ça ne devrait pourtant pas être très compliqué. Il était gouverneur. Et il était malade. Il ne devait pas être très difficile à trouver et à contacter. Et pourtant, vous préférez débouler en pleine zone de guerre ?…

Kamal tâcha de masquer son embarras, mais sans trouver d'argument valable.

— La situation aurait pu changer après sa fuite de l'hôpital, tenta-t-il. Nous ne savons pas de combien il a sauté dans le temps après la fusillade, mais nous savons que ça ne peut pas être avant Vienne. Alors nous nous sommes dit qu'il valait mieux aller là-bas pour être sûrs de le retrouver avant qu'il se méfie. Et puis après t'avoir vu au *han*, comme je croyais que tu avais l'appui de la Hafiye et de la police, j'ai préféré ne pas rester à Paris, à cette époque ou à une autre. Tu aurais pu remonter dans le temps pas mal plus tôt et afficher tout un tas d'avis de recherche pour nous faire arrêter…

Taymour ne paraissait pas convaincu.

— Ça semble un peu extrême…

— Peut-être. Mais je vois bien que vous voulez à tout prix nous récupérer, alors rien n'est trop extrême. Je voulais juste partir le plus loin possible de Paris.

Kamal se rendait bien compte que ce qu'il racontait ne tenait pas vraiment la route, mais Taymour ne bronchait pas, et se contentait de l'écouter en dodelinant de la tête, comme préoccupé par autre chose.

— Oui, oui, peut-être… mais j'ai l'impression que tu ne me dis pas tout.

— C'est l'absolue vérité, mon frère.

Taymour l'observa placidement un instant, puis haussa les épaules.

— Peu importe, remarque. J'ai autre chose à te demander. Pourquoi tiens-tu tant à retourner dans notre temps ?

La question surprit Kamal.

— Pourquoi ?

— Oui, pourquoi… ? Vous êtes tous les deux devenus des personnes à abattre, et puis je n'imagine pas que Nisrine pourrait y vivre heureuse, vu ce qui s'est passé. Et pourtant, vous êtes prêts à prendre un énorme risque pour récupérer le reste de l'incantation. Alors, oui… Pourquoi ?

Kamal tenta de répondre :

— Parce que c'est notre époque. C'est chez nous, comme tu disais.

— Oui, mais vous ne vous plaisez pas, ici ? À cette époque-ci ? insista Taymour, son visage s'animant et son ton perdant toute agressivité. Nous pourrions rester ici, tous les trois.

— Tu voudrais rester ? !

— Je n'ai pensé qu'à ça toute cette semaine après vous avoir perdus. Ça ne serait peut-être pas une telle catastrophe, de rester coincés ici, après tout. C'est même peut-être la meilleure chose qui pourrait nous arriver. Regarde comme la vie est agréable. Il y a un bon sultan. Il n'y a pas de guerre. Pas de risque terroriste, pas d'ennemis de l'État. Le pétrole commence à rapporter des tonnes de pognon, les gens se la coulent douce. Et il y a quand même un peu de modernité pour rendre la vie agréable… Je veux dire qu'il y a l'électricité, des voitures et des douches chaudes. Et personne ne sait qui nous sommes. Alors, étant donné ce que nous savons de l'avenir… nous serions comme des coqs en pâte, non ? Tu vois ça ? On pourrait devenir riches. Riches à millions. Riches comme tu n'as pas idée.

Son expression se fit plus dure.

— Alors il n'est pas question que je vous laisse me gâcher cette chance, tous les deux. Hors de question. Tu as compris, frère ?

Kamal eut un petit rire amusé. Ils n'étaient pas coéquipiers pour rien. Il avait eu les mêmes pensées, et l'idée de rester l'avait effectivement séduit, avant que Nisrine ne lui fasse changer d'avis. Seulement il avait bel et bien changé d'avis, même si la suggestion de Taymour éveillait de profonds doutes en lui, des doutes qu'il devait exprimer, parce qu'il ne pouvait à aucun prix lui laisser entrevoir leur plan.

Le rêve de Taymour semblait tout à fait logique à Kamal. Son ancien coéquipier voulait se réinventer, se forger une belle vie, faire fortune, à une époque – ici et maintenant – où, Kamal le savait, il n'aurait pas à cacher ses préférences sexuelles comme il avait été obligé de le faire dans leur ancienne vie. Il ne serait plus obligé de faire semblant d'être un homme à femmes, et il ne redouterait plus une peine infamante si la vérité éclatait au grand jour.

Or le projet de Nisrine et Kamal réduirait à néant toutes ses ambitions. Ce temps présent dans lequel ils se parlaient n'existerait plus après leur intervention. Un monde différent prendrait sa place, et Taymour disparaîtrait dans l'écume du temps.

Kamal se dit que le moment était venu de tirer parti de ce qu'il avait deviné depuis longtemps.

— Je comprends que cela te correspondrait mieux de vivre ici. Ça serait… plus sûr pour toi. Tu n'aurais plus besoin de mentir tout le temps, ajouta-t-il d'un air entendu.

Une vive surprise se peignit sur les traits de Taymour, puis il se détendit et haussa les épaules.

— Nous cachions tous les deux beaucoup de choses, toi et moi…

Kamal soutint son regard interrogateur, mais préféra éluder la question et continuer comme si de rien n'était :

— La vie dont tu parles… Moi aussi, j'y ai pensé, affirma-t-il sans avoir besoin de mentir, ce qui rendit son ton particulièrement convaincant. C'est vrai que c'est tentant.

— Alors, tu en dis quoi ?

— Nisrine ne veut pas rester. Elle veut récupérer l'incantation inverse pour rentrer et faire justice à Ramazan et ses enfants.

— Elle croit qu'elle va pouvoir faire justice ? Elle est folle. Tu sais que c'est impossible. Tu as bien dû le lui dire ?

— Oui, je le lui ai dit, mais elle s'entête. Compte tenu de ce qui est arrivé, c'est compréhensible.

— Peut-être, mais tu sais comment ça va finir ? Elle va se faire tuer.

— Elle ne veut rien entendre. Elle tient à les faire payer. Mais bon, quoi qu'il arrive, ça ne changera rien pour toi. Nous, nous allons repartir pour récupérer la deuxième incantation. Toi, tu vas rester ici et vivre ta vie comme tu le souhaites. Si nous obtenons la formule, nous retournerons dans notre monde, et j'essaierai de mon mieux d'aider Nisrine à faire son deuil. Tu n'as pas à t'inquiéter de ça. Ça sera loin, dans des dizaines d'années d'ici, et tu seras largement mort quand ça arrivera.

Un fort scepticisme marqua le visage de Taymour.

— Vous pourriez altérer le cours de l'Histoire sans le vouloir quand vous partirez dans le passé. Bousiller le fil des événements. Changer l'avenir. Mon avenir – cet avenir-ci, dans lequel nous sommes. Ça fera quoi, pour moi, au final ? Ça fera quoi, pour ce monde-ci ?

Kamal fronça les sourcils, oppressé, avec la sensation que le compartiment se resserrait sur lui.

— Elle a besoin d'essayer. Nous n'arriverons peut-être même pas à les approcher. Si ça se trouve, ils nous verront surgir complètement nus, ils nous prendront pour des djinns et ils nous tueront sans sourciller.

Taymour s'assombrit.

— Le risque est beaucoup trop grand pour moi, mon frère. Je ne peux pas vivre avec cette épée de Damoclès au-dessus de la tête. Ma vie pourrait être effacée comme ça, ajouta-t-il avec un claquement de doigts.

Ils se firent face en silence un long moment.

Taymour reprit la parole le premier :

— Fais un effort. Il faut trouver une solution, mais moi, je ne la vois pas. C'est trop facile : il vous suffit de prononcer quelques mots pour disparaître…

Kamal tâchait désespérément de trouver une proposition qui l'apaise.

— Je peux encore essayer de la faire renoncer…

— Bien sûr. Mais même si tu arrivais à la convaincre maintenant, qu'est-ce qui me dit qu'elle ne changerait pas de nouveau d'avis un jour ?

— Il va falloir me faire confiance là-dessus.

Taymour secoua lentement la tête avec regret.

— Avec n'importe quelle autre fille, je ne dis pas, frère, je pourrais te donner gagnant. Mais avec elle, non. Je connais sa force de caractère. Et je sais à quel point tu tiens à elle.

— Ils lui ont volé sa vie, cracha Kamal, sentant la rage désormais familière s'emparer de lui.

— Donc tu comprendras pourquoi je ne vais pas prendre le risque de vous laisser me voler la mienne…

Kamal se contenta de le dévisager froidement, sans rien dire.

Taymour écarta le pan de son manteau, juste assez pour exposer de nouveau son arme dans son étui. Il adressa à Kamal un petit signe du menton pour lui indiquer de se lever.

— J'aurais voulu qu'il y ait une autre solution, frère.

— Moi aussi.

Kamal se dressa lentement sur ses pieds, en alerte maximale.

Dépassant les dîneurs qui, sans se douter de rien, prolongeaient agréablement la soirée, il traversa la voiture-restaurant et se dirigea vers le wagon-lit, Taymour dans son sillage.

56

Alors qu'il avançait dans la voiture-restaurant, Kamal sentit la décharge électrique familière fuser dans tout son corps.

Il connaissait bien cette sensation. Il la ressentait chaque fois qu'une situation devenait dangereuse, comme il avait souvent eu l'occasion d'en faire l'expérience au cours des dernières années. C'était une mise sous tension, une mobilisation physique et mentale totale. Tous ses capteurs se réglaient à plein volume, détectant la moindre indication susceptible de l'aider, lui transmettant des données à toute allure, ce qui lui permettait d'agir avec célérité et au meilleur moment pour une efficacité optimale.

Il ne jouait pas seulement sa vie mais aussi celle de Nisrine, et il ne devait en aucun cas se rater.

Taymour quasiment collé à lui, il atteignit l'extrémité de la voiture-restaurant et sortit par l'étroite porte dans l'espace arrière du wagon où donnaient les toilettes. Après cela venait le soufflet qui reliait le wagon-restaurant au wagon suivant, celui où se trouvait la cabine de Kamal et Nisrine.

Kamal se demandait comment se débarrasser de Taymour quand la porte des toilettes s'ouvrit. Un homme singulièrement obèse au visage luisant de sueur en sortit, pour se retrouver face à eux, bloquant le passage exigu. Kamal envisagea un instant de tenter de profiter de l'incident, y renonça aussitôt par crainte de mettre la vie de l'homme en péril, le contourna en se glissant sur le côté et sentit que Taymour faisait de même, laissant l'homme, confus, s'éloigner d'un pas lourd dans l'autre sens.

Kamal ouvrit la porte du soufflet et passa sur la passerelle articulée. La communication entre les deux wagons se faisait entre des parois en accordéon qui protégeaient les passagers et le personnel de la suie crachée par la cheminée, de la pluie et de la neige s'il y en avait. Les suspensions avaient beau être souples, la réunion des deux plaques de tôle au plancher dansait violemment, et il fallait prendre son temps et rester prudent pour passer d'un wagon à l'autre.

La porte de la voiture-lit s'ouvrit juste au moment où Kamal tendait le bras vers la poignée. Un steward fit un pas en avant, mais recula en voyant Kamal.

— Je vous en prie, après vous, *khawaja.*

Kamal le remercia d'un petit signe de tête courtois et prit pied dans le couloir.

Le steward s'apprêtait à reprendre son chemin quand il vit Taymour juste derrière. Il s'effaça de nouveau en lui souhaitant une bonne soirée.

Kamal, à demi tourné, vit Taymour suivre l'homme du regard alors qu'il passait dans le soufflet. Un instant de distraction, une fraction de seconde – il n'en fallait souvent pas plus –, et Kamal se saisit de l'occasion. Il n'aurait peut-être pas d'autre opportunité.

Et son ancien coéquipier n'avait pas encore sorti son arme de son étui.

Il se jeta sur Taymour dans l'étroite coursive, pivotant les hanches pour mettre tout son poids derrière un coup de poing marteau au cou, qui fit partir la tête de Taymour brutalement sur le côté. Il avait déjà mis des opposants hors d'état de nuire rien qu'avec cette entrée en matière, mais Taymour resta debout et se tourna vers lui, fou furieux. Kamal n'attendit pas la riposte. Il enchaîna par un rapide crochet dans les côtes, mais Taymour était un combattant aguerri qui avait l'habitude d'encaisser. Il réussit à éviter une partie de l'impact et s'agrippa à Kamal, qui se mit à le bourrer de coups de poing. La pensée qu'il fallait sauver Nisrine éteignait ses derniers scrupules. Tant pis pour son ancien coéquipier, il voulait en finir vite, avant qu'un contrôleur ou qu'un autre passager n'arrive et ne donne l'alerte.

Taymour s'agrippait toujours, le premier coup reçu lui ayant fait perdre une partie de ses moyens. Kamal réussit à placer un direct en plein plexus solaire qui fit lâcher prise à son adversaire. Il bondit alors, l'immobilisa par un étranglement et commença à l'étouffer. Parfaitement concentré, il envisagea à toute vitesse la suite des événements. S'il arrivait à lui faire perdre connaissance, il pourrait le traîner dans les toilettes et l'y attacher. Mais ensuite ? Vienne était encore loin. L'équipage risquait d'intervenir si des toilettes restaient bloquées, ou bien Taymour pourrait reprendre connaissance... De toute évidence, il n'arriverait jamais à le transporter jusqu'à leur cabine. Pas seul, en tout cas... Il devrait...

Ces pensées furent pulvérisées par un violent coup de tête en arrière de Taymour, qui l'atteignit à la mâchoire. Le choc résonna dans son crâne, l'ébranlant si fort que son étreinte se relâcha, suffisamment pour permettre à Taymour de se dégager et de le repousser contre la paroi. Ils échangèrent encore une série de coups féroces ultra rapides, Taymour acculant Kamal contre la porte extérieure du train. Un hurlement de femme éclata soudain. Une vieille dame venait d'apparaître à l'autre bout du wagon. Elle les regardait, pétrifiée, une main plaquée sur la bouche, puis elle recula et disparut dans le soufflet.

Il fallait en finir.

Les deux hommes avaient été distraits par le cri, mais Kamal réagit le premier. Mobilisant ses dernières forces, il expédia un crochet du droit terrifiant à la mâchoire de Taymour. L'impact fut phénoménal. Du sang, de la salive et de l'air jaillirent de la bouche de Taymour, ses yeux se révulsant alors qu'il vacillait et que ses genoux ployaient sous lui. Dans la seconde suivante,

Kamal le frappa à la gorge, l'attrapa à bras-le-corps et pivota avec lui pour le plaquer dos contre la paroi où se trouvait la portière du train.

— Pardon, frère, siffla-t-il dans l'oreille de Taymour en se saisissant de la poignée.

Un souffle de vent froid s'engouffra à l'intérieur, accompagné du vacarme du train qui filait sur les rails.

Il propulsa Taymour hors du wagon.

Son ancien coéquipier disparut aussitôt, englouti par la nuit. Kamal se pencha pour tâcher de voir où il avait atterri, mais il faisait trop sombre pour distinguer grand-chose, mis à part que le train grimpait toujours dans la montagne, sur des pentes couvertes de forêt.

Il referma vite, et, ignorant la douleur due à la multitude de coups reçus, il courut dans la coursive vers leur cabine. Il devait à tout prix disparaître du couloir avant que le contrôleur ou un garde n'arrivent, alertés par la vieille dame.

Son cœur s'emballa quand il constata que la porte de sa cabine n'était pas fermée à clé, puis il vit Nisrine allongée par terre, les yeux fermés. Il s'accroupit en toute hâte pour tâter son pouls, approcha l'oreille de sa bouche.

Elle respirait.

Il prit son visage entre ses mains et se pencha pour l'embrasser sur le front.

— Nisrine, murmura-t-il. Nisrine ?

Pas de réponse.

Il essaya de la réveiller en douceur, mais elle ne réagissait pas. Il inspecta ses yeux, lui pinça le bras, rien n'y fit. Il reconnaissait cet état. Ce n'était pas la première fois qu'il voyait cela. Taymour l'avait droguée.

Il regarda autour de lui, ne trouva rien qui pût lui indiquer ce qui l'avait mise dans cet état. Il savait d'expérience que de nombreuses molécules avaient ce genre d'effets, mais le choix était sans doute plus réduit en ce temps-ci. Dans le sien, que ce soient des comprimés, des potions contre l'insomnie, des gaz et autres anesthésiants pour les patients en chirurgie, il y avait eu largement de quoi faire, mais ici, quatre-vingts ans plus tôt, la science des soporifiques et des sédatifs devait être beaucoup moins avancée. Il fallait aussi que la substance ait été accessible à Taymour sans trop de difficultés, et facile à administrer. Il aurait pu obliger Nisrine à boire un liquide ou à avaler un cachet, mais Kamal pensait qu'il lui avait plutôt injecté le produit. Il chercha des traces de piqûre sur les bras de Nisrine, ne trouva rien.

Peu importait, en fait, mis à part qu'il aurait voulu savoir combien de temps elle allait rester endormie. Le prochain arrêt était Vienne.

Il essaya de nouveau de la réveiller, mais toujours sans succès. Il lui plaça un oreiller sous la tête et s'assit par terre à côté d'elle. Il entendit presque aussitôt du bruit dans le couloir, non loin de leur cabine.

Il se leva et colla l'oreille à la porte pour écouter. Il entendit le contrôleur frapper à la porte d'une autre cabine, annoncer avec de plates excuses qu'il faisait le tour du train pour vérifier que les passagers n'avaient besoin de rien. Kamal s'était bien douté que la vieille dame qui l'avait vu se battre avec Taymour allait donner l'alerte.

Il n'y avait pas de temps à perdre.

Il repoussa les draps de la couchette de Nisrine, la souleva du sol, la coucha puis la borda sans dissimuler son visage. Il fallait que le contrôleur voie que c'était une femme. Il ôta ensuite ses vêtements à la hâte, ne gardant que sa longue tunique blanche, défit son lit pour donner l'impression qu'il venait d'en sortir. Il éteignit juste avant que ne retentissent des coups à la porte.

Il attendit que le contrôleur frappe une deuxième fois, puis, prétendant se réveiller, il prit une voix enrouée :

— Un instant, dit-il.

Il laissa s'écouler quelques secondes avant d'entrebâiller la porte.

La lumière du couloir pénétra dans la cabine et tomba sur les lits, éclairant le visage de Nisrine. Dans l'étroite coursive, le contrôleur était plaqué contre l'encadrement de la porte et regardait à l'intérieur. Il y avait un garde derrière lui, et, un peu plus loin, Kamal aperçut le visage curieux de la vieille dame.

Il recula légèrement pour éviter qu'elle voie trop clairement son visage, au cas où elle aurait été capable de l'identifier. Il ne voulait pas non plus permettre au contrôleur de le regarder de trop près, à cause des contusions qui devaient commencer à enfler.

— Que se passe-t-il ? demanda-t-il en plaçant une main devant ses yeux comme si la lumière le dérangeait, et à voix basse, en homme qui ne veut pas réveiller sa femme endormie.

— Toutes mes excuses, *effendi*, mais une passagère nous a rapporté avoir vu une bagarre dans cette voiture, et nous nous assurons que tout le monde va bien.

— Nous n'avons rien entendu, murmura-t-il, reculant encore un peu plus dans la cabine sombre et s'effaçant pour donner au contrôleur une vue dégagée de Nisrine. Ma femme ne s'est pas sentie très bien après le dîner, expliqua-t-il. Je pense que c'est à cause de toutes ces épingles à cheveux pour monter dans la montagne. Elle n'a pas l'habitude. Nous avons préféré nous coucher tôt.

Le contrôleur balaya la cabine du regard, inspectant rapidement les lieux. Kamal se crispa instinctivement, eut peur que cela ne se voie. Il essaya de hâter le mouvement :

— Je vous remercie de votre conscience professionnelle, dit-il. Je suis sûr que vous arriverez à régler le problème très vite.

Il fit un pas comme s'il s'apprêtait à fermer la porte. Le contrôleur hésita, puis, renonçant à poser d'autres questions, inclina poliment la tête.

— Désolé de vous avoir dérangé, *effendi*. Je vous souhaite une bonne nuit. Bonne nuit à vous et à votre dame.

— Bonne nuit à vous aussi.

Kamal referma la porte sans précipitation et la verrouilla. Il colla aussitôt l'oreille contre la paroi, cherchant à entendre ce qui se disait de l'autre côté. Retenant son souffle, il perçut quelques murmures entre le contrôleur et la vieille dame, qui avoua être incapable de reconnaître les hommes qu'elle avait vus. La bagarre avait été si rapide et intense qu'elle n'avait pas pu bien les observer avant de s'enfuir.

Il les entendit s'éloigner et frapper à la porte suivante.

Cette fois, il s'autorisa à respirer.

Il avait évité ce premier écueil, mais ce n'était que provisoire. Il savait que le danger n'était pas écarté. Le contrôleur ferait son travail. À un moment dans la nuit, en tout cas avant d'arriver à Vienne, quelqu'un découvrirait que la cabine de Taymour était vide. On se poserait des questions. Des questions qui pourraient conduire à une seconde fouille du train, peut-être plus difficile à esquiver, ou bien à un contrôle systématique sur le quai à Vienne.

Il fallait que Nisrine se réveille au plus vite.

57

Personne ne frappa plus à la porte pendant la nuit, mais Nisrine ne se réveilla pas. Taymour lui avait manifestement administré une drogue puissante et à longue action. Elle respirait régulièrement, mais ne réagissait à rien. Kamal ne ferma pas l'œil, restant à son chevet. Il surveilla son pouls, essayant régulièrement de la réveiller, vit avec inquiétude les premières lueurs de l'aube percer la nuit et le ciel s'éclaircir.

Vienne approchait. D'après l'horaire, ils devaient arriver à 9 h 15. Nisrine dormait toujours quand il entendit la sonnerie du petit déjeuner, et les pas des gens qui passaient devant leur cabine. Il commençait à se demander ce qu'il pourrait bien faire si elle n'avait pas repris conscience en arrivant à Vienne.

Le train serpenta dans la grande plaine du bassin du Danube, puis s'engouffra dans une gorge qui se faufilait entre les sommets enneigés des Préalpes orientales septentrionales. Kamal attendait, plongé dans la contemplation du paysage grandiose qui se déployait sous ses yeux, repensant à ce qu'ils avaient lu de la bataille de 1683. Alors que la locomotive se frayait un passage dans les épaisses forêts du Wienerwald, peu avant Vienne, il les imagina envahies par les troupes ottomanes, les hussards polonais, et toutes sortes de soldats, à pied et à cheval, se déplaçant comme les pièces d'un jeu d'échecs avant de se livrer au carnage qui allait imbiber la terre de sang. Il eut un frisson désagréable en songeant qu'il allait bientôt lui-même plonger dans la mêlée.

La température monta avec le lever du soleil et la perte d'altitude, alors que le train descendait des hauteurs et approchait de Vienne. L'inquiétude de Kamal, qui n'avait fait que croître avec les kilomètres, fut à son comble avec l'apparition des premiers signes de la vaste banlieue viennoise. Il imaginait ce qu'avait enduré la ville pendant le siège.

Les Habsbourg avaient fait de leur capitale la forteresse la plus moderne d'Europe. Sa position géographique était favorable, le Danube offrant une barrière naturelle vers le nord et l'est. En 1683, la ville était entourée de douze bastions reliés par une courtine de quinze mètres de haut. Un fossé de vingt mètres de large protégeait le pied de la muraille et, au-delà, des fortins en triangle, appelés ravelins ou demi-lunes, formaient la défense de première ligne et tenaient les attaquants à distance, les empêchant de menacer directement les murs de la ville.

Pour se défendre de l'offensive ottomane, les Viennois avaient monté plus de trois cents canons sur les ravelins et les bastions. De ces points forts, ils avaient une perspective de tir dégagée sur toute approche ottomane. Il aurait été impossible pour un assaut traditionnel de venir à bout de ces défenses. Les canons des envahisseurs n'avaient pas une portée assez grande pour les détruire, mais les Ottomans avaient tiré profit de leurs précédentes expériences. La tentative de 1529 leur avait enseigné deux ou trois choses utiles.

Cette fois, ils étaient partis en campagne beaucoup plus tôt dans l'année. Si bien que l'armée d'invasion – plus de cent mille hommes – avait installé son campement devant Vienne à la mi-juillet. Et, bien que bombardant les murs d'une pluie de boulets quotidienne, les Ottomans ne comptaient pas sur leur artillerie pour emporter la ville. Ils avaient dans leurs rangs une compagnie de sapeurs, cinq mille en tout, pour beaucoup des esclaves chrétiens. Ces hommes furent aussitôt mis à la tâche et chargés de creuser tout un réseau de tranchées et de tunnels menant au mur d'enceinte. Grâce à l'explosion des mines souterraines, les Ottomans affaiblissaient peu à peu les fortifications dans l'intention de créer une large brèche et de se servir des éboulis comme d'une rampe d'accès.

Les kamikazes de Rachid assureraient leur succès et lanceraient le massacre des assiégés et la mise en esclavage de tous ceux qui ne seraient pas tués.

Un faible gémissement tira Kamal de ses réflexions. Il traversa d'un bond la petite cabine pour retourner au chevet de Nisrine et glissa doucement une main sous sa nuque.

— Nisrine ?

Elle gémit de nouveau, prit une profonde inspiration, puis elle tourna légèrement la tête, son air crispé donnant l'impression qu'elle déplaçait un boulet de plomb. Enfin, ses yeux s'entrouvrirent, à peine pour commencer, puis un peu plus, comme éblouis par une trop grande clarté.

— Qu'est-ce que… Kamal ? marmonna-t-elle.

— Je suis là, *hayatim*, dit-il en lui caressant doucement les cheveux. Je suis là.

L'air perdu de Nisrine se dissipa peu à peu, et son engourdissement fut brutalement chassé par la peur qui revenait d'un seul coup.

— Taymour ! Que s'est-il passé ? Où est-il ?

— Il est parti. Il va nous laisser tranquilles, maintenant.

— Qu'est-ce que tu as fait ?

Il la mit brièvement au courant et lui confia craindre de trouver un comité d'accueil à la gare. Il l'aida à mettre de l'ordre dans sa tenue et lui donna de l'eau. Elle dit avoir la tête dans du coton et se sentir courbatue, et lui demanda s'il savait ce que Taymour lui avait donné pour l'endormir. Il lui avait plaqué un tampon sur la bouche et le nez, et elle se souvenait d'avoir senti une odeur de noix. Kamal pensa alors qu'il s'agissait d'un narcotique ancien, peut-être une version primitive plus forte d'un produit utilisé par la Hafiye pour appréhender certains suspects.

Elle ne semblait pas devoir garder de séquelles durables, et elle retrouvait vite ses capacités, ce qui était essentiel. Le train traversait maintenant lentement la ville, et Kamal vit passer de l'autre côté de leur fenêtre les anciens murs d'enceinte qui avaient arrêté les Ottomans autrefois. Le train entra dans la vieille ville, et Kamal espéra que Nisrine allait avoir l'esprit assez clair pour réagir rapidement si une mauvaise surprise les attendait au terminus.

Ses craintes furent confirmées dès que le train entra dans la gare centrale Sultan Majid et s'arrêta majestueusement sur le quai principal de l'immense hall des arrivées. Kamal avait collé le nez à la vitre, se tenant tout au bord de la fenêtre pour ne pas être trop visible. Le quai était très animé. Une foule de parents et d'amis attendaient les voyageurs, bousculés par les porteurs et les vendeurs ambulants qui jouaient des coudes pour s'approprier la meilleure place. Au milieu de cette ruche humaine, Kamal repéra le contrôleur, qui parlait à des policiers de la Zaptiye en uniforme.

L'un d'entre eux envoya les autres longer le quai dans les deux sens. Ils criaient des ordres et soufflaient dans leurs sifflets pour battre le rappel de leurs collègues.

— *Bok*, maugréa Kamal. Ils ont découvert que Taymour a disparu.

Kamal savait très précisément comment la compagnie ottomane des chemins de fer gérait ce genre de situation. Ayant trouvé une cabine vide, et constaté que le voyageur n'était nulle part à bord, le contrôleur avait donné l'alerte.

— Pourquoi agir comme si ça nous concernait ? demanda Nisrine. On ne pourrait pas simplement descendre du train et partir avec tout le monde ?

Kamal la détrompa :

— Il s'est assis avec moi dans la voiture-restaurant après ton départ. Nous sommes restés à discuter là un bon moment. Des stewards et des passagers nous ont sûrement vus. Si on nous interroge, nous serons tout de suite suspects. Nous n'avons même pas de papiers.

— Bon, alors tant pis, ils nous arrêteront, mais nous pourrons nous servir de l'incantation pour sauter d'un mois ou d'un an en arrière – une date où on ne risquera rien. Le principal, c'est que nous sommes arrivés à Vienne.

— Ils risquent de nous séparer, et nous ne connaissons pas la ville. Nous ne savons pas quels lieux existaient déjà il y a un mois ou un an. En multipliant les sauts, nous multiplions les risques d'atterrir dans un endroit qui pourrait nous être fatal. Et puis je ne veux pas qu'on saute séparément et qu'on tombe dans deux endroits différents Je ne veux pas te perdre.

Dans ce cas il fallait faire vite.

— Il faut qu'on file tout de suite, avant qu'ils aient le temps de refermer la nasse.

Il attrapa leur fourre-tout et attendit qu'elle ait mis ses chaussures et ajusté son caftan et son foulard. Quand elle fut prête, il entrouvrit la porte et jeta un coup d'œil prudent dans le couloir. Des passagers étaient rassemblés au bout du wagon, attendant leur tour de descendre du train.

— Viens, lui dit-il.

— Attends ! s'exclama-t-elle en le retenant par le bras. Et si nous sommes séparés ? Il nous faut un plan de secours.

Kamal réfléchit à toute allure.

— Dans ce cas, on fait le saut et on se retrouve ici à l'arrivée.

— Mais à quelle époque ? Directement à la date prévue ?

Elle remonta sa manche pour exposer les nombres en palmyrénien tatoués sur son avant-bras.

— Non, si nous sommes encore dans Vienne, il ne faudra pas arriver pendant le siège. Nous serions pris au piège dans la ville.

— Combien de temps, alors ?

— Je ne sais pas. Une semaine. Dix jours. Peu importe.

— Dix jours, alors.

— D'accord, dit-il, pressé de se sauver du train. Le mieux c'est encore de ne pas se quitter, d'accord ? Viens. Dépêchons-nous.

Ils prirent le couloir et se joignirent aux autres passagers.

Depuis l'étroit tampon de sortie, Kamal repéra deux policiers sur le quai, devant leur wagon. Ils contrôlaient les papiers de ceux qui en sortaient et leur posaient des questions, ce qui retardait beaucoup la descente.

Kamal recula pour s'écarter de leur champ de vision puis regarda autour de lui pour tenter de repérer une autre sortie.

Il jeta un coup d'œil par la vitre de la porte opposée. Il n'y avait pas de train sur la voie parallèle. Il approcha de cette issue et essaya d'ouvrir, mais la porte était verrouillée.

Il jura entre ses dents.

— Quoi ? demanda Nisrine.

— Trop tard. On est coincés.

58

Kamal entraîna Nisrine jusqu'à l'autre bout du wagon, avançant le plus vite possible.

Ils franchirent le soufflet de communication, entrèrent dans la voiture-restaurant. Elle était vide, et les tables du petit déjeuner avaient été desservies. Kamal allongea encore le pas, la traversa dans sa longueur, Nisrine derrière lui. Ils étaient presque au bout quand un steward surgit par la porte du fond, chargé d'un plateau de couverts.

L'homme s'arrêta en les voyant, une expression incertaine sur le visage.

— La voiture-restaurant est fermée, monsieur…

Kamal tâcha de le rassurer par un sourire bon enfant et l'employé, ayant remarqué le sac, libéra une main pour indiquer l'autre bout de la voiture, derrière eux.

— Ah, vous devez chercher la sortie ! C'est là-bas.

Kamal ralentit le pas, mais sans s'arrêter.

— Ah oui ? Bah ! Je suis sûr qu'on peut descendre aussi par ici… maintenant que nous avons fait tout ce chemin.

Le steward hésita, visiblement tendu et mal à l'aise.

— Non, je suis désolé, mais vous… vous ne pouvez pas sortir par ici, *khawaja*, bégaya-t-il. Cette zone est réservée au personnel et…

Kamal, qui avançait toujours, arrivait sur lui, Nisrine dans son sillage. Le steward recula d'un pas, impressionné par la détermination de Kamal. Et un éclair passa dans son regard. Quelque chose dans l'attitude de Kamal, son ton, l'inquiétude qu'il devinait chez Nisrine…

Il avait compris.

— Pardon, *khawaja*, dit-il en s'effaçant. Je n'ai rien à voir là-dedans.

— Tout va bien, dit Kamal.

Le serveur se glissa entre deux chaises pour libérer le passage et ils atteignirent la porte.

Ils se retrouvèrent dans une petite cuisine où un jeune livreur apportait un cageot d'aubergines à un cuisinier qui s'exclama dès qu'il les vit :

— Attendez !

Mais Kamal n'avait aucune intention de s'arrêter. Il fit comme s'il n'avait rien entendu et ouvrit la voie à Nisrine en écartant le livreur, qui fit un tel bond de côté qu'il faillit envoyer voler sa marchandise.

Ils atteignirent la sortie. Un autre cuisinier, un gros bonhomme aux bras épais, se tenait en bas des marches, surveillant deux garçons qui déchargeaient des cageots de légumes d'un simple chariot découvert attelé d'un cheval, arrêté à côté du train. Kamal passa prudemment la tête par la porte. Ils étaient à l'avant du train, et il ne restait qu'un wagon entre eux et la locomotive. Un barbu grisonnant, probablement le négociant chargé de l'approvisionnement, se tenait près de sa cargaison, des papiers à la main.

— Hé ! cria le premier cuisinier derrière eux.

Alerté, son collègue se tourna et vit Kamal et Nisrine au-dessus de lui. Le gros cuisinier perdit son expression cordiale. Son regard devint curieux, puis méfiant, et il se tendit comme s'il se tenait prêt à une confrontation violente.

Kamal se doutait qu'il avait vu les policiers de la Zaptiye longer le train. Plus question de filer discrètement.

— Suis-moi de près, recommanda-t-il à Nisrine en descendant une première marche.

Le cuisinier fit un pas pour lui bloquer le passage, mais

Kamal le repoussa et parvint à passer. Le marchand s'écarta de son chariot pour lui faire face, mais il était trop léthargique et trop lent pour avoir la moindre chance de stopper Kamal, qui l'attrapa par les revers de son manteau et le repoussa brutalement avant de sauter sur le marchepied du chariot et de là sur le banc.

— Vite ! cria-t-il à Nisrine en lui tendant la main.

Il la hissa à côté de lui juste au moment où un coup de sifflet éclatait derrière eux. Kamal ne se retourna pas. Il rabaissa le frein à main, attrapa les guides et les fit claquer sur la croupe avec un « Hue ! » sonore.

Le cheval agita les oreilles, s'ébranla et se mit en marche. Dans un vacarme de cris et de sifflets, le chariot prit de la vitesse et le cheval partit à fond de train sur le quai, s'ouvrant un passage entre les voyageurs, les porteurs et les vendeurs ambulants qui s'écartaient en toute hâte. Kamal repéra deux policiers à l'avant de la locomotive qui accouraient en dégainant leurs armes. Il fit faire un écart au cheval, qui dépassa l'avant du train au moment où les premiers coups de feu retentissaient.

— Baisse-toi ! cria-t-il à Nisrine.

Il fit claquer les rênes et lança un cri pour motiver le cheval. Le chariot prit l'allée de service à toute allure, longea une rangée de guichets et se retrouva dans la salle des pas perdus, faisant fuir les gens et envoyant les étals voler de droite et de gauche. Des policiers accouraient de toutes parts pour les prendre en chasse. Kamal encourageait le cheval de la voix et du geste tout en cherchant frénétiquement dans le grand hall une issue possible.

Droit devant, il aperçut la sortie principale, une grande arche encadrée de deux plus petites, éclairée en contre-jour par les rayons du soleil levant. Kamal fit de nouveau claquer les rênes et dirigea le cheval vers le passage central, assez large, semblait-il, pour le chariot.

Ils franchirent la sortie sans ralentir, mais elle débouchait sur une terrasse à colonnade, et ils n'eurent plus devant eux qu'un escalier extérieur monumental qui descendait vers la rue.

— Accroche-toi ! hurla Kamal.

Le cheval passa entre deux colonnes et s'élança dans la descente, le chariot rebondissant de marche en marche avec de grandes secousses. Les cageots de légumes bondissaient à l'arrière et étaient éjectés dans les airs, au milieu des cris et des coups de sifflet de leurs poursuivants.

Une rue longeait la gare, encombrée par un long défilé de voitures, à cheval et à moteur, de taxis et de tombereaux de livraison remplis de marchandises. Le chariot avala la dernière marche et atterrit sans dommages, l'équipage continuant sa route vers la rue. Repérant un espace assez grand entre deux voitures, Kamal dirigea le cheval de son mieux, mais juste au moment où il allait s'engager sur la chaussée une autre voiture surgit de l'arrière par la contre-allée. Kamal tira fort sur les rênes en même temps que le conducteur enfonçait le frein, mais ils ne furent ni l'un ni l'autre assez rapides pour éviter la collision. Le chariot passa presque, mais l'essieu de la roue arrière gauche heurta violemment le pare-chocs avant de l'automobile, l'enfonçant dans un grand fracas. L'instant suivant, un fort craquement indiqua que l'essieu commençait à céder et le chariot se mit à osciller dangereusement.

Kamal encouragea le cheval à continuer, mais c'était mission impossible. Les cris de leurs poursuivants se rapprochaient, les coups de sifflet indiquaient que la police était déjà sortie de la gare. Il ne parvint à faire avancer le cheval que de quelques mètres supplémentaires avant que l'essieu arrière lâche complètement et se casse en deux. La roue arrière gauche devint folle pendant quelques secondes avant de se détacher, le chariot pencha brutalement, le temps pour la roue arrière droite de sortir elle aussi du châssis. Les deux roues arrière disparues, le bas de la caisse heurta le sol et se mit à traîner sur l'asphalte.

Kamal et Nisrine s'accrochaient au banc tandis que le cheval s'épuisait dans son harnais. Kamal comprit qu'il était temps de jeter l'éponge. Il tira sur les rênes, et dès que le cheval s'arrêta il sauta à terre.

— Viens ! dit-il à Nisrine.

Ils s'élancèrent dans la rue, poursuivis par plusieurs policiers. Des voitures et des passants alertés par les cris et les coups de sifflet s'arrêtaient pour voir ce qui se passait, bloquant la circulation. Ils passèrent devant une rangée de maisons anciennes avec des boutiques en rez-de-chaussée, courant de plus belle. Il leur fallait se sortir de là au plus vite. Un policier armé surgit devant eux, un peu plus loin sur le trottoir. Brandissant son revolver, il pila net en les voyant, se mit en position de tir, jambes pliées et bras tendus, et leur cria de s'arrêter.

Kamal attrapa Nisrine par la main, la tira sur le côté, poussa à la volée la porte de la boutique la plus proche. C'était une boulangerie. Des femmes attendaient d'être servies devant un large comptoir où étaient présentées des pâtisseries, le mur du fond étant couvert de pains alignés sur des étagères. Les deux fuyards déboulèrent dans la boutique, déclenchant une cacophonie d'exclamations et de protestations. Kamal entra au pas de charge dans l'arrière-boutique, pensant qu'il devait y avoir une sortie de service dans le fond.

C'était bien le cas, mais elle débouchait dans une étroite impasse bouchée par un mur à un bout et ouvrant sur la rue de la gare de l'autre.

Deux vieilles portes de service leur faisaient face de l'autre côté de l'allée. Kamal la traversa en quelques enjambées et tenta d'ouvrir la première, en vain. La seconde ne bougea pas non plus. Il la martela du poing en criant pour qu'on lui ouvre, mais sans succès. Ils étaient pris au piège. À cet instant, le policier apparut à l'entrée de l'impasse et les vit.

— Pas un geste ! hurla-t-il en levant son arme.

Kamal se tourna vers Nisrine et la prit par les épaules.

— Il faut faire le saut. Tout de suite.

L'air affolé, elle approuva frénétiquement de la tête.

— D'accord mais… on recule de combien de temps ? Dix jours ?

Elle retroussa sa manche et regarda les tatouages, semblant ne pas trop savoir ce qu'elle cherchait.

Kamal voyait bien que la panique lui embrouillait l'esprit.

— N'importe. Oui. Fais comme tu peux !

Nisrine, perturbée, hésitait :

— Attends, il faut que j'insère le mot qui veut dire « dix » à la place de…

Kamal tourna vivement la tête vers le policier, qui avançait prudemment vers eux en les tenant en joue.

— On n'a plus le temps. Il faut dire la formule tout de suite.

— Une seconde, je ne trouve pas…

— Fais ce que tu connais ! cria-t-il en remontant sa propre manche pour montrer l'incantation entière, celle contenant déjà le nombre de lunes qu'ils avaient calculé.

Le nombre de lunes nécessaires pour les ramener au temps du siège.

— Vas-y. On n'a pas le choix.

Elle le dévisagea avec terreur.

Sans la quitter des yeux, il prit son visage entre ses mains et l'embrassa sur la bouche, soudant leurs lèvres avec force, se rebellant contre l'idée d'arrêter. Mais il le fallait. Il se détacha d'elle, la retint un instant, plongeant un regard incandescent dans le sien.

— À tout de suite, là-bas.

Le visage de Nisrine trahit la force du choc, mais pas plus d'une seconde, puis ils commencèrent à prononcer l'incantation comme la première fois, mais encore plus vite, le sentiment d'urgence décuplé.

Nisrine disait les mots d'abord, Kamal les répétait, ses yeux plantés dans les siens.

Des policiers avançaient vers eux, arme au poing, sur leurs gardes parce qu'ils ne comprenaient pas ce qu'ils voyaient.

Un homme et une femme, face à face, totalement concentrés l'un sur l'autre, sourds aux sommations qui leur étaient criées, se livrant à une sorte de rituel hypnotique…

Puis ils disparurent.

59

Vienne,
Ramadan 1049 AH (septembre 1683)

Ils déboulèrent en enfer.

Le saut réussit et ils atterrirent ensemble, face à face, exactement dans la même position. Il ne s'était écoulé qu'une fraction de seconde, mais cet instant où leur matérialité leur avait semblé exploser et fuser dans un espace illimité avant de se rétracter avec une infinie brutalité leur avait fait franchir deux cent cinquante-deux ans.

Ils se retrouvaient dans une Vienne qui n'avait plus rien de commun avec celle qu'ils venaient de quitter.

La première sensation fut le bruit. Un vacarme assourdissant. Les boulets de canon et les bombes des mortiers fendaient l'air et s'écrasaient dans des déflagrations titanesques, projetant des gerbes de feu et de pierres. Des volées de flèches empoisonnées escortaient ces projectiles par-dessus les murailles, montant en arc de cercle dans le ciel enfumé, avant d'entamer leur plongeon mortel vers le sol accompagnées de sifflements effrayants. Des tirs de mousquets éclataient au loin. Et des cris, toutes sortes de cris, s'élevaient dans ce tumulte, venant de partout : les cris de ralliement des derniers défenseurs de la ville en haut des remparts, les appels des blessés et des mourants, les plaintes des malades et des affamés. Mais le plus frappant, c'était la puanteur : une pestilence rance et écœurante, qui alourdissait l'atmosphère autour d'eux et imprégnait leur peau nue comme une marée malveillante. Jamais ils n'avaient rien senti de pareil, mais forts de leurs lectures ils en devinaient sans peine l'origine. C'était une odeur de corps en décomposition, mêlée à celle de la diarrhée, le « flux de sang » de cette dysenterie qui décimait encore davantage les assiégés que les bouches à feu et les cimeterres ottomans.

L'odeur de la mort.

Leurs yeux s'ajustèrent tant bien que mal à leur nouvel environnement et ils virent qu'ils étaient là tous les deux, nus cette fois encore, dans une étroite venelle entre deux rangées de maisons anciennes.

Kamal prit le visage de Nisrine entre ses mains comme pour s'assurer que c'était bien elle et qu'ils s'en étaient sortis vivants.

— Ça va ? demanda-t-il.

Elle fit signe que oui, battant nerveusement des paupières.

Puis il la quitta des yeux pour inspecter leur environnement. Le toit de l'un des bâtiments qui bordaient l'impasse était effondré, et la moitié d'un mur, un peu plus loin, avait été emporté par un projectile. La ruelle était jonchée de gravats et de décombres.

Il se tourna vers Nisrine juste au moment où un boulet de canon s'écrasait sur une maison voisine. La terre trembla sous leurs pieds sans que Nisrine s'en préoccupe. Son attention semblait entièrement absorbée par quelque chose derrière Kamal.

— Kamal, jeta-t-elle d'une voix pressante, lèvres tremblantes, en tendant le doigt dans cette direction.

Kamal se tourna et vit ce qu'elle lui désignait : tout au fond, contre le mur, entre des amas de déchets pourrissants, des cadavres étaient entassés : une vingtaine, au bas mot. Un nuage d'insectes et des rats en faisaient leur festin. La vue encore trouble après le saut, Kamal mit un instant à appréhender la scène dans son ensemble. Trois personnes – vivantes mais pour combien de temps, squelettiques formes en haillons – se servaient des morts comme d'appâts pour attraper tout ce qui bougeait d'à peu près comestible.

Kamal savait qu'il n'y avait pratiquement plus de vivres à l'intérieur des murs. Tous les chiens et tous les chats de Vienne avaient été mangés, et il ne restait plus aux survivants que les rats à chasser.

Les silhouettes étaient si maigres, si crasseuses, leurs loques en si mauvais état, qu'il était difficile de deviner s'il s'agissait d'hommes ou de femmes. Ce ne fut pas plus visible quand l'un de ces pauvres hères, ayant aperçu Kamal et Nisrine, alerta ses comparses et que tous trois s'avancèrent vers eux en les interpellant dans une langue incompréhensible qui devait être l'allemand viennois de l'époque.

— Filons d'ici, dit Kamal en attrapant la main de Nisrine.

Ils s'enfuirent à toutes jambes et sortirent de l'impasse, débouchant dans une rue qui n'était guère plus large. Leur apparence avait de quoi choquer – ils étaient nus et propres, gras et sains, comme s'ils venaient de sortir d'un établissement de bains royal. Des regards se portèrent sur eux, des passants malingres se hérissèrent, trouvant eux aussi l'énergie de les prendre à partie.

Sans y prêter attention, Kamal et Nisrine se figèrent sur place, fascinés par ce qu'ils voyaient.

Les maisons étaient pour la plupart fortement éprouvées par les bombardements. Dans cette ruelle, il y avait des gravats partout ainsi que des cadavres, certains entassés contre les murs, d'autres encore couchés là où ils étaient tombés. Deux ramasseurs de morts, maigres et noirs de crasse, tiraient une charrette sur laquelle s'empilaient des corps. La poussière et la fumée donnaient corps à un air imprégné d'une puanteur omniprésente et suffocante.

La ville subissait depuis des semaines les assauts les plus violents jamais connus en Europe. Mais ces destructions apocalyptiques mises à part, cette Vienne était très différente de celle qu'ils avaient aperçue avant leur saut. Tout y était beaucoup plus petit. Elle avait beau être la quatrième ville d'Europe en termes de population, sa surface était réduite. Les massives murailles avaient empêché l'agglomération de s'étendre, alors elle s'était densifiée, formant un labyrinthe de ruelles médiévales resserrées, délimitées par des constructions en pierre de trois à quatre étages, surmontées de toits très inclinés, pour beaucoup percés de chiens-assis. Ici et là, les hauts clochers des églises se dressaient dans le ciel enfumé. La spectaculaire flèche sud de la cathédrale Saint-Étienne les dominait tous, veillant sur la ville martyre depuis sa position centrale. Elle était miraculeusement encore debout, et servit à Kamal de point de repère.

— Par ici ! souffla-t-il à Nisrine en l'entraînant loin du groupe hostile qui se rassemblait.

Mais marcher pieds nus sur ce sol jonché d'obstacles n'était pas chose aisée. Des éclats de tuile et de pierre leur blessaient la plante des pieds, les faisaient trébucher. D'autres assiégés se dirigeaient vers eux, attirés par des cris que ni Kamal ni Nisrine ne comprenaient.

Kamal en tête, ils tournèrent dans une autre ruelle, où ils se retrouvèrent face à une demi-douzaine de soldats autrichiens décharnés portant des uniformes crasseux. La troupe s'arrêta net en les voyant. Kamal se plaça devant Nisrine, qu'il fit reculer contre un mur pour la protéger. Les soldats et d'autres passants se précipitèrent sur eux ; il frappa les bras qui se tendaient vers lui pour l'attraper, tentant de se dégager à coups de pied et de poing. L'un des assaillants désigna avec colère ses tatouages, en particulier celui qui marquait son épaule droite – l'insigne de son appartenance à un détachement ottoman. Les cris de haine redoublèrent autour de lui. Il fut jeté à terre et roué de coups.

Il allait mourir là, sous les coups de ces gens qu'il était venu sauver…

À cet instant, ensanglanté, à bout de souffle et plié de douleur, il fut remis debout. Des hommes sortis de la foule firent reculer les plus enragés avant d'entraîner Kamal et Nisrine à travers les rues de la ville martyre, accompagnés par une foule qui grossissait à chaque pas. Ils atteignirent ainsi le mur d'enceinte, où ils furent traînés jusqu'en haut de l'escalier des remparts, sur le chemin de ronde. Le bruit et les vociférations empêchaient pratiquement Kamal de penser, ne laissant surnager que de terribles sentiments de regret et une rage sans limites. L'humiliation infligée à Nisrine et le traitement qu'on leur faisait subir lui étaient insupportables. On les conduisit sur une plate-forme en avancée au-dessus du fossé séparant les fortifications intérieures et extérieures, où la situation prit un tour encore plus dramatique.

Un spectacle saisissant leur fut révélé.

On se battait au corps-à-corps dans les amoncellements de pierres et de gravats au pied du mur d'enceinte partiellement démoli. Des groupes de soldats ottomans et de défenseurs viennois se massacraient à coups de mousquets, d'épées, de hallebardes et de lances, se servant en dernier ressort de cailloux et de leurs poings nus. Des cadavres jonchaient le sol en bas des remparts – il y en avait partout, sur les éboulis, dans les fossés troués de cratères –, certains encore entiers, d'autres démembrés, amputés. Un carnage d'une férocité et d'une démesure épouvantables se déroulait sous leurs yeux. Ayant lu des chroniques de ces batailles, Kamal se les était imaginées, mais il n'y avait rien de commun entre l'idée qu'on pouvait s'en faire et la réalité brute qu'il avait maintenant sous les yeux.

Un rapide coup d'œil à Nisrine lui confirma qu'elle était au moins aussi horrifiée que lui.

Au-delà de la muraille, à l'extérieur des défenses, s'étendait un dédale de tranchées, résultat du dur labeur de cinq mille sapeurs ottomans qui avaient sué sang et eau pendant des semaines pour les creuser. Ces tranchées, organisées en lignes parallèles aux murs, abritaient les janissaires, soldats d'élite formés à l'assaut et au maniement de l'artillerie légère, et s'étendaient à perte de vue. Elles étaient coupées par des boyaux de communication les reliant au camp ottoman, une extraordinaire étendue de milliers de tentes multicolores, immense ville de toile en forme de croissant. Elle abritait tous ceux qui, ayant répondu à l'appel de leur sultan, avaient fait ce long pèlerinage pour vaincre les infidèles. Dans le campement étaient aussi retenus plus de trente mille villageois – hommes, femmes et enfants –, faits prisonniers dans les bourgades pillées par les Ottomans lors de leur marche sur Vienne. Certains d'entre eux devaient être exécutés sous les yeux des défenseurs de la ville pour les démoraliser, les autres seraient emmenés comme esclaves dans les territoires impériaux. Et ce spectacle sanglant se déroulait au son assourdissant des *mehter* – les fanfares militaires ottomanes –, tambours, cymbales et cors résonnant d'un bout à l'autre de ces champs de mort pour inciter les soldats au combat.

Juste à sa gauche, sur la partie supérieure du parapet, Kamal vit une exposition d'objets qu'il ne reconnut pas tout d'abord, puis qu'il identifia avec horreur : au premier plan une tête tranchée, racornie et difforme, plantée au bout d'une pique, et, plus loin, des peaux humaines clouées sur des poteaux. Ces trophées macabres, monstrueusement exhibés, visaient à narguer et à décourager les attaquants.

Kamal avait appris par ses lectures l'existence de ces meutes d'assiégés sanguinaires qui s'en prenaient aux soldats ennemis capturés, ou à leurs concitoyens soupçonnés d'être des espions ou des saboteurs infiltrés. À Vienne, on se vengeait par les pires sévices imaginables de la sauvagerie ottomane.

Et c'était le sort qui attendait Kamal et Nisrine.

60

Poussés en avant par de grandes bourrades, ils durent passer devant des groupes de grenadiers et d'artilleurs serrés les uns contre les autres et contourner la gueule d'un canon, puis on les fit arrêter dans l'ouverture d'un créneau de la courtine, exposés à la vue des assiégeants. Un soldat puant et efflanqué, le visage rougi de plaques malsaines, semblait avoir pris la direction des opérations. Abrité derrière Kamal pour éviter les balles, il se mit à hurler des invectives aux soldats dans les tranchées et aux combattants qui escaladaient les amas de pierres éboulées pour se jeter dans la mêlée.

Son tonitruant discours fit taire les tirs de mousquets, les cliquetis de lames, les cris de guerre des janissaires, ainsi que le tapage des fanfares militaires les plus proches. Kamal ne comprit pas ce qu'il racontait, mais comme l'homme le tirait en avant en l'empoignant par les cheveux et qu'il les désignait à grands coups de doigt, il était clair qu'il parlait d'eux. Arrosant copieusement Kamal de postillons, il continua sa harangue, déclenchant des acclamations de son côté et des hurlements de rage de l'autre. De toute évidence, il provoquait les assiégeants ottomans, leur décrivant les tortures barbares qu'allaient subir ses prisonniers.

Le soldat tira un grand couteau de sa ceinture et, agrippant toujours Kamal par les cheveux, il le plaqua contre lui et appuya la lame sur son cou tout en continuant à brailler ses menaces. Pris d'une violente panique, Kamal se débattit pour se dégager, mais il était trop bien tenu pour pouvoir se libérer. Ses efforts ne lui valurent qu'un bon coup dans les reins et un autre, du manche du couteau, à la mâchoire.

Sonné, il entendit Nisrine crier :

— Arrêtez, s'il vous plaît ! Nous sommes là pour vous aider ! Nous pouvons vous sauver !

Une gifle la fit taire, ce qui fit rugir Kamal de rage.

— Écoutez-la, bande de salauds ! Sobieski et le duc de Lorraine sont là ! Ils sont tout près, mais ils vont se faire tuer si vous n'écoutez pas ce que...

Des beuglements indignés et deux ou trois coups bien placés l'interrompirent.

Il chercha des yeux Nisrine et fixa son regard sur elle. Il reconnut chez elle la même détresse que la sienne, mais à cet instant désespéré un message silencieux d'estime et d'amour passa entre eux, un moment d'intimité profonde qui leur permit d'échapper le temps de quelques précieuses secondes à l'angoisse et de repousser l'horreur et les souffrances qui leur étaient promises. Répit trop bref, auquel le soldat rougeaud mit fin brutalement. Brandissant son coutelas, il hurla des paroles qui semblaient annoncer le sacrifice.

Kamal vit une folle terreur s'allumer dans les yeux de Nisrine. À cet instant, une autre voix se fit entendre, derrière la jeune femme, une voix autoritaire qui sembla frapper l'assistance et fit hésiter son tortionnaire.

La voix se rapprochait, répétant les mêmes mots, haut et fort, d'un ton dur, inflexible, ferme malgré les huées qui fusaient çà et là en réponse. Kamal vit alors qui parlait ainsi : un homme, seul, qui se frayait un passage vers lui.

Il avait à peu près l'âge de Kamal. Un brun à la peau très mate, portant une épaisse barbe noire, et qui, surtout, avait l'air en meilleure forme physique que les autres. Ce n'était pas un squelette ambulant comme les hommes qu'il écartait pour passer. Il semblait propre, ses vêtements ni souillés ni en lambeaux. On remarquait aussi son large chapeau de feutre, enfoncé sur le front, qui jetait une ombre sur son visage, comme s'il voulait le dissimuler.

Une vive dispute éclata entre lui et les autres. Des mains furieuses s'agitèrent sous son nez, d'autres devant Kamal et Nisrine. L'homme tint bon, cria plus fort que la populace. Il attrapa le bras du bourreau et le baissa de force pour l'éloigner de Kamal. Ignorant les protestations, tendu par l'effort de se faire obéir, il approcha tout près de Kamal et, s'exprimant en turc ottoman, il l'interrogea :

— Répondez-moi vite. Que savez-vous de Sobieski ? Vous parliez de lui.

— Il est tout proche. Les armées de secours sont là, mais tous les généraux vont être tués par une explosion avant de vous atteindre si vous ne nous écoutez pas.

L'espace d'un instant chargé d'électricité, l'homme médita la réponse de Kamal, puis il se tourna vers Nisrine et posa sur elle un regard inquisiteur.

— C'est la vérité, s'empressa-t-elle de confirmer. Nous sommes là pour vous aider. La ville va tomber d'une minute à l'autre. Pourquoi serions-nous venus, autrement ?

Le regard brillant de méfiance et de curiosité, il la considéra encore un instant, puis il se tourna brusquement vers Kamal, jeta quelques coups d'œil inquiets autour de lui, et dit d'une voix pressante :

— Comment savez-vous tout cela ? Comment êtes-vous entrés dans la ville ? Pourquoi êtes-vous nus ?

Sans avertissement, une nouvelle volée de flèches arriva sur eux en sifflant. La plupart s'égarèrent, mais plusieurs d'entre elles firent jaillir le sang parmi la foule rassemblée sur les remparts.

Des cris stridents éclatèrent, des balles de mousquet criblèrent la muraille de plomb, les hommes qui retenaient Kamal et Nisrine les lâchèrent pour se mettre à l'abri. Le barbu au chapeau de feutre donna un ordre, qu'il dut répéter avec plus d'autorité pour se faire obéir. Il obtint enfin que quelques miliciens fassent sortir Kamal et Nisrine de l'embrasure et les ramènent sur le chemin de ronde.

On leur fit dévaler le raide escalier, le barbu en tête et quatre hommes les poussant par-derrière. Sous les bombes qui prenaient la suite des flèches, martyrisant un peu plus la ville ravagée, le petit groupe se mit à courir. Des maisons flambaient sans que quiconque puisse éteindre les incendies, la pénurie d'eau rendant toute intervention impossible. Le beffroi d'une église, dans une rue parallèle, fut touché par un boulet alors qu'ils parvenaient à sa hauteur. Il y eut une pluie d'éclats de pierre, et ils entendirent la cloche s'écraser au sol avec un étrange et profond beuglement.

Rasant les murs, ils tournèrent encore deux fois dans des rues perpendiculaires, débouchèrent sur la place de la cathédrale. Plusieurs charrettes pleines de cadavres étaient arrêtées devant le grand portail, et des hommes s'occupaient de les décharger, portant les corps à l'intérieur. En approchant, Kamal et Nisrine furent assaillis par l'odeur immonde qui émanait du grand édifice. Elle était encore bien pire que celle de l'impasse et rendait l'air irrespirable. D'après ce qu'ils avaient lu, c'était à cause du charnier. Comme le cimetière principal se trouvait à l'extérieur des fortifications, on se débarrassait des cadavres dans un immense espace voûté enfoui sous la cathédrale. Après la prise de la ville, les Ottomans avaient découvert des milliers de squelettes et de cadavres en décomposition dans ces catacombes. Se souvenant d'un autre détail, et tâchant de ne plus penser à l'odeur, Kamal leva la tête vers la plus haute tour de la cathédrale et plissa les yeux pour essayer d'apercevoir les guetteurs installés au sommet de la flèche, qui s'élevait à cent cinquante mètres du sol. Ce point d'observation, qui permettait de commander la défense de la ville, avait été de toute première importance pour les assiégés et était resté intact jusqu'à la chute de Vienne. Après cela, tout l'édifice avait été transformé en mosquée. Ébloui par le soleil, il n'eut pas le temps de distinguer grand-chose : on le poussait en avant pour lui faire hâter le mouvement. On leur fit monter les marches d'un imposant bâtiment de pierre qui donnait sur la place, d'un côté de la cathédrale.

Ce palais avait perdu toute sa splendeur. Un boulet de canon avait percé un large trou dans sa façade, et les blocs de pierre et les gravats tombés dans le hall n'avaient pas été déblayés. Des meubles fracassés gisaient au sol, on voyait dans un coin la trace d'un récent feu de camp. L'endroit était dans un état aussi lamentable que les hommes qui les faisaient avancer sur un dallage de marbre couvert de traces de sang et de matières douteuses.

Ils dépassèrent l'escalier central monumental et on leur fit franchir une porte basse cachée dans l'ombre. Les hommes prirent des torches dans des supports muraux et les allumèrent pour éclairer leur descente par un étroit escalier en colimaçon qui menait aux caves. Une fois en bas, Kamal et Nisrine furent poussés dans un couloir froid et humide et jetés dans une sorte de cachot obscur dépourvu de fenêtres.

On leur ordonna de s'asseoir par terre. Nisrine jeta un coup d'œil hésitant à Kamal. Il lui adressa un signe de tête réconfortant pour l'inciter à la patience, et ils obéirent. Ils sentirent le contact froid de la pierre sur leur peau nue En voyant des caisses en bois vides portant des noms et des dates, Kamal avait compris que ce réduit poussiéreux suant l'humidité devait avoir été une cave à vin dont on avait depuis longtemps enlevé toutes les bouteilles.

Le barbu resta debout, les observant intensément. Il enleva son chapeau, passa la main dans son épaisse chevelure emmêlée, puis demanda :

— Qui êtes-vous ?

Kamal lui jeta un regard de reproche en désignant Nisrine d'un signe de tête. Elle se recroquevillait, tâchant de se couvrir de son mieux, suprêmement mal à l'aise.

— Un peu de décence ! gronda-t-il en s'adressant au barbu. Donnez des vêtements à cette dame et nous vous répondrons.

L'homme sembla très vexé par cette réflexion. Il y eut entre eux une joute de volontés silencieuse, mais Kamal tint bon et leur geôlier céda. Il donna un ordre aux miliciens. Les hommes hésitèrent, et il dut répéter d'un ton plus sec. L'un d'entre eux sortit, revenant peu après avec deux longues capotes militaires qui semblaient ne pas avoir été nettoyées depuis des lustres. Il en tendit une à Nisrine et donna l'autre à Kamal.

Alors qu'il se levait pour se vêtir, Kamal entendit le barbu dire quelques mots aux hommes, qui se détournèrent le temps que Nisrine s'habille. Surpris, Kamal regarda leur geôlier, qui répondit à sa question muette :

— Nous avons perdu le luxe des bonnes manières depuis des semaines, mais il faut croire qu'il nous reste encore un peu de décence, comme vous dites.

— Merci, répondit Kamal.

Une fois vêtu, il resta debout, et Nisrine fit de même.

— Alors… qui êtes-vous ? demanda l'homme.

Kamal jeta un coup d'œil incertain à Nisrine. Heureusement, ils s'étaient préparés à cette éventualité, et avaient discuté de la meilleure réponse à donner. Ils savaient que la question leur serait posée quand ils demanderaient à parler à Sobieski, même s'ils avaient espéré passer ce test dans des circonstances moins difficiles – avec quelque chose d'un peu plus présentable sur le dos, pour commencer. Ils devaient être parfaitement convaincants, et ils avaient minutieusement concocté leur réponse, mais entre la théorie et la pratique il y avait semblait-il un gouffre.

— Je m'appelle Kamal Arslan Agha. Je suis… ou plutôt, j'étais officier supérieur à la Tachkilat i-Hafiye du sultan.

Avec Nisrine, ils avaient décidé que la meilleure tactique à adopter au cas où on les interrogerait serait de coller le plus possible à la vérité. C'était ce qu'on apprenait dans les services secrets.

L'homme barbu sembla surpris.

— Je n'ai jamais entendu parler de ce service.

Il n'y avait rien d'étonnant à cela. La Hafiye n'était pas encore née. La police secrète avait été créée par Rachid, et c'était d'ailleurs l'un de ses plus solides apports à sa patrie adoptive.

— C'est normal. Nous sommes un détachement secret au service du sultan. Notre travail consiste à déjouer les complots contre lui.

Le barbu fit la grimace, comme s'il pensait la chose possible mais doutait encore.

— Et elle ? demanda-t-il en désignant Nisrine.

— Nisrine Hatun est ma belle-sœur. Son mari était mon frère.

— Il est mort ?

— Il a été tué récemment. Ce sont les hommes du sultan qui l'ont tué, ajouta-t-il après un bref silence.

— Avec nos deux jeunes enfants, dit Nisrine, la voix se brisant à cette évocation.

L'expression du barbu s'adoucit aussitôt. Visiblement touché par cette révélation, il dit :

— Mes condoléances, *hatun*.

— Merci.

Kamal laissa son regard s'attarder sur Nisrine. Il lui était odieux d'utiliser ainsi leur tragédie, et il voyait combien elle souffrait de devoir le faire, mais ce noyau de vérité était essentiel pour étayer le reste de leur histoire.

L'un des miliciens intervint d'un ton agressif. Il ne comprenait de toute évidence pas la langue parlée par Kamal et le barbu et perdait patience. Il dardait sur Kamal un regard méfiant, n'attendant de toute évidence que le moment où il pourrait à nouveau s'occuper personnellement de ses victimes. Le barbu le remit à sa place, ce qui conduisit à une nouvelle dispute, dont l'homme sortit perdant. Il abandonna de mauvaise grâce et recula d'un pas.

Le barbu se tourna vers Kamal.

— Quelle est donc cette information si importante que vous voulez nous transmettre, et qui vous fait courir le risque de vous faire écorcher vif par mon ami Franz ici présent ?

Kamal sentit renaître l'espoir.

— Sobieski, Charles de Lorraine et leurs armées sont près d'ici. Des troupes de Bavière renforcent leur nombre. Le roi et tous les commandants sont réunis au château de Stetteldorf en ce moment même.

À la mention de ce château, il remarqua un sursaut d'intérêt chez ceux qui les retenaient. Ils n'avaient rien compris d'autre, mis à part les noms du roi et du duc, qu'il avait déjà nommés en haut des remparts. Ce château n'était pas très connu : c'était la demeure d'un nobliau local sans importance, située sur l'autre rive du Danube, à la limite nord des territoires susceptibles d'être attaqués par les raids ottomans et tatars. Qu'il en connaisse le nom était suffisamment exceptionnel pour éveiller leur curiosité.

— Les chefs de guerre vont mettre les armées en ordre de marche d'ici deux jours devant Tulln, continua-t-il. Ce qu'ils ne savent pas, c'est qu'un piège mortel les attend. Une bombe va les pulvériser tous, le roi, le duc, tous ceux qui seront avec eux. Ensuite, l'armée va essuyer une attaque-surprise, et puis… et Vienne tombera.

Cette information fut accueillie avec consternation par son interrogateur, une réaction qui inquiéta passablement les miliciens. Le même homme qui avait laissé éclater sa colère exigea qu'il lui traduise ce qu'avait dit Kamal. Le barbu le fit taire par quelques mots choisis et reprit ses questions :

— Comment vont-ils s'y prendre pour faire sauter cette bombe ?

Kamal se racla la gorge.

— Dans deux jours, mercredi, trois messagers à cheval vont arriver pendant la parade. Ils auront avec eux des chameaux chargés de sacs de poudre à canon. Ils prétendront apporter une missive et des présents pour le roi. Au lieu de cela, une explosion énorme les tuera tous.

Le barbu semblait de plus en plus perturbé par ce qu'il entendait, ce qui poussa deux autres de ses accompagnateurs à lui réclamer des explications, mais il leur intima rudement l'ordre de se taire. Prenant de toute évidence très au sérieux ce qu'il venait d'apprendre, il demanda à Kamal :

— Et comment savez-vous tout cela ?

— En tant qu'officier supérieur de la Hafiye, j'étais au courant de cette opération. Cette stratégie a été planifiée de longue date. Nous savions que des armées seraient envoyées au secours de Vienne. Nous savions qu'elles attendraient à proximité pour se regrouper. La cible était facile. Pourquoi pensez-vous que les Ottomans n'ont pas encore fait exploser une charge suffisante sous le bastion Löbl pour le prendre d'assaut ?

Cette question donna du grain à moudre au barbu. Depuis le début du siège, le travail de sape se concentrait sur les deux bastions les plus puissants, le Löbl et le Burg – les bastions du Lion et du Bourg –, et le ravelin qui les protégeait. Des douze bastions en pointe de flèche qui entouraient la ville, ceux du côté du Danube étaient les moins solides, mais le fleuve, trop proche et trop profond, empêchait de creuser des tunnels pour aller placer des mines à ces endroits-là. Les bastions du Lion et du Bourg avaient été choisis car les champs qui leur faisaient face convenaient à l'excavation de tranchées, le fossé était sec, la courtine qui les reliait longue, et leur architecture imparfaite. L'enclos de toile du grand vizir avait été dressé dans la partie du camp ottoman qui leur faisait face. Le ravelin – cette massive plate-forme de tir à angle saillant de dix mètres de haut –, dressé devant le mur d'enceinte entre les deux bastions, avait déjà été détruit par des mines, et les deux bastions eux-mêmes avaient aussi été très endommagés par des explosions souterraines. Le sort de Vienne ne tenait plus qu'à un fil.

— Le sultan n'attend qu'une chose : que Sobieski, le duc de Lorraine et les autres approchent de Vienne pour vous secourir, continua Kamal. Il veut que tous les piliers des armées chrétiennes soient réunis en un seul et même lieu. Son but est de les éliminer tous d'un même coup.

Kamal le laissa absorber cette information, puis ajouta :

— Il veut décapiter l'Europe chrétienne en supprimant ses meilleurs défenseurs.

Le barbu semblait perturbé, mais pas tout à fait convaincu.

— Nous envoyons des fusées lumineuses dans le ciel toutes les nuits depuis une semaine, mais nous n'avons pour l'instant reçu aucune réponse. Et pourtant, vous prétendez que l'armée est là ?

— Oui, les secours sont arrivés. Ils sont peut-être trop loin pour voir vos fusées. Ou ils n'y répondent pas dans l'intention de prendre Kara Mustafa par surprise. Je n'en sais rien. Tout ce que je sais, c'est que la surprise, ce sont eux qui vont l'avoir. La pire surprise qu'on puisse imaginer.

Le barbu médita ses paroles, hochant lentement la tête.

— En supposant que vous disiez la vérité… Pourquoi êtes-vous entré dans Vienne ? Pourquoi me racontez-vous tout cela ?

— Mon frère a été brutalement assassiné par la police du sultan, faussement accusé de trahison. Il n'était qu'un simple médecin. Un homme qui consacrait sa vie à secourir les autres. Et pourtant, on n'a pas hésité à le tuer avec ses enfants. Des innocents, ajouta-t-il avec une réelle et profonde colère. Ma belle-sœur est parvenue à leur échapper, et moi également quand ils sont venus pour me prendre. Nous avons réussi à nous enfuir, et nous voilà.

— Vous trahissez votre sultan et votre peuple ?

Kamal haussa les épaules.

— Nous voulons nous venger. Et là-bas, nous sommes promis à la mort.

— Une revanche un peu extrême…

— Le mal qu'ils nous ont fait était lui aussi extrême. Nous ne pouvons plus vivre sur leur territoire. Notre espoir, si vous nous laissez vous aider à sauver cette ville, c'est d'y être accueillis pour commencer une nouvelle vie.

Le barbu hocha la tête, pensif.

Leurs motifs devaient absolument être convaincants. Nisrine et Kamal avaient passé beaucoup de temps à mettre au point la meilleure façon de présenter les choses, et c'était l'instant de vérité.

Nisrine vit que c'était le moment d'intervenir :

— Ils m'ont pris ce que j'avais de plus cher au monde. Je veux rendre œil pour œil au sultan.

Le barbu la dévisagea un long moment puis inclina la tête, semblant enfin convaincu.

— Donc, le pacha sait que les chefs des armées sont à Stetteldorf ?

— Absolument, répondit Kamal. Il a envoyé des bandes de Tatars et de bachi-bouzouks piller la région. Pas grand-chose ne leur échappe.

Les Tatars étaient des nomades des steppes turques installés en Crimée depuis trois siècles et convertis à l'islam. Leur chef, le khan, avait fait alliance avec les Ottomans. Cavaliers et archers exceptionnels, ils vivaient de rapines, et le rôle de leur khan était de les conduire dans des zones de guerre où ils trouveraient des occasions de s'enrichir. On redoutait beaucoup la brutalité de leurs razzias, ce qui offrait aux Ottomans un moyen de pression psychologique appréciable pour mener leurs conquêtes. Les Tatars étaient envoyés en avant-garde à des fins de reconnaissance, mais aussi pour frapper les esprits. Ils précédaient l'armée ottomane, pillaient les villes et les fermes, mettaient tout à feu et à sang. Ceux qu'ils ne tuaient pas étaient rançonnés ou vendus en esclavage.

Les mercenaires bachi-bouzouks avaient à peu près la même fonction. Soldats irréguliers ottomans, ils servaient le sultan mais n'étaient payés que par le fruit de leurs rapines, que ce soit la prise d'esclaves ou de tout autre butin qui leur tombait sous la main. Ils étaient tout aussi indisciplinés et barbares que les Tatars – leur nom voulant dire littéralement « tête malade » –, des particularités dont s'étaient servis Kamal et Nisrine pour bâtir leur histoire.

— Mais je ne comprends toujours pas… Comment vous êtes-vous introduits dans la ville ? Et pourquoi êtes-vous nus ?

La réponse de Kamal tomba :

— Nous avons suivi discrètement l'armée du sultan pour trouver une façon d'agir. Quand nous avons appris qu'il y aurait une rencontre à Stetteldorf, nous avons décidé de nous y rendre. Nous nous dirigions vers le château quand nous avons été capturés par une bande de bachi-bouzouks. Ils ont voulu s'amuser un peu et ont arraché les vêtements de ma belle-sœur avant de…

Il n'acheva pas, lui laissant deviner le reste.

Le barbu ne sembla pas trop surpris.

— Et vous ?

Kamal laissa une seconde la question en suspens, puis lui jeta un regard appuyé, comme pour lui demander d'en tirer lui-même la conclusion évidente.

— Tous n'aimaient pas les femmes.

Le barbu eut un petit sursaut.

— Mais vous êtes parvenus à vous échapper ?

— Je ne pouvais pas laisser faire ça à ma belle-sœur, répondit Kamal d'une voix égale. Et nous avons eu de la chance. Ils se sont bagarrés parce qu'ils voulaient tous passer en premier. J'ai profité de l'occasion.

Le barbu regarda Nisrine comme s'il imaginait la scène et se demandait si des bandits de cette espèce pourraient se battre pour elle.

— Mais pourquoi entrer dans Vienne ?

— Nous étions nus, sans nourriture et sans chevaux, et nous avions toute la bande à nos trousses. Il nous fallait fuir rapidement et nous mettre en sécurité. Nous sommes entrés sous le couvert de la nuit…

— Mais comment ?

— Nous avons traversé le fleuve à la nage et nous avons franchi le mur est. C'est le moins bien protégé de l'enceinte. Je le sais depuis la première heure, quand nous avons préparé le siège. Nous savions qu'il était possible pour deux personnes de franchir le mur en pleine nuit au nez et à la barbe de vos défenseurs, qui semblent avoir du mal à garder les yeux ouverts… Nous avons peut-être aussi eu un peu de chance.

— Mais pourquoi venir ici… si vous vouliez avertir Sobieski ? Ce n'est pas ici que vous le trouverez. Nous sommes encerclés.

— Nous n'avions pas le choix, je vous l'ai dit. Mais nous sommes bien arrivés à entrer, ce qui veut dire que nous pourrons aussi sortir, non ?

Le barbu ne dit rien. Il réfléchissait furieusement, comme il le faisait depuis que Kamal avait répondu à sa première question. De toute évidence, il se demandait encore s'il devait le croire. C'était beaucoup d'informations à admettre – une avalanche de déclarations très perturbantes.

— Et votre accent ? demanda-t-il finalement. Il est… peu courant.

Kamal préféra ne pas répondre directement.

— Personne n'a jamais eu de mal à me comprendre. Vous semblez y arriver très bien.

— En effet.

Le barbu s'interrogea encore un peu, puis il s'approcha de Kamal sans le quitter des yeux, prit son bras et remonta la manche pour voir l'incantation. Kamal le laissa faire sans résister.

— Et ça ? Qu'est-ce que c'est ?

La formule était tatouée en lettres arabes, mais elle restait incompréhensible si on ne connaissait pas le palmyrénien. Kamal et Nisrine avaient abordé la question ensemble. Là aussi, ils s'étaient doutés qu'on les interrogerait très certainement sur leurs tatouages. Ils avaient échafaudé une réponse plausible et décidé de ne pas en dévier :

— C'est personnel.

Le risque était calculé : Kamal voulait provoquer son interrogateur.

— Dans votre situation, vous ne pouvez guère vous payer ce genre de luxe, il me semble !

Kamal jeta un coup d'œil à Nisrine, puis haussa les épaules.

— C'est un pacte commun.

— Quel genre de pacte ?

— Un pacte de revanche.

— Il n'est pas écrit dans votre langue.

— Non, c'est du croate. Nous nous sommes cachés dans les *balkan*, dit Kamal, choisissant le mot ottoman signifiant « montagne » qui, le temps passant, avait fini par donner son nom à toute une région au sud du Danube. Après avoir fui Istanbul, reprit-il, nous avons échoué dans un petit village près de Sisak, où les gens nous ont pris en pitié et nous ont hébergés. Les femmes et les enfants étaient couverts de ce genre de phrases. On nous en a expliqué la signification. Ces gens pensent qu'elles assurent une protection spirituelle contre les Ottomans... Et vu ce que nous avions l'intention de faire, j'ai pensé que cela ne nous ferait pas de mal d'en avoir nous aussi. Ils ont très gentiment accepté de nous tatouer.

Le barbu garda le silence, semblant ressasser ces informations, tandis que ses hommes paraissaient à bout de patience, n'en pouvant plus d'être tenus si longtemps dans l'ignorance.

Kamal mit fin à ce silence tendu en se risquant à poser une question :

— Comment se fait-il que vous parliez aussi bien notre langue ?

Loin de dissiper la tension, ce sujet sembla au contraire beaucoup embarrasser son interlocuteur, mais plusieurs explosions violentes lui évitèrent de répondre. De profonds grondements souterrains montèrent tout près et la terre trembla sous leurs pieds avec une force bien supérieure à tout ce qu'ils avaient ressenti depuis leur arrivée.

Les murs, le plafond se fendirent, laissant pleuvoir sur eux une pluie de poussière et de pierraille. Kamal attira Nisrine contre lui pour la protéger. Il ne savait pas au juste ce qui se passait, mais il fut pris d'une profonde inquiétude : se pouvait-il que la stratégie ottomane ait changé, que Nisrine et lui soient arrivés trop tard, et que la prise de la ville ait déjà commencé ?

61

Protégeant Nisrine de son corps, Kamal entendit le barbu et ses hommes échanger des exclamations paniquées dans leur langue.

— Que se passe-t-il ? demanda-t-il.

Le barbu ignora la question et brandit un index autoritaire.

— Ne bougez pas !

— Mais c'était quoi ? insista Kamal.

Le visage de l'homme se referma, puis il accepta de répondre :

— Des mines. Des mines très puissantes.

C'était la plus grande peur des assiégés, celle qui les gardait dans une terreur permanente. On ne savait pas où les sapeurs ottomans creusaient leurs tunnels sous les murs d'enceinte, ni quand la poudre serait mise à feu – provoquant peut-être l'explosion ultime, qui ouvrirait une brèche suffisante pour laisser pénétrer le flot des envahisseurs.

Un homme fit irruption dans la cave, son visage émacié défiguré par la peur. Il agitait les bras, affolé, en lançant quelques mots précipités.

La situation semblait très grave.

Le barbu lui répondit brièvement, fit un signe de tête à ses hommes, puis sortit précipitamment. Deux miliciens aboyèrent des ordres à Kamal et Nisrine. Ils les jetèrent à terre, les tournèrent dos à dos, et leur lièrent les mains ensemble avec une corde. Cela fait, ils quittèrent le cachot en hâte et verrouillèrent la porte de l'extérieur, les laissant dans l'obscurité.

— Ça va ? demanda Kamal.

— Oui, ça va, répondit Nisrine, qui tirait sur la corde. Tu peux atteindre le nœud ? Je ne le trouve pas.

Kamal l'avait déjà entre les doigts, mais n'arrivait à rien.

— Il est trop serré, je ne peux pas le défaire.

— On ne peut pas rester ici. Il faut refaire un saut dans le temps...

— Oui, mais on ne peut pas lire les tatouages dans cette position. Tu te souviens de la formule par cœur ?

Nisrine se concentra un instant.

— Je ne suis pas complètement sûre. Je n'ai pas eu le temps de bien mémoriser les changements de jours avant de partir.

— *Bok*, maugréa Kamal.

Il s'acharna encore sur le nœud en poussant des grognements d'effort.

— Je n'arrive à rien, annonça-t-il enfin. Essaie de lever ton bras et de le tourner pour voir si je peux lire la formule.

Nisrine changea de position pour tenter de dégager son bras.

— Je ne peux pas le bouger plus que ça. Tu vois quelque chose ?

Kamal se contorsionna pour essayer de lire l'incantation tatouée sur l'avant-bras de Nisrine, mais peine perdue.

— Impossible. Essaie, toi.

Nisrine se pencha sur sa droite.

— De l'autre côté, lui rappela Kamal. Je l'ai sur le bras droit.

Elle changea de côté, tendit le cou autant qu'elle le put, mais sans succès non plus.

— Je ne peux pas. De toute façon, il fait trop sombre. On n'y voit pratiquement rien.

La seule lumière dans l'ancienne cave à vin venait d'une torche laissée à l'extérieur, qui diffusait une faible lueur sous la porte.

— C'est trop bête, dit-elle. Dès qu'on pourra, il faudra

prendre le temps d'apprendre par cœur cette maudite formule une bonne fois pour toutes. Il faut pouvoir faire le saut quand on est coincés et dans l'incapacité de la lire…

— Tu as l'intention de faire ça souvent ?

— Non, pas dans l'idéal, mais je n'ai pas non plus envie de traîner ici plus longtemps que nécessaire.

Ils cessèrent de se démener et prirent de longues inspirations pour se calmer.

Kamal sentait le cœur de Nisrine tambouriner contre son dos tandis qu'il ruminait une pensée qui le travaillait depuis quelques minutes.

— Ça ne sert peut-être à rien de refaire un saut, lui dit-il.

— Tu es fou ? Ils étaient sur le point de nous écorcher vifs, tu te rappelles ? Ces gens sont des sauvages, tous, quel que soit leur camp. Tu as vu cette bataille ?

— Je sais. C'est… c'est de la démence. Mais…

— C'est une vraie boucherie. Dire qu'on a cru que ça serait possible.

— Nous savions à quoi nous attendre.

— Et tu as vu ces pauvres gens ? Ces malheureux, obligés de se conduire comme des animaux, de chasser les rats… C'est pire que tout. C'est… inhumain.

— C'est la guerre.

— Je sais bien. Seulement, je n'imaginais pas que ce serait aussi barbare. Enfin, je le savais, mais…

Elle soupira et laissa aller sa tête en arrière pour l'appuyer à l'épaule de Kamal.

— Personne ne mérite d'en être réduit à ça, approuva-t-il. Nous devons les aider.

— Et pour ça, il faut qu'on arrive à partir d'ici.

— Oui, sauf que je me dis que tout n'est pas perdu. J'ai réussi à communiquer avec ce gars.

— Celui qui nous a enfermés ici ?

— Oui. Je pense qu'il nous croit. Donc il vaut peut-être mieux ne pas faire le saut. Nous avons besoin de lui. Ce serait mille fois plus facile de convaincre Sobieski s'il était avec nous.

Si nous sautons de nouveau, nous serons sans appui. Nous devrons tout recommencer de zéro.

— Au moins, nous saurons à quoi nous attendre.

— Pas si sûr. Il y a toujours beaucoup de choses que nous ne comprenons pas de ces voyages dans le temps. Si nous sautons en arrière d'une journée, que se passera-t-il le lendemain, le jour de notre première arrivée ? Est-ce que nous existerons en deux exemplaires ? Est-ce que nous disparaîtrons ?

— Je ne sais pas... En tout cas, un saut d'une journée ou de dix jours ne changerait pas grand-chose pour nous. Nous tomberions toujours en plein siège.

— Donc il faudrait reculer de plus longtemps. Cent jours, dit-il, se souvenant du troisième nombre de secours que Nisrine avait traduit en palmyrénien et tatoué à côté de l'incantation entière.

— Dans ce cas, nous reviendrions au début de l'été, bien avant le siège. Ça nous donnerait tout le temps de nous préparer.

— Mais nous avons déjà parlé de cette possibilité. C'est dangereux. Nous devons causer le moins de vagues possible, et arriver au plus près de la date des événements. Autrement, nous risquerions de modifier le cours du temps sans le vouloir, et de pousser Rachid à changer ses plans. Et dans ce cas, nous ne saurions plus comment l'arrêter. Sans oublier que nous serions obligés de vivre ici pendant ces cent jours, à cette époque, puisque nous ne savons pas si tu as trouvé la bonne formule pour aller vers le futur.

Il tourna encore un peu le problème dans sa tête.

— Non, je pense que c'est moins risqué de rester. Nous avons encore une chance de suivre notre plan.

— Mais si notre protecteur ne revient pas ? S'il est tué et que les autres rappliquent pour nous exposer sur les remparts ?

— Dans ce cas, il faudra qu'on trouve le moyen de lire la formule et de la dire très très vite...

— Ça ne me plaît pas beaucoup.

— Je t'assure que je pense avoir une chance de m'entendre

avec ce gars, insista-t-il. Ce serait déjà la moitié de la bataille de gagnée. J'aime autant ne pas tout risquer de nouveau. Cent jours, ce sera long, surtout sans rien pour expliquer notre présence. Nous ne parlons même pas leur langue.

Nisrine ne répondit pas.

— Tu ne veux pas au moins me dire que tu vas y réfléchir ?

Elle lâcha un petit rire sardonique.

— Je vais y réfléchir.

Malgré ses réticences, il ne lui fallut pas longtemps pour admettre la justesse de son analyse.

— Bon, tu as raison. Mais s'ils nous font remonter sur le chemin de ronde, je ne les laisserai pas me torturer. Je préfère me jeter dans le vide.

— Personne ne te fera de mal, *hayatim*, assura-t-il.

Cette fois, elle ne se moqua pas de lui. Elle se laissa de nouveau aller en arrière, et appuya la tête à son épaule.

— Je voudrais bien en être aussi sûre que toi, *canim*.

Plusieurs heures avaient dû s'écouler quand ils entendirent enfin la clé dans la serrure.

Le barbu réapparut, escorté par deux autres mercenaires. Il avait le visage tendu et anxieux, luisant de sueur, et il semblait exténué. Ses vêtements étaient maculés de sang. De toute évidence, il revenait de l'enfer.

— Que s'est-il passé ? demanda Kamal.

Le barbu ne répondit pas tout de suite. Il dévisageait Kamal d'un air méfiant.

— Ils ont fait sauter plusieurs mines sous le Löbl, dit-il finalement. Et puis ils ont donné l'assaut.

Le sang de Kamal ne fit qu'un tour.

— Ils sont entrés ?

— Non, par miracle. Ils ont lancé leurs combattants dans la brèche, mais le mur s'est écroulé sur lui-même, ce qui rend le passage quasiment impraticable, et nous sommes parvenus à les repousser. Mais à quel prix ! ajouta-t-il, le regard noir de détresse.

— Et maintenant ?

Le barbu retira son chapeau et passa une main très sale dans ses cheveux.

— Ils doivent préparer une nouvelle offensive. Nous renforçons la courtine. C'est notre dernière ligne de défense. Après cela, le combat se livrera dans la ville, maison par maison.

Un lourd silence s'abattit sur eux. Le barbu s'accroupit pour mieux les voir, les observant avec une intensité étrange. Il paraissait à la fois fatigué et perturbé.

Il dirigea sur Kamal un regard scrutateur.

— Je parle croate.

Il fallut deux secondes à Kamal pour comprendre où il voulait en venir, puis une étincelle s'alluma dans son regard. Sans lui laisser le temps de répondre, l'homme lui attrapa brutalement le bras et remonta sa manche pour dégager ses tatouages qu'il désigna avec colère.

— Ça n'est pas du croate, ça !

Kamal, le cœur battant beaucoup trop vite, ne répondit pas. Il était pris de court, cloué par le regard furieux.

— Vous croyez pouvoir me berner avec vos histoires à dormir debout ? s'énerva le barbu.

— La seule chose qui compte, c'est que Sobieski et ses hommes sont tout près, rétorqua Kamal. Ils peuvent encore vous sauver, mais si vous ne faites rien ils seront tous tués, il n'y a aucun doute là-dessus. Nous sommes là pour essayer d'empêcher ça, et c'est tout.

— Ils ne sont pas tout près, ça, je le sais, gronda le barbu.

— Qu'est-ce qui vous fait dire ça ?

— Je cours la campagne pour les chercher, rugit-il. Encore la nuit dernière. Il n'y a aucun signe d'eux.

Un grand regret envahit ses traits, il serra les dents et n'ajouta rien, contenant son émotion.

La surprise de Kamal s'inscrivit sur son visage. Dans les chroniques, on racontait que les Ottomans et leurs alliés tatars avaient capturé des éclaireurs et des messagers déguisés en

Ottomans qui transportaient des informations codées destinées à l'empereur.

Son geôlier devait être l'un d'entre eux. Un de ceux qui ne s'étaient pas fait prendre.

— Vous êtes sorti ? Vous avez réussi à franchir l'enceinte et à revenir ?

Le barbu ne répondit pas. Son visage n'était qu'à quelques centimètres de celui de Kamal, ses yeux étincelaient. Il se releva, les dominant de toute sa taille.

— Mais qui diable êtes-vous ? jeta-t-il. Dites-moi la vérité !

— Nous vous avons dit pourquoi nous étions là ! Nous n'avons aucune raison de mentir sur ce point. Quel avantage cela pourrait-il bien donner à vos ennemis ?

— Cela pourrait nous faire perdre notre temps. Et si Sobieski était vraiment arrivé, cela pourrait fausser sa stratégie pour la prochaine bataille.

— Si c'était notre but, nous serions allés le voir directement, comme vous l'avez vous-même suggéré, répliqua Kamal d'un ton raisonnable. Pourquoi serions-nous venus ici dans cet endroit infernal ? Nous étions nus, et nous avons failli être écorchés vifs.

— Je ne sais pas. Vous avez peut-être l'intention de tuer le comte ou de faire sauter l'arsenal. Vous n'avez que l'embarras du choix. Mais j'apprendrai la vérité, ne vous leurrez pas.

Il fit un pas comme pour quitter la pièce, mais Kamal s'écria :

— Attendez ! Écoutez-moi.

L'homme hésita puis se tourna vers lui.

Faisant appel à toute sa force de conviction, Kamal se lança dans une ultime tentative :

— Torturez-nous s'il le faut. Faites ce que vous voudrez, mais vous ne tirerez rien d'autre de nous. Le temps presse. Le sort d'un nombre incalculable d'hommes, de femmes et d'enfants dépendra de votre décision. Car il ne s'agit pas que de cette bataille, mais des mois et des années à venir. Je pourrais vous dire exactement qui nous sommes, mais si je le faisais, vous auriez de grandes chances de ne pas me croire. Et même si vous m'écoutiez, de deux choses l'une : soit on vous prendrait pour un fou, soit pour notre complice et un traître. Dans tous les cas, cela ne pourrait mener qu'à la catastrophe car cela signerait la fin de cette ville et de l'Europe telle que vous la connaissez. Je vous implore donc de ne penser qu'à une seule chose, à savoir que nous sommes là pour vous sauver, sauver cette ville et sauver le reste de l'Europe, et pour cela, il faut sauver Sobieski, Charles de Lorraine et leur armée. Il est encore temps, mais il faut agir vite. Cela ne dépend plus que de vous. Vous avez toutes les cartes en main. J'espère que vous prendrez la bonne décision.

Plusieurs secondes s'écoulèrent, chargées de tension, qui semblèrent durer une éternité, le barbu s'évertuant de toute évidence à deviner s'il fallait faire confiance à ses deux prisonniers, tandis que Kamal tâchait encore de le convaincre par le regard. Puis leur geôlier jeta un ordre sec à ses hommes et sortit sans autre explication de leur cachot.

Les miliciens le suivirent, laissant une nouvelle fois Kamal et Nisrine enfermés seuls.

— Et là, tu dirais que tu l'as convaincu ? demanda Nisrine.

Il s'écoula encore deux heures avant que la porte se rouvre.

Après tant de temps ligotés, ils avaient mal partout, mouraient de faim et de soif, seulement tenus en éveil par l'anxiété et l'adrénaline qui courait dans leurs veines. Ils sentaient que le moment de vérité approchait, annoncé par deux gardes qui apparurent à la porte et les firent mettre debout.

Le barbu n'était pas avec eux, ce qui n'augurait rien de bon. La brusquerie avec laquelle on les détacha l'un de l'autre non plus. On leur lia de nouveau les mains dans le dos, mais séparément cette fois, et on les poussa hors de leur cachot.

— Où nous conduisez-vous ? demanda Kamal.

N'obtenant pas de réponse, et tout en étant presque sûr que leurs gardes ne les comprenaient pas, il répéta sa question, sans plus de résultat.

On les fit remonter au rez-de-chaussée. En arrivant sur le palier, Kamal vit que la lumière qui venait du dehors était d'un orange flamboyant. Il se demanda si c'était le soleil couchant ou la lueur d'un incendie. Il jeta un coup d'œil à Nisrine au moment de passer dans le hall. Elle essayait de cacher sa terreur sous des allures de défi, mais il la connaissait trop bien pour s'y laisser prendre.

Alors qu'on les faisait avancer, il fut assailli par des images terribles de ce qui les attendait si on les remmenait en haut des remparts. Il fut vite soulagé en constatant qu'on ne les poussait pas vers la porte de la rue mais vers le monumental escalier tournant qui menait au premier étage.

On les fit entrer par une porte à double battant dans une grande pièce à l'arrière. Elle était éclairée par des lampes à huile et gardait quelques traces de sa splendeur passée – moulures et corniches en haut des murs, splendide rosace au plafond. En des temps meilleurs, cela avait sans doute été une salle de réception. Pour l'heure, elle était dans un état aussi lamentable que le reste de la ville, le parquet couvert de poussière et de gravats, les fenêtres condamnées par des planches.

Il restait seulement une large table en bois sculpté, avec un fauteuil à haut dossier derrière, et quatre plus petits devant. Le plateau était couvert de cartes et d'autres documents.

Le barbu se tenait à côté de l'un des petits fauteuils et se tourna vers eux à leur arrivée.

Derrière le bureau, un homme se levait avec difficulté de son grand siège. De haute taille, maigre, il avait un long nez aquilin et un trait de moustache retroussé aux extrémités. Kamal le reconnut grâce à ses recherches à la bibliothèque. C'était le comte Ernst Rüdiger von Starhemberg, gouverneur de Vienne, à qui l'empereur avait abandonné la ville.

Ni l'un ni l'autre ne sembla ravi de les voir.

62

Starhemberg avait l'air malade.

Les seuls portraits que Kamal avait vus de lui remontaient à des époques antérieures au siège, des gravures et des peintures à l'huile qui montraient le comte au sommet de sa gloire. Les épreuves avaient rudement marqué cet homme de quarante-six ans. Blessé lors d'une bataille vers le début du siège, il souffrait aussi de crises de dysenterie. Il se déplaçait avec difficulté, et on devait le porter en haut des remparts pour lui permettre de diriger les batailles. Pourtant, malgré son état, malgré l'aspect négligé de la perruque qu'il portait quand il n'était pas au combat, malgré ses hautes bottes militaires éculées qui n'avaient pas vu de cirage depuis des mois, il se dégageait de Starhemberg un grand air d'autorité. C'était un aristocrate, soldat dans le sang, et ce n'était pas une blessure ou une maladie, même potentiellement mortelles, qui allaient le priver de sa dignité et de sa noblesse.

Toujours debout, Starhemberg les observait. Il avait le regard redoutable d'un homme de guerre, et Kamal se sentit tout petit devant lui. Ses lectures lui avaient appris avec quel courage le comte avait défendu la capitale impériale, et il était très impressionné. Il avait aussi de bonnes raisons d'être mal à l'aise car il savait que si les événements suivaient leur cours le brillant général qui lui faisait face ne serait bientôt plus de ce monde. Il serait fait prisonnier lors de la chute de la ville, décapité, et sa tête serait rapportée au sultan – toutes choses que Kamal ne souhaitait mentionner qu'en dernier recours.

Starhemberg avait été désigné par Charles de Lorraine pour mener la défense militaire de la ville. Il était arrivé à Vienne le lendemain de la fuite de l'empereur et des habitants les plus aisés, et n'avait eu qu'une semaine pour renforcer les défenses et se préparer à l'attaque ottomane.

Une fois le siège commencé, sa tactique avait été hautement efficace, et avait permis de déjouer toutes les manœuvres ennemies en ne cédant rien. Très doué, menant les contre-attaques lui-même, il avait gagné le respect de ceux qui étaient pris au piège avec lui, mais ils n'avaient pratiquement aucune chance de s'en sortir. Des semaines d'attaques incessantes avaient sapé le moral des troupes, et la puissance de ceux qui leur faisaient face, la malnutrition et la dysenterie avaient décimé leurs rangs. D'une armée de onze mille hommes, se battant déjà à quinze contre un au début du siège, il ne restait plus que quatre mille soldats. Un homme moins déterminé se serait rendu depuis longtemps, mais Starhemberg savait que cela ne servirait à rien. Ils seraient tous tués. Il trouvait de loin préférable de se battre jusqu'au bout et de mourir en défendant la ville plutôt que de subir une mort longue et douloureuse aux mains des Ottomans, célèbres pour leur inventivité en matière de supplices.

Le comte posa une question à l'homme barbu, qui se tourna vers eux et le leur présenta. Kamal et Nisrine saluèrent courtoisement le gouverneur en s'inclinant, puis Kamal demanda :

— Et vous ? Quel est votre nom ?

L'homme barbu hésita avant de répondre :

— Je m'appelle Georg Kolschitzky.

Kamal s'étonna :

— Vous n'êtes pas autrichien ?

— Je suis polonais.

— Et vous parlez parfaitement l'ottoman…

— J'ai vécu de longues années à Constantinople. J'étais interprète à la Compagnie de commerce autrichienne en

Orient. Quand les Ottomans ont commencé à nous rendre la vie impossible et après avoir passé un moment dans les charmantes prisons du sultan, je suis parti.

Kamal ne cacha pas son admiration.

— Alors, vous êtes capable de vous faire passer pour un Ottoman, et c'est ainsi que vous avez pu aller et venir sans être inquiété…

Kolschitzky eut un sourire discret.

— Je peux me faire passer pour beaucoup de choses. Surtout pour un humble marchand de Belgrade venu faire des affaires.

Perdant patience, le comte les interrompit et, à sa demande, Kolschitzky entra dans le vif du sujet :

— J'ai transmis à Son Excellence ce que vous m'avez raconté. Les parties les moins fantaisistes, ajouta-t-il avec un regard appuyé.

— Donc vous nous croyez ? intervint Nisrine.

— Je n'ai pas le choix. Vu ce que vous m'avez dit, nous ne pouvons pas nous permettre de courir le risque de ne rien faire. Nous devons prendre en compte vos informations pour les sauver… et nous sauver nous-mêmes. Mais monsieur le comte voulait vous voir lui-même, ajouta-t-il en jetant un coup d'œil à Starhemberg. Habituellement, il a du flair pour ce genre de choses.

Kamal ressentit un grand soulagement, et s'autorisa enfin à croire que leur plan allait fonctionner. Il se tourna vers le comte, qui s'était mis à parler. Kolschitzky traduisait au fur et à mesure :

— Son Excellence dit que votre arrivée est de bon augure. Avant cela, nous avions abandonné tout espoir de recevoir des secours. Nous attendions la mort, et nous étions prêts à mourir ici, sachant que Dieu était avec nous. Vous nous avez fait changer d'idée, ce qui pourrait être un bienfait – ou un acte terriblement cruel. Il veut que vous sachiez que s'il s'agit d'une ruse pour nous piéger il laissera ses hommes vous faire exactement tout ce qu'ils voudront, à tous les deux, aussi longtemps que cela leur plaira.

Quelque chose dans cette menace perturba puissamment Kamal.

— Que voulez-vous dire ? Comment avez-vous l'intention d'avertir Sobieski ?

— Nous allons envoyer des messagers cette nuit.

— Et nous ?

— Vous resterez ici. Si la ville est sauvée, on vous traitera en héros. Mais si vous avez menti, alors vous mourrez avec nous. Ou plutôt, avant nous, devrais-je dire.

— Non ! Nous devons aller les trouver en personne. Nous devons les avertir nous-mêmes.

Kolschitzky eut l'air surpris. Le comte aussi sembla s'étonner de la réaction de Kamal et posa une question à son interprète. Un bref échange suivit, puis le Polonais se tourna vers eux.

— Son Excellence ne voit pas de quelle utilité serait votre présence lors de la transmission du message. Il pense aussi qu'il ne serait pas prudent de vous autoriser à partir. Il veut vous avoir sous la main au cas où vous auriez menti.

C'était une très mauvaise nouvelle. Kamal ne pouvait en aucun cas rester à Vienne, car même si les messagers parvenaient à passer il lui fallait encore tuer Rachid. S'il restait en vie, tous leurs efforts auraient été vains.

— Nous devons y aller nous-mêmes, insista-t-il. Transmettre le message, c'est bien, mais je pourrais me rendre très utile. Je sais comment raisonnent Kara Mustafa et ses généraux, comment leur armée fonctionne. Tout ce qui peut être connu concernant leur mode de pensée sera utile, même le plus petit détail, et on ne peut savoir par avance quelles situations se présenteront.

Il opéra un quart de tour et s'adressa directement à Starhemberg, même si le comte ne le comprenait pas.

— Votre Excellence, je vous supplie de nous laisser accompagner les messagers. Nous pourrions aussi jouer un rôle important s'ils rencontraient des soldats ennemis. Faisons tout pour que cette opération se déroule dans de bonnes conditions du début à la fin. Si tout va bien, nous reviendrons fêter la délivrance de la ville ensemble.

Le comte le considéra sévèrement, puis attendit que Kolschitzky lui traduise ses paroles. Il réfléchit à ce qu'il venait d'entendre, puis il donna sa réponse au Polonais sans quitter des yeux leurs prisonniers.

Kolschitzky dit à Kamal :

— Très bien. Le comte dit que vous pouvez y aller, mais la dame reste.

Kamal et Nisrine eurent la même réaction indignée :

— Quoi ? !

— Vous irez, mais elle doit rester.

— Non, protesta Nisrine. Je ne resterai pas seule ici. Vous ne pouvez pas nous séparer.

— Il n'y a pas d'autre marché possible, répondit Kolschitzky.

De son côté, Kamal était plus partagé. Il lui venait la pensée qu'il serait moins dangereux pour Nisrine de ne pas quitter l'enceinte des remparts. Seulement, il ne voulait pas l'abandonner. Et puis c'était trop dangereux : il y avait un réel risque que Vienne soit prise, et que Nisrine perde la vie si elle restait là. Mais ce qui les attendait hors des murs pouvait être tout aussi terrible.

Au final, une encore plus grande inquiétude balaya toutes les autres :

— Il y a une difficulté. Vous ne pouvez pas envoyer plusieurs messagers. Ce serait une erreur. Que se passerait-il si même un seul d'entre eux se faisait prendre ? L'ennemi apprendrait le contenu du message et saurait que vous êtes au courant de son projet. Les Ottomans auraient vite fait de changer de stratégie, et vous perdriez l'effet de surprise.

— Mais au moins, nous aurons sauvé le roi Jean et ses alliés, répliqua le comte après la traduction de Kolschitzky.

— Alors, si vous êtes prêts à vous en contenter, n'envoyez donc qu'un seul messager. Ce messager se laissera intentionnellement capturer. Il racontera ce que nous savons et prétendra qu'il y a beaucoup d'autres messagers comme lui en route pour Stetteldorf. L'ennemi ne se doutera pas qu'il ment et pensera que le roi va être averti, et l'attentat sera annulé. Alors les Ottomans trouveront une autre idée, et vous ne saurez pas laquelle. Ils décideront peut-être de poursuivre sur leur lancée et de faire sauter le Löbl pour prendre la ville.

Kolschitzky et Starhemberg tinrent conciliabule, discutant de cette hypothèse inquiétante.

— Écoutez, intervint Kamal, vous tenez une occasion unique de prendre par surprise l'armée entière de Kara Mustafa. Vous pourrez lui porter un coup terrible et la mettre en déroute, et peut-être mettre fin pour toujours à la menace ottomane. Seulement, il faut adopter tout de suite la bonne tactique, et elle consiste à n'envoyer qu'une seule équipe, déterminée et bien entraînée, à Stetteldorf.

Il regarda Kolschitzky bien en face.

— Et cette équipe doit être composée de nous deux, monsieur. Vous le savez aussi bien que moi.

Nisrine eut un sursaut indigné.

— Quoi ? Tu veux y aller sans moi ?

— Nisrine, je t'en prie, sois raisonnable. La situation dehors est très dangereuse. Il faudra faire vite. Deux personnes se feront moins remarquer que trois.

Elle en resta muette, et Kolschitzky intervint avant qu'elle ne recommence à argumenter.

— Ce serait une très lourde responsabilité, dit-il avant de traduire pour le comte.

— Oui, mais si nous y arrivons, répondit Kamal, les Ottomans ne reviendront probablement plus jamais menacer Vienne.

— Je refuse de rester seule ici, insista Nisrine.

Kamal la regarda mais ne dit mot, préférant garder un œil sur leurs deux geôliers qui avaient repris leur discussion.

— Le soleil va bientôt se coucher, et nous devons prendre notre décision sans attendre pour agir cette nuit, finit par dire Kolschitzky.

Il fit un signe à ses hommes et leur donna un ordre bref. Ils avancèrent vers Kamal et Nisrine et posèrent les mains sur leurs épaules, prêts à les faire sortir.

— Je vous avertirai de notre décision, acheva Kolschitzky.

Nisrine ouvrit la marche, furieuse, sans se retourner une seule fois pour regarder Kamal.

On les enferma de nouveau dans la cave, les mains toujours liées derrière le dos. Seulement, cette fois, ils n'étaient plus ligotés ensemble. C'est sur cela que Kamal avait compté.

Nisrine ne décolérait pas.

— Je n'y crois pas ! Comment peux-tu avoir proposé de me laisser en otage, à crever toute seule ici ? ! Tu as vite oublié tes promesses ! Dire que tu jurais de ne jamais me quitter !

Kamal ne dit rien. Il se contenta de la regarder avec un demi-sourire, trouvant un réel plaisir à la voir rager ainsi.

Cela ne servit qu'à la rendre encore plus furieuse :

— Tu ne dis rien ? Et pourquoi ris-tu ?

Il s'approcha tout près d'elle :

— Ils nous ont joué un sale tour. Je n'avais pas prévu ça. S'ils envoient plusieurs messagers et que l'un d'entre eux se fait prendre, tout va se casser la figure. On ne peut pas les laisser faire. Nous devons agir avant eux. Je n'ai aucune intention de te laisser, ajouta-t-il dans un murmure à peine audible. Nous allons parler à Sobieski ensemble.

— Comment ?

— Il me semble qu'il y a quelque chose que tu n'as pas remarqué…

Il se tourna et tordit les bras pour les lui montrer.

— Nous ne sommes plus attachés ensemble. Nous pouvons lire l'incantation.

Elle mit un quart de seconde à comprendre :

— Tu veux refaire un saut ?…

— Oui, il nous suffit de retourner un jour en arrière. Un seul jour. Nous n'avons pas besoin de plus. Nous sortirons de cette pièce : elle ne devrait pas être fermée à clé, ce n'est qu'une cave vide. Ensuite, nous sortirons discrètement de la ville et nous irons trouver Sobieski, comme nous en avions l'intention. Kolschitzky et les autres ne sauront même pas que nous existons. Ils ne nous auront encore jamais vus.

Le visage de Nisrine se transforma, l'étonnement, d'abord, puis un grand soulagement se peignirent sur ses traits.

— On part quand ?

— Tout de suite.

63

Ils étaient dans la même cave, à deux différences près.

Ils étaient nus. À nouveau.

Et la porte n'était pas verrouillée, tout comme Kamal l'avait supposé.

L'obscurité la plus totale régnait, pas la moindre lueur de torche ne filtrait sous la porte. Mais surtout ils n'étaient pas ligotés, et ils pouvaient sortir.

La priorité absolue était de trouver des vêtements. Ils tendirent l'oreille, puis tirèrent tout doucement la porte, inspectèrent le couloir, évaluant l'heure à la faible lueur du jour qui descendait par la cage d'escalier.

Leurs yeux étant parfaitement accoutumés à l'obscurité, même la lumière la plus ténue s'imprimait sur leurs rétines. Ils n'eurent pas longtemps à attendre avant que les derniers vestiges du jour s'éteignent, chassés par la nuit. Le moment d'agir était venu.

Kamal se glissa hors de la cave en premier, Nisrine juste derrière lui. Leur nudité ne les gênait plus du tout. Après les épreuves qu'ils venaient de traverser, c'était devenu comme une seconde nature.

Ils longèrent le couloir, ouvrant une à une les portes qu'ils rencontraient. Elles donnaient sur d'autres réserves et celliers, tous vides. Les moindres ressources avaient été consommées pendant les semaines de siège.

Ils montèrent les marches sans bruit et, arrivés sur le palier du rez-de-chaussée, s'arrêtèrent derrière la porte. Kamal l'ouvrit avec mille précautions. Un peu de lumière parut par l'ouverture. Dans le tonnerre des canons et des mortiers, Kamal entendit des voix proches – des voix d'hommes. Il fit signe à Nisrine de faire silence, et avança tout doucement. Il aperçut les silhouettes de deux hommes qui gardaient la porte principale. Ils étaient légèrement éclairés par une torche quelque part derrière eux, et présentaient ce même aspect pitoyable qu'ils avaient vu à tous les assiégés dans la ville ravagée. En y regardant mieux, il détermina qu'il s'agissait de mousquetaires. Leurs fusils étaient appuyés au mur près d'eux. Ils semblaient être seuls.

Kamal se tourna vers Nisrine.

— Il va falloir que tu fasses quelque chose de pas très agréable…

Elle l'observa, méfiante. Elle le connaissait suffisamment pour savoir qu'il disait vrai.

— Quoi ?

— Attire-les par ici.

Stupéfaite, elle s'indigna :

— Hein ?

— Nous allons leur prendre leurs vêtements et leurs bottes. À moins que tu n'aies envie de te balader de nouveau en ville comme ça…

Elle lui jeta un regard noir, puis approuva de la tête, sans enthousiasme. Elle se mit en condition en respirant à fond, puis elle passa devant lui. Elle avança à découvert. Les deux hommes ne la remarquèrent pas tout de suite, et elle dut émettre un petit rire pour attirer leur attention. Une sorte de gloussement espiègle et provocateur. L'un des deux mousquetaires tourna la tête, la vit. Il eut un sursaut, comme frappé par la foudre, ses yeux s'écarquillèrent. Son ami suivit son regard et réagit pratiquement de la même façon. Elle leur fit signe d'approcher, lentement, aguicheuse, un sourire mielleux sur les lèvres pour mieux les convaincre. L'effet fut extraordinaire, et le peu de sagesse et de logique qui restait dans leurs esprits épuisés fut pulvérisé par ce qu'ils voyaient. Ils firent tous les deux un pas vers elle, puis s'élancèrent.

Elle repassa la porte dans l'autre sens, abandonnant la suite des opérations à Kamal, qui les attendait de pied ferme sur le palier.

La bagarre était inégale. Kamal était surentraîné, et eux déjà pratiquement morts. Un coup au menton du plat de la main eut raison du premier. Sa tête partit en arrière et il s'effondra comme une masse, sans connaissance. L'autre fut mis hors d'état de nuire par un unique crochet à la tempe, poing fermé, phalanges saillantes.

Vite, Kamal et Nisrine les tirèrent dans une niche. Ils les débarrassèrent de leurs vêtements – casaques, baudriers, ceintures en tissu, pourpoints, chemises à col large, haut-de-chausses et chausses –, qu'ils enfilèrent aussitôt.

Kamal fronça le nez.

— D'accord... Les déodorants n'ont pas encore été inventés.

— Voilà encore une bonne invention à leur apporter, pour l'avenir !

L'un des hommes portait des chaussures, l'autre des bottes montant aux genoux, les deux paires dans un état lamentable et trop grandes pour Nisrine. Elle choisit les chaussures, les attacha avec des bandes d'étoffe pour les tenir aux pieds. Kamal prit leurs dagues – l'une était un yatagan de janissaire, prélevé sans aucun doute sur un ennemi mort – et les passa à sa ceinture. Pour compléter leur tenue, ils s'enfoncèrent sur la tête le chapeau de feutre à larges bords, qui permit à Nisrine de cacher ses cheveux.

Kamal l'examina en faisant la grimace.

— Je t'ai vue plus élégante...

— Je te rassure, tu n'es pas particulièrement reluisant, toi non plus.

Ils sortirent du renfoncement et se dirigèrent vers la porte ouvrant sur la rue. Il n'y avait personne dans le hall, mais à l'instant où ils mettaient le pied dehors Kamal repéra un homme qui se dirigeait vers le palais, marchant droit sur eux.

Il en fut décontenancé, l'espace d'un instant. Le nouveau venu portait une cape sous laquelle on entrevoyait un costume inattendu : des pantalons bouffants, une tunique longue, une ceinture et des *yemeni*, chaussures en cuir souple de l'habillement ottoman traditionnel, ancêtres des vêtements que Kamal avait vu porter dans son monde. L'homme, tête nue, tenait un *bachlyk* à la main, et quand il fut plus près Kamal ne put plus en douter : Kolschitzky.

Le pas lourd du Polonais trahissait sa grande fatigue.

— Attention, murmura Kamal à Nisrine en lui donnant un petit coup de coude pour la mettre en garde.

Quand ils se croisèrent, Kamal se tourna vers Kolschitzky et le salua courtoisement d'un bref signe de tête auquel le Polonais ne prit pas la peine de répondre. Ils poursuivirent leur chemin, chacun de son côté, sans que quoi que ce soit se passe. Kamal poussa un soupir de soulagement, puis se rappela qu'il n'y avait aucune raison d'avoir peur. Après tout, Kolschitzky ne les connaissait pas. Ils ne s'étaient pas encore rencontrés, et si tout se passait bien, peut-être ne feraient-ils jamais connaissance. Le danger existait pourtant, car Nisrine et lui ne parlaient qu'ottoman et auraient été pris pour des espions si Kolschitzky leur avait adressé la parole.

Il fallait éviter toute interaction.

Ou peut-être pas… Kamal fut soudain pris d'une idée un peu folle qui l'étonna lui-même : il leur fallait l'aide de Kolschitzky. S'ils arrivaient à trouver Sobieski, il serait aussi difficile à convaincre que Starhemberg. Or, si Kolschitzky les accompagnait, l'entrevue se passerait beaucoup mieux.

Il ne put contenir cette impulsion audacieuse et pour le moins risquée, et y alla à l'instinct :

— *Herr* Kolschitzky !

Le choc se peignit sur le visage de Nisrine.

— Tu es fou ? chuchota-t-elle.

Elle ne put que contempler la scène, impuissante : il était trop tard pour revenir en arrière, Kolschitzky avait entendu. Il s'arrêta et se tourna vers eux.

— *Ja ?*

Il semblait simplement curieux de voir qui l'appelait, et tâchait de percer l'obscurité du regard. Kamal combla la distance qui les séparait, vif comme l'éclair. Il se saisit de Kolschitzky et le plaqua face contre le mur, l'immobilisant tout en appuyant la lame du yatagan sur son cou.

Il s'adressa à lui en turc ottoman :

— Vous revenez d'une sortie hors des murs à la recherche de l'armée de secours, et c'est pourquoi vous portez cet habillement. Mais vous n'avez rien trouvé. Je me trompe ?

Tendu comme un arc, Kolschitzky jeta, dans la langue de l'ennemi :

— Qui êtes-vous ?

— Des amis, répondit Kamal en le tenant fermement. Nous sommes là pour vous aider. Mais nous n'avons que très peu de temps pour agir. Sobieski, Charles de Lorraine et leurs troupes sont regroupés près de Vienne. Il faut faire vite. Kara Mustafa prépare une embuscade qui doit les tuer tous et décimer leur armée.

Il attendit une seconde pour s'assurer que le message était bien passé, puis il relâcha sa prise suffisamment pour faire tourner Kolschitzky dos au mur en replaçant sa lame sous son menton.

— Écoute-moi, Georg, reprit-il d'une voix pressante. Je sais que tu veux aider ces gens. Je sais que tu t'es installé ici à ton retour de Constantinople, où tu étais interprète pour la Compagnie de commerce autrichienne en Orient, et que tu as été emprisonné là-bas un temps. Je sais que les malheurs qu'ils t'ont infligés autrefois t'ont suivi ici, décuplés.

— Comment savez-vous tout cela ? s'étonna Kolschitzky en ouvrant de grands yeux.

— Peu importe. Une seule chose compte : l'armée de secours est arrivée. Mais tu ne me crois pas, parce que tu as fait plusieurs sorties sans rien trouver. Tu te demandes qui nous sommes et comment nous savons tout cela. Tu voudrais appeler tes hommes pour nous faire enfermer et nous interroger. Et même si tu acceptais de nous faire confiance, tu voudrais aller en discuter avec le comte Starhemberg et son conseil. Mais le temps presse, ce serait trop long. Si tu veux sauver la ville, tu dois te décider tout de suite. Dis-moi si tu acceptes de nous aider. Nous partirons seuls. Tous les trois. Tout de suite.

C'était un pari extrêmement risqué, mais Kamal en avait à peine conscience. Il agissait en n'écoutant que son instinct. Il n'était plus question de prudence.

Il avait dit tout cela en plongeant un regard pénétrant dans celui de Kolschitzky, qui ne savait à l'évidence pas quoi penser. Et puis il vit la plus profonde stupéfaction se peindre sur le visage du Polonais alors qu'il le relâchait et tournait sa lame pour la lui tendre.

— À toi de décider, ajouta Kamal en lui mettant le yatagan dans la main. Soit tu nous fais prisonniers, soit tu viens nous aider à sauver les tiens.

Kolschitzky prit l'arme lentement, puis la leva pour en appuyer la pointe contre la gorge de Kamal.

— Vous venez de commettre une fatale erreur, jeta-t-il. Nous allons vite tirer tout ça au clair.

Kamal reprit, d'un ton égal :

— Très bien. Cela ne changera rien à ce que nous avons à dire, mais cela nous condamnera tous à mort. Vous, et nous. Nous allons tous mourir ici ensemble.

Ils s'affrontèrent du regard, au milieu des explosions qui ébranlaient la nuit.

— Alors ? insista Kamal.

Kolschitzky se mangeait les lèvres, torturé par l'indécision.

— Mais où voulez-vous que nous allions ?

— Là où se trouve Sobieski, pour l'avertir.

Kolschitzky avait dressé l'oreille.

— Sobieski ? Où est-il ?

Voyant que Kamal hésitait, Nisrine intervint, prenant le risque d'ajouter cette information à la négociation :

— À Stetteldorf. Les chefs des armées sont réunis au château pour mettre au point le plan de bataille. Nous avons besoin de votre aide pour nous y rendre. Ils vous écouteront plus facilement que nous.

La main de Kolschitzky tremblait, ses yeux sautaient nerveusement de l'un à l'autre. Une bataille se livrait visiblement dans sa tête, aussi furieuse que celle des fortifications.

— Ne perdons pas de temps ! explosa Kamal. Veux-tu sauver Vienne, oui ou non ?

Kolschitzky protesta :

— Je serais fou de vous faire confiance...

— Si tu refuses, tu condamneras tous ces pauvres gens à un sort terrible.

Le Polonais ne bougeait toujours pas, tendu comme un ressort, la respiration rapide.

— Vous êtes fous.

— Si tu ne viens pas avec nous, tu seras mort d'ici un ou deux jours. Nous, nous t'offrons le salut, à toi et à tous les assiégés, mais plus encore. Tu ne peux pas sérieusement imaginer que les projets du sultan s'arrêteront à Vienne. Ses desseins sont beaucoup plus ambitieux. Et il sera infiniment plus difficile de l'arrêter une fois Sobieski et le duc de Lorraine assassinés.

Kolschitzky était dévoré par le doute. Enfin, il baissa sa lame et fit un signe d'acceptation.

— De deux choses l'une, soit vous êtes des envoyés divins, soit des démons.

Kamal lui donna une tape amicale sur l'épaule.

— Peut-être un peu des deux. Mais vous ne le regretterez pas, *Herr* Kolschitzky. Et maintenant, partons.

Nisrine demanda :

— Par où pouvons-nous passer l'enceinte ?

Kolschitzky jeta un coup d'œil autour de lui, toujours dans ses pensées, s'habituant manifestement mal à sa décision.

— Nous sortirons par l'est. C'est le meilleur endroit. Suivez-moi.

64

Ils passèrent devant la cathédrale, éclairée par des torches, où se pressaient des gens arrivant de toutes parts. Ces malheureux, hagards, maigres à faire peur, avançaient lentement, appuyés les uns aux autres, tressaillant au bruit des explosions qui déchiraient la nuit.

— Les églises se remplissent le soir venu, leur apprit Kolschitzky. Les gens viennent prier pour leur salut. Jusqu'ici, leurs prières n'ont pas été entendues.

— Faisons en sorte que cela change, répondit Kamal.

Kolschitzky approuva, sans pour autant se départir de sa méfiance, puis ils repartirent, rasant les murs, mais avançant d'un pas décidé pour éviter d'attirer l'attention.

Ils s'arrêtèrent devant une porte cochère sous laquelle le Polonais leur fit signe de s'abriter. Kamal regarda autour de lui pour s'orienter. Fort de ses recherches sur le siège, il essaya de se rappeler les cartes qu'il avait eues sous les yeux.

Les deux points les plus vulnérables de l'enceinte se trouvaient près de l'eau. L'un, sur le flanc est, longeait la zone portuaire de Vienne, face à l'île de Leopoldstadt, où un bras du Danube coulait parallèlement à la muraille et menait aux quais. L'autre se situait du côté sud-ouest, à l'endroit où la Vienne descendait du Wienerwald et se jetait dans le fleuve. En ces deux points, les fortifications étaient plus anciennes et moins bien défendues car le terrain détrempé interdisait à l'ennemi d'y creuser des tunnels, tandis que les cours d'eau apportaient le risque de crues soudaines et d'inondations.

Le château de Stetteldorf se situait au nord-ouest de Vienne, pourtant Kolschitzky les conduisait effectivement au point de sortie le plus sûr en les entraînant vers l'est, tout le côté ouest étant fermé par la vaste étendue du camp ottoman et, derrière lui, le croissant de forêt dense des hauteurs du Wienerwald. Sortir par l'est semblait donc la meilleure option, même si le trajet devait être un peu plus long. Stetteldorf n'était d'ailleurs pas trop éloigné, et puisqu'ils avaient reculé d'une journée ils avaient gagné du temps. Ils n'éviteraient pourtant pas tout danger en contournant le campement de plus loin : la forêt et les champs au nord du fleuve étaient parcourus par des irréguliers ottomans, leurs alliés hongrois et des hordes de Tatars.

Kolschitzky se baissa et se frotta une main dans la poussière accumulée sur le seuil de la porte.

— Et maintenant ? demanda Kamal.

— Faites comme moi.

Voyant qu'il se noircissait le visage pour le camoufler, Kamal et Nisrine l'imitèrent, puis ils repartirent, courant presque, à travers les hauts boyaux noirs de la vieille ville.

Une grosse lune brillait dans le ciel nuageux. Elle leur souriait quand, dégagée, elle s'illuminait et éclairait leur chemin, mais quand elle se couvrait la ville replongeait dans une obscurité désolée et fantomatique. Ils croisèrent encore quelques Viennois décharnés, leur air pressé leur permettant de passer sans autre salutation que de rapides signes de tête ou de main. Arrivés à la périphérie est de la ville, où s'entendait moins le bruit des bombardements et de la bataille qui faisait rage à l'ouest, ils virent la haute muraille se dresser devant eux.

Ils s'abritèrent dans l'ombre de l'autre côté de la rue, surveillèrent les remparts.

— Pourquoi nous cacher ? s'étonna Nisrine. On vous connaît, ici, je pense.

— Pas autant qu'on pourrait le croire. Et moins on en saura sur moi, mieux ce sera.

Ce côté de la ville était défendu par deux bastions de dimensions modestes, le bastion de Gonzague et le Petit Gonzague, aussi connu sous le nom de Piquet. Entre les deux s'étendait un ancien mur fortifié protégé sur l'extérieur par une palissade récente. Des groupes d'hommes en armes, certains en uniforme, d'autres en civil, se reposaient de loin en loin au pied de l'enceinte. Certains dormaient, d'autres attendaient, simplement assis, un éventuel assaut. En haut de la muraille, une escouade très réduite de tireurs, d'artilleurs et de mousquetaires montait la garde.

La lune, dont ils avaient apprécié les apparitions pour se diriger dans la ville, leur pesait maintenant. Ils auraient voulu qu'elle se cache de nouveau car elle éclairait l'escalier du chemin de ronde et empêchait d'y monter sans être vu. Elle leur permit en revanche de repérer quelque chose dont ils auraient l'utilité : de la corde. Kolschitzky en vit un tas, abandonné un peu plus loin devant une maison face au mur d'enceinte, jeté sur un tas de cageots et de détritus divers. Ils pourraient aussi s'abriter derrière ce monticule, qui les rapprocherait du bas de l'escalier.

Ils attendirent qu'un nuage passe devant la lune, puis ils franchirent rapidement la distance à découvert et se dissimulèrent derrière les cageots. La lune ressortit des nuages, et Kolschitzky en profita pour vérifier l'état des cordes. Il choisit le bout le plus long, qu'il enroula autour de son épaule et attacha à l'arrière de sa ceinture. Après quoi, l'attente reprit.

La lune refusait de quitter le devant de la scène, mais soudain un hurlement perça le silence. Kamal et Nisrine sursautèrent. Ils se rencognèrent derrière les cageots en levant la tête, car le bruit semblait venir d'en haut. Une fusée lumineuse s'élevait dans le ciel, venant de la tour de la cathédrale. Elle monta au-dessus de la ville, puis explosa en jetant des étincelles blanches. Deux autres suivirent. Comme tous les soirs, les Viennois tiraient leurs signaux de détresse, au cas où l'armée de secours serait là, dans l'attente d'une réponse.

Kamal et Nisrine regardèrent Kolschitzky. Il ne semblait

pas surpris. Il n'y aurait pas de réponse, Kamal et Nisrine le savaient déjà, mais ces signaux leur rendirent malgré tout service. En bas de la muraille et à son sommet, soldats et miliciens se redressèrent dans un bel ensemble et agitèrent leurs chapeaux en poussant des cris, n'ayant d'yeux que pour les signaux lumineux.

— Il n'y a jamais de réponse, remarqua Kolschitzky, presque accusateur.

— Ils sont encore trop loin, expliqua Kamal. Mais nous allons tout faire pour leur permettre de venir secourir Vienne.

Kolschitzky lui jeta un regard perçant puis lâcha :

— Allons-y.

Ils coururent à découvert jusqu'à la muraille. Voyant que Kolschitzky criait et faisait de grands gestes comme les autres, Kamal s'enhardit à l'imiter, et ils arrivèrent ainsi au bas des marches. Quelques hommes les devançaient, se dépêchant de monter pour se placer aux premières loges, au cas où la réponse tant attendue viendrait. Les trois fuyards leur emboîtèrent le pas, Nisrine tenant son chapeau bas sur ses yeux pour cacher son visage.

Ils atteignirent le haut des remparts, s'écartèrent de ceux qui se rassemblaient là, et avancèrent furtivement sur le chemin de ronde jusqu'à une partie qui n'était pas gardée. Vite, Kolschitzky monta sur la plate-forme d'artillerie et regarda en bas, puis leur fit signe de le rejoindre.

De la banquette, on discernait un méandre du Danube à travers la palissade de troncs d'arbres, le fleuve étant presque totalement à sec après l'été torride. Au-delà régnait une obscurité profonde et inquiétante, percée de loin en loin par la faible lueur de feux de camp. Ces lumières marquaient l'emplacement des batteries ottomanes et des unités de janissaires qui bivouaquaient, embusquées derrière des levées de terre, attendant l'ordre d'attaquer.

Pour l'heure, tout était calme. Et la lune s'apprêtait de nouveau à rejoindre les coulisses.

Kolschitzky déroula la corde. Il en attacha un bout à un

piquet de cuivre scellé dans le parapet face à lui, puis, s'assurant que personne ne regardait, il la laissa se dérouler de l'autre côté du mur.

Un dernier coup d'œil vers la lune, et leur guide leur indiqua que le moment était venu de descendre.

— Restons groupés, leur recommanda-t-il.

Il s'apprêtait à enjamber le crénelage quand un cri bref fusa dans le noir sur leur gauche, venant de la direction opposée à celle d'où ils étaient venus.

Trois gardes sortirent de l'obscurité au pas de course, leurs mousquets pointés sur eux.

— Pas un mot, ordonna Kolschitzky à Kamal et Nisrine à voix basse en se plaçant devant eux. Je m'en occupe.

L'escouade de mousquetaires viennois s'arrêta à quelques pas d'eux.

Leur chef aboya quelques questions à Kolschitzky, les ponctuant de mouvements de son mousquet tout en les inspectant avec suspicion. Le Polonais répondit avec calme mais fermeté. Un échange rapide suivit, et Kamal et Nisrine n'eurent pas besoin de comprendre ce qui se disait pour percevoir de l'agressivité dans le ton qui montait.

Après quelques dernières paroles très sèches, le chef de la patrouille tourna son attention vers Nisrine et posa d'autres questions. Les réponses de Kolschitzky ne parurent pas le satisfaire, et il s'approcha pour la regarder de plus près. Ce fut l'instant que Kolschitzky choisit pour se ruer sur lui en dégainant son yatagan. Il l'immobilisa d'une prise au cou rapide comme l'éclair.

Appuyant sa lame sur la gorge du mousquetaire, il s'adressa aux deux autres gardes avec fureur, les invectivant et faisant certainement valoir son rang. Kamal l'entendit prononcer le nom de Starhemberg à plusieurs reprises, puis terminer en leur posant fermement une question, qu'il répéta deux fois.

Les deux hommes hésitèrent, puis branlèrent du chef à contrecœur pour indiquer qu'ils acceptaient.

Kolschitzky dit encore quelques mots, puis il repoussa son

prisonnier loin de lui. Il remit sa dague à sa ceinture et leur fit signe de partir d'un geste hautain. Les mousquetaires s'inclinèrent brièvement et disparurent dans l'obscurité, leur chef lançant à Kolschitzky un dernier regard brûlant de haine.

— Que s'est-il passé ? demanda Kamal.

— Peu importe. Ce sont des hommes poussés à bout qui ne savent plus ce qu'ils font. Allons-y.

Avec un dernier regard au ciel pour s'assurer que la lune ne trahirait pas leurs mouvements, il grimpa entre deux merlons.

Ils descendirent le mur d'escarpe en s'accrochant à la corde et prirent pied dans le fossé où ils restèrent accroupis, sur leurs gardes, pour s'assurer qu'on ne les avait pas repérés. Tout était calme. Kolschitzky leur fit signe de le suivre. Ils traversèrent le fossé à découvert vers le mur opposé, courant à toutes jambes, obligés de contourner les profonds cratères creusés par les tirs autrichiens.

Le mur de contrescarpe était haut et paraissait difficile à escalader, mais deux éléments leur furent favorables. En premier lieu, il n'était pas totalement vertical, de plus, construit en brique, il offrait des prises pour les mains et les pieds. Au sommet, ils franchirent le chemin couvert jusqu'à la palissade. Seuls les épais troncs d'arbres taillés en pointe profondément enfoncés dans le sol les séparaient du territoire contrôlé par les Ottomans.

— J'espère que je ne suis pas en train de commettre une énorme erreur, dit Kolschitzky, repris par le doute.

— Sauvons Vienne d'abord, répondit Kamal. Vous jugerez ensuite si vous avez bien fait.

Il tendit la main à Kolschitzky. Le Polonais hésita un instant, puis la prit, et ils scellèrent vigoureusement ce pacte.

Kamal se tourna vers Nisrine.

— Tu es prête ?

— Ça changerait quoi si je répondais non ? répliqua-t-elle.

Un sourire échappa à Kolschitzky. Il s'avança jusqu'à la palissade, inspecta la campagne entre deux troncs et, ne voyant rien d'inquiétant, leur fit signe de le rejoindre.

La palissade ne constituait pas un véritable obstacle, n'étant pas une barrière continue. Les pieux étaient plantés avec suffisamment d'écart pour permettre à une personne de se glisser de profil. Sa seule fonction était de freiner les troupes et d'empêcher les assauts. De l'autre côté ne s'étendait plus qu'un espace découvert, jusqu'au bras du Danube qu'ils atteignirent rapidement.

Le cours d'eau était très réduit en largeur et d'une profondeur sans doute d'à peine plus d'un mètre.

— Nous allons suivre la rivière en marchant sur le lit asséché jusqu'à la partie principale du fleuve, murmura Kolschitzky.

Restant courbés, ils avancèrent sur les bords sans toucher l'eau pour éviter d'attirer l'attention par des bruits d'éclaboussures. La vase ralentit un peu leur progression, mais ils étaient moins visibles là qu'en terrain découvert. Ils s'arrêtaient dès que la lune sortait des nuages, patientaient sans bouger, soucieux de ne pas se faire repérer par les positions ottomanes les plus proches. Des feux de camp brillaient dans les ruines carbonisées des belles villas et des vergers de Leopoldstadt, le riche faubourg que Starhemberg avait fait incendier avant le siège pour empêcher l'ennemi de s'y abriter.

Il faisait encore nuit quand ils atteignirent le bras principal du Danube. Ils remonteraient d'abord le fleuve vers le nord, puis un coude virant à gauche leur permettrait de continuer plein ouest, en direction de Tulln et de Stetteldorf. Avant cela, ils allaient devoir le franchir, car le château se trouvait sur l'autre rive. Kolschitzky jugea préférable de traverser sans attendre, car l'eau était assez basse pour passer à gué à cet endroit. S'il pleuvait en amont, même loin de Vienne, le niveau du fleuve risquait de monter subitement.

Ils s'enfoncèrent lentement dans les flots et progressèrent en restant groupés. L'eau fraîche, pourtant bourbeuse, fit beaucoup de bien à Kamal et Nisrine, qui se sentirent régénérés après les heures éprouvantes passées dans la ville assiégée. Une fois sur l'autre rive, ils se jetèrent sur la berge, trempés, essoufflés, le regard tourné vers le ciel noir.

Après un silence, l'estomac de Nisrine fit entendre un gargouillement.

— Alors, on a faim ? s'amusa Kamal.

— À quand remonte notre dernier repas ? demanda-t-elle.

— À deux cents ans ?

Nisrine eut un petit rire et jeta un coup d'œil à Kolschitzky, qui n'avait évidemment rien compris à la réponse de Kamal.

— Désolé, lui dit leur guide, mais il se peut que vous n'ayez rien à vous mettre sous la dent avant un moment. Nous sommes à une journée de marche du château.

— Je tiendrai.

Kamal se tourna vers lui.

— Combien de sorties de ce genre avez-vous déjà effectuées ?

— Beaucoup trop.

— J'espère que ce sera la dernière, dit Kamal, autant pour se rassurer lui-même que pour son interlocuteur.

Il remarqua que Kolschitzky ne le quittait pas des yeux. Puis le Polonais reprit la parole :

— Vous me devez une explication, vous ne croyez pas ?

Kamal réfléchit, se demandant ce qu'il pouvait révéler.

Cet homme leur avait permis de sortir de Vienne. Ils étaient en route pour Stetteldorf. Cela lui donnait en effet le droit de savoir, et si ce n'était la vérité, du moins quelque chose qui y ressemblait. Alors, malgré son épuisement et sa crainte des dangers qui les entouraient, Kamal fit de son mieux.

Il lui servit l'histoire qu'il lui avait déjà si efficacement racontée – ou du moins qu'il ne lui raconterait pas, car le temps où Nisrine et lui étaient ligotés ensemble dans la cave n'était arrivé que dans un lendemain qui n'aurait pas lieu. Il lui en donna une version abrégée, disant simplement qu'il faisait partie d'un détachement secret de la police du sultan, et qu'il voulait se venger du meurtre de son frère. Ce n'était qu'une petite partie de la vérité, mais comme la première fois il espéra que cela suffirait à le convaincre qu'ils étaient dans le même camp.

Au final, même la pâle lueur de la lune ne suffit pas à cacher que Kolschitzky restait dubitatif.

— Vous êtes loin de m'avoir tout dit…

— Finissons ce que nous avons entrepris, répondit Kamal d'une voix égale. Nous aurons tout le temps de reparler de ça ensuite.

Kolschitzky le dévisagea puis, semblant accepter, regarda de nouveau vers le ciel.

Kamal jeta un coup d'œil à Nisrine, couchée sur le dos près de lui.

La voyant perdue dans ses pensées, il préféra ne pas la déranger.

Ils profitèrent tous les trois de ce moment de paix, même si rien n'était plus propice que ce silence pour réveiller leurs inquiétudes et aiguiser la conscience qu'ils avaient des dangers qui les attendaient.

Ce repos ne pouvait qu'être de courte durée : ils devraient être loin du camp ottoman qui encerclait Vienne avant que le jour se lève.

Les commandants de l'armée de la Chrétienté réunis au château de Stetteldorf étaient encore à une trentaine de kilomètres, et chaque seconde les rapprochait un peu plus de leur rendez-vous avec la mort.

65

Au point du jour, ils avaient déjà parcouru une assez bonne distance.

Kolschitzky toujours en tête, ils avaient longé la rive gauche du Danube vers le nord, se déplaçant avec une prudence extrême, tous les sens aux aguets, épiant le moindre bruit et le plus petit mouvement.

Le parcours à suivre était plus lent et fatigant dans le noir, mais il était beaucoup plus sûr de profiter de la nuit. Aux difficultés du terrain inégal qu'il fallait traverser dans l'obscurité s'ajoutait la faiblesse causée par la faim. Ils étaient épuisés, mais en l'absence de chevaux et d'armes, Kolschitzky, Kamal et Nisrine étaient totalement vulnérables, et il leur fallait à tout prix arriver au plus vite à leur destination.

Lorsque le soleil se leva à leur droite, ils profitèrent d'un renfoncement dans la berge pour s'arrêter, boire et se reposer un peu avant de repartir. Une heure plus tard, ils arrivèrent au coude du fleuve qui tournait vers l'ouest, dans la direction de Stetteldorf et de Tulln. Le terrain commençait à monter et, arrivés en haut d'une petite crête, ils virent s'étendre à quelque distance l'épaisse forêt de chênes et de hêtres qui formait un tapis dense sur tout le versant nord jusqu'au fleuve. Là, ils seraient plus à l'abri que dans les prairies exposées où ils marchaient.

Le soleil allait bientôt les rendre visibles, et ils devaient atteindre le couvert des arbres au plus vite.

Ils descendaient la colline quand Kolschitzky vit quelque chose bouger au loin. Il se figea, scrutant la lisière de la forêt. Des cavaliers sortaient des arbres et s'engageaient dans la plaine, à moins de sept cents mètres.

— Couchez-vous ! s'écria-t-il.

Ils plongèrent à terre et s'aplatirent dans les herbes hautes de la prairie fleurie.

D'autres chevaux se détachèrent du couvert des arbres, pour former au final un groupe de plus de cinquante cavaliers. Le sol grondait sous le martèlement des sabots qui soulevaient un furieux nuage de mottes de terre.

Kolschitzky les observa en plissant les yeux.

— Des Tatars, annonça-t-il d'une voix tendue.

La horde arrivait droit sur eux.

Kamal et Nisrine n'avaient jamais rien vu de pareil. Même à cette distance, ils dégageaient une violence terrifiante.

Ils montaient étriers courts, dans une chevauchée fluide et puissante. Chaque cavalier tirait à sa suite deux ou trois poneys, ce qui, disait-on, leur permettait de faire tourner leurs montures pour les ménager. Les chevaux étaient grands et puissants, croisements capables de parcourir de longues distances au galop. Les guerriers ne portaient ni armures ni armes à feu : ils ne se servaient que de leurs arcs à double courbure dont les extrémités recourbées donnaient plus d'énergie à la flèche et permettaient un tir plus rapide et plus précis. Entraînés au tir à l'arc et à l'équitation depuis le plus jeune âge, les Tatars étaient capables, alors même qu'ils étaient lancés au grand galop, de faire pleuvoir un déluge de flèches avec une précision démoniaque. Après des siècles de razzias et de pillages, ils avaient plus que largement mérité leur réputation de « cavaliers du diable ».

Des cavaliers du diable qui approchaient à toute allure.

Kolschitzky regarda à droite, puis à gauche par-dessus la tête de Kamal et Nisrine.

— Vite ! Laissez-vous rouler en bas de la pente ! cria-t-il en désignant frénétiquement un point derrière eux.

La colline descendait en pente douce vers l'eau, les herbes hautes n'étant interrompues que par quelques bouquets de charmes et des rochers.

— Vite, vite ! reprit-il en les encourageant du geste.

Ils se lancèrent dans la pente, où ils roulèrent comme des tonneaux, poussant sur le sol pour se donner de la vitesse. Ils se reçurent tant bien que mal au bas de la descente et se remirent difficilement sur pied avec une sensation de vertige amplifiée par la faim, tandis qu'au-dessus d'eux s'amplifiait le tonnerre des sabots.

— Ici ! cria Kamal en montrant un rocher qui, bien que bas, semblait assez long pour les cacher tous les trois.

Ils coururent derrière cet abri, assourdis par le vacarme des chevaux. Ils finissaient juste de se glisser derrière la saillie quand le tumulte les rattrapa. Les guerriers passèrent, sans jeter le moindre regard en contrebas.

Kamal osa un coup d'œil alors que les derniers les dépassaient dans un bruit infernal. Ils ne ressemblaient ni aux Ottomans ni aux Autrichiens qu'il avait vus : leurs traits avaient quelque chose de plus asiatique, ils portaient des barbes pointues et de fines moustaches. Ils se distinguaient aussi par leur tenue : bonnet à bords relevés, cuirasse de cuir, gros ceinturon maintenant le cimeterre dans son fourreau, et enfin l'arc dans le dos ainsi qu'un carquois bourré de flèches.

Ils attendirent, retenant leur souffle, sous tension, jusqu'à ce que la troupe soit loin.

— On a eu chaud, marmonna Kamal.

— Ils sont partout, leur dit Kolschitzky. Ces barbares et les bachi-bouzouks. Ils sont aussi dangereux les uns que les autres.

Kamal repensa avec un certain malaise à leur première rencontre avec Kolschitzky et à l'histoire qu'il lui avait racontée pour expliquer comment Nisrine et lui s'étaient retrouvés nus dans Vienne. Un mensonge qui ne pourrait que trop facilement devenir réalité.

— Il faut vite atteindre la forêt, ajouta Kolschitzky.

— Et ensuite ? demanda Nisrine.

— Nous sommes presque à la moitié du chemin. Une fois dans la forêt, nous suivrons le fleuve jusqu'aux environs de Tulln, qui est sur l'autre rive, puis nous tournerons vers le nord jusqu'à Stetteldorf. L'ennui, c'est qu'il faudra alors passer à travers champs...

— Ce qui veut dire que nous serons à découvert, compléta Kamal.

— Oui, mais pas longtemps. Il ne devrait pas nous falloir plus de deux heures pour traverser le terrain exposé. Et si vous dites vrai et que l'armée de secours est proche, il devrait y avoir moins de risques de tomber sur une de ces hordes de sauvages par là-bas.

— Parfait, intervint Nisrine. On repart ?

Kolschitzky approuva et reprit la tête de leur petite colonne.

Ils avançaient, Kamal fermant la marche, son inquiétude croissant à chaque pas. À pied, ils étaient des proies faciles pour les bandes de pillards. Il aurait été de loin préférable d'attendre la nuit pour continuer, mais ils ne pouvaient pas se le permettre. On était lundi. Les kamikazes devaient se faire sauter le mercredi à midi. Si Sobieski et ses alliés étaient prévenus le mardi, ils auraient à peine vingt-quatre heures pour trouver comment faire échouer l'attentat à la bombe et arrêter la grande offensive ottomane qui devait suivre. Kamal avait également besoin de temps pour mettre sa propre partie du plan à exécution.

Avant tout, il voulait aussi discuter avec Nisrine et Kolschitzky de ce qu'il avait appris sur la bataille. En bon agent de la Hafiye, il avait été passionné par la reconstitution des événements, et il avait lu avec avidité les rapports relatant ce mercredi de massacres. La grande victoire ottomane avait été étudiée par de nombreux historiens, mais le récit qui avait le plus intéressé Kamal était celui de Rachid lui-même. Le voyageur temporel avait laissé libre cours à sa vanité et avait rendu compte par le menu de son coup de maître, fournissant ainsi à Kamal toutes les informations nécessaires. Grâce à quoi, Kamal avait mis au point un plan de contre-attaque qu'il voulait expliquer à ses compagnons au cas où il lui arriverait quelque chose en chemin. Ils étaient encore vulnérables, et le resteraient tant qu'ils n'auraient pas passé les portes du château.

Il voulait aussi leur faire part de son intention d'aller éliminer Rachid seul. Il ne fallait pas trop attendre. Il n'aimait pas beaucoup l'idée de laisser Nisrine au château sans lui, mais il ne voyait pas d'alternative. Cette séparation serait un moment terriblement difficile pour tous les deux, pourtant il n'y avait pas moyen de l'éviter.

Alors, tout en marchant, il leur raconta ce qu'il savait de la chronologie des événements à venir, leur donna les détails de l'opération-suicide et de l'attaque militaire qui devait suivre, sans parler de ce qui le perturbait le plus, c'est-à-dire de ce qui arriverait une fois qu'ils atteindraient Stetteldorf.

Tandis qu'il parlait, et comme si elle lisait dans ses pensées, Nisrine résolut d'aborder le sujet d'elle-même.

Cette question avait été la première à lui revenir à l'esprit chaque fois qu'elle avait eu cinq minutes à elle, ce qui n'était pas arrivé très souvent, heureusement sans doute, depuis leur dernier saut.

En écoutant Kamal leur raconter son plan, elle se disait que la première partie de l'opération – c'est-à-dire alerter Sobieski – était en bonne voie de réalisation. Mais qu'en était-il de la deuxième partie ? Comment allaient-ils s'assurer que Rachid ne parviendrait pas à sauter de nouveau dans le temps pour recommencer ?

À Paris, à la bibliothèque – il lui semblait que des années s'étaient écoulées, et presque avoir rêvé ce bref intermède –, Kamal lui avait dit qu'il se chargerait seul de le tuer, et elle avait donné son accord à contrecœur. Seulement, maintenant que ce moment approchait, l'appréhension la rongeait comme de l'acide.

Elle préféra attendre que Kamal ait terminé son récit, mais ils atteignirent l'abri tout relatif de la forêt sans qu'elle ait eu le temps de le faire et se glissèrent entre les arbres.

Kolschitzky portait son regard de-ci de-là, à la recherche de nourriture. À un moment, il se baissa pour ramasser quelque chose, puis se tourna vers eux.

— Par ici, mes amis ! Un vrai festin…

Kamal et Nisrine s'approchèrent. De petits champignons brun clair poussaient par plaques entre les arbres.

— À nos risques et périls, ironisa Nisrine.

— Ceux-ci ne sont pas toxiques, assura Kolschitzky, qui en dévorait déjà un. Il devrait aussi y avoir des myrtilles…

— Dommage que nous n'ayons pas le temps de chasser le sanglier, remarqua Kamal. Ces bois font bien partie des chasses impériales ?

— C'était effectivement le cas il y a encore quelques semaines. Maintenant, c'est nous le gibier, répondit Kolschitzky. Souhaitons que cela change très vite. *Inch'Allah*, ajouta-t-il non sans ironie.

Nisrine, qui les observait, vit Kamal incliner légèrement la tête pour marquer son approbation.

L'angoisse de ce que leur réservaient les prochaines heures ne la quitta pas tout le temps de la cueillette, qui leur permit de réunir des champignons, des myrtilles et des noisettes. Elle attendit pour parler qu'ils soient installés au bord de l'eau et occupés à partager ce repas improvisé qui leur permettrait de reprendre des forces.

— Kamal…, dit-elle d'un ton hésitant. Pour Rachid, qu'allons-nous faire ?

Kamal se figea alors qu'il puisait l'eau du fleuve dans le creux de sa main. Il baissa le bras et la laissa s'écouler. Il resta là, les yeux posés sur les rides du courant, puis se tourna vers elle.

— Je vais devoir y aller. Très bientôt.

Elle avait beau s'y attendre, cette confirmation lui fit un choc.

Kolschitzky intervint :

— Où voulez-vous aller ?

Kamal prit le temps de bien formuler sa réponse :

— Je dois m'occuper d'un conseiller du grand vizir et du sultan. C'est lui le responsable de tout cela. Il ne doit à aucun prix survivre à la bataille.

Kolschitzky le regarda sans comprendre.

— Mais si nous réussissons… Si nous arrêtons les tueurs et que l'attaque-surprise des Ottomans se retourne contre eux, l'armée du sultan sera vaincue. N'est-ce pas suffisant ?

— Non, répondit Kamal. Il doit absolument mourir.

— Qui est cet homme ? Je ne comprends pas.

— Il s'appelle Ayman Rachid.

— Je n'ai jamais entendu parler de lui.

— C'est lui qui tire les ficelles. C'est lui la cause de tout cela. Et ses pouvoirs sont immenses, croyez-moi. Le seul moyen que notre action ait des effets durables, c'est de le mettre hors d'état de nuire.

Kolschitzky avait l'air toujours aussi perdu.

— Je le connais. Je sais de quoi je parle, ajouta Kamal. Faites-moi confiance. Je dois aller le tuer.

— Où ? demanda Nisrine.

— Au camp ottoman. Sa tente se trouve à côté de l'enclos du grand vizir.

Nisrine avait beau s'attendre à cette réponse, cela lui fit l'effet d'un coup de poignard.

Kolschitzky semblait abasourdi.

— Vous avez non seulement l'ambition d'infiltrer le camp ennemi mais aussi d'y tuer un homme, un homme d'importance, dans sa partie la plus lourdement gardée ? !… C'est de la folie ! ajouta-t-il après un instant de réflexion.

— Pire que de la folie, renchérit Nisrine. C'est du suicide.

— Pas nécessairement, protesta Kamal. Et il n'y a pas d'autre option. C'est le seul endroit où nous savons avec certitude qu'il sera. Il a observé le déroulement de la bataille du haut des collines avec le grand vizir, mais je ne sais pas exactement où. Le seul lieu que je connaisse vraiment, c'est le camp. Il y sera jusqu'au moment du départ pour Tulln, demain après-midi.

— Comment… comment cela ? s'étonna Kolschitzky. Que voulez-vous dire ? « Il a regardé la bataille… » ? C'est impossible, voyons, puisqu'elle n'a pas encore eu lieu…

Nisrine vit que Kamal lui jetait un coup d'œil désemparé. Elle était aussi embarrassée que lui par cette gaffe.

Il se reprit :

— Pardon. Je me suis mal exprimé. Je veux dire que c'est ce qu'il a l'intention de faire. *Hayatim*, ajouta-t-il en se tournant vers elle. J'ai bien réfléchi. Il n'y a pas d'autre moyen. Mais c'est faisable. J'ai l'habitude de travailler sous couverture. Je sais gérer ce genre de situation. Et crois-moi, je n'ai aucune intention de t'abandonner ici.

Elle comprit à demi-mot. Kamal avait conclu d'un ton d'autant plus ferme qu'il ne pouvait pas en dire plus long devant le Polonais.

Il s'approcha d'elle et lui prit les mains.

— Tout ira bien, *hayatim*. Ce sera plus facile pour moi si je te sais en sécurité au château. Et quand ce sera fait, je reviendrai te chercher. Je te le promets.

Elle soutint son regard, mais elle était dévorée d'inquiétude.

Semblant le deviner, Kamal insista :

— Ne t'en fais pas. Nous trouvons toujours le moyen de nous sortir des situations dangereuses, tu te rappelles ?

Sans être rassurée pour autant, ni sans vraiment concevoir, dans son affolement, toutes les possibilités que cela impliquait, elle fit signe que oui, à la façon d'un automate.

— Quand vas-tu partir ?

— Le plus tôt possible après notre arrivée au château. Je dois profiter de la lumière du jour pour aller plus vite. Ainsi, j'aurai toute la journée de demain pour pénétrer dans le camp et trouver Rachid. Cela devrait suffire. Il me faut le tuer le plus tard possible, juste au moment où l'armée prendra le départ. Je ne veux créer aucun remous qui risquerait de leur faire changer leur plan.

Un lourd silence retomba, brisé par Kolschitzky qui intervint, sarcastique :

— Vous ne doutez de rien ! Et comment comptez-vous traverser le Wienerwald, au juste ?

Le Wienerwald, ou « Bois de Vienne », devait en effet son nom à l'épaisseur de sa forêt.

— Vous connaissez bien la région ? ajouta-t-il.

— J'ai étudié des cartes…

— Des cartes ? ! Vous pensez trouver votre chemin parce que vous avez regardé une carte ? ! On ne traverse pas le Wienerwald comme ça ! Dès qu'on s'écarte de la voie principale, il n'y a plus qu'un dédale de sentiers qui sillonnent la montagne. On s'y perd en cinq minutes. Seul, vous n'avez aucune chance d'y arriver… Je vais vous accompagner.

Kamal ne s'était pas attendu à ça. Il ne pouvait pas expliquer au Polonais que les cartes qu'il avait eues entre les mains étaient mille fois plus détaillées et précises que celles de son époque. Mais leur compagnon avait raison. La traversée de ces montagnes s'annonçait particulièrement périlleuse et il n'avait pas le temps de s'y perdre. Il devrait aller au plus court, et Kolschitzky lui serait d'un précieux secours pour atteindre le camp ottoman dans les meilleurs délais. C'était même probablement indispensable.

Kamal inclina la tête avec respect.

— Je ne peux vous exprimer l'étendue de ma gratitude, *Herr* Kolschitzky.

— Appelle-moi Georg, dit ce dernier en balayant ces remerciements de la main. Nous avons fait face à assez de dangers ensemble pour nous permettre cette familiarité.

Kamal sourit et inclina une nouvelle fois la tête.

Kolschitzky l'observait d'un œil curieux.

— J'ai hâte que tout ceci soit terminé pour que nous puissions enfin nous mettre autour d'une table et discuter à loisir de ce qui m'intrigue. J'ai l'intention de te faire boire à rouler sous la table pour te délier la langue !

— Ce sera un plaisir, répondit Kamal en souriant, avant d'ajouter, se tournant vers Nisrine avec un long regard : D'accord ?

Elle hésita quelques secondes, mais, soudain, elle ne put s'empêcher de se sentir gagnée par son optimisme et son courage.

— Je compte bien boire ce verre avec vous ! dit-elle.

— Parfait, nous boirons tous les trois à notre réussite, alors, dit Kamal toujours aussi légèrement.

Cela décidé, ils reprirent leur route.

66

L'épaisseur du sous-bois ralentissait leur marche, mais au moins ils avançaient à l'abri des regards ennemis et du soleil, haut dans le ciel, qui écrasait la campagne de sa toute-puissance.

Un silence inquiétant et oppressant régnait. Cela ne les empêchait pas d'avancer avec une nouvelle vigueur. Leur repas leur avait redonné de l'énergie, et ils approchaient du but, ce qui les aiguillonnait.

— Tulln n'est pas très loin, à une demi-heure de marche, annonça Kolschitzky. Si nous continuons ainsi, nous serons à Stetteldorf d'ici deux heures.

— Nous ne pourrons pas rester longtemps au château, lui rappela Kamal. J'espère que tu arriveras à convaincre Sobieski rapidement.

— Ne t'inquiète pas, je sais comment lui parler. Je suis le messager de Starhemberg depuis le début de cette triste affaire. Il m'écoutera.

Kamal ne demandait qu'à le croire, mais n'en était pas pour autant vraiment rassuré.

Nisrine se rapprocha pour marcher à côté de lui. Il lui jeta un coup d'œil et lui sourit en tentant de cacher son anxiété.

— Nous aurons très peu de temps, lui dit-il. Tu devras répondre seule à Sobieski, s'il a d'autres questions à poser après notre départ.

— J'ai cru comprendre ça, ironisa-t-elle, avant de continuer d'une voix soudain morose : C'est le moment que j'ai le plus redouté.

Sans ralentir le pas, il lui prit la main.

— Tout va bien se passer, tu vas voir.

Elle répondit par une pression des doigts, sans mot dire, puis elle le relâcha.

Ils gardèrent le silence pendant un long moment. Ils se frayaient un chemin entre les arbres, échangeant des regards, l'épais tapis de brindilles et de feuilles craquant sous leurs pieds.

Kolschitzky marchait plusieurs pas en avant, et ils se laissèrent distancer.

— C'est tellement… bizarre, dit Nisrine à Kamal en parlant assez bas pour que le Polonais ne l'entende pas. D'être ici. De voir tout ça. Tu ne trouves pas ?

— Si, c'est vraiment très étrange. Qu'on soit ici, maintenant, en train de marcher dans la forêt, et d'avoir l'impression… que c'est un jour normal.

— Ramazan, Tarek, Nour… Il se passe tellement de choses que je n'ai pratiquement plus de place dans ma tête pour rien d'autre. Cela met de la distance entre nous et ce qui est arrivé. Et ça ne me plaît pas.

Elle s'interrompit, puis ajouta :

— J'ai l'impression que tout ça s'est passé dans une autre vie. Et d'une certaine façon, oui, c'est bien ça. Mais je ne veux à aucun prix que mon ancienne vie m'échappe. Même si ça fait mal. Je veux ne jamais oublier ce qui est arrivé. Mais si tu n'es plus là, j'ai peur que leur souvenir ne finisse par s'éloigner. Ce serait abominable.

Elle s'arrêta un instant pour l'obliger à la regarder.

— Promets-moi de revenir pour qu'ils restent toujours avec moi.

— Je ne veux pas les oublier non plus. Nous nous souviendrons. Toujours. Quoi qu'il arrive.

— Dans le train… tu m'as promis de ne jamais faire de saut

sans moi. Que se passera-t-il si tu es obligé de fuir, si tu as des ennuis au camp ? Comment ferons-nous pour nous retrouver ?

Il stoppa net et se tourna face à elle.

— Je ne te perdrai pas, *hayatim*. Ni dans cette vie ni dans une autre. Tu peux en être sûre.

Elle le regarda droit dans les yeux, comme pour imprimer son image en elle.

— Et quand ce sera fini ? Que se passera-t-il si nous réussissons notre coup ? Nous ferons quoi ? Nous irons où ?

— Je ne sais pas. Occupons-nous de ça d'abord. Ensuite… qui sait ?

— Je ne veux pas rester dans ce temps-ci. La vie y est trop… brutale.

— Alors nous irons ailleurs.

— Si nous voulons voyager vers une époque plus civilisée, il va falloir que tu lui soutires l'incantation pour aller dans l'avenir.

Elle remonta sa manche de chemise pour lui montrer le tatouage sur son avant-bras.

— Nous ne savons toujours pas si j'ai trouvé la bonne formule.

— Alors je ferais mieux d'y arriver, dit-il avec l'ombre d'un sourire.

Il releva la tête pour voir où était Kolschitzky.

Le Polonais n'avait pas remarqué qu'ils avaient pris du retard et avait continué d'avancer.

— Rattrapons-le, dit Kamal à Nisrine. Il vaut mieux marcher groupés.

Ils comblèrent la distance qui les séparait et descendirent à sa suite une pente densément boisée. L'air était plus frais, du fait de la proximité du fleuve.

— Nous allons pouvoir tourner pour couper à travers champs bientôt, leur annonça-t-il. Ce serait mieux de boire avant. En terrain découvert, et par ce soleil, nous allons en avoir besoin.

Ils continuèrent en file indienne à travers une sorte de forêt vierge.

Assez vite, ils entendirent le murmure d'un ruisseau et se dirigèrent dans cette direction.

Kamal avançait derrière lui quand le Polonais ralentit juste assez pour se laisser rattraper.

Sans le regarder, Kolschitzky lui dit à voix basse :

— On nous épie.

Kamal se tendit.

— Quoi ? Où ?

— Devant nous, vers la droite. Je n'en ai vu qu'un, mais il y en a certainement plusieurs.

— Qui ?

— Impossible à dire.

— Que faut-il faire ?

— Poursuivre comme si de rien n'était. Inutile de nous cacher et de lutter contre eux. Ils se déplacent rarement par petits groupes.

Comme pour confirmer ses paroles, une flèche siffla à leurs oreilles et alla se planter dans un arbre à un mètre d'eux.

Un homme surgit sur le chemin. Puis un autre. Puis de plus en plus d'attaquants sortirent du couvert des arbres.

Kolschitzky s'arrêta, imité par Kamal, et Nisrine, qui fermait la marche.

— Des bachi-bouzouks, murmura-t-il.

Prends garde à ce que tu mentionnes, tu risques de le faire advenir, songea Kamal, fataliste, en se souvenant du mensonge fait à Kolschitzky lors de leur premier saut à Vienne, quand il avait accusé des « têtes malades » de leur avoir pris leurs vêtements et d'être la cause de leur nudité.

— Restez calme et laissez-moi parler, recommanda Kolschitzky dans le même souffle.

Il leva le bras pour saluer les mercenaires.

— Doucement, les amis ! cria-t-il. Nous sommes du même camp !

Ils étaient six et ne portaient pas d'uniforme. Ils avaient l'air de bandits de grands chemins dans leurs hardes disparates : bandes de tissu nouées autour de leurs têtes, capes et tuniques flottantes. Certains portaient des anneaux aux oreilles, deux d'entre eux avaient la peau noire et des traits africains. Ils avaient cependant tous un point en commun : ils étaient armés jusqu'aux dents. Un ou deux pistolets à silex à la ceinture, des baudriers de balles, plusieurs dagues et sabres.

L'un des aventuriers s'approcha, un homme arborant une moustache noire particulièrement fournie dont les extrémités pointaient vers le ciel et aux yeux aussi avenants qu'une porte de prison. Il agita la pointe de son sabre en direction de Kolschitzky et de ses compagnons, leur faisant signe de mieux se montrer.

Comprenant, Kamal et Nisrine se décalèrent et vinrent se placer de chaque côté de Kolschitzky.

L'homme les considéra d'un air méfiant.

— Vous dites que nous sommes du même camp, beugla-t-il, alors pourquoi ces deux-là portent-ils l'uniforme des infidèles ?

— Ce sont deux de nos espions qui sortent de Vienne. Ils ont dû s'échapper après avoir été découverts, répondit Kolschitzky de la même voix forte.

L'homme fit encore un pas vers eux, les détaillant avec curiosité.

Kamal ne le quittait pas du regard, le scrutant intensément. Ses années d'entraînement et de travail sur le terrain avaient développé sa capacité à percevoir à qui il avait affaire à leur aspect, et le verdict n'était pas bon. L'homme et le tour que prenaient ses questions ne lui disaient rien qui vaille.

— Des espions à la solde de qui ? demanda le mercenaire.

Trop de violence, difficilement contenue, pensa Kamal. L'histoire risquait de très mal se terminer. Soudain, une idée fulgurante lui vint. Il leur restait un joker à jouer, en désespoir de cause.

— Nous sommes des envoyés d'Ayman Rachid Pacha ! cria-t-il d'un ton assuré et provocateur.

Le bachi-bouzouk darda sur lui son regard noir.

— Qui ? Connais pas !

— C'est le conseiller spécial du grand vizir, répondit Kamal.

— Je n'ai jamais entendu parler d'un conseiller spécial de ce nom…

— Bien évidemment, mais c'est grâce à cet homme que Vienne va tomber dans nos mains, et nous ne rendons de comptes à personne d'autre qu'à lui.

Le mercenaire s'assombrit encore à cette insolence.

— Vous avez un drôle d'accent…

— C'est normal, après avoir vécu des années parmi les infidèles. Nous sommes espions depuis longtemps.

Le mercenaire prit le temps de la réflexion, les sourcils froncés.

— Donc vous travaillez pour ce… conseiller spécial ?

— Oui, Ayman Rachid Pacha.

— Alors allons le trouver ensemble, et nous saurons vite si vous dites la vérité.

Il fit quelques pas vers eux et leva la lame de son sabre pour la placer juste sous le menton de Kamal.

— Dans le cas contraire, je me ferai un plaisir de me charger de vous.

67

Kamal se félicita de ne pas avoir essayé de lutter pour fuir. La bande de bachi-bouzouks, comme ils le constatèrent assez vite, comptait plus de vingt hommes, des aventuriers rudes et indisciplinés, avides de sang.

On les fit monter sur des chevaux, chacun mené par un cavalier. Kamal n'eut pas l'occasion d'adresser le moindre mot à Kolschitzky et Nisrine. Ils ne purent qu'échanger des regards inquiets.

À cheval cette fois, ils reprirent le même chemin en sens inverse, sortirent de la forêt et retrouvèrent les rives du Danube en direction de Vienne.

Kamal chevauchait devant, puis venait Nisrine, et Kolschitzky en dernier, chacun séparé de son prédécesseur par le cheval d'un mercenaire. Kamal se tourna pour voir comment Nisrine supportait le voyage. Elle accrocha son regard avec insistance, tentant de lui communiquer un message silencieux qui devint explicite quand elle baissa les yeux sur son bras et remonta discrètement sa manche sur la fin du tatouage : On saute ?

Il lui répondit rapidement par un signe ferme et négatif de la tête.

Malgré l'imprévu de la situation, ils n'avaient plus le choix. Cette rencontre avec les mercenaires ottomans leur apportait une opportunité unique de trouver Rachid et de le tuer, même s'ils devraient le faire avant d'avoir pu avertir Sobieski et les autres.

S'ils disparaissaient maintenant, Rachid entendrait plus que certainement parler de ce prodige et saurait que quelque chose se tramait. Ce serait aussi une condamnation à mort certaine pour leur compagnon polonais, ce que Kamal ne voulait pas non plus. Et puis, en admettant qu'il arrive à se mettre d'accord avec Nisrine sur le nombre de jours à ajouter à l'incantation pour reculer dans le temps, les choix étant d'ailleurs assez réduits, les laisserait-on prononcer la formule en entier tous les deux ? Qu'arriverait-il si l'un d'entre eux était interrompu par leurs ravisseurs ? Celui qui partirait se retrouverait seul, et l'autre serait promis à la mort.

Non, vraiment, pour Kamal, le doute n'était pas permis. Ils devaient tirer le meilleur parti possible de la situation.

Il lui adressa un signe, une main s'abaissant, doigts légèrement écartés, comme pour dire : Doucement, pas de précipitation.

Elle inclina la tête pour montrer qu'elle avait compris, tout en surveillant leurs ravisseurs avec effroi.

Ils arrivèrent en vue de la ville au coucher du soleil, l'abordant par le côté nord-ouest, où ne se déroulait aucun combat. Ils franchirent une nouvelle fois le Danube et les chevaux traversèrent au trot les ruines des faubourgs détruits sous les ordres de Starhemberg quelques jours avant l'arrivée de l'armée du sultan. Les premières levées de terre défensives apparurent, et ils dépassèrent les troupes de première ligne qui gardaient le no man's land entre les tranchées et l'enceinte, puis ils pénétrèrent au cœur même de l'immense campement ottoman.

Ses dimensions étaient ahurissantes. Kamal n'avait pas eu le temps d'en apercevoir grand-chose au moment où on les avait traînés en haut du mur d'enceinte lors de leur première arrivée désastreuse à Vienne. Il avait été trop préoccupé pour remarquer plus que l'essentiel. Des rangées de tentes s'étendaient à perte de vue, par dizaines de milliers, disposées en lignes courbes sur une longueur de vingt-cinq kilomètres – de quoi loger une armée de plus de cent mille hommes venus à pied de chez eux.

Il y avait des tentes pour tout : pour les soldats, pour leurs armes, leurs latrines, leurs bains et leurs ablutions rituelles. Il y avait même des tentes pour les exécutions publiques.

Mais cet immense campement de toile n'était sans doute plus que l'ombre de ce qu'il avait été pendant les premières journées du siège.

En avançant dans le camp ottoman, ne croisant que des soldats apathiques au regard terne, ils prirent la mesure de l'état lamentable des hommes du sultan.

Après des mois de combats, sous le soleil torride de l'été, le camp était devenu un cloaque répugnant et infesté de maladies. Les plaies s'infectaient, laissées sans soin à cause du trop grand nombre de blessés. Les morts, trop nombreux pour être enterrés tout de suite, étaient souvent laissés plusieurs jours à l'air libre avant d'être emportés. Ceux qui avaient droit à une sépulture étaient à peine recouverts d'une mince couche de terre que les gaz de la décomposition avaient tôt fait de chasser. Les animaux morts pourrissaient sur place. Les fosses d'aisances débordaient. Une infecte odeur de putréfaction flottait partout, soulignée par les nuages de mouches omniprésentes.

Malgré tout, les soldats se préparaient pour la marche du lendemain. Les janissaires et les spahis de la cavalerie nettoyaient leurs bottes et leurs armes. Il était prévu qu'ils partent le lendemain matin, le mardi, qu'ils traversent le Wienerwald et se mettent en ordre de bataille pour attaquer les renforts dans les champs devant Tulln le lendemain, mercredi. Malgré leur épuisement, ils remporteraient la victoire.

Voyant cela, Kamal ressentit encore plus nettement l'importance de la mission qu'ils s'étaient fixée.

Les interminables rangées de tentes formaient un demi-cercle autour de la ville, du nord au sud, s'étageant sur la colline, l'enclos royal situé au centre, dans les hauteurs, face au mur d'enceinte de Vienne. Là se trouvait la tente du grand vizir, beaucoup plus grande et haute que les autres, un monumental chapiteau qui s'élevait bien au-dessus de ses voisines.

Kamal commençait à entendre monter le bruit des combats. Les deux bastions pris d'assaut se trouvaient sur sa gauche, mais même avant de les voir il perçut les tirs de mousquets et les explosions de grenades qui déchiraient l'air. Dans les deux camps, les canons crachaient la mort, dans un bruit de tonnerre accompagné des « Jésus ! Marie ! » et « Allah ! » hurlés par les camps adverses qui, comme il put le voir, se massacraient allégrement.

Il était fort étrange de voir la bataille sous cet angle. Jusque-là, il n'avait eu connaissance du terrain que depuis le haut du mur d'enceinte, du côté opposé. Un bref instant, il se demanda ce qu'il advenait des hommes qui l'avaient forcé à monter sur le chemin de ronde avec Nisrine, si beaucoup étaient encore en vie, et combien avaient déjà péri dans cette lutte implacable.

Ils atteignirent l'enclos du grand vizir. Sur ce terrain surélevé, les tentes de Kara Mustafa se dressaient au plus haut point, juste en face des deux bastions directement visés par l'attaque. Kamal avait appris dans ses lectures que le grand vizir pouvait observer l'avancée de ses hommes dans les tranchées et l'assaut des fortifications depuis l'abri de ses confortables quartiers doublés de riches tentures.

L'enclos royal n'avait rien de commun avec le reste du camp. Le plus frappant était sa propreté. La tente de Kara Mustafa semblait un palais resplendissant, fait d'une merveilleuse soie de couleur verte brodée d'or et de pierres précieuses. Alors que les chevaux dépassaient l'enceinte de toile, Kamal jeta un coup d'œil entre les postes de garde et vit que les informations glanées à la bibliothèque Mazarine étaient vraies : il y avait là des jardins splendides où murmuraient des fontaines et se promenaient des paons, des écuries de toile pour les chevaux favoris du grand vizir, des eunuques noirs qui gardaient les vastes quartiers de son harem. Il aperçut même une autruche en liberté.

Le chef des bachi-bouzouks s'arrêta pour poser une question à l'un des gardes royaux. La réponse lui fit tourner la tête vers Kamal avec un regard noir, puis, désappointé, il fit signe à ses hommes de continuer. La troupe repartit, dépassa l'enclos du grand vizir et s'arrêta devant son voisin, plus petit, mais tout aussi luxueux.

Kamal était sur le qui-vive.

Ils avaient atteint leur destination.

Un *boluk bâchi*, capitaine de la garde des janissaires, avança vers eux pour les saluer. Le meneur des mercenaires sauta au bas de son cheval et échangea quelques mots avec lui, puis le capitaine le fit passer par l'entrée surveillée par deux gardes, et ils disparurent dans l'enceinte de toile.

Ils reparurent quelques minutes plus tard, et, par un signe de tête et quelques gestes, le capitaine fit comprendre aux gardes de faire entrer les prisonniers.

On les fit descendre de cheval et ils furent introduits dans l'enclos, chacun sous la surveillance d'un homme, alors que les bachi-bouzouks et leur chef, de toute évidence très déçu, restaient à l'extérieur.

Une immense tente occupait là aussi le centre de l'enclos, sa toile ornée de motifs floraux brodés et appliqués.

Ils passèrent le rideau extérieur, franchirent un petit vestibule, puis un deuxième rideau, qui fermait la partie principale de la tente, fut repoussé.

L'espace était immense, plus grand, pensa Kamal, que le plus riche des salons parisiens. Les parois et le toit, soutenu par des poteaux d'acajou ciré, étaient tendus d'étoffes richement ornementées, le sol recouvert de plusieurs couches de tapis épais. Un divan-lit orné de pierres précieuses et aux coussins rebondis occupait une place de choix au fond, et une table marquetée, sur laquelle s'étalaient des carnets et des plans, se dressait discrètement sur le côté. Des lampes à huile diffusaient une lumière chaude et douce pour éclairer tout cet espace, tandis que des bougies parfumées au jasmin et à la lavande répandaient dans l'air leurs senteurs aromatiques.

Et au milieu de toute cette splendeur se tenait l'homme dont les machinations les avaient obligés à risquer leur vie pour revenir dans le passé.

Grand et imposant, il portait l'attirail complet de l'homme d'importance : un impressionnant turban bulbeux aux plis minutieux, de belles babouches, de magnifiques caftans superposés, taillés à la perfection dans les plus belles soieries brochées de fils d'or. À sa ceinture pendait un yatagan de janissaire, au pommeau constellé de pierres aussi précieuses que celles qu'il portait aux doigts.

Clairement, Ayman Rachid avait amélioré sa situation depuis ses jours de prisonnier de guerre au camp Bucca.

Pour commencer, il garda le silence. Il resta là à contempler ses prisonniers, les étudiant brièvement les uns après les autres, le regard calculateur et perçant. Il ne pouvait pas les reconnaître, bien évidemment, n'ayant pas encore voyagé vers le temps de leur rencontre à Paris. On en était même encore très loin.

Son inspection achevée, les sourcils froncés, il dit :

— Je me demande bien d'où vous sortez, tous les trois.

68

Nisrine avait devant elle un homme bien différent de celui qui lui avait raconté sa passionnante histoire, couché dans son lit d'hôpital à Paris.

C'était bien Ayman Rachid, sans aucun doute possible, mais c'était un Ayman Rachid plus jeune, plus svelte, en bien meilleure forme. Il était en pleine possession de ses moyens, plein de vie. Contrairement au patient sous sédatifs et vulnérable dont elle se souvenait, il émanait de lui une glaçante arrogance, la certitude absolue de son pouvoir.

Rien n'était plus facile pour lui, elle s'en rendait parfaitement compte, que de lui faire perdre la vie dans un claquement de doigts.

Elle tâcha de maîtriser sa peur et de ne pas se laisser déstabiliser par cet accueil pourtant impressionnant. Kamal était à sa gauche, et après lui Kolschitzky. Chacun d'entre eux était surveillé par un garde, posté juste derrière, des hommes massifs et vigilants, prêts à agir dans l'instant. Rachid était secondé par le capitaine des janissaires, qui se tenait à ses côtés.

Il reprit la parole :

— Vous avez raconté aux hommes qui vous ont amenés que vous étiez mes espions. Vous avez dit travailler pour moi dans les murs de Vienne. Nous savons, vous comme moi, que c'est faux. Alors je vous le demande… qui êtes-vous ?

Nisrine hésita, et jeta un coup d'œil à Kamal juste au moment où celui-ci prenait la parole.

Kamal n'avait jamais rencontré Rachid en personne. Il ne pouvait s'appuyer que sur les portraits reproduits dans les livres de la bibliothèque, de splendides représentations d'un héros de l'empire au sommet de sa gloire.

Le Rachid qui lui faisait face correspondait trait pour trait à ces images, et puisqu'il exigeait une explication il allait falloir lui en donner une.

Sur son cheval, en chemin, Kamal s'était beaucoup tourmenté en pensant à la suite des événements. Il avait passé tout ce temps à réfléchir à ce qui pourrait arriver et à ce qu'il pourrait faire. Il avait envisagé toutes sortes de scénarios.

Le moment était venu de lui servir l'histoire qu'il avait finalement mise au point. Elle était loin d'être parfaite, mais il n'avait rien trouvé de mieux.

— Pardon, pacha, pour la liberté que nous avons prise, dit-il d'un ton calme et respectueux, mais nous avons été contraints de recourir à ce mensonge pour arriver jusqu'à vous.

— Donc vous voilà, répondit Rachid. Mais cela ne répond toujours pas à ma question.

— Je me nomme Kamal Arslan Agha, et ces deux personnes sont avec moi. Nous sommes de grands voyageurs, tout comme vous.

La surprise se peignit sur le visage de Rachid.

— Ah…

— Oui. C'est grâce à ce que vous avez découvert à Palmyre, aux mots gravés dans le mur, que nous sommes arrivés ici, nous aussi.

Rachid ne s'était de toute évidence pas attendu à une telle réponse, et pourtant il maîtrisait parfaitement ses réactions. Il jeta un coup d'œil au capitaine qui se tenait près de lui, puis reprit la parole :

— Intéressant. Vous devez donc venir de très loin. Un grand voyage plein de dangers.

— Effectivement.

— Et pourquoi avez-vous pris ce risque ? Pourquoi teniez-vous tant à me voir ?

Kamal fit appel à toute son expérience pour ne rien changer au rythme de sa respiration ni à la placidité de son expression.

— Nous sommes venus vous avertir, pacha. D'autres ont eu connaissance du secret. Et ils vont s'en servir pour venir ici et essayer de vous tuer.

Kolschitzky, qui avait écouté l'échange en silence sans bien comprendre, s'emporta violemment.

— Comment cela ? rugit-il. Espèce de fieffé menteur ! Renégat ! Tu m'as trompé…

L'homme qui le gardait lui asséna une claque sur le côté de la tête, qui coupa court à son explosion.

— Tenez-vous tranquille, ordonna Rachid au Polonais. J'ai déjà beaucoup de mal à trouver des raisons de vous garder en vie, ne me rendez pas la tâche trop difficile.

Il s'interrompit pour poser sur lui un regard menaçant afin de s'assurer que le message était bien passé, puis il se tourna de nouveau vers Kamal.

— Ces voyageurs… pourquoi voudraient-ils me tuer ?

Kamal évitait de regarder Kolschitzky, se concentrant sur le rôle qu'il devait jouer.

— Pour vous empêcher de faire ce que vous avez en tête. Pour vous empêcher de changer le cours de l'Histoire.

Il risqua un regard vers le Polonais. Kolschitzky bouillait de rage.

— C'est très bizarre, répliqua calmement Rachid, parce que c'est exactement ce qu'est venu me raconter l'autre, lui aussi.

Ce fut au tour de Kamal de n'y plus rien comprendre. Il jeta à Nisrine un coup d'œil de côté. Son expression était toujours impénétrable, mais il crut y détecter une inquiétude difficilement dissimulée.

Avant qu'il puisse demander de qui Rachid parlait, ce dernier s'adressa au capitaine :

— Allez le chercher, ordonna-t-il.

Kamal sentit son cœur s'emballer. Le janissaire quitta la tente un instant et revint avec un autre prisonnier, escorté lui aussi par un garde.

Taymour.

Il était bâillonné, portait une barbe broussailleuse, avait les vêtements sales et le visage hagard. Vu son état, il devait être là depuis un certain temps, et n'avait apparemment pas été traité en hôte de marque. Sa jambe gauche amputée sous le genou l'obligeait à s'appuyer sur un long bâton qui lui servait de béquille.

Les yeux de Taymour s'ouvrirent tout grands quand il vit son ancien coéquipier et Nisrine.

— Laissez-nous, ordonna Rachid au capitaine sans laisser place à la discussion.

Le janissaire considéra une dernière fois les prisonniers d'un regard scrutateur, puis il quitta la tente. Rachid se tourna vers le garde de Taymour et lui fit un signe. L'homme tira son yatagan de son fourreau, en approcha la lame tout contre la gorge de Taymour tandis que de l'autre main il détachait la bande de tissu qui l'empêchait de parler.

Rachid brandit l'index.

— Tu connais les règles du jeu, alors attention.

Il attendit que Taymour réponde, ce qu'il fit par un hochement de tête à peine perceptible, puis il se tourna vers Kamal et Nisrine.

— Et c'est pareil pour vous, annonça-t-il.

Il indiqua d'un bref signe du menton aux hommes qui gardaient Kamal, Nisrine et Kolschitzky de faire de même. Chacun d'entre eux tira son yatagan de sa ceinture et en posa la lame sur la gorge de son prisonnier attitré.

— Nous pouvons parler sans crainte, expliqua Rachid. Ces eunuques sont *dilsiz*.

Ce qui voulait dire qu'ils étaient sourds-muets, comme beaucoup de serviteurs dans les palais des sultans. Cette mutilation ne servait pas seulement à protéger des secrets qu'ils ne pouvaient ni entendre ni répéter. Dans leur rôle de bourreau, cela leur évitait aussi les suppliques des condamnés.

— Ils me surveillent d'un œil de lynx. Si l'un d'entre vous s'avisait ne serait-ce que de prononcer la première syllabe de l'incantation, je n'aurais qu'à lever un doigt pour qu'ils vous tranchent la gorge. Je n'aime pas l'impolitesse, ajouta-t-il avec un sourire, et je ne voudrais pas que l'un d'entre vous nous fausse compagnie pendant notre petite discussion… Compris ?

Rachid s'interrompit, s'approcha d'eux. Il les examina de la tête aux pieds, d'abord Kolschitzky, puis Kamal, et enfin Nisrine. Il s'attarda sur elle, et, posément, il avança la main pour lui prendre le bras. La gardant prisonnière de son regard, il lui retroussa la manche pour révéler ses tatouages.

Il les étudia, puis releva les yeux vers elle.

— C'est bien ce que m'ont rapporté mes hommes : ils m'ont dit que vous aviez des marques curieuses sur les bras. Eh bien, il me semble que vous avez appris beaucoup de choses à mon contact… ou plutôt que vous le ferez dans l'avenir.

Le commentaire surprit Kamal, puis il comprit que Taymour devait lui avoir raconté tout ce qui s'était passé. Il jeta un coup d'œil furieux à son coéquipier, qui soutint son regard d'un air de défi.

— Alors, demanda Rachid à Nisrine, de quand venez-vous ?

Nisrine répondit :

— De 1438.

Rachid redressa la tête, semblant frappé par la date.

— Plus de trois cents ans… Et vous parlez notre langue, donc de toute évidence l'empire a survécu.

Kamal décida d'intervenir :

— En effet, il existe toujours.

Rachid tourna vivement les yeux vers Taymour.

— Donc au moins, tu ne mentais pas sur ce point, dit-il en montrant clairement qu'il lui restait des doutes. Il m'a dit, expliqua-t-il en s'adressant à Kamal et Nisrine, que mon grand projet allait se réaliser, voyez-vous. Il m'a dit que dans plus de trois cents ans l'empire serait toujours là, plus vaste et plus puissant que jamais.

— Il a dit vrai, confirma Kamal.

Rachid eut l'air pensif.

— Alors dites-moi ce qui vous amène vraiment. Venez-vous réellement pour m'avertir ? Voyez-vous, Taymour Agha et moi, nous avons eu pas mal de temps pour bavarder depuis son arrivée. Il m'a raconté une histoire assez incroyable sur... Eh bien, sur moi – mon moi futur. Pas seulement sur moi, mais sur nous tous. Sur les circonstances qui vous ont fait croiser mon chemin, sur tout ce qui s'est passé jusqu'au moment où tu l'as éjecté du train. Dans sa chute, sa jambe a été tellement blessée qu'elle n'a pu être sauvée.

Il s'interrompit, étudiant Kamal pour analyser sa réaction.

— Il paraît que dans le train tu lui aurais dit vouloir venir ici pour obtenir la formule du don de Palmyre qui permet d'aller vers l'avenir. Pourtant, je vois que vous l'avez déjà, ajouta-t-il avec un geste méprisant vers le bras de Nisrine. Il est donc évident que tu lui cachais tes intentions réelles. Vous poursuivez un autre but en venant ici. Et vu ce qu'il m'a appris de vos recherches, et de vos désirs de vengeance contre l'empire, que vous jugez responsable de la mort de vos proches, je pense plutôt que vous venez précisément faire ce que vous prétendez vouloir éviter. Vous êtes là pour me tuer, c'est très clair. Seulement, je voudrais bien savoir ce que vous pensez y gagner...

Personne ne répondit, et le face-à-face se prolongea dans un lourd silence.

Rachid considéra Nisrine, puis Kamal, et de nouveau Nisrine.

— Vous me fatiguez ! Vous serez peut-être un peu plus bavards quand nous vous aurons coupé quelques doigts... pour commencer.

Il fit au garde de Kamal un signe de main simple et brutal qui se comprenait sans aucune difficulté.

Le garde attrapa la main de Kamal et appuya le bout de la lame de son yatagan contre son pouce et son index.

Rachid, très calme, avait le regard posé sur Nisrine, et juste au moment où il donnait son ordre au garde d'un mouvement de tête elle s'écria :

— Non, arrêtez ! Ne faites pas ça, je vous en supplie…

Rachid arrêta le garde d'un geste puis se tourna vers Nisrine en attendant qu'elle parle.

Elle avoua, tête basse :

— C'est vrai. C'est pour ça que nous sommes là.

— Pour me tuer ?

Elle opina.

— Pourquoi ?

— Pour vous empêcher de réussir. Pour arrêter tout ceci, répondit-elle, parvenant mal à réprimer le tremblement de sa voix.

— Pour arrêter le siège ?

— Pour arrêter la conquête de l'Europe.

Rachid eut l'air stupéfait. Il fit quelques pas, pensif.

— Vous voulez m'empêcher de remporter cette grande victoire – la victoire à laquelle vous devez votre existence ? s'indigna-t-il d'une voix soudain vibrante, une colère sourde semblant s'être emparée de lui. Vous me reprochez la mort de vos proches ? C'est cela ? Vous croyez l'empire responsable ? Ils n'étaient rien, même pas un détail de l'Histoire. Leur disparition ne change rien à rien !

Nisrine se hérissa devant un tel mépris. Elle se redressa, comme s'il venait de libérer en elle une immense force intérieure.

— Nul n'est un détail de l'Histoire ! C'est la preuve de votre monstruosité, à vous et à tout ce que vous représentez !

— Ne me faites pas rire ! lâcha-t-il en balayant ses protestations du revers de la main.

Il se détourna, mais Nisrine n'avait pas terminé :

— Vous avez pipé les dés de l'Histoire ! Vous êtes un tricheur !

Rachid répéta, moqueur :

— Moi, je suis un tricheur ? C'est vraiment ce qui vous

préoccupe ? continua-t-il, semblant réellement ne pas comprendre. Mais je vous ai offert un empire qui a duré plus longtemps que n'importe quel autre empire au monde ! Je ne sais pas comment est la vie dans votre temps, puisque le changement n'a pas encore eu lieu et que je ne peux pas encore aller constater par moi-même le résultat de mes efforts, mais d'après ce que m'a dit celui-ci, dit-il en désignant Taymour d'un signe méprisant de la tête, il me semble que cette tricherie va en valoir largement la peine. Et vous, vous voudriez empêcher votre temps d'exister ? ! Vous voudriez préserver le monde d'où je viens, dont vous ne connaissez rien et où vous n'avez jamais vécu ? !

— J'en ai suffisamment appris pour savoir que c'était un monde où les hommes et les femmes avaient la liberté de vivre comme ils le voulaient, répondit-elle avec passion. Vous avez volé cette liberté, et à la place vous leur avez imposé, ou plutôt vous nous avez imposé, la loi d'un seul homme. Un tyran. Un dictateur à vie qui nous opprime sans qu'on puisse rien y faire.

— Mais des tyrans, vous en réclamez ! Le peuple adore les tyrans. Dans mon monde, les gens votaient pour les remettre au pouvoir !

— Je ne vous crois pas.

— Je n'ai aucune raison de vous mentir, dit Rachid avec un sourire indulgent. C'est la vérité. Voyez-vous, *hatun*, vous avez trop foi en la sagesse humaine. Vous vous faites une idée curieusement romantique de la démocratie ! Mais la démocratie, ça n'est rien d'autre que le despotisme des urnes. Dans mon monde, un homme plein de sagesse, que vous n'avez pas connu dans le vôtre, a dit un jour : « La démocratie c'est deux loups et un agneau qui votent pour décider ce qu'il y aura au déjeuner. » Comment croyez-vous que l'histoire se termine ?

Nisrine, abasourdie, n'arrivait plus à prononcer un mot.

— La démocratie est une illusion, continua Rachid. Une idée fausse. C'est la tyrannie de la majorité. Et ça ne marche pas. Les démocraties finissent toujours par s'autodétruire. C'est arrivé dans la Grèce antique, et la même chose était en train de se produire un peu partout dans mon temps. C'est un système qui a été essayé pendant environ deux siècles, et au moment où je suis parti il n'en avait plus pour longtemps. Et vous voulez que je vous dise pourquoi ? Les États meurent quand ils deviennent trop démocratiques, parce que, lorsqu'on laisse à des gens ordinaires le soin de choisir leurs dirigeants, ils finissent toujours par mal voter. Ils font des choix désastreux pour la simple et bonne raison qu'ils préfèrent élire des personnes qui leur ressemblent, qui reflètent qui ils sont vraiment. Et il faut s'y faire, l'humanité n'est pas l'espèce la plus noble sur terre... Nous sommes même épouvantables. Nous sommes égoïstes, intéressés, cruels, racistes...

« J'oublie quelque chose ? Ah oui : et nous sommes très limités. Dans la grande majorité des cas. Vous comprenez bien que les électeurs n'ont pas envie d'avoir à leur tête des dirigeants intellectuels et bourrés de grands principes qui les regardent de haut. Ils ne veulent pas de gouvernants qui les rabaissent et qui leur donnent honte d'être ce qu'ils sont. Ils veulent des élus qui leur ressemblent. Et un jour, ces foules d'imbéciles trop crédules finissent par choisir un habile manipulateur qui leur donne l'illusion qu'il est comme eux, qui leur raconte qu'ils sont les seuls à avoir de l'importance, qui amplifie leur haine de l'autre en désignant tout ce qui est extérieur comme la cause de tout ce qui ne va pas. Ils élisent un homme qui ne valorise que les sentiments les plus nauséabonds en ne cherchant que son propre intérêt, qui aime le pouvoir, l'argent, et rien d'autre. Un homme sans aucun sens de l'Histoire et sans vision d'avenir pour la nation, sans la moindre volonté d'améliorer la qualité de la vie. Un type pour qui ne comptent que l'ambition personnelle et l'argent. Et ces grands narcissiques avides de pouvoir mènent les pays à leur perte. C'est ce stade qu'avait atteint votre bel idéal de démocratie un peu partout dans mon monde. Et cela ne finit jamais autrement.

— Eh bien, c'est peut-être ce qui s'est passé dans votre monde, s'insurgea-t-elle, mais au moins les gens avaient la possibilité de choisir. Et je ne peux pas croire qu'ils ne choisiront pas mieux quand ils auront vu où leurs erreurs les ont menés.

— C'est supposer que ce luxe ne leur sera pas confisqué, or c'est ce qui arrive toujours.

— Alors vous préférez choisir pour nous ? Pour nous tous ? Et vous voudriez de la reconnaissance ? Vous pensez que je vais me réjouir que vous vouliez nous voler notre histoire ? dit-elle, les joues en feu. Et que votre glorieux empire ait tué mon mari et mes enfants ?

— Non, *hatun*. Dans votre cas, je sais que cela n'est pas possible. Et c'est bien dommage, je l'avoue. Vous auriez certainement pu me raconter beaucoup de choses passionnantes. Mais en fait, ajouta-t-il avec un sourire, je me dis qu'il sera encore plus intéressant de voir ce qui arrive par moi-même au fil du temps, sans « piper les dés », pour reprendre votre amusante formule.

Ayant dit tout ce qu'il avait à dire, il la quitta du regard et fit deux rapides signes de main aux eunuques d'un air dédaigneux.

Leur signification n'était que trop claire.

Le premier voulait dire « Emmenez-les ».

Le second « Ramenez-moi leurs têtes ».

69

Rachid était soulagé.

L'apparition inattendue du premier visiteur l'avait déstabilisé. Il était arrivé plusieurs semaines plus tôt, dans les premiers jours du siège, peu de temps après l'installation de l'armée du sultan autour de Vienne. Cet homme avait prétendu être un envoyé spécial et était parvenu à pénétrer dans le campement en demandant à le voir. Taymour Agha s'était présenté, et lui avait dit ce qu'il savait. Il disait être venu l'avertir, et ne demandait en échange que l'autre partie de l'incantation pour retourner dans son temps et continuer à servir loyalement l'empire.

Cette requête avait surpris Rachid, surtout de la part d'un homme dont le métier – s'il disait vrai – ne reposait que sur le mensonge et la manipulation. Mais finalement, ce n'était peut-être pas aussi bizarre que cela. Il était évident que l'homme voulait à tout prix retourner dans le monde qu'il connaissait. Et il avait eu raison de venir l'avertir, puisque ces deux nouveaux visiteurs – l'homme et la femme qui se tenaient devant lui – étaient en effet arrivés, comme annoncé.

Rachid pouvait s'autoriser à se détendre : la crise avait été évitée. Tout tendait à indiquer qu'il s'agissait d'un incident isolé. Si Taymour avait dit vrai, ces visiteurs agissaient seuls et n'avaient communiqué ce qu'ils savaient à personne. Une fois qu'il se serait débarrassé d'eux, il n'aurait pas à craindre de voir surgir d'autres gêneurs. Il serait libre d'aller de l'avant sans avoir à se méfier à tout instant.

Depuis qu'il était arrivé et avait convaincu le sultan de ses mérites, Rachid s'était efforcé de causer le moins de perturbations possible. Il voulait changer l'issue du siège de Vienne, mais il devait prendre soin de ne pas trop déranger le cours des événements pour que des imprévus – des détails que ne rapportaient pas les livres, qui ne s'étaient pas passés à l'origine – ne viennent pas le prendre par surprise.

Ses efforts allaient porter leurs fruits.

L'armée de la Chrétienté et ses généraux allaient être rayés de la surface du globe. Vienne allait bientôt tomber.

Une fois cet objectif atteint, il n'aurait plus besoin de prendre de pareilles précautions.

À partir de ce moment, tout allait changer. L'Histoire prendrait une autre voie et suivrait sa course en terrain inconnu. Il serait libre de faire tout ce qu'il voulait sans s'inquiéter d'empêcher la survenue d'événements nécessaires, car il n'y aurait plus rien à perturber. L'avenir serait une page blanche. Il pourrait déployer sa stratégie à pleine puissance – l'introduction d'armes nouvelles, la grande invasion, les assassinats ciblés. Il forgerait une civilisation alternative fidèle à ses idées. En changeant le déroulement des événements, il créerait un monde nouveau…

Et dans cette Histoire toute neuve, il n'y avait pas place pour des indésirables qui connaissaient son secret et pourraient l'utiliser pour défaire ce qu'il avait accompli.

La récréation avait assez duré. Il était temps d'en finir avec cet intermède amusant pour retourner à la planification du Grand Jour.

Un monde neuf l'attendait.

Taymour avait eu des remords en voyant Rachid s'en prendre à Nisrine.

Oui, bien sûr, ils étaient seuls responsables de ce qui leur arrivait. Ils lui avaient même fait perdre sa jambe. Mais leur présence lui rappelait tout un passé commun, une complicité difficile à effacer. Il avait eu beaucoup de temps pour penser à ce qui était arrivé, et à eux, à ce qu'ils avaient fait, et aux raisons qui les avaient conduits à agir ainsi. Et soudain, en les voyant là, à quelques minutes de la mort, l'angoisse le prenait au ventre. C'était lui qui avait averti Rachid de leurs intentions. Si ses vieux amis étaient sur le point de mourir, c'était en grande partie de sa faute.

Il aurait voulu pouvoir éviter cela, mais ils ne lui avaient pas vraiment laissé le choix.

Il avait pourtant fait de son mieux.

Quand Kamal l'avait poussé hors du train en marche, il avait fallu deux jours pour qu'un marchand qui passait par là le découvre. Il l'avait emmené à Vienne, où il avait été soigné. La médecine de l'époque étant loin d'être aussi évoluée qu'au temps d'où il venait, sa jambe n'avait pu être sauvée. Il avait passé plusieurs semaines d'abord à se rétablir, puis à faire connaissance avec son nouvel environnement. La vie à Vienne lui avait plu. La ville était plus petite que Paris, et le rythme y était plus tranquille. C'était reposant. Il s'était d'abord convaincu qu'il pourrait s'établir là plutôt qu'à Paris. Il s'y sentait à l'aise. Mais une terrible inquiétude refusait de le quitter.

Même si tout allait bien – car la vie était facile pour Taymour, qui s'entendait avec tout le monde et savait profiter de toutes les bonnes occasions –, il ne pouvait s'empêcher d'avoir peur, peur que Kamal et Nisrine se débrouillent pour mettre un terme brutal à sa nouvelle existence. Il ouvrait les yeux au milieu de la nuit baigné de sueur, se demandait s'il était encore là, si le monde dans lequel il s'était endormi était le même que celui dans lequel il se réveillait…

Même si le processus restait mystérieux pour lui, cette frayeur le poursuivait à chaque seconde. Comment cela se produirait-il ? Cesserait-il simplement d'être ? S'en rendrait-il seulement compte, le sentirait-il, le saurait-il ? Plus il y pensait, plus il tremblait et se sentait perdu. Cette crainte était devenue insupportable : c'était la terreur existentielle d'un homme qui ne peut rien faire qu'espérer que sa vie ne va pas être effacée d'un coup de gomme.

Sauf qu'il pouvait faire quelque chose.

Il pouvait les empêcher d'agir.

La grande difficulté était qu'il ne savait que retourner dans le passé. Et cette contrainte s'assortissait d'une angoisse de presque égale ampleur : celle de se retrouver coincé dans un passé lointain, près de deux cents ans plus tôt, une époque beaucoup plus primitive et sauvage.

Il finit par vaincre ses hésitations. Il ne pouvait pas continuer ainsi, dans cette terreur constante qui l'empoisonnait jour et nuit. Il devait agir.

C'est pourquoi il avait sauté de nouveau en arrière, et choisi d'arriver dans les premiers jours du siège pour s'assurer qu'il les précéderait. Rachid avait écouté ce qu'il avait à dire, mais au lieu de le traiter avec égards il l'avait retenu prisonnier.

Maintenant, il ne pouvait que regarder, impuissant, son coéquipier et Nisrine aller vers la mort.

Et ils n'allaient pas être les seuls à mourir ! réalisa-t-il avec un grand choc quand son garde le poussa aussi en avant.

— Attendez ! s'exclama-t-il.

Mais sa résistance ne lui valut qu'une brutale poussée dans les reins pour lui intimer l'ordre d'avancer. Taymour en appela à Rachid :

— Votre Excellence, mon pacha…

Rachid se tourna vers lui, front plissé, vaguement curieux, et les gardes suspendirent l'exécution de ses ordres.

— Mon bey, votre homme a certainement mal compris !

Rachid garda le silence un instant, puis il répondit, ses lèvres bougeant à peine :

— Mais si, il a très bien compris.

Il fit signe à l'eunuque sourd-muet de continuer.

— Non, non ! s'insurgea Taymour en résistant de toutes ses forces. Votre Excellence, vous ne pouvez pas ! Je vous ai rendu service ! Je suis venu pour vous sauver et pour assurer l'existence de notre saint empire ! J'ai fait mon devoir en loyal sujet du sultan…

— Et vous avez fait votre devoir à merveille, Taymour Agha. Je vous dois beaucoup, le sultan aussi, l'empire entier vous doit tout.

Taymour n'y comprenait rien.

— Mais, alors… ?

— Vu vos qualités d'agent et votre expérience, j'ai été assez surpris que vous puissiez commettre une erreur tellement énorme sur un point aussi fondamental. C'est assez inquiétant, en fait.

Taymour accusa le coup.

Rachid n'avait pas terminé :

— Vous espériez que je vous donnerais l'autre partie de l'incantation, c'est bien ça ? Vous vouliez faire un saut dans le temps pour aller vivre le reste de vos jours tranquillement dans une époque de votre choix ?

— Nous avions conclu un marché, Votre Excellence…

— Un marché ? siffla Rachid. Pensez-vous vraiment que j'accepterais que n'importe qui – et je dis bien n'importe qui – se promène dans le temps armé d'un tel pouvoir ?

— Mais…

Rachid répéta son geste de la main pour indiquer qu'on les emmène.

Le sang de Taymour ne fit qu'un tour.

Il jeta un regard d'excuse à Kamal et Nisrine, qui observaient la scène dans l'expectative, et passa à l'action.

Il plia le bras brusquement, prenant le garde par surprise en lui propulsant son coude dans l'estomac. Ce fut le signal d'une bagarre générale, Kamal et Kolschitzky se mettant eux aussi en mouvement.

Kamal avait deviné que Taymour allait tenter quelque chose à l'instant où il avait vu son expression changer. Il connaissait ce regard brûlant, la marque d'une audace qui le poussait à braver tous les dangers. Ainsi était-il prêt quand, une demi-seconde plus tard, Taymour lança son attaque.

Kamal était confronté à une double urgence : neutraliser son garde et empêcher celui qui surveillait Nisrine de lui faire du mal.

Nisrine était à côté de lui, ce qui jouait en leur faveur. Il repoussa son garde en lui écrasant le visage de la paume de la main tout en frappant celui de Nisrine d'un coup de pied au genou qui lui disloqua le ménisque.

L'homme poussa un hululement inarticulé et tomba en arrière, ce qui permit à Nisrine de se reculer.

Kamal attrapa son garde par le bras et, en pivotant, voulut le projeter sur l'homme à terre. Faisant preuve d'une souplesse inattendue, l'homme lui échappa et se retourna face à lui, son yatagan brandi à deux mains.

Kamal recula. Du coin de l'œil, il vit que Taymour et Kolschitzky se battaient au corps à corps avec les deux autres gardes, tandis que Rachid n'avait toujours pas bougé, stupéfié par cette explosion de violence.

Kamal évita un coup de yatagan porté par son adversaire et contre-attaqua par un balayage qui n'atteignit pas sa cible. Il se remit en position, attendant l'attaque suivante. Son regard tomba alors sur Nisrine, qui s'était réfugiée près d'un mât de la tente et observait la scène avec terreur.

Sauf qu'elle n'avait pas perdu tous ses moyens.

Ses lèvres bougeaient.

Elle récitait quelque chose.

70

Alors que Kamal avait passé la longue chevauchée vers le camp à réfléchir à différents cas de figure possibles pour leur rencontre avec Rachid, Nisrine avait employé son temps autrement.

En jetant des regards furtifs à la formule tatouée sur son bras, elle l'avait apprise par cœur, en ajoutant les mots correspondant à dix jours.

Dix jours en arrière.

Lorsque la bagarre éclata, elle recula de quelques pas et prononça les mots aussi vite que ses lèvres pouvaient les former.

La dernière chose qu'elle vit fut Rachid, toujours pétrifié par l'attaque de Taymour – et les yeux de Kamal, ronds de surprise parce qu'il avait compris ce qu'elle était en train de faire.

Puis il y eut la trombe de sensations qu'elle commençait à connaître, le même arrachement cataclysmique, prélude à la fusion brutale des molécules, et elle se retrouva dans la tente, au même endroit, nue, paralysée de terreur – et seule.

Rachid n'était pas là. La première partie de son plan avait fonctionné.

Et maintenant, sauver Kamal.

En espérant qu'il était toujours en vie.

En espérant que l'homme contre lequel il se battait serait

tellement ahuri par sa disparition qu'il perdrait du temps, et donc qu'elle aurait donné à Kamal les quelques secondes décisives qui lui permettraient de rester en vie.

Elle traversa rapidement la tente pour se placer à l'endroit où elle avait vu Rachid au moment du saut, soit quelques pas en arrière, et fit ce qui, elle l'espérait, surprendrait tout le monde.

Elle n'avait pas seulement mémorisé la formule du voyage vers le passé. Elle avait aussi appris par cœur la variante permettant d'aller vers l'avenir, sa déduction étant juste, comme Rachid l'avait confirmé.

Elle allait faire une nouvelle fois un saut de dix jours pour retourner d'où elle venait, mais quelques secondes plus tard.

C'est-à-dire à cet instant précis.

Elle prononça la formule de nouveau très vite. La secousse brutale la fit encore une fois éclater dans l'espace, puis revenir.

Dans la tente.

Toujours nue.

Assaillie par un déferlement d'images qui vinrent frapper son cerveau malmené.

Le visage de Taymour plissé de souffrance au moment où son adversaire lui portait un coup de sa lame à hauteur des côtes.

Kolschitzky toujours engagé dans un furieux corps à corps avec son garde.

Kamal, qui reculait devant son garde, lequel tenait son yatagan levé, prêt à frapper.

Et Rachid.

Il n'était pas là où elle l'avait vu au moment du saut, là où elle croyait le trouver à son retour.

Il avançait derrière Kamal, sabre à la main.

Il allait porter le coup fatal.

— Non ! hurla-t-elle.

Une fraction de seconde, tout sembla s'immobiliser dans la tente, comme un tableau vivant arrêté sur un moment d'infernale violence.

L'instant fut bref, mais suffisant pour offrir un répit à Kamal.

Kamal entendit le cri de Nisrine avant de la voir.

Elle était cachée à sa vue par Rachid, qui fit volte-face en l'entendant.

Son cri ne détourna pas seulement l'attention de Rachid. Il eut un autre effet décisif en déclenchant chez Kamal un afflux massif d'adrénaline.

Tout alla très vite.

Kamal se jeta sur le garde pétrifié, le prenant de court, alors que Rachid se dirigeait vers Nisrine.

Galvanisé par une peur terrible, Kamal agit comme l'éclair.

Il frappa l'eunuque à la face d'un monstrueux uppercut, suivi d'un coup de genou dans le bas-ventre qui fit s'écrouler le garde comme une masse. Kamal, qui n'avait pas quitté son adversaire des yeux, vit à la périphérie de sa vision que Nisrine reculait dans l'ombre de la tente pour échapper à Rachid qui avançait sur elle.

La bataille ne fut plus alors qu'une suite d'images de cauchemar défilant au ralenti.

Le yatagan qu'il arracha à la main de l'eunuque pour lui trancher la gorge d'un même mouvement.

L'horrible vision de Rachid et de sa sinistre progression, son dos cachant Nisrine à sa vue.

Le saut qui lui fit enjamber le garde à terre et sa course vers Rachid.

Le bras de Rachid en plein élan qui frappait la jeune femme alors que Kamal était presque sur lui.

La plainte de Nisrine au moment où Kamal atteignait Rachid et le ceinturait.

La sensation de sa lame s'enfonçant dans le flanc de Rachid.

Le grondement de douleur alors qu'il la tournait férocement dans la plaie de bas en haut, avant de le repousser pour voir Nisrine.

Le visage de Nisrine, son regard fixe posé sur lui, le choc

et la douleur inscrits sur ses traits fins, et ses mains crispées sur son ventre.

Le sang ruisselant entre ses doigts.

La terreur dans ses yeux quand ses jambes se dérobèrent sous elle et qu'elle s'effondra.

71

Kamal s'agenouilla sur le tapis et la prit dans ses bras.

Les mains tremblantes, il lui caressa le visage, puis il baissa les yeux vers la blessure et vit le sang qui se répandait sur son ventre. Doucement, il lui fit déplacer les doigts pour examiner la plaie.

Il avait assez d'expérience pour voir que c'était grave.

Très grave.

— Reste avec moi, *hayatim*, lui dit-il en appuyant sur l'entaille pour endiguer le flot de sang, tentant de repousser les émotions qui menaçaient de le terrasser. Je m'occupe de toi, *hayatim*. On va soigner ça…

Nisrine ne dit rien. Elle secoua lentement la tête avec regret, comme si elle savait que ce serait inutile. Ses yeux pleins de larmes se fermaient pour faire front à la douleur et à la peur qui venaient par vagues, puis se rouvraient pour retrouver ceux de Kamal.

Retenant son émotion, Kamal jeta un rapide coup d'œil derrière lui. Rachid ne bougeait plus. Ses yeux étaient grands ouverts, son regard mort tourné en l'air, son torse éventré laissant échapper ses boyaux. Plus loin, il aperçut Taymour, ensanglanté, qui finissait d'étrangler son garde et le laissait choir, puis reprenait sa béquille pour se porter en boitillant au secours de Kolschitzky, qui se débattait au sol, toujours enlacé à son eunuque, de l'autre côté de la tente.

Kamal ne s'attarda pas et posa de nouveau les yeux sur Nisrine, cherchant à toute allure une solution, une idée, même la plus improbable, n'importe quoi pour la sauver.

Il ne vit qu'une seule possibilité.

— Nous devons sauter dans le temps, *hayatim*. Sauter vers l'avenir. Retourner dans notre époque.

— Non…

— Je t'emmènerai à l'hôpital, insista-t-il. Vienne se sera étendue. Nous arriverons en pleine ville. Il y a des ambulances. Les gens ont des téléphones. On va te soigner, mais il faut partir tout de suite.

La main de Nisrine se crispa sur celle de Kamal, et son visage se tendit.

— Non, *canim*. Tu dois rester. Il faut que tu termines ce que nous avons commencé. Tu n'as pas encore averti Sobieski.

— Cela ne m'empêche pas de t'accompagner. Je vais te faire soigner, et puis je reviendrai…

— Non, non… Nous avons presque réussi… Et on ne sait jamais ce qui peut arriver. Tu le sais comme moi : nous pourrions nous retrouver au milieu de l'autoroute, ou dans un mur.

— Je resterai avec toi, parvint-il à dire en luttant contre les larmes et en s'efforçant de paraître sûr de lui. On va te soigner, et puis nous prendrons le temps de mettre au point une nouvelle stratégie. Je reviendrai plus tard, et je terminerai le travail. Je te le promets.

Elle secoua la tête, de plus en plus déterminée.

— Il faudrait que je revienne avec toi. Autrement, je ne serai plus là… une fois que tu auras changé le cours du temps.

— Eh bien, nous reviendrons ensemble.

L'expression de Nisrine s'apaisa, comme si elle trouvait une sérénité intérieure, qu'elle acceptait son sort.

— *Canim…*, commença-t-elle.

Elle continua, d'une voix douce entrecoupée de petites toux, le regard plein de chaleur, en faisant l'effort de lever la main pour lui caresser la joue :

— Nous… nous sommes donné une mission en venant ici,

et tu peux la réussir. Je sais que tu le feras… Va, fais ce que nous voulions. Fais-le pour moi, pour ton frère, pour notre famille… pour tout ce dont nous avons parlé. Plus rien ne me retient à la vie.

— Mais bien sûr que si…

Elle fit glisser les doigts vers la bouche de Kamal pour couvrir ses lèvres, fut prise d'une nouvelle quinte de toux, puis poursuivit, d'une voix entrecoupée :

— Non. Ça… fait trop mal. La vie fait trop… mal. Jamais… je ne me remettrai de ce qui est arrivé. Et je ne veux pas vivre… dans cette souffrance. La seule chose qui m'a retenue à la vie, c'était notre objectif…

Elle cracha un peu de sang, ferma les yeux, les traits crispés, submergée par la douleur. Sa voix faiblissait.

— Notre objectif… et toi. Tu as été formidable… le vrai Kamal, celui que j'ai toujours gardé dans mon cœur.

— Prononce la formule, *hayatim*, je t'en prie… dis-la. Allez…

La pression de la main de Nisrine se fit plus légère.

— Va, *canim*… termine ce que nous avons commencé.

Incapable de retenir ses larmes plus longtemps, il se pencha sur elle, ferma les yeux et l'embrassa, soudant ses lèvres aux siennes, espérant de toute son âme qu'elle ne mourrait pas s'il restait ainsi, la retenant par ce contact qui lui insufflait la vie.

Il ne pouvait pas la sauver. Il resta ainsi soudé à elle jusqu'à ce que son dernier souffle se glisse en lui. Ce fut comme si l'âme de Nisrine allait se réfugier dans la sienne pour y prendre racine, et il aurait voulu ne jamais plus bouger pour ne pas rompre ce lien, ne pas risquer de la laisser s'échapper et s'évanouir dans l'air barbare et sanglant de cette tente maléfique.

Mais elle était partie, et après un long moment il dut bien l'admettre.

Il recula la tête, contempla son beau visage qui semblait endormi. Elle avait par bonheur les paupières closes, et une expression sereine, dépourvue de souffrance.

Peut-être avait-il pu l'aider à s'évader vers un lieu de repos paisible et doux.

Il entendit un mouvement derrière lui et se retourna vivement, sur la défensive.

C'était Kolschitzky. Il se dressait au-dessus du garde qu'il venait de tuer, voûté d'épuisement, bras ballants, un yatagan ensanglanté dans la main droite.

Taymour gisait non loin sur le tapis, immobile.

Kolschitzky dévisageait Kamal. Le Polonais avait la respiration laborieuse et son visage exprimait sa fatigue, sa détermination et, par-dessus tout, la stupeur où l'avait plongé la scène qu'ils venaient de vivre.

Kamal soutint son regard, ne songeant à rien d'autre qu'aux quelques mots qui lui revenaient en boucle.

Les dernières paroles prononcées par l'amour de sa vie juste avant de pousser son dernier soupir.

« Termine ce que nous avons commencé. »

72

Malgré le tumulte, personne n'était entré dans la tente.

Il était d'ailleurs peu probable que du bruit ait filtré au-dehors : le double sas de lourdes tentures étouffait les sons. Quand bien même, le vacarme de la bataille sur les fortifications, joint à la clameur des préparatifs pour le départ du lendemain, aurait couvert les cris. Et si quelque chose avait été entendu, il était clair que les hommes de Rachid avaient pris ses instructions très au sérieux et ne souhaitaient le déranger sous aucun prétexte.

À l'intérieur, une fois qu'il fut parvenu à se détacher du corps de Nisrine, Kamal fit le tour des hommes à terre, tandis que Kolschitzky, armé de deux sabres, montait la garde près de l'entrée de la tente.

Tous étaient morts – Rachid, Taymour et les quatre gardes.

Et Nisrine.

Kamal resta un moment près du corps de Taymour, submergé par la colère et le regret, puis il s'arracha à lui et rejoignit Kolschitzky.

— J'ai l'impression que personne n'a rien remarqué, lui dit le Polonais. Le campement est sens dessus dessous, ce soir. Ils se préparent à la grande marche de demain.

Kamal hocha la tête, l'esprit ailleurs, sans voir que Kolschitzky ne le quittait pas des yeux, plus qu'intrigué.

— Tu ne veux pas m'expliquer ce que je viens d'entendre ? finit par dire le Polonais.

Kamal lâcha un soupir.

— Plus tard, d'accord ?

— Mais tout ce qu'ils ont dit… sur l'avenir. Sur ce qui doit se passer. C'est vrai ?

— Oui.

Très ébranlé, Kolschitzky reprit :

— Et ce qu'elle a fait… tu sais aussi le faire ?

Kamal confirma à contrecœur d'un signe de tête.

— Mais comment… ? Vous êtes des… *Zauberer* ?

Il était si perturbé qu'il n'avait trouvé que le mot allemand pour dire « sorcier », et mit une seconde à trouver le mot voulu en turc ottoman :

— Tu es un *buyucu* ?

La réponse n'était pas facile.

Kamal haussa les épaules.

— Seulement pour ce que tu viens de voir. Écoute, on reparlera de tout ça après. Pour l'instant, pensons plutôt à un moyen de nous sortir de là.

Il repassa dans sa tête la chronologie des événements, décidé à mettre de l'ordre dans ses idées.

— Demain, nous serons mardi, dit-il à Kolschitzky. L'armée de Kara Mustafa va quitter le camp à l'aube pour se mettre en ordre de bataille et passer à l'attaque mercredi matin, après l'explosion. Il faut avertir Sobieski pendant qu'il est encore temps.

Il tâcha de visualiser la carte de la région et la position de tous les participants.

— Sobieski devrait faire traverser le Danube à la plus grande partie des troupes et arriver à Tulln aujourd'hui. Les autres armées les rejoindront demain. Tout sera en place pour la revue militaire mercredi.

— Le moment choisi pour l'attentat-suicide.

— Exactement. Il y a loin d'ici à Tulln, à cheval ?

Kolschitzky fit un rapide calcul.

— Environ une trentaine de kilomètres. Mais il y a le Wienerwald à passer. La voie la plus directe monte dans les hauteurs et redescend dans la plaine jusqu'à Tulln.

— C'est par là que les hommes de Kara Mustafa doivent passer demain.

— C'est sûr. C'est la seule route praticable pour faire franchir le massif à une armée. Autrement, seuls d'étroits sentiers et des pistes sillonnent la vallée et la forêt.

— Il faut absolument que l'armée de Sobieski contrôle les hauteurs avant l'arrivée des Ottomans. Nous devons aller le trouver et le convaincre de partir dès les premières lueurs de l'aube. S'il tient le sommet, les hommes du sultan seront pris au piège. Ils seront stoppés dans la montée, et les hussards n'en feront qu'une bouchée. Après cela, leur campement sera à sa merci.

— Oui, mais la grand-route sera dangereuse pour nous. Kara Mustafa a sûrement envoyé des patrouilles en avant-garde pour préparer le terrain.

— Peut-on rejoindre Tulln par une autre voie ?

— Oui, en contournant la montagne. Soit par l'est, par le chemin que nos ravisseurs nous ont fait prendre, soit par l'ouest, en longeant la Vienne. Il y aurait beaucoup moins de risques de tomber sur des patrouilles, mais cela prendrait beaucoup plus de temps.

— Combien ?

Le Polonais étudia la question.

— En plein jour, et vu le terrain… mettons trois heures.

— Et si nous partions maintenant, en pleine nuit ? Ce serait possible ?

— Cela prendrait deux fois plus longtemps, je pense, mais… Oui, cela pourrait se faire.

— Bien, alors allons-y… Mettons-nous en route tout de suite. Nous devons nous dépêcher.

Kolschitzky jeta un coup d'œil autour de lui.

— Nous n'avons qu'à fendre les toiles de tente à l'arrière pour filer discrètement. Dans le noir, on ne nous verra pas.

— Attends. Nous ne pouvons pas laisser les cadavres là. S'ils trouvent les corps, cela risque de leur faire changer leurs plans.

Le Polonais eut l'air amusé.

— Et alors ? Nous ne demandons que ça, non ?

— Au contraire. Je ne veux surtout pas qu'ils pensent que quelque chose ne va pas. Nous devons sauver les apparences et leur faire croire que le plan se déroule comme prévu.

— Mais Rachid est mort.

— C'est vrai, mais nous devons le leur cacher.

Il considéra le tableau macabre. Ses yeux se posèrent sur le corps de Rachid, et il eut une idée. Il se tourna vers Kolschitzky.

— Tu m'as dit que tu pouvais te faire passer pour n'importe qui…

— Dans la limite du raisonnable.

Kamal désigna Rachid.

— Tu vas te faire passer pour lui.

Kolschitzky fronça les sourcils, puis haussa les épaules.

— Dans le noir, c'est faisable.

Kamal traversa la pièce et s'agenouilla à côté du corps de Nisrine. Il ne pouvait pas la laisser là en pleine vue, elle non plus. Il la contempla, solennel, posa la main sur la joue pâle, lui caressa le visage, puis passa le bout des doigts sur son front et dans ses cheveux. Elle était encore tiède.

Il se tourna vers le Polonais.

— Occupons-nous d'elle dignement.

73

La transformation de Kolschitzky en Rachid fut étonnamment convaincante.

Les deux hommes étaient plus ou moins de la même taille et de la même corpulence. Ils avaient tous les deux la peau brune et une barbe très semblable. Sous les lourds habits de Rachid – les caftans d'étoffe épaisse, le turban élaboré –, on ne voyait de toute façon plus grand-chose de lui.

Dans les ténèbres seulement éclairées par quelques torches vacillantes, Kolschitzky se ferait passer sans aucune difficulté pour Rachid. Il l'avait aussi suffisamment entendu s'exprimer pour imiter sa voix et ses intonations s'il devait parler. Ce ne serait pas la première fois qu'il mettrait son génie du travestissement à contribution.

Kamal, pour sa part, passa la tenue du garde que Taymour avait étranglé. C'était le seul qui n'était pas trempé de sang. Encore que cela n'ait pas grande importance… Avant de se changer, Kolschitzky et lui avaient tiré les corps au fond de l'immense tente, avaient repoussé les tapis persans qui recouvraient le sol, creusé une fosse juste assez profonde pour les ensevelir les uns à côté des autres en veillant à ce qu'ils ne dépassent pas le niveau du sol, et ils les avaient recouverts avec les tapis.

Ne voulant pas laisser Nisrine avec les autres, Kamal avait choisi de l'ensevelir provisoirement à l'autre bout de la tente.

Avant de la recouvrir, il s'attarda un long moment puis posa un baiser sur son front.

— Je finirai ce que nous avons commencé pour toi, *hayatim*, murmura-t-il. Et une fois que ce sera fait, je reviendrai te chercher et tu auras droit à un vrai enterrement.

Cela l'affectait d'autant plus de la laisser là qu'il fallait penser aux tatouages. Si on la trouvait, l'incantation pourrait être utilisée, même si le sens de la formule ne pouvait être découvert qu'en la prononçant. Mais il n'avait pas le courage de régler cette question si vite. Il était encore sous le choc, et le temps pressait. Il s'en occuperait à leur retour, une fois la mission terminée.

Quand il eut rabattu le tapis sur elle, on ne voyait pratiquement rien, à peine de légères bosses dans deux coins de la pièce.

Les deux hommes avancèrent jusqu'aux tentures qui fermaient l'entrée de la tente.

— Prêt ? demanda Kamal à Kolschitzky.

Le Polonais posa la main sur le pommeau ornementé du yatagan passé à sa ceinture pour entrer dans la peau du personnage, et son expression se transforma, reproduisant de façon saisissante la férocité de Rachid, et il aboya :

— *Gidelim !*

Allons-y !

Kamal fit un signe d'approbation, prit une profonde inspiration et passa le sas des tentures.

Il se retrouva dehors, devant la tente, dans une profonde obscurité. Seule la faible lueur des torches plantées sur le périmètre de l'enclos permettait de se diriger. Le capitaine n'était pas à proximité, mais trois janissaires montaient la garde à l'entrée. Ils étaient au repos et parlaient entre eux. La distance était suffisante pour les empêcher de distinguer nettement le visage de Kamal.

— Le cheval du pacha ! Qu'on le selle et qu'on nous l'amène, avec un autre. Et plus vite que ça ! hurla-t-il en s'appliquant à reproduire la diction en usage, que Kolschitzky lui avait fait répéter.

Les hommes se tournèrent vers lui, surpris par cet ordre si tardif. Rachid ne les avait pas habitués à seller son cheval au milieu de la nuit. Kamal avait même lu dans des chroniques du siège qu'il quittait rarement le campement.

— Allez, on se dépêche ! insista-t-il d'un ton strident.

Les hommes obéirent en hâte, et revinrent très vite avec deux chevaux. Le premier, celui de Rachid à l'évidence, était un splendide animal – élancé, à l'épaule oblique, aux membres longs et à la musculature puissante. Sa robe noire, au lustre métallique, renvoyait la lueur des torches. Sur son dos était sanglée une opulente selle de velours ornée de pierres précieuse et brodée d'or, équipée d'étriers dorés.

Le palefrenier mena le cheval de Rachid devant l'entrée de la tente et plaça un marchepied à côté. Tournant le dos aux hommes, Kamal retourna à l'intérieur, et reparut en tenant la tenture ouverte pour permettre à Kolschitzky de sortir. Les janissaires saluèrent en inclinant respectueusement la tête. Le visage tempétueux, avançant d'un pas assuré, le Polonais ne leur adressa pas la parole. Il s'appuya à l'épaule de Kamal pour monter sur le marchepied et, de là, sur sa monture. Kamal se mit en selle à son tour, se contentant d'adresser un bref salut à l'homme qui tenait les guides. Puis, sans ajouter un mot, ils firent sortir leurs chevaux de l'enclos.

Personne ne s'attendait à avoir plus d'échanges avec eux. Rachid était un conseiller très estimé du sultan, son Grand Philosophe. Pour les janissaires, il était un personnage de la plus haute importance. Ils étaient là uniquement pour le servir – et puis l'homme savait ménager son mystère et avait une réputation d'original.

L'emplacement des enclos de Rachid et de Kara Mustafa au sommet de la colline, qui permettait d'observer les approches des bastions et les assauts tout en restant hors de portée des canons des assiégés, facilita la fuite de Kamal et Kolschitzky. Ils partirent par l'arrière du camp et eurent tôt fait de laisser derrière eux les longues rangées de tentes et de s'éloigner au galop dans la nuit.

Une fois le camp loin derrière, Kolschitzky ralentit l'allure, mettant son cheval au petit trot pour avoir le temps de se repérer. La clarté de la lune avait beau être faible, elle rendait nettement visibles les étroits méandres de la Vienne jusqu'à la forêt.

— Nous n'avons qu'à suivre la rivière jusqu'à Purkersdorf, puis à tourner vers le nord pour remonter le cours du Gablitzbach, un torrent qui descend de la montagne. Tant que la lune ne nous jouera pas le mauvais tour de se cacher, nous ne devrions pas nous perdre.

— Débrouille-toi seulement pour nous faire arriver à temps. J'ai trop perdu pour échouer maintenant.

Sentant peser sur lui son regard, Kolschitzky s'empressa de le rassurer :

— Tu y seras, et nous réussirons. J'y tiens particulièrement, ne serait-ce que pour t'obliger enfin à m'expliquer le fin mot de cette histoire !

— Tu sauras tout, lui promit Kamal avant de serrer les mollets pour indiquer à sa monture d'accélérer.

Ils chevauchèrent toute la nuit.

Ils traversèrent un terrain ras puis gravirent le massif montagneux inhabité, couvert d'une forêt dense parcourue de nombreux ruisseaux, contournant les vallées pour rester sous le couvert des hêtres et des chênes. Les deux cavaliers étaient constamment sur leurs gardes, craignant de rencontrer des irréguliers ottomans comme ceux qui les avaient capturés, tout en sachant que les mercenaires se déplaçaient peu la nuit. Ils espéraient aussi échapper à d'éventuelles avant-gardes des armées chrétiennes – les tenues qu'ils portaient leur feraient perdre un temps précieux en explications.

L'aube était encore loin quand ils franchirent la crête et prirent l'autre versant en pente plus douce pour se diriger vers Tulln. Plus ils descendaient, plus ils se sentaient en sécurité, mais ils progressaient toujours avec prudence, fouillant la nuit du regard pour détecter d'éventuels mouvements. Enfin, ils furent dans la plaine, et purent faire trotter leurs chevaux plus vite, laissant derrière eux le massif noir éclairé en contre-jour d'une vague lueur jaune pâle.

Les feux de camp au loin les guidèrent comme des fanaux durant la dernière heure de leur expédition. Il ne pouvait s'agir que de ceux de l'armée de la Chrétienté, ils le savaient, et ils furent d'ailleurs interceptés par une patrouille bavaroise à cheval. Les soldats furent stupéfaits de voir Kolschitzky ôter son turban en parlant dans un allemand parfait, sous le regard vigilant de Kamal. Le Polonais savait quoi dire. Après avoir été dépouillés de leurs sabres, et s'être laissé attacher les mains dans le dos par mesure de précaution, ils furent escortés jusqu'au camp chrétien.

Même sous le joug persistant de la nuit qui repoussait les assauts du jour, la grandeur des armées du pape leur apparut. Les troupes étaient massées devant la petite ville : Autrichiens, Bavarois, Saxons, Franconiens et Polonais – une mer de tentes s'étendant sur toute la largeur de la plaine jusqu'aux berges du Danube. Et, au centre, était dressé le campement de leur commandant en chef, le roi de Pologne.

L'homme pour lequel Kamal avait fait tout ce chemin.

Il avait rempli la première partie de sa mission.

La bataille qui devait suivre déciderait du sort de l'humanité.

74

Le jour qui changea de nouveau l'histoire du monde commença aussi banalement que n'importe quel autre.

Le soleil sortit de son abri et subjugua la nuit, répandant sa magnifique lumière sur la terre, alors que la vie sous toutes ses formes sortait d'un sommeil réparateur pour chercher sa pitance.

Cette fois pourtant, quelque chose de particulier se préparait. Dans ce coin bucolique, de part et d'autre du grandiose massif du Wienerwald, deux immenses légions, armées et entraînées à tuer avec un maximum d'efficacité, se mettaient en ordre de bataille.

Et comme la première fois, dans une première version volée de l'Histoire dont aucun des combattants n'avait conscience, l'armée de la Chrétienté avait l'avantage.

Sobieski avait écouté ses visiteurs.

Et il avait agi en conséquence.

Charles, duc de Lorraine, avait reçu les deux hommes venus les avertir, et su convaincre le roi de Pologne. L'empereur n'avait pas placé pour rien Charles, son beau-frère, à la tête de l'armée impériale avant le début du siège. Le duc était viennois et connaissait bien Starhemberg, et le rapport détaillé de Kolschitzky sur les efforts héroïques du comte et sur la situation désespérée à l'intérieur de la ville assiégée l'avait particulièrement touché. L'élément décisif avait cependant été que Sobieski avait pu entendre directement le témoignage de Kamal sans interprète : avant de devenir roi, Sobieski avait passé plusieurs années à Istanbul, où il était envoyé diplomatique à la cour du sultan, et y avait appris la langue du pays. Il avait ainsi été autant frappé par la sincérité de Kamal que par sa parfaite connaissance des plans de Kara Mustafa pour le lendemain, toutes précisions qui, s'ajoutant au sombre rapport de Kolschitzky, lui avaient semblé impossibles à ignorer.

Les chefs des armées avaient rapidement dressé leur nouveau plan de bataille.

L'idée de la revue des troupes avait été abandonnée. L'armée avait été mise sur le pied de guerre en pleine nuit, et lancée sur la route de montagne pour prendre position dans les hauteurs du Wienerwald.

Les bombes humaines n'arrivèrent jamais au lieu de la parade militaire, qui avait été annulée. Les envoyés ottomans furent pris dans une embuscade par des tireurs habsbourgeois, durablement stupéfiés par les phénoménales explosions déclenchées par les balles de leurs mousquets.

L'armée ottomane, qui devait passer à l'attaque à la suite de l'attentat, n'arriva jamais au campement vide de la vallée de Tulln. Elle fut surprise dans la montée du massif, sur le versant viennois, le camp ottoman encore en vue dans la plaine derrière elle. Sobieski avait aussi mis à profit les années passées à Istanbul pour étudier les traditions militaires ottomanes, et ses connaissances lui furent d'une grande utilité.

Son armée – l'infanterie, précédée par ses hussards montés et des dragons – avait investi la crête et s'était déployée dans les hauteurs du Wienerwald plusieurs heures avant le moment prévu par les Ottomans pour lancer leur attaque. L'avancée fut difficile, la pente étant raide, les sentiers étroits, et le sol meuble par endroits. On attendit le dernier moment pour faire monter l'artillerie légère, de façon à ne pas retarder le mouvement des troupes. L'ascension se révéla particulièrement laborieuse pour la cavalerie. En beaucoup d'endroits, les hussards durent mettre pied à terre pour mener leurs lourds chevaux à la longe sur le terrain accidenté. Cela n'empêcha pas l'armée du pape de persévérer, fidèle à sa mission sacrée.

Puis ce fut l'attaque.

Du haut des monts qui dominent Vienne, le camp ottoman et les remparts de la ville assiégée largement offerts à la vue, les mousquetaires polonais et leurs alliés firent pleuvoir un déluge de feu sur les troupes ottomanes, les prenant par surprise en avant de la cavalerie – près de dix mille hommes –, qui descendit au galop et les tailla en pièces.

Les hommes de Kara Mustafa, épuisés et démoralisés par des mois de siège infructueux, battirent en retraite sans demander leur reste.

Les hussards polonais, qui menaient la charge, étaient il est vrai de bien terrifiants adversaires. Guerriers féroces précédés par une terrible réputation, ils portaient des armures d'acier poli, des lances très longues, et montaient des chevaux de taille impressionnante. Dans leur dos se déployaient des ailes de plumes d'autruche ou d'aigle fixées à des structures en bois, qui produisaient des bruissements sifflants quand leurs chevaux galopaient à l'assaut. Restant groupés en lignes serrées, soutenus par des canons mobiles qui crachaient leurs boulets au-dessus d'eux, ils ressemblaient à des anges exterminateurs. Ils poursuivirent les troupes ottomanes, transperçant de leurs lances et embrochant sans relâche avec leurs longs sabres à lame triangulaire, retenus par des liens aux poignets.

Ce fut un carnage : sur la route descendant des sommets, sur les sentiers secondaires de la forêt, dans les broussailles des pentes basses, et jusqu'aux vignes des coteaux menant au camp. Vague après vague, les combattants chrétiens dévalaient des hauteurs, une armée de libérateurs déchaînés apportant la mort sous la bannière blanche frappée de la croix écarlate.

La débandade ottomane fut freinée par la raideur de la pente, le terrain rocailleux et les champs barrés par l'enchevêtrement des vignes. Le camp lui-même ne disposait d'aucune protection contre une attaque venant de la montagne. Tous les ouvrages de défense avaient en effet été construits de l'autre côté, face au mur d'enceinte de Vienne. En l'absence d'abri pour regrouper leurs forces, ceux qui atteignirent le camp ne s'y arrêtèrent pas : ils poursuivirent leur fuite en abandonnant tout, prenant la route de Buda, pour la plupart à pied, et pour quelques chanceux à cheval.

Kara Mustafa prit lui aussi la fuite. Après avoir récupéré à la hâte son trésor dans son coffre et l'étendard vert du prophète, cette bannière sacrée que lui avait offerte le sultan au début de la campagne, il eut tout juste le temps de s'échapper à cheval avec une poignée de gardes.

Le camp était grand ouvert à l'ennemi.

Le massacre ne prit pas longtemps.

Il ne fallut que quelques heures pour que le campement soit transformé en un immense cimetière. Sur des kilomètres, la terre était jonchée de cadavres et imbibée de sang. Les libérateurs n'interrompirent cette hécatombe que pour ôter leurs chaînes aux trente mille hommes, femmes et enfants enlevés par les Ottomans dans les villes et villages des alentours de Vienne. Kara Mustafa avait ordonné leur mort avant de prendre la fuite, mais leurs gardes n'avaient pas eu le temps de se mettre au travail.

La victoire de l'armée de secours était totale, et Sobieski et ses alliés n'avaient à déplorer qu'un nombre étonnamment faible de pertes.

Vienne était sauvée.

Mais l'enjeu était bien plus important.

L'Empire ottoman venait de subir une écrasante défaite, la pire de son illustre histoire. Cette déroute inaugurait cent ans de guerres à répétition et marquait le début de son long déclin. La reconquête des territoires pris par l'Islam au cours des siècles allait commencer, les princes victorieux se berçant du rêve grandiose d'aller jusqu'à libérer Constantinople.

Kamal et Kolschitzky n'étaient pas loin de Sobieski quand le roi polonais entra dans Vienne à la tête de ses troupes victorieuses par la porte des Écossais.

Il fut acclamé par les assiégés en liesse. Au son entraînant des trompettes et des tambours, Starhemberg et les hauts dignitaires de la ville l'accueillirent sous les vivats d'une foule qui criait sa gratitude à son sauveur et se précipitait pour lui baiser les mains et les pieds.

Menant l'un des beaux chevaux du grand vizir et traînant les bannières ottomanes saisies dans la bataille, le souverain polonais répondait aux cris de « Longue vie au roi ! » par de gracieux saluts de la main, puis il prononça son célèbre « *Venimus, vidimus, Deus vicit* » (« Nous sommes venus, nous avons vu, Dieu a vaincu »).

Malgré la joie générale, on ne pouvait ignorer que la ville avait beaucoup souffert et mettrait longtemps à se remettre du siège. Il y avait eu tant de morts. Pratiquement tous les bâtiments portaient les profonds stigmates de la guerre. Les épidémies sévissaient toujours, au point qu'elles allaient bientôt prendre les libérateurs dans leurs tentacules.

Mais avant de reconstruire, les Viennois et les réfugiés pouvaient déjà se consoler en se livrant au grand pillage du campement ottoman, car la cité fantôme regorgeait de richesses. Des dizaines de milliers de tentes avaient été abandonnées, ainsi qu'une multitude de chevaux et plus de cent mille têtes de bétail, buffles du Levant, chameaux, vaches, moutons et chèvres. Ils trouvèrent plus de pièces d'artillerie, de poudre à canon et de munitions qu'ils n'en avaient jamais vu, des mousquets et des sabres damasquinés d'or à foison, ainsi que des réserves de céréales monumentales.

La cavalerie polonaise entra dans le camp le soir même, cette unité étant la première autorisée à profiter des prises de guerre.

Kamal et Kolschitzky la précédèrent de peu, mais Kamal ne s'intéressait pas au butin. Suivi par son compagnon polonais, il courut droit à la tente de Rachid pour l'atteindre avant que les hussards n'aient le temps de la dépouiller. Sous les tapis, ils retrouvèrent le corps de Nisrine, tel qu'ils l'avaient laissé la veille au soir.

Elle était livide, mais très heureusement la décomposition

n'avait pas commencé son œuvre, et il n'y avait ni enflure ni odeur.

Pour commencer, Kamal eut beaucoup de mal à se résoudre à la toucher. Il s'assit près d'elle, la contemplant, écrasé par une profonde tristesse.

Kolschitzky resta en retrait et attendit, laissant à son nouvel ami le temps de se recueillir. Puis il s'approcha doucement :

— Il va falloir l'emmener, maintenant.

Kamal approuva d'un signe de tête.

Elle était raide et froide au toucher quand ils la soulevèrent pour l'envelopper dans l'un des plus petits tapis qu'ils purent trouver. Ils la transportèrent au cimetière de la ville, au nord de Vienne, à l'extérieur des fortifications. Mais avant de l'enterrer Kamal dut s'acquitter d'une dernière tâche. C'était une obligation douloureuse et barbare, mais qui lui semblait indispensable. Et qu'il devait accomplir loin des yeux de Kolschitzky.

Il demanda à son compagnon de lui accorder un moment de solitude avec elle, puis il prit la dague à sa ceinture. Les doigts tremblants, il taillada de croisillons les mots tatoués sur les bras de Nisrine pour les rendre illisibles, chaque coup de lame le lacérant en plein cœur.

Il n'avait en revanche eu aucun scrupule à rendre les tatouages de Rachid illisibles par la même méthode avant de quitter la tente.

Après avoir procédé à la toilette mortuaire, il acheva le rituel funéraire seul. Il avait réussi à récupérer un drap blanc dont il l'enveloppa et qu'il attacha autour d'elle avec un peu de corde. Puis, en présence de Kolschitzky silencieux, il récita la prière mortuaire, et ils la déposèrent dans la fosse sous une pierre toute simple, sur laquelle il avait gravé un simple mot : *HAYATIM.*

Ma vie.

La fin de Kara Mustafa fut elle aussi entourée de grands soins, mais, le jour venu, elle fut rapide et sans merci.

Il était parvenu à rejoindre Belgrade. Bien qu'ayant essuyé

plusieurs autres défaites militaires humiliantes en chemin, il ne s'étonna pas que ce soit surtout la nouvelle de sa déroute à Vienne qui ait déclenché le courroux du sultan et donné lieu à l'ordre d'exécution qui ne surprit personne, et surtout pas le grand vizir lui-même.

Après les prières de midi en ce jour fatidique, il ôta son caftan et son turban et s'agenouilla sur le sol. Deux bourreaux impériaux qui l'encadraient placèrent alors une cordelette de soie autour de son cou et tirèrent, chacun de leur côté, pour l'étrangler. Il mourut vite et sans résistance. Ensuite on dépeça sa tête, la peau fut bourrée de paille sèche, placée dans un sac de velours et envoyée au sultan en compagnie de l'étendard sacré du prophète qu'il lui avait confié.

À ce moment précis, et par la plus grande et curieuse des coïncidences, les cloches carillonnèrent dans l'Europe entière en ce jour de fête.

On était le 25 décembre 1683.

75

Sous les étoiles de cette nuit de fin d'été, Kamal et Kolschitzky observaient la mise à sac du campement depuis la position abritée d'un des bastions donnant de ce côté.

À leurs pieds, le camp fourmillait d'une activité frénétique. Des milliers de pillards portant des torches s'emparaient de tout ce sur quoi ils pouvaient mettre la main.

— Et toi ? demanda Kamal à Kolschitzky. Tu ne veux pas ta part ? Ils sont en train de tout ratisser.

Kolschitzky eut un rire.

— J'ai déjà demandé ce que je voulais à Starhemberg. Il a été un peu surpris, mais il a accepté.

— Et qu'est-ce que c'est ?

— Les Turcs ont laissé une énorme réserve de fèves de café. Des milliers de sacs.

— Et il t'a tout donné ?

— Personne d'autre n'en veut. L'amertume les rend immangeables.

— Et toi ? Pourquoi cela t'intéresse ?

— Ils ne savent pas ce que c'est, mais moi si, répondit Kolschitzky avec un sourire.

Cela fit rire Kamal. Les Viennois ne connaissaient pas le café. Du moins, pas encore. Ce qui n'était pas le cas de Kolschitzky, qui avait vécu à Istanbul.

Les cafés de Vienne se préparaient à voir le jour et à devenir une solide tradition.

— Mais ce que je veux surtout, ajouta Kolschitzky, c'est que tu tiennes ta promesse. Je veux comprendre ce que j'ai vu.

Sachant que le Polonais aborderait tôt ou tard la question, Kamal s'était demandé comment lui répondre, mais ses réflexions l'avaient mené à une question beaucoup plus difficile. Il se demandait ce qu'il allait bien pouvoir faire.

Il en avait un peu discuté avec Nisrine, mais il n'avait jamais imaginé devoir prendre cette décision seul.

Il avait rempli la mission qu'ils s'étaient fixée tous les deux. Il avait permis à l'Histoire de reprendre son cours. Il était déchargé de ses obligations. À partir de ce jour, tout ce qui arriverait se ferait sans son intervention. Il laisserait le monde évoluer comme la première fois, sans que lui, ni personne d'autre, s'en mêle.

Et pour cela, il ne pouvait pas dire la vérité à Kolschitzky. Tout du moins, pas la vérité entière.

Il aurait très bien pu ne rien répondre du tout, ou le satisfaire par un mensonge. Le Polonais n'avait pas vu grand-chose, après tout : Nisrine avait disparu, puis avait reparu un peu plus loin, et nue. Bien sûr, Kolschitzky avait pu constater que Kamal et Nisrine étaient au courant de beaucoup de choses, mais il ne pouvait absolument pas se douter de la façon dont ils avaient obtenu tous ces renseignements. Pourtant, Kamal se sentait très redevable. Il lui devait un minimum de franchise. Le Polonais leur avait fait confiance, il avait risqué sa vie sur la seule foi de leur parole.

Kamal lui raconta donc une version abrégée de la vérité. Nisrine et lui avaient trouvé par hasard un moyen de voyager dans le temps. Ils avaient découvert que Rachid avait changé le cours de l'Histoire, ce qui avait fait d'eux des ennemis de l'État. Les hommes du sultan les avaient pourchassés, avaient tué le mari et les enfants de Nisrine, et ils étaient retournés tous les deux dans le passé pour réparer ce qui avait été perturbé.

Il resta volontairement dans le vague et ne dit rien qui pour-

76

Juillet 2017

Kamal éprouvait un sentiment d'étrangeté permanent.

Tout – absolument tout – était différent.

Il n'était jamais allé à Vienne en son temps, ce qui ne lui permettait que de comparer la ville au Paris de 1438 qu'il avait quitté – une année datée à présent 2017, avait-il vite découvert. Bien sûr, dans son monde, à Paris, il y avait aussi eu des voitures, des bus, et des avions qui laissaient leurs traces dans le ciel. Même si l'aspect global des moyens de transport différait, pour l'essentiel, il n'y avait pas là beaucoup de changement.

C'était le reste qui l'étonnait.

Tout était plus gai. La première chose qui attira son œil, et le choqua, ce fut les vêtements, légers et bigarrés – et plutôt courts. Mais la foison de couleurs ne s'arrêtait pas là : il y en avait partout ailleurs, sur les voitures, les trams et les vélos, dans les extraordinaires vitrines tape-à-l'œil, et sur les affiches qui attiraient l'attention par la profusion de leurs images. Même la lumière du jour semblait plus vive, les yeux et les visages des gens croisés au cours de ses promenades en ville plus animés.

Tout était plus animal, plus intense.

Plus vivant.

Partout où ses yeux se posaient, des détails le surprenaient, mais agréablement. Les hommes ne portaient pour la plupart ni barbe ni moustache. Beaucoup étaient vêtus de curieuses vestes sombres et de pantalons, le cou ceint d'une bande de tissu joyeuse, ressemblant à un foulard très étroit, passant sous leur col. Mais le plus stupéfiant, c'était les femmes. Il y en avait partout. Des femmes seules ou en groupes, des femmes avec des hommes. Et non seulement elles sortaient le visage découvert, mais elles exposaient aussi de grandes parties de leur corps, se promenant avec une désinvolture déconcertante, en robes ou en jupes courtes, les jambes nues, en équilibre sur des chaussures à talons hauts et fragiles, les cheveux flottant au vent, allant partout, décidées et libres.

Comparé à ce qu'il avait connu, c'était extraordinaire.

Il vit des couples enlacés, d'autres qui s'embrassaient en pleine rue. Il remarqua même deux hommes qui se promenaient tout naturellement main dans la main à la vue de tous, et même devant des policiers à casquette blanche, qui les laissèrent passer dans la plus parfaite indifférence. Leur présence ne semblait provoquer ni peur ni gêne chez personne.

Aux terrasses des cafés, il vit des assortiments de plats et de boissons d'une effarante diversité. Ces établissements étaient pleins à craquer, d'hommes et de femmes de tous âges qui mangeaient, riaient, fumaient, et buvaient des cafés – clairement, Kolschitzky avait apposé sa marque sur l'histoire viennoise également par ce biais. Quant à l'alcool, on en buvait ouvertement partout.

C'était une vie d'une liberté enivrante.

Et tout cela dans une ambiance si tranquille qu'il s'interrogea. Dans cette ville, les gens ne semblaient pas gouvernés par la peur, et pourtant, ce n'était pas non plus l'anarchie. Il ne régnait pas ce désordre qu'on lui avait appris à redouter, il n'y avait pas trace de cette déliquescence que Rachid avait décrite. L'ordre régnait – davantage même que dans son monde. Tout était propre, policé, les rues n'étaient pas jonchées d'ordures. La circulation s'écoulait sans heurts, sans le concert d'avertisseurs omniprésent dans son monde. Les gens attendaient que les feux changent pour traverser, les piétons se respectaient, et rien de tout cela ne semblait dicté par la crainte d'être puni. Avec cela, la ville était de toute évidence très prospère : les vitrines des magasins de vêtements rivalisaient par l'abondance et la diversité ; dans les pâtisseries, toutes sortes de gâteaux étaient présentés ; des foules de piétons se promenaient – des touristes, un peu comme lui, se dit-il, qui admiraient l'architecture, bavardaient, riaient, prenaient des photos avec leur téléphone. C'était sans aucun doute l'endroit le plus paisible et le plus heureux de toutes les époques, de tous les mondes qu'il avait visités. Des musiciens jouaient dans les rues, s'en remettant à la générosité des passants. Même les feux verts pour piétons représentaient deux personnages se tenant par la main, avec un petit cœur clignotant au-dessus de leurs têtes.

Il marcha, marcha dans toute la ville, se régalant du spectacle de ce monde nouveau, exalté, plein de l'ivresse de ce qu'il découvrait. Et constamment, il évoquait le souvenir de Nisrine, imaginait comment elle aurait réagi devant cette liberté, cette égalité pour laquelle elle s'était battue durant des années.

Elle aurait été tellement heureuse de voir ça.

Il avait fait le saut depuis la cathédrale Saint-Étienne. Il avait supposé qu'elle résisterait à l'épreuve du temps malgré le passage des siècles, et il ne s'était pas trompé.

Il était arrivé de nuit, alors qu'elle était fermée aux visiteurs, et la différence l'avait aussitôt frappé : finies, les hordes de malades et de mourants, envolée, la pestilence de la mort. Au lieu de cela, la magnifique nef avait été restaurée et avait retrouvé sa grandeur et sa beauté passées, redevenant un lieu de culte et d'art pour des gens bien vivants, comme l'avaient voulu ses constructeurs.

Se sentant très sale, il n'avait rêvé que de se laver, ce qu'il avait pu faire dans un petit vestiaire, et il avait apprécié avec délice l'eau courante chaude, pure et abondante. Après s'être séché avec des serviettes en papier, il avait eu la chance de trouver un ballot de vêtements et de chaussures usagés dans une petite pièce attenante à la sacristie. Il ne le savait pas, mais restait de l'Empire ottoman. Il apprit qu'il y avait beaucoup d'immigrants clandestins turcs à Vienne, comprit qu'Orhan le prenait pour l'un d'entre eux. Kamal ne fit rien pour le détromper. Il dit à Orhan qu'il venait de Turquie de l'Est, de la région de Diyarbakir, utilisant avec un certain sentiment de culpabilité des informations apprises alors qu'il surveillait un Turc soupçonné de terrorisme.

Le marchand de kebabs connaissait parfaitement les difficultés rencontrées par ses frères turcs et ne demandait qu'à l'aider. Il donna à Kamal quelques conseils très utiles sur la conduite à suivre dans son pays d'accueil : comment demander l'asile, où trouver un lit et de quoi se nourrir. Kamal se dit que c'était peut-être la solution, au moins provisoirement, le temps de mieux comprendre ce nouveau monde et de trouver la meilleure voie.

— C'est étonnant que les gens de cette ville acceptent de nous accueillir après ce que nous leur avons fait, dit Kamal.

Orhan ne comprit visiblement pas à quoi il faisait allusion.

— Pendant le siège mené par Kara Mustafa, précisa ce dernier, se demandant s'il devait être plus explicite. Autrefois.

— Ah, ça ! s'amusa le cuistot. Depuis le temps, personne ne s'en souvient plus. On dirait que tu t'intéresses à l'Histoire…

— Un peu.

— Alors tu vas apprécier les musées d'ici. Ils sont magnifiques.

Le marchand de kebabs lui parla de plusieurs visites à faire, mais le nom de l'un des musées s'ancra dans la tête de Kamal et ne le lâcha plus.

Il était même tellement impatient de s'y rendre qu'il abrégea la conversation et, après avoir promis à Orhan de revenir vite, se leva et partit.

Moins d'une heure plus tard, il s'arrêtait devant le Heeresgeschichtliches Museum.

Le musée d'Histoire militaire d'Autriche.

77

Kamal s'arrêta devant les portes du musée, incapable de faire un pas de plus. La beauté du bâtiment ne faisait qu'augmenter l'appréhension qu'il ressentait à l'idée de ce qu'il trouverait à l'intérieur.

Le marchand de kebabs lui avait appris que le musée consacrait beaucoup d'espace aux guerres contre les Ottomans. De ces conflits, le siège de 1683 était le plus connu. D'après lui, l'exposition était telle qu'on avait presque l'impression d'y être. Kamal s'était retenu de protester. Mieux valait éviter tout commentaire, même s'il parvenait à le faire avec humour et détachement.

Ce qui n'aurait pas été le cas : ses souvenirs n'avaient rien d'amusant.

Il laissa passer quelques groupes de touristes qui descendaient de leurs cars et s'engouffraient à l'intérieur. Il lui fallut un moment pour rassembler son courage, puis il se remit en marche et franchit les portes.

Le musée était une grandiose construction du XIXe siècle, de style néo-byzantin d'influence nettement orientale. Sa façade de briques bicolores comportait des ornements de céramique géométriques, et était couronnée de crénelages ponctués de tourelles. On passait sous un beau porche à trois arches pour entrer.

Il eut du mal à comprendre ce que lui disait l'employée à

la caisse. Elle finit par lui montrer le prix sur une brochure, et il régla l'entrée avec six pièces d'un euro prélevées sur la poignée de monnaie trouvée à la cathédrale. Elle lui demanda d'où il venait, ce à quoi il répondit :

— Turquie.

La caissière le dirigea alors vers un comptoir voisin en disant quelque chose à la dame qui s'en occupait. Il approcha et cette dernière lui tendit un curieux assortiment comprenant un petit boîtier électronique pourvu d'une bandoulière, relié à un casque par un câble. Après avoir un peu tâtonné, Kamal finit par comprendre ce qu'on venait de lui donner : c'était l'audioguide du musée, et le turc avait été sélectionné comme langue principale.

Il mit le casque et appuya sur la commande de lecture.

Curieusement, le commentaire se déclenchait automatiquement au passage devant certains points. Le premier arrêt était le hall des généraux.

C'était une salle magnifique, haute et voûtée, aux ogives dorées sur tranche, soutenues par une forêt de colonnes somptueusement décorées, regroupées par quatre. Une statue de marbre grandeur nature occupait le pied de chacune de ces colonnes, soit cinquante-six en tout, représentant les plus grands héros militaires autrichiens sur une période de près d'un millénaire, identifiés par un nom sur une plaque au-dessus de chacun d'eux.

Soudain, Kamal éprouva un choc.

Il était nez à nez avec le comte Ernst Rüdiger von Starhemberg, qui le contemplait du haut de son piédestal.

La statue était remarquablement fidèle. Plus que fidèle, car elle représentait un Starhemberg en bonne santé, ayant bien meilleure allure que l'homme blessé et épuisé par la dysenterie que Kamal avait rencontré pendant le siège.

Kamal resta pétrifié, assailli par un flot de souvenirs et de sensations. Il s'approcha de la sculpture, hésitant comme s'il avait peur de réveiller Starhemberg. Ce visage le ramenait à l'interrogatoire tendu auquel il avait été soumis dans la salle de réception jonchée de décombres. Il lui rappelait aussi de tristes souvenirs de Nisrine, non pas de la femme pleine de vie et d'énergie qu'elle avait été, mais de sa dépouille allongée dans la tente maudite de Rachid.

Quand il parvint enfin à s'arracher à cette première sculpture, il tomba presque aussitôt sur un autre visage connu, immortalisé dans le marbre. Il avait vu cet homme, alors beaucoup plus jeune, lors de sa rencontre avec Sobieski devant les portes de Tulln. L'audioguide lui apprit qu'il s'agissait du prince Eugène de Savoie, qui, après avoir participé à la libération de Vienne, avait poursuivi sa carrière et était devenu l'un des héros militaires les plus admirés d'Autriche.

Kamal quitta le hall des grands hommes et s'enfonça dans le musée. Comme le marchand de kebabs le lui avait annoncé, les salles consacrées aux campagnes ottomanes présentaient un grand intérêt. Des vitrines pleines à craquer montraient les armes de l'époque : arcs recourbés, épées de toutes tailles et formes, mousquets, canons, mortiers. Une pièce entière regroupait une collection d'armures et de casques, ainsi que des statues de mousquetaires et de lanciers si réalistes qu'elles en étaient inquiétantes. Il y avait même une tente d'apparat ayant appartenu à un dignitaire ottoman, comme en attestaient les draperies luxueuses. Non loin se dressaient les étendards à queue de cheval des commandants ennemis capturés.

Dans cette première partie de la visite, Kamal apprit qu'il y avait eu beaucoup d'autres guerres contre les Ottomans après l'opération de sauvetage de Vienne : Senta en 1697, Petrovaradin en 1716, Belgrade en 1717. Les Turcs avaient été repoussés jusqu'à Constantinople, mais la grande capitale byzantine était fermement tenue et avait été impossible à conquérir.

Ce musée de la guerre était trop immense. Il restait à Kamal encore beaucoup de salles à explorer, et pourtant il était arrivé au bout de celles consacrées aux guerres ottomanes. Qu'y avait-il donc ensuite ?

Un profond malaise s'empara de lui.

Il éprouva un nouveau choc devant une curieuse pièce que l'on ne se serait pas attendu à voir exposée dans un musée d'histoire militaire. C'était une simple voiture ouverte, une vieille automobile noire très grande, très vieille, plus ancienne même que celles qu'il avait vues dans le Paris de son premier saut dans lc passé avec Nisrine.

Il approcha pour déclencher l'explication de l'audioguide.

Il apprit que c'était la Gräf & Stift dans laquelle avait été tué l'archiduc François-Ferdinand lors de l'attentat à Sarajevo en 1914.

Le guide ajoutait que cet événement avait été l'élément déclencheur de la Première Guerre mondiale…

Cela lui causa un coup terrible.

Une guerre mondiale !

La première !

Ce qui signifiait qu'il n'y en avait pas eu qu'une…

Concentré, il resta sur place pour écouter la présentation en entier, se désespérant un peu plus à chaque seconde. Quand il eut tout entendu, il passa comme un automate dans la salle suivante, qui ne le réconforta pas, bien au contraire. Il eut droit au récit détaillé et sanglant de la fin des Habsbourg et de la Première Guerre mondiale.

La suite fut encore pire.

Une aile entière traitait de l'Anschluss et de la montée du nazisme.

Ce ne fut pas la diversité des armes qui le choqua le plus, les obusiers énormes, les blindés de toutes origines qu'il vit à l'extérieur du musée dans le Panzergarten. Non, ce fut l'interminable série de films et photographies consultables sur les écrans plats qui l'acheva.

Kamal eut l'impression d'avoir été assommé.

Il quitta le musée dans un état second, ne sachant trop que faire. Tout ce qu'il savait, c'était qu'il devait en apprendre plus.

Et quand il sut, il regretta d'avoir été aussi curieux.

Il entra dans un cybercafé et entreprit de trouver des informations sur ce qui s'était passé dans le monde en l'espace de trois siècles et demi – tâche ardue, car il découvrit que le turc ne s'écrivait plus comme dans son temps avec l'alphabet perso-turc auquel il était habitué, mais avec l'alphabet latin. Une fois qu'il trouva le site adapté, les informations qu'il y lut l'anéantirent.

Il y avait eu énormément de guerres depuis le sauvetage de Vienne. Des guerres qui n'avaient pas eu lieu dans le monde où il était né, après la conquête de l'Europe par les Ottomans.

Des conflits innombrables avaient opposé les nations européennes entre elles. Il y avait eu des révolutions sanglantes dans de nombreux pays, notamment en France, en Amérique, et une particulièrement meurtrière, en Russie. La prise du pouvoir par les communistes avait déclenché d'intenses souffrances et fait d'innombrables victimes. Rien qu'en Ukraine, quatre millions de personnes étaient mortes au début des années 1930 à la suite de la répression organisée par Staline pour écraser les aspirations nationalistes de la population. Le nombre de décès causés par le communisme était encore plus élevé en Chine et au Cambodge.

Les purges de la Grande Terreur. Deux guerres mondiales. La Shoah. Le génocide arménien. Le Vietnam. Au Japon, les bombes atomiques – il dut rechercher ce que c'était.

Le nombre des morts montait, et Kamal était de plus en plus accablé. Combien de victimes depuis qu'il avait enterré Nisrine ? Quinze millions ? Cent millions ? Davantage ?

Ces chiffres ahurissants le suffoquaient.

Il n'en pouvait plus de regrets. Il se sentait aspiré par un vide sidéral, arraché à la Terre et à ses certitudes.

Il était tourmenté par les remords et cette pensée : avait-il commis une erreur tragique ? Une épouvantable, une monumentale erreur ?

Il savait que la campagne de conquête ottomane ne s'était pas faite sans dommages. Il y avait eu beaucoup de morts lors de l'avancée de l'armée du sultan sur le continent européen. La guerre contre la Russie, beaucoup plus tard, avait elle aussi été meurtrière, et, à l'époque qu'il avait quittée, une guerre contre les Américains se préparait sans doute, surtout depuis le début du conflit énergétique. Cette pensée ne dissipait aucunement l'horreur qui avait saisi Kamal en apprenant ce qui était arrivé à la planète dans ce monde-ci, le monde où les Ottomans n'avaient pas pris Vienne.

Et tout cela par sa faute.

78

Il passa la nuit à errer dans les rues, incapable de dormir, ne s'arrêtant que de temps en temps pour se reposer puis reprenant son chemin, sans vraiment rien voir, perdu dans ses pensées, poursuivi par une culpabilité dévorante.

Au cours de ses déambulations, alors qu'il attendait pour traverser à un carrefour, et comme si une main cruelle l'avait guidé, ses yeux fatigués se posèrent sur une plaque fixée sur un côté du bâtiment qui lui faisait face : *Kolschitzkygasse.*

Rue Kolschitzky.

Il se figea, la tête dans du coton, comprenant lentement ce qu'il voyait. Puis son regard se leva et il fut saisi de stupeur : la statue d'un homme au niveau du premier étage, montée sur une corniche, dépassait du coin de l'immeuble.

Kolschitzky. Il était vêtu à l'ottomane et tenait une cafetière dans une main et un plateau dans l'autre. Il se dressait fièrement, versant le breuvage dans une petite tasse, des épées, des haches et des boucliers à ses pieds, probablement pour commémorer son rôle héroïque lors du sauvetage de la ville.

Ce spectacle ne fit qu'augmenter son angoisse.

Alors qu'il reprenait son errance, il commença à se demander s'il ne devrait pas réparer son erreur et retourner dans le passé pour essayer d'annuler son intervention. Fiévreux, il échafauda de multiples scénarios, tentant désespérément de rait aider Kolschitzky à en découvrir davantage. Quel que soit son respect pour ce dernier, il ne voulait pas que quiconque puisse à nouveau changer le déroulement de l'Histoire. Mais il ne réussit qu'à éveiller une curiosité fiévreuse chez le Polonais, qui le submergea de questions.

Kamal répondit de son mieux sans donner aucune précision dangereuse. Kolschitzky devina vite ce qui le préoccupait. Il abandonna peu à peu son interrogatoire, et finit par demander :

— Et maintenant ? Que va-t-il se passer ?

— Aucune idée. Nous abordons une page blanche, et je n'en sais pas plus que toi.

Kolschitzky hocha la tête pensivement.

— Et toi ? Que vas-tu faire ?

Kamal haussa les épaules.

Deux problèmes s'étaient éclaircis pour lui pendant qu'il parlait à son compagnon. Tout d'abord, il ne pouvait pas rester à Vienne. Cette ville ne lui convenait pas, surtout à cette époque. Pour un Ottoman, il serait difficile de vivre dans le camp des vainqueurs. Bien sûr, il serait traité en héros. Sobieski et les autres lui prouveraient leur reconnaissance et s'assureraient qu'il ne manquait de rien. Cela n'empêchait pas qu'il aurait du mal à s'adapter à cette société.

Mais ce n'était pas tout : il voulait absolument savoir comment tout cela allait évoluer. Il ne résisterait pas à cette tentation. Il lui fallait voir de ses yeux ce qui allait advenir.

Rien ne l'attirait à Vienne dans ce siècle. À vrai dire, rien ne l'attirait nulle part ailleurs non plus. La seule chose qui le tenait, c'était l'espoir. L'espoir d'un avenir plus beau, l'espoir d'un nouveau départ dans un monde meilleur.

prévoir toutes les conséquences possibles dans chacune des hypothèses envisagées.

Rien ne l'empêchait de retourner en ce temps-là, mais quelle date choisir ? Les journées qu'il y avait passées avec Nisrine lui étaient interdites. Devait-il retourner aux premiers jours du siège ? Au moment qu'avait choisi Taymour pour faire le saut, ou même peut-être le précéder un peu ? Ou alors, il pourrait aller à Istanbul encore plus tôt, et y rencontrer Rachid… Mais comment s'y prendre ? L'avertir ? Lui dire que lui et Nisrine allaient venir du futur pour le tuer ? Pouvait-il envisager de la trahir ainsi ? Mais s'il faisait cela, est-ce que cela ne changerait pas tout ? Rachid ne risquait-il pas en modifiant ses plans de changer l'avenir et de créer un monde où Kamal et Nisrine ne se seraient jamais rencontrés, et où même ils n'auraient pas existé ?

C'était trop complexe, et dans son état d'épuisement ces pensées ne servirent qu'à le plonger dans un désespoir encore plus profond. Il n'arrivait pas à échapper aux idées noires qui le poursuivaient.

Il songea même au suicide.

Il marcha pendant des heures et des heures, avant de se retrouver en terrain connu.

Le Naschmarkt était plein de monde, mais la foule se clairsemait, imitant le soleil qui s'apprêtait à tirer sa révérence. Il y avait quelques clients au stand de kebabs, mais dès que Orhan l'aperçut son expression joviale se teinta d'inquiétude. Il lui adressa un sourire d'encouragement, lui fit signe d'approcher.

Il offrit un autre repas à Kamal et s'assit avec lui à une petite table, profitant d'un creux avant le coup de feu de la soirée. Tirant sur sa cigarette entre deux gorgées de café, il observa Kamal avec curiosité, voyant bien que son nouvel ami touchait à peine à son sandwich.

— Qu'est-ce qui ne va pas, frère ? On dirait que le ciel t'est tombé sur la tête.

— Oui… c'est un peu ça.

Orhan le contempla pensivement.

— Ne t'inquiète pas, tu vas t'y faire. La vie est belle, ici. On est beaucoup mieux qu'au pays. Tu finiras par te féliciter d'être venu.

Cela venait d'une bonne intention, Kamal le savait. Comment Orhan aurait-il pu imaginer ce qui se passait dans sa tête ?

— Je pensais que je me sentirais bien ici, dit-il d'une voix morose, mais je n'en suis plus si sûr. Peut-être que mon monde, malgré tous ses défauts, était… meilleur.

— Ne crois pas ça. Il n'était pas meilleur, et loin de là.

Kamal détourna la tête sans répondre, le regard se dirigeant vers les longues rangées de stands qui s'étendaient autour d'eux.

Orhan se pencha vers lui et insista :

— Mais si, écoute-moi, Kamal. Notre monde… notre monde a encore beaucoup de chemin à parcourir. Et il n'est pas sûr qu'il y arrive.

— Qu'il arrive à quoi ?

— À ça, dit-il en indiquant ce qui l'entourait des deux bras. À accomplir tout ce que tu vois là.

Il prit une longue bouffée de sa cigarette puis l'écrasa dans un cendrier métallique.

— Dans cette partie du monde, dit-il à Kamal, il y a eu des guerres. Il y a eu des révolutions. Les gens se sont battus pour abolir la monarchie et l'esclavage, pour séparer la religion de l'État. Ils se sont battus pour la liberté. Et ils ont payé le prix fort. Des millions de personnes sont mortes pour avoir la liberté. Et c'est pour cette raison qu'ils en connaissent la valeur. Ici, la vie a de la valeur. Tout le monde a des droits, ajouta-t-il d'un ton convaincu. Nous avons tous des droits. Moi, lui, elle, dit-il en désignant au hasard des passants qui faisaient leurs courses. Nous sommes tous égaux. Les riches, les pauvres… peu importe. Que ton grand-père soit né ici, ou que comme moi tu viennes d'arriver… on respecte la dignité et la liberté de tous – et on la défend. Peut-être pas toujours. Peut-être pas tout le monde. Cette société n'est pas parfaite… mais elle est de loin meilleure que la nôtre. C'est pour cette raison que je suis venu ici. De là où nous venons… dans notre partie du monde… nous avons encore beaucoup de chemin à parcourir. Les gens doivent encore faire leurs guerres et leurs révolutions, et pour l'instant la vie ne vaut pas grand-chose là-bas. Un soldat peut vous tirer du lit et vous faire disparaître sans qu'on y puisse rien. On peut gazer un millier de personnes dans un village impunément. Et qui sait ? Peut-être que cette évolution ne se fera jamais. Peut-être qu'ils s'accrocheront à leurs coutumes tribales jusqu'à la fin des temps. Pour moi, c'est égal. Je ne serai plus là pour voir ça, remarqua-t-il avec un rire bref, le regard se perdant dans le lointain. J'avais une belle petite affaire à Istanbul, tu sais. J'avais un restaurant et une boutique. Tout allait plutôt bien. Mais le pays s'est mis à changer. Alors je suis parti. Mais même si je n'ai rien d'autre que ce petit stand, la vie est toujours meilleure ici. Tu verras.

— Qu'est-ce qui a changé, là-bas ?

— Il y a des années, nous n'étions pas comme nos voisins arabes. Tu te souviens ? Chez nous, c'était la démocratie. Une vraie démocratie. Il y avait la liberté de la presse. La religion et l'État étaient séparés. Nous formions un pont moderne et civilisé entre l'Occident et le Proche-Orient. Nous allions entrer dans l'Union européenne. Et puis nous avons élu un homme qui considère le pays comme son empire personnel, et qui a fait enfermer tous ceux qui osaient le contredire. C'est là que je suis parti. Quand la violence s'est installée.

Cela rappela à Kamal le petit discours méprisant de Rachid dans la tente aux portes de Vienne.

— Et il a été élu…, s'étonna-t-il, se rattrapant à mi-phrase pour que sa question puisse passer pour un commentaire.

Orhan approuva avec un accent indigné.

— Eh oui, bien sûr ! Ce n'était qu'une façon de prendre le pouvoir. J'imagine que tu n'as pas oublié son vieux discours d'autrefois : « La démocratie est comme un train : on en descend une fois arrivé à destination. » Personne n'y a fait attention, sur le moment. Les gens ne se rendent jamais compte de rien avant qu'il ne soit trop tard. Le vote n'est pas un système parfait, loin de là, ajouta-t-il avec un soupir.

Et comme on le voit de plus en plus, même en Amérique, les élections peuvent être manipulées. C'était déjà le cas avant les réseaux sociaux. Ce monstre qui gouverne la Russie a été élu président… « Élu », répéta-t-il en se faisant bien comprendre par des guillemets en l'air, et combien de fois maintenant ? En Syrie, le président remporte officiellement le scrutin avec quatre-vingt-dix-sept pour cent des voix. Et ils ont le toupet d'annoncer ça à leurs informations. Ils n'ont honte de rien… Mais des vraies élections, ajouta-t-il avec un soupir en secouant la tête, des élections honnêtes et ouvertes, avec plusieurs partis et une vraie opposition, un vrai échange d'idées, un vrai débat sur la vie que l'on veut mener… Rien ne pourrait être mieux, non ?

— Mais elle coûte cher, cette liberté… Toutes ces guerres, répondit Kamal en pesant ses mots, les sarcasmes de Rachid résonnant encore à ses oreilles. Et si on avait pu les éviter ?

— Comment ?

— Par exemple si un empire avait conquis – je ne sais pas, moi… – toute l'Europe, il y a des siècles de cela. Les Ottomans, mettons. Imaginons qu'ils aient envahi l'Europe…

— Ils n'en ont pas été loin, remarqua Orhan, rêveur. Ils ont bien failli prendre cette ville.

— Exactement. Donc, imagine qu'ils aient pris Vienne et que sur leur lancée ils aient conquis toute l'Europe… Peut-être que dans ce cas il n'y aurait pas eu toutes ces révolutions et ces guerres mondiales. Peut-être que ça aurait mieux valu.

Orhan eut un rire.

— Tu fumes quoi dans ta chicha, frère ? Tu crois que ça aurait mieux valu ? Sûrement pas !

— Et pourquoi ça ?

— On ne peut pas savoir comment ça aurait tourné, mais écoute-moi bien, frère : ça ne sera jamais mieux de vivre sous le régime d'un dictateur que dans une société libre – parce que le sultan était un dictateur, il ne faut pas se faire d'illusions. Jamais. Et je peux même t'assurer deux choses. Un dictateur, que ce soit un sultan ou un président, qui croit que la démocratie c'est comme de monter et de descendre d'un train, juste un moyen de s'emparer du pouvoir... eh bien, cet homme-là ne renoncera jamais au pouvoir de lui-même. Jamais. Ce qui veut dire que tôt ou tard, quelle que soit la force du contrôle que le dictateur applique sur la société, la population se soulèvera. Les gens n'en pourront plus de la corruption. Ils voudront leur liberté, ils voudront se faire entendre, et, inévitablement, ils devront mourir pour leurs idées. C'est la nature humaine. Cela s'est produit partout dans le monde. Cela arriverait aussi dans ton Empire ottoman victorieux – c'est certain.

Le front soucieux, Kamal admit qu'il avait raison. C'était à désespérer, ce cycle perpétuel de souffrance. Les opinions d'Orhan avaient réveillé ses souvenirs et rappelé à la vie avec une terrifiante clarté tous les tourments de sa vie parisienne. Les débats houleux, les disputes, la brouille qui avait mis fin à ses relations avec Ramazan et Nisrine dans les derniers temps. Le chagrin que cela avait engendré.

Orhan avait raison. Déjà, l'étincelle s'était allumée. Une grande guerre était en train de se préparer. Et quand la révolte aurait éclaté, quand le peuple se serait soulevé en réclamant sa liberté, la répression aurait certainement été sanglante, et qui sait comment cela se serait terminé.

Qui sait ce qu'ils auraient eu à souffrir, Nisrine, Ramazan, les enfants, et lui.

Kamal pensa à Nisrine avant les événements, à la passion qui l'avait animée, à ce désir de liberté pour lequel elle s'était toujours battue. Cette lutte était inévitable, il s'en rendait compte. Et il commençait à comprendre qu'il était arrivé dans un monde et en un temps où une grande partie du combat avait déjà eu lieu.

Il se demanda alors ce que Nisrine penserait si elle avait été là, assise avec lui devant le stand d'Orhan, et ne put s'empêcher de se dire qu'elle aurait été profondément heureuse de ce qu'elle voyait.

Un tendre et triste sentiment l'envahit.

— Quelqu'un a dit un jour, continua Orhan – je crois que

c'était Winston Churchill –, « La démocratie est la pire forme de gouvernement, à l'exception de toutes les autres ». Je suis totalement d'accord. Mais les gens dans notre partie du monde, et dans beaucoup d'autres, ne sont pas encore prêts. Ils aiment vivre sous la coupe de leurs tyrans. Beaucoup pensent que c'est un gage de stabilité. Comme en Irak, et en Syrie, et en Libye, avant que cela tourne mal. C'était peut-être le cas. Mais c'est une incapacité à se détacher du passé. Cela ne pouvait pas durer. Les gens ont maintenant les moyens de voir comment on vit dans les autres pays et beaucoup veulent la même chose, dit-il en indiquant la ville qui les entourait. D'autres ne veulent toujours pas vivre comme ça. Et il y aura des affrontements et des morts tant que tous ne voudront pas la même chose. Voilà pourquoi je suis venu ici. Je sais comment je veux vivre. Ce n'est pas aussi pour cette raison que tu es parti ?

— Si, sûrement.

— Tu verras, lui dit Orhan avec un sourire rassurant. Je ne te dis pas que ça se fera sans mal. Tu vas devoir travailler dur. Ça ne sera pas toujours facile. Tout n'est pas toujours tout rose. Le racisme s'aggrave. La xénophobie gagne du terrain. Mais pour l'instant, en tout cas, la vie est plus belle ici. Parce que, malgré tout ce qui peut se passer, on respectera davantage ta dignité et tes droits que chez nous. Et crois-moi, une fois que tu auras goûté à ça, tu n'arriveras plus à comprendre comment tu as pu vivre autrement.

Kamal lui rendit son sourire.

Peut-être avait-il raison. Peut-être que Nisrine avait vu juste.

Peut-être que ce monde-ci valait mieux que l'autre.

Et soudain, à cet instant précis, une pensée incroyable se fit jour en lui, une révélation inattendue et extraordinaire qui le remplit d'un enthousiasme fou.

Oui, ce monde était mieux que l'autre.

Mais peut-être pouvait-il le rendre encore meilleur.

Épilogue

Palmyre,
Novembre 2010

Kamal n'avait que l'embarras du choix pour choisir la date de son voyage dans la cité antique.

Comme les autres fois, il décida de retourner dans le passé aussi près que possible de l'événement sur lequel il voulait intervenir pour minimiser toute distorsion involontaire du temps que son saut pourrait produire.

Dans le cas présent, il savait que le soulèvement avait commencé début 2011 par des manifestations. On situait le début de la guerre civile syrienne le 15 mars, lors du « Jour de la colère ». Cette journée de protestation avait été organisée en réaction à la torture et au meurtre d'un garçon de treize ans qui avait peint sur un mur des graffitis critiquant le gouvernement. À Damas, des contestataires furieux étaient descendus en masse dans la rue pour exiger des réformes politiques et la libération des milliers de prisonniers politiques. C'était l'étincelle qui avait mis le feu aux poudres.

Avant cette date, pourtant, la Syrie était considérée comme un pays relativement sûr – à condition de ne pas indisposer le président dictateur et sa bande de gangsters. Quand Kamal avait atterri à l'aéroport de Damas, le pouvoir était d'ailleurs en pleine campagne de communication pour vanter la Syrie dans le monde entier, et la présenter comme une destination touristique de choix. Une grande opération de séduction présentant le pays comme le berceau du monde chrétien, un lieu accueillant où les touristes pourraient suivre les traces de saint Paul sur le célèbre chemin de Damas.

Kamal avait déjà eu sa révélation.

Il préférait prendre le chemin de Palmyre.

Il ne comptait passer qu'une seule nuit dans la capitale. Il avait loué une voiture avec chauffeur qui l'emmènerait à Palmyre tôt dès le lendemain matin. Le voyage serait long – trois heures, lui avait-on dit, car c'était une simple route à double sens.

On ne lui avait pas menti.

Au bout de quelques kilomètres, le désert cédait devant la main de l'homme, laissant place aux oliveraies et aux palmeraies, aux champs de coton et de céréales. Puis les magnifiques ruines de la ville antique apparaissaient au loin. À l'arrivée, alors que le chauffeur garait la Mercedes devant le musée des Antiquités de Palmyre, Kamal constata que le message du gouvernement avait porté ses fruits.

Palmyre grouillait de monde. Partout, des cars de tourisme déversaient des groupes de visiteurs ravis venant de tous les points du globe, et on les comprenait. « La Perle du désert » était d'une beauté et d'une grandeur saisissantes. Célèbre pour son architecture majestueuse, avec ses rues à colonnades et ses tours funéraires si particulières, elle avait été habitée pendant plus de quatre millénaires. Les Romains, les Grecs, les Parthes et les Sassanides avaient marqué son architecture de leur influence, et construit des temples et des palais dont on voyait encore les ruines à l'époque choisie par Kamal pour sa visite. Le site de Palmyre, inscrit au patrimoine mondial de l'UNESCO, était un site exceptionnel par son mélange des cultures occidentale et orientale, preuve à la fois d'une harmonie ancienne entre les peuples et de la diversité syrienne.

Ah ! S'ils savaient ce qui se prépare..., songea Kamal en

descendant de voiture. La ville antique allait devenir le symbole de la fragilité – et de la sauvagerie – de la civilisation.

Il avait pris rendez-vous avec le directeur des antiquités du musée, se présentant comme un riche mécène allemand qui désirait participer au financement de fouilles archéologiques.

Le directeur, comme l'apprit Kamal, s'occupait du patrimoine de la ville depuis plus de cinquante ans. Âgé d'un peu plus de soixante-dix ans, il dirigeait encore le musée de main de maître, supervisait les fouilles et les restaurations, récoltait des fonds et apportait son aide aux chercheurs du monde entier. Il était non seulement un expert mondialement reconnu de l'histoire complexe de cette antique métropole, mais il était aussi son protecteur.

Et il allait bientôt mourir, comme Kamal le savait. Il devait recevoir une balle en plein visage, tirée par un commandant du groupe État islamique d'origine iraquienne du nom d'Ayman Rachid.

Et c'était justement ce qu'il voulait empêcher.

Il fut aimablement reçu par le directeur, qui lui offrit une citronnade à la menthe fraîchement pressée avant de le guider dans sa visite du musée. L'homme était doux et charmant, un érudit qui ne se prosternait que devant la connaissance et l'Histoire, et qui adorait sa ville.

Ce qui signifiait qu'il allait être d'autant plus horrifié par ce que Kamal était sur le point de lui révéler.

Ils étaient ensemble depuis deux heures et se promenaient dans les ruines du temple de Nabo quand Kamal décida qu'il était temps de lui apprendre ce qu'il était venu lui dire.

— Pardonnez-moi, monsieur le directeur, mais il faut que je vous donne la raison réelle de ma visite.

L'expression du directeur trahit son inquiétude.

— Comment ça ? Vous aviez une autre raison de venir ?

Kamal fit signe que oui, puis, du ton le plus naturel possible, il continua :

— Je sais ce que vous avez trouvé. Dans la crypte, gravé sur le mur.

Il s'interrompit pour laisser à ses paroles le temps de bien pénétrer, puis, voyant de l'hésitation et de la peur dans le regard du directeur, il remonta la manche de sa chemise pour lui montrer son tatouage.

Le choc et la surprise s'inscrivirent sur le visage du directeur, qui faillit s'en étrangler. Il étudia les mots tracés sur le bras de Kamal puis tourna les yeux vers lui.

— Co… comment connaissez-vous cela ? bégaya-t-il. Qui êtes-vous ?

— C'est une longue histoire, et il est inutile que je vous ennuie avec ça.

— Mais vous l'avez testée ? Vous avez… voyagé ?

— Oui. Beaucoup.

Il avait en effet voyagé, et appris tout ce qu'il pouvait. Kamal avait passé des heures et des heures à observer le nouveau monde étrange qu'il avait contribué à créer – ou plutôt, à recréer. Son but étant de bien le comprendre.

Pour décider ce qu'il avait à faire.

Et toujours, Nisrine restait dans ses pensées. Ses paroles lui revenaient sans cesse à l'esprit, son opinion qu'un seul homme ne pouvait pas décider du sort de tous. Après tout, c'était cette idée forte qui les avait poussés à remettre à l'heure la pendule de l'Histoire, et à replacer le monde sur sa trajectoire naturelle. Mais elle n'avait pas eu toutes les données en main. Elle ne connaissait pas la somme d'horreurs que le monde avait traversées au cours des siècles après Vienne, ni la profondeur du mal.

Si elle avait su ce que réservait l'avenir, il était certain qu'elle aurait changé d'avis.

Aucun homme, aucune femme de cœur n'aurait pu vouloir laisser arriver tout cela.

Suffoqué, le directeur avait du mal à parler.

— Dans le passé ? Dans l'avenir ? l'interrogea-t-il.

— Les deux.

— Mon Dieu !

Il fit quelques pas vacillants sur des jambes qui le portaient à peine pour aller s'asseoir sur une colonne couchée.

— Je présume donc que vous n'avez pas essayé, dit Kamal.

— Si, une fois, juste après avoir découvert l'inscription. J'ai fait un saut en arrière. J'ai eu beaucoup trop peur pour avoir envie de recommencer. Je n'ai plus jamais tenté l'expérience.

— Vous avez très bien fait.

— Mais vous, vous vous en servez ?

— J'y ai été obligé.

— Et c'est pour cette raison que vous êtes venu me voir ?

— Oui. Il faut que je vous parle de quelque chose, poursuivit Kamal très calmement. Écoutez-moi bien.

Le directeur fit un petit signe d'assentiment.

— Une guerre se prépare. Elle va avoir lieu ici, dans votre pays, et elle va atteindre votre belle ville de Palmyre, que vous aimez tant. Des choses graves vont se produire. Très très graves.

— Quand ?

— Bientôt. Dans les mois qui viennent. Au début, vous aurez de l'espoir. Vous penserez que les événements annoncent un avenir meilleur. Mais cela ne sera pas le cas.

— Le Printemps arabe… La révolte va venir ici aussi ?

Des soulèvements avaient déjà eu lieu en Tunisie, en Libye et en Égypte. La Syrie viendrait ensuite, seulement, dans ce pays, la contestation se transformerait en guerre civile et ce conflit entraînerait l'intervention de puissances étrangères, chasserait des millions de personnes de chez elles et causerait des centaines de milliers de morts.

— Ce sera plutôt un « hiver arabe ». Ce sera une catastrophe.

— Pourquoi venez-vous me raconter ça ?

— Parce qu'un homme va venir ici. Un homme brutal. Il va vous obliger à lui révéler la signification de ceci, dit-il en désignant ses tatouages. Ensuite, il va vous tuer et faire des choses terribles avec le savoir que vous lui aurez transmis.

Les yeux du directeur se creusèrent, comme aspirés dans deux trous noirs de désespoir.

— Que faut-il que je fasse, alors ?

— Deux choses : dès que les protestations commenceront, vous devrez d'abord détruire la crypte où vous avez trouvé les inscriptions. Et ensuite partir.

— Partir ?

— Oui : quitter Palmyre. Emportez tous les trésors que vous voudrez – cachez-les, enterrez-les –, et puis partez. Si vous restez, vous serez tué. Je peux vous l'assurer. Les hommes qui vont venir ici ne sont pas de grands amateurs de reliques historiques. Pas de ces reliques-ci ni de cette histoire-là, ajouta-t-il en désignant d'un large geste les magnifiques ruines qui les entouraient.

Le directeur secoua lentement la tête, très abattu par les nouvelles que lui apportait son visiteur.

— Est-ce que je peux compter sur vous ? demanda Kamal.

C'était une question qui l'avait beaucoup préoccupé. Pouvait-il vraiment faire confiance à cet homme et être sûr qu'il ferait ce qu'il lui demandait ? Pouvait-il risquer de laisser exister dans ce monde une personne qui savait ce qu'il savait, et qui pouvait utiliser ce savoir pour changer le cours des événements à son tour ?

Ne valait-il pas mieux neutraliser radicalement ce risque ?

Cette pensée avait été étouffée aussi vite qu'elle avait été conçue. Le directeur était un homme honnête et sincère qui n'avait rien fait de mal, et Kamal n'était pas un assassin. D'ailleurs, maintenant qu'il avait fait sa connaissance, Kamal avait la certitude qu'il pouvait lui faire confiance.

Le directeur sembla deviner ce conflit intérieur.

— Je n'ai pas vraiment le choix, il me semble…

— Pas si vous voulez rester en vie. Et si vous voulez le bien du monde.

— Très bien. Je ferai ce que vous me demandez.

— Merci, dit Kamal en lui tendant la main.

Le directeur se leva et la lui serra.

Kamal le regarda droit dans les yeux.

— Bonne chance.

Après cet adieu, il s'était déjà éloigné de quelques pas quand le directeur le rappela.

— Et vous ? Qu'allez-vous faire ?

Kamal s'arrêta puis lui fit face, se souvenant du moment précis où il avait eu sa révélation devant le stand d'Orhan, à Vienne. L'instant où il avait compris ce qui allait désormais guider le reste de son existence.

— Moi ? Je vais avoir largement de quoi m'occuper.

Il adressa un petit adieu pensif de la tête au directeur, puis il tourna les talons et partit.

Note et remerciements

Le voyage dans le temps est un sujet qui me plaît depuis toujours, aussi bien dans les romans que dans les films et à la télévision. Très vite, à cet intérêt s'est ajoutée ma passion pour les réalités alternatives. Imaginez donc ma joie quand, à la fin d'une longue soirée d'été, j'ai été saisi par l'idée d'un livre associant le tout. J'ai su dès le départ que j'allais beaucoup m'amuser à effectuer mes recherches et à écrire ce livre, mais pour moi le plus irrésistible était ailleurs. Le monde que j'allais décrire allait être – devait absolument être – un reflet inhabituel de notre temps, époque tourmentée et difficile s'il en est. Il me semble en effet, ces dernières années, que, où que les yeux se posent, on a l'impression de plonger dans un épisode particulièrement glauque de *Black Mirror*.

Il y a beaucoup de similitudes entre les choses inquiétantes qui arrivent dans le monde de Kamal et ce qui se passe dans le nôtre. La vérité et la liberté d'expression sont menacées dans le monde entier. Le système de crédit social est une réalité en Chine. En Russie, l'article 275 du Code pénal qui définit la haute trahison existe réellement, de même que la section Z, anciennement du KGB et maintenant du SVR. Aux États-Unis, le Comprehensive National Cybersecurity Initiative Data Centre – le Centre général de traitement de données pour la cybersécurité nationale (et non pas impériale) – est un énorme centre de calcul chapeauté par la NSA et situé dans l'Utah, qui se consacre à l'analyse des données personnelles. Toujours en Amérique, le Programme de protection de la sécurité intérieure destiné à faire taire les lanceurs d'alerte est actif sous l'appellation « Insider Threat Program ». D'autres clins d'œil à notre monde et son histoire se dissimulent un peu partout dans ce livre, aussi bien dans le nom des personnages, des lieux ou des organisations que dans les événements – mais je vous laisse vous amuser à les détecter, si cela vous tente.

Les faits historiques sont pratiquement tous vrais. L'épouvantable siège de Vienne, et tous les noms et événements qui s'y rapportent (à l'exception de l'intervention de mes voyageurs du temps) sont avérés. La statue de Kolschitzky, commémorant la douteuse origine de l'introduction du café à Vienne, est bien perchée sur sa corniche au coin de la rue qui porte son nom. L'EI a réellement vu le jour dans les camps de prisonniers en Irak à la suite de l'invasion de 2003. Ses hommes se sont bien emparés de Palmyre et ont tué le directeur des Antiquités et des Musées. Kara Mustafa a été exécuté sur l'ordre du sultan, le jour de Noël 1683.

Je me suis régalé à effectuer mes recherches, mais la partie la plus passionnante a été d'imaginer à quoi l'Empire ottoman aurait pu ressembler au XXIe siècle. L'exercice était difficile, parce que je ne pouvais pas me contenter d'extrapoler en reconstruisant un autre avenir à partir de l'effondrement de l'empire, à la fin de la Première Guerre mondiale. Je devais prendre pour point de départ une date bien antérieure – 1683 – et imaginer la suite. En effet, c'est l'échec de la prise de Vienne qui a marqué le début de la fin pour l'Empire ottoman, et même s'il a encore duré deux siècles et demi avant de s'éteindre, son évolution a été profondément influencée par les efforts des Ottomans pour tenir leur place dans la course à la modernité. Il fallait s'adapter à une Europe en pleine évolution, siècle des Lumières, Révolution industrielle, sans oublier au passage une ou deux autres grandes révolutions. Dans le monde de Kamal, rien de tout cela n'était arrivé, ce qui m'a obligé à reconstruire de toutes pièces ce qu'auraient pu donner ces trois siècles d'histoire hors de ce contexte, si aucun de ces grands bouleversements ne les avait façonnés. J'espère que vous trouverez que ma proposition tient la route.

La deuxième grande difficulté de cette étape a été de me demander comment expliquer de façon plausible qu'Ayman Rachid puisse conduire les Ottomans non seulement à conquérir toute l'Europe, mais aussi à la dominer de façon durable – et à la garder sous leur coupe pendant plus de trois cents ans. Là aussi, j'espère avoir été convaincant. J'aurais beaucoup aimé inclure l'intégralité de mes recherches dans tous ces domaines, mais cela aurait risqué de rendre la lecture moins fluide et de casser le rythme rapide auquel je tenais.

Beaucoup de gens m'ont apporté leur aide pendant cette aventure – des amis, des experts et des collègues se sont creusé la tête avec moi, et ont bien voulu me livrer leurs connaissances sur la période ottomane. Je leur suis à tous reconnaissant, mais je voudrais dire ma gratitude toute particulière à mes agents, Mitch Hoffman et Eugenie Furniss, les grands prêtre et prêtresse de la persévérance ; à mes éditeurs et amis chez Michael Joseph à Londres, Rowland White, Ariel Pakier, et Sarah Kennedy ; et à leurs tout aussi extraordinaires homologues chez Tor/Forge à New York, Bess Cozby, Devi Pillai, Linda Quinton, et Lucille Rettino.

Et enfin, et avant tout, je tiens à remercier tous ceux qui ont œuvré aux ventes, au marketing et à la publicité chez Michael Joseph et Tor/Forge. Un coup de chapeau pour leur superbe travail qui a permis de faire entrer ce livre dans les librairies et de vous le faire connaître. Je voudrais aussi remercier les libraires qui l'ont accueilli sur leurs présentoirs et l'ont conseillé à leurs clients. À une époque dévorée par Facebook/Instagram/Netflix/Fortnite, rien de tout cela ne doit être facile. Encore un grand merci à tous.

pu donner ces trois siècles d'histoire hors de ce contexte, si aucun de ces grands bouleversements ne les avait façonnés. J'espère que vous trouverez que ma proposition tient la route.

La deuxième grande difficulté de cette étape a été de me demander comment expliquer de façon plausible qu'Ayman Rachid puisse conduire les Ottomans non seulement à conquérir toute l'Europe, mais aussi à la dominer de façon durable – et à la garder sous leur coupe pendant plus de trois cents ans. Là aussi, j'espère avoir été convaincant. J'aurais beaucoup aimé inclure l'intégralité de mes recherches dans tous ces domaines, mais cela aurait risqué de rendre la lecture moins fluide et de casser le rythme rapide auquel je tenais.

Beaucoup de gens m'ont apporté leur aide pendant cette aventure – des amis, des experts et des collègues se sont creusé la tête avec moi, et ont bien voulu me livrer leurs connaissances sur la période ottomane. Je leur suis à tous reconnaissant, mais je voudrais dire ma gratitude toute particulière à mes agents, Mitch Hoffman et Eugenie Furniss, les grands prêtre et prêtresse de la persévérance ; à mes éditeurs et amis chez Michael Joseph à Londres, Rowland White, Ariel Pakier, et Sarah Kennedy ; et à leurs tout aussi extraordinaires homologues chez Tor/Forge à New York, Bess Cozby, Devi Pillai, Linda Quinton, et Lucille Rettino.

Et enfin, et avant tout, je tiens à remercier tous ceux qui ont œuvré aux ventes, au marketing et à la publicité chez Michael Joseph et Tor/Forge. Un coup de chapeau pour leur superbe travail qui a permis de faire entrer ce livre dans les librairies et de vous le faire connaître. Je voudrais aussi remercier les libraires qui l'ont accueilli sur leurs présentoirs et l'ont conseillé à leurs clients. À une époque dévorée par Facebook/Instagram/Netflix/Fortnite, rien de tout cela ne doit être facile. Encore un grand merci à tous.

Composition et mise en page
Nord Compo à Villeneuve-d'Ascq

MIXTE
Papier issu de
sources responsables
FSC® C003309

Imprimé en France par CPI
en février 2020
N° d'impression : 3036795